*Ihr letzter Tanz*

Als Lara Trudeau auf der Tanzfläche tot zusammenbricht, ist man mit der Erklärung schnell bei der Hand: zuviel Alkohol, zuviele Tabletten. Nur der Polizist Doug O'Casey schöpft Verdacht – Laras tragisches Ende ist bereits der zweite Todesfall, der sich in der Tanzschule *Moonlight Sonata* ereignet hat. Er bittet seinen Bruder Quinn, unauffällig Nachforschungen anzustellen. Und während die aparte Tanzlehrerin Shannon Mackay den Privatdetektiv in die Geheimnisse eleganter Bewegungen, sinnlicher Figuren und erotischer Verheißungen einweiht, kann er niemanden als Mörder ausschließen. Nicht einmal die verführerische Shannon ...

*Heather Graham*

# Ihr letzter Tanz

Roman

Aus dem Amerikanischen von
Ralph Sander

MIRA®

MIRA® TASCHENBUCH
Band 25130
1. Auflage: Mai 2005

MIRA® TASCHENBÜCHER
erscheinen in der Cora Verlag GmbH & Co. KG,
Axel-Springer-Platz 1, 20350 Hamburg
Deutsche Erstveröffentlichung

Titel der nordamerikanischen Originalausgabe:
Dead On The Dancefloor

erschienen bei: MIRA Books, Toronto
Published by arrangement with
Harlequin Enterprises II B.V., Amsterdam

Konzeption/Reihengestaltung: fredeboldpartner.network, Köln
Umschlaggestaltung: pecher und soiron, Köln
Titelabbildung: by pecher und soiron, Köln
Autorenfoto: © by Harlequin Enterprise S.A., Schweiz
Satz: D.I.E. Grafikpartner, Köln
Druck und Bindearbeiten: Ebner & Spiegel, Ulm
Printed in Germany
ISBN 3-89941-169-2

www.mira-taschenbuch.de

## 1. KAPITEL

South Beach hatte immer etwas zu bieten.

Wirklich immer.

Tagsüber war alles in warmen Sonnenschein getaucht, in der Nacht erstrahlte es im Glanz der Neonlichter. Die Reichen und Schönen kamen her, um sich die Zeit zu vertreiben, alle anderen, um ihnen dabei zuzusehen. Der Strand bot von allem etwas – Spektakuläres fürs Auge, Klatsch und Tratsch, Skandale, Blechlawinen und vieles mehr. Spärlich bekleidete, sonnengebräunte Körper, manche hübsch anzusehen, andere nicht ganz so hübsch.

Ob alt oder jung: Models, Rocker, Skater, Biker kamen her, sogar Möchtegern-Surfer, obwohl sie wussten, dass es hier keine brauchbaren Wellen gab.

Doch heute Abend war noch mehr los als üblich.

Einer der größten und angesehensten Tanzwettbewerbe der Welt wurde in einem der berühmtesten Hotels von ganz Miami Beach veranstaltet.

Und wo es einen Tanzwettbewerb gab, da fand man auch Lara Trudeau.

Sie schwebte anmutig über die Tanzfläche und drehte ihre Pirouetten so schnell, dass sie wie ein Wirbel aus kristallklaren Farben wirkte.

Mit anderen Worten: Sie war Schönheit in Vollendung.

Lara bewegte sich mit einer Eleganz und Perfektion, die nur wenige überhaupt nachzuahmen, geschweige denn zu erreichen versuchten. Sie hatte es einfach in sich. Sie besaß die Gabe, das Wesen eines jeden Tanzes exakt auf den Punkt zu bringen. Ihr Gesicht erwachte zu den Klängen der Musik zu einem einzigartigen Leben, und ihr Lächeln war einfach überwältigend. Mancher Preisrichter hatte über sie geäußert, es sei schwierig, den Blick nach unten zu richten und ihre Fußarbeit zu bewerten, und es sei noch schwieriger, neben ihr von den anderen Paaren auf der Tanzfläche Notiz zu nehmen. Laras Strahlen und ihr Gesicht hatten etwas derart Fesselndes, dass ein Preisrichter darüber seine eigentliche Aufgabe vergessen konnte. Der eine oder andere von ihnen gab hinter vorgehaltener Hand auch zu, dass er neben ihr andere Paare nicht so genau bewertete, wie es der Fall hätte sein sollen.

Auch an diesem Abend machte Lara es mit ihrer Anmut und Vollkommenheit den Juroren schwer, ihre Pflicht zu erfüllen.

Genau genommen machte sie es ihnen sogar noch schwerer als sonst, denn sie wirkte noch verführerischer, bezaubernder und strahlender. Ihr zuzusehen bedeutete, sich ihren Bewegungen mit allen Sinnen hinzugeben.

Sie tanzte allein, besser gesagt allein an der Seite ihres Partners Jim Burke. Während der Cabaret-Tänze hatte jedes Paar, das in die Finalrunde gekommen war, die Tanzfläche für sich. Und dann kam Lara, ihr Körper ein geschmeidiges Musterbeispiel weiblicher Grazie in einem figurbetonten Ballkleid, das in tausend Farben schillerte. Jims Darbietung konnte so meisterhaft sein, wie sie wollte, neben ihr war sie nichts weiter als Staffage.

Wer Lara liebte, sah ihr wie gebannt zu. Wer sie hasste, beneidete jeden ihrer präzisen Schritte.

Shannon Mackay beobachtete sie mit gemischten Gefühlen. Sie war die Managerin des *Moonlight Sonata*, jenes Tanzstudios, in dem Lara ihre Karriere begonnen hatte und in dem sie inzwischen selbst Unterricht gab. Shannon war sich nicht sicher, ob sie Lara lieben oder hassen sollte: Sie war zweifellos ein Naturtalent und übertraf mit ihrem Können selbst die besten und erfahrensten Schautänzer in aller Welt.

„Sie ist unglaublich“, murmelte Shannon vor sich hin.

Ben Trudeau, Laras Ex-Mann, stand neben ihr und schnaubte. „Oh ja, wirklich unglaublich."

Jane Ulrich, die bis ins Halbfinale gekommen, dann aber wie üblich von Lara aus dem Rennen geworfen worden war, drehte sich zu Ben um und strahlte ihn an. „Ach, Ben, du kannst doch nicht immer noch sauer auf sie sein. Sie ist so gut, man könnte meinen, sie wäre nicht von dieser Welt."

Shannon lachte leise in sich hinein. Jane sah heute Abend selbst auch atemberaubend aus. Sie war schlank und durchtrainiert, und das intensive Karmesinrot ihres Ballkleids hob sich wie funkelndes Feuer von ihrer tiefen Bräune ab.

„Ich tanze lieber mit dir", hauchte Janes Partner Sam Railey und zog sie sanft an sich. „Du, meine Liebe, tanzt wirklich *mit* deinem Partner. Für Lara ist ein Partner doch nur Nebensache."

„Trotzdem *ist* sie nun mal brillant", erklärte Gordon Henson, Eigentümer des Studios. Er hatte Lara als Erster Tanzstunden gegeben, und sein Stolz auf sie war gerechtfertigt.

„Seien wir doch ehrlich: Sie ist ein gehässiges, ehrgeiziges Miststück und geht über Leichen, wenn sie dadurch schneller an ihr Ziel kommt", warf Justin Garcia ein, einer der aufstrebenden Salsa-Spezialisten des Studios.

Rhianna Markham, die neben ihm stand und ebenfalls am Wettbewerb teilnahm, lachte amüsiert auf. „Komm schon, Justin. Sag doch, was du wirklich denkst."

Shannon stieß Rhianna an. „Vorsicht. Wir stehen mitten zwischen unseren Schülern." Damit hatte sie Recht, denn das Hotel befand sich in unmittelbarer Nähe des Studios. Viele andere Tanzschulen beneideten das *Moonlight Sonata* um diese Lage – und nicht nur, weil es sich um ein beliebtes Viertel handelte. Im Erdgeschoss des Studiogebäudes befand sich ein Club, der sich in den letzten Jahren zu einer der angesagtesten Adressen entwickelt hatte, seit der charismatische junge Latino Gabriel Lopez neuer Eigentümer geworden war. Lopez war an diesem Abend natürlich auch anwesend, um seinen Freunden zur Seite zu stehen. Wegen der Nähe zum Studio waren sogar einige der Schüler gekommen, die eher unregelmäßig Tanzunterricht nahmen. Gebannt sahen sie zu, wie sich die Crème de la Crème der Schautänzer aus aller Welt einen unerbittlichen Wettkampf lieferte.

„Sie ist einfach wunderbar", sagte Rhianna laut genug, um gehört zu werden. Sie warf Shannon einen verschwörerischen Blick zu, dann senkte sie den Kopf. Unwillkürlich musste Shannon grinsen.

Gordon beugte sich zu ihr hinüber und flüsterte: „*Du* solltest da auf der Tanzfläche stehen. Du wärst viel wunderbarer als sie."

Sie schüttelte den Kopf. „Ich gebe gern Unterricht, aber ich mag keine Wettkämpfe."

„Angsthase."

Wieder grinste sie. „Ich weiß, wann ich chancenlos bin."

„Du bist niemals chancenlos", widersprach er und drückte ihre Hand.

Auf der Tanzfläche fand sich Lara nach einem weiteren perfekten Sprung in völliger Harmonie mit dem Rhythmus der Musik in den Armen ihres Partners wieder.

Plötzlich tippte jemand Shannon auf die Schulter. Zuerst reagierte sie nicht darauf. Schüler, Lehrer, Amateure, Profis, Reporter und interessierte Zuschauer drängten sich an der Tanzfläche. Die Berührung bedeutete nichts, da ständig irgendjemand versuchte, sich nach vorn zu schieben, um mehr sehen zu können.

Aber wieder tippte ihr jemand auf die Schulter. Irritiert drehte sich Shannon ein Stück weit um. Die Seitenbereiche der Bühne lagen im Schatten, da alle Scheinwerfer auf die Schautänzer gerichtet waren. Wer da etwas von ihr wollte, konnte sie nicht erkennen. Vielleicht war es einer der livrierten Kellner. Aber an diesem Abend trugen Ober, einige der Preisrichter und etliche Teilnehmer fast alle einen Frack, so dass man sie nicht voneinander unterscheiden konnte.

„Ja?“ flüsterte sie.

„Du bist die Nächste“, sagte eine Männerstimme.

„Die Nächste?“ erwiderte sie. Aber da war der Mann, dessen Gesicht sie nicht hatte erkennen können, schon wieder verschwunden. Er musste sich geirrt haben – sie nahm doch gar nicht am Wettkampf teil.

„Ooh!“ rief Jane unvermittelt. „Sie ist einfach phantastisch!“ Shannon sah zurück zur Tanzfläche und hatte im nächsten Augenblick den Mann vergessen, der sie mit jemandem verwechselt haben musste. Derjenige, der als Nächster tanzen sollte, würde schon wissen, dass er an der Reihe war und nur auf seinen Auftritt warten.

Abgesehen davon, dass das Warten an sich nervenaufreibend genug war, riss sich niemand darum, unmittelbar nach Lara anzutreten.

„Exzellent“, räumte Ben ein. „Jeder Schritt sitzt.“

Aus der Menge ertönte ein bewunderndes Raunen.

Dann jedoch erstarrte Lara Trudeau auf einmal in einer beinahe lyrischen Pose. Wie in Zeitlupe presste sie ihre langen Finger mit den makellos lackierten Nägeln an ihre linke Brust. Ein Wiener Walzer erfüllte die Luft, und die Zeit schien stillzustehen.

Einen Moment später sank die Tänzerin zu Boden. Selbst ihr Fall hatte noch die Eleganz ihrer so charakteristisch grazilen Bewegungen.

Lara lag auf der Tanzfläche und regte sich nicht mehr.

„Das gehört doch nicht zu ihrer Nummer“, flüsterte Gordon Shannon zu.

„Nein", gab die verwundert zurück. „Meinst du, sie hat das in letzter Minute eingearbeitet, damit es noch spannender wirkt?"

„Wenn ja, dann übertreibt sie es jetzt aber gewaltig." Gordon schaute besorgt auf die Tanzfläche.

Für einige Sekunden herrschte im Saal gebannte Stille. Doch da Jim Burke einfach nur weiter neben ihr stand, setzte tosender Applaus ein, der aber schnell wieder abebbte. Diejenigen, die mit den Tänzen vertraut waren und die Lara kannten, spürten, dass sie nicht Zeuge eines dramatischen Finales geworden waren, sondern dass etwas nicht stimmte.

Die Zuschauer begannen, sich aufgeregt miteinander zu unterhalten.

Shannon trat vor, war sich aber nicht sicher, ob Lara nicht bloß ein neues Spiel mit ihren Bewunderern trieb. Gordon fasste sie am Arm.

„Da stimmt was nicht", sagte er. „Ich glaube, sie braucht einen Arzt."

Der Erste, der zu Lara eilte, war Dr. Richard Long, ein attraktiver Chirurg, der zudem im *Moonlight Sonata* Tanzunterricht nahm. Er kniete neben ihr nieder und fühlte nach ihrem Puls. Abrupt hob er den Kopf und rang für eine Sekunde um Fassung, bis er mit heiserer Stimme rief: „Ruft einen Krankenwagen!" Sofort beugte er sich wieder zu Lara und begann mit den Wiederbelebungsmaßnahmen.

Der Schock lähmte die Gäste für einen Moment, im nächsten Augenblick griff jedoch jeder nach seinem Mobiltelefon, um die Notrufnummer einzutippen.

Richard versuchte zur gleichen Zeit unbeirrt, Lara aus der Bewusstlosigkeit zurückzuholen.

„Mein Gott, was ist los mit ihr?" rief Gordon, dessen Blick

verriet, dass er unentschlossen war, ob er zu Lara eilen sollte oder nicht.

„Drogen?“ überlegte Ben.

„Lara? Niemals!“ gab Jane mit Nachdruck zurück.

Shannon nickte zustimmend.

„Aber ja doch“, meinte Ben spöttisch. „Mal überlegen ... Drogen in South Beach? In Miami, Florida? Nur einen Katzensprung weit von Südamerika entfernt? Nein, völlig *un-denkbar.*“

„Für Lara Trudeau schon“, herrschte Shannon ihn an.

„Vielleicht andere Drogen“, sagte Justin. „Medikamente.“

„Könnte sein“, stimmte Gordon ihm zu. „Sie ist bekannt dafür, dass sie schon mal ein paar Xanax einwirft, wenn sie nervös ist.“

„Oder Alkohol?“ fragte Justin besorgt.

„Wenn sie tanzt?“ hielt Rhianna dagegen und schüttelte ungläubig den Kopf.

„Sie betrachtet ihren Körper als Tempel“, sagte Sam voller Überzeugung. „Aber sie sagt selbst, dass auch ein Tempel ab und zu ein paar Opfergaben benötigt. Sie muss irgendetwas genommen haben. Seht sie euch doch an.“

„Ich hoffe, es ist nichts Schlimmes. Es darf nichts Schlimmes sein!“ presste Shannon hervor und war so unentschlossen wie Gordon, ob sie sich auf die Tanzfläche begeben sollte oder nicht.

Unvermittelt legte Gordon eine Hand auf ihre Schulter und sagte leise: „Nicht.“

Verwundert sah sie ihn an.

„Es ist zu spät“, flüsterte er.

„Was?“ Shannon wollte nicht glauben, was er da sagte, doch noch während sie redete, stand Richard Long auf.

„Räumen Sie bitte alle die Tanzfläche. Ich fürchte, ich kann nichts mehr tun“, sagte er traurig.

„Nichts mehr tun? Was soll das heißen?“ kam die angstvolle Frage aus der Menge.

„Sie ist ... von uns gegangen“, erwiderte Richard mit belegter Stimme, als wolle er sich dafür entschuldigen, dass seine Worte das Unfassbare bestätigten.

„Sie ist tot?“

Richard seufzte niedergeschlagen, weil er nicht wusste, was er noch sagen sollte, damit die Menschen im Saal das Unbegreifliche realisierten. „Ja, sie ist tot.“

Von draußen durchbrach das Geräusch der Sirenen des nahenden Krankenwagens die fassungslose Stille im Saal.

Augenblicke später teilte sich die Menge, um die Sanitäter durchzulassen, die sofort ihre Geräte aktivierten, um die Wiederbelebungsversuche fortzusetzen. Doch wie sehr sie sich auch bemühten, es war vergebens. Die Umstehenden betrachteten das makabre Schauspiel, unfähig, sich davon abzuwenden.

Shannons Blick war starr auf die Sanitäter gerichtet. Sie konnte nicht glauben, was sie da sah. Auf einmal kamen ihr die mysteriösen Worte in Erinnerung.

*Du bist die Nächste.*

„Ach, Unsinn“, versuchte Shannon sich zu beruhigen. Jemand hatte sie für die nächste Schautänzerin gehalten, das war alles. Und Lara war nur gestürzt, weiter nichts. Die Wiederbelebungsversuche würden erfolgreich sein – jeden Moment würde sie wieder atmen, die Augen aufmachen und aufstehen. Und kurz darauf würden wieder alle über sie reden und sagen, ihr sei jedes Mittel recht, um von allen Teilnehmern am besten im Gedächtnis zu bleiben – um in den Köpfen der Menschen unsterblich zu sein.

Aber niemand lebte ewig.

Schließlich zogen sich die Gäste entsetzt und gedämpft miteinander diskutierend aus dem Saal zurück.

Lara Trudeau war tot. Unbegreiflich. Und doch war sie so gestorben, wie sie gelebt hatte – glanzvoll, wunderschön, anmutig … Sie war tot.

Gestorben auf der Tanzfläche.

## 2. KAPITEL

„Hey, Quinn, Besuch für dich."

Quinn O'Casey war erstaunt, als er Amber Larkin am Kopf der Leiter stehen sah, die aus dem Wasser hinauf an Deck führte. Er trug seine komplette Taucherausrüstung, da er die letzten gut fünfundvierzig Minuten damit verbracht hatte, Entenmuscheln vom Rumpf seines Bootes *Twisted Time* abzukratzen.

Soweit er wusste, hätte sich Amber in Key Largo im Büro aufhalten und dort arbeiten sollen. Er war im Urlaub, sie nicht.

Er zog die Augenbraue hoch, um ihr deutlich zu machen, dass sie zur Seite gehen musste, wenn er an Bord klettern wollte. Sie machte Platz, ging aber über seinen Blick hinweg, der zugleich die unausgesprochene Frage beinhaltete, weshalb sie hier war, wenn er doch seine Ruhe haben wollte.

Als er endlich an Deck stand und sich seiner Schwimmflossen und der Taucherbrille entledigt hatte, sah er den Grund, weshalb sie hergekommen war. Sein Bruder stand ein Stück hinter ihr.

„Hey, Doug", sagte er und warf beiden einen finsteren Blick zu.

„Du hättest mir auch sagen können, dass du deinen Urlaub hier verbringst. Dann hätte ich nicht bis nach Key Largo fahren müssen, um dann mit Amber den ganzen Weg nach Miami zurückzufahren", erwiderte Doug mit anklagendem Unterton in der Stimme.

Vielleicht hätte er seinem Bruder wirklich von seinem Urlaub erzählen sollen, aber eigentlich sah er keinen stichhaltigen Grund dafür. Doug hatte vor nicht einmal einem Jahr die Polizeiakademie abgeschlossen. Als ein enthusiastischer und ehrgeiziger Streifenpolizist war er die Sorte jüngerer Bruder, auf die man stolz sein konnte. Er hatte seine Kindheit und Jugend ohne all die

Schwierigkeit hinter sich gebracht, unter denen Quinn in jungen Jahren – und auch noch später – gelitten hatte. Aber deshalb war er auch zurück im Süden Floridas, obwohl sein Job keineswegs so locker war, wie er anfangs erwartet hatte.

Quinn schüttelte den Kopf. Er war froh, wieder zu Hause in Florida zu sein. Man konnte hier einfach ein phantastisches Leben führen.

Allerdings begegnete man hier den gleichen Formen unmenschlichen Verhaltens wie überall auf der Welt.

Und deshalb brauchte er auch diesen Urlaub. Nicht, dass er sich am Boden zerstört gefühlt hätte. Dafür wusste er viel zu gut, dass er das Böse auf der Welt ebenso wenig aufhalten konnte wie einen einzelnen Menschen, der anderen etwas antun wollte. Aber wer hätte jemals mit dem gerechnet, was Nell Durken zugestoßen war? Quinn konnte froh sein. Ihr Mörder war in Haft und schmorte entweder für den Rest seines Lebens in einer Zelle oder würde schon bald Bekanntschaft mit dem Tod machen. Doch es war bedeutungslos, welches Strafmaß Art Durken erwartete – Nell würde davon nicht wieder lebendig werden.

Womöglich fühlte er sich doch schuldig. Er fragte sich, ob er sie besser nicht hätte auffordern sollen, ihren Mann zu verlassen, denn sie war ja auch gerade erst zu Quinn gekommen, damit der ihren Ehemann beschattete. In welches Wespennest sie damit stechen würden, war ihnen erst bewusst geworden, als es bereits zu spät war. Schließlich hatte er sie gedrängt, sich von Art zu trennen. Angesichts der Informationen, die Quinn ihr über ihren Mann gegeben hatte, war er davon ausgegangen, dass sie diesen Schritt unternehmen würde.

Doch sie hatte ihn nicht schnell genug verlassen. Art war kein Typ, der seine Frau schlug, aber er hatte an Nell immer wieder sexuelle Forderungen gestellt. Er hingegen verbrachte nebenbei viel

Zeit außerhalb der eigenen vier Wände – und zwar mit einer ganzen Reihe von Damen, mit denen er nicht verheiratet war.

*Wer zum Teufel hätte wissen sollen, dass der Kerl auf einmal zum Mörder wird?*

*Quinn hätte es wissen sollen. Er hätte ahnen müssen, in welcher Gefahr Nell schwebte.*

Es war dieser spezielle Fall mit seinen tödlichen Folgen, der Quinn wirklich zu schaffen gemacht hatte. Nur etwas Ruhe konnte ihm helfen, seine Verbitterung darüber zu verwinden, dass er Nell am Ende doch nicht hatte helfen können.

Etwas Ruhe und Urlaub. Von der Arbeit, der Familie, den Freunden.

Vielleicht vor allem Urlaub von der Familie. Denn Doug hatte es nicht verdient, dass er seine schlechte Laune und sein aufbrausendes Temperament an ihm ausließ.

Außerdem stand ihm nicht der Sinn danach, Zeit mit Doug zu verbringen. Sein Bruder konnte eine unglaubliche Nervensäge sein, weil er ihn unablässig mit Fragen aller Art bombardierte. So wie ein Praktikant in der Notaufnahme, der in jeder Reaktion des Körpers gleich eine schwere Krankheit vermutete, wollte Doug auch die kleinste sonderbare Regung seiner Mitmenschen als einen Hinweis auf boshafte Absichten deuten.

Für jemanden, der in Miami-Dade County seinen Dienst verrichtete, war das eine lästige Eigenschaft, da man das Verhalten gut der Hälfte aller Einwohner als sonderbar bezeichnen konnte.

Quinn wusste nicht, ob er seufzen oder sich tatsächlich Sorgen machen sollte. Doug hätte ihn nicht aufspüren lassen, wenn es lediglich um ein paar hypothetische Fragen ginge.

„Mom?“ fragte Quinn ein wenig nervös.

„Ihr geht's gut. Das Herz tickt wie ein Uhrwerk“, versicherte Doug ihm rasch. „Allerdings sprach sie davon, dass du schon länger nicht mehr bei ihr warst. Sie würde sich freuen, wenn du wieder öfter zum Essen vorbeikämest. Vielleicht rufst du sie einfach mal an."

„Ich habe ihr auf den Anrufbeantworter gesprochen, dass es mir gut geht und dass ich viel zu tun habe."

„Sicher. Aber sie ist nicht auf den Kopf gefallen, und sie liest jeden Tag die Zeitung."

„Bist du deshalb hier?" wollte Quinn wissen und hob eine Braue.

„Ich habe einen Fall für dich", entgegnete Doug und ging um Quinn herum, um ihm beim Abnehmen der Sauerstoffflaschen zu helfen.

„Soll ich dir was sagen, kleiner Bruder? Du musst für mich nicht nach Fällen suchen. Die Detektei leistet da gute Arbeit – mehr als gut, um genau zu sein. Außerdem habe ich Urlaub."

„Ja, das sagte Amber mir schon. Darum dachte ich, es wäre doch eine schöne Sache, wenn du für mich eine private Sache übernimmst."

Quinn stöhnte auf. „Verdammt, Doug. Du erwartest von mir, dass ich für dich den Schnüffler spiele?" Er warf Amber einen finsteren Blick zu.

„Heh, er ist dein Bruder", wehrte sie sofort ab. „Weißt du was? Nachdem wir dich jetzt gefunden haben, lasse ich euch zwei in Ruhe reden. Ich setze mich drüben bei Nick's hin und esse eine Hamburger." Sie warf ihr langes blondes Haar über die Schulter, und bevor sie das Boot verließ, sah sie noch einmal zu Quinn, um einen Eindruck davon zu bekommen, wie wütend er wirklich auf sie war.

Doug trug derweil ein reumütiges Grinsen zur Schau. „Hey, ich mache dir auch deine Ausrüstung sauber", sagte er, als wollte er damit etwas wiedergutmachen.

„Gut, mach das. Ich bin solange in der Kajüte."

Quinn ging die zwei Stufen hinunter aufs Unterdeck der *Twisted Time*, zog sich aus, duschte rasch, und griff sich eine frische kurze Hose aus dem Wäschekorb in der Kabine. Barfuß und noch immer nicht ganz trocken, kehrte er in die Kajüte zurück, nahm ein kaltes Miller aus dem Kühlschrank in der Kombüse und ließ sich damit aufs Sofa fallen.

Als Doug zu ihm kam, war Quinns Miene noch immer finster, und er trommelte ungeduldig mit seinen Fingern auf das Polster.

Doug holte sich ebenfalls ein Bier und nahm gegenüber von Quinn Platz.

„Ich soll für dich etwas umsonst machen, stimmt's?" sagte Quinn ihm auf den Kopf zu.

„Na ja … so ungefähr. Ehrlich gesagt, es wird dich sogar etwas kosten", druckste Doug.

„Wie bitte?"

„Du musst Tanzstunden nehmen."

Sekundenlang starrte Quinn seinen Bruder an, ohne ein Wort herausbringen zu können. „Du hast den Verstand verloren", entgegnete er dann.

„Nein, habe ich nicht. Und du wirst es verstehen, wenn ich es dir erklärt habe."

„Das werde ich nicht."

„Doch, du wirst es. Es geht um einen Todesfall."

„Weißt du, wie viele Leute jeden Tag sterben, Doug? Du bist ein Cop, du solltest das eigentlich wissen. Wenn es nicht nach einem natürlichen Tod aussieht, beginnt die polizeiliche Ermittlung. Und wenn man es doch für einen natürlichen Tod hält, wirst du in der Abteilung sicher jemanden kennen, der der Sache nachgehen kann."

Quinn schwieg, betrachtete seinen Bruder und dachte nach. Doug zu sehen war für ihn so, als würde er sein eigenes, jüngeres Spiegelbild betrachten. Der Altersunterschied zwischen ihnen betrug acht Jahre. Sie sahen sich ähnlich, waren mit 1,88 Meter gleich groß, aber Doug war mit Mitte zwanzig noch ein schlanker Mann, während Quinn schon ein wenig in die Breite gegangen war. Quinn hatte dunkles Haar, das von Doug war strohblond, doch beide hatten sie vom Vater die dunkelblauen Augen und das harte, kantige Gesicht geerbt. Manchmal bewegten sie sich sogar gleich und gestikulierten beim Reden, als würden Worte allein nicht genügen. Und wenn sie tief in Gedanken versunken waren, dann falteten sie die Hände wie zum Gebet oder tippten sich mit einem Finger ans Kinn.

Einen Moment lang sann Quinn über seine Verärgerung nach, dass er hier in seiner Ruhe gestört worden war. Aber Doug war immer ein verdammt guter Bruder gewesen, der zu ihm aufsah, der für ihn da war, der selbst dann nie den Glauben an ihn verlor, wenn Quinn schwere Zeiten durchmachte.

„Ich kann niemanden in der Abteilung dafür interessieren", gestand Doug ihm ein. „In unserem Bezirk ist in letzter Zeit zu viel los. Wir jagen einen Serienvergewaltiger, der mit jedem Mal brutaler vorgeht. Und bei einem Überfall wurde ein Wachmann erschossen … Glaub mir, das Morddezernat hat alle Hände voll zu tun. Die sind zu beschäftigt, um sich mit einem Fall abzugeben, bei dem alles nach einem Unfalltod aussieht. Es ist einfach niemand frei."

„Überhaupt niemand?"

Doug verzog das Gesicht. „Ja, okay. Der Tod wirft ein paar Fragen auf. Man hat einen Mann darauf angesetzt, aber der Kerl ist ein Arsch, Quinn, ganz ehrlich."

„Wer ist es?"

Manche Leute waren einfach nicht sonderlich beliebt, also kursierten prompt Gerüchte, die ihr Können in Frage stellten. Es hatte zwar über die Jahre hinweg mit ein paar wirklich miesen Cops genug Probleme gegeben, aber mehrheitlich waren es gute Leute, die für viel zu viele Arbeitsstunden zu wenig Gehalt bekamen.

Andererseits gab es aber wirklich ein paar echte Ärsche.

„Pete Dixon."

Quinn runzelte die Stirn. „Der alte Pete ist aber gar nicht so schlecht."

„Oh, er ist sogar unglaublich gut. Drück irgendeinem Kerl eine rauchende Waffe in die Hand, dann weiß Pete sofort, wer der Täter war", sagte Doug verächtlich.

„Und so was aus dem Mund eines Anfängers", murmelte Quinn.

„Hör zu, Dixon ist nicht gerade ein Energiebündel. Und er hält sich daran, dass der Gerichtsmediziner einen Unfall für die Todesursache hält. Er wird nirgendwo schnüffeln. Es interessiert ihn nicht. Er wird am Schreibtisch sitzen bleiben und von dort seine Arbeit machen. Alles andere ist ihm egal."

„Und stattdessen soll ich schnüffeln? Und auch noch Tanzstunden nehmen? Wie gesagt, Brüderchen: Du hast den Verstand verloren", sagte Quinn ohne Umschweife.

Doug lächelte und zog seine Brieftasche aus der Gesäßtasche seiner Jeans. Er nahm einen sorgfältig gefalteten Zeitungsausschnitt heraus und hielt ihn hoch. Das war typisch Doug. Er war einer der ordentlichsten Menschen, die Quinn kannte. Der Ausschnitt war nicht ausgerissen, sondern herausgeschnitten worden, dann hatte er ihn präzise zusammengefaltet. Quinn musste unwillkürlich den Kopf schütteln, als er daran dachte, wie schlecht *sein* Organisationstalent war.

„Was ist das?“ fragte Quinn ungeduldig und nahm den Ausschnitt an sich.

„Lies es.“

Quinn faltete das Stück Papier auseinander und las die Schlagzeile: „Diva Lara Trudeau, 38, stirbt auf der Tanzfläche“. Er legte den Kopf schräg und sah Doug an.

„Lies weiter.“

Er überflog die ersten Zeilen des Artikels. Von einer Lara Trudeau hatte er noch nie gehört, doch das musste nichts bedeuten. Quinn war für viele Sportarten zu begeistern, aber in einem Salsa-Club hätte er sich allenfalls an der Bar aufhalten wollen.

Irritiert las er weiter. Lara Trudeau, die zahllose Tanzwettbewerbe gewonnen hatte, war dort gestorben, wo sich ihr Leben abgespielt hatte – auf der Tanzfläche. Eine Mischung aus Beruhigungsmitteln und Alkohol war die Ursache für ein plötzliches Herzversagen gewesen. Die engsten Freunde der Tänzerin zeigten sich entsetzt und fassungslos, dass es Lara trotz ihrer Leistungen für nötig gehalten hatte, Medikamente einzunehmen.

Quinn sah zu seinem Bruder und zuckte die Schultern. „Und? Eine Tänzerin, deren Stern langsam verglüht, wird nervös und schluckt ein paar Pillen zu viel. Das ist zwar tragisch, aber sicher kein diabolischer Mordplan.“

„Du liest nicht zwischen den Zeilen“, entgegnete Doug eindringlich.

„Dann muss ich wohl annehmen, dass im Morddezernat auch niemand ‚zwischen den Zeilen‘ liest, wie?“ Quinn musste ein Grinsen unterdrücken.

Doug nahm ihm den Artikel aus der Hand. „Quinn, eine Frau wie Lara Trudeau würde keine Tabletten nehmen. Sie war eine Perfektionistin. Und sie war ein Siegertyp. Sie hätte die

Meisterschaft gewonnen, sie hatte gar keinen Grund, nervös zu sein."

„Doug, hast du überhaupt gelesen, was da steht? Wir reden hier über eine Sache, der niemand davonlaufen kann – dem Alter. Diese Lara Trudeau war achtunddreißig. Heerscharen von Zwanzigjährigen wollten ihr den Rang ablaufen. Da hat sie doch allen Grund gehabt, nervös zu sein."

„Was denn? Glaubst du etwa, Leute geraten in Panik, wenn sie achtunddreißig sind?" fragte Doug.

„Als Quarterback stehst du in dem Alter kurz vor der Pensionierung", hielt Quinn dagegen.

„Sie war aber kein Quarterback."

Quinn seufzte ungeduldig. „Es ist das Gleiche. Ob im Sport oder beim Tanzen, die Leute werden langsamer, wenn sie älter werden."

„Manche Leute werden umso besser, je älter sie sind. *Sie* hat noch immer jeden Preis abgeräumt. Außerdem gibt es bei Tanzturnieren alle möglichen Altersklassen."

„Das ist auch richtig so. Meinetwegen sollen sie das ruhig machen. Ich weiß nur nicht, warum du mich damit behelligst. Nach diesem Artikel *und* nach allem zu urteilen, was du mir erzählst, war es ein Unfalltod. Da steht es doch: Sie ist in der Öffentlichkeit tot auf der Tanzfläche zusammengebrochen. Es gab eine Autopsie, und die hat nichts Auffälliges ans Tageslicht gebracht."

„Richtig. Man hat die körperliche Todesursache festgestellt: Herzstillstand, verursacht durch einen Cocktail aus Alkohol und Tabletten. Wie das aber in ihren Körper gelangt ist, findet sich nicht im Bericht des Gerichtsmediziners."

Quinn atmete hörbar aus und griff nach der Tageszeitung, um den Lokalteil aufzuschlagen. „‚Mutter und zwei Kinder erschossen in Apartment in North Miami aufgefunden'", las er vor und warf seinem Bruder einen eindringlichen Blick zu. „‚Leiche in Kofferraum auf Parkplatz entdeckt'. Soll ich weiterlesen? Gewalt gehört in einer Großstadt zum Alltag. Du hast die Akademie hinter dich gebracht. Dass da draußen auf den Straßen üble Sachen laufen, weißt du so gut wie ich. Es gibt genug Todesfälle, die gründlich untersucht werden müssen, und ich bin sicher, das Morddezernat kümmert sich darum. Aber hier ist eine Tänzerin gestorben, weil sie zu viele Tabletten geschluckt hat. Du willst mehr aus der Sache machen, als eigentlich dahinter steckt. Du wirst noch früh genug zum Detective befördert. Gib dir selbst etwas Zeit."

„Quinn, das hier ist mir wichtig."

„Wieso?"

„Weil ich befürchte, dass noch jemand sterben wird."

Quinn zog die Augenbrauen zusammen und überlegte, ob sein Bruder nicht eine Spur zu dramatisch war. Doug aber wirkte ruhig und besonnen.

„Gibt es irgendeinen Grund für deine Annahme, Doug?" fragte er. „Wurde jemand bedroht? Wenn ja – du bist der Cop. Du kennst die Jungs im Morddezernat, Dixon eingeschlossen. Er ist kein so übler Kerl. Er kennt sich mit dem Gesetz aus, und bei einer Mörderjagd ist er hervorragend."

„Du kennst die Jungs besser."

„Ich *kannte* sie besser", korrigierte ihn Quinn. „Ich war schon lange Zeit fort, ehe ich mit Dane unten in den Keys anfing zu arbeiten. Aber das bringt uns vom Thema ab. Doug, sieh dir die Fakten an. Es gab eine Autopsie, der Gerichtsmediziner war überzeugt, dass es sich um einen Unfalltod handelte. Die Cops müssen das ganz genauso sehen, wenn sie nur in eingeschränktem Umfang ermitteln. Also? Hast du gehört, dass sie vor ihrem Tod von jemandem bedroht wurde? Hast du irgendeinen Grund, von einem Mord auszugehen? Und wenn dem so ist, hast du auch eine Ahnung, wer ihren Tod gewollt haben könnte?“

Doug zögerte kurz und erwiderte: „Das trifft auf einige Leute zu, wenn du es genau wissen willst.“

„Wie kommst du darauf?“

„Sie konnte ein unglaubliches Miststück sein.“

„Das weißt du ganz sicher?“

„Ja.“

„Woher?“

Doug schwieg einen Augenblick lang, dann legte er den Kopf ein wenig schräg, während er seinen Bruder ansah. „Ich habe mit ihr geschlafen.“

Quinn schloss frustriert die Augen, stellte sein Bier auf den Tisch und sah Doug an. „Du hast mit einer Frau geschlafen, die über zehn Jahre älter war als du?“

„Ist das verboten?“

„Das habe ich nicht gesagt.“

„Es hörte sich aber genauso an.“

„Na ja, ich finde es etwas eigenartig, das ist alles.“

„Sie war eine tolle Frau.“

„Wenn du das sagst, Doug, dann glaube ich dir das auch.“ Er hielt einen Moment inne. „Ging es nur um den Sex oder war das eine tiefer gehende Beziehung?“

„Ich würde nicht behaupten, dass ich den Rest meines Lebens mit ihr hätte verbringen wollen. Und umgekehrt sah das nicht anders aus. Aber ob sie nun ein Miststück war oder nicht, und ob wir füreinander bestimmt waren oder nicht ... sie hat mir verdammt noch mal etwas bedeutet.“

„Und ich soll mich damit beschäftigen, weil deine Gefühle deinen Verstand ausgeschaltet haben?“ fragte Quinn mit ernster Miene.

Doug schüttelte den Kopf. „Wir beide waren kein Paar. Außerdem war ich nicht der Einzige, der etwas mit ihr hatte. Sie spielte nach ihren eigenen Regeln.“ Er zuckte mit den Schultern, sah aber Quinn nicht an. „Sie tat ein wenig so, als sei sie ein Geschenk für die Männer dieser Welt, und sie gab sich immer dann hin, wenn sie fand, es sei gerechtfertigt, oder wenn sie einer plötzlichen Laune folgte. Jedenfalls schlief sie nicht nur mit mir“, sagte er tonlos.

„Wunderbar. Weißt du, mit wem sie noch schlief?“

„Ich weiß, mit wem sie alles geschlafen haben *könnte* – so ziemlich mit jedem im Studio.“

„Und wer wusste alles von eurer Beziehung?“

„Keine Ahnung“, antwortete Doug.

„Das ist ziemlich vage.“

„Das muss es nicht sein, wenn du dich einverstanden erklärst, in der Sache zu ermitteln.“

Quinn sah seinen jüngeren Bruder nachdenklich an. Doug war gefühlsmäßig in diesen Fall verstrickt, und vielleicht war das der Grund, warum er nicht wollte, dass der Tod auf die Weise eingetreten war, nach der es nun aussah.

„Vielleicht solltest du um das Morddezernat einen großen Bogen machen, Doug. Wenn die Polizei anfängt, sich die Verdächtigen anzusehen, dann könntest du ganz leicht zum Hauptverdächtigen werden.“

„Aber ich habe sie nicht umgebracht. Ich bin ein Cop. Und selbst wenn ich keiner wäre, würde ich niemanden umbringen, Quinn. Das weißt du.“

„Du hattest ein Verhältnis mit dieser Frau. Das wird im Fall einer näheren Untersuchung schnell ans Licht kommen. Wenn du also irgendjemanden davon überzeugst, dass sie ermordet wurde, könntest du selbst unter Verdacht geraten. Ist dir das klar?“

„Natürlich. Aber ich habe sie nicht umgebracht", erwiderte Doug eindringlich.

Quinn studierte wieder den Zeitungsausschnitt. „Sie starb an einer Überdosis Xanax, einem verschreibungspflichtigen Medikament. Der Alkohol kann die Wirkung verstärkt und dann zum Herzstillstand geführt haben."

„Ja", sagte Doug. „Und der Kollege, der den Fall bearbeitet, ist sicher, dass ihr beharrliches Streben nach ewigem Ruhm – das ist meine Formulierung, nicht seine – sie nervös werden ließ."

„Doug, ich sage das nicht gern, aber ich habe oft genug erlebt, auf welch verrückte Ideen Leute kommen können. Das Ganze ist ja tragisch, aber es sieht wirklich danach aus, als sei sie unsicher geworden, habe Tabletten genommen und dann etwas getrunken."

„Nein", beharrte Doug und stöhnte auf.

„Du hältst das in keiner Weise für möglich?"

„Auf gar keinen Fall."

„Das Rezept lautete auf ihren Namen, ihr behandelnder Arzt erklärte, sie habe die Tabletten schon seit Jahren genommen. Es steht doch alles hier in diesem Artikel."

„Ja, das stimmt", pflichtete Doug ihm ruhig bei.

„Wenn du also nicht noch irgendetwas anderes weißt, dann begreife ich nicht, was ich für dich tun soll."

„Ich *weiß* mehr. Aber es ist mehr ein … Gefühl. Nein, eine Gewissheit", erklärte Doug nachdrücklich. Quinn kannte seinen Bruder. Er konnte so standfest wie eine Eiche sein, und genau das hatte ihn auch durch die Zeit an der Schule und an der Akademie gebracht, die er mit Auszeichnung abgeschlossen hatte. Er würde eines Tages einmal ein guter Detective sein.

„Manchmal muss man Dinge so akzeptieren wie sie sind", sagte Quinn einfühlsam.

Mit einem Mal wirkte Doug, als würde er jeden Moment die Selbstbeherrschung verlieren. „Ich werde dich bezahlen!" drängte er.

„Unsere Stundensätze sind viel zu hoch für dich", gab Quinn ruhig zurück.

„Gib mir zwei Wochen", bat Doug. „Verdammt, Quinn, ich brauche deine Hilfe! Sieh dich einfach mal im Studio um und sag mir, ob du nicht auch findest, dass manche Leute sich seltsam verhalten. Einige von ihnen sind übrigens auch der Meinung, sie sei ermordet worden."

„Das haben sie dir gesagt?"

„Niemand hat es so direkt ausgesprochen. Wer sie gut kannte, der wusste, dass sie ab und zu Tabletten schluckte. Sie hat auch hin und wieder ein Glas getrunken. Und sie war eine Frau, die entschlossen war, ihren Meisterschaftstitel in den Kategorien ‚Smooth', ‚Rhythm' und ‚Cabaret' zu verteidigen."

„Doug, du könntest auch in einer völlig fremden Sprache reden", warf Quinn ein wenig gereizt ein. „Ich verstehe kein Wort."

„Also: ‚Rhythm' sind die schnelleren Tänze, wie Rumba, Cha-Cha-Cha, Swing, Hustle, Merengue, West Coast Swing, Polka. ‚Smooth' sind Tänze wie der Foxtrott, Walzer, Tango. ‚Cabaret' ist eine Sache für Partner, die verschiedene Elemente kombiniert."

„Schon gut, schon gut, vergiss, dass ich gefragt habe. Ich hab's schon begriffen", fiel Quinn ein.

„Und?"

„Doug ..."

„Verdammt, Quinn. Es gab genug Leute, die sie hassten. Also genug Verdächtige. Aber wenn ich noch mehr nachhake, wird man misstrauisch und ein Ermittlungsverfahren gegen mich einleiten. Wird man jemals beweisen können, dass ich ihren Tod verursacht habe? Nein, weil ich es nicht war. Wird das meine Karriere ruinieren? Wird man mir je wieder in die Augen sehen und völlig sicher sein können, dass ich unschuldig bin? Nein, und das weißt du so gut wie ich. Ich bitte dich um keine große Sache. Nimm einfach ein paar Tanzstunden. Es wird dich nicht umbringen."

*Es wird dich nicht umbringen.* Quinn lief bei diesen Worten eine Gänsehaut über den Rücken. Er hoffte, dass sein Bruder Recht behalten würde.

„Niemand wird mir abkaufen, dass ich Tanzunterricht nehmen will. Ich könnte nicht mal tanzen, wenn mein Leben davon abhängen würde."

„Was glaubst du, warum Männer Tanzunterricht nehmen?" wollte Doug von ihm wissen.

„Um in den Salsa Clubs am Strand Frauen abzuschleppen?"

„Siehst du? Ist doch ein schöner Nebeneffekt. Willst du dich denn für den Rest deines Lebens wie ein Einsiedler in ein Loch zurückziehen?"

„Ich habe mich überhaupt nicht wie ein Einsiedler zurückgezogen!" Wieso klang das in seinen eigenen Ohren so unglaubwürdig?

Sein Bruder sah ihn nur schweigend an. Quinn lehnte sich zurück, dann sagte er: „Warte mal ... hat das bei euch etwa so angefangen? Mit *Tanz*stunden?" Genauso wenig hätte er es fassen können, wenn Doug sich auf einmal für Strickkurse interessiert hätte – Doug hätte fast eine Karriere als Profisportler eingeschlagen, er war immer noch ein außergewöhnlich guter Golfer, und einmal in der Woche trainierte er die Little League.

„Ja, ich habe Tanzunterricht genommen", sagte Doug schließlich.

„Verstehe." Quinn machte eine Pause. „Moment, eigentlich verstehe ich überhaupt nichts. Warum hast du damit angefangen?"

Doug grinste ein wenig verlegen. „Randy Torres wird in Kürze heiraten, er hat mich gebeten, sein Trauzeuge zu sein. Er und seine Verlobte Sheila haben vor der Hochzeit Tanzstunden genommen. Da dachte ich mir, was soll's? Ich gehe einfach ein paar Mal mit, um ein guter Trauzeuge zu sein. Wusstest du, dass viel mehr Frauen als Männer Tanzunterricht nehmen? Das war eine richtige Goldgrube, um attraktive Frauen kennen zu lernen. Das Studio befindet sich am South Beach, gleich über einem der besten Salsa-Clubs weit und breit. Ideal, um nach dem Unterricht das umzusetzen, was man gerade gelernt hat. Und so fing ich an, Tanzstunden zu nehmen."

„... und bist mit einer älteren Diva im Bett gelandet."

„So ist das gelaufen. Sie war in dem Laden eigentlich keine richtige Lehrerin, aber sie wurde gut dafür bezahlt, hin und wieder vorbeizukommen und für andere als Coach zu arbeiten. Darum galt für sie auch nicht die Lehrerregel."

„Die ‚Lehrerregel'?" fragte Quinn.

„Die Lehrer sollen sich mit den Schülern nicht privat treffen. Die Regel wird relativ locker gehandhabt, weil jeder doch irgendwann mal nach unten in den Salsa Club geht. Ich sage dir, das *Moonlight Sonata* hat den denkbar günstigsten Standort für eine Tanzschule. Manchmal kommen Paare hin, die gemeinsam tanzen können – und Singles ... na ja, die sind anfangs immer erst mal nervös. Du kannst in einen der Clubs gehen, etwas trinken und dann mit einer Tanzlehrerin tanzen, was dich auf der Tanzfläche ziemlich gut aussehen lässt. Das ist ganz nett. Und es ist *South Beach*, da legen hin und wieder auch ein paar Rock- und Filmstars einen Zwischenstopp ein."

„Das heißt also, da hängen viele wichtige Leute rum, richtig? Und Drogen gibt's da sicher bis zum Abwinken, oder? Wie heißt der Laden?"

*„Suede."*

Quinn zog erstaunt die Augenbrauen hoch. „Den Namen kenne ich, und ich treibe mich nie in South Beach herum. Ich hasse South Beach", fügte er an. Das meinte er auch so. Das Ganze war unerträglich künstlich. Die Leute dort machten den ganzen Tag lang überhaupt nichts, sie kamen nur hin, um gesehen zu werden. Mit etwas Glück schafften sie es in die Klatschspalten, wenn sie gerade in dem Club waren, dem Madonna einen Besuch abstattete. Für wie wichtig sich diese Leute hielten, zeigte sich spätestens dann, wenn sie vom Türsteher verlangten, sie in den gerade angesagten Club einzulassen, obwohl noch eine Schlange vor ihnen war, die einmal um den Block reichte.

Das einzig Gute waren nach Quinns Meinung die Lincoln Road, wo manchmal gute ausländische Filme und Independent-Produktionen liefen und es ein paar akzeptable Restaurants gab. Außerdem ging jeder Tierliebhaber in der Stadt dort mit seinem Hund spazieren.

„Komm schon, so schlimm ist der Strand nun auch wieder nicht. Zugegeben, da geht es nicht so entspannt zu wie in deinen geliebten Keys, aber trotzdem … und was das *Suede* angeht, da gab es erst vor kurzem eine Untersuchung. Nur einen Block davon entfernt wurde eine Tote aufgefunden, eine Prostituierte. Das Mädchen war von zu Hause ausgerissen und dann auf dem Strich gelandet. Überdosis Heroin. Das Drogendezernat hat die ganze Gegend auf den Kopf gestellt, aber das *Suede* ist sauber. Kann sein, dass die Kleine ihren Stoff von irgendwem in der Bar gekauft hat, aber bewiesen ist nichts. Du weißt so gut wie ich, dass ein Dealer nicht unbedingt wie ein Dealer aussehen muss. Der

Strand bringt viel Geld mit sich, und Leute mit richtig viel Kohle gehen auch ins *Suede*. Aber das Management und der Club selbst sind drogenfrei. Außerdem achtet man sehr genau darauf, dass niemand unter einundzwanzig in den Club kommt. Vor ein paar Monaten kam der Laden in die Schlagzeilen, weil sich ein Kellner geweigert hat, einem stark angetrunkenen Rockstar noch mehr Alkohol zu servieren. Ich sage dir, der Club ist gut, und Tanzschüler und Lehrer treffen sich, um zu tanzen, manchmal trinken sie zusammen noch was. Das macht das Studio zu etwas ganz Besonderem, weil du sofort das anwenden kannst, was du gelernt hast. Aber außerhalb des Clubs sollen Schüler und Lehrer keinen Kontakt halten."

„Und wieso nicht?"

Doug seufzte, als sei sein Bruder schon alt und senil geworden. „Bevorzugung. Tanzstunden sind teuer. Irgendjemandem könnte das sauer aufstoßen, wenn sich ein Lehrer außerhalb des Studios mit einem Schüler trifft. Es könnte ja sein, dass da jemand kostenlosen oder preiswerteren Privatunterricht bekommt. Aber trotz allem wird gegen diese Regel immer wieder verstoßen. Du musst in den Laden kommen, Quinn. Wäre es denn wirklich so schlimm, wenn du ein paar Stunden buchst, hier und da die eine oder andere Frage stellst und dich ein bisschen umsiehst – weil mir das ja nicht möglich ist?"

Quinn zuckte bei dem Gedanken zusammen. „Doug, eines Tages möchte ich Skydiving lernen, und ich möchte meinen nächsten Tauchschein machen. Ich möchte meine Spanischkenntnisse verbessern, und ich möchte nach Afrika reisen, um an einer Safari teilzunehmen. Aber in meinem ganzen Leben habe ich noch nie daran gedacht, Tanzunterricht zu nehmen."

„Vielleicht wärst du ja angenehm überrascht", sagte Doug. „Bitte."

Quinn sah auf seine Hände. Sein Plan war gewesen, das Boot gründlich sauber zu machen und dann in Richtung Bahamas abzulegen. Zwei Wochen lang nur umgeben von Fischen, Sonne und Sand. Den ganzen Tag Calypso-Musik und vielleicht auch etwas Reggae. Aber nur zum Hören, nicht zum Tanzen.

Doch die Sache schien Doug äußerst wichtig zu sein. Vielleicht stimmte ja wirklich irgendetwas nicht. Sein Bruder wäre nicht hergekommen, wenn er nicht tatsächlich ein komisches Gefühl hätte. Es war besser, wenn *er* der Angelegenheit auf den Grund ging, nicht die Polizei – erst recht nicht, wenn Doug zum Hauptverdächtigen erklärt werden konnte.

Er blickte Doug an, um ihm beizupflichten, dass es ihn wirklich nicht umbringen würde, sich dort umzusehen und ein paar Fragen zu stellen. Doch dann zögerte er. „Ich brauche eine Pause von meinem Job", gestand er ihm ein. „Ich bin nicht mal sicher, ob ich der Richtige für den Fall bin, der dir so viel bedeutet."

Doug schüttelte verärgert den Kopf. „Quinn, du weißt, dass du dir für das, was neulich passiert ist, nicht die Schuld geben musst. Du machst immer das Beste aus dem, was du gelernt hast und was du weißt. Manchmal funktionieren Wissen und Gesetz, manchmal nicht. Ich setze nach wie vor größtes Vertrauen in dich, auch wenn du das Vertrauen in dich verloren hast."

„Ich habe nicht das Vertrauen in mich verloren", gab Quinn trotzig zurück. Verdammt, das hörte sich nun wirklich nicht überzeugend an.

„Ach ja?" fragte Doug. „Dann ist es ja gut. Ich weiß nämlich noch etwas, das dich dazu bringen wird, deine Meinung über diesen Fall zu ändern."

„Und das wäre?"

„Dein Mädchen hat bis letzten November im *Moonlight Sonata* Tanzstunden genommen."

Quinn runzelte die Stirn. „Mein ‚Mädchen'? Was redest du da?"

„Nell Durken. Ich konnte einen Blick in den Aktenschrank des Studios werfen, und da stieß ich auf ihren Namen."

Von Nells Tanzstunden hatte Quinn überhaupt nichts gewusst. Allerdings hatte er ohnehin kaum etwas über sie gewusst. Sie hatte ihn nur angeheuert, damit er herausfand, was ihr Ehemann trieb.

Er hatte es herausgefunden.

Und dann war sie von diesem Bastard getötet worden.

„Um genau zu sein", fuhr Doug fort, „gehörte Nell zu den Fortgeschrittenen. Letzten November hörte sie einfach auf. Ich nehme an, dass sie dir davon nichts gesagt hat. Aber merkwürdig war das schon. Den Unterlagen nach war sie eine sehr eifrige Schülerin, und dann kam sie einfach nicht mehr wieder. Seltsam, findest du nicht?"

„Na gut", sagte Quinn ohne eine Gefühlsregung. „Ich werde mich da umsehen und ein paar Tanzstunden nehmen."

## *3. KAPITEL*

„Na, wie geht's?"

Ella Rodriguez klopfte kurz an die offen stehende Tür an, dann betrat sie Shannons Büro und setzte sich auf eine Ecke ihres Schreibtischs. Shannon hatte sich in ihrem Sessel zurückgelehnt und überlegte, was sie ihrer Empfangsdame antworten sollte.

„Ich weiß nicht. Was glaubst du, wie es geht? Ich persönlich finde ja, wir hätten wenigstens für diese Woche den Laden schließen sollen", erwiderte sie endlich.

„Wir hatten doch immerhin drei Tage geschlossen", machte Ella sie aufmerksam. „Das ist normalerweise das Äußerste, was andere Unternehmen ihren Mitarbeitern zugestehen, wenn jemand aus dem engsten Familienkreis stirbt."

„Überall hängen hier ihre Fotos", sagte Shannon.

„Stimmt. Und allen Lehrern wird sie genauso fehlen wie den wirklich engagierten Schülern. Aber da sind auch noch andere Schüler, die das Tanzen nicht so ernst nehmen, die niemals an einem Wettbewerb teilnehmen werden, die zwei linke Füße haben und einfach nur etwas lernen wollen, weil sie in ein paar Wochen heiraten werden. Für die muss die Tanzschule geöffnet sein." Ella trug ihr helles, fast platinblondes Haar modisch kurz. Sie hatte unglaublich dunkle Augen, dazu ein Lächeln, dem niemand widerstehen konnte. Ob sie wirklich – wie sie meinte – die am wenigsten begabte Angestellte des Studios war, stand auf einem anderen Blatt. Doch ihre Warmherzigkeit und ihr lässiger Charme kamen zweifellos bei vielen Schülern gut an.

Im Moment allerdings hatte ihre Miene weder etwas Warmherziges noch etwas Charmantes. „Shannon, ich weiß, man soll über Tote nicht schlecht reden. Aber wenn ich ehrlich sein soll, ich habe Lara nie gemocht. Und da bin ich nicht die Einzige. Es gibt sogar Leute, die finden, ihr Tod auf der Tanzfläche war eine Art poetische Gerechtigkeit."

„Ella!"

„Ich weiß, es klingt schrecklich, und es tut mir auch Leid. Ich habe mir nicht gewünscht, dass ihr etwas passiert", gab Ella zurück und sah Shannon eindringlich an. „Na, komm schon. Du wirst doch bestimmt nicht behaupten, dass sie in deinen Augen der liebste Mensch auf Erden war."

„Darum geht es nicht, sondern darum, dass sie eine treibende Kraft in dieser Branche war. Und darum, dass sie hier begann. Das hier war sozusagen ihr Zuhause", erklärte Shannon.

„Es tut uns allen Leid. Wir wissen, dass sie so gut war wie kein anderer, und ich glaube, es gibt niemanden, der keinen Respekt vor ihrem Talent hatte." Ella blickte Shannon tief in die Augen. „Das habe ich auch alles erklärt, als der Detective mir Fragen stellte."

„Du hast ihm erzählt, du mochtest Lara nicht?"

„Ich war nur ehrlich, weiter nichts. Was soll's denn auch? Er hat seine Fragen gestellt, weil er das machen muss. Du weißt doch, wie das läuft, wenn jemand auf solche Art und Weise stirbt. Es gibt eine Autopsie, alle möglichen Leute werden befragt. Na und? Alle haben gesehen, was passiert ist." Ella hob fragend eine Augenbraue. „Hast du der Polizei vielleicht erzählt, du hättest Lara bewundert?"

„Nein, ich war auch nur ehrlich", erwiderte Shannon. „Jedenfalls während der viereinhalb Minuten, in denen ich verhört wurde."

Ella schüttelte den Kopf. „Was erwartest du von der Polizei? Die Sache ist offensichtlich. Ihr Tanz wurde auf Video mitgeschnitten, und ihr Tod ebenso." Ihr schauderte. „Irgendwie unheimlich, das Ganze. Aber Lara hätte es sicher geliebt. Sogar ihr

Abgang war an Dramatik nicht zu überbieten, und er wurde für alle Ewigkeit auf Film gebannt. Sie hat sich von ihrer Begeisterung mitreißen lassen, und dann ist sie gestorben. Regelrechte Vergeudung. Aber jetzt kann niemand mehr etwas für sie tun. Du hast das Studio im Andenken an sie ein paar Tage geschlossen gelassen, aber nun muss es weitergehen. Und außerdem hast du in einer Viertelstunde einen neuen Schüler."

„*Ich* habe einen neuen Schüler?"

„So ist es."

Shannon runzelte die Stirn. „Augenblick mal, ich nehme gar keine neuen Schüler an. Als Managerin habe ich genug Arbeit! Ich muss mich um den Papierkram und die komplette Verwaltung kümmern. Dazu kommt die Planung für die Gator Gala. Erinnerst du dich, was wir bei unserer letzten Besprechung vereinbart haben?"

„Natürlich weiß ich das. Aber du hast sicher gemerkt, dass Jane noch nicht da ist. Sie hat einen Zahnarzttermin, auf den sie bei genau diesem Treffen hingewiesen hat. Rhianna kann ihren Zeitplan nicht umstellen, weil ihr Typ Nachtschicht hat. Und der Neue ist von Doug für einen Schnupperkurs angemeldet worden. Übrigens ist er Dougs Bruder. Also ich kann es kaum erwarten, ihn zu Gesicht zu bekommen."

„Wie oft soll ich dir bloß noch sagen, dass du endlich deinen Schein machen sollst, damit du hier auch Unterricht geben kannst?" fragte Shannon kopfschüttelnd. Ella war ein Naturtalent, und sie hatte das Zeug zu einer hervorragenden Lehrerin. Aber vor zwei Jahren war sie auf der Suche nach einem Verwaltungsjob gewesen, den sie im *Moonlight Sonata* bekommen hatte, und war nach wie vor nicht dazu zu bewegen, sich aufs Unterrichten zu verlegen.

Was Shannon selbst anging, wollte sie im Moment einfach

keine Tanzstunden geben. Eigentlich genoss sie es von Herzen, mitzuerleben, wie ein Schüler besser und besser wurde, doch seit Laras Tod schien ihr alles aus dem Lot geraten zu sein.

Natürlich reagierte die ganze Tanzwelt mit Erschütterung auf einen so tragischen Tod, aber dennoch stimmte es, dass Lara Trudeau nicht zu den Menschen zählte, die sie besonders gut hatte leiden können.

Ganz gleich, wie viele Tanzwettkämpfe man gewann, seinen Lebensunterhalt konnte man davon nicht zwangsläufig bestreiten, jedenfalls nicht in den USA. Lara hatte nebenher Unterricht erteilt, um ihre Einnahmen aufzubessern. Gordon Henson war ihr erster Lehrer für Gesellschaftstänze gewesen, der auf seine preisgekrönte Schülerin immer sehr stolz war. Man musste ihr hoch anrechnen, dass sie immer dann als Aushilfe ins *Moonlight Sonata* gekommen war, wenn er sie darum bat. Nachdem aber Shannon so weit war, dass sie das Management des Studios übernehmen konnte, gehörte es zu ihren Aufgaben, für Tanzlehrer zu sorgen.

Da Lara einfach herausragend war und neue Schüler in Scharen anzog, hatte Shannon sie regelmäßig eingeplant. Laras Problem war allerdings die Tatsache, dass sie sich entgegen den Gepflogenheiten des Studios nach der Tanzstunde gerne mal über ihre Schüler oder manche Lehrer lustig machte.

Daneben gab es für Shannon aber noch andere, persönlichere Gründe, Lara nicht zu mögen. Und doch machte ihr deren Tod zu schaffen. Vielleicht lag es daran, dass sie der Ansicht war, niemand sollte so jung sterben müssen. Womöglich war es für sie einfach unbegreiflich, kein Gefühl von tiefer Trauer oder echtem Verlust zu spüren, obwohl jemand von ihr gegangen war, der so sehr einen Teil ihres Lebens ausgemacht hatte. Sie verspürte eine gewisse Verwirrung, aber vielleicht war es auch Unglaube. In jedem Fall kam es Shannon so vor, als stehe sie neben sich, was ihr Schwierigkeiten bereitete, sich auf ihre Arbeit zu konzentrieren und sich um die anstehende Gator Gala zu kümmern. Wie sollte sie unter solchen Umständen, mit einem Lächeln auf den Lippen und dem unverzichtbaren Enthusiasmus einem Anfänger das Tanzen beibringen?

„Sie ist erst seit knapp einer Woche tot", sagte Shannon. „Man hat sie noch nicht einmal beerdigt." Da Laras Tod automatisch eine gerichtsmedizinische Untersuchung nach sich gezogen hatte, war sie bis zur Freigabe im Leichenschauhaus untergebracht worden. Nachdem inzwischen allerdings ein Fremdverschulden ausgeschlossen werden konnte, hatte Laras Ex-Mann Ben zusammen mit Gordon alle Vorbereitungen für die Beisetzung getroffen. Lara war vor fast zwanzig Jahren nach Miami gekommen, um aufs College zu gehen, wenige Jahre darauf waren ihre Eltern gestorben. Kinder hatte sie nie gehabt, und falls es engere Verwandte gab, dann hatten die sich in all der Zeit nie hier blicken lassen. Da Lara durchaus als prominent bezeichnet werden konnte, waren die beiden Männer zu dem Entschluss gekommen, sie an einem Samstagmorgen beisetzen zu lassen.

„Shannon, sie kam hier reingeschneit, um dann und wann mal zu tanzen. Wir kannten sie, aber sie war für keinen von uns wie eine Schwester. Du musst darüber hinwegkommen", beharrte Ella. „Wenn jemand behaupten kann, sie wirklich gekannt zu haben, dann ist das Gordon. Aber sogar *er* hat den Blick nach vorn gerichtet."

Shannon musste zugeben, dass Ella damit Recht hatte. Den gestrigen Tag hatte er in seinem Büro verbracht und sich Stoffmuster angesehen, um zu überlegen, welcher ihm am besten für neue Vorhänge in seinem Wohnzimmer gefiel.

„Aus dir werde ich nicht schlau", unterbrach Ella Shannons

Gedanken und schüttelte den Kopf. „Du warst auch nach Nell Durkens Tod völlig aufgelöst, und sie war seit fast einem Jahr nicht mehr zum Tanzunterricht gekommen."

„Nell Durken starb aber nicht einfach so. Ihr Ehemann brachte sie um. Vermutlich war er in Panik geraten, als er begriff, er könnte seine Köchin und Putzfrau verlieren", gab Shannon verbittert zurück. Nell war eine der erstaunlichsten Schülerinnen gewesen, die sie je hier im Studio erlebt hatte. Sie war unbekümmert, hübsch und so voller Leben gewesen. Allen anderen Schülern gegenüber hatte sie sich immer freundlich verhalten, sie reagierte mit Ironie auf die Tatsache, dass ihr Mann einfach nicht mitkommen wollte. Doch sie war entschlossen gewesen, dann eben allein Tanzen zu lernen. Dass ihr Ehemann sie umgebracht hatte, war für Shannon entsetzlich gewesen.

„Mein Gott", hauchte sie auf einmal.

„Was ist?" fragte Ella.

„Es ist doch schrecklich, findest du nicht?"

„Schrecklich? Was denn?" Ella schüttelte fragend den Kopf.

„Nell Durken starb, weil ihr Mann sie zwang, eine Überdosis Schlaftabletten zu schlucken."

„Ja, der Kerl war ein Bastard. Das haben wir alle gedacht", sagte Ella. „Dass er so gefährlich sein könnte, hätte wohl niemand für möglich gehalten. Aber wenigstens ist die Polizei ihm auf die Schliche gekommen. Wahrscheinlich dachte er, wenn er sie all diese Tabletten schlucken lässt, würde es wie ein Unfall oder ein Selbstmord aussehen. Dann hätte er ihre Lebensversicherung kassieren können." Nach einer kurzen Pause fuhr sie fort: „Aber sie haben ihn ja geschnappt. Er könnte sogar die Todesstrafe bekommen, weil sein Motiv offensichtlich war und sich seine Fingerabdrücke auf dem Fläschchen mit den Tabletten befanden."

„Hast du dir in letzter Zeit zu viele Polizeiserien angesehen?" drang auf einmal eine Stimme durch die offene Tür. Gordon stand vor dem Büro und sah die beiden Frauen amüsiert an.

„Nein, Gordon", erwiderte Ella. „Ich habe nur erzählt, was Nell Durken zugestoßen ist. Und dass ich hoffe, dass der Bastard dafür schmoren wird."

„‚Schmoren wird'?" wiederholte Gordon.

„Ja, okay, normalerweise gibt es die Giftspritze. Aber er war so gemein zu ihr, lange bevor er sie umbrachte, er hat es verdient."

Gordon machte einen ratlosen Eindruck. „Wie kommt ihr jetzt überhaupt auf Nell Durken?"

„Wir sprachen über Lara", antwortete Ella.

Er schien den Zusammenhang nicht zu sehen. „Wir haben Lara verloren. Das ist eine Sache. Sie war ein wenig so wie Ikarus und versuchte, zu hoch zu fliegen. Aber Nell ... verdammt, wir alle wussten, dass sie diesen Kerl hätte verlassen sollen. Zu schade, dass sie es nicht tat. Ich hätte sie gern weiter tanzen gesehen."

„Sie hörte damit auf, als er für sie beide diesen Karibikurlaub plante, wisst ihr noch?" sagte Shannon gedankenverloren. „Sie wollten in die zweiten Flitterwochen fahren. Er wollte sie für alles entschädigen."

„Tja, und wir dachten alle, es läuft wieder bestens zwischen den beiden, weil sie nach dem Urlaub anrief und für die nächste Zeit alle Tanzstunden absagte, da sie auf Reisen gehen wollten. Als gute Empfangsdame habe ich natürlich regelmäßig nachgehakt, aber immer nur den Anrufbeantworter erwischt. So nach ungefähr sechs Monaten ist sie dann von der Wiedervorlage verschwunden."

„Es ist doch schrecklich, nicht wahr?" murmelte Shannon wieder. „Ich hoffe nicht, dass wir vom Pech verfolgt werden.

Erst wird eine Ex-Schülerin von ihrem Mann umgebracht, und jetzt ... jetzt bricht Lara tot zusammen."

„Willst du damit etwa sagen, wir sind verflucht?"

Shannon sah über Gordons Schulter in den Korridor und entdeckte Sam Railey, der gerade hinter ihm aufgetaucht war.

„Verflucht?" wiederholte Gordon. „Komm nicht mal auf die Idee, so etwas zu denken. Nell war schon längst keine Schülerin mehr, als sie umgebracht wurde. Und Lara ... das war einfach eine Tragödie." Er hielt ihm drei Finger hin. „Das Broward Studio hat im letzten Jahr zwei Schüler und einen Lehrer verloren."

Shannon musste sich ein Lächeln verkneifen. „Gordon, die beiden Schüler waren Mr. und Mrs. Hallsly, neunzig und dreiundneunzig Jahre alt. Niemand war wirklich überrascht, dass die beiden innerhalb weniger Monate starben. Und Dick", fügte sie leise an, da sie den Tanzlehrer Dick Graft wirklich gut hatte leiden können, „litt an einem Aneurysma."

„Ich wollte darauf hinweisen, dass Leute nun einmal sterben und wir *nicht* verflucht sind."

„Das will ich auch nicht hoffen", gab Sam zurück. „Wenn das nämlich der Fall wäre, dann würde das Unglück immer dreimal zuschlagen. Und uns würde noch ein Schlag bevorstehen."

„Sam!" ermahnte Gordon ihn verärgert.

„Oh, entschuldige. Aber keine Sorge, so was würde ich vor den Schülern niemals von mir geben."

„Davon gehe ich aus", raunte Gordon. Zwar hatte er Shannon die Leitung des Studios übertragen, doch wenn er bei einem Tanzlehrer das Gefühl bekommen sollte, er schade dem Betrieb, würde er ihn auf der Stelle feuern.

„Hey", ertönte die Stimme von Justin Garcia. Der schlanke, 1,70 Meter große Mann musste sich auf Zehenspitzen stellen, um über die Schultern der anderen blicken zu können, die sich vor

Shannons Büro versammelt hatten. „Psst." Er sah zu Ella, die immer noch auf der Schreibtischkante saß. „Vorne wartet ein neuer Schüler. Ich würde ihn ja selbst übernehmen, aber er ist ein Riese von Kerl, und ich glaube, er würde mich zerquetschen, wenn ich's versuchen sollte."

„Dougs Bruder", sagte Ella und rutschte vom Schreibtisch. Die anderen grinsten viel sagend.

Doug zählte eindeutig zu den beliebtesten Neuzugängen der letzten Zeit. Er war hergekommen, um für die Hochzeit eines Freundes Salsa zu lernen. Anfangs war er so unbeweglich wie ein Brett gewesen, doch nach nicht einmal einer Woche hatte er sich in den kubanischen Tanz verliebt und wollte mehr lernen.

Er war Polizist, aber er lachte nur darüber, dass seine Kollegen ihn wegen seiner Tanzstunden auf den Arm nahmen. Nicht nur bei den zahlreichen Schülerinnen des Studios kam er sehr gut an, sondern auch bei seiner Lehrerin Jane Ulrich. Jane liebte das Dramatische, und mit Doug konnte sie springen, sich drehen und buchstäblich abheben. Sie war eine exzellente Tänzerin, und er besaß die Kraft, sie für jede Figur genau so hochzuheben, wie es erforderlich war. Dass er groß, blond und blauäugig war, stellte einen weiteren Vorteil dar, und seine Lernbegeisterung war eine Freude für jeden Lehrer.

Ella zwängte sich zwischen den Männern hindurch nach draußen und eilte zum Eingang, um den Neuzugang zu begrüßen und seine Daten aufzunehmen.

Als Shannon gerade aufstand, stürmte Ella zurück ins Büro und flüsterte: „Oh Mann, Jane wird sich schwarz ärgern, dass sie einen Zahnarzttermin hat. Komm schon! Diesen Mann musst du gesehen haben!" Dann war sie schon wieder aus dem Büro verschwunden.

„Der ist mir eine Nummer zu groß", meinte Justin schulterzuckend.

Neugierig folgte Shannon der Gruppe nach draußen und sah, wie Ella den Mann freundlich begrüßte, während die anderen dastanden und darauf warteten, dass er zu ihnen kam. Normalerweise stellten sie sich zum Empfang eines neuen Kunden nicht im Halbkreis auf.

Dougs Bruder. Ja, die Ähnlichkeit war ihm anzusehen. Sie waren etwa gleich groß, doch während Doug schmale Schultern hatte und verhältnismäßig geschmeidig war, wirkte sein Bruder so, als sei er einem Film über muskelbepackte Barbaren entsprungen. Sein Haar war dunkel, seine blauen Augen hatten etwas Durchdringendes. Sein Gesicht sah hübsch aus, zwar ein wenig kantig, aber ebenmäßig.

Noch bevor Shannon einen Schritt nach vorn machen konnte, legte Sam seine Hände auf ihre Schultern und zog sie an sich. „Zu schade, dass wir uns mit unseren Schülern nicht privat treffen dürfen, nicht wahr?"

„Sam", gab sie mit einem leisen, gelangweilten Seufzer zurück. Die Vorschrift lautete so, das stimmte. Aber Gordon hatte es immer vorgezogen, von den Dingen nichts zu wissen, von denen er nichts wissen wollte. Die gleiche Haltung traf auch auf Shannon zu.

Als sie sich von Sam entfernte, hörte sie Justin flüstern: „Nicht privat treffen? Für ein paar von uns mag das ja gelten, aber für einige andere nicht."

Noch während sie ihre Hand ausstreckte, überlegte sie, was Justin damit meinte. Wer hatte sich mit wem privat getroffen? Und warum bereitete ihr diese simple Frage mit einem Mal ein solches Unbehagen?

Sie zwang sich zu einem Lächeln. „Sie sind also Dougs Bruder. Freut mich, Sie hier zu sehen. Doug ist bei uns etwas ganz Besonderes, müssen Sie wissen." Einen Moment lang zögerte sie. „Hat er Sie mit vorgehaltener Waffe hergebracht?"

Der Mann reagierte mit einem Lächeln, und in seiner linken Wange zeichnete sich ein kleines Grübchen ab. „So ungefähr", sagte er. „Er hat ein gutes Gespür dafür, wie man jemanden von einer Sache überzeugt." Er begrüßte sie mit einem kraftvollen Händedruck. „Ich bin Quinn. Quinn O'Casey. Ich fürchte, Sie werden mich wohl als den Bruder mit den zwei linken Füßen in Erinnerung behalten. Ich werde für Sie eine gewaltige Herausforderung sein."

Shannon lächelte weiter, doch in ihrem Inneren machte sich abermals Unbehagen breit.

*Eine gewaltige Herausforderung.*

Sie hatte so ein Gefühl, dass er Recht hatte, und zwar nicht nur im Hinblick auf die Tanzstunden.

*Was zum Teufel treibt ihn wirklich her?* fragte sie sich.

„Ella, kann ich für Mr. O'Casey bitte einen Fragebogen haben?" sagte sie laut. „Kommen Sie mit in den Konferenzraum. Dann werden wir sehen, was wir für Sie tun können."

Der so genannte Konferenzraum war nichts weiter als ein abgeteilter Raum, der vielleicht zweieinhalb Meter lang und ebenso breit war. In der Mitte stand ein runder Tisch, an dem im äußersten Fall fünf Personen Platz nehmen konnten. Ringsum gab es einige Schautafeln und ein paar Regale, in denen Pokale verschiedener Lehrer des Studios standen, unter anderem auch einige, die Shannon gewonnen hatte. Zwei andere Pokale zeigten, dass das *Moonlight Sonata* in den letzten beiden Jahren in Folge zum besten unabhängigen Studio gekürt worden war.

Ella reichte Shannon den Fragebogen, während die anderen einfach stehen blieben und ihr zusahen. Erst auf einen knappen, unmissverständlichen Blick hin löste sich die Gruppe auf. Shannon schloss die Tür und zeigte auf einen Stuhl.

„Nehmen Sie doch Platz."

„Ich lerne hier tanzen, wenn ich mich an einen Tisch setze?" fragte Quinn O'Casey amüsiert.

„Ich lerne erst etwas über Sie", gab sie zurück. „Nämlich an welchen Tänzen Sie interessiert sind." Natürlich wollte das Studio Tanzkurse an den Mann und an die Frau bringen, und deshalb wurde der Konferenzraum im Spaß auch schon mal als der ‚Abzockerraum' bezeichnet. Shannon war aber wichtig, dass sie immer nur den besten Kurs anbot und nie einen neuen Schüler zu irgendetwas drängte. Wer das Gefühl bekam, dass man ihn über den Tisch gezogen hatte, kam einfach nicht mehr her. Die Schüler jedoch, die dem Studio treu blieben, waren diejenigen, die sich zu Wettbewerben meldeten und die die Tanzschule ins Gespräch brachten.

„Also, Mr. O'Casey, welche Tänze möchten Sie denn lernen?"

„Welche Tänze?"

Der dunkelhaarige Mann, der Shannon gegenübersaß, hob die Augenbrauen, als hätte sie ihm eine Fangfrage gestellt.

„Wir unterrichten hier viele verschiedene Tänze", erklärte sie. „Darunter auch Polka und Country and Western. Normalerweise haben die Leute, die herkommen, eine gewisse Vorstellung davon."

„Oh ja, klar. Tja, also eigentlich habe ich gar keine Vorstellung. Doug hat mich dazu überredet. Welche Tänze ...? Na ja, ich ... ich kann überhaupt nicht tanzen", sagte er. „Und ... Doug sagte irgendetwas von langsamen Tänzen. Ich nehme an, dass ich das dann wohl machen soll."

„Also möchten Sie sich auf Walzer, Foxtrott und Tango konzentrieren."

„Tango?“

„Ja, Tango.“

„Den Tanz nennen Sie *langsam*?“

„Es gibt dabei schnelle Schritte, und ausgeprägte, spritzige Bewegungen sind ein wichtiges Merkmal. Trotzdem gilt der Tanz als langsam. Möchten Sie Tango lieber auslassen?“

Er zuckte mit den Schultern. „Ich habe nichts gegen Tango.“ Er hätte ebenso gut über das Wetter reden können, so gleichgültig wirkte er. Ein ironisches Lächeln umspielte seine Lippen, und sie nahm erschrocken zur Kenntnis, wie anziehend er war. Er hatte ein markantes, attraktives Gesicht – und dazu dieses Grübchen. Seine dunklen Augen waren nicht weniger ansprechend, und sein Blick wich dem ihren nicht ein einziges Mal aus. Shannon spürte, wie ihr unwillkürlich heiß wurde. Eine ganz normale Reaktion auf sein gutes Aussehen, rief sie sich zur Räson. Sie war ein Profi, sie war erwachsen – und sie war in der Lage, jegliche Regung unter Kontrolle zu halten. Aber sie war nicht tot, also durfte ihr Körper reagieren.

Plötzlich lehnte er sich zu ihr vor. „Ich glaube, Tango würde ich doch gern lernen“, sagte er, als hätte er gerade intensiv darüber nachgedacht.

*Und wahrscheinlich würde jede Frau der Welt für ihr Leben gern einen Tango mit dir tanzen, Freundchen,* ging es ihr durch den Kopf.

Auf einmal begann sie zu lächeln. „Sind Sie sich wirklich sicher, dass Sie Tanzstunden nehmen wollen?“

„Ja … nein.“ Wieder zuckte er mit den Schultern. „Doug hat mich dazu überredet.“

Sie fühlte sich mit einem Mal ein wenig unentschlossen. Warum, das wusste sie nicht. Dieser Mann war körperlich so beeindruckend, dass jede Tanzlehrerin sich seiner annehmen würde, und wenn es nur darum ging, sich dieser Herausforderung zu stellen.

Ja, genau. Das war er in ihren Augen: eine Herausforderung. Auf der einen Seite fühlte sie sich von ihm angezogen, gleichzeitig weckte er in ihr aber auch das Gefühl, auf der Hut sein zu müssen. Sie verstand nicht, warum das so war.

Shannon lehnte sich nach hinten, lächelte und klopfte mit dem Bleistift auf die Tischplatte. „Ihr Bruder ist Polizist", sagte sie beiläufig. „Haben Sie den gleichen Beruf, Mr. O'Casey?"

„Quinn. Sagen Sie doch bitte Quinn zu mir. Cop bin ich nicht. Besser gesagt: nicht mehr."

Weiter ins Detail ging er nicht.

„Und *was* machen Sie?"

„Ich habe einen Charterservice unten in den Keys."

„Fischen? Tauchen?"

Er lächelte flüchtig. „Beides. Aber warum fragen Sie? Muss man einer bestimmten Berufsgruppe angehören, wenn man Tanzstunden nehmen will?"

Sie schüttelte den Kopf und war auf sich selbst wütend, weil sie spürte, dass sie rot geworden war. Ihr Blick war starr auf den Fragebogen vor ihr gerichtet. „Nein, natürlich nicht. Tut mir Leid. Wir versuchen nur, unser Programm auf den Kunden abzustimmen."

„Tja, ich möchte eigentlich nur in der Lage sein, bei irgendwelchen gesellschaftlichen Anlässen zu tanzen. Und ich mache keine Witze, wenn ich sage, dass ich nicht tanzen kann."

Diese Worte waren sein voller Ernst.

„Doug kam her und war ungefähr so beweglich wie ein tief verwurzelter Baum", sagte sie lächelnd. „Er machte unglaubliche Fortschritte."

„Tja, er hat sich ins Tanzen verliebt, nicht wahr?"

Ihr Lächeln wurde noch breiter, während sie ihm zunickte. „Dass Sie sich ins Tanzen verlieben könnten, halten Sie wohl nicht für möglich, oder?“

Schon wieder reagierte er mit einem Schulterzucken. Ihr Blick fiel auf seine Hände, makellose schlanke Hände mit langgliedrigen Fingern. Kein Wunder. Fischen und Tauchen. Dieser Mann verbrachte die meiste Zeit im Wasser. Sein Gesicht war gebräunt und ließ das Blau seiner Augen noch intensiver wirken. „Und was ist mit Ihnen?“

„Wie bitte?“ fragte sie, erschrocken darüber, dass mit einem Mal die Rollen vertauscht waren.

„Wann haben Sie sich ins Tanzen verliebt?“

„Als ich anfing zu laufen“, erklärte sie.

„Ah, dann sind Sie eine von diesen großen Wettkämpferinnen.“

Sie schüttelte den Kopf. „Nein, ich bin Lehrerin.“

Abermals fühlte sie sich unbehaglich, als sie merkte, dass er sie prüfend ansah.

„Ich möchte wetten, Sie wären im Wettbewerb gut.“

„Mir gefällt, was ich hier mache.“

„Ja, so ein Wettbewerb kann eine gefährliche Sache sein.“

Es klang völlig beiläufig, und doch versteifte sich Shannon. „Gefährlich? Ein Tanzwettbewerb? Was meinen Sie denn damit?“

„Doug erzählte davon, dass beim letzten großen Wettkampf irgendjemand einen Herzinfarkt erlitten hat und gestorben ist.“

Abwehrend schüttelte Shannon den Kopf. „Das war ein tragischer Vorfall, aber es war ein absoluter Ausnahmefall. So etwas habe ich noch nie miterlebt. Natürlich sind wir alle erschüttert, aber ein Wettbewerb ist normalerweise keine besonders gefährliche Angelegenheit.“ Sie wollte mehr sagen, hielt sich aber zurück.

Schließlich wollte sie nicht wie ein Trottel dastehen. Und ganz bestimmt würde sie nicht über ihr Unbehagen mit einem Mann reden, den sie erst seit ein paar Minuten kannte, auch wenn es sich bei ihm um Dougs Bruder handelte. Doug war ein Schüler, sogar ein viel versprechender Schüler, aber er war niemand, dem sie vertrauliche Informationen geben würde. „Ich denke, Bootfahren und Tauchen dürften weitaus gefährlicher sein als Tanzen, Mr. O'Casey."

„Oh, ich bin nicht besorgt", gab er zurück. „Nur ... na ja, mir tut es Leid um die Frau. Und ich bin neugierig."

Es war kein Wunder, wenn die Menschen bestürzt waren und Anteil nahmen. In der Welt des Tanzes war Lara die Königin gewesen. Auch wenn jemand, der sich für andere Dinge interessierte, nicht ihren Namen kennen musste – so wie Shannon im Gegenzug nicht wusste, wie der führende NASCAR-Rennfahrer hieß –, machte ein solcher Tod dennoch Schlagzeilen. Und in Laras Fall dürften unterschiedliche Fernsehsender darüber berichtet haben, da Kamerateams die Veranstaltung aufgenommen hatten.

Nein, es war wirklich kein Wunder, dass die Leute wissen wollten, was geschehen war. Sie verstand bloß nicht, warum sie es als so ärgerlich empfand, diesem Mann die Situation zu erklären.

„Wir stehen alle vor einem Rätsel", sagte sie dann aber mit ruhiger Stimme. „Lara Trudeau war eine erstaunliche Frau. Sie trank keinen Alkohol, nahm keine Tabletten, weder ärztlich verschriebene noch frei erhältliche. Was an dem Tag geschehen ist, weiß hier keiner. Sie war phantastisch, und sie wird uns fehlen – sie und ihr Talent. Aber Tanzen ist alles andere als gefährlich. Es ist eine körperliche Betätigung, und wir haben sogar Herzpatienten hier, die als therapeutische Maßnahme tanzen. Es ist gefährlicher, sich zu Hause aufs Sofa zu setzen, um fernzusehen." Mit einem Mal wurde sie wütend, so als würde sie persönlich angegriffen. Warum, war ihr nicht klar. Sie war fast im Begriff, aufzustehen und ihm zu sagen, sie werde Doug das Geld für den Schnupperkurs erstatten. In dem Moment aber sagte er: „‚Rhythm'."

„Wie?"

„Ich glaube, ich hatte mich vorhin geirrt. Ich möchte in einen Club wie das *Suede* hier im Haus gehen können und nicht wie ein völliger Trottel dastehen müssen. Salsa, nicht wahr?"

„In vielen Clubs dieser Art wird Salsa gespielt. Aber auch Mambo, Samba, Merengue ... Dienstagabends findet immer eine Swingparty statt."

„Aber auf einer Hochzeit wird Walzer getanzt, nicht wahr?" Er machte den Eindruck, als überlege er wirklich gründlich, was er machen sollte.

„Ja."

„Muss ich bestimmte Tänze auswählen?"

„Nein, aber es wäre praktisch, wenn ich weiß, wo Sie anfangen wollen."

„Wo fängt man denn normalerweise an?"

Shannon erhob sich. „Normalerweise am Anfang. Kommen Sie. Wenn Sie keine bestimmten Vorlieben haben, dann machen wir es auf meine Art."

„Sie werden meine Lehrerin sein?" Er war überrascht, doch sie glaubte zu spüren, dass es ihm nicht gefiel.

„Ja. Gibt es da ein Problem?"

„Nein, es ist nur ... Doug sagte, Sie übernehmen keine neuen Schüler."

„Normalerweise hat er damit Recht. Aber es läuft so – vorausgesetzt, es gibt keine ernsthaften Schwierigkeiten –, dass der Lehrer, der einen Anfänger annimmt, ihn auch auf Dauer unterrichtet." Sie hatte ihn gar nicht unter ihre Fittiche nehmen wollen, aber jetzt ... jetzt wollte sie ihn nicht wieder hergeben. Er hatte irgendetwas an sich, das ...

Eine Stimme in ihrem Kopf flüsterte ihr zu, er sei der interessanteste Mann, dem sie seit langem begegnet war. Der bestaussehendste, sinnlichste Mann.

Ja, das alles hatte sie auf den ersten Blick zur Kenntnis genommen.

Doch darum ging es nicht. Es war nicht sein Aussehen, so eindrucksvoll das auch sein mochte.

Da war noch etwas anderes.

Es war lächerlich, dass sie so paranoid empfand, doch dieser Mann musste unter Beobachtung bleiben. Dieses Gefühl, auf der Hut zu sein, wollte sie einfach nicht loslassen.

Vielleicht ..., ging es ihr eine halbe Stunde später durch den Kopf ... vielleicht hatte sie in letzter Zeit einfach nicht mehr oft genug Unterricht gegeben. Vielleicht konnte sie auch bloß nicht Unterricht erteilen und ihn gleichzeitig im Auge behalten.

Ihr fehlte es an der erforderlichen Geduld. Es war unmöglich, dass irgendjemand ihn wirklich führen konnte. Schon als sie eine Hand auf seinen Arm gelegt hatte, war ihr das klar gewesen. Es war, als würde sie eine massive Wand berühren. Er war so versteift, dass sie tun konnte, was sie wollte – sie brachte ihn einfach nicht dazu, sich zu entspannen.

Er schien sogar links und rechts zu verwechseln.

Dabei war es doch nur ein Box Step, ein einfacher Box Step.

„Nein, Quinn, erst bewegen Sie den linken Fuß nach vorn. Den Fuß, mit dem wir die letzten fünfundzwanzig Minuten gearbeitet haben." Ließ ihre Stimme erkennen, wie sehr ihre Bemühungen an ihren Nerven zerrten? Es hatte mal eine Zeit gegeben, da war sie für ihre Geduld bekannt gewesen.

Er hatte nicht gelogen, als er ihr sagte, er habe zwei linke Füße.

„Wir beschreiben ein Quadrat... ein Kästchen. Linker Fuß nach vorn, rechter Fuß zur Seite – ein Kästchen."

„Ja, stimmt. Ein Kästchen. Wie viele Lehrer arbeiten hier eigentlich insgesamt?"

„Haben Sie Angst, dass ich mit Ihnen nicht fertig werde, Mr. O'Casey?"

„Nein, nein, keineswegs. Sie machen das großartig. Ich war nur neugierig, wie viele Tanzlehrer Sie für ein solches Studio haben."

„Nun gut. Da ist zuerst einmal Ben Trudeau – er unterrichtet jetzt Vollzeit."

„Trudeau?" fragte er verwundert.

„Er war mal mit Lara verheiratet, aber sie ließen sich vor einigen Jahren scheiden. Er war früher vor allem bei Wettkämpfen dabei und kümmerte sich ums Coaching. Vor ein paar Monaten ließ er sich hier in Strandnähe nieder. Er ist ein hervorragender Lehrer."

„Laras Tod hat ihn sicher schwer getroffen."

„Es hat uns alle schwer getroffen, Mr. O'Casey."

„Oh, entschuldigen Sie. Das kann ich mir gut vorstellen. Sie ist sicher etwas ganz Besonderes gewesen – so begabt und so gut mit jedem hier befreundet, nicht wahr? Doug sagte mir, sie unterrichtete hier manchmal."

„Sie übernahm gelegentliches Coaching", korrigierte Shannon ihn.

„Das muss doch schwierig für Sie alle sein, jetzt schon wieder Tanzstunden zu geben."

„Das Leben geht weiter – und die Arbeit auch."

„Dann sind alle Lehrer zurück?"

„Ja."

„Wer sind denn die anderen?"

„Justin Garcia und Sam Railey, außerdem Jane Ulrich, die Ihren Bruder unterrichtet, dazu eine weitere Trainerin, Rhianna Markham."

Sein Fuß landete abermals auf ihrem.

„Sorry. Ich sagte ja gleich, ich habe zwei linke Füße", entschuldigte er sich.

Shannon atmete tief durch. „Wir wollen Sie natürlich an den Punkt bringen, an dem Sie sich unterhalten können, während Sie tanzen. Aber es wäre vielleicht besser, nicht so viele Fragen zu stellen, wenn ich Ihnen etwas beizubringen versuche."

„Tut mir Leid. Ich wollte mich hier nur eingewöhnen, damit ich mich etwas wohler fühle."

„Dafür gibt es die Übungsstunden und die Partys", murmelte sie.

„Partys?"

„Und Übungsstunden", wiederholte sie nachdrücklich. „Anfänger kommen montag-, dienstag- und freitagabends her, manchmal auch an den anderen Abenden, wenn wir viel zu tun haben, und dann werden in der Gruppe zusammen neue Schritte gelernt. Danach verfeinern Sie diese Schritte mit Ihrem Lehrer."

„Ist es Pflicht, da zu erscheinen?"

„Natürlich nicht. Aber Einzelunterricht ist teurer. Die Gruppenstunden sind für alle eingeschriebenen Schüler kostenlos. Sie lernen viel schneller, wenn Sie den gemeinsamen Unterricht mitmachen, und Ihr Geld geben Sie damit auch sinnvoller aus."

„Und wann sind die Partys? Dürfen da alle Schüler hingehen?"

„Mittwochabends von acht bis zehn. Ja, Anfänger sind da willkommen. Sie sollten hingehen."

„Das werde ich machen."

Abermals trat er ihr auf den Fuß, diesmal so heftig, dass sie nach Luft schnappen und einen Aufschrei unterdrücken musste. Wie lange noch? Fünfzehn Minuten. Sie war sich nicht sicher, ob sie das noch durchhielt.

Ihr Blick wanderte durch den Raum. Jane war von ihrem Arzttermin noch nicht zurück. Rhianna war mit David Mercutio beschäftigt, dem Ehemann der Designerin Katarina Mercutio, die die restlichen Räume im ersten Stock gemietet hatte. Sie leistete wunderbare Arbeit und war auf Hochzeiten spezialisiert, für die sie einzigartige Kleider für die Braut und die Hochzeitsgäste kreierte. Sie entwarf zudem Kleider für Gesellschaftstänze, und konnte bereits eine ganze Reihe wirklich atemberaubender Arbeiten vorweisen. Es war nicht nur ideal, gleich über einem Club gelegen zu sein, es war auch äußerst praktisch, dass Katarinas Atelier sich gleich nebenan befand.

David war ein Stammkunde, der zweimal in der Woche herkam, um mit Rhianna zu arbeiten. Mit Lara hatte er ebenfalls getanzt. Er und Rhianna waren in eine Unterhaltung vertieft, während sie seine Tangoschritte verbesserte. Vermutlich ging es um Lara. Sam Railey hatte im Augenblick keinen Schüler und war damit beschäftigt, seine CDs zu ordnen.

Quinn O'Caseys linker Fuß quetschte wieder schmerzhaft Shannons Zeh ein.

„Sam!" rief sie und löste sich von ihrem Partner.

„Ja?" Er sah zu ihr.

„Kann ich dich für eine Minute ausborgen?"

„Sicher."

Shannon ging zur Stereoanlage, wartete, bis der Tango vorüber war, dann legte sie einen Klassiker ein – Peggy Lees „Fever". Sam begab sich zu ihr, während sie mit ihrem Schüler sprach. „Im

Augenblick versuchen Sie nur, den einfachen Box Step in den Griff zu bekommen. Aber wenn Sie sich die Schritte zur Musik vorstellen, dann hilft Ihnen das vielleicht."

Sam führte sie während der Grundschritte, sie sah unterdessen zu Quinn. Irgendwie hatte sie das Gefühl, dass er sich nicht sehr viel Mühe gab.

Zu ihrer Überraschung sagte Sam auf einmal zu Quinn: „Es sieht vielleicht nach einem langweiligen Tanz aus, aber er kann sehr viel Spaß machen."

Ehe sich Shannon versah, hatte Sam die Initiative ergriffen. Sie machte die Schritte für einen Grapevine, ließ einen Spin und dann eine Reihe von Drehungen auf der Stelle folgen. Allesamt Schritte, die viel zu weit über das hinausgingen, was ihr neuer Schüler zu leisten imstande war.

„Okay, Sam", sagte sie leise. „Wir wollen ihm doch keine Angst einjagen."

„Ich finde, er sollte sehen, was er lernen kann", erwiderte Sam.

Dagegen war nichts einzuwenden. Sie führten oft solche Tanznummern vor, um ihren Schülern zu demonstrieren, auf welche Ziele sie hinarbeiten konnten. Was diesen speziellen Schüler anging, hatte Shannon allerdings ihre Zweifel.

Doch Quinn nickte verstehend und sah aus, als hätte er mit einem Mal etwas begriffen. Er kam zu ihr und nahm seine vorherige Position wieder ein. Dieser Kerl konnte seine Tanzpartnerin wahrhaftig halten, und sein Aftershave duftete einfach phantastisch. Es sollte eigentlich ein Vergnügen sein, ihm Unterricht zu erteilen.

Doch seine Blicke verunsicherten sie.

Aber war es nicht der Sinn der Sache, dass ein Schüler sich ansah, was er lernen sollte?

Grundsätzlich ja. Bloß dann nicht, wenn es jemand wie er war, der so stechend blaue Augen hatte. Sie begegnete seinem Blick und musste sich selbst daran erinnern, dass sie eine Tanzlehrerin war – und eine verdammt gute dazu.

„Hören Sie hin, fühlen Sie es, und bewegen Sie Ihre Füße. Denken Sie daran, dass Sie nur ein Quadrat beschreiben."

Zu ihrer Verwunderung hatte er es in diesem Moment geschafft. Ein Box Step. Ein einfacher Box Step. Es kam ihr wie ein Wunder vor.

„Kopf hochnehmen", sagte sie leise, als habe sie Angst, ihr Glück herauszufordern. „Sehen Sie nicht auf Ihre Füße, das bringt Sie nur durcheinander."

Ihre Blicke trafen sich, und er schaffte es, die Schritte dem Rhythmus der Musik entsprechend zu machen. Er lächelte zufrieden, und wieder zeichnete sich in seiner Wange dieses Grübchen ab. Er hielt sie genau richtig. Zwar war er ein Stück weit von ihr entfernt, dennoch spürte sie die heißen Wellen, die durch ihren Körper fuhren, obwohl sie beide sich fast nicht berührten. Das war kein gutes Zeichen.

Tanzlehrer mussten freundlich sein, sie mussten an Körperkontakt gewöhnt sein. Je besser ein Schüler war, umso enger wurde dieser Kontakt. Damit war sie vertraut.

Doch so wie jetzt war es noch nie gewesen.

Auf einmal sehnte sie das Ende der Unterrichtsstunde herbei, aber nicht, weil ihre Füße schmerzten.

Als die Zeit endlich um war, machte er einen ehrlich begeisterten Eindruck. „Wann kann ich wiederkommen?" fragte er.

„Wann immer Sie Zeit haben."

„Morgen?"

„Das müssen Sie mit unserer Empfangsdame Ella absprechen."

Sie befanden sich in der Nähe des kleinen Schreibtisches, der auf einem Podest stand. Ella hatte die beiden reden gehört. „Morgen um zwei Uhr hättest du Zeit für ihn."

„Ich dachte, ich habe morgen einen Termin im Hotel, um mir die Räume für die Gator Gala anzuschauen", erwiderte Shannon irritiert. „Und ich bin sicher, dass Dr. Long für seinen normalen Unterricht herkommt."

„Das Hotel hat das Treffen auf Mittwoch verschoben", erklärte Ella gutgelaunt. „Du möchtest bitte trotzdem noch zurückrufen. Und Dr. Long ist erst für Viertel nach drei eingetragen."

„Dann also um zwei", sagte Shannon.

„Danke, bis morgen."

Ihr neuer Schüler verließ das Studio, Shannon sah ihm nach.

An der Tür begegnete er Jane, die soeben vom Zahnarzt zurückkam. „Wer zum Teufel war denn das?" wollte sie wissen, als sie bei Shannon ankam.

„Dougs Bruder."

„Dougs Bruder? Wow! Jetzt weiß ich, wie Doug in ein paar Jahren aussehen wird. Klar, die Augen … so was! Wer unterrichtet ihn?"

„Ich", antwortete Shannon.

„Oh. Und? Willst du ihn behalten?" Sie gab sich Mühe, unbeschwert zu klingen.

Shannon zögerte kurz. „Ja."

Sam tanzte an ihnen vorbei, um allein einen Wiener Walzer zu üben. „Hey", rief er Jane zu. „Du hast doch schon den anderen Bruder."

Jane warf ihm einen stechenden Blick zu. „Oh ja. Und ich habe auch den fiesen alten Mr. Clinton mit seinen achtundneunzig Jahren, der bei jedem Tanzschritt ein bisschen mehr verwest."

Sie sah Shannon an. „Ich dachte, du nimmst keine neuen Schüler."

„Tue ich auch nicht. Aber du weißt ja, wie das läuft."

„Du bist die Managerin", sagte Jane. „Du musst ihn nicht behalten."

„Ich weiß. Aber diese fünfundvierzig Minuten kamen mir wie zehn Stunden vor. Dieser Mann ist eine Herausforderung, die ich mir nicht entgehen lassen möchte. Ach", fügte sie rasch an und deutete zur Eingangstür, „übrigens, dein Oldtimer ist gerade eingetroffen."

Jane sah zu ihrem weißhaarigen, lächelnden Schüler.

Ben war bereits zu ihm gegangen, um ihn mit Handschlag zu begrüßen. Das war im Studio so üblich: Jeder Angestellte begrüßte die Schüler, wenn er nicht gerade anderweitig beschäftigt war. Alle Schüler wurden gleich freundlich und höflich behandelt, ohne Rücksicht auf Geschlecht, Alter, Hautfarbe oder Können.

Das Studio war praktisch eine Miniaturausgabe der Vereinten Nationen.

Hinzu kam, dass sie sich in South Florida befanden, dem Tor nach Lateinamerika. Das hieß, dass Umarmungen hier an der Tagesordnung waren. Man umarmte sich, wenn man sich begegnete und wenn man sich verabschiedete. Man küsste sich auf die Wangen. Es war freundlich und warmherzig, und für die Menschen, die hier aufgewachsen waren, war es ein ganz normales Verhalten.

Mr. Clinton war eigentlich ein netter Kerl, der von allen immer herzlich begrüßt wurde. Er war weder fies, noch verweste er. Er war nur ein wenig schwerhörig, so dass es manchmal so schien, als würde er andere anbrüllen.

Jane seufzte. „Ja, da ist mein Oldtimer."

„Vergiss nicht, er bringt dir immer Kaffee mit", sagte Shannon.

„Ich weiß, er ist ein Goldstück."

Jane sah sie einen Moment lang an – sagen musste sie nichts, da sie beide wussten, was sie in diesem Augenblick dachte.

Der alte Mann war ein Goldstück, aber er war nun mal kein Quinn O'Casey.

„Du bist der Boss", sagte Jane und setzte ein Lächeln auf, dann wandte sie sich ab. „Mr. Clinton! Schön, Sie zu sehen. Was sollte es heute noch mal sein? Eine Samba? Fühlen Sie sich dafür auch fit genug?"

„Darauf können Sie wetten, Janie", versicherte er ihr mit dem breitesten Grinsen. „Ich habe den besten Schrittmacher, den es gibt. Also, legen Sie ruhig los."

Shannon beobachtete die beiden und musste lächeln. Nein, Mr. Clinton war ganz bestimmt kein Quinn O'Casey. Aber andererseits …

Was wollte Quinn wirklich hier im Studio?

Auf einmal lief ihr ohne erkennbaren Grund eine Gänsehaut über den Rücken.

# 4. KAPITEL

Quinn fand, dass der Strand am Nachmittag gar nicht so übel war. Es ging recht ruhig zu, während an den Wochenenden regelmäßig die Hölle los war. Dann waren die Straßen, die zum Strand führten, so überlastet, dass es für Stunden weder vor noch zurück ging.

Doch jetzt am Nachmittag …

Obwohl es auf den Herbst zuging, waren die Temperaturen noch hoch, doch die kühlende Brise, die vom Ozean an Land wehte, sorgte dafür, dass es nicht zu warm wurde. Auf dem Weg vom Studio, das zwischen Alton Road und Washington lag, kam er an alten Häusern im Art déco-Stil vorüber, an denen man kaum etwas verändert hatte, so dass sie noch immer viel von ihrem ursprünglichen Charme bewahrt hatten. Auch einige Geschäfte befanden sich zwischen den kleinen Apartmentgebäuden und vereinzelten Einfamilienhäusern, darunter ein Café, das nicht zu einer der großen Ketten gehörte, und ein schöner kleiner Blumenladen. Der Strand selbst war lediglich drei Blocks entfernt, und Quinn fühlte sich versucht, am Boulevard entlangzuspazieren, um die Umgebung kennen zu lernen.

An dem Strandabschnitt, der zur Bucht hin gelegen war, hatten sich die Sonnenhungrigen versammelt. Ein Volleyballspiel war im Gange, und ein Stück weiter war eine Mutter damit beschäftigt, zusammen mit ihren beiden Kindern eine Sandburg zu bauen. Ein junges, tiefgebräuntes Pärchen rieb sich gegenseitig mit Sonnenschutzcreme ein. Quinn musste eingestehen, dass der Strand während der Woche durchaus seinen Reiz hatte. In den Keys fanden sich weit weniger Sandstrände, dafür konnte man dort seine Zeit in völliger Abgeschiedenheit verbringen.

Auf einem Strandstück vor einem eleganten Art déco-Hotel

mischte sich unter die Gebräunten und die Schönen auch das „gewöhnlichere“ Volk. Eine beleibte Frau, deren Badeanzug deutlich zu knapp geschnitten war, spazierte neben einem hageren Mann, der in einem Scooter saß. Beide lächelten zufrieden und nickten Quinn zu, als sie an ihm vorbeikamen. Er erwiderte den Gruß dachte bei sich, dass man so glücklich war, wie man sich selbst im Geiste sah – und dieses Paar machte einen rundum glücklichen Eindruck. Wer war er schon, dass er über sie urteilen konnte, ob sie angemessen angezogen waren oder nicht? Er selbst ging in teuren Schuhen, langer Hose und maßgeschneidertem Hemd am Strand entlang.

Etwas den Strand hinunter brach gerade eine Gruppe Jugendlicher auf. Sie packten Handtücher, Liegestühle und Verpflegung zusammen und verabschiedeten sich lautstark. Während er weiterging, beobachtete er, dass sie fast alle den Strand verließen – bis auf eine junge, hochgewachsene Frau, die so schlank war, dass es fast an Magersucht grenzte. Sie hatte langes, dunkelbraunes Haar, und ihre großen Augen nahmen einen traurigen Ausdruck an, als auch der Letzte der Gruppe gegangen war. Quinn dachte darüber nach, zu ihr zu gehen und sie anzusprechen, da sie so völlig einsam wirkte. Aber das hier war South Beach, und sie konnte theoretisch ein Undercover-Cop sein.

Nein, dafür ist sie nicht alt genug, entschied er.

Als er sich ihr näherte, drehte sie sich zu ihm um und sah ihn an. Sie musterte ihn von oben bis unten, schluckte einmal und sprach ihn an: „Hey, Mister, hast ’n Dollar?“

„Bist du von zu Hause weggelaufen?“

Sie errötete ein wenig, erwiderte aber: „Nicht wirklich. Ich bin achtzehn. Ehrlich.“

„Aber du bist weggelaufen.“

„Ich bin ausgezogen. Ich hab’ die High School abgeschlossen, hab' aber noch keinen Job gefunden. Keinen richtigen Job jedenfalls."

„Dann lebst du also auf der Straße."

„Der Strand ist nicht so mies wie die Straße", gab sie grinsend zurück. „Echt nicht. Wenn man schon obdachlos ist, dann ist das hier genau richtig."

„Aber du hast ein Zuhause, oder?"

„Bist du 'n Cop oder was?"

„Nein, nur ein besorgter Bürger. Ich möchte nicht dein Foto in der Zeitung sehen, und gleich daneben die Schlagzeile: ‚Wer kennt diese Frau? Ihre Leiche wurde am Samstagabend gefunden.'"

Sie schüttelte nachdrücklich den Kopf. „Ich pass' schon auf. Also? Hast 'n Dollar oder nicht? 'Ne Moralpredigt brauch' ich nicht."

„Nur die Ruhe." Er holte seine Brieftasche heraus und hielt einen Fünfer hoch.

Sie kniff die Augen zusammen und kam näher. „Was willst du von mir?" fragte sie ein wenig verunsichert. „Ich bin nicht irgend so 'ne billige Nutte."

Quinn schüttelte den Kopf. „Ich will nur von dir hören, dass du dir davon etwas zu essen holst und dass du kein Junkie bist."

„Hey, siehst du vielleicht an meinen Armen irgendwelche Einstiche?" Sie trug einen Tanktop zu einer Jeans, von der sie die Beine abgeschnitten hatte. Ihre Worte klangen stolz und überzeugt zugleich.

„Dann kauf' dir was zu essen. Und hör zu. Wenn du Hilfe brauchst, dann kannst du sie bekommen. Geh zu den Cops, die Jungs hier am Strand sind anständige Typen. Und wenn du das nicht willst, dann kannst du auch zur Wache South Beach gehen.

Da arbeitet eine Frau, die Opferanwältin ist. Sie ist wirklich erstklassig. Warte, ich gebe dir ihre Visitenkarte. Falls du mal irgendwelche Schwierigkeiten hast, ruf sie an."

Einen Moment lang sah es so aus, als würde sie mit dem Fünfer davonrennen, doch dann wartete sie und nahm die Karte entgegen. „Du hast doch gesagt, du bist kein Cop."

„Bin ich auch nicht."

„Tja, aber für 'n Strand bist du ziemlich overdressed." Dann wurden ihre Augen größer. „Ich möcht wetten, du warst in der Tanzschule dahinten."

Als er nichts erwiderte, begann sie zu lachen. „Oh Mann, da würd' ich auch hingehen, wenn ich genug Geld hätte. Gott, ich liebe das Tanzen." Wieder wurden ihre Wangen rot, dann wedelte sie mit dem Fünfer herum. „Danke."

„Pass auf dich auf, okay?"

„Keine Sorge, ich bin härter im Nehmen, als ich ausseh'. Ich weiß, dass man hier schnell Ärger kriegen kann."

Sie wandte sich ab und lief los, blieb aber nach gut zehn Metern noch einmal stehen und rief ihm zu: „Du bist echt okay, weißt du? Ich heiß' übrigens Marnie." Dann drehte sie sich wieder um, als hätte sie schon zu viel über sich verraten, und rannte in Richtung Straße.

Quinn sah ihr nach und hoffte, dass sie wirklich so hart im Nehmen war, wie sie glaubte.

Miami Beach war immerhin das Tor zu jeder Sünde, die man sich vorstellen konnte.

Er betrachtete den Stand der Sonne am Himmel, und nach einem Blick auf die Uhr stellte er fest, dass es Zeit war, sich auf den Weg zu machen. Er ging zurück zu seinem Wagen, der auf der Alton geparkt war. Aus einem unerfindlichen Grund hatte er nicht näher am Studio parken wollen. Wieder sah er auf die Uhr, überlegte kurz und gelangte zu der Ansicht, dass die Zeit noch reichte, um einen Abstecher zum Gerichtsmediziner zu machen.

Das komplett renovierte und neu benannte Hotel, in dem die Gator Gala stattfinden sollte, hatte angerufen, als Shannon mit ihrer ersten Unterrichtsstunde für Quinn O'Casey beschäftigt gewesen war. Als sie zurückrief, fand sie zu ihrer großen Freude heraus, dass sie sich während der Verhandlungen unnachgiebig genug gegeben hatte – das Hotel war auf die von ihr verlangten Übernachtungspreise eingegangen, die günstig genug waren, um auch viele Teilnehmer aus dem Norden für das Tanzturnier zu interessieren, das für die zweite Februarwoche geplant war.

Trotz der düsteren Wolke, die seit Laras Tod über allem zu hängen schien, war Shannon sehr erfreut. Im Laufe der Woche würden sie die Verträge mit dem Hotel unterschreiben können. Sie eilte ins Hauptbüro, um Gordon davon zu erzählen.

„Wunderbar", lobte er sie. „Das wird uns eine große Hilfe sein. Wer würde schon darauf verzichten wollen, mitten im Winter nach Miami zu kommen? Vor allem bei so günstigen Preisen. Und wie sieht es mit den Mahlzeiten aus?"

„Das verhandeln wir noch", antwortete sie.

„Was verhandeln wir noch?" wollte Ben Trudeau wissen und steckte seinen Kopf durch die Tür.

„Die Mahlzeiten."

„Ah." Ben gehörte zu der Art Männer, die so gut aussahen, dass sie fast schon zu schön waren. Früher einmal war das Shannon nicht so vorgekommen. Früher, da war er für sie wie ein Gott gewesen – groß, geschmeidig, elegant, in der Lage, sich so schnell und energiegeladen zu bewegen wie der Blitz oder so sanft zu sein wie ein leichter Windhauch.

Er war ein unglaublich guter Tänzer und ein außerordentlicher Wettkämpfer. Sein Haar war so pechschwarz wie seine Augen, die Gesichtszüge klassisch zeitlos, makellos. Er war ein hervorragender Techniker und ein brillanter Darsteller. Mehrere Jahre in Folge war er immer mit Lara angetreten, doch dann war ihre Ehe in die Brüche gegangen. Vor etwa fünf Jahren hatten sie sich schließlich scheiden lassen. Seitdem war Lara meist mit Jim Burke zu Wettkämpfen gegangen, während Ben immer wieder wechselnde Partnerinnen hatte. Als Folge davon war er längst nicht so erfolgreich wie Lara.

„Das ist Verschwendung", sagte er, nachdem er einen Moment lang Shannon angesehen hatte.

„Was?"

„Die ganze Zeit, die du als Managerin zubringst."

„Hey", warf Gordon ein.

„Ich finde nur, dass sie an Wettkämpfen teilnehmen sollte."

Gordon sah zu Shannon und lächelte flüchtig. „Sie kann jederzeit an Wettkämpfen teilnehmen, wenn sie das möchte."

„Meine Herren, ich bin mir dessen völlig bewusst, aber ich *will* nicht."

„Das ist albern, und das weißt du", ließ Ben nicht ab und strich sich eine Haarsträhne aus der Stirn. „Du bist auch die ganze Zeit bei deinen Schülern, wenn sie im Wettkampf antreten. Wo ist da der Unterschied?"

„Es sind meine Schüler."

„Die Glücklichen", meinte Gordon amüsiert. „Du lässt sie gut aussehen."

„Und ich bin sehr stolz auf sie, wenn sie etwas Gutes leisten. Wieso könnt ihr zwei das nicht verstehen? Nicht jeder ist von ungebändigtem Ehrgeiz gepackt." Sie stieß einen Seufzer aus. „Seit ich mir damals den Knöchel gebrochen habe, ist nichts mehr so, wie es war. Ich weiß nicht, wie lange er durchhält. Und wenn ich zu lange übe, habe ich höllische Schmerzen. Er macht nicht mit, wenn ich so viel trainiere, wie ich es müsste, um im Wettkampf wieder eine Chance zu bekommen. Das Schöne an allem ist, dass mir das Unterrichten Spaß macht. Es bereitet mir einfach Freude, mit meinen Schülern zu arbeiten."

„Anfänger", sagte Ben mit einer Spur von Verachtung in seiner Stimme.

„Jeder von uns war mal ein Anfänger."

Ben lachte auf. „Klar. Dann wirst du also deinen neuen Schüler – diesen Riesen – dazu überreden, in der Anfängergruppe bei der Gator Gala mitzumachen? Ist das die Art von Herausforderung, die du suchst?"

„Vielleicht *werde* ich ihn ja dazu überreden", erwiderte sie.

„Du benutzt das doch alles nur als Ausflucht, um dir nicht einzugestehen, dass du dich vor der Konkurrenz fürchtest", meinte Ben.

Bevor sie darauf etwas sagen konnte, summte die Sprechanlage auf Gordons Schreibtisch. „Dr. Long ist hier für seine Tanzstunde bei Shannon", meldete sich Ellas Stimme aus dem Lautsprecher.

„Bin schon unterwegs." Ehe sie das Büro verließ, wandte sie sich ein letztes Mal den beiden Männern zu. „Nur, damit ihr zwei das endlich begreift: Ich bin zufrieden mit dem, was ich mache. Jane und Rhianna sind jung, hübsch und talentiert. Wir sollten *sie* unterstützen." Sie warf jedem von ihnen einen eindringlichen Blick zu.

Da keiner von ihnen etwas dazu sagen wollte, verließ Shannon das Büro, doch Ben folgte ihr und packte sie an der Schulter, sobald sie im Flur waren.

„Wir waren einmal richtig gut, und das weißt du", sagte er.

„Ja, mit Betonung auf ‚waren'."

„Du hast wirklich Angst. Vielleicht ja sogar vor mir.“

„Ben, glaub mir, ich habe vor dir keine Angst.“

„Zusammen könnten wir wieder gut sein“, flüsterte er heiser in ihr Ohr.

„Nicht mehr in diesem Leben, Ben“, erwiderte sie lächelnd, dann entzog sie sich seinem Griff um ihre Schulter. „Wenn du mich jetzt entschuldigen würdest – mein Schüler wartet auf mich.“

„Es ist viel Zeit verstrichen, Shannon, sehr viel Zeit.“

„Mein Schüler wartet.“

„Du musst nicht uns beide mit deiner Verbitterung verletzen. Du könntest mir verzeihen.“

„Das habe ich schon vor langer Zeit gemacht, Ben.“

„Dann zier dich nicht so.“

„Willst du nur mit mir tanzen, oder willst du dich wieder an mich ranmachen?“

„Vielleicht beides?“ Er lachte auf diese vertraute, charmante Weise, doch es zog sie längst nicht mehr so an wie damals.

„Es tut mir Leid. Ich weiß, du wirst das kaum glauben wollen, aber ich bin weder hasserfüllt noch verbittert, und ich ziere mich auch nicht. Ich bin nur einfach nicht interessiert.“

„Das wirst du noch bereuen“, entgegnete er spöttisch.

Sie hielt inne und sah ihn an. „Ben, du hast doch eine neue Partnerin. Wie heißt sie noch gleich? Vera Thompson!“

Er schüttelte den Kopf. „Sie ist ganz gut, aber nicht das Kaliber, das ich benötige.“

„Hast du *ihr* das auch gesagt?“ wollte Shannon wissen.

„Natürlich nicht. Noch nicht.“

„Und warum nicht?“

„Weil du noch nicht wieder eingewilligt hast, mit mir zu tanzen.“

„Ben", gab sie kopfschüttelnd zurück. „Wenn ich *je* wieder professionell tanzen würde, dann sicher nicht mit dir."

„Wieso nicht?"

Sie hätte ihm sagen können, die Gründe dafür seien doch offensichtlich. Aber andererseits war für Ben nichts so offensichtlich, wie man glauben sollte.

Also reagierte sie mit einem Schulterzucken und einer Bemerkung, die ihr unwillkürlich über die Lippen kam: „Du bist nicht das Kaliber, das ich benötige." Dann wandte sie sich ab und beeilte sich, zu Richard zu kommen, der bereits auf sie wartete.

Quinn kannte den Polizeibericht, da Doug ihm eine Kopie gegeben hatte. Und er kannte den Bericht des Gerichtsmediziners, der sich als Glücksfall erwies. Dem Polizeichef unterstanden insgesamt acht Gerichtsmediziner, doch es war ausgerechnet Anthony Duarte, der die Autopsie an Lara Trudeau vorgenommen hatte.

Er hatte auch die Autopsie an Nell Durken durchgeführt.

Dixon war im Morddezernat vielleicht wirklich keine große Leuchte, aber Duarte war ein Spitzenmann mit einer angeborenen Neugier, die ihn selbst bei einer noch so offensichtlichen Todesursache übergründlich arbeiten ließ.

Am Empfang zeigte Quinn seinen Ausweis, obwohl er die Dame kannte, die dort saß. Die winkte kurz ab und rief sofort Duarte an.

Es war zwar bereits kurz vor fünf, trotzdem kam Duarte Augenblicke später mit einem Lächeln auf den Lippen den langen Korridor entlang. „Hey, ich dachte, du machst Urlaub."

„Stimmt, das war der Plan."

„Und was machst du dann hier?"

„Im Moment? Im Moment freue ich mich darüber, dich zu sehen."

„Hm, die wenigsten Menschen freuen sich, wenn sie mich sehen. Zumindest, solange ich bei der Arbeit bin", gab Duarte ironisch zurück.

„Dann lass es mich anders formulieren. Da ich so oder so mit einem Gerichtsmediziner sprechen muss, bin ich froh, dass ich dich erwische. Du hast doch die Autopsie an Lara Trudeau vorgenommen."

Duarte, ein großer, schlanker Mann, der seinen Rücken stets so gerade hielt, als hätte er einen Stock verschluckt, zog erstaunt die Augenbrauen hoch. „Du interessierst dich für Lara Trudeau?"

„Wie ich sehe, überrascht dich das."

„Eigentlich überrascht mich längst nichts mehr. Dafür mache ich den Job schon viel zu lange. Ich bin zu dem Schluss gekommen, dass es ein Unfalltod war, weil ich beim besten Willen keine andere Ursache erkennen konnte. Wegen der Todesumstände ist Dixon noch mit dem Fall befasst. Allerdings glaube ich, dass es sich bloß noch um ein wenig Papierkram handelt."

„Wegen der Umstände? Wie meinst du das?"

„Na ja, eine gesunde Frau schluckt zu viele Beruhigungstabletten, kippt ein paar Gläser und fällt tot um. Das passiert nicht jeden Tag, nicht mal in Miami", sagte er müde und in seinen Worten schwang eine gehörige Portion Ironie mit. „Aber um ehrlich zu sein, es sterben mehr Leute an Medikamentenmissbrauch, als man meinen sollte."

„Tatsächlich?"

„Ja, die Leute nehmen zu viel durcheinander. Und dann denken sie: ‚Hey, wenn eine Schlaftablette wirkt, dann kann ich doch auch ein paar mehr nehmen, damit ich mal so richtig gut durchschlafen kann.‘ Wer weiß schon, was Lara Trudeau gedacht hat? Vielleicht hielt sie sich für unsterblich.“

„Mich wundert nur, dass sich das nicht aufs Tanzen ausgewirkt hat.“

„Ja. Sie muss einen eisernen Willen gehabt haben.“

„Sie brach vor dem Publikum tot zusammen.“

„Und von der laufenden Kamera ganz zu schweigen. Aber niemand hat irgendetwas Verdächtiges gesehen.“

„Es gab keinen Hinweis auf ...?“ begann Quinn, stockte aber, weil er keine Ahnung hatte, *worauf* es keinen Hinweis geben sollte.

„Auf Fremdverschulden? Du meinst, ob sie jemand gezwungen hat, die Tabletten zu schlucken? Für so etwas konnte ich keine Anzeichen entdecken. Die Polizei hat das Tablettenfläschchen nach Fingerabdrücken untersucht, aber nichts gefunden.“

„Gar nichts?“ fragte Quinn verwundert. „Nicht mal Laras Abdrücke?“

„Bei ihrem Auftritt trug sie Handschuhe.“

„Und deshalb sind alle Abdrücke vom Glas gewischt?“

„Nun, wenn sie nervös war, könnte es sein, dass sie das Tablettenfläschchen in der Hand gehalten und gedreht hat. Das wäre eine Erklärung.“

„Trotzdem ...“

Duarte zuckte mit den Schultern. „Ich vermute, das ist einer der Gründe, weshalb die Polizei sich noch ein wenig mit dem Fall befasst. Sie war berühmt und offenbar nicht ganz so beliebt. Es könnte also einige Leute geben, die ihren Tod gewollt haben. Das Problem ist nur, es gibt nicht den geringsten Hinweis. Sie ist vor Hunderten von Menschen lächelnd auf die Bühne gegangen. Mit niemandem hatte sie unmittelbar vorher Streit gehabt ... aber du hast ja bestimmt den Bericht gelesen." Er sah Quinn an. „Sie ist noch hier. Falls du sie sehen willst ..."

„Ich dachte, du hättest den Leichnam freigegeben."

„Habe ich auch. Aber das Bestattungsinstitut holt sie erst irgendwann heute Abend ab. Komm mit, ich lasse sie für dich rausholen."

Sie gingen durch Korridore, in denen der Tod fast greifbar schien. Als sie in einem kleinen Raum angelangt waren, sagte Duarte einem Assistenten Bescheid. Das Zimmer, in dem er mit Quinn wartete, verfügte über eine Kamera, so dass Angehörige vom Foyer aus auch dann einen Blick auf einen Verstorbenen werfen konnten, wenn sie die unmittelbare Nähe nicht ertrugen.

Der Assistent schob eine Bahre herein, Duarte schlug das weiße Laken zurück.

Lara Trudeau war eine schöne Frau gewesen. Selbst im Tod strahlte sie eine sonderbare Eleganz aus. Sie wirkte so, als würde sie schlafen – jedenfalls bis zu dem Moment, als Quinns Blick auf die Autopsienarbe fiel.

Er ging um die Trage herum, aber von dem Y-förmigen Schnitt auf ihrer Brust abgesehen war keinerlei Verletzung zu erkennen. Sie hatte sich nicht einmal einen blauen Fleck zugezogen, als sie tot zu Boden gesunken war.

„Außer dem verschriebenen Medikament und dem Alkohol konnte ich nichts finden. Sie hatte kaum etwas gegessen, was ihr Herz natürlich noch mehr belastete. Genau das hat auch ihren Tod ausgelöst – die Wirkung von Medikamenten und Alkohol auf ihr Herz."

„So wie bei Nell."

Duarte sah ihn verwundert an. „Nicht genauso. Nell hatte keinen Alkohol getrunken. Wie kommst du darauf?"

„Ich weiß nicht."

„Bist du an der Sache dran, weil es einen Zusammenhang gibt?"

„Kann sein. Ich habe herausgefunden, dass Nell Durken in genau dem Studio Tanzunterricht nahm, in dem auch Lara Trudeau des Öfteren anzutreffen war."

„Aber die Polizei hat doch Nells Ehemann festgenommen. Seine Fingerabdrücke waren schließlich auf dem Tablettenfläschchen. Du selbst hast den Mann beschattet und der Polizei deine Unterlagen überreicht, oder nicht?"

„Ja, schon."

„Art Durken sitzt seit über einer Woche in der Zelle und wartet auf sein Verfahren. Er kann den Tanzwettbewerb nicht besucht haben."

„Ich weiß."

„Aber?"

„Keine Ahnung. Da ist … irgendetwas. Mehr kann ich nicht sagen."

„Bestreitet Durken noch immer den Mord an seiner Frau?"

„Ja." Quinn sah Duarte lange an. „Er gibt zu, dass er immer wieder fremdgegangen ist. Aber er schwört, er habe sie nicht umgebracht."

„Hältst du etwa irgendeinen der Tänzer für den Mörder?" Duarte schüttelte den Kopf. „Quinn, die Umstände waren zwar ungewöhnlich genug, um eine polizeiliche Ermittlung in die Wege zu leiten, aber du musst dir die Fakten vor Augen halten. Lara Trudeau hatte während des Wettkampfs mit niemandem Streit, und als sie die Tanzfläche betrat, war sie die Ruhe selbst. Als sie zu Boden fiel, geschah das vor unzähligen Augenzeugen. Die Medikamente, die sie nahm, wurden ihr von einem Arzt verschrieben, bei dem sie über zehn Jahre lang in Behandlung gewesen war. Und soweit ich weiß, hat der Mann noch nie einen Tanzsaal betreten."

„Ja, das weiß ich alles aus dem Polizeibericht. Ich werde auch Dr. Williams einen Besuch abstatten, obwohl er bereits befragt wurde und sich kein Fehlverhalten feststellen lässt."

Duarte verzog den Mund. „Wenn die Polizei jeden Arzt belangen würde, nur weil seine Patienten ihre Medikamente falsch einnehmen, dann wären die Gefängnisse noch voller, als sie es jetzt schon sind. Das ist ein komplizierter Fall, Quinn. Ich wüsste nicht, wo du ansetzen könntest. Es gibt einfach keine forensischen Indizien, die in irgendeine Richtung weisen. Wenn es ein Verbrechen war, dann grenzt es an ein perfektes."

„Es gibt kein perfektes Verbrechen."

„Und trotzdem wird nicht jedes Verbrechen auch bestraft."

„Stimmt. Und diesmal muss ich dir zustimmen, dass es keinen brauchbaren Ansatzpunkt gibt. Es sei denn, ich finde jemanden, der etwas weiß."

„Ich wünschte, ich könnte dir da helfen", sagte Duarte.

Quinn nickte. „Nell Durken hatte in den letzten sechs Monaten vor ihrem Tod keine Tanzstunde mehr genommen. Bei ihr war doch nichts weiter aufgefallen, richtig? Auch keine illegalen Drogen ... Gras, Speed oder so?"

„Tut mir Leid, nein. Keine der beiden Frauen hatte irgendwelche zusätzlichen Substanzen im Körper. Lediglich eine hohe Überdosis an verschriebenen Medikamenten – und in Trudeaus Fall zusätzlich Alkohol."

„Okay, danke", erwiderte Quinn. „Ich wollte dir nicht deine Zeit stehlen."

Duarte lächelte ihn an. „Das machst du nie. Ich glaube an die Dinge, die man liest und im Fernsehen sieht. Die Toten können nicht mehr reden, darum müssen wir das für sie machen. Aber manchmal übersetzen wir das, was sie uns sagen wollen, nicht so gut, wie es uns lieb wäre. Wenn ich irgendetwas übersehen oder vergessen habe, nach etwas Ausschau zu halten, dann will ich das wissen."

„Ja. Nochmals danke."

„Kehrst du heute noch in die Keys zurück?" wollte Duarte wissen.

„Nein, mein Boot liegt oben im Hafen bei Nick's. Ich bin noch eine Weile hier."

„Vielleicht komme ich später noch bei dir vorbei. Ich sterbe vor Hunger. Es war ein verdammt langer Tag, aber wenn ich so in die Arbeit vertieft bin, vergesse ich manchmal das Essen. Mein Magen knurrt schon seit Stunden, wenn ich drüber nachdenke ... Für einen Hamburger würde ich töten."

Quinn nickte, auch wenn er selbst im Moment nicht den geringsten Hunger verspürte. Er hatte schon einer Reihe von Autopsien beigewohnt, aber nie war ihm übel geworden, noch war er ohnmächtig umgekippt. Doch es war ihm nie gelungen, dieses flaue Gefühl in den Griff zu bekommen, wenn er vor einem Toten stand. Daran konnte auch jahrelange Erfahrung nichts ändern. Duarte dagegen war in der Lage, genussvoll zu essen, während er Leichen sezierte.

„Also, wie sieht's aus? Hast du nachher Zeit?" fragte der Gerichtsmediziner.

„Klar", erwiderte Quinn. So wie er Duarte kannte, stand ‚nachher' für ‚viel später'.

Lara wurde von dem Assistenten wieder zugedeckt und weggebracht, während die beiden Männer den Raum verließen.

Die Fahrt zum Polizeirevier in der Kendall hätte sich Quinn auch sparen können. Wie er bereits vermutet hatte, hatte sich Detective

Pete Dixon um Punkt fünf Uhr in den Feierabend verabschiedet und ging Überstunden konsequent aus dem Weg.

Er grüßte im Vorbeigehen einige alte Bekannte, dann verließ er das Gebäude. Auf dem Parkplatz begegnete er Jake Dilessio, mit dem er zusammengearbeitet hatte, ehe er nach Quantico gegangen war. Er wünschte, Dilessio wäre auf den Trudeau-Fall angesetzt worden, dann würde er jetzt keine Tanzstunden nehmen müssen.

„Hey, Fremder, lange nicht mehr gesehen", begrüßte Dilessio ihn. „Scheint so, als würden uns nur ein paar Meter trennen. Du hast im Hafen bei Nick's festgemacht, nicht wahr? Ich dachte, du bist in Richtung Bahamas unterwegs."

„War ich auch", gab Quinn zurück. „Ich ermittle in der Sache Trudeau."

„Trudeau?" wiederholte Dilessio. „Kommt mir bekannt vor."

„Die Tänzerin, die auf der Tanzfläche starb."

„Ich dachte, das war ein Unfall. Soweit ich weiß, will Dixon den Fall zu den Akten legen."

„Es *soll* ein Unfall gewesen sein."

„Aber jemand glaubt, es steckt mehr dahinter?"

„Ja, etwas in der Richtung."

„Und für wen arbeitest du?"

„‚Arbeiten' würde bedeuten, dass ich dafür bezahlt werde."

„Ja, da hast du allerdings Recht", Jake grinste breit. „Übrigens: Hier auf dem Revier hat dein Bruder seinen Spitznamen schon weg. Aber da schwingt bestimmt einiger Neid mit, denn nach allem, was ich weiß, ist der Kleine verdammt gut."

„Keine Ahnung. Ich habe ihn noch nie tanzen sehen."

„Nicht?"

„Bevor er mit diesem Fall zu mir kam, wusste ich nicht mal, dass er überhaupt tanzen kann."

Jake nickte beiläufig. „Ich habe ihn vor kurzem noch gesehen. Er sagte, du würdest in Arbeit untergehen. Ach, meinen Glückwunsch! Ich hörte, dass deine Überwachungsarbeit den Jungs alle nötigen Anhaltspunkte geliefert hat, um Art Durken festzunehmen und anzuklagen. Gute Arbeit."

„Die hätte besser sein können. Wäre ich wirklich gut gewesen, dann würde Nell heute noch leben."

„Quinn, wie lange bist du in dieser Branche? Du darfst dir für so etwas nicht die Schuld geben!"

„Ich weiß. Aber ich kann das auch nicht einfach so abschütteln ..."

„Das glaube ich dir", stimmte Jake ihm zu. „Aber es ist immer noch besser, als wenn ein Mörder ungestraft davonkommt."

„Schätze, da hast du Recht. Im Übrigen hatte die tote Tänzerin mit dem Studio zu tun, in das Doug geht. Ich gehe der Sache auf eigene Faust nach."

„Dixon ist dafür bekannt, dass er abends ins Nick's geht. Keine Frau, keine Kinder – keine Küche. Er isst da fast jeden Abend einen Hamburger. Ich mache jetzt Feierabend. Wenn du nichts vorhast, lade ich dich zum Essen ein."

„Wenn du mich zum Essen einlädst, dann habe ich wohl besser etwas vor. Ich will dich schließlich nicht ausnehmen. Aber wenn wir zu Nick's gehen, kommt es dich wenigstens nicht so teuer. Was ist mit deiner Frau? Kommt sie auch? Ich sah sie, als ich im Hafen anlegte. Das Baby müsste doch jeden Tag kommen."

„Sie hat noch drei Wochen. Aber sie ist im Moment in Jacksonville, weil sie sie dort für Phantomzeichnungen benötigen."

„Ich dachte, sie hat die Forensik hinter sich gelassen und den Abschluss an der Akademie gemacht."

„Oh, den Abschluss hat sie gemacht, aber sie ist in der Forensik geblieben. Sie ist die beste Phantombildzeichnerin im ganzen Bundesstaat, vielleicht sogar im ganzen Land. Man bat sie, nach Jacksonville zu kommen, und sie hat sich sofort auf den Weg gemacht."

„Du weißt ja, was dabei herauskommt, wenn man einen Cop heiratet", sagte Quinn amüsiert.

„Ja, das weiß ich", seufzte er.

Um kurz vor sechs trafen sie bei Nick's ein.

Es war die ideale Tageszeit, um sich am Hafen aufzuhalten. Der Abend rückte immer schneller vor, doch der Himmel über dem Ozean war in einen grandiosen Farbenrausch getaucht. Rot, Orange und Spuren von Gold vermischten sich über dem dunklen Wasser. Die abendliche Brise war angenehm kühl und stellte nach der Hitze des Tages eine Wohltat dar.

Wie Jake vermutet hatte, saß Pete Dixon im Nick's und aß offenbar bereits seinen zweiten Cheeseburger, da auf dem Tisch vor ihm bereits ein leerer Teller stand.

Quinn zog ohne Dixon zu fragen einen Stuhl an dessen Tisch zurück, drehte ihn um und setzte sich entgegengesetzt darauf. „Mein Gott, Pete! Du könntest auch einmal die Woche deinen Cholesterinspiegel schonen und stattdessen einen Salat essen", sagte er.

Dixon wischte sich den Mund ab und sah Quinn an, als hätte er einen Barrakuda vor sich. Dann wanderten seine Augen, die in seinem faltigen Gesicht fast winzig wirkten, weiter zu Jake Dilessio und sahen ihn vorwurfsvoll an. „Nehmt doch ruhig Platz, ihr zwei. Setzt euch zu mir, und wenn ihr schon dabei seid, dann könnt ihr euch auch ruhig über meine Essgewohnheiten auslassen."

„Danke", meinte Jake und setzte sich ebenfalls an den Tisch.

„Du stehst so dicht vor deiner Pensionierung. Meinst du nicht, dass du von deinem Ruhestand wenigstens ein paar Jahre lang etwas haben solltest?“ fragte Quinn.

„Du redest wie ein Vegetarier“, murmelte Pete.

Quinn grinste ihn an. „Keineswegs. Ich glaube, ich nehme auch einen Cheeseburger. Aber nur einen.“

„Du hast ihn mitgeschleppt“, sagte Pete zu Jake. „Pass auf, dass sein Essen auf deine Rechnung geht.“

„Sogar *dein* Essen geht auf meine Rechnung“, erwiderte Jake. „Quinn würde dir gern ein paar Fragen stellen.“

Pete stöhnte so laut auf, dass sein dicker Bauch bebte. „Verdammt, ich habe Feierabend. Musstest du unbedingt einen Privatdetektiv mitbringen, damit der mich hier belästigt?“

„Mein Boot liegt gleich da vorn“, protestierte Quinn. „Das Lokal hier ist für mich am nächsten gelegen.“

„Und was willst du?“ fragte Pete unvermittelt. Bevor Quinn ihm aber antworten konnte, sah er wieder Jake an. „Du bezahlst wirklich meine Rechnung? Dann kannst du mir noch ein Bier bestellen.“

„Geht klar“, erwiderte Jake und zog ein Gesicht in Quinns Richtung. Er sah sich um und entdeckte am Nebentisch eine der Kellnerinnen. „Debbie, wenn du kurz Zeit hast …“

Die junge Frau drehte sich und hob den Notizblock. „Noch ein Cheeseburger für Pete?“

„Sehr witzig“, murmelte der.

„Nein, aber für Quinn und mich je einen, dazu drei Millers“, sagte Jake.

„Kommt sofort.“ Debbie war jung und gut gelaunt, sie war braun gebrannt und trug knappe weiße Shorts. Pete sah ihr nach, als sie Richtung Küche ging.

„Pete, hier spielt die Musik. Wie läuft der Fall Lara Trudeau?“

Dixon runzelte die Stirn. „Trudeau? Seid ihr deshalb hier?"

„Ja, wieso fragst du?"

„Weil ich den Fall heute abgeschlossen habe."

„Jetzt schon? Wieso?" warf Quinn ein.

„Weil der Fall kein Fall war. Wenn du dir ansehen willst, was passiert ist, komm, wann immer du willst, vorbei, und ich zeige dir das Band. Sie geht freudestrahlend auf die Tanzfläche, im nächsten Moment fällt sie um. Ein Arzt aus dem Publikum versucht, sie wiederzubeleben. Der Krankenwagen trifft ein, die Sanitäter versuchen ebenfalls ihr Glück. Sie wird ins Krankenhaus gebracht, aber noch auf dem Weg dorthin wird sie für tot erklärt. Der Gerichtsmediziner stellt fest, dass sie Tabletten und Alkohol geschluckt hatte. Das hat wohl ihr Herz nicht mitgemacht. Den Drink hat sie selbst an der Bar bestellt, dafür gibt es ein Dutzend Zeugen. Und die Tabletten wurden ihr von einem Arzt verschrieben, der sich noch nie etwas hat zuschulden kommen lassen. Fingerabdrücke gab es keine, weil die Lady Handschuhe trug. Wir haben die Kellner befragt, die Preisrichter, die Tänzer, das Publikum. Dutzende von Menschen haben sich mit ihr unterhalten. Niemand hat sie mit jemandem streiten sehen. Darum habe ich den Fall abgeschlossen – weil es keinen verdammten Fall gibt. Die Frau ist gestorben. Punkt."

Debbie brachte ihnen das Bier, stellte die Gläser auf dem Tisch ab, dann war sie auch schon wieder weg. Bei Nick's ging es lässig zu, aber allmählich füllte sich das Lokal, und es schien so, als müsse sich Debbie um den gesamten Bereich des Patios allein kümmern.

„Du findest also nicht, dass an ihrem Tod irgendetwas merkwürdig war?" wollte Quinn wissen.

„Merkwürdig? Du solltest meine anderen Fälle sehen. Merkwürdig ist, dass ein Mann sein Kind, seine Frau und dann sich selbst erschießt. Merkwürdig ist, dass aus heiterem Himmel ein Schuss die Ruhe in North Miami zerreißt und ein Kind tot zu Boden fällt. Aber was diese Trudeau-Sache angeht, da gibt es nichts Merkwürdiges. Außer du findest es merkwürdig, dass es nichts Merkwürdiges gibt. Na und? Es ist nicht verboten, dass etwas merkwürdig ist."

„Wenn ich das richtig verstanden habe", fuhr Quinn ruhig fort, „dann gab es einige Leute, die Lara Trudeau hassten."

Pete Dixon sah ihn lange an, dann nahm er einen Schluck aus seiner Flasche. „Vielleicht gibt es auch Leute, die *dich* hassen, Quinn. Wir sind hier in Amerika. Da ist so etwas erlaubt."

„Ich bin aber nicht tot", hielt er dagegen.

„Wir bei der Polizei befinden uns in einer anderen Situation als du. Dir gibt jemand einen Auftrag und bezahlt dich dafür, dass du dich mit ‚merkwürdigen' Dingen beschäftigst. Ich habe genug mit den Fällen zu tun, bei denen es sich ganz sicher um Morde handelt. Wenn du etwas ‚Merkwürdigem' nachjagen willst, bitte. Ich habe keine Zeit dafür."

„Hey, wir stehen alle auf der gleichen Seite", versuchte Jake ihn zu beschwichtigen. „Wir kämpfen alle gegen das Verbrechen, nicht wahr?"

„Ja, genau. Und unser großer Mr. Quinn kommt geradewegs vom FBI. Wie war's da eigentlich, Quinn? Wieso hast du den Job hingeschmissen? Denkst du vielleicht, wenn du beim FBI warst, kannst du zurückkommen, weil du besser als jeder andere bist?"

Quinn war nicht davon ausgegangen, dass Dixon ihm eine große Hilfe sein würde, doch mit einer so unverhohlenen Feindseligkeit hatte er nicht gerechnet. Er bemerkte, wie sein Griff um die Bierflasche fester wurde und er sich zwingen musste, sein Temperament zu zügeln.

„Du hast völlig Recht, Pete. Du musst viele Fälle bearbeiten, während ich mich im Moment nur um einen kümmern muss. Falls du irgendetwas weißt, was mir weiterhelfen könnte, wäre ich dir dankbar, wenn du es mir sagen würdest."

Vielleicht hätte er doch mehr auf den FBI-Psychologen hören sollen – die Sache mit der Selbstbeherrschung schien zu funktionieren. Zu seinem großen Erstaunen wurde Pete rot.

„Ja, sicher", murmelte er kleinlaut und nahm noch einen Schluck Bier. „Verdammt, die ganze Angelegenheit war merkwürdig, da hast du Recht. Ich weiß noch immer nicht, wie sie das ganze Zeugs schlucken konnte und dann noch so unglaublich tanzte, bis sie einfach zusammenbrach. Sie kann davon eigentlich überhaupt nichts richtig wahrgenommen haben. Weißt du was? Komm vorbei, dann gebe ich dir eine Kopie von dem Band. Vielleicht siehst du ja was. Ich habe es mir bestimmt ein Dutzend Mal angesehen, aber nichts entdecken können. Ich muss jetzt übrigens los. Mein Neffe spielt bei irgendeiner dämlichen Schulaufführung Saxophon. Das soll ich nicht verpassen." Er stand auf. „Danke fürs Essen, Dilessio."

„Gern geschehen", gab Jake zurück.

„Du weißt ja, dass er hier Rabatt bekommt?" sagte Pete an Quinn gewandt. „Schließlich hat er die Nichte des Besitzers geheiratet. Wann kommt das Kind, Dilessio?"

„Bald."

„Ich hoffe, es wird ein Junge."

„Ach ja? Wieso?" fragte Jake.

„Weil Frauen immer nur Ärger machen. Vom ersten Augenblick an."

Sie sahen ihm beide nach, wie er zum Parkplatz ging, dann musste Jake lachen. „Quinn, du hast schwer an dir gearbeitet."

„Tatsächlich?"

„Einen Moment lang dachte ich, du würdest ihn zusammenschlagen."

Quinn zuckte mit den Schultern. „Psychologie-Grundkurs", sagte er lässig, hatte aber das Gefühl, dass Jake ihn durchschaut hatte. „Weißt du, ich denke, er glaubt auch, dass mehr dahinter steckt. Aber er hat das gleiche Problem wie alle anderen auch."

„Und das wäre?"

„Er versucht zu erkennen, inwieweit das ‚Merkwürdige' etwas Illegalem und damit einem Mord entspricht."

„Na ja, wenn du Hilfe brauchst, ich bin für dich da", sagte Jake.

„Wieso? Hast du etwa zu wenig zu tun?"

Jake schüttelte den Kopf und knibbelte am Etikett seiner Bierflasche. „Nein, aber Mord ist Mord. Ob er nun offensichtlich ist oder nicht. Wenn du auf irgendetwas stößt, dann werde ich für dich nachfragen."

„Gut, danke."

„Wir spielen heute Abend bei Nick zu Hause Poker. Wenn du willst, kannst du hinkommen."

„Ich glaube, ich gehe heute Abend lieber in einen Club."

„Lass mich raten. Ins *Suede*?"

„Genau. Willst du das Pokerspiel absagen und mitkommen?"

Jake schüttelte den Kopf. „Man könnte mich wiedererkennen."

„Wieso das?"

„Ich war da, als ganz in der Nähe eine tote Nutte gefunden wurde."

„Wurde der Fall aufgeklärt?"

„Nein." Jake sah ihn an. „Die Kleine wies kaum Einstichstellen auf, aber sie hatte es geschafft, sich eine Überdosis zu spritzen."

„Mord oder kein Mord?“

„Ich habe den Fall noch nicht abgeschlossen“, erwiderte Jake. „Gefunden habe ich noch nichts, aber ich habe ihn auch noch nicht als ungeklärt abgelegt. Manchmal sind Drogenfälle die einfachsten, weil die Jungs vom Drogendezernat die Junkies kennen. In diesem Fall jedoch nicht. Sie haben in allen einschlägigen Clubs nachgefragt, aber nichts herausfinden können. Sie hieß Sally Grant und sprach ihre Freier auf der Straße an. Keine Stammkunden, so wie es aussieht. Zeugen gab es keine, es fand sich niemand, der sie in den Tagen zuvor gesehen hatte. Einfach ein totes Mädchen mit einer Nadel im Arm.“

„Fingerabdrücke?“ fragte Quinn.

„Nur ihre eigenen, aber das lässt sich arrangieren.“

„Verdammt viele Tote mit einer Überdosis, muss ich sagen“, merkte Quinn an.

„Jeder Gerichtsmediziner wird dir bestätigen, dass Tag für Tag Dutzende von der Sorte auf den Obduktionstischen landen. Legale Substanzen genauso wie illegale. Aber merkwürdig ist das Ganze schon. Zwei tote Tänzerinnen durch eine Überdosis Xanax, eine tote Nutte durch zu viel Heroin. Es *kann* eigentlich keine Verbindung geben, aber vielleicht gibt es die ja doch. Könnte doch sein, dass Tanzen der Gesundheit schadet.“

„Die Prostituierte hat auch getanzt?“

„Nicht, dass ich wüsste. Sie wurde bloß in der Nähe des Studios aufgefunden, aber das muss nichts bedeuten.“

„Wurden die Mitarbeiter des Studios dazu befragt, ob die junge Frau mal da war?“

„Ja, aber keiner von den Lehrern hat je mit ihr zu tun gehabt.“

„Okay. Danke fürs Essen, Jake.“

„Halt mich auf dem Laufenden.“

„Werde ich machen.“

Quinn verließ das Lokal und ging zu seinem Boot, um sich umzuziehen. Es war eine Ewigkeit her, dass er das letzte Mal einen Strandclub besucht hatte.

Was sollte er dafür bloß anziehen? Was trug man heutzutage in einem Club?

## 5. KAPITEL

„Ist es Ihre Absicht, dass ich neben Ihnen glänze?“

„Wie bitte?“ erwiderte Shannon.

Sie war heute wirklich nicht bei der Sache. Erst diese eigenartige Unterrichtsstunde mit Quinn O'Casey, vor der sie am liebsten schreiend die Flucht ergriffen hätte, wenn ihre Geduld nicht stärker gewesen wäre.

Und jetzt Richard.

Wenn sie mit Richard tanzte, wollte sie allerdings nicht schreiend davonlaufen. Er war gut, sehr gut sogar. Von Beruf war er Arzt, und er hatte gemerkt, dass Tanzen für ihn ein idealer Ausgleich zu seiner Arbeit war. Zwar arbeitete er nicht als Neurochirurg, aber aus Sicht seiner Patienten war das, was er machte, sogar noch viel anspruchsvoller, wie er einmal im Scherz erklärt hatte – er war Schönheitschirurg. Ihm vertrauten Menschen ihr Aussehen an – das Wichtigste auf der Welt für sie. Er „reparierte“ die Alten und die Jungen, die Berühmten und die Reichen. Sein Name tauchte quer durch die Zeitschriftenlandschaft in allen Klatschspalten auf, und ein Magazin hatte ihm sogar den Titel „König des Botox“ verliehen.

Wie alt er war, wusste Shannon nicht, tippte aber auf Anfang vierzig. Er war körperlich in bester Verfassung, und wenn er nicht operierte oder tanzte, dann verbrachte er seine Zeit gern auf dem Golfplatz. Seine Bräune war das ganze Jahr über immer gleich intensiv und betonte sein volles, fast platinblondes Haar und die grauen Augen. Richard war mit einer Kinderärztin verheiratet, die gelegentlich auch mitkam, aber keine so begeisterte Tänzerin wie ihr Mann war. Sie ging lieber tauchen und verbrachte ihre Freizeit am liebsten auf einem Boot. Es schien so, als würden sie die perfekte Beziehung führen. Wenn sie zusammen sein konnten, dann waren sie es auch. Wenn einer von beiden etwas machen wollte, was dem anderen nicht zusagte, gingen sie eben getrennte Wege. Mina Long war zierlich und genauso durchtrainiert, gebräunt und platinblond wie ihr Mann. Nur ihre braunen Augen unterschieden sie von Richard. Shannon sagte sich insgeheim amüsiert, sie müssten sich wohl in den vielen Jahren ihrer Ehe immer ähnlicher geworden sein.

Er war sehr umgänglich, und es machte Shannon Spaß, ihn zu unterrichten. Seit dem letzten Jahr, als er zum ersten Mal ins Studio gekommen war, hatte Richard bemerkenswerte Fortschritte gemacht. Allerdings konnte er sich auch den Einzelunterricht leisten, während die Schüler, die über ein bescheideneres Einkommen verfügten, sich mit ein oder zwei Stunden in der Woche begnügen und stattdessen den Gruppenunterricht besuchen mussten.

„Erde an Shannon, hallo."

„Oh, Entschuldigung. Sie brauchen niemanden, der Sie glänzen lässt, Richard, dafür sind Sie viel zu gut. Sie sind sogar so gut, dass ich mit meinen Gedanken ganz woanders war und gar nicht mehr daran gedacht habe, Ihnen Unterricht zu erteilen. So was sollte einem Lehrer nicht passieren."

Er lächelte sie an. „Laras Tod macht Ihnen noch immer zu schaffen, nicht wahr?"

„Ja, natürlich", gab sie zu.

„Sie wissen, ich habe getan, was ich konnte", sagte er leise. „Ich bin zwar Schönheitschirurg, aber in meinem Jahrgang war ich der beste Medizinstudent. Und ich habe mein Praktikum in der Notaufnahme absolviert."

„Oh, Richard, das weiß ich doch. Es ist nur so ... traurig."

„Ja, sie wird uns allen sehr fehlen. Ihnen *wird* sie doch fehlen, oder?"

„Selbstverständlich." Sie sah ihn irritiert an. „Warum betonen Sie das so?"

„Ach, nur so."

Sie hatten einen Walzer getanzt. Als sie sich in der Nähe der Stereoanlage befanden, blieb sie stehen und betrachtete den Arzt abermals. „Richard, *warum* haben Sie das gesagt?"

„Oh Gott, es tut mir Leid."

„Richard."

„Es ist schon eine Weile her, da trug mir ein Vögelchen zu, dass Sie und Ben Trudeau früher einmal Partner waren – und ein heißes Paar dazu. Bevor Ben Lara heiratete."

„Verstehe."

„Sie *waren* doch Partner, oder? Ich hörte davon, dass Sie bei jedem Wettkampf abgeräumt haben und es niemand mit Ihnen aufnehmen konnte."

„Wir gewannen ein paar Preise, das stimmt. Aber das ist lange her, *sehr* lange."

„Tut mir Leid, tut mir wirklich Leid, Shannon, ich hätte wohl besser den Mund gehalten."

„Wer hat es Ihnen erzählt?"

„Nein, aus mir bekommen Sie jetzt kein Wort mehr heraus."

„Ist auch egal, Richard. Es ist kein düsteres Geheimnis, von dem niemand etwas wissen darf. Ich war nur neugierig."

„Meine Lippen sind jetzt versiegelt ... Aber Sie haben meine Frage noch immer nicht beantwortet."

„Welche Frage?"

Er seufzte mit gespielter Ungeduld. „Ob es Ihre Absicht ist, dass ich neben Ihnen glänze?"

„Ich habe Ihre Frage beantwortet. Sie brauchen mich nicht, um zu glänzen."

Er schüttelte den Kopf und lächelte sie an. „Es gibt da im

Vorstand eine Reihe von Leuten, die ich heute Abend ins *Suede* mitbringen werde. Ich möchte sie ein wenig beeindrucken. Könnten Sie kurz hinkommen?"

„Richard, ich wollte heute Abend früh nach Hause gehen. Rhianna oder Jane werden aber sicher im Club sein."

Wieder schüttelte er den Kopf. „*Sie* sind meine Lehrerin, und wir wissen beide, dass selbst die Spitzenprofis immer nur mit ihrem Partner arbeiten. Mit Ihnen tanze ich am besten. Kommen Sie auf einen einzigen Tanz und einen Drink ins *Suede*. Spätestens um halb elf lasse ich Sie gehen, ich schwöre es. Bitte."

„Richard, betteln Sie mich nicht an."

„Ich flehe Sie aber an."

„Also gut. Aber nur, wenn Sie mir den Namen des Vögelchens sagen, das Ihnen von Ben und mir erzählt hat. Dann werde ich vielleicht in den Club kommen."

„Das ist Erpressung."

„Das soll es auch sein", sagte sie lächelnd.

„Ich kann es nicht sagen. Und ich gebe unter Druck nicht so leicht nach."

„Wenn Sie wirklich wollen, dass ich heute Abend …"

„Gordon", fiel er ihr ins Wort.

„Gordon?"

„Ja. Ich sagte doch Gordon, nicht wahr?"

„Ja ... und zwar sehr schnell – Sie haben erstaunlich leicht nachgegeben", erwiderte sie lachend.

„Ich weiß. Aber dafür müssen Sie heute Abend auch nach unten kommen."

„Schon gut, schon gut", lenkte sie ein. „Aber erst, nachdem ich Gordon erwürgt habe."

„Warum? Sie sagten doch selbst, es sei alles andereals ein düsteres Geheimnis."

„Darum geht es nicht. Es ist nur, dass unsere Privatangelegenheiten und das Studio voneinander getrennt bleiben sollen."

Richard schnaubte. „Das ist doch lächerlich."

„Nein, es ist professionell."

„Es ist nicht professionell, sondern albern", beharrte Richard. „Und Sie machen schon wieder dieses abwesende Gesicht. Kommen Sie, konzentrieren wir uns auf einen Tanz, der wild und sexy ist. Ich möchte als der Salsa-König von Miami berühmt werden, nicht als der herrschende Botox-Monarch."

Sie musste unwillkürlich lachen. „Wir werden es den anderen schon zeigen", versprach sie ihm.

„Wissen Sie, Shannon ..."

„Was?" fragte sie, als Richard nicht weitersprach.

„Was geschehen ist, war natürlich schrecklich. Aber es war nicht Ihr Fehler. Wir sind alle noch wie benommen, und es tut uns Leid. Es ist ja auch in Ordnung, wenn man trauert. Lara war unglaublich begabt und so voller Energie ... Sie wird uns allen fehlen, aber man muss auch wieder nach vorn blicken. Es tut mir weh, wenn ich sehe, wie unglücklich Sie sind."

„Mir geht es gut. Es ist nur ... das Ganze ist so absurd. Ich kann einfach nicht glauben, dass Lara vor einem Auftritt Tabletten nimmt und dann Alkohol trinkt."

„Sie müssen es akzeptieren. Es ist geschehen. Es führt zu nichts, wenn Sie das Schicksal weiter in Frage stellen. Blicken Sie nach vorn, so schwer Ihnen das auch fallen mag."

„Danke. Wechseln Sie jetzt in die Psychologie?" fragte sie neckend.

Er hob im Spaß kapitulierend die Hände. „Schon gut, ich gebe es auf. Kommen Sie, lassen Sie uns Salsa tanzen, okay? Ich möchte heute Abend wirklich glänzen."

Shannon ging zur Stereoanlage: „Dann also Salsa."

Was trug man heutzutage, wenn man in einen Club ging? Offenbar lediglich einen Hauch von Nichts, wenn es nach einigen Gästen ging.

Um einen Club zu besuchen, war es noch früh am Abend. Zum Glück war es unter der Woche, und er hatte einen Parkplatz genau gegenüber dem *Suede* gefunden. Jetzt saß er in einem Café auf der anderen Straßenseite und beobachtete das Gebäude, in dem sich der Club und das *Moonlight Sonata* befanden. Manche Leute nahmen das Treppenhaus, das hinaufführte zum Tanzstudio im ersten Stockwerk, andere begaben sich ins *Suede*. Viele von ihnen trugen Shorts und dazu T-Shirts, auf denen der Name des Lokals stand. Offenbar handelte es sich bei ihnen um die Angestellten. Quinn fand, dass das Straßencafé ein idealer Beobachtungsposten war.

Ein Mädchen und zwei Jungs, alle drei nicht älter als achtzehn, von Kopf bis Fuß in Schwarz gekleidet und über und über mit metallfarbenen Nasen- und Ohrenringen behängt, gingen am Café vorüber. Obwohl das Wetter so mild war, trugen sie schwarze Jeans und lange Jacken. Ihre Gesichter waren so geschminkt, dass sie wie lebende Tote wirkten.

Augenblicke später folgte ein altes Ehepaar, das sich nur langsam voranbewegte. Harvey – so nannte ihn die Frau, die er mit Edith ansprach – hielt ihrer Meinung nach die Papiertüte mit den Bagels nicht vorsichtig genug.

Als Nächstes spazierten drei Strandschönheiten vorüber. Eine von ihnen trug ein kurzes Jäckchen – zu kurz, um ihre vollen Brüste zu bedecken, die von einem denkbar knappen Bikinioberteil gehalten wurden. Die untere Hälfte ihres Bikinis war ähnlich spärlich geschnitten, dazu stolzierte sie auf gut acht Zentimeter hohen Stöckelabsätzen über das Pflaster.

Interessante Kombination, fand Quinn.

Je später es wurde, desto mehr schöne Menschen – und solche, die sich dafür hielten – bevölkerten die Straße.

Vor dem Eingang zum Club baute sich ein Türsteher auf.

Eine junge Latina mit durchsichtigem weißen Oberteil ging in den Club, gefolgt von drei Rockertypen, die sich so laut unterhielten, dass Quinn den starken Akzent in ihrem Englisch sogar auf seiner Straßenseite hören konnte.

Er trank einen Schluck Mineralwasser und blätterte ein wenig amüsiert in dem Notizbuch, das ihm Doug zur Verfügung gestellt hatte. Sein Bruder war ein gründlicher Mensch, und er hatte alles zusammengestellt, was ihm über die Lehrer der Tanzschule zu Ohren gekommen war. Das Ganze las sich sehr interessant. Quinn begann mit Gordon Henson, der das Geschäft Anfang der siebziger Jahre gekauft hatte. Er unterrichtete seit langem nicht mehr, aber zu seiner Zeit waren bei ihm einige Weltmeister zur Schule gegangen. Nach wie vor ging er ins Studio und kümmerte sich um einen Teil der tagtäglich anfallenden Arbeiten. Die Verwaltung insgesamt hatte er aber fast vollständig an Shannon Mackay übertragen.

Sie kümmerte sich auch um einige Schüler, war aber vorrangig mit der Leitung der Schule betraut. Geboren war sie in Winter Haven, Florida. Als sie drei Jahre alt war, zogen ihre Eltern mit ihr nach Miami. Hier machte sie an einer High School ihren Abschluss und besuchte dann eine Kunstschule in New York City. Shannon war 1,70 Meter groß, wog knapp unter sechzig Kilo, hatte grüne Augen und dunkelblondes Haar. Sie war ein Energiebündel und konnte absolut professionell sein, wenn es darauf ankam. Wie es schien, war Doug bei ihr übergründlich vorgegangen.

Allerdings überraschte das Quinn in keiner Weise.

Jeder, den er im Studio gesehen hatte, war attraktiv, gut angezogen, gepflegt. Die Männer trugen Anzug, die Frauen Kleid oder figurbetonten Hosenanzug. Die Frauen waren hübsch, die Männer hätte er zwar nicht als wirklich gut aussehend bezeichnet, doch sie waren zweifellos ansehnlich. Aber Shannon Mackay hob sich ohne Zweifel von allen anderen ab. Ihre Gesichtszüge waren fein gezeichnet, ihr weiches Haar leuchtete wie ein Sonnenstrahl, ihr Blick war offen und doch nachdenklich. Noch bemerkenswerter war jedoch, dass sie eine sinnliche Energie ausstrahlte und jede ihrer Bewegungen von Natur aus verführerisch wirkte. Ihr Lächeln war einladend und verschlossen zugleich.

Sie benutzte ein Versace-Parfüm. Quinn wusste es, weil seine Mutter Parfüms liebte und er sich mit der Zeit die Namen zu den verschiedenen Düften gemerkt hatte. Shannon war in der Lage, ihre Schüler auch mit nur sanften Anweisungen zu dirigieren, wie sie es wollte. Als sie getanzt hatten, war er auf Abstand zu ihr geblieben und ihr doch schon viel zu nahe gekommen. Sie war eine außergewöhnliche Frau. Vielleicht war er deshalb so ungeschickt gewesen, weil er Schwierigkeiten hatte, sich zu konzentrieren, wenn er ihr so nahe war. Aber das war nur ein Teil des Problems, er war einfach nicht fürs Tanzen geschaffen. Es war jedoch auch egal, denn er würde nicht allzu lange Unterricht nehmen.

Er fragte sich, was er wohl empfunden hätte, wäre er ihr unter anderen Umständen begegnet. Sein Interesse hätte sie in jedem Fall geweckt. Sie hatte etwas an sich, das ihn auf eine unbewusste Weise reagieren ließ. Er wäre gern mit ihr ausgegangen, hätte gern ihrer Stimme gelauscht und sich in ihren Augen verloren.

Aber er musste sich vor Augen halten, dass sie als Verdächtige gelten würde, sollte sich Lara Trudeaus Tod als Mord entpuppen.

Eine verdammt sexy Verdächtige allerdings ...

Dennoch ... was, wenn er sie woanders kennen gelernt hätte? Mit einem Mal waren seine Gedanken zurückgekehrt zu seiner letzten Nacht mit Geneva, und er fragte sich, was mit ihm nicht stimmte. Fünf Jahre lang waren sie ein Paar gewesen, und in dieser Nacht war sie aus heiterem Himmel explodiert. Er war nie für sie da, hatte sie gesagt. Er war nie wirklich bei ihr, selbst wenn sie sich liebten. Seine Arbeit war für ihn sein ganzes Leben. Sie hatte geweint. Er wollte sie beruhigen, ihr sagen, dass er sehr wohl für sie da war, doch jedes Wort aus ihrem Mund war die nackte Wahrheit gewesen. Andere hatten geglaubt, sie würden die perfekte Beziehung führen. Er arbeitete beim FBI, sie war Assistentin der Staatsanwaltschaft. Volle Terminpläne, die gleichen offiziellen Partys. Sie zog ihn damit auf, dass sie an seiner Seite immer gut aussah. Sie war klug und schön. Und doch stimmte, was sie sagte: Seine Arbeit hatte sich zu einer Besessenheit entwickelt. Er verließ zwar am Abend sein Büro, aber seine Arbeit nahm er im Geiste immer mit. Wenn er im Fitness-Studio trainierte, dann längst nicht mehr, um fit zu bleiben, sondern um gegen einen Gegner anzukämpfen, den er nicht greifen konnte. Eine unbestimmte Kraft, die auf ihn einschlug und die er nicht abwehren konnte, wodurch sich der Zorn in ihm immer mehr aufstaute.

Es war vorbei gewesen. Aus und vorbei. Was ihn fast noch mehr störte, war die Erkenntnis, dass er sich kein bisschen einsamer gefühlt hatte, nachdem sie gegangen war. Er hatte nur eine befremdliche Dunkelheit empfunden, Frustration, und schließlich die Einsicht, dass er nicht dort war, wo er hätte sein sollen, dass er nicht länger effizient arbeitete. Es war an der Zeit gewesen, sich zu verändern und vielleicht sogar nach Hause zurückzukehren.

Dann war da der Fall Nell Durken gewesen.

Der Bastard, der sie ermordet hatte, saß hinter Gittern. Das war vor allem *ihm* und seinen Aufzeichnungen zu verdanken, die er den Cops überlassen hatte. Ein Mörder war gefasst worden, jetzt wartete ein Gerichtsverfahren auf ihn.

Aber war er auch *wirklich* der Mörder?

Diese Frage ließ ihm keine Ruhe, aber er lenkte sich ab, indem er sich wieder Dougs Aufzeichnungen widmete.

Shannon Mackay. Sie leitete das Studio, gab Unterricht, nahm an keinen Wettkämpfen teil. Ein Knöchelbruch vor etlichen Jahren hatte sie aus dem Rennen geworfen. Zu der Zeit war sie in Höchstform gewesen, und die Pokale, die sie gewonnen hatte, trugen zum guten Ruf des Studios bei.

Wie war ihre Einstellung gegenüber Lara Trudeau gewesen? Dougs Unterlagen gaben darüber keine Auskunft.

Er sah zur anderen Straßenseite und dachte über seine Lehrerin nach. Sie war angespannt gewesen, seine Fragen hatten sie nervös gemacht. Aber möglicherweise war sie immer angespannt. Nein, irgendwie wirkte sie gereizt, was nicht zu ihr passen wollte.

Rhianna Markham. Jane Ulrich. Beide hübsch, ledig, keine feste Beziehung, keine Kinder. Rhianna stammte aus Ohio und hatte ihren Abschluss an einem Kunstcollege gemacht. Jane war über die High School nie hinausgekommen, dafür hatte sie drei Jahre lang als Tänzerin in einem der Themenparks in Florida gearbeitet, ehe sie weiter nach Süden gezogen war. Sie waren beide ehrgeizig und wollten es als Profitänzerinnen zu etwas bringen. Lara Trudeau hätte ihnen im Weg gestanden.

Natürlich traf das auf jede andere Tänzerin zu, die gegen Lara hätte antreten müssen. Wenn ihr Tod wirklich dem Zweck gedient hatte, die härteste Konkurrenz aus dem Weg zu räumen, dann konnte er auf dem Holzweg sein, wenn er sich auf das *Moonlight Sonata* konzentrierte.

Aber irgendwo musste er schließlich anfangen. Wenn Lara tatsächlich ermordet worden war, sprach vieles dafür, dass der

Täter in ihrem unmittelbaren Umfeld zu suchen war. Sie vor Hunderten von Augenzeugen sterben zu lassen, erforderte einen ausgeklügelten Plan. Merkwürdig war, dass eine weitere Schülerin des Studios nur ein paar Wochen zuvor an einer ganz ähnlichen Überdosis umgekommen war, auch wenn sie schon längere Zeit keine Tanzstunden mehr genommen hatte.

Was war im Spiel gewesen? Hass? Oder Liebe?

Die Lehrer: Ben Trudeau. Der Ex-Mann. Immer ein guter Verdächtiger. Ende dreißig, groß, attraktiv, begabt, ein wenig verbissen, und so wie Lara allmählich zu alt für die Konkurrenz. Er hatte eine Festanstellung als Lehrer, begnügte sich nicht mit zeitweisem Coaching.

Sam Railey, Jane Ulrichs Partner, sehr loyal und entschlossen, es mit ihr bis nach oben an die Spitze zu schaffen. Sie hätten es etliche Male um ein Haar geschafft, aber es hatte nie ganz gereicht.

Justin Garcia, Salsa-Spezialist, neuester Lehrer im Studio.

Und dann war da noch Laras Partner Jim Burke. Kein Vollzeitlehrer, sondern ebenfalls ein Coach. Ein weiterer großer, gut aussehender Mann um die dreißig, der das Glück hatte, von Lara als Partner auserkoren zu werden. Mit Lara flog er wie ein Adler, aber ohne Lara … stand er alleine da. Ganz gleich, wie gut er sein mochte – Lara war die treibende Kraft des Paares gewesen, die wahre Sensation der Tanzfläche. Jim schien als Mörder eher nicht in Frage zu kommen.

Gordon Henson?

Quinn schüttelte den Kopf. Es war ziemlich leicht, für fast jeden ein Mordmotiv zu finden, mit dem Lara zu tun gehabt hatte. Gordon war quasi ihr Entdecker gewesen, er hatte ihr Freiraum gelassen, ihr gezeigt, wie man sich bewegte. Hatte sie ihn verärgert, ihn abblitzen lassen, sich über ihn lustig gemacht … oder ihm vielleicht sogar gedroht?

Wieder sah er zur anderen Straßenseite. Bislang war er nur die Liste der Lehrer durchgegangen und verfügte schon über ein halbes Dutzend möglicher Szenarien. Den Schülern hatte er sich noch gar nicht gewidmet.

Inzwischen herrschte vor dem *Suede* reger Betrieb. Er sah auf seine Armbanduhr. Kurz nach zehn. Erstaunt nahm er zur Kenntnis, dass der Kellner des Cafés ihn so lange Zeit bei einem einzigen Glas Wasser hatte sitzen lassen, ohne ihm noch irgendetwas anderes bringen zu wollen. Er stand auf, dann hielt er inne und beobachtete wieder die gegenüberliegende Straßenseite.

Shannon Mackay kam soeben die Treppe hinunter, die an der Seite des Gebäudes zum Studio führte. Es sah ganz danach aus, als sei sie in aller Eile aufgebrochen. Gehetzt sah sie über die Schulter, dann blieb sie abrupt stehen, atmete tief durch und straffte die Schultern.

Gut eine Minute lang stand sie einfach nur da. Schließlich machte sie kehrt und ging langsam zurück nach oben. Sie nahm einen Schlüsselbund aus ihrer Tasche, verriegelte die Tür und ging abermals nach unten.

Die ersten Stufen nahm sie gemächlich, wurde dann aber immer schneller. Auf dem Fußweg angekommen, atmete sie wieder tief durch. Nach einem kurzen Blick die Treppe hinauf schüttelte sie den Kopf.

Der Türsteher des *Suede* bemerkte sie und rief ihr eine Begrüßung zu. Sie wandte sich um und erwiderte den Gruß. Dann ging sie zu ihm, er machte ihr die Tür auf, und sie verschwand im Club.

Quinn fand, dass sie sich ausgesprochen merkwürdig verhielt.

Er verließ das Café und ließ auf seinem Tisch ein großzügiges Trinkgeld zurück. In den nächsten Tagen würde er bestimmt wieder diesen Tisch haben wollen. Nachdem er die Aufzeichnungen in seinen Wagen gelegt hatte, überquerte er die Straße.

Der Türsteher war ein gut 1,90 Meter großer Farbiger, ein wahres Muskelpaket. Er musterte Quinn, verzog kurz das Gesicht, dann entschied er, ihn einzulassen.

Im Club dröhnte die Musik aus den Boxen.

Die Bar befand sich am hinteren Ende des Raums, die Tanzfläche begann gut drei Meter hinter der Eingangstür. Der Club warb mit Live-Musik und wurde diesem Anspruch auch gerecht. Die Bemalung der Wände war einem Sonnenuntergang nachempfunden, vereinzelte Lampen spendeten gerade genug Licht, damit man sich den Weg zwischen den Tischen hindurch bahnen konnte, während Spots dafür sorgten, dass die auf Hochglanz polierte Tanzfläche in Licht getaucht war. Ein Trio spielte zu einem schnellen Rhythmus lateinamerikanische Melodien.

Rings um die Tanzfläche standen Tische, die – obwohl es noch nicht Wochenende war – zum größten Teil besetzt waren. Dennoch war der Club nicht überfüllt. Spärlich bekleidete Frauen wirbelten auf der Tanzfläche umher, manche von ihnen machten eine gute Figur, andere eher weniger.

Im hinteren Teil links von der Bar machte er Gordon Henson aus. Das Licht fiel genau auf sein dichtes weißes Haar und lenkte die Aufmerksamkeit auf ihn. Während Quinn um die Tanzfläche herumging, entdeckte er seinen Bruder und Bobby Yarborough, einen Klassenkameraden von der Polizeiakademie. Bobby war mit seiner neuen Frau da, zumindest nahm Quinn an, dass sie seine Frau war. Begegnet war er ihr bislang noch nicht. Shannon Mackay saß gleich neben Doug, an ihrer Seite hielt sich ein großer Mann in einem maßgeschneiderten weißen Hemd und Sportjackett auf. Neben ihm wiederum sah Quinn eine zierliche Frau, die um die vierzig zu sein schien und deren Gesichtszüge so gespannt waren, dass es dafür keinen anderen Grund geben konnte als eine Reihe von Schönheitsoperationen.

Doug entdeckte ihn und rief erstaunt seinen Namen: „Quinn!“

Quinn bahnte sich weiter seinen Weg und entschuldigte sich bei einer Kellnerin, die er fast umgerannt hätte.

„Mein Bruder mit den zwei linken Füßen“, zog Doug ihn auf und erhob sich, um ihn mit Handschlag zu begrüßen.

„Stimmt doch gar nicht“, protestierte Shannon und verteidigte ihn. Ihre Worte klangen aber eher wie eine automatische Reaktion, die einsetzte, sobald jemand einen ihrer Schüler kritisierte. Sie lächelte, aber sie schien in Gedanken zu sein.

„Stimmt ja, du hattest heute deine erste Stunde. Dann kennst du Shannon und Gordon. Und Bobby kennst du sowieso.“

Quinn nickte und schüttelte Bobbys ausgestreckte Hand. Der grinste breit. „Hey, Quinn, ich möchte dir meine Frau vorstellen, Giselle.“

„Giselle, freut mich, dich kennen zu lernen. Meinen Glückwunsch zu eurer Hochzeit.“

Giselle lächelte ihn an. „Danke. Es ist schon erstaunlich. Ich dachte, der Tag würde nie kommen. Und jetzt fühle ich mich so, als wäre ich schon ewig mit ihm verheiratet.“

„Das tat weh“, warf Bobby ein, aber sie drückte seinen Arm: „Ich meinte das so nett, wie es nur geht.“

„Hmm“, meinte Bobby und setzte eine gespielt skeptische Miene auf.

„Quinn, das ist unser Ärzte-Ehepaar Long“, fuhr Doug fort. „Richard und Mina.“

Er gab den beiden die Hand. „Angenehm. Praktizieren Sie zusammen?“

Die zierliche Blondine lachte. „Lieber Himmel, nein! Richard ist Hautarzt und Schönheitschirurg. Ich bin bloß eine bescheidene, hart arbeitende Kinderärztin."

„Wie üblich stellt sie ihr Licht unter den Scheffel", meinte Richard grinsend.

„Du bist der Künstler von uns beiden", widersprach sie gut gelaunt.

Er hatte seinen Arm liebevoll um sie gelegt. „Wir sind Gott dafür dankbar, dass wir nicht zusammen arbeiten. Auf diese Weise können wir unsere gemeinsame Zeit viel intensiver genießen."

„Wirklich schön", erwiderte Quinn.

„Setzen Sie sich doch zu uns", sagte Mina Long und rückte ein Stück an ihren Mann heran.

„Ich möchte mich nicht aufdrängen."

„Ach was, keine Sorge", gab Richard zurück. „Wir müssen sowieso gleich nach da drüben, wo Freunde von uns sitzen. Abgesehen davon ... wollten wir nicht tanzen?" Dabei sah er nicht seine Frau an, sondern blickte zu Shannon.

„Ist das die Musik, die Sie mögen?" fragte sie.

„Das ist sie."

„Wenn ihr mich dann bitte hier rauslassen würdet ..."

Bobby und Giselle standen auf, damit Shannon ihren Platz auf der Bank verlassen konnte. Sie drängte sich an Quinn vorbei, der sich entschuldigte und einen Schritt nach hinten machte, damit sie besser durchkam.

„Setz dich endlich, Brüderchen", forderte Doug ihn auf, nachdem die anderen wieder Platz genommen hatten. „Und wie hat dir deine erste Stunde gefallen?"

„Sie war ... toll", antwortete Quinn, während er Shannon nachsah, die sich mit Richard Long auf die Tanzfläche begab. Einen Augenblick später bewegten die beiden sich mit einer so erstaunlichen Eleganz, dass viele andere Paare ihnen Platz machten und zu jubeln begannen.

„Ist das Salsa?“ fragte Quinn.

„Samba“, erwiderte Gordon

Er sah zu Mina. „Tanzen Sie auch?“

„Ja, aber nicht so gut wie Shannon“, sagte sie lachend. „Richard und ich tanzen bei gesellschaftlichen Anlässen zusammen. Aber ihm ist Shannon lieber – und mir ist Sam lieber, Sam Railey. Er ist mein Lehrer. Es ist ganz natürlich, dass zwei Amateure besser tanzen, wenn jeder von ihnen einen Profi als Partner hat.“ Sie beugte sich über den Tisch. „Ich fürchte, Richard will heute nur angeben. Wir treffen uns gleich mit seinen Geschäftspartnern.“

„Ah, verstehe“, gab Quinn zurück.

Wieder lächelte sie. Es wäre zweifellos ein wundervolles Lächeln gewesen, hätte es nicht ihr ganzes Gesicht nur noch weiter angespannt. „Sie *werden* es erst noch verstehen, wenn Sie erst mal auf den Geschmack gekommen sind. Haben Sie Ihren Bruder schon mal beim Tanzen erlebt?“

„Sie werden es kaum für möglich halten, aber das habe ich noch nie.“

Mina Long blickte zu Doug. „Ich bin ja nicht gerade Jane oder Shannon, aber wir könnten Ihren großen Bruder bestimmt beeindrucken, wenn Sie wollen.“

„Auf jeden Fall“, stimmte er zu, dann entschuldigte er sich bei den anderen, die seinetwegen wieder aufstehen mussten.

„Wir könnten eigentlich auch tanzen“, sagte Bobby zu seiner Frau.

„‚Könnten eigentlich‘?“ wiederholte Giselle und stöhnte auf. „Es ist so, wie ich gesagt habe, Bobby: Wir könnten auch schon ewig verheiratet sein.“

Bobby lachte auf. „Tut mir Leid. Mein holdes Weib, würdest du mir die Ehre erweisen und mit mir tanzen?"

„Liebe Güte", murmelte Doug, woraufhin alle zu lachen begannen.

„Und wie hat Ihnen nun die erste Stunde gefallen?" wollte Gordon von Quinn wissen.

„An sich bin ich nur hingegangen, weil Doug mir einen Schnupperkurs bezahlt hatte und er selbst so sehr davon angetan ist. Aber ich war überrascht, wie gut es mir gefallen hat", antwortete Quinn, während er seinen Bruder und Mina beobachtete.

Sein Bruder war tatsächlich gut. Bobby und Giselle waren zwar beide Anfänger, weshalb ihre Bewegungen nicht immer völlig fließend waren, doch sie hatten offensichtlich ihren Spaß.

„Die beiden kamen ursprünglich nur ins *Moonlight Sonata*, um für ihre Hochzeit ein paar Stunden zu nehmen. Und jetzt sind sie immer noch bei uns", erklärte Gordon, dann beugte er sich vor: „Und was machen Sie beruflich, Mr. O'Casey?"

Ehe Quinn antworten konnte, kam ein Mann an den Tisch und rief gutgelaunt: „Gordon! Ich fasse es nicht. Die haben Sie tatsächlich mitgeschleppt?"

Der Mann war groß und dunkelhaarig, sah gut aus und trug ein tief aufgeknöpftes schwarzes Seidenhemd, braune Hose und ein dunkles Jackett. Seine Augen wirkten in dem schwachen Licht fast schwarz, sein Gesicht war sonnengebräunt.

„Ja, sie haben es wirklich fertig gebracht", erwiderte Gordon und erhob sich halb, um dem Mann die Hand zu schütteln.

„Gabe, das ist Quinn O'Casey, Dougs Bruder und jüngster Neuzugang in unserer Schule. Quinn, darf ich vorstellen – Gabriel Lopez, Besitzer des *Suede*."

„Wie geht's?" sagte Quinn und schüttelte Lopez' Hand.

„Bestens. Willkommen im *Suede*. Waren Sie schon mal hier?"

Quinn schüttelte den Kopf. „Nein, ich bin absoluter Neuling."

„Es wird Ihnen hier gefallen. Ich habe die besten Musiker, sogar in der Woche, und unsere Küche zaubert einfach die köstlichsten Speisen."

„Klingt gut", kommentierte Quinn.

„Haben Sie schon getanzt?"

Quinn grinste ihn schief an. „Nein, und so bald werden Sie mich auch nicht auf der Tanzfläche zu sehen bekommen. Das garantiere ich Ihnen."

Lopez nahm neben ihm Platz. „Mein Freund, Sie werden sich noch wundern, nicht wahr, Gordon?"

Der nickte zustimmend. „Tanzen geht einem ins Blut über. Man hört die Musik, und schon muss man sich bewegen." Sein Blick wanderte auf die Tanzfläche. „Vielleicht werden Sie nicht gleich so gut wie eine Shannon Mackay. Aber sehen Sie sich Doug an. Nach sechs Monaten leistet er wirklich Beeindruckendes. Am wichtigsten ist, dass es ihm Spaß macht."

„Ja, Spaß macht es ihm tatsächlich. Das hier ist ja auch eine ideale Kombination", sagte Quinn zu Lopez. „Oben lernt man das Tanzen, hier setzt man es in die Praxis um. Besser könnte man das nicht planen."

„Stimmt", pflichtete Gordon ihm bei. „Und das Beste ist, es *war* nie geplant."

„Das hier war früher kein Club?"

„Es war immer ein Restaurant", erklärte Lopez. „Die Tanzfläche war eine einzige Blamage. Als ich vor etwa einem Jahr herkam, wurde mir das Potential bewusst. Die Vorbesitzer haben nie gemerkt, was für eine Goldgrube der Laden ist."

„Unsere Beziehung ist hervorragend", fuhr Gordon fort. „Wir haben den gleichen Handwerker, der sich um den Boden kümmert, und auf die Weise bekommen wir beide einen Rabatt."

„Die Schüler werden alle von oben zu mir geschickt", sagte Lopez.

„Und wir haben einen Club, in dem unsere Schüler ihren Spaß haben. Auf diese Weise wollen sie mehr Tanzunterricht nehmen", ergänzte Gordon und zeigte auf die Decke. „Die andere Mieterin im Haus ist Designerin und Kostümbildnerin. Sie ist ebenfalls großartig. Katarina heißt sie. Wenn jemand ein Kleid braucht – insbesondere für einen Tanzwettbewerb –, dann muss er nur eine Tür weiter fragen. Besser könnte es gar nicht sein."

Lopez nickte zustimmend, dann stand er auf. „Ich muss wieder an die Arbeit. Nochmals willkommen, Mr. O'Casey." Er legte den Kopf ein wenig schräg. „Sind Sie zufällig auch Cop? Da ihr Bruder immer seine Freunde mitbringt, fühlen wir uns sehr sicher und wohl behütet."

„Tut mir Leid", erwiderte Quinn kopfschüttelnd. „Aber ich bin kein Polizist. Ich habe mit Booten zu tun – Chartern, Tauchen, Fischen." Das war die Wahrheit, bloß nicht die ganze Wahrheit.

„Ah, ich verstehe. Dann sind Sie ein glücklicher Mann. Es gibt nichts Schöneres auf der Welt als die See."

„Da haben Sie Recht", stimmte Quinn ihm zu.

„Genießen Sie den Abend", sagte Lopez.

„Bis dann, Gabe", rief Gordon, dann verschwand Lopez in Richtung Küche. „Er ist ein großartiger Kerl."

„Sieht so aus", meinte Quinn.

„Jetzt können Sie Ihren Bruder in Hochform erleben", sagte Gordon voller Stolz und deutete auf die Tanzfläche.

Quinn sah hinüber und stellte fest, dass die Tänzer ihren Partner gewechselt hatten. Doug tanzte mit Shannon. Auf der

Tanzfläche waren nur noch wenige Paare. Die Musik hatte gewechselt, und auch der Tanz war ein anderer – schwungvoll und unglaublich anmutig.

„Bolero", erklärte Gordon knapp.

Es war ein ausgesprochen schöner Tanz, und Doug machte tatsächlich eine gute Figur, was durch die Eleganz seiner Partnerin noch mehr betont wurde.

„Ich kann mich nicht erinnern, dass ich jemals jemanden gesehen habe, der sich so bewegen kann ..."

„Reden Sie von Ihrem Bruder?" fragte Gordon, wobei seine Augen schelmisch blitzen.

Quinn schüttelte den Kopf und grinste breit. „Nein, von Ms. Mackay."

„Sie ist auch die Beste", sagte Gordon.

„Hey, Quinn, können wir wieder durchrutschen?"

Er sah auf und stellte fest, dass Bobby und Giselle zurückgekommen waren. Sie waren außer Atem. Quinn war nicht bewusst gewesen, dass ihn der Anblick der Tänzer so sehr gefesselt hatte, dass er ihre Rückkehr nicht bemerkt hatte.

„Ihr tanzt keinen Bolero?" fragte er sie.

Bobby machte einen frustrierten Laut. „Jedes Mal, wenn wir es versuchen, treten wir uns gegenseitig auf die Füße. Ich bin ein hoffnungsloser Fall."

„Bist du nicht!" protestierte Giselle.

Bobby schnitt eine Grimasse. „Du solltest sie mal beim Gruppenunterricht erleben. Ständig versucht sie ganz dezent, zu einem anderen Partner zu wechseln."

„Das ist nicht wahr! Das würde ich niemals machen." Sie zuckte mit den Schultern und sah zu Quinn. „Außerdem wechseln wir da sowieso alle paar Minuten den Partner. Was hätte ich also davon?"

Doug kam an den Tisch und zog Shannon an der Hand hinter sich her. „Und?“ fragte er seinen Bruder. Wie seltsam, dachte Quinn. Doug hatte es völlig ernst gemeint, dass Lara Trudeau möglicherweise ermordet worden war. Aber in diesem Augenblick kam er ihm wieder vor wie der unsichere kleine Junge, der bei seinem älteren Bruder Bestätigung suchte.

„Ihr zwei wart unglaublich“, sagte er.

Doug war mit der Antwort offenbar zufrieden. „Dann seid ihr jetzt dran.“

„Dir geht's wohl nicht gut“, erwiderte Quinn lachend.

„Nein, nein, das schaffst du schon“, ermutigte Bobby ihn. „Das ist eine Merengue. Da kann man nichts falsch machen.“

„Ich schon, das kannst du mir glauben.“

„Kommen Sie, Mr. O'Casey“, sagte nun auch Shannon. „Es ist wirklich simpel. Ich weiß, Sie kriegen das hin.“

Sie hielt ihm ihre schlanke Hand hin, einen herausfordernden Blick in ihren Augen. Es kam ihm vor, als würde sie kein Wort davon glauben, dass er ins Studio gekommen war, um Tanzunterricht zu nehmen.

Mit einem Schulterzucken erwiderte er: „Also gut. Wenn alle Anwesenden so sehr darauf versessen sind, dass ich mich zum Affen mache ...“

„Sie werden sich nicht zum Affen machen – nicht, wenn Sie mit Shannon tanzen“, erklärte Gordon.

„Für mich sieht das aber nicht so aus, als ob das ganz einfach ist“, sagte er besorgt, als sie die Tanzfläche betraten.

„Ist es aber.“ Sie legte seine Arme um sich und zeigt ihm, wie er sie halten sollte. „Folgen Sie einfach meinen Bewegungen. Männer führen beim Tanzen. Immer“, betonte sie. „Aber da Sie das hier noch nie gemacht haben ... links, rechts, links, rechts ... spüren Sie den Rhythmus?“

Er spürte den Rhythmus tatsächlich. Doch das war nicht alles. Genauso spürte er ihren sengenden, heißen Blick, der auf ihm ruhte sowie jede noch so minimale, erotische Bewegung ihres Körpers.

„Das machen Sie gut", sagte sie.

„Danke. Und was denken Sie sonst von mir?"

Sie zog die Brauen hoch. „Ich bin beeindruckt. Sie besitzen tatsächlich ein Gefühl für einen Rhythmus. Wenn Sie wollen, können wir diese Armbewegungen versuchen. Heben Sie sie einfach nur an … ich drehe mich, und dann drehen Sie sich. Merengue ist sehr beliebt, weil es so ein leicht zu erlernender Tanz ist."

„Ich kann mich aber nicht so winden wie die Jungs da drüben."

„Das liegt nur daran, dass Sie noch nicht die kubanische Bewegung beherrschen, aber das kommt noch."

Kubanische Bewegung? Sie beherrschte sie ganz offensichtlich, da sie ihre Hüften auf eine unglaubliche Weise kreisen lassen konnte.

Er hob die Arme so, wie sie es gesagt hatte. Es war noch ein wenig ungelenk, aber damit kam sie klar.

„Und jetzt Sie", forderte sie ihn auf, und er wiederholte ihre Bewegung.

„Stimmte vorhin irgendetwas nicht?" fragte er unvermittelt.

„Was?" Sie sah ihn verständnislos an.

„Ich sah Sie die Treppe herunterkommen. Sie wirkten irgendwie … beunruhigt."

„Sie haben mich gesehen? Haben Sie mich beobachtet?" Ihr Tonfall war ruhig, aber er hörte heraus, dass sie aufgebracht war. „Verfolgen Sie mich etwa, Mr. O'Casey?"

Er lachte und achtete darauf, dass er unbeschwert klang. „Nein, tut mir Leid. So sollte sich das nicht anhören. Ich hatte gegenüber einen Hamburger gegessen, ehe ich herkam, und da sah ich Sie", sagte er, auch wenn das mit dem Hamburger nicht stimmte.

„Ach so." Sie wurde rot. „Entschuldigen Sie, ich … Es ist ein unangenehmes Gefühl, wenn man meint, man wird beobachtet."

„So war das wirklich nicht gemeint, verzeihen Sie bitte. Es kam mir nur so vor … als hätten Sie vor irgendetwas Angst."

Eigentlich sollten Frauen beim Tanzen nicht führen, doch sie drückte in diesem Moment seinen Arm hoch und drehte sich so, dass er ihr nicht in die Augen sehen konnte. Als sie ihm wieder ins Gesicht sah, antwortete sie: „Gordon war schon gegangen. Ich schloss das Büro ab, aber als ich nach draußen ging, fiel irgendetwas um. Vielleicht ein Buch oder etwas anderes. Ich hatte mich darüber erschrocken."

So gelogen sein Hamburger war, so erfunden war ihre Geschichte mit dem umgefallenen Buch. Irgendetwas hatte ihr Angst eingejagt.

„Leider hat sich Miami seinen schlechten Ruf in Sachen Kriminalität redlich verdient", sagte er. „Seien Sie lieber vorsichtig, wenn Sie allein abschließen."

„Der Club hat jeden Abend geöffnet. Von Donnerstag bis Sonntag ist ein Türsteher da. Wir parken auf dem Platz hinter dem Gebäude, und gleich gegenüber befindet sich ein Supermarkt. Viel sicherer kann es eigentlich kaum sein. Und außerdem kenne ich jeden, der zum Gebäude gehört."

„Aber Sie können nicht jeden kennen, der den Club besucht", wandte er ein.

„Nein, das natürlich nicht. Aber ich habe mich bislang immer sicher gefühlt. Außerdem bin ich nicht so wehrlos, wie ich vielleicht aussehe."

„Tatsächlich?" Er musste unwillkürlich lächeln.

„Zweifeln Sie lieber nicht daran", sagte sie. Ihre Worte hatten eindeutig einen warnenden Unterton. „Glauben Sie mir, ich kann hart sein."

„Eine harte Tänzerin", murmelte er nachdenklich.

„Ganz genau. Ich liebe das Studio – und ich hasse Lügen."

„Ist das wahr?" gab er zurück. Er war fast sicher, dass ihre Wangen ein wenig erröteten, doch dann zog sie sich zurück.

„Das ist andere Musik", erklärte sie. „Einen Mambo beherrschen Sie noch nicht."

Dann wandte sie sich ab und ließ ihn allein auf der Tanzfläche zurück.

## *6. KAPITEL*

Shannon bemühte sich, am folgenden Morgen um neun Uhr im Studio zu sein. Sie hatte sich bereit erklärt, für Sam und Jane um zehn ein Coaching einzuschieben, und um elf wollte Gordon mit ihr noch einmal die Zahlen für die Gator Gala durchgehen.

Zum Studio zu gelangen, war für sie kein Problem, weil sie bequem zu Fuß gehen konnte. Ihr Haus war nur einige Blocks entfernt, was sie Gordon zu verdanken hatte.

Immerhin war er vor einigen Jahren auf den Altbau aufmerksam geworden, der sich so wie der ganze Block zu der Zeit noch in einem erbärmlichen Zustand befunden hatte. Die Rohre waren völlig verrottet, es gab keine Klimaanlage, die Tapete musste das Hässlichste gewesen sein, was jemals an eine Wand geklebt worden war, und beim Anblick des Teppichbodens konnte einem schlecht werden.

Doch das Haus war das Schnäppchen des Jahrhunderts gewesen. Obwohl es nur zwei Schlafzimmer gab und der Garten so klein war, dass man sich kaum umdrehen konnte, hatte es einen unschlagbaren Vorteil: Shannon wohnte dort nur drei Blocks vom Strand entfernt. In den letzten Jahren hatte sich der Wert ihrer Immobilie vervierfacht, aber sie dachte nicht daran, zu verkaufen. Hier hatte sie ihr eigenes Reich, während die meisten anderen in der Nachbarschaft nur zur Miete wohnten.

Gordon hatte das Haus nicht nur für sie entdeckt, er war auch so großzügig, ihr die Anzahlung vorzustrecken. Manchmal, wenn ihr bewusst wurde, dass sie in einer Woche wieder einmal gut achtzig Stunden im Studio verbracht hatte, sagte sie Gordon, sie habe ihm seine Investition längst in Blut und Schweiß zurückgezahlt. Dann erwiderte er lächelnd, er sei nicht so dumm, dass er nicht wisse, wie Recht sie damit doch hatte.

An diesem Morgen wollte sie besonders früh im Studio sein – bei Tageslicht. Sie war entschlossen, sich davon zu überzeugen, dass sie nur völlig überarbeitet war und Gespenster sah – oder besser gesagt: hörte.

Sie ging die Treppe hinauf, wartete einen Moment, dann schloss sie auf und stieß zögerlich die Tür auf. Angestrengt lauschte sie, aber nichts war zu hören.

Langsam ging sie ins Studio und sah sich in dem weitläufigen Raum um. Zwei der Wände waren von der Decke bis zum Boden mit Spiegeln verkleidet. Zur Straße hin ließen große Fenster das Tageslicht in den Raum fallen. Der „Konferenzraum" befand sich im vorderen Teil, Empfang und Büroräume folgten gleich neben dem Eingang. Dahinter gab es vier Türen, von denen die erste ins Lehrerzimmer, die nächsten beiden zu den Toiletten und die letzte in eine winzige Küche führten. Ein schmaler Flur verlief zwischen den Toiletten zu einer Hintertür, durch die man auf einen kleinen Hof gelangte, zu dem man auch vom Atelier nebenan Zutritt hatte. Links von dieser Hintertür gab es einen Zugang zu einem kleinen Lagerraum, den man auch von außen betreten konnte, da er ursprünglich nicht zum Studio gehört hatte. Genutzt wurde er von allen drei Parteien des Gebäudes. Das Tanzstudio benötigte den Raum, um Geschäftsunterlagen und andere Dinge unterzubringen, Katarina brauchte einen Teil der Fläche für einige ihrer Schneiderpuppen und für ihre Stoffe. Der Club verfügte zwar im Erdgeschoss über einen viel größeren Lagerraum, doch hin und wieder kam es vor, dass Lopez auch einen Teil dieses Raums in Anspruch nahm. Bis zum heutigen Tag hatte es noch nie Streit darüber gegeben, wer was in dem Lagerraum unterbrachte.

Auf der anderen Seite des Hofes führte eine Treppe hinauf in das komplett renovierte dritte Stockwerk. Lange Zeit war diese

Fläche ungenutzt geblieben, doch nachdem Gabriel Lopez von den Eigentümern des Gebäudes die Erlaubnis bekommen hatte, war der dritte Stock ausgebaut und in ein Apartment umgewandelt worden. Er und Gordon machten über dieses atemberaubende Apartment immer wieder ihre Witze, weil Shannons Chef keinen Hehl daraus machte, wie eifersüchtig er auf Lopez war. Er wünschte sich, er wäre auf diese Idee gekommen. So aber wohnte er nach wie vor ein ganzes Stück weit vom Studio entfernt – und das, obwohl er es hasste, mit dem Auto zu fahren.

Shannon kannte das Gebäude in- und auswendig – genau das war der Grund, warum sie am Abend zuvor auch so nervös geworden war ...

Keiner der Schüler war mehr anwesend gewesen, und die Stereoanlage lief längst nicht mehr. Shannon hatte allein in ihrem Büro gesessen und war die Unterlagen durchgegangen. Jeder der Lehrer strengte sich nach Kräften an, seine jeweiligen Schüler ans Studio zu binden, damit sie regelmäßig kamen. Immerhin sorgten sie für den Lebensunterhalt der Angestellten der Tanzschule. Shannon wusste, dass sie einen hervorragenden Mitarbeiterstab besaß – allesamt Profis, die ernsthaft entschlossen waren, Tanzunterricht zu erteilen und den Kunden etwas für ihr Geld zu bieten. Wenn aber der Fall eintrat, dass ein Schüler, der über lange Zeit konstant ins Studio kam, mit einem Mal fernblieb, dann stimmte etwas nicht. Als Managerin gehörte es zu ihren Aufgaben, denjenigen anzurufen und herauszufinden, ob irgendetwas im Studio vorgefallen war.

Nach Laras Tod wurde es nun für Shannon ebenfalls erforderlich, die Schüler anzurufen, die von Lara unterrichtet worden waren, und ihnen zu versichern, dass sie auch in Zukunft die bestmögliche Betreuung erhalten würden.

Shannon saß da und studierte die Unterlagen, um festzustellen, wer zu denjenigen gehörte, die davon überzeugt werden mussten, nicht das Studio zu wechseln.

Obwohl das Gebäude alt war, hatten die Eigentümer es stets gut in Schuss gehalten. Die Schallisolierung war so gut, dass vom Club im Erdgeschoss nie ein Ton zu hören war. Und wenn die Fenster geschlossen waren, konnte man vom Lärm auf der Straße ebenfalls nichts wahrnehmen.

Daher war es so ruhig, dass man eine Stecknadel hätte fallen hören können. Shannon genoss die Ruhe, weil sie es ihr erlaubte, konzentriert zu arbeiten.

Doch plötzlich war da dieses Geräusch.

Ein … Kratzen.

Es schien aus dem Studio selbst zu kommen. Aber das war unmöglich.

Das Geräusch war nur kurz zu hören gewesen. Es klang, als würde jemand mit den Fingernägeln über eine Schiefertafel kratzen – ein unheimliches, durchdringendes Geräusch. Und dann war es auch schon wieder vorüber. So schnell, dass sie fast – aber auch nur fast – geglaubt hätte, es sich nur einzubilden.

In ihrer Panik war sie aufgesprungen und hatte dabei die Unterlagen vom Schreibtisch gerissen, nur um schnell genug aus ihrem Büro zu stürmen. Vielleicht hatte Gordon nicht abgeschlossen, als er gegangen war. Oder er war der Ansicht gewesen, er müsse nicht abschließen, da sie ohnehin jeden Augenblick das Studio verlassen würde.

Die Tanzfläche war leer, und die Eingangstür zum Studio war abgeschlossen. Eigentlich hätte sie durch alle Zimmer gehen müssen, um überall nach dem Rechten zu sehen. Doch sie hatte es nicht gemacht. Aus einem unerklärlichen Grund hatten das Geräusch und die sich anschließende völlige Stille sie so geängstigt, dass sie nur ihre Handtasche und ihr dünne Jacke greifen und aus dem Studio eilen konnte. Warum das Geräusch ihr das Gefühl gab, sich in unmittelbarer Gefahr zu befinden, wusste sie nicht. Und doch hätte sie vor Angst fast vergessen, das Studio abzuschließen, so dass sie sich noch einmal zwingen musste, nach oben zu gehen. Es war einfach lächerlich, so überzureagieren.

Inzwischen war ihr dieses Verhalten längst ein wenig peinlich, zumal sie gesehen worden war. Quinn O'Casey hatte zufälligerweise im Café gegenüber einen Hamburger gegessen und ihren Auftritt beobachten können. Ausgerechnet der Mann, der tausend Fragen stellte und selbst nie eine wirklich zu beantworten schien.

*Na und?* versuchte sie sich zu sagen.

Doch der Gedanke allein verunsicherte sie, so wie der Mann selbst auch. Er sah einfach viel zu gut aus. Er war kein Schönling, auch wenn sein Gesicht völlig ebenmäßig gezeichnet war. Quinn O'Casey war einfach nur unglaublich interessant. Zwei linke Füße, viel zu hochgewachsen, Arme wie Stahl. Ein gewöhnlicher Mann war er auf keinen Fall, denn dafür fühlte sie sich viel zu sehr von ihm angezogen, auch wenn er sie gleichzeitig anscheinend grundlos bis aufs Blut reizte.

Sie war sicher, dass er sich nicht bloß zufällig auf der anderen Straßenseite aufgehalten hatte. Oder aber sie wurde langsam verrückt. So hatte sie früher nie empfunden, doch nach Laras Tod schien alles um sie herum eine neue, bösartige Bedeutung anzunehmen.

*Du bist die Nächste.*

Diese Worte hätten vollkommen harmlos klingen müssen, weil zwangsläufig irgendjemand nach Lara auf die Tanzfläche hätte gehen müssen.

Aber sie glaubte nicht, dass sie harmlos gemeint waren. Das

musste eine Paranoia sein, ohne jeden Zweifel: Lara war gestorben, und in ihrem verdrehten Verstand war sie zu der Ansicht gelangt, sie sollte als Nächste sterben.

Sie ermahnte sich im Geist und ging so aufmerksam durch das Studio, wie sie es schon gestern Abend hätte machen sollen. Sie sah in jeden Raum, hob die Unterlagen auf, die sie am Vorabend zu Boden geworfen hatte, ging zur Hintertür und schloss sie auf. Ohne einen besonderen Grund warf sie dann auch noch einen Blick in den Lagerraum.

Dort war alles so, wie es sein sollte. In den Regalen fanden sich Unterlagen, Ersatzglühbirnen, Werkzeug und andere Dinge, die sie nicht jeden Tag benötigten. Langsam ging sie durch den Raum, als sie auf einmal mitten in der Bewegung erstarrte. Plötzlich war sie sich sicher, nicht allein zu sein.

Aber es war nur eine von Katarinas Puppen, die ihr diesen Schreck eingejagt hatte.

„Dummkopf", sagte sie zu sich, wandte sich ab und begab sich zur Tür. Wie konnte es nur sein, dass diese Puppe ihr solchen Schrecken einjagte. Ihr kam es so vor, als könnte die Puppe mit einem Mal ein Gesicht haben und sich bewegen, wenn sie sich jetzt umdrehte.

Abrupt wirbelte sie herum, doch die Puppe stand einfach nur da. Kein Gesicht, keine Bewegung. Offenbar entstand der Eindruck dadurch, dass man ihr einen ausladenden, mit Federn besetzten Hut von einer Art aufgesetzt hatte, wie man ihn beim Tanzen niemals tragen würde.

Es war nichts weiter als eine Schneiderpuppe, und nichts in diesem Lagerraum war in irgendeiner Weise verdächtig. Sie ging hinaus, schloss hinter sich ab und begab sich wieder nach vorn ins Studio.

Der eigene Verstand konnte einem so manchen Streich spielen. Offenbar ließ sie das, was Lara zugestoßen war, viel zu sehr auf sich wirken. Aber sie konnte einfach nicht anders. Ganz gleich, welcher Meinung sie zeitweilig über Lara gewesen war, sie hatte sie aber doch gut gekannt. Nichts war für sie wichtiger gewesen als das Tanzen. Dass sie hin und wieder mal einen Drink zu sich genommen hatte, war durchaus denkbar. Auch, dass sie mal *eine* Xanax geschluckt hatte, um ihre Nerven zu beruhigen. Doch sie hätte niemals etwas gemacht, das sich auf ihren Auftritt auswirken würde.

Ein plötzliches Geräusch ließ sie herumfahren, vor Schreck presste sie eine Hand vor den Mund. Nur langsam wurde ihr klar, dass bloß die Vordertür geöffnet worden und ins Schloss gefallen war. Jane stand im Eingang und betrachtete Shannon mit besorgter Miene.

„Hey, stimmt was nicht?"

„Doch, doch. Alles in Ordnung."

„Du machst aber ein Gesicht, als hättest du ein Gespenst gesehen."

„Nein, tut mir Leid. Ich war nur in Gedanken und du hast mich erschreckt."

„Entschuldige, aber ich … ich habe doch nur die Tür aufgemacht", sagte Jane.

„Ich weiß."

Jane lächelte sie sanft an. „Weißt du, den ganzen Tag über werden Leute diese Tür auf- und auch wieder zumachen."

„Ja, das weiß ich."

Sie kam auf Shannon zu und sah sich um. „Sind wir allein?"

„Sam ist noch nicht da."

„Er wird jeden Augenblick auftauchen. Er kommt nie zu spät zu seinem Coaching."

„Der heutige Tag wird ganz sicher keine Ausnahme sein", bekräftigte Shannon, sah dann aber Jane fragend an. Auch wenn sie sich selbst erschreckt hatte, war nicht zu übersehen, dass Jane sich eigenartig verhielt. „Was ist los mit dir?"

„Ich weiß nicht. Ich schätze, ich bin immer noch nervös."

„Wieso? Ist dir irgendwas passiert?"

„Mir? Nein", antwortete Jane.

„Wegen Lara?"

Jane nickte und sah sie ernst an. „Du glaubst, da stimmt was nicht. Ich weiß es. Ich meine, ich weiß, dass du glaubst, jemand hätte sie umgebracht. Viele Leute hätten das auch sicher gern getan. Wir beide würden ganz bestimmt zu den Verdächtigen zählen. Mich hat sie in allem besiegt und dann damit geprahlt. Bei dir weiß jeder, der dich lange genug kennt, dass du mal was mit Ben Trudeau hattest."

„Das ist so lange her, das hat nichts mehr zu bedeuten."

„Du bist ein echter Profi, dass du darüber hinweggehen und immer noch mit Ben arbeiten kannst."

„Ob ich wirklich so ein Profi bin, weiß ich nicht. Es ist bloß so, dass ich keine Erinnerung daran habe, warum ich mich jemals zu Ben hingezogen fühlte. Wir haben grundverschiedene Ziele, die wir im Leben erreichen wollen, uns sind unterschiedliche Dinge wichtig. Und zwischen uns ist nichts, absolut gar nichts. Da springt kein Funke über. Er ist ein guter Lehrer und ein exzellenter Tänzer. Er sollte an Wettkämpfen teilnehmen und er sollte eine gute Partnerin haben – weil er gut ist."

„Und sie hat ihn abgeschossen." Jane flüsterte plötzlich aus keinem ersichtlichen Grund. „*Das* meine ich doch, Shannon. Jeder hätte ein Motiv für einen Mord. Sogar Gordon."

„Gordon war immer stolz auf sie. Sie hat viel zum Ruf des Studios beigetragen. Hier hat sie angefangen, und hier hat sie oft Coaching-Stunden gegeben."

„Er war immer gut zu ihr, aber sie hat sich ihm gegenüber gemein verhalten."

„Jane, man bringt normalerweise niemanden um, nur weil er gemein gewesen ist", gab Shannon zurück. Jetzt, da es wieder taghell war und sie sich nicht allein im Studio aufhielt, kam sie sich ein wenig lächerlich vor.

„Das sagst du, aber du meinst es nicht", behauptete Jane.

„Ich weiß gar nicht so genau, was ich überhaupt meine", sagte Shannon. „Wir müssen endlich nach vorn blicken."

„Sie war in vieler Hinsicht ungewöhnlich."

„Zum Beispiel?"

„Na ja, zum Beispiel prahlte sie gern mit der Tatsache, dass sie nicht wirklich für das Studio arbeitete und dass deshalb für sie die Regel nicht gelte, sich nicht privat mit den Schülern zu treffen." Janes Stimme wurde noch leiser. „Weißt du, was ich glaube? Es gefiel ihr, anderen wehzutun. Kannst du dich erinnern, wie begeistert ich war, dass Doug O'Casey so schnell lernte? Lara wusste davon. Als ich für ihn die erste Coachingsession mit Lara vereinbarte, schien sie zu erkennen, dass Doug für mich etwas ganz Besonderes darstellte. Sie schaffte es, mich aus der Session fast völlig herauszuhalten. Und am Abend hat sie unten im *Suede* mit ihm getanzt."

„Jane, jeder von uns tanzt im *Suede* mit den Schülern."

„Ich weiß, aber das war anders. Es kam mir so vor, als hätte sie ihre Klauen um ihn gelegt. Sie sah mich an und lächelte mich auf eine Weise an, als wolle sie mir sagen, dass sie meinen Schüler übernommen hatte."

„Er ist doch immer noch dein Schüler."

„Das schon, trotzdem könnte ich schwören, dass sie mit ihm was hatte. Nicht nur mit ihm, sondern mit all meinen Schülern."

„Auch mit dem alten Mr. Clinton?“ warf Shannon ein, um das Gespräch etwas aufzulockern.

Jane konnte darüber nicht lachen. „Ich weiß, dass das witzig gemeint ist, aber Clinton ist verdammt reich. Ihm gegenüber hat sie sich immer wie ein Engel benommen. Sie wusste, wie sie ihre Eisen im Feuer halten konnte. Wenn sie zu einem Wettkampf ging, dann wollte sie das Gefühl haben, dass genügend Leute mit dicker Brieftasche bereitstanden, sollte einer ihrer Sponsoren abspringen.“

„Ach, Jane, hör auf. Sie hat mit Mr. Clinton ganz sicher nichts gehabt.“

„Vielleicht nicht. Aber ich würde alles darauf verwetten, dass sie es getan hätte, wenn es für ihre Karriere förderlich gewesen wäre.“

„Ihre Karriere war doch großartig. Jane, du musst selbst zugeben, dass sie gut war – mehr als nur ‚gut‘.“

„Aber sie war eine Hexe.“

„Sie hat die Menschen um sie herum gern benutzt, das ist wahr, aber jetzt ist sie tot.“

Jane nickte und sah Shannon eindringlich an. „Ich glaube, du solltest vorsichtig sein.“

„Ich? Weshalb?“

„Weil zu viele Leute wissen, dass du nicht glaubst, Lara könnte ihren Tod selbst verursacht haben.“

„Von einem Selbstmord war nie die Rede, nur von einer versehentlichen Überdosis, die einen Herzstillstand verursacht hat.“

„Aber daran glaubst du nicht.“

„Du offenbar auch nicht.“

„Aber …“ Jane hielt kurz inne und sah sich rasch noch einmal um, damit sie sicher sein konnte, dass sie immer noch allein waren. „Die Leute wissen, was du denkst. Du hast der Polizei gegenüber gesagt, was du von der Sache hältst. Deshalb glaube ich, du solltest vorsichtig sein."

*Du bist die Nächste.*

Shannon zwang sich zu einem Lächeln und weigerte sich, sich noch weiter in diesen Wahn treiben zu lassen. „Es ist egal, was irgendwer denkt oder sagt, Jane. Laras Tod ist als Unfall bestätigt worden. Sie wird morgen beerdigt. Es ist vorbei. Das ist für keinen von uns leicht, und wir werden das so schnell nicht vergessen können. Aber wir müssen den Blick nach vorne richten. Wir müssen unser eigenes Leben leben, verstehst du?"

Jane nickte ernst und drückte Shannons Hand.

In dem Moment ging die Tür auf, und die beiden Frauen schreckten zusammen.

„Was ist denn mit euch los?" fragte Sam Railey, während er an ihnen vorbeiging. Als er ihre Blicke bemerkte, sah er über die Schulter zurück. „Was ist los? Habe ich vielleicht einen Pickel auf der Stirn? Spinat zwischen den Zähnen?"

Shannon und Jane begannen zu lachen und sahen sich ein wenig verlegen an.

„Nein, du sieht großartig aus, Sam", gab Shannon zurück. „So, ihr beiden. Dann zieht eure Schuhe an, damit wir loslegen können. Eure CDs liegen drüben bei der Anlage, nicht wahr? Wenn ihr bereit seid, geht ihr die komplette Nummer einmal durch, danach zerlegen wir sie in einzelne Abschnitte. Los, los, bewegt euch, bevor es hier voll wird."

„Jawohl, Ma'am", erwiderte Sam kopfschüttelnd und ging in Richtung Lehrerzimmer, um seine Schuhe zu holen. „So ein Tyrann", murmelte er – laut genug, um von den Frauen gehört zu werden – vor sich hin. „Kein ‚Hey Sam, lass dir doch Zeit. Wir setzen uns zu einer Tasse Kaffee zusammen und quatschen ein bisschen'. Kein ‚Guten Morgen, Sam, wie geht's dir denn? Alles in Ordnung?‘ Na, dann frage ich mich halt selbst. Sam, wie geht’s dir? Kann nicht klagen, aber an meiner linken Ferse bekomme ich eine tierische Blase.“

„Schuhe, Sam. Hopp, hopp“, rief Shannon ihm zu.

Kichernd eilte Jane ihm nach, um ebenfalls ihre Schuhe zu holen.

Shannon sah sich um. Strahlender Sonnenschein fiel durch die Fenster und Sam und Jane unterhielten sich angeregt, während sie ihre Tanzschuhe anzogen.

Alles schien völlig normal zu sein, bis Gordon hereinkam und sie wissen ließ, dass sie für den Abend alle Verabredungen und auch den Gruppenunterricht absagen mussten.

Lara Trudeau wurde am Samstag beerdigt, und heute Abend hatten sie alle zu einem Termin im Beerdigungsinstitut zu erscheinen.

„Ich muss sagen“, flüsterte Sam Shannon zu, „sie sieht wunderschön aus. Ich will damit sagen, wenn man sonst einen Toten im Sarg liegen sieht, dann sieht der auch tot und damit ziemlich schlecht aus. Jeder redet dann davon, wie gut derjenige noch aussieht, aber eigentlich stimmt das gar nicht. Lara sieht dagegen wirklich immer noch schön aus. Als würde sie schlafen, nicht? Und sie wirkt so jung. Das ist so tragisch.“

Ja, tragisch war das Ganze.

Als Shannon vor dem Sarg auf dem Kissen kniete, stürzten tausend Gefühle auf sie ein. Nein, ein besonders netter Mensch war Lara nicht gewesen. Aber sie war begabt gewesen und hatte vor Energie gesprüht. Sie hatte sich ihre eigene, persönliche Welt geschaffen, und für Dutzende, die ihr nachfolgten, hatte sie einen Maßstab in Sachen Professionalität und Eleganz gesetzt.

Nur nett war sie nicht gewesen.

Sam seufzte tief. „Für ihren Einsatz an der Menschheit wäre sie allerdings niemals gewürdigt worden."

„Sam!" Sie stieß ihn an. „Du sollst hier sitzen und für die Verstorbene beten!"

„Glaubst du, sie ist auf unsere Gebete angewiesen?" gab er zurück. „Sie war zwar keine Mutter Teresa, aber sie war auch keine Mörderin. Wahrscheinlich tanzt sie jetzt irgendwo im Himmel weiter. Oder … wenn es ein Fegefeuer gibt, dann wird sie da sein und einer Horde Schwachköpfe Tanzschritte beibringen."

„Sam!" stöhnte Shannon auf.

„Ach, willst du mir etwa erzählen, du betest dafür, dass sie zur Rechten Gottes einen Platz bekommen hat?" flüsterte er ihr zu.

Shannon seufzte und gab es auf. Sie hatte nicht gebetet. Dass Lara tot war, das war traurig und furchtbar. Sie hoffte, ihr Glaube entsprach der Wahrheit und es gab ein Leben nach dem Tod. Vielleicht tanzte Lara tatsächlich im Himmel. Während sie in diesen Dingen aber nur auf ihren Glauben bauen konnte, gab es eine Sache, von der sie mehr und mehr überzeugt war: Dieser Tod war kein Unfall gewesen. Lara hatte das Leben geliebt. Sie hatte es geliebt, ihren Körper wie ein Werkzeug einzusetzen, um wundervolle, bezaubernde Figuren zu kreieren. Sie konnte sich unmöglich das Leben genommen haben, auch nicht aus Unachtsamkeit oder Gedankenlosigkeit.

Sie stand auf, Sam erhob sich gleichzeitig mit ihr und fasste sie am Ellbogen.

Hinter ihnen hatte sich eine lange Reihe von Trauergästen gebildet. Das Beerdigungsinstitut war nicht groß genug, um ihnen allen Platz zu bieten. Jeder, der sie kannte – Profis, Amateure und auch ein paar schlichtweg Neugierige –, war gekommen, um sich von ihr zu verabschieden.

Shannon ging hinüber zu Gordon, der ein wenig abseits stand und sich mit Gunter Heinrich unterhielt, einem deutschen Wettkämpfer. Gunter begrüßte sie traurig lächelnd und gab ihr einen Kuss auf die Wange.

„Gunter, schön, dass du es geschafft hast. Ich bin etwas erstaunt, dich hier zu sehen, wo doch alles so knapp arrangiert wurde."

Er war ein sehr großer, blonder Mann mit ausdrucksstarken Gesichtszügen. „Ich war ohnehin in den Staaten. Helga und ich, wir haben uns nach dem letzten Wettkampf noch einen kurzen Urlaub am Strand gegönnt. Nächste Woche wollen wir am Wettbewerb in Asheville teilnehmen. Ich sprach gerade mit Gordon darüber, für ein paar Trainingsstunden in euer Studio zu kommen", fuhr Gunter fort. „Hättest du denn Zeit für eine Coachingsession?"

Wir stehen hier nur ein paar Meter weit von einer Toten entfernt, dachte Shannon, und Gunter plante sein Training. Vielleicht war sie auch bloß noch nicht oft genug auf Totenwachen gewesen. Ringsum unterhielten sich auch die anderen leise. Womöglich gehörte das einfach dazu. Das Leben ging schließlich weiter.

„Ich glaube ja", murmelte sie.

Mr. Clinton stand unterdessen mit einem ernsten Gesicht vor dem Sarg, dann kniete er nieder, sprach ein Gebet und bekreuzigte sich. Jane ging hinüber, um ihm aufzuhelfen, und legte einen Arm um seine Schultern. Die Longs waren auch gekommen und hielten sich im rückwärtigen Teil des Raums auf, wo sie sich mit einem jungen Paar unterhielten, das Tanzunterricht für seine Hochzeit genommen hatte. Rhianna Markham, die ihre Lehrerin gewesen war, stand bei ihnen.

Ben befand sich allein auf der anderen Seite des Sarges und

wirkte so gedankenverloren, als existiere er in einer anderen, weit entfernten Welt.

Mary und Judd Bentley, denen ein Franchise-Studio in South Dade gehörte, traten an den Sarg und knieten sich gemeinsam hin. Sie waren gute Freunde gewesen, und Mary war eine der wenigen im Raum, die tatsächlich weinte.

„Du bist die Nächste."

„Was?" Shannon drehte sich abrupt um und sah irritiert in Gunters Gesicht. Erst als sie seinen erstaunten Blick bemerkte, wurde ihr bewusst, wie laut und schneidend ihr dieses eine Wort über die Lippen gekommen war. „Tut mir Leid, ich war wohl völlig in Gedanken", sagte sie und errötete.

„Ich sagte gerade zu Gordon, er muss die richtigen Worte finden, um dich dazu zu bringen, wieder anzutreten. Du bist der beste Coach, den wir je hatten – und eine der besten Tänzerinnen, die ich je kennen lernen durfte. Wenn du wieder antrittst, dann bist du die Nächste, die es so weit bringen kann wie Lara."

„Oh, ich ... danke", murmelte sie schließlich. „Das ist lieb von dir. Entschuldigt mich bitte für einen Moment."

Der dringende Wunsch überkam sie, sofort das Gebäude zu verlassen, auch wenn es nur für ein paar Minuten sein würde. Sie drehte sich um und ging den Mittelgang zwischen den Stuhlreihen entlang. Der Duft der unzähligen verschiedenen Blumen, die im Raum arrangiert worden waren, war mit einem Mal einfach zu viel für sie. Sie musste einen Moment lang die Augen zumachen und wäre dabei fast mit Ella Rodriguez und Justin Garcia zusammengestoßen, die gerade losgingen, um vor dem Sarg niederzuknien und Lara die letzte Ehre zu erweisen.

Im Vorraum bahnte sie sich ihren Weg zwischen den Trauergästen hindurch, unter denen sich fast ausschließlich Tänzer befanden. Sie sah eine der Salsa-Preisträgerinnen aus dem Vorjahr, eine hübsche, zierliche Frau mit einem Körper, der jede vor Neid erblassen ließ. Sie trug ein schwarzes Kleid, das sich eng an jede Rundung ihres Körpers schmiegte, und sie war mit einem Vertreter des Nationalen Tanzverbandes in ein Gespräch vertieft.

Katarina befand sich ebenfalls im Vorraum, sie sah in einem dunkelblauen Anzug sehr dezent aus. Der traurige Anlass schien sie sehr zu bewegen. Bevor Shannon sie jedoch ansprechen konnte, stellte sich eine andere Frau zu ihr und fragte laut und deutlich, ob sie denn am nächsten Tag zur Anprobe kommen könne. Als Katarina erklärte, sie werde zu Laras Beerdigung gehen und deshalb ihr Atelier nicht aufmachen, beharrte die Frau darauf, am Montag vorbeizukommen.

Shannon winkte Katarina kurz zu, dann ging sie nach draußen.

Das Beerdigungsinstitut, das Gordon ausgesucht hatte, lag mitten im Zentrum von Miami. Damit Lara auf Woodlawn, einem der ältesten Friedhöfe der Stadt, beigesetzt werden konnte, hatte er tief in die Tasche gegriffen. Es war eine schöne letzte Ruhestätte, die durch den großen Respekt nur noch umso schöner wurde, den die Latino-Gemeinde ihren Toten zollte.

Auf der Straße vor dem Institut herrschte reger Verkehr. Jemand hupte, ein Fahrer schrie aus dem geöffneten Seitenfenster einen anderen an, der nicht schnell genug fuhr. Auf der gegenüberliegenden Straßenseite gab es einen Supermarkt, vor dem mehrere Jugendliche auf der Motorhaube eines alten, restaurierten Chevy saßen und sich laut unterhielten und lachten.

Die Luft war nicht so angenehm, wie Shannon es erwartet hatte – Autoabgase schlugen ihr entgegen. Doch das war immer noch angenehmer als der erstickende Duft, der von den Blumen ausging. Und es war besser als die geheuchelte Trauer, die drinnen vorherrschte.

Einzelne Trauergäste machten sich bereits wieder auf den Weg und grüßten Shannon, während sie zum Parkplatz gingen. Einige von ihnen waren ihr bekannt, bei anderen hatte sie keine Ahnung, um wen es sich handeln mochte. Trotzdem erwiderte sie jeden Gruß.

Dann sah sie auf einmal zwei Männer, die auf dem Weg in das Institut waren: die O'Casey-Brüder.

Doug sah sie und kam sofort zu ihr, nahm sie in die Arme und küsste sie auf die Wange. Er machte einen zutiefst betroffenen Eindruck. Sein sonst so ordentlich gekämmtes Haar war über der Stirn so zerzaust, als wäre er immer wieder mit den Fingern durchgefahren. Seine Miene war angespannt.

„Das ist es also, wie?" brachte er mit rauer Stimme heraus. „Das macht es unwiderruflich."

Sie nickte, strich sanft über seine Wange und fühlte sich erleichtert. Jetzt war endlich jemand hier, dem Lara Trudeau etwas bedeutet hatte, selbst wenn er nur ihr Schüler und Freund gewesen war. Stimmte allerdings, was Jane sagte, dann dürfte sie ihm sogar noch viel mehr bedeutet haben.

„Es *ist* unwiderruflich, Doug. Ganz und gar unwiderruflich."

Er schluckte schwer. „Wie … wie sieht sie aus?" fragte er.

„Es hört sich abgedroschen an, aber es stimmt. Sie sieht hübsch aus … als würde sie schlafen."

Er ließ den Kopf sinken. „Ich gehe jetzt rein."

Während Doug zum Eingang ging, blieb Quinn neben ihr stehen. In seinem dunklen Anzug sah er blendend aus, wie er dastand und sie betrachtete. Die Schatten, die die Häuser warfen, ließen seine Augen fast schwarz wirken. Sein Blick hatte etwas nahezu Vorwurfsvolles, als würden seine Augen mehr sehen, als sie sollten.

Shannon verschränkte die Arme vor der Brust und erwiderte

seinen durchdringenden Blick. „Es wundert mich, Sie hier zu sehen. Sie kannten Lara doch gar nicht, oder? Sahen Sie sie jemals tanzen?"

„Ich begleite meinen Bruder", erwiderte er.

„Ah, ich verstehe."

„Wirklich?" fragte er, dann sah er zur Tür. „Bemerkenswert, wie viele Leute zu dieser Totenwache gekommen sind, nicht wahr? Ich frage mich, wie viele von ihnen hier sind, weil Lara ihnen etwas bedeutete, und wie viele gekommen sind, um zu sehen und gesehen zu werden."

„Wenn jemand bekannt war, dann kommen viele Menschen", entgegnete Shannon. „Gordon hat das hier nicht einem engen Kreis vorbehalten. Jeder, der Lara sehen und sich von ihr verabschieden will, soll die Gelegenheit dazu bekommen."

„Sehr edel", murmelte Quinn, aber ob er das wirklich so meinte, war ihr nicht klar.

„Gehen Sie nicht wieder rein?" fragte er schließlich.

Sie sah ihn lange an, dann schüttelte sie den Kopf. „Nein, ich glaube nicht. Ich bin schon früh mit Gordon und Ben hiergewesen, um sicherzustellen, dass alles in Ordnung ist."

„Sicher. Und dazu kommt ja noch die Belastung durch die morgige Beerdigung."

Wieder konnte sie nicht entscheiden, wie sie den Unterton seiner Worte deuten sollte. Fand er, das Ganze war zum größten Teil nur Show – für Lara und vielleicht auch für alle anderen?

„Kann ich Sie nach Hause fahren?"

Einen Augenblick lang zögerte sie. Andererseits war das ein Vorschlag, der genau zur richtigen Zeit kam. Sie war mit Gordon und Ben hergekommen, und die beiden würden bis zum Schluss bleiben.

„Keine Sorge, ich werde schon nicht versuchen, eine Privatstunde herauszuholen“, sagte er sichtlich amüsiert. „Lassen Sie mir nur ein paar Minuten, damit ich auch kurz reingehen kann.“

„Das ist nicht nötig“, wandte sie ein.

„Oh, mir macht das nichts aus.“

Sie hob den Kopf ein wenig an. „Doug ist schon drinnen, und Sie haben Lara nie kennen gelernt. Also ... was wollen Sie dort?“

Er verzog den Mund zu einem flüchtigen Lächeln. „Ich möchte natürlich sehen – und vielleicht auch gesehen werden. Warten Sie, ich bin gleich zurück.“

Sie sah ihm nach, wie er zur Tür des Instituts ging, und wünschte sich, sie würde trotz des Misstrauens, das sie für ihn empfand, nicht so sehr die Art bewundern, wie seine breite Schultern die schlanke Silhouette seines Anzugs betonten. Genauso wünschte sie sich, den dezenten, verheißungsvollen Duft seines Aftershaves nicht wahrzunehmen, der noch immer in der Luft hing, als er bereits in der Menge verschwunden war.

Lara war tot, und schon bald würde sie beerdigt werden.

Shannon konnte nicht anders, als sich einzugestehen, dass sie vor etwas Angst hatte. Vor etwas, das sie noch nicht greifen konnte.

Und Quinn O’Casey?

Dieser Mann war hinter irgendetwas her – doch hinter was nur? Sie war sich einfach nicht sicher.

# 7. KAPITEL

Doug kniete vor dem Sarg, und Quinn entschied, ihn für den Augenblick in Ruhe zu lassen. Er ging ein Stück weit den Mittelgang entlang, dann stellte er sich an die Seite und wartete.

Überall standen oder saßen Trauergäste, Gesprächsfetzen drangen an Quinns Ohr. Eine Gruppe unterhielt sich über das Wetter, und jemand warf ein, es sei ein Geniestreich des *Moonlight Sonata*, die Gator Gala für den Februar zu planen, also mitten im Winter, wenn sich jeder darum riss, nach Florida reisen zu können.

Zwei andere Gäste sprachen über Techniken und stellten Vergleiche zwischen ihren jeweiligen Schritten an. Quinn war sicher, dass die meisten Anwesenden auf die eine oder andere Weise mit der Welt des Tanzens zu tun hatten.

Doug kniete noch immer vor dem Sarg.

Gordon Henson entdeckte Quinn und hob kurz die Hand, um ihn zu grüßen. Unterdessen begab sich Jane zu Doug und kniete neben ihm nieder.

Ben Trudeau stand beim Sarg, hatte die Arme vor der Brust verschränkt und wirkte wie ein Wächter, der die sterblichen Überreste Laras hütete.

Quinn machte ein paar Schritte nach vorn, wartete und lauschte wieder den Gesprächen um ihn herum. Endlich standen Doug und Jane auf, und er konnte vor den Sarg treten. Die Frau war zweifellos eine Schönheit gewesen. Nun waren ihre Haare gestylt, sie war geschminkt und trug ein himmelblaues, mit Perlen besetztes Ballkleid. In ihren gefalteten Händen hielt sie eine Blume. Tatsächlich sah sie aus wie ein modernes Dornröschen, das darauf wartete, wachgeküsst zu werden. Bloß würde das niemals geschehen. Die verräterische Autopsienarbe war selbstverständlich nicht zu sehen, so dass Lara Trudeaus Anmut und Eleganz für die Ewigkeit eingefangen schienen.

Er hatte das Band gesehen, er hatte sie tanzen sehen, als schwebe sie über den Wolken. Und er hatte sie sterben sehen.

Als Quinn noch klein gewesen war, hatte er jeden Sonntag den Gottesdienst besucht. Selbst heute ging er von Zeit zu Zeit noch mit Doug und seiner Mom in die Kirche. Es war wie ein Reflex, dass er sich beim Anblick der Toten bekreuzigte und den Kopf senkte.

Während er dastand, horchte er wieder auf seine Umgebung.

Jemand stand bei Ben Trudeau neben der riesigen Blumenschale am Kopfende des Sargs. Er erkannte die Stimme wieder – sie gehörte Gabriel Lopez, dem Besitzer des *Suede*.

„Alles in Ordnung, Ben?" Lopez klang so besorgt wie ein wahrer Freund.

„Natürlich ist alles in Ordnung. Wir waren seit Jahren geschieden."

„Ich kannte sie nicht annähernd so gut, trotzdem ... ihre Art, ihr Wesen hat mich berührt", sagte Lopez leise.

Ben zögerte, dann erwiderte er: „Ich glaube, ich habe nie so ganz aufgehört, sie zu lieben. So wie man trotz allem ein egoistisches Kind liebt. Aber manchmal habe ich sie auch wirklich gehasst."

„Du solltest vielleicht darauf achten, was du sagst", warnte Lopez ihn eindringlich.

„Wieso?" wollte Ben wissen.

„Na ja, die Umstände ihres Todes waren durchaus merkwürdig."

„Oh Gott, nicht schon wieder. Die Cops haben jeden befragt, es wurde eine Autopsie angeordnet, alle haben das Band gesehen. Die Umstände waren nur aus einem Grund merkwürdig: weil

Lara so verrückt war, sich auf diese Weise umzubringen. Es war idiotisch, weiter nichts." Er klang verärgert. „Ich wünschte, die Leute würden aufhören, darauf herumzureiten. Wenn es tatsächlich Mord war, wäre jeder von uns verdächtig."

„Ich weiß nicht. Meinst du wirklich, der Fall ist abgeschlossen? Ich hörte, dass Shannon Mackay noch längst nicht überzeugt ist."

„Shannon will sich nicht der Wirklichkeit stellen. Wenn es so sein sollte, dann könnte man sie als Erste verdächtigen", entgegnete Ben gereizt.

„Alles in Ordnung?"

Eine dritte Stimme mischte sich ein, eine Frauenstimme. Mina Long. *Dr.* Long, die Kinderärztin.

„Nun", murmelte Lopez leicht ironisch, „was kann auf einer Totenwache schon *in Ordnung* sein?"

„Sicher, sicher. Ich meinte eigentlich auch etwas anderes, Ben. Sie sind doch davon überzeugt, dass Richard alles Menschenmögliche getan hat, oder? Er ist zwar Schönheitschirurg, aber er kennt sich in Erster Hilfe und allen Wiederbelebungsmaßnahmen aus."

„Mina, bitte, natürlich wissen wir, dass Richard getan hat, was er konnte", entgegnete Ben. „Ich kann es nur noch immer nicht fassen, dass sie wirklich tot ist. Oh, entschuldigt mich bitte. Da ist gerade eine frühere Partnerin von mir hereingekommen. Ich gehe sie begrüßen."

Ben verließ seinen Platz neben dem Sarg. „Er wirkt aufgebracht", sagte Mina besorgt zu Gabriel.

„Natürlich ist er aufgebracht. Aber ich glaube, er sieht eine Gelegenheit, eine neue Partnerin zu finden. Ben hat schon seit einer ganzen Weile nicht mehr professionell getanzt, und er brennt darauf, es endlich wieder zu tun." Er stieß einen lang gezogenen

Seufzer aus. „Ich muss jetzt los. Sehr gut kannte ich Lara nicht, doch der Club ist so eng mit dem Studio verbunden, dass ich herkommen wollte. Aber es ist Freitagabend, und ich kann den Club nicht geschlossen lassen. Grüßen Sie Richard von mir. Wie geht es ihm eigentlich? Ich weiß, dass er Lara einen großen Teil seines Erfolgs als Tänzer zuschrieb."

„Seine Coachingstunden mit Lara waren sicher sehr nützlich, aber ich glaube, Richard weiß, dass Shannon diejenige ist, die ihm das Tanzen beigebracht hat. Natürlich hat er Lara bewundert, und er war als Erster bei ihr, als es passierte ... Aber es geht ihm ganz gut. Gute Nacht, Gabriel, wir sehen uns."

„Davon gehe ich aus", versicherte er ihr und machte sich auf den Weg.

Eine Frau kam zu Mina. „Hallo, meine Liebe, wie geht es dir?"

„Gracie, wie schön, dich zu sehen. Schade, dass die Umstände so unerfreulich sind. Trotzdem meinen Glückwunsch. Ich hörte, Lara wurde am Abend posthum zur Siegerin erklärt, aber du hast den zweiten Platz gemacht."

„Das war ein Sieg mit einem faden Beigeschmack", erklärte Gracie. „Ich möchte nur wissen, warum Gordon und Ben dieses Kleid ausgewählt haben. Sie hatte doch so viele andere, die ... angemessener gewesen wären. Sicher, für die Tanzfläche war es perfekt, aber im Sarg ... das ist irgendwie so übertrieben, findest du nicht auch?"

„Ich hätte ja das rosa Kleid genommen, das sie bei ihrem letzten Wiener Walzer trug", sagte Mina. „Und dazu diese hübschen kleinen Diamanten." Sie seufzte. „Als sie das Kleid das letzte Mal trug, da half ich ihr noch hinein."

„Wirklich?" entgegnete Gracie, wechselte dann aber das Thema. „Sehen wir uns eigentlich auf der Gator Gala?"

„Aber selbstverständlich."

„Ich muss mal Darrin suchen gehen. Du und Richard, ihr passt auf euch auf."

Mina Long blieb einen Moment lang allein neben dem Sarg stehen, dann ging sie los und rief: „Doug, Bobby, Giselle, mein Schatz, wie geht's euch?"

Quinn hörte nicht, was sie antworteten, da in dem Moment jemand neben ihm niederkniete. Ehe er sich umdrehen konnte, nahm er das Parfüm wahr und wusste, dass Shannon zu ihm gekommen war.

„Sie sind sehr religiös?" fragte sie leise.

„Ab und zu besuche ich die Messe", erwiderte er.

Sie starrte mit angespannter Miene auf den Sarg.

„Stimmt was nicht?" wollte er wissen.

„Sie meinen, bis auf die Tatsache, dass sie tot ist?" gab Shannon gereizt zurück.

„Ich finde, Sie wirken nicht nur traurig. Da ist noch etwas anderes."

„Lara sollte nicht tot sein, das ist alles. Sie war noch keine vierzig. Sie war eine erstaunliche Frau. Rauchte nicht ... trank immer nur Energiedrinks ... sie sollte einfach nicht tot sein", flüsterte Shannon betrübt. „Haben Sie inzwischen jeden gesehen? Und hat jeder Sie gesehen? Ich muss nämlich nach Hause, aber ich kann auch ein Taxi nehmen."

„Nein, es wäre mir eine Freude, Sie nach Hause zu fahren. Solange Sie deshalb keinen Ärger bekommen."

Sie warf ihm einen kurzen, ärgerlichen Blick zu. „So maßlos übertreiben wir es nun auch nicht. Es ist nur eben nicht gut, wenn Lehrer und Schüler sich zu nahe kommen. Das kann zu beruflichen Komplikationen führen."

„Und auf der anderen Seite müssen Sie Ihren Schülern aber

ein Gefühl von Nähe vermitteln, nicht wahr? Tanzen ist eine gesellschaftliche Angelegenheit. Je länger Sie einen Schüler kennen, umso näher kommen Sie ihm."

„Andere Leute möchten auch noch beten", gab sie kurz zurück, stand auf und war in der Menge verschwunden.

Quinn erhob sich etwas langsamer. Als er stand, entdeckte er Bobby neben sich, der ihm unbeholfen zulächelte. Er nickte in Richtung des Sarges und seufzte. „Sie war eine sehr schöne Frau, findest du nicht auch?"

„Hast du mit ihr getanzt?"

„Nur ein paar Mal. Giselle und ich wollten eine Bilderbuchhochzeit. Außerdem machte es uns Spaß. Doug ist derjenige, der sich so sehr ins Tanzen vertieft hat." Bobby zuckte mit den Schultern, woraufhin Quinn bewusst wurde, dass er gar nichts über Dougs Leidenschaft fürs Tanzen und für Lara wusste. Mit leiser Stimme fuhr Bobby fort: „Doug hat dich aber nicht hergeholt, nur damit du Tanzunterricht nimmst, oder?"

Quinn schüttelte den Kopf. „Im Studio weiß niemand etwas davon."

„Von mir wird keiner etwas erfahren", versicherte er ihm. „Ich weiß bloß nicht, was du finden willst. Ich war dabei, als es geschah. Sie brach einfach tot zusammen."

„Ja, ich konnte mir das Band heute ansehen."

„Na ja, wenn ich dir irgendwie behilflich sein kann – du musst es nur sagen."

„Danke."

Dann eilte Quinn Shannon Mackay nach, die das Institut schon fast verlassen hatte. Als er sie eingeholt hatte, war sie bereits am Straßenrand angekommen und hielt Ausschau nach einem Taxi.

„Tut mir Leid, ich bin ja schon da", sagte Quinn.

„Hören Sie, das ist schon okay. Der Strand liegt ohnehin nicht auf dem Weg in die Keys."

„Ich habe mein Boot nach Coconut Grove gebracht, für Sie muss ich allenfalls einen Umweg von fünf Minuten machen."

„Coconut Grove erreichen Sie viel schneller, wenn Sie geradewegs nach Süden fahren."

„Aber ich fahre gern auf dem Damm Richtung Strand. Vor allem am Abend, wenn alles beleuchtet ist. Dann verschwinden all die schmutzigen kleinen Geheimnisse der Stadt in den Schatten. Nachts auf dem Wasser ist die schönste Zeit. Kommen Sie, ich fahre Sie nach Hause. Es macht mir wirklich nichts aus."

„Na gut, danke."

Einige Meter ging sie neben ihm her, dann blieb sie abrupt stehen. „Woher wissen Sie, dass ich in Strandnähe wohne?"

„Ich *weiß* das nicht. Ich bin nur davon ausgegangen, weil Sie gerade eben selbst noch gesagt haben, der Strand würde nicht auf meinem Weg liegen."

„Deshalb gehen Sie davon aus?"

„Meine Güte, sind Sie misstrauisch. Wenn Sie woanders wohnen würden, hätten Sie mir das ganz bestimmt gesagt, damit ich Sie auch zu Hause und nicht sonstwo absetze!"

Er musste unwillkürlich aufgebracht geklungen haben, denn sie lächelte plötzlich. „Ich wohne in Strandnähe, das stimmt. Nur ein paar Blocks vom Studio entfernt."

Der Abend war mild, dennoch zitterte sie leicht, als sie zu seinem Wagen gingen.

„Ist Ihnen kalt? Kann ich Ihnen meine Jacke geben?"

„Nein, danke. Es ist ganz angenehm."

Plötzlich drehte sie sich um. Ein paar Meter hinter ihnen befand sich ein Paar, das auch auf der Totenwache gewesen war. Quinn sah zu den beiden, dann warf er Shannon einen fragenden Blick zu. „Ich habe das Gefühl, Sie sind ein wenig nervös."

„Überhaupt nicht."

„Na, wenn Sie es sagen. Das ist mein Wagen."

Er öffnete die Zentralverriegelung mit der Fernbedienung. Als er Shannon die Tür aufhielt, nickte sie ihm dankend zu und stieg ein. Vom Parkplatz bis zur Auffahrt auf den Expressway sprach sie kein Wort.

„Sie sind sehr wohl nervös. Werden Sie sich besser fühlen, wenn Sie wieder zu Hause sind?" fragte er.

„Ich wohne in einem angenehmen, sicheren Viertel."

„Ja, natürlich", gab Quinn mit einem leicht spöttischen Unterton zurück. „Ich hörte, dass man vor kurzem in Ihrem Viertel eine tote Prostituierte entdeckt hat."

Shannon legte die Stirn in Falten. „Stimmt, aber das war eine Ausnahme. Hier kennt fast jeder jeden. Die Frau muss in die falschen Kreise geraten sein."

„Am Strand kann so etwas leicht passieren. South Beach ist die Gegend, wo die Leute hingehen, wenn sie etwas erleben wollen. Für die einen heißt das, zu tanzen und in einem Restaurant zu essen. Für manch anderen gehören aber Alkohol und Drogen dazu – beispielsweise Ecstasy. Mit Drogen kann man viel Geld verdienen, da spielt der ein oder andere schon mal falsch."

„Stimmt, aber Tänzer sind in den meisten Fällen Gesundheitsfanatiker."

„Aber nicht jeder Ihrer Schüler muss so denken."

„Selbstverständlich nicht. Doch Gabriels Club ist sauber, das können Sie mir glauben. Die Polizei hat ihn gründlich auf den Kopf gestellt."

„Das glaube ich. Aber warum sind Sie dann so nervös?"

„Ich bin nicht nervös", beteuerte sie.

„Wenn Sie wollen, können Sie mich noch auf einen Kaffee einladen, wenn ich Sie zu Hause absetze. Auf die Weise kann ich dann in den Schränken und unter dem Bett nachsehen, ob sich jemand dort versteckt hat."

Sie starrte ihn ungläubig an, in ihren smaragdgrünen Augen spiegelte sich das grelle Licht der Neonreklamen. „*Das* würde dann doch etwas zu weit gehen."

„Nein, das wäre nur höflich. Eine Hand wäscht die andere. Sie bringen mir das Tanzen bei, dafür suche ich bei Ihnen nach möglichen Einbrechern."

„Gordon gestattet keine kostenlosen Tanzstunden."

„Nicht, wenn er einen erst mal in seinen Klauen hat, wie?"

„In seinen Klauen? Dem muss ich widersprechen. Wir können Ihrem Bruder eine Gutschrift geben, das sagte ich Ihnen doch."

„Aber ich bin ja schon in den Klauen gefangen."

Sie sah aus dem Fenster und wechselte das Thema. „Sie haben Recht. Manchmal vergesse ich wirklich, wie schön dieser Anblick ist."

Die Wolkenkratzer von Miamis Innenstadt ragten in der Dunkelheit scheinbar aus dem Wasser empor und hoben sich mit ihren Lichtern und dem Farbenspiel in den Straßen vom nächtlichen Himmel ab. Der Mond spiegelte sich in den sanften Wellen, über die eine schwache Brise wehte.

„Ja", stimmte er ihr zu. „Das war mit das Erste, was mir auffiel, als ich herkam."

„Sind Sie gerade erst hergezogen?"

„Ich bin hier geboren. Ich bin wieder hierher zurückgezogen."

„Und wo haben Sie vorher gelebt?"

Er hörte wieder diesen misstrauischen Ton in ihrer Stimme und musste lächeln. „Im Norden von Virginia, wo es auch sehr schön ist. Virginia hat die See, die Berge und alles, was dazugehört. Aber hier ist meine Heimat, die mir gefehlt hat."

„Hatten Sie in Virginia auch einen Charterservice?"

„Wie?" Einen Augenblick war er irritiert. „Ach so, ja. Auch Boote. Ich liebe Boote. Ich halte es nie lange ohne Boot oder ohne Wasser aus. Mögen Sie das Wasser?"

„Oh ja."

„Angeln Sie? Oder tauchen Sie?"

„Als Kind habe ich geangelt. Und als Teenager ging ich auch tauchen. Ich machte ein paar von diesen Tauchgängen, bei denen man mit Seekühen ins Wasser geht."

„Hat es Ihnen nicht gefallen?"

„Ganz im Gegenteil, ich habe es geliebt."

„Aber jetzt tauchen Sie nicht mehr?"

Sie zuckte mit den Schultern. „Ich habe das Gefühl, dass ich eigentlich überhaupt nichts mehr mache. Die Arbeit nimmt zu viel Zeit in Anspruch."

„Aber Sie tanzen nicht mehr bei Wettkämpfen."

„Ich übernehme viel Coachingstunden. Ich bin sicher, dass ich Ihnen das gesagt habe. Ich bin eine gute Lehrerin." Sie lächelte kurz, dann fügte sie an: „Verdammt gut sogar. Und was ich vorhin sagte, war kein Scherz. Mein ganzes Leben dreht sich wirklich nur um das Studio." Abrupt sah sie wieder aus dem Seitenfenster, als hätte sie bereits zu viel gesagt. Erst als sie sich wieder gefangen hatte, drehte sie sich zu ihm um. „Aber der Gedanke an ein Boot ... das wäre wirklich toll."

„Möchten Sie mit mir auf meinem Boot rausfahren?"

„Ja ..., das heißt ... nein, nicht wirklich. Aber ich möchte der Gruppe, die sich für die Gator Gala angemeldet hat, etwas Besonderes bieten. Mit den Lehrern und Schülern aus den Tanzschulen hier am Ort kämen wir auf ... na, sagen wir, ungefähr fünfzig Leute. Könnten Sie für einen Abend ein entsprechendes Boot auftreiben? Es muss kein Gourmet-Abendessen mit fünf Gängen sein. Mir wäre etwas Legeres viel lieber. Sie wissen schon, ein Büfett, Plastikteller und Plastikbesteck, natürlich genug Platz für eine kleine Band. Können Sie so etwas arrangieren?“

„Natürlich“, erwiderte Quinn rasch.

„Ich werde Ihnen die Zahlen geben, damit Sie wissen, wie viel ich ausgeben kann. Sie können das wirklich arrangieren? Ich meine, Sie arbeiten tatsächlich im Charterservice?“

„Ich kann das arrangieren“, versicherte er.

Er sah geradeaus, als er auf die Alton abbog. „Okay, wo muss ich jetzt lang?“

Sie erklärte ihm den Weg, aber als sie vor ihrem Haus anhielten, schaute sie verunsichert.

„Stimmt was nicht?“

„Ich könnte schwören, dass ich die Außenbeleuchtung angelassen habe.“

Die Veranda war in Dunkelheit gehüllt. „Ich habe mich angeboten, unter dem Bett nachzusehen“, sagte er.

Shannon warf ihm einen kurzen Blick zu, dann stieg sie aus, suchte in ihrer Handtasche nach dem Schlüssel und ging auf dem mit Steinplatten ausgelegten Weg zur Tür. Das kleine Haus hatte etwas Charmantes an sich, Ansätze von altem spanischen Stil waren geschickt mit den klaren Linien des Art déco kombiniert worden.

Quinn stieg ebenfalls aus und folgte ihr zur Tür. „Hören Sie, wenn irgendetwas nicht in Ordnung ist, dann könnte ich mich wirklich umsehen.“

„Kommen Sie rein“, sagte sie nur.

Er betrat nach ihr das Haus, da er sich nicht nur für Shannon und das interessierte, was sie wusste, sondern auch für ihr Zuhause. Er überlegte, ob er wohl ihre alten Pokale und Fotos zu sehen bekommen würde – ob mit oder ohne Partner.

Im Wohnzimmer konnte er davon nichts entdecken, allerdings hing über dem alten Kamin ein Ölgemälde, das Ballerinen in traditionellen Tutus zeigte, die in einem Meer aus sanften Blau- und Rosatönen schwebten. Es war ein schönes Bild, das zur warmen Atmosphäre des Zimmers passte. Schwere Holzmöbel erhielten ein Gegengewicht durch die freundlichen Farben des Teppichbodens, der Vorhänge und der Überwürfe, die auf Sofa und Zweisitzer lagen. Beide waren nicht zu einem Fernseher, sondern zum Kamin hin ausgerichtet. Der Boden war mit hellen Fliesen ausgelegt, vor dem Kamin lag ein Teppich.

„Dass sich im Wohnzimmer niemand versteckt hält, sehe sogar ich“, meinte Shannon trocken.

„Ich dachte, es würde Ihnen wohl kaum gefallen, wenn ich geradewegs in Ihr Schlafzimmer marschiere“, gab er genauso trocken zurück.

Ihre grünen Augen waren auf ihn gerichtet: „Sie haben das Wohnzimmer gerade eben mit dem gleichen alles erfassenden Blick betrachtet, wie Sie es im Studio gemacht haben.“

„Habe ich das?“ fragte er nach und musste ein Lächeln unterdrücken, als er weiterging. „Die Küche?“

„Die Küche und das Esszimmer sind auf dieser Seite des Flurs, gleich hinter dem Wohnzimmer, Schlafzimmer und dem zweiten Wohnzimmer auf der anderen.“

Er nickte, ging in die Küche und machte das Licht an. Über der Kücheninsel in der Mitte des Raums hingen Kupferkessel und -pfannen. Ein kleiner Tresen trennte die Küche vom Esszimmer, das mit einem antiken Tisch und sechs passenden Stühlen eingerichtet war.

„Gemütlich“, bemerkte er.

„Freut mich, dass es Ihren Geschmack trifft.“

Er machte auch im Esszimmer das Licht an, dann ging er weiter in das zweite Wohnzimmer, in dem eine Sitzgruppe sowie ein Fernseher und eine Stereoanlage standen. Als er den Schrank sah, warf er Shannon einen kurzen, fragenden Blick zu, dann öffnete er ihn. Darin hingen mehrere Kleider, die alle in Plastikhüllen steckten, Tennisschläger und zwei Billardqueues.

„Ich dachte, Sie haben keine Freizeit.“

„Derzeit nicht“, antwortete sie. „Ich werfe einfach nicht gern Dinge weg.“

„Sind Sie gut?“

„Worin?“

„In beidem. Billard und Tennis.“

„Nein, ich bin in beidem eine Niete. Aber es macht mir Spaß. Es *machte* mir Spaß. Früher einmal.“

„Nur arbeiten kann aber doch auch keinen Spaß machen.“

„Ich habe Sie nie davon zu überzeugen versucht, dass ich kein langweiliger Mensch bin.“

Er ging an ihr vorbei in den Flur, um sich in den Schlafzimmern umzusehen. Dabei berührte er sie zwar nur leicht, doch die Wirkung traf ihn wie ein elektrischer Schlag. Sein Blick wanderte zu ihren Augen, und er fragte sich, ob sie es ebenfalls gespürt hatte.

„Ins Schlafzimmer“, murmelte er.

„Was?“ Sie riss die Augen auf.

„Ich gehe ins Schlafzimmer … um mich dort umzusehen.“

„Ja, genau.“

Sie folgte ihm, bis er an der Tür stehen blieb und das Licht anmachte. Der Raum war in etwa dreieinhalb mal vier Meter groß, die Wände waren mit Spiegeln verkleidet, der Boden war mit glänzendem Parkett ausgelegt – und es gab kein Möbelstück. Das Ganze war ein kleines, privates Tanzstudio. Vielleicht ihre persönliche Zuflucht, überlegte er und stand, in Gedanken verloren, da.

„Da drüben steht der Schrank.“

Er wurde auf das Möbelstück aufmerksam, ging hinüber und machte die Türen auf: Kleidungsstücke und Unmengen von Schuhen. „Was ist denn das? Haben Sie Imelda Marcos ausgeraubt?“ wunderte er sich.

„Das sind alles alte Tanzschuhe. Ich hänge an ihnen.“

„Warum behalten Sie die?“

„Manche möchte ich gern reparieren. Mit neuen Sohlen und Absätzen wären sie wieder wie neu.“

„Sehr interessant.“

„Wieso? Ich bin Tanzlehrerin, und das ist mein Übungsraum.“

„Und sonst machen Sie den ganzen Tag nichts anderes als tanzen? Aber Sie sind doch nur drei Blocks vom Studio entfernt.“

„Ich bin auch nur drei Blocks vom Strand entfernt, trotzdem hätte ich gern einen Pool.“

„Aha, ich verstehe“, murmelte Quinn. „Okay, dann auf zum letzten Zimmer.“

Wieder ging er an ihr vorbei und fragte sich, warum manchmal zwischen ihnen so etwas wie Feindseligkeit herrschte, während bei anderen Gelegenheiten allein ihre Nähe genügte, um ihn zu elektrisieren. Vielleicht der Duft, überlegte er. Oder das Gefühl, Seide berühre seine Haut, wenn ihr Haar über sein Kinn oder seine Wange strich.

„Das Schlafzimmer“, sagte Quinn. „Diesmal das richtige, mit

Bett. Ein Himmelbett. Gefällt mir. Und dort, gleich auf der Kommode: der Computer."

„Jeder besitzt einen Computer", entgegnete sie.

„Aber nicht jeder stellt ihn in sein Schlafzimmer."

„Ich wette, das machen viele Leute."

„Nicht, wenn sie ein ganzes Haus zur Verfügung haben", gab er zurück.

„Ach, und wo ist Ihr Computer?"

„Ich wohne momentan auf einem Boot. Da steht er auf der Essecke gleich neben der Kombüse."

„Und wo stand Ihr Computer, als Sie nicht auf einem Boot wohnten?" wollte sie wissen. „Oder haben Sie in Virginia auch auf einem Boot gewohnt?"

„Nein, da hatte ich ein Apartment."

„Und?" hakte sie ein wenig gereizt nach. „Wo befand sich dort Ihr Computer?"

„Jedenfalls *nicht* im Schlafzimmer. Also gut, nehmen wir einfach mal an, Sie hätten neben dem Tanzen auch noch ein Privatleben. Angenommen, Sie hätten ‚Herrenbesuch', den wundervollsten Liebhaber seit Casanova. Sie liegen mit ihm in Ihrem romantischen Himmelbett, aber Sie haben vergessen, den verdammten Computer auszuschalten. Und mitten im magischsten Moment hören Sie nicht Ihren Liebhaber flüstern, wie schön Sie sind, sondern der PC meldet sich zu Wort und verkündet: ‚Sie haben Post.'"

Sie sah ihn zum Teil überrascht, zum Teil beleidigt an, doch ein leichtes Zucken umspielte ihre Mundwinkel.

„So was kann passieren", beharrte er. „Ah, jetzt verstehe ich. Der wundervollste Liebhaber seit Casanova ist hier noch gar nicht vorbeigekommen."

„Vielleicht doch", widersprach sie.

„Dann verstehen Sie ja, wo das Problem liegt."

„Nein. Ich vergesse nämlich nie, etwas auszuschalten", sagte sie, drehte sich auf der Stelle um und ging zur anderen Seite des Flurs. „Vergessen Sie nicht die Badezimmer. Es gibt zwei, eines dort drüben, das andere gegenüber vom Studio."

„Wird gemacht. Sobald ich unter Ihrem Bett nachgesehen habe."

Dort war nichts zu finden, nicht einmal eine Staubfluse.

Die Badezimmer waren recht klein, aber es war auch ein relativ kleines Haus. Pflichtbewusst schob er den Duschvorhang zur Seite, fand aber nichts Verdächtiges. Er hätte das Gefühl haben müssen, in Shannons Privatsphäre einzudringen, doch er fand es vielmehr faszinierend, einen so intimen Einblick in ihr Leben zu bekommen.

„Hey!"

Er hatte eben die Hausapotheke geöffnet, als sie hinter Quinn auftauchte, einen Becher mit dampfendem Kaffee in der Hand.

„So schnell schon einen Kaffee?" fragte er verblüfft.

„Es ist eine ganz moderne Maschine. Danke, dass Sie sich umgesehen haben. Allerdings glaube ich nicht, dass sich jemand in meiner Hausapotheke verstecken wird."

„Wenn ich nach Eindringlingen suche, kann es nicht schaden, wenn ich auch nach Außerirdischen und Gremlins Ausschau halte."

Unwillkürlich musste sie grinsen. „Ja, schon gut. Auf jeden Fall vielen Dank. Ich fühle mich jetzt wirklich etwas sicherer."

„Kein Problem", sagte er und nahm den Kaffeebecher in die Hand. „Dann kann ich mich ja jetzt auf den Weg machen."

„Sie können gern noch Milch und Zucker nehmen."

„Danke, ich trinke meinen Kaffee schwarz."

„Sie dürfen sich sogar setzen. Ich möchte nicht, dass Sie Kaffee verschütten, sich die Hand verbrühen und dann vielleicht das Studio verklagen.“

Er lehnte sich gegen die Tür und sah Shannon an. Ihre strahlenden Augen waren auf ihn gerichtet. Sie war zu weit entfernt, als dass sie ihn hätte berühren können, aber die Funken schienen überzuspringen. Nichts an ihrem Erscheinungsbild hatte etwas offensichtlich Sexuelles, es schwelte eher unter der Oberfläche. Doch auf ihre subtile Art war sie die sinnlichste Frau, der er je begegnet war. Jetzt genügte schon ein Blick auf ihren nackten Oberarm, um seinen Geist dazu zu bringen, sich auszumalen, wie sie aussah, wenn sie überhaupt nichts anhatte. Seine Libido machte sich mit einer solchen Heftigkeit bemerkbar, wie er es seit den Tagen seiner Pubertät nicht mehr erlebt hatte.

Obwohl der Kaffee kaum abgekühlt war, trank er den Becher in kräftigen Zügen aus und gab ihn Shannon zurück. Ihre Blicke trafen sich, wollten sich aber nicht voneinander lösen.

„Ich gehe jetzt besser“, sagte er mit so rauer Stimme, dass er selbst erschrak. „Würde ich bleiben, dann wäre das ganz sicher ein Verstoß gegen die Regeln“, fügte er rasch an. „Gute Nacht.“

„Gute Nacht, und nochmals vielen Dank“, erwiderte sie.

Auf der Veranda angekommen, bekam er sich wieder in den Griff und drehte sich zu Shannon um. „Sagen Sie ... sind Sie nervös, weil Sie nicht glauben, dass Lara Trudeaus Tod ein Unfall war?“

„Ich weiß nicht, wovon Sie da reden“, antwortete sie. Ihre Augen verengten sich und plötzlich wirkte sie, als hätte sich eine Maske über ihr Gesicht gelegt.

„Sie glauben, Lara Trudeau wurde ermordet. Wenn Sie etwas wissen oder vor etwas Angst haben, dann sollten Sie das der Polizei sagen.“

„Ich sprach am Tag ihres Todes mit der Polizei“, entgegnete sie tonlos. „Ich habe niemandem gegenüber geäußert, ich würde ihren Tod für einen Mord halten.“

Das war eine Lüge. Vielleicht hatte sie es nicht exakt so formuliert, trotzdem war es eine Lüge.

„Wirklich nicht? Trotzdem sollten Sie etwas vorsichtiger sein. Einige Leute scheinen überzeugt zu sein, Sie würden behaupten, Lara habe ihre Tabletten nicht aus eigenem Willen geschluckt. Wenn das der Fall sein sollte …“

„Lara starb, weil sie ein verordnetes Medikament falsch eingenommen und dazu Alkohol getrunken hatte, Mr. O'Casey. So lautete der Befund des Gerichtsmediziners, und mehr gibt es dazu nicht zu sagen.“

„*Mich* müssen Sie davon nicht überzeugen“, sagte er leise. „Vergessen Sie nicht, die Haustür abzuschließen.“

„Das mache ich immer.“

„Gut.“

Er wandte sich ab und ging zu seinem Wagen, wusste aber, dass sie noch immer auf der Veranda stand und ihm nachsah.

Am Wagen angekommen, drehte er sich zu ihr um: „Jetzt wäre ein guter Zeitpunkt, um abzuschließen.“

Sie ging ins Haus und warf die Tür so laut zu, dass er es noch auf der Straße hören konnte. Lächelnd stieg er ein und startete den Motor.

Nachdem Quinn gegangen war, stand Shannon ein paar Minuten lang gegen die Haustür gelehnt da. Es war ein langer Abend gewesen, und sie fühlte sich entsetzlich müde.

Sie war froh, ihn ins Haus gebeten zu haben. So musste sie sich nicht zwanghaft fragen, ob sich wohl jemand in ihrem Schrank versteckt hatte.

Dennoch …

Verdammt, dieser Mann war so attraktiv. Sie sollte einen ihrer Schüler nicht so anziehend finden. Vielleicht wäre es besser, Jane einspringen zu lassen, um auf Distanz zu gehen.

Nein, das war doch absurd. Obwohl … war es wirklich so absurd? Sie war achtundzwanzig. Sie machte Witze darüber, dass es außer Tanz in ihrem Leben nichts gab, aber ... so war es doch auch. Es gab kein Privatleben. Sie hatte jeden Tag mit den gleichen Männern zu tun. Wenn es einen neuen Mann gab, dann war das ein neuer Schüler. Ein Schüler wie Quinn war ihr dabei noch nie begegnet.

Die meisten Menschen glaubten, sie führe ein aufregendes Leben. Sie konnte den ganzen Tag tanzen und wurde am Abend in die angesagtesten Clubs der Stadt eingelassen. Gabriel war ein gut aussehender Mann. Er hatte sie sogar einmal zum Essen eingeladen. Aber Gabriel war ein Spieler. Es machte Spaß, mit ihm zu tanzen, er war ein Freund. Doch mehr würde sie mit ihm niemals zu tun haben wollen. Es ging ihr also nicht bloß um Sex, denn attraktive Männer kannte sie – nur keinen, der so anziehend war wie dieser eine.

Einem Mann wie Gabriel hätte sie niemals vertrauen können, er brauchte in seinem Leben zu viel Abwechslung und Aufregung. Und Ben … die Liebe zu ihm war schon vor langer Zeit erloschen. Die Zeit mit ihm war wie ein Fehler, den man als Kind machte und den man nie so ganz vergessen konnte. Sam und Justin waren für sie wie jüngere Brüder. Mal war sie wütend auf sie, dann wieder von Stolz erfüllt.

Es war nicht so, dass noch kein Mann sie jemals berührt hatte oder sich keine Gelegenheiten boten. Tatsache war einfach, dass das letzte Mal schon lange her war.

Und dieser Mann …

Er war ein Lügner. Den Tanzunterricht nahm er nicht, weil ihm danach war. Und er war auch nicht wirklich an ihr interessiert.

Sie stieß sich von der Tür ab. Bei Männern wie Gabriel spielte sich alles deutlich sichtbar an der Oberfläche ab. Dieser Typ hier war weitaus subtiler.

Plötzlich hörte sie ein Geräusch, das von draußen kam. Ein Geräusch, als würde ein Zweig zertreten.

Shannon erstarrte und lauschte angestrengt. Nichts war mehr zu hören ... doch, etwas. Schritte vielleicht. Jemand, der schnell und leichtfüßig lief und irgendwo rechts vom Haus in Richtung Straße lief.

Und dann ... wieder völlige Stille. Sie stand da und lauschte. Es kam ihr wie eine Ewigkeit vor, während der sie nicht zu atmen wagte und sich nicht bewegte.

Nein, da war nichts.

Endlich entfernte sie sich einige Schritte weit von der Tür und starrte sie an. Ihre Kehle war wie zugeschnürt. Sie versuchte, wieder Vernunft anzunehmen. Falls sie die Schritte wirklich gehört hatte, dann entfernten sie sich vom Haus. Aber vielleicht hatte sie auch gar keine Schritte gehört. Womöglich hatte sich eine Katze über irgendetwas erschrocken und war davongerannt. Shannon sagte sich, dass sie seit Jahren hier lebte und dass es ein ruhiges Viertel war.

So ruhig, dass sie nicht mal eine Alarmanlage besaß.

Sie machte noch einen Schritt nach hinten und fixierte weiterhin die Tür. Wenn sie sie öffnete, würde sie sich eingestehen, dass sie Dinge gehört hatte, die nicht existierten. Wenn sie sie nicht öffnete, würde sie sich fragen, ob sich nicht doch jemand vor dem Haus aufhielt, und für den Rest der Nacht würde sie sicher keinen Schlaf finden.

Sie haderte mit sich, die Sekunden verstrichen, dann trat sie vor, schloss auf, und nach einem neuerlichen kurzen Zögern riss sie die Tür auf.

## 8. KAPITEL

Am Hafen angekommen fiel Quinn auf, dass sich bei Nick's wieder eine größere Gruppe Polizisten eingefunden hatte. Sein Bruder war ebenfalls dort. Quinn hatte sich bis zu diesem Augenblick todmüde gefühlt und wollte sich eigentlich schlafen legen, doch dann entschied er sich, noch zum Lokal zu gehen und nach seinem Bruder zu sehen.

Dixon war ausnahmsweise mal nicht im Nick's, aber Bobby, Giselle und Doug saßen zusammen mit Jake Dilessio da. Jake begrüßte ihn mit einer einladenden Geste und zog für ihn einen Stuhl zurück. Am Nebentisch erkannte Quinn einige vertraute Gesichter und grüßte in die Runde, während er Platz nahm.

„Und was sagst du jetzt?" fragte Doug ihn. „Sie sah doch gut aus, oder nicht? Ich meine Lara. Auch tot war sie doch immer noch hübsch, nicht?"

„Oh ja, sie sah gut aus", erwiderte Quinn. Sein Bruder hatte offenbar schon mehrere Flaschen Bier getrunken und sah mürrisch aus. Sie waren zwar gemeinsam auf einer Totenwache gewesen, aber Quinn war sicher, nicht einmal Dougs bester Freund Bobby wusste, dass er mit Lara geschlafen hatte. Unter normalen Umständen wäre es nicht die Art seines Bruders gewesen, so verräterische Bemerkungen zu machen.

„Und du hast dich heimlich mit deiner Tanzlehrerin getroffen?" zog Bobby Quinn auf.

Der zuckte mit den Schultern. „Aber nicht auf Betreiben von Miss Mackay. Ich bot ihr nur an, sie nach Hause zu fahren."

„Dass du ein Detektiv bist, weiß sie sicher nicht, oder?" fragte Bobby.

„Man kann leichter Fragen stellen, wenn die Leute nicht ständig voller Misstrauen sind", antwortete er.

„Keine Sorge, von mir wird sie's auch nicht erfahren", versicherte Bobby ihm.

„Ist das nicht ein bemerkenswerter Haufen?" warf Giselle lächelnd ein. „Und sehr, sehr seltsam. Du gehst ins Studio, und jeder ist unglaublich freundlich. Aber wenn sie nach unten ins *Suede* gehen, um zu tanzen und um etwas zu trinken, dann wird dir auf einmal klar, dass du keinen von ihnen wirklich kennst. Du weißt nicht, was sie in ihrer Freizeit unternehmen, was in ihnen vorgeht."

„Sie haben keine Freizeit", entgegnete Bobby. „Sie tanzen nur. Jedenfalls die, die an Wettbewerben teilnehmen." Er grinste breit. „Du hättest bei der Meisterschaft dabei sein müssen, Quinn. Die wechseln innerhalb von Sekunden in das nächste Kostüm. Es muss alles perfekt sein. Du hast noch nie so viele Dosen Haarspray gesehen wie da. Und dann unzählige Paar Schuhe, zu jedem Kostüm anderer Schmuck. Einige von ihnen treten auf, als wären sie Götter. Und wenn du darauf achtest, was sie reden, meinst du, du wärst in einer Sitcom gelandet. Natürlich sind einige von ihnen auch warmherzig und süß", räumte er ein.

„Eine ganze Menge von ihnen sind sogar zu warmherzig und süß." Giselle lachte. „Einige der Herren interessierten sich ein wenig zu sehr für Bobby, wenn ihr versteht."

„Wenn du damit auf die sexuellen Neigungen anspielst", sagte Jake halb im Scherz, halb ernst gemeint, „einige unserer besten Cops sind schwul."

„Ja, das würde ich auch sagen", stimmte Bobby ihm zu.

„Wieso betonst du das so? Hast du was gegen Schwule?" wollte Giselle wissen.

„Hey, wer hat denn damit angefangen? Ich nicht."

„Ich darf auch damit anfangen. Ein paar meiner besten Freund sind schwul."

„Moment mal, die meisten deiner besten Freunde sind auch meine besten Freunde!“ gab Bobby zurück.

„Kaum verheiratet, und schon gibt's Ehekrach“, stöhnte Doug. „Ich bin mal zum Klo. Wenn die beiden völlig ausrasten, geht bitte jemand dazwischen, okay?“ Leicht schwankend ging er weg.

„Lass ihn bloß nicht in dem Zustand nach Hause fahren“, warnte Jake an Quinn gewandt.

„Bobby, er sollte heute Nacht auf dem Boot schlafen“, meinte der.

„Ja, finde ich auch“, pflichtete Bobby ihm bei. „Er ist heute Abend irgendwie komisch drauf. Eine Totenwache ist kein Vergnügen, aber er scheint sich Laras Tod richtig zu Herzen zu nehmen. Was meinst du, Quinn?“

„Ich hatte noch keine Gelegenheit, irgendwelche Schlussfolgerungen zu ziehen“, antwortete er. „Was die Todesursache angeht, kann der Gerichtsmediziner zu keinem anderen Ergebnis kommen.“

„Hey, O'Casey!“ Nick persönlich kam hinter der Theke hervor und hielt ein Telefon in der Hand. „Anruf für dich.“

„Danke, Nick.“

„Kein Problem, aber bring mir das Telefon bitte gleich zurück. Sonst ist es das vierte Gerät, das mir in drei Monaten abhanden kommt“, sagte Nick. „Hab ein Auge auf ihn, Jake.“

„Wird gemacht“, versprach Jake.

Quinn warf ihm einen kurzen Blick zu, schüttelte den Kopf und nahm den Hörer in die Hand. „Ja, O'Casey?“

„Hi, tut mir Leid, wenn ich dich stören muss. Aber das ist die einzige Nummer in deiner Akte, die ich von zu Hause aus finden konnte. Ich sollte dich eigentlich nicht anrufen, aber ...“

„Shannon?“ fragte Quinn erstaunt.

„Ja, wie gesagt, es tut mir Leid. Ich komme mir auch ziemlich idiotisch vor, aber ich glaube, jemand war in meinem Garten. Ich dachte, du kennst vielleicht jemanden, der unauffällig am Haus vorbeifahren und sich dabei ein wenig umsehen kann. Oder soll ich besser die Wache anrufen? Du bist der Polizist, was meinst du?“

„Shannon, ich bin nicht Doug, ich bin's, Quinn.“

„Quinn?“ Ihre Stimme wurde mit einem Mal kühler. „Ach, dann hängen Sie auch bei Nick's herum? Ich dachte, Sie sind kein Cop.“

„Bin ich auch nicht. Man muss kein Cop sein, um hier bedient zu werden. Hier darf jeder rein. Waren Sie schon mal hier? Nein, natürlich nicht, ich vergaß – Sie haben ja kein Privatleben.“

„Sehr witzig. Hören Sie, entschuldigen Sie, dass ich Sie belästigt habe. Ich dachte nur, Doug wüsste, wer Streifendienst hat oder ... ach, vergessen Sie's.“

Ihre Stimme war unüberhörbar abweisend. Ihm war klar, was sie dachte. Immerhin hatte er erst vor ein paar Minuten ihr Haus auf den Kopf gestellt, also musste er sie jetzt für völlig übergeschnappt halten.

„Was ist passiert?“ wollte er wissen.

„Nichts.“

„Und was hat Sie dann so erschreckt?“

„Ich ...“ Sie zögerte so lange, dass Quinn bereits glaubte, sie würde wieder auflegen. Dann hörte er ein langgezogenes Seufzen. „Nachdem Sie gegangen waren, hörte ich draußen ein Geräusch. Es war so, als ob sich jemand gegen die Hauswand gedrückt hätte, um zu lauschen, und als wenn er dann weggelaufen wäre. Ich öffnete die Tür ...“

„*Was* haben Sie gemacht?“

„Ich habe die Tür geöffnet."

„Warum denn das, um alles in der Welt?"

„Um mich davon zu überzeugen, dass draußen niemand ist", gab sie gereizt zurück.

„Und?"

„Na ja, es war schon dunkel, wie Sie wissen."

„Ja, und …?"

„Ich glaube, es war *wirklich* jemand da. Jemand lief die Straße entlang, er versuchte, im Schatten zu bleiben. Kann natürlich auch sein, dass jemand einfach nur spazieren ging. Außerdem haben wir hier einige streunende Katzen, und wahrscheinlich habe ich bloß eine von ihnen gehört. Hören Sie, es tut mir Leid, dass ich angerufen habe. Meine Phantasie ist mit mir durchgegangen, weiter nichts. Heute die Totenwache, morgen die Beerdigung … Ich lege jetzt auf."

„Gehen Sie noch nicht schlafen, ich komme vorbei."

„Nein! Das ist doch lächerlich. Es ist alles in Ordnung, Sie müssen nicht herkommen."

„Bin schon unterwegs", sagte er und beendete das Gespräch, dann legte er das Telefon auf den Tisch.

„Shannon Mackay", erklärte er, als er die fragenden Blicke der anderen bemerkte. „Ihr flattern wohl ein wenig die Nerven. Aber ich fahre trotzdem noch rüber und sehe mich da mal um." Er sah Bobby an. „Sorg bitte dafür, dass Doug auf dem Boot schläft. Und Jake …"

„Ich werde mich darum kümmern, dass das Telefon wieder zurück zur Theke gelangt", fiel der ihm ironisch ins Wort. „Ruf mich an, wenn du Hilfe brauchst."

„Darauf kannst du wetten."

Quinn verließ das Lokal und lief zurück zu seinem Wagen. Sekunden später war er auf dem Weg zu Shannons Haus.

Shannon lief im Wohnzimmer auf und ab. Einerseits kam sie sich albern vor, dass sie Doug mit dessen Bruder verwechselt und so überreagiert hatte. Andererseits fragte sie sich, wie lange Quinn wohl benötigen würde, um zu ihr zu fahren.

Warum hatte sie nur die Tür aufgemacht? Natürlich um sich davon zu überzeugen, dass da niemand war. Sie fürchtete sich nicht vor der Dunkelheit – besser gesagt: Sie hatte sich nie gefürchtet. Fast jeden Abend kam sie erst spät nach Hause, ausgenommen an den Wochenenden, da das Studio samstags auch am Morgen öffnete und sonntags geschlossen war. Doch von Montag bis Freitag war es normalerweise kurz vor elf Uhr, wenn sie nach Hause kam. Es hatte ihr nie etwas ausgemacht, vom Wagen zur Haustür zu gehen. Manchmal waren sogar noch ihre Nachbarn unterwegs, um den Hund auszuführen, den Abfall rauszubringen oder einfach nur Luft zu schnappen. Es war ein angenehmes Viertel, in dem sie sich noch nie bedroht gefühlt hatte.

Stöhnend ließ sie sich auf das Sofa sinken und fuhr sich durchs Haar. Das war doch albern. Lara war gestorben, nachdem irgendein Kellner zu Shannon gesagt hatte: „Du bist die Nächste."

Seitdem war alles anders …

Sie war mal selbstbewusst gewesen. Es hatte in ihrem Leben manches Hoch und Tief gegeben, doch sie war eine erwachsene Frau, und sie hatte ihr Leben im Griff. Dass sie in ihrem Beruf eine herausragende Position einnahm, wusste sie. Es machte ihr Spaß, mit den Menschen zu arbeiten, mit denen sie jeden Tag zusammenkam. Sie war im Begriff, die Leitung über das Studio zu übernehmen. Das Leben war gut zu ihr.

Es war gut zu ihr gewesen, wenn auch ein wenig leer.

Doch dann war Lara gestorben.

Und genau das war ihr Problem. Sie glaubte keine Sekunde

daran, dass Lara *einfach so* gestorben war. Dazu noch diese Worte ... *Du bist die Nächste.*

War es da wirklich so abwegig zu glauben, dass es jemand auf sie abgesehen hatte?

Sie musste an das Gespräch mit Jane denken. Wussten wirklich zu viele Leute, dass sie nicht die Meinung von Polizei und Gerichtsmedizin teilte, Lara habe ihren Tod selbst herbeigeführt?

Draußen war wieder ein Geräusch zu hören. Sie sprang auf, ihr Herz raste. Nur mit Mühe gelang es ihr, zur Tür zu gehen und einen Blick durch den Spion zu werfen.

Erleichtert begann sie zu lächeln und ließ sich gegen die Tür sinken. Harry, der Golden Retriever aus dem Nachbarhaus, markierte gerade eben an den beiden Palmen vor ihrem Haus sein Revier.

Noch während sie über ihre eigene Reaktion lachte, klopfte jemand heftig an die Tür und sie schrie entsetzt auf.

„Shannon?“

„Idiot!“ flüsterte sie zu sich selbst, als sie Quinn O'Caseys Stimme hörte. „Du wirst wirklich allmählich verrückt.“

„Ja, hallo“, sagte sie dann, als sie aufschloss und die Tür öffnete.

„Was war los?“ wollte er sofort wissen. „Ich habe Sie schreien gehört.“

„Sie haben angeklopft.“

„Sie schreien, weil ich anklopfe?“

Betrübt ließ sie den Kopf sinken. Spätestens jetzt musste er davon überzeugt sein, dass sie völlig verrückt war.

„Vergessen Sie's. Es ist eine lange Geschichte. Inzwischen tut es Ihnen bestimmt schon Leid, dass Doug für Sie den Unterricht bezahlt hat, wie? Aber ich schwöre Ihnen, die meisten Tänzer sind ganz normal.“

„Ich bin jetzt hier. Wollen Sie mich nicht ins Haus lassen?"

„Oh, doch. Sicher. Tut mir Leid."

Er trat ein. „Wenn ich schon hier bin, kann ich mir auch Ihre lange Geschichte anhören."

„So lang ist sie eigentlich auch wieder nicht."

„Erzählen Sie schon."

Sie seufzte. Mit einem Mal spürte sie die gleiche Nervosität, die sie empfunden hatte, als sie allein war, auch jetzt, als er hier vor ihr stand. Doch der Grund war ein anderer. Obwohl sie ein bodenlanges Nachthemd trug, kam sie sich so nackt vor, als hätte sie nicht einmal einen Bikini am Leib. Die Nacht war zu ruhig, er war ihr zu nah, und der wenige Raum zwischen ihnen kam ihr viel zu intim vor.

„Der Hund war's", sagte sie und lachte. „Aber ich fange besser von vorn an. Ich glaube, das Ganze kommt durch die Totenwache. Es war eine miserable Woche. Ich würde Lara nie als meine beste Freundin bezeichnen, doch ich habe sie so viele Jahre gekannt. Daher war ihr Tod für mich eine echte Tragödie. Jedenfalls dachte ich, ich hätte etwas gehört, also sah ich nach draußen. Ich musste lachen, weil ich in Wahrheit nur den Nachbarshund Harry gehört hatte."

„Ein großer Golden Retriever?"

„Genau der. Ich stand gegen die Tür gelehnt da und kam mir wie ein Idiot vor, weil die Geräusche bei mir eine Panik ausgelöst hatten, und in dem Augenblick klopfen Sie an. Ich habe mich erschrocken und deshalb aufgeschrien. Es ist absolut alles in Ordnung, und es tut mir Leid, dass Sie sich meinetwegen auf den Weg gemacht haben. Es ist schon spät, Sie haben mit Freunden zusammengesessen. Ich wollte Sie nicht stören."

„Kein Problem, ich bin hellwach. Ich werde mal eine Runde ums Haus machen."

„Danke. Oh, kann ich Ihnen noch einen Kaffee machen? Ach nein, das wäre keine gute Idee. Wir würden die ganze Nacht kein Auge zumachen. Vielleicht einen Tee? Eistee? Heißen Tee?“

Er zögerte, während sein Blick auf ihr ruhte. „Haben Sie Mikrowellen-Popcorn?“

Sie sah ihn fragend an: „Ich glaube ja.“

„Haben Sie einen DVD-Player?“

„Ja.“

„Und irgendeinen Film, den Sie sich gern ansehen würden?“

„Um ehrlich zu sein, ich habe Dutzende von Filmen. Ich kaufe ständig neue, aber ich sehe sie mir nie an.“

„Okay, suchen Sie einen Film aus, werfen Sie Popcorn in die Mikrowelle und machen Sie zwei Gläser Eistee fertig. Ich bin gleich wieder da.“ Er ging nach draußen, drehte sich aber gleich wieder um. „Ich nehme an, dass das jetzt endgültig gegen die Regeln der Tanzschule verstößt, oder?“

„Das nehme ich auch an“, stimmte sie ihm zu.

„Ich könnte mich in eine Ecke des Zimmers setzen, Sie in die andere. Abgesehen davon nehme ich ja nur vorübergehend Unterricht. Ich bin eigentlich gar kein richtiger Schüler.“

„Doch, das sind sie. Sie nehmen Unterricht bei uns.“

„So schlecht, wie ich tanze, kann das doch gar nicht zählen.“

Sie musste lachen. „Erstens sind Sie gar nicht so schlecht, zweitens zählt es sehr wohl. Aber ich werde niemandem davon erzählen, und ich hoffe, Sie können ebenfalls den Mund halten. Ich will, dass Sie nur bleiben, wenn es Ihnen nichts ausmacht, für ein paar Stunden Babysitter zu spielen.“

Er zuckte lässig mit den Schultern. „Ich kann bestimmt ein paar Stunden opfern, immerhin werden Sie wohl kaum noch Zehen haben, wenn Sie mit mir fertig sind.“

Shannon hasste es, dass sie sich in diesem Moment so restlos glücklich fühlte.

Als Quinn aufwachte, hörte er als Erstes die Stimmen aus dem Fernseher, dann nahm er durch die geschlossenen Lider das helle Licht wahr, das durch das Fenster hinter ihm in den Raum fiel. Es war ein sanftes Erwachen. Er öffnete nur die Augen ein wenig, bewegte sich aber nicht.

Ihm wurde klar, dass er im Sitzen eingeschlafen und sein Kopf zur Seite gekippt war – keine gemütliche Position. In den nächsten Stunden würde er mit Schmerzen kämpfen müssen. Shannon befand sich neben ihm, hatte den Kopf in seinen Schoß gelegt, die Knie angezogen und die Arme um ein großes Kissen geschlungen. Goldene Haarsträhnen lagen auf seiner Hose ausgebreitet, und die Wärme ihres Körpers an seinem war fesselnd und erregend zugleich. Doch davon abgesehen, weckte ihre Nähe nostalgische Erinnerungen. Er musste zurückdenken an eine Zeit, in der ihm Leidenschaft und Zuneigung zugeflogen waren, er aber davon nichts wahrgenommen hatte, weil er zu sehr mit seinem Job beschäftigt gewesen war. Und selbst als ihm alles entglitten war, hatte er davon kaum Notiz genommen, da er bereits zu abgestumpft gewesen war. In den Wochen und Monaten, die sich anschlossen, waren ihm kurze Affären mit Frauen genug gewesen. Das taube Gefühl, das von ihm Besitz ergriffen hatte, wollte sich nicht abschütteln lassen. Er war wie mechanisch durchs Leben gegangen, immer verfolgt von der Frage, ob er seine Menschlichkeit, seine Bedürfnisse und die Fähigkeit verloren hatte, sich einfach zu amüsieren. Und dann war Nell Durken tot aufgefunden worden. Wut und Ohnmacht hatten die Taubheit durchdrungen, und er hatte begonnen, jeden Aspekt des Lebens in Frage zu stellen.

Jetzt war Shannon Mackay in sein Leben getreten.

Er hasste den Gedanken, sie zu bewegen. Der Anblick ihrer Hand, die auf seinem Bein lag, ihre gepflegten Finger, die lackierten Nägel, die zarte Haut, das alles war wie ein frischer Atemzug. Ihre Wärme war genug, um in ihm den Wunsch zu wecken, sich nicht von der Stelle zu rühren und die Empfindungen einfach nur zu genießen. Es war eine beiläufige und intime Nähe, wie er sie lange nicht mehr gespürt hatte. Ihm war nicht bewusst gewesen, dass ihm dies überhaupt gefehlt, dass sich sein Körper früher einmal danach gesehnt hatte.

Ihr würde es ganz sicher nicht gefallen, dass sie beide eingeschlafen waren und im Grunde genommen die Nacht gemeinsam verbracht hatten.

Schließlich stand er ganz behutsam auf. Sie regte sich leicht, als er sich bewegte, und versuchte, die gleiche bequeme Haltung wieder einzunehmen. Schnell legte er ihr ein Kissen unter den Kopf und zog sich weiter zurück. Der Spitzenbesatz ihres Nachthemds rahmte ihr Kinn ein, und die Sonne ließ ihr auf dem Kissen ausgebreitetes Haar wie einen Strahlenkranz leuchten. Der Stoff des Nachthemds war dünn und schmiegte sich eng an ihren durchtrainierten Körper, und er ließ ihre Kurven durchscheinen. Sie war von einer Reinheit erfüllt, die sie noch sinnlicher und verwundbarer erscheinen ließ.

Es wurde Zeit für ihn, aufzubrechen.

Er ging durchs Zimmer, fand seine Jacke, die er in eine Ecke gelegt hatte, schaltete den Fernseher aus und lief durch die Küche Richtung Haustür. Sein Blick fiel auf einen Notizblock und er schrieb ihr rasch ein paar Zeilen. „Danke für Popcorn, Tee und Film. Ich habe abgeschlossen. Quinn."

Leise ging er zur Tür und zog sie so zu, dass man sie von außen nicht öffnen konnte. Nachdem er sich noch zweimal davon überzeugt hatte, dass das Schloss auch wirklich eingeschnappt war, begab er sich zu seinem Wagen und fuhr ab.

Auf dem Friedhof war es noch voller als tags zuvor im Beerdigungsinstitut. Es schien so, als sei die halbe Tanzwelt angereist, um Lara das letzte Geleit zu geben: Tanzschüler, Freunde, Kollegen und Ex-Liebhaber. Und wieder einmal waren Journalisten und Kamerateams ebenso in Scharen gekommen wie die Schaulustigen.

Shannon saß gleich neben Gordon auf einem der Klappstühle, die auf dem Rasenstück vor dem Sarg aufgestellt worden waren. Während der Geistliche über das Leben auf Erden und das ewige Leben sprach, senkte sie den Kopf und merkte, wie ihre Gedanken abzuschweifen begannen. Es war eine Schande, dass so viele Menschen zur Beerdigung gekommen waren. Die meisten von ihnen waren so rücksichtslos und gierig darauf, eine Prominentenbeerdigung aus nächster Nähe sehen zu können, dass sie einfach alles niederrannten, was andere auf den Gräbern ihrer geliebten Angehörigen gepflanzt hatten.

Lara bekam ein Grab, das nicht weit vom Mausoleum entfernt und von majestätischen Eichen eingerahmt war. Ein großer Grabstein, der von einem Engel umfasst wurde, erinnerte an eine Familie Gonzalez. Eine elegante marmorne Gruft gehörte Antonio Alfredo Machiavelli, der Ende der vierziger Jahre verstorben war.

Vögel zogen über den strahlend blauen Himmel, an dem nicht eine einzige Wolke zu entdecken war. Shannon war froh, dass Gordon die Zeremonie für so früh am Morgen geplant hatte. Obwohl es Herbst war, würde die Sonne schon in wenigen Stunden wieder erbarmungslos auf sie niederbrennen. Ganz in der Nähe summte eine Biene und irgendwo bellte ein Hund. Der

Friedhof war größtenteils von Wohngebieten umgeben, in denen Kinder auf dem Rasen spielten und durch die Autofahrer ungeduldig schlichen, weil sie sich an Tempolimits halten mussten. Rings um den Friedhof ging das Leben weiter, doch genau betrachtet ging es auch *auf* dem Friedhof weiter.

Jemand berührte sie am Knie. Sie sah auf und entdeckte Ben Trudeau, der mit finsterer Miene an ihr vorüberging, um eine Rose auf den Sarg zu werfen. Der Gottesdienst war vorüber.

Sie stand auf, ging zum Grab, warf ihre Rose hinein und zog sich zusammen mit Gordon zurück.

„Mr. Henson! Miss Mackay!"

Shannon fühlte sich schon bis aufs Blut gereizt, noch bevor sie sich zu Ryan Hatfield umdrehte, einem besonders verhassten Reporter einer lokalen Tageszeitung. Er war groß und dürr, und er hatte es viel nötiger als sie selbst, endlich einmal unter Leute zu kommen und ein eigenes Leben zu haben. Wenn er von Tanzveranstaltungen berichten sollte, machte er sich regelmäßig über Amateure und Profis gleichermaßen lustig. Einmal hatte er einen besonders gehässigen Kommentar über ein vollschlankes Paar geschrieben, das als Amateure in der Kategorie Walzer gewonnen hatte. Wütend, aber leider auch völlig vergeblich, hatte sie versucht, ihm zu erklären, dass die Teilnehmer nach ihren Schritten und der Qualität ihrer Darbietung beurteilt wurden – und dass Amateure zum Spaß tanzten und dabei auch noch etwas für ihre Gesundheit taten. Für ihn dagegen waren vor allem die Profis affektierte, alberne Snobs, die arrogant auf jeden herabsahen, der etwas Neues versuchen wollte. Als Reaktion darauf hatte sie ihm die verschiedenen Kategorien und auch die Unterkategorien erklärt, doch als er ihre Ausführungen schließlich abdruckte, schaffte er es, sie wie eine überhebliche Hexe klingen zu lassen, die in einer Traumwelt lebte.

„Was wollen Sie?“ fragte sie, bevor Gordon etwas sagen konnte.

„Kommen Sie“, sagte Hatfield. „Nur ein paar Worte.“

„Damit Sie sie mir im Mund umdrehen können?“

„Lara war so etwas wie eine Göttin in der Welt des Gesellschaftstanzes“, redete er unbeirrt weiter. „Wie fühlen Sie sich?“ Sein Tonfall klang so, als würde er tatsächlich mitfühlen.

„Was glauben Sie denn, wie wir uns fühlen?“ fuhr sie ihn an. „Sie ist viel zu jung gestorben. Es war eine Tragödie. Was meinen Sie wohl, was man da fühlt? Schmerz. Es ist ein großer Verlust. Wenn Sie uns dann entschuldigen würden ...“

„Wohin werden Sie jetzt gehen? Gehen Sie alle zusammen irgendwohin? Ich habe nichts davon mitbekommen, dass der Geistliche die Trauergäste eingeladen hat“, bohrte Ryan weiter.

„Die Totenwache war für jedermann zugänglich, so wie die Beisetzung auch“, erklärte Gordon. „Nun treffen sich nur diejenigen, die sie näher kannten, um Abschied zu nehmen. Komm, Shannon.“

Gordon legte seinen Arm um ihre Schulter und führte sie zur Limousine, doch Ryan rief ihr nach: „Sehen Sie sich das an. Ben Trudeau steht noch immer an ihrem Grab. Hat sie ihm nicht schon vor Jahren einen Tritt in den Hintern gegeben?“

Shannon wusste nicht, wann sie das letzte Mal eine so tief sitzende Wut verspürt hatte. Sie fürchtete, jeden Augenblick die Selbstbeherrschung zu verlieren und auf den Reporter loszugehen, um alle Sorgen, allen Frust und auch all ihre Ängste an diesem Mann auszulassen.

Doch als sie sich zu ihm umdrehte, war er nicht mehr allein. Die O'Casey-Brüder hatten ihn flankiert und waren im Begriff, ihn in eine andere Richtung zu dirigieren.

„Was zum Teufel soll das?“ beschwerte sich der Reporter.

„Lassen Sie mich sofort los, sonst rufe ich die Polizei. Ich werde Sie verklagen und fertig machen! Ich habe die Cops auf Kurzwahl gespeichert!“

„Ich *bin* Cop“, gab Doug knapp zurück.

„Lass uns gehen“, sagte Gordon und nahm Shannons Arm.

„Ja, gehen Sie“, rief Quinn ihr zu.

„Hey, soll das eine Entführung sein oder was?“ beklagte sich Ryan.

„Könnte sein, dass die beiden Sie anzeigen, weil Sie sie belästigt haben“, erwiderte Doug.

Mehr bekam Shannon nicht mit, weil Gordon sie in die andere Richtung zog und sie einen Augenblick später in die Limousine einstieg, dicht gefolgt von Ben Trudeau, der sie gerade noch einholte.

Kopfschüttelnd sah er aus dem Fenster.

„Scheiß Reporter“, fluchte er.

„Ben“, ermahnte Gordon ihn prompt.

„Was denn? Es sind ja keine Schüler hier“, gab er gereizt zurück.

„Trotzdem ...“, begann Gordon, doch Shannon fiel ihm sofort ins Wort.

„Es war ein lausiger Tag. Lass ihn bitte in Ruhe.“

Die Limousine verließ den Friedhof. Ben starrte eine Weile auf seine Hände, dann atmete er langsam aus. „Das war es dann. Sie ist tot. Tot und unter der Erde. Ich kann es einfach nicht glauben.“

Gordon legte einen Arm um seine Schultern. „Ja, es ist wirklich kaum zu fassen.“

*Du bist die Nächste.*

Shannon kamen die Worte so abrupt ins Gedächtnis, dass ihr eine Gänsehaut über den Rücken lief.

Ben sah an Gordon vorbei, der den mittleren Platz auf der Rückbank hatte. „Tut mir Leid, Shannon. Alles in Ordnung mit dir?“

„Ja, natürlich. Alles bestens.“

Wieder sah er nachdenklich aus dem Fenster. „Interessant. Diese kleine Ratte von Reporter hätte uns alle wahnsinnig gemacht. Es ist gut, dass einer der besten Polizisten aus dem ganzen County unser Schüler ist. Doug meine ich. Wisst ihr, sein Bruder hat den Kerl als Erster bemerkt und ist auf ihn los. Ist er ganz sicher kein Cop? Er kennt die anderen alle ziemlich gut.“

„Nein, er ist kein Cop. Vielleicht war er mal einer, aber jetzt nicht mehr“, erwiderte Shannon.

„Er benimmt sich aber immer noch wie einer“, meinte Ben.

„Wie meinst du denn das?“ wollte Gordon wissen.

Ben zuckte mit den Schultern. „Ich weiß nicht. Er … er scheint ständig alles und jeden zu beobachten. Gestern Mittag bin ich essen gegangen, und da saß er im gleichen Lokal ganz hinten …“

Gordon verzog den Mund. „Ich begegne in der Stadt immer wieder jemandem, den ich kenne. Auf der Bank, im Kino … ganz egal wo.“

„Ich schätze, du hast Recht. Hey, kommt er jetzt gleich auch mit?“

„Nein, ich habe keine Schüler eingeladen. Nur einige der Profis, mit denen Lara arbeitete, außerdem die Leute aus unserem Haus.“ Gordon legte eine Hand auf die Stirn. „Für die Öffentlichkeit gab es die Totenwache und die Beisetzung. Jetzt ist es an der Zeit, dass wir unter uns sind.“

Das Lokal, das er für das Beisammensein nach der Beerdigung ausgewählt hatte, war ein kleiner Laden in der Lincoln Road, in dem sie bereits einige Male zu besonderen Anlässen gewesen waren. Gordon hatte die Zahl der Anwesenden auf rund zwanzig beschränkt.

Sie verteilten sich auf insgesamt vier Tische, und Gordon hielt seine persönliche Trauerrede auf Lara. Als Ben zu Wort kam, hatte Shannon das Gefühl, dass seine Gefühle echt waren. Er beschrieb ihre Beziehung als leidenschaftlich und manchmal als emotional so stürmisch wie die Tänze, die sie aufgeführt hatten. Letztlich sei es aber ihr Geist gewesen, der sie alle berührt habe. Jeder von ihnen habe mit Lara etwas verloren. Er sagte, sie würden sich alle an Dinge erinnern, die sie gesagt hatte – Dinge, mit denen sie manchmal andere vor den Kopf gestoßen hatte, die aber immer ehrlich gewesen waren und nur dem Zweck hatten dienen sollen, sie alle in einem Handwerk zu Höchstleistungen anzuspornen, das nicht nur Arbeit, sondern ein Teil von ihnen war.

Shannon stellte zu ihrer Freude fest, dass die Gäste nicht nur aus allen Teilen der Vereinigten Staaten gekommen waren, sondern auch aus Europa. Sie versprach Gunter noch einmal, sich im Lauf der Woche mit ihm zu treffen. Als er jedoch erklärte, sie habe die beste Choreographie entwickelt, die er je gesehen habe, und dann anfügte, sie alle könnten froh sein, dass Shannon sie nicht für sich benutzte, da wandte sie sich von ihm ab und ging auf die anderen Gäste zu.

Sie unterhielt sich auch mit Christie Castle, der fünfmaligen National Smooth Meisterin, die inzwischen auf Turnieren überall auf der Welt als Coach und als Preisrichterin arbeitete.

„Und wie hältst du dich?“ fragte Christie sie. Die Frau war gertenschlank, 1,65 Meter groß, hatte große dunkle Augen und pechschwarzes Haar. Wie alt sie war, konnte man einfach nicht sagen, aber vermutlich würde sie auch noch mit neunzig eine Schönheit sein.

„Gut. Es ist zwar niederschmetternd, aber ich hatte mit Lara nicht wirklich viel zu tun", erklärte Shannon.

„Gordon sagt, du seist in letzter Zeit etwas nervös." Sie senkte die Stimme. „Und deine Empfangsdame verriet mir, du meinst, dass mehr dahinter steckt, als wir alle ahnen würden."

„Ella hätte ihren Mund halten sollen."

„Glaubst du wirklich, jemand hat Lara ermordet?"

Shannon fiel auf, dass Christie im Flüsterton sprach. Gordon, Ben, Justin, Sam Railey und einige andere saßen gleich hinter ihr. Shannon hatte das Gefühl, dass Ben sich ein wenig in ihre Richtung drehte, als sei er mehr an ihrem Gespräch als an seiner eigenen Unterhaltung interessiert.

„Ich glaube eigentlich gar nichts", gab Shannon zurück.

Christie legte eine Hand auf ihr Knie und blickte sie sorgenvoll an. „Du siehst völlig übermüdet aus. Hast du nicht gut geschlafen?"

Letzte Nacht war sie bereits fest eingeschlafen, als von dem Film, den sie hatte sehen wollen, noch keine zehn Minuten gelaufen waren. Aber es war das erste Mal in dieser Woche, dass sie wirklich durchgeschlafen hatte.

„Es geht so. Ich weiß nicht warum, aber ich bin ein wenig angespannt."

„Du brauchst einen Hund", erwiderte Christie und nickte weise.

Shannon lächelte und sah zu Boden. Christie hatte Puff, ihren Yorkshire-Terrier, den sie überallhin mitnahm. Vermutlich hatte das kleine Fellknäuel mehr Flugmeilen zurückgelegt als so mancher Konzernchef.

„Christie, ich bin fast fünfzehn Stunden am Tag nicht zu Hause. Und abgesehen davon, selbst wenn ich so einen Hund wie Puff hätte und es würde mich jemand verfolgen ..."

„Entschuldige bitte, aber auch wenn er klein ist, hat er einen Killerinstinkt."

„Wer hat einen Killerinstinkt?"

Gabriel Lopez setzte sich zu Christie, in seinen Augen war ein begehrendes Funkeln zu bemerken. Er starrte niemals schamlos, sondern sah Frauen auf eine Art an, die einfach nur erkennen ließ, dass er schätzte, was er sah. Er schaffte es, nie aufdringlich zu wirken.

„Mein Hund Puff natürlich", erwiderte Christie.

Gabriel lachte. „Oh, und ich dachte schon, man redet über mich und meinen untrüglichen Instinkt, was schöne Frauen angeht."

„Zum Glück ist keiner von uns dumm genug, um dich ernst zu nehmen. Wir wissen beide, dass du mit jeder annähernd prominenten Frau ausgegangen bist, die jemals in der Stadt war. Von den anderen Frauen ganz zu schweigen", sagte Christie zu ihm.

„Das ist doch gar nicht wahr!" protestierte er, lächelte dann aber: „Wer einen Club besitzt, der muss für ein bestimmtes Image sorgen, das müsstest du doch wissen."

Ben hatte von der Unterhaltung an seinem Tisch offenbar genug und setzte sich zu Shannon. „Wie ich sehe, arbeitest du wieder fleißig an deinem Image", meinte er zu Gabriel, der mehr oder weniger mit beiden Frauen gleichzeitig zu flirten schien.

„Das musst du gerade sagen. Charmant wie Fred Astaire und Frauen im Schlepptau, die dir auf Schritt und Tritt folgen." Er sprach in einem lässigen Tonfall, doch dann wurde er ernst. „Es tut mir sehr Leid, Ben."

„Es tut uns allen Leid, aber wir können wohl nichts anderes machen, als es zu akzeptieren." Ben sah Shannon an. „Wir haben unsere Schüler, denen wir uns widmen müssen, darum können wir es uns gar nicht erlauben, *nicht* nach vorn zu schauen. Außerdem hat Doug O'Casey Lara bewundert. In seiner Position kann er wenigstens sicher sein, dass die Polizei allen möglichen Spuren nachgegangen ist."

„Ah ja, der junge Polizist", murmelte Gabriel. „Er hat sie umsorgt wie einen jungen Hund. Man sah ihm an, wie er es hasste, wenn sie mit anderen tanzte. Und sobald sie sich ihm widmete, schien er im siebten Himmel zu schweben."

„Er ist ein phantastischer Schüler", warf Christie ein. „Sie hat bei ihm viel bewirkt."

„Jane ist seine Lehrerin, und sie ist exzellent", betonte Shannon.

„Stimmt, aber bei Lara hat er sehr viele Coachingsessions genommen, wenn ich mich nicht irre", entgegnete Christie. „Ich habe gehört, dass er einen halben Tag im Studio war, wenn sie da war." Schulterzuckend drehte sie sich zu Shannon um. „Sie nahm immer noch an Wettkämpfen teil, ich dagegen nicht. Das macht bei manchen Menschen einen großen Unterschied aus."

„Interessant", bemerkte Ben.

„Was?" wollte Christie wissen.

„Es ist ziemlich teuer, wenn man als Amateur Coachingstunden bezahlt. Dabei ist Doug nur ein einfacher Polizist. Da fragt man sich doch, woher er das Geld dafür hat", gab Ben zu bedenken.

„Bestechungsgelder?" überlegte Gabriel.

„Hey!" protestierte Shannon.

„Du kannst nicht leugnen, dass er eine Menge Geld im Studio gelassen hat", sagte Ben.

„Vielleicht kommt er aus einer reichen Familie", erwiderte sie.

„Kann schon sein. Und jetzt ist sein Bruder auch noch hier.

Behauptet, er sei kein Cop, sondern habe einen Charterservice für Fischerboote oder so etwas", erklärte Ben.

„Er könnte auch ein Drogenbaron sein, der die perfekte Tarnung gefunden hat", warf Gabriel ein.

„Wer ist ein Drogenbaron?"

Laras letzter Partner Jim Burke setzte sich zu ihnen an den Tisch. Er sah elend aus, als hätte er die ganze letzte Woche nur geweint. Seine nussbraunen Augen waren rot gerändert, und in seinem eleganten Anzug und dem dezenten blauen Hemd sah er abgezehrt aus, obwohl alles wie angegossen saß.

„Shannons neuer Schüler", sagte Christie. „Stimmt aber nicht, wir haben nur spekuliert."

„Er betreibt einen Charterservice", erklärte Shannon an Jim gewandt, dann lächelte sie ihn an. „Geht's dir gut?"

„Ja, ja, mir geht's gut. Ich komme mir ein bisschen verloren vor, aber ... ich sollte mich auf den Wettbewerb in Asheville vorbereiten. Lara und ich hatten uns zusammen eingeschrieben. Und jetzt ..."

„Lass dir noch etwas Zeit", empfahl Shannon.

„Ich kann es mir nicht leisten, mir zu viel Zeit zu lassen", sagte er leise. „Meine Finanzen reichen nicht so lange wie die von Lara. Die meiste Zeit über habe ich meinen Lebensunterhalt von den Preisgeldern bestritten."

„Du findest schon eine neue Partnerin", versicherte Christie ihm.

„Ja, ganz bestimmt", pflichtete Ben ihr bei.

Christie wandte sich wieder Shannon zu. „Jemand sollte sich Doug noch stärker annehmen. Ich weiß, er arbeitet bei der Polizei. Aber der junge Mann hat das Zeug zum Profitänzer."

„Vielleicht gefällt es ihm ja, neben seinem Beruf auch noch ein Privatleben zu haben", murmelte Jim.

„Außerdem müsste er seinen Job und damit sein festes Gehalt aufgeben, damit er Zeit für das notwendige Training aufwenden könnte“, unterstrich Gabriel.

„Sein Bruder könnte ihm doch etwas von seinen Drogengeldern abgeben“, schlug Ben vor.

Shannon stöhnte auf. „Oh bitte! Vielleicht ist ja jeder auch das, was er zu sein scheint. Meine Güte, die Zeitungen werden uns morgen sowieso in der Luft zerreißen, da müssen wir das heute nicht schon selbst erledigen.“ Sie stand auf. „Entschuldigt mich, aber ich habe das Gefühl, als wäre heute der längste Tag meines Lebens. Christie, du kommst doch sicher eine Woche vor der Gator Gala her, richtig? Wir sehen uns dann, um einiges zu Besprechen, ok?“ Am liebsten hätte sie sich selbst getreten für ihre letzte Bemerkung. Dies hier war der letzte Tribut an Lara, und sie musste Geschäftliches erwähnen!

„Hey, was ist mit mir?“ rief Ben.

„Du bist nicht vergessen, Ben. Wir hätten dich gern zum Coaching dabei“, versicherte Shannon ihm.

Gabriel stand auf. „Du bist in der Limousine hergekommen?“ fragte er.

„Ja.“

„Ich kann dich nach Hause fahren, ich muss zurück zur Arbeit.“

„Ja, danke“, sagte sie. Sie ging von Tisch zu Tisch und verabschiedete sich von jedem mit einem Kuss auf die Wange und einer Umarmung. Abschiede brauchten immer ihre Zeit, da es in dieser Gruppe so zuging wie in einer italienischen Familie.

„Tut mir Leid, dass es ein wenig gedauert hat“, sagte sie zu Gabriel, als sie endlich das Lokal verließen.

„Das ist schon okay. Ich folge dir gern“, erwiderte er. „Auf die Weise küsst mich wenigstens jeder.“

Sie musste lachen. „Du machst mir Spaß. Jeder, der in deinen Club kommt, küsst dich doch auch."

„Das Leben ist eben gut zu mir", meinte er schulterzuckend. „Ich arbeite hart, aber dafür ist das Leben gut zu mir. Ist es bei dir nicht genauso?"

„Doch, natürlich. Ich liebe meine Arbeit."

„Aber es bleibt kaum Zeit für anderes. Wenigstens", sagte er mit einem ironischen Grinsen, „komme ich mit anderen Menschen zusammen."

„Ach, jetzt hör auf. Kommt man beim Tanzen etwa nicht mit anderen Menschen zusammen?"

„Doch, aber du errichtest um dich herum eine Mauer. Ich mache das nicht."

„Was soll das?" Sie musste unwillkürlich lachen. „Auf einmal meint jeder, er müsse für mich den Psychoanalytiker spielen. Mir geht's gut!"

Er zog eine Augenbraue hoch. „Erzählt dir das jeder?"

Sie schüttelte den Kopf. Ihr war mit einem Mal nicht mehr danach, von Quinn zu erzählen, der eine ganz ähnliche Beobachtung gemacht hatte. „Vergiss es. Ich wohne da vorn."

Gabriel mimte den Beleidigten. „Als ob ich nicht wüsste, wo du wohnst."

Er fuhr vor und stieg aus, um ihr die Tür aufzuhalten. „Gabe, mir geht's gut", hielt Shannon ihn zurück und wollte selbst die Tür aufmachen.

„Du selbst hast es mir beigebracht: Beim Tanzen führt immer der Mann. Und von mir lernst du, dass der Mann einer Dame immer die Wagentür aufhält und sie bis zu ihrem Haus begleitet."

Wieder musste sie lachen. „Also gut, Gabe, ich gebe mich geschlagen."

Er kam herum, machte die Tür auf und half ihr beim Aussteigen. „Wenn du vernünftig wärst, dann würdest du dich Hals über Kopf in mich verlieben. Zusammen würden wir die Welt beherrschen."

„Ich bin sogar sehr vernünftig, und genau deshalb werde ich mich niemals in dich verlieben. Außerdem möchte ich nicht die Verantwortung auf mich nehmen, die Welt zu beherrschen." Sie schloss die Haustür auf, dann drehte sie sich um und wollte sich von Gabriel verabschieden.

„Du könntest mich doch bitten, noch reinzukommen. Wir wären zwei einsame Seelen, die sich an einem Nachmittag wild und leidenschaftlich lieben, um dann in ihr alltägliches Leben zurückzukehren und davon zu träumen, wie es hätte sein können", sagte er.

„Gabriel, das ist der größte Unsinn, den du je von dir gegeben hast."

„Mag sein, aber Spaß machen würde es trotzdem, oder?"

„Ich bin davon überzeugt, dass es Dutzende von Frauen gibt, die einen Nachmittag für dich opfern würden", versicherte sie ihm.

„Die haben aber nicht deinen Körper."

„Danke … oder vielleicht auch nicht."

„Ah, ich weiß. Du hast schon eine heimliche Affäre mit jemandem."

„Nein, leider nicht."

„Dann zier dich nicht so. Mein Körper ist auch nicht zu verachten."

„Gabriel, du bist in fast jeder Hinsicht perfekt."

„Und warum willst du nicht?"

„Wir sind Freunde, und ich möchte, dass das so bleibt."

„Okay. Gehen wir ins Kino?"

Abermals brachte er sie mit seiner Hartnäckigkeit zum Lachen. „Das wäre bestimmt lustig. Aber frag mich das bitte an einem anderen Tag nochmal. Diese Woche war einfach zu anstrengend. Außerdem … wartet nicht deine Arbeit auf dich?“

„Ich kann mich krankmelden.“ Er seufzte. „Ach, schon gut. Verbring deinen einsamen Samstagabend ruhig ganz allein.“

„Danke, dass du mich mitgenommen hast, Gabriel.“

Er deutete eine Verbeugung an und grinste breit. „War mir ein Vergnügen. Mach's gut. Und schließ ab.“

Sie nickte. Als sie ihm nachsah, wie er zu seinem Wagen ging, wurde ihr bewusst, dass es längst dunkel geworden war. Sie wünschte, es wäre Sommer. Es war viel schöner, wenn es am Abend noch lange hell war.

Nachdem sie abgeschlossen hatte, zögerte sie einen Moment. Die Dunkelheit hatte Besitz von ihrem Haus ergriffen. Aus einer plötzlichen Laune heraus machte sie überall das Licht an. Ja, so war es schon besser.

Es war lächerlich, doch sie fühlte sich erneut unsicher in ihren eigenen vier Wänden. Zwar wünschte sie sich nicht, sie hätte Gabe doch ins Haus gelassen, dennoch empfand sie wieder dieses Unbehagen.

Ihr wurde klar, dass es in ihrem Haus nichts gab, was sie als Waffe hätte benutzen können. Allerdings hatte sie bis vor kurzem auch nicht mit der Angst gelebt, sie müsse sich gegen einen Eindringling zur Wehr setzen.

Das Einzige, was ihr in den Sinn kam, war ihr alter Tennisschläger. Sie nahm ihn in die Hand und begann, Zimmer für Zimmer abzusuchen.

Ganz sicher hatte sich nirgendwo jemand versteckt.

Schließlich nahm sie vor dem ausgeschalteten Fernseher Platz und saß eine Weile einfach da. Durch das Fenster konnte sie in ihren kleinen, dicht bewachsenen Garten blicken. Mit einem Mal wurde ihr bewusst, dass sie sich einerseits zwar sorgte, jemand könne sie beobachten – andererseits war es keine gute Idee, in einem hell erleuchteten Zimmer zu sitzen, wenn es draußen dunkel war und die Vorhänge nicht zugezogen waren. Abrupt sprang sie auf, um genau das zu tun.

In diesem Augenblick glaubte sie, zwischen den Bäumen eine schnelle Bewegung zu bemerken.

Nein, das glaubte sie nicht nur.

Es hatte sich wirklich etwas bewegt.

Zweige und Äste bewegten sich. Und eine eiskalte Angst, wie sie sie noch nie zuvor gespürt hatte, kroch durch ihre Adern.

Er beobachtete sie weiter und verfluchte sich.

Das war knapp.

Obwohl ... nein, knapp war es nicht gewesen. Sie wäre nicht in den Garten gekommen. Und wenn doch ...?

Ihr Pech.

Aber sie war nervös, sehr nervös sogar. Warum? Weil sie es einfach nicht glauben wollte? Zu dumm. Was war sie Lara Trudeau schuldig? Warum kümmerte es sie?

Doch sie würde ganz sicher nicht aufgeben. Jeder sprach davon, wie Shannon unbeirrt auf ihrer Überzeugung beharrte, Laras Tod sei kein Unfall gewesen. Dachte sie so, weil sie Lara kannte?

Oder wusste sie irgendetwas?

Einen Moment lang beobachtete er noch das Haus. Dann wandte er sich um und verschwand lautlos hinter dem Gebäude, das er bestens kannte. Es gab keine Alarmanlage. Falls es also notwendig werden sollte ...

Er hielt noch einmal inne und sah über die Schulter.
Hör auf, Shannon, dachte er.
Hör auf …
Sonst bist du die Nächste.

Quinn rieb sich die Stirn und ging wieder seine Notizen durch. Schüler, Lehrer, Wettkämpfer. Möglichkeiten, Motive. Vor ihm lag eine Übersicht mit den Namen aller, die am Tanzwettbewerb teilgenommen hatten. Es waren Hunderte, einigen konnte er inzwischen auch ein Gesicht zuordnen.

Daneben hatte er eine eigene Liste angelegt. Übereinstimmungen, Unterschiede. Nell Durkens Tod, Lara Trudeaus Tod. Nell war einem Mord zum Opfer gefallen. Lara war an den Folgen einer selbst eingenommenen Überdosis Tabletten und Alkohol gestorben.

Zwei verschiedene Ärzte, beide auf ihrem Gebiet anerkannte Experten. An den Rezepten für das Beruhigungsmittel war nichts auszusetzen, auch die Dosierung hatten sie präzise angegeben. Nells Ehemann war beim Fremdgehen erwischt worden, seine Fingerabdrücke waren auf dem Fläschchen.

Lara hatte getrunken, obwohl sie unter Medikamenteneinfluss stand. Trotzdem war es ihr gelungen, auf die Tanzfläche zu gehen und ihre Nummer fehlerfrei durchzutanzen – bis sie tot zusammengebrochen war. Nell hatte im Studio Unterricht genommen, vor sechs Monaten dann abrupt aufgehört. Es musste irgendeine Verbindung zwischen den beiden geben, aber sie wollte ihm beim besten Willen nicht ins Auge springen.

Nells Ehemann saß im Gefängnis, er kam nicht für beide Todesfälle in Frage. Und selbst wenn jemand Lara getötet hatte, um sie als Konkurrentin auszuschalten, warum war dann Nell umgebracht worden? Angenommen, Ben Trudeau hätte Lara aus dem Weg räumen wollen – was wäre seine Verbindung zu Nell? Ein Tanzlehrer brachte nicht einfach seine Schülerin um und schob den Mord dann dem Ehemann unter.

Er seufzte frustriert auf. Den ganzen Nachmittag hatte er sich bei seiner Suche im Kreis gedreht. Er sah auf die Uhr und wünschte sich, Gordon Henson und Ben Trudeau hätten das gemeinsame Essen nach der Beisetzung nicht nur auf wenige ausgewählte Trauergäste beschränkt. Jemand hatte einen Schlüssel zur Lösung, und es musste jemand sein, der in irgendeinem Zusammenhang mit dem Studio stand.

Wellen schlugen gegen den Rumpf seines Boots. Es war bereits dunkel, und er bekam Lust auf ein Bier.

Vom Restaurant war lautes Gelächter zu hören, das bis in seine Kajüte drang. Vielleicht waren ja sein Bruder und die anderen wieder im Nick's.

Sein Bruder, der ihm dieses Schlamassel eingebrockt hatte.

Von Ungeduld erfüllt stand er auf. Er tigerte in der engen Kajüte hin und her. Wieder einmal war er an dem Punkt angelangt, an dem der Fall ihn wie besessen agieren ließ und alles andere in den Hintergrund drängte.

Es wäre besser für Doug, wenn er da wäre. Sein kleiner Bruder war ihm noch etwas schuldig.

Er ließ alles stehen und liegen und ging von Bord.

Shannon starrte angespannt aus dem Fenster, während die Sekunden verstrichen. Dann schließlich presste sie die Lippen zusammen und straffte ihre Schultern.

„Das ist doch lachhaft", sagte sie laut. „Warum sollte jemand Nacht für Nacht durch meinen Garten schleichen und mich beobachten?"

Wenn man hätte einbrechen wollen, wäre dazu längst Gelegenheit genug gewesen.

Und doch …

Sie hätte schwören können, dass sie am Vortag das Licht auf

der Veranda angelassen hatte. Wieso war es dann aber ausgeschaltet gewesen?

„Ja, sicher. Jemand bricht hier ein, berührt absolut nichts, aber die Verandabeleuchtung schaltet er aus", murmelte sie, auch wenn in der herrschenden Stille jedes Wort unglaublich laut klang.

Mit einem Mal wollte sie nur noch das Haus verlassen. Sie wollte nicht länger allein sein, was völlig absurd war. Sie liebte ihr Haus, sie genoss die Ruhe. Es gab nichts Schöneres, als am Abend allein zu sein und in ihrem eigenen kleinen Tanzstudio an bestimmten Schritten zu arbeiten. Und so traurig es auch erscheinen mochte, liebte sie die Momente, wenn sie mit einer Tüte Mikrowellen-Popcorn bewaffnet vor dem Fernseher saß und sich einen Film auf DVD ansah, da sie es ohnehin nie ins Kino schaffte.

Heute Abend war das anders.

Aus einer plötzlichen Laune heraus eilte sie ins Schlafzimmer und zog etwas Legeres an. Wohin sie gehen würde, wurde ihr erst bewusst, als sie bereits auf dem Weg zu ihrem Wagen war.

Sie hätte zum Club fahren können. Gabriel fand für sie immer einen Platz, und vielleicht würde sie dort ihre Freunde antreffen. Doch sie wollte nicht in den Club. In den letzten Minuten hatte in ihrem Kopf eine seltsame Idee Gestalt angenommen.

So viele Fragen waren an diesem Tag gestellt, so viele Mutmaßungen geäußert worden …

*Was hatte es mit Quinn O'Casey wirklich auf sich?*

Er war kein Drogenbaron. Das konnte sie nicht glauben, das war einfach zu weit hergeholt.

Aber er war auch nicht das, wofür er sich ausgab, da war sie sich ganz sicher.

Sie fuhr los, ohne zu wissen, wo genau das Nick's sich befand.

„Niemals. Nie im Leben! Das sieht man auf den ersten Blick!“ sagte Doug nachdrücklich.

Er saß mit Bobby an einem Tisch. Auf den Tellern, die sie weggeschoben hatten, waren noch die Überreste einer Portion Fish’n’Chips zu erkennen. Doug trank einen Eistee, Bobby hatte eine Flasche Bier vor sich stehen.

„Aber warum denn nicht?“ erwiderte Bobby. „Er braucht schließlich eine Partnerin.“ Er sah auf und entdeckte Quinn, der sich ihrem Tisch näherte. „Hey, setz dich zu uns!“

„Gern.“ Quinn nahm Platz, fast gleichzeitig winkte ihm die Kellnerin Mollie zu, die sich an diesem Abend um die Gäste auf dem Patio kümmerte. „Ein Miller bitte“, rief er ihr zu, dann sah er Doug an: „Du bezahlst.“

Doug verzog das Gesicht. „Mit Vergnügen.“

Quinn sah zu Bobby. „Was soll man auf den ersten Blick sehen können?“

„Dass Shannon niemals mit Ben Trudeau tanzen würde.“

„Aber sie tanzt doch mit ihm im Studio oder irre ich mich?“

„Bobby redet hier von professionellen Auftritten“, erklärte Doug seinem Bruder.

„Wenn ich das richtig mitbekommen habe, nimmt sie an Wettkämpfen gar nicht teil“, gab Quinn zurück. Mollie brachte ihm sein Bier, er bedankte sich, dann sah er die beiden eindringlich an.

„Nein, jetzt nicht mehr. Früher allerdings ja. Und nach dem zu urteilen, was ich auf der Totenwache mitbekommen habe, muss sie phantastisch gewesen sein. Vielleicht sogar besser als Lara“, sagte Bobby.

„Ich habe das Band gesehen“, erklärte Quinn. „Sam und Jane habe ich darauf erkannt, aber sonst vom Studio niemanden.“

„Ben hat nicht mehr an Wettkämpfen teilgenommen, seit seine letzte Partnerin heiratete und beschloss, ein Kind zu kriegen", gab Doug zurück. „Seit gut zwei Jahren sucht er schon nach einer neuen Partnerin."

„Aber er arbeitet doch schon seit einiger Zeit wieder im Studio?" fragte Quinn.

„Seit etwa einem Jahr, wenn ich mich nicht irre", antwortete Bobby.

„Und warum sollte Shannon dann auf einmal mit ihm tanzen wollen? Er war doch auch vorher schon nicht mehr mit Lara zusammen", wunderte sich Quinn.

Bobby sah zu Doug. „Du hast ihn nie über Shannons Vergangenheit aufgeklärt, stimmt's?"

„Nein, hat er nicht." Quinn sah seinen Bruder gereizt an. Doug hatte ihn in die Sache hineingezogen und sollte ihm besser keine Informationen vorenthalten haben, die von Bedeutung sein konnten.

„Als sie noch jünger war, da war Shannon ganz wild auf Ben", erklärte Bobby. „Er hat sie entdeckt. Sie arbeitete in der Nähe von Orlando in einem ganz kleinen Laden als Tänzerin und Tanzlehrerin. Er erkannte ihr Potenzial. Allerdings weiß ich nicht, ob die beiden erst ihre Affäre hatten und er sie danach hierher mitbrachte oder es umgekehrt gelaufen war. Wir kennen im Grunde auch nur den Klatsch, den man so mitbekommt. Ich habe das Studio nur sechs Monate lang besucht, um mich auf Randys und meine eigene Hochzeit vorzubereiten, und erst danach habe ich deinen Bruder auf den Geschmack gebracht. Andere Leute gehen schon seit Jahren regelmäßig ins *Moonlight Sonata*, und die erzählen so einiges. An einem Abend sah ich zu, wie Ben und Shannon einen Walzer tanzten, und ich machte irgendeine Bemerkung in der Art, wie gut die beiden doch zusammenpassten. Ich glaube, der alte Mr. Clinton entgegnete: ‚Na, das sollten sie aber auch. Immerhin sind sie zwei Jahre lang zusammen bei Wettkämpfen angetreten.' Dann brach sich Shannon den Knöchel, Lara war zu der Zeit schon im Studio, und von da an ging alles ziemlich schnell. Shannon benötigte über längere Zeit Physiotherapie, und Ben hatte nicht vor, darauf zu warten, dass sie wieder einsatzbereit war. Er begann mit Lara zu trainieren, und dann ..."

„... dann waren die beiden auf einmal verheiratet", vollendete Doug den Satz.

Quinn warf ihm einen stechenden Blick zu. „Angenommen, Lara Trudeau wurde wirklich ermordet, dann wäre Shannon Mackay eine Hauptverdächtige. Eifersucht, Leidenschaft, Zorn – alle Motive liegen vor."

Doug schüttelte den Kopf. „Du musst Shannon nur einmal treffen und dich mit ihr unterhalten, spätestens danach weißt du, dass sie keine Mörderin ist."

„Die Motive sind vorhanden, Doug", beharrte Quinn. Er hielt Shannon auch nicht für eine Mörderin. Wenn sie es doch war, musste sie gleichzeitig aber auch die weltbeste Schauspielerin sein. Auf der anderen Seite wurde bei vielen Morden offensichtlich, dass das schier Unmögliche durchaus möglich sein konnte.

„Verdammt, jeder hatte ein Motiv. Das wissen wir doch alle", gab Doug ein wenig trotzig zurück. „Die meisten Frauen hassten Lara, weil sie so großartig war."

„Sekunde", warf Bobby ein. „Eine Frau hasst eine andere Frau doch nicht automatisch, nur weil die großartig ist."

„Bist du dir da so sicher?" fragte Doug und verzog den Mund zu einem schiefen Lächeln.

„Ja, das bin ich."

„Hat Giselle dir beigebracht, das zu sagen?"

„Ach, leck mich doch!“

„Hey“, meldete sich Quinn lautstark wieder zu Wort. Er blickte beide nacheinander kopfschüttelnd an.

„Also gut, zurück zum Ernst der Sache“, lenkte Bobby sofort ein. „Sie war auf jeden Fall eine Konkurrenz für andere Tänzerinnen – aber jede von ihnen ist für die andere Konkurrenz. Die wenigsten Menschen werden zu Mördern, nur weil sie sich mit Gegnern einen Wettkampf liefern müssen.“

„Nicht so schnell. Jane zum Beispiel ist Dutzende Male gegen sie angetreten, und jedes Mal verlor sie“, gab Doug zu bedenken. „Die halbe Tanzwelt ist gegen Lara angetreten und musste sich im besten Fall mit einem zweiten Platz zufrieden geben. Das ergibt Hunderte von möglichen Verdächtigen.“

Quinn schüttelte den Kopf. „Wer immer sie umgebracht hat, muss an dem Abend dort gewesen sein.“

„Stimmt“, pflichtete Doug ihm bei. „Und er muss einen Weg gefunden haben, ihr das ganze Zeug einzuflößen, ohne dass sie dagegen protestiert oder irgendjemandem ein Wort davon sagt. ... ach, verdammt. Vielleicht hat sie auch wirklich zu viel geschluckt. Ich denke immer, ich habe sie gekannt. Aber vielleicht täusche ich mich da ja auch.“

„Was ist mit Gordon Henson?“ fragte Quinn und nahm einen Schluck aus seiner Bierflasche.

„Lara war für Gordon die Gans, die goldene Eier legt. Ein kostbarer Schatz, auch wenn sie sich gegenüber ihm so wie gegenüber allen benahm“, sagte Bobby.

„Ben hätte auch ein Motiv haben können“, gab Quinn zu bedenken.

„Allerdings“, stimmte Doug ihm zu und klang so, als würde er zunehmend wütend. „Die beiden haben sich nämlich oft gestritten.“

„Tatsächlich?“ wunderte sich Bobby. „Ich habe nie mitbekommen, dass sich *irgendjemand* da gestritten hätte.“

„Im Studio ist es ihnen auch nicht gestattet. Aber einmal ging ich zurück, um mir noch einen Kaffee zu holen, und sie waren beide da. Sie wurden zwar sofort leise, als sie mich sahen, trotzdem hörte ich, in welchem Tonfall er mit ihr sprach. Sie erwiderte etwas in der Art von: ‚Träum weiter, Arschloch!‘“

Quinn saß so, dass er den Weg beobachten konnte, der vom Parkplatz hinüber zum Patio führte. Als er kurz aufsah, bemerkte er verwundert, dass Shannon Mackay – in figurbetonter Jeans, engem Top und Bluse – zögerlich in Richtung der hinteren Tische gegangen kam. „Ich fasse es nicht“, sagte er verblüfft.

„Du fasst es nicht? Ich sage nur, was passiert ist“, gab Doug mürrisch zurück.

„Davon rede ich nicht. Ich meine, ich fasse es nicht, dass Shannon Mackay hier ist.“

Bobby und Doug drehten sich gleichzeitig in dem Moment um, als Shannon sie ebenfalls entdeckte. Einen Augenblick lang schien sie erschrocken, dann aber winkte sie ihnen zu. Bobby bedeutete ihr, zu ihnen zu kommen.

Sie kam näher und lächelte. Doug und Bobby begrüßte sie mit Küssen auf die Wangen, dann ging sie zu Quinn. Ihre Finger fühlten sich kalt und verkrampft an, als sie eine Hand auf seine Schulter legte. Der flüchtige Wangenkuss wirkte kühl und distanziert, und ihr Lächeln schien ihm aufgesetzt. Doch ihr Duft und die Art, wie sie ihn berührte …

„So eine Überraschung“, sagte er und verdrängte, welche Reaktion sie in ihm auslöste. „Ich hätte gedacht, dass Sie mit den anderen den ganzen Abend verbringen würden.“

Shannon sah ihn eindringlich an, dann erwiderte sie mit einem Schulterzucken: „Ich habe es nicht länger da ausgehalten.

Aber am Strand kennen mich auch zu viele Leute, und weil jeder von diesem Lokal hier spricht, da …"

„… da dachten Sie, Sie ergreifen die Flucht und kommen zu uns", führte Quinn ihren Satz zu Ende.

„Ja, so in der Art", murmelte sie.

„Quinn, das war nicht besonders höflich", raunte Doug ihn an. „Komm, setz dich zu uns, Shannon. Ich weiß, dass du dich nicht mit deinen Schülern treffen sollst, aber was soll's? Du bist schließlich der Boss. Außerdem ist der heutige Tag wohl eine Ausnahme. Also setz dich, ok?"

„Ja, stimmt, heute ist eine Ausnahme", pflichtete sie ihm bei und setzte sich auf den freien Stuhl.

„Hast du Hunger?" fragte Bobby. „Der Fisch ist so frisch, frischer geht's nicht. Und die Hamburger sind auch hervorragend. Oder bist du Vegetarierin? So wie Jane, wenn ich mich nicht irre?"

„Jane ist wirklich Vegetarierin. Ich esse gerne Fleisch. Ein Hamburger klingt gut", erwiderte sie.

„Mollie!" rief Bobby und drehte sich um, aber sie stand bereits hinter ihm.

„Hi", sagte sie fröhlich. „Was kann ich Ihnen bringen?"

„Einen Eistee bitte", sagte Shannon lächelnd. „Und einen Hamburger."

„Mit Käse?"

„Bitte ohne."

„Mit Pommes frites oder lieber mit Salat?"

„Die Pommes frites schmecken hier göttlich", warf Doug schnell ein.

„Dann nehme ich Pommes frites."

„Und du willst wirklich nur einen Tee?" fragte Bobby. „Du siehst eher so aus, als könntest du einen Drink vertragen."

„Ich könnte mehr als nur einen Drink vertragen, aber ich muss noch fahren."

Quinn beugte sich vor. „Nehmen Sie ruhig einen Drink. Sie lassen Ihren Wagen stehen, ich fahre Sie nach Hause, und morgen hole ich Sie ab und bringe Sie zurück zum Auto."

Er war sicher, dass sie ablehnen würde, weil es weit über eine zufällige Begegnung zwischen einer Lehrerin und einigen Tanzschülern in einem Restaurant hinausging.

„Wir müssen uns während der Fahrt auch nicht unterhalten", zog er sie ein wenig auf. „Ich verspreche auch, auf Distanz zu bleiben. Es sei denn, Sie machen den Anfang."

„Ich kann nicht ... ich meine, ich sollte es wirklich nicht ..."

„Jetzt nehmen Sie schon ein verdammtes Bier", mischte sich Mollie ein und grinste in die Runde. „Tut mir Leid, aber ich arbeite hier wohl bereits zu lang. Ich dachte, ich löse das Problem für Sie. Honey, ich weiß nicht, was los ist, aber Sie sehen wirklich so aus, als könnten Sie einen Drink vertragen. Er hier ..." – sie deutete auf Bobby – „ ... ist frisch verheiratet und absolut ungefährlich. Das schwöre ich Ihnen auf einen ganzen Stapel Bibeln. Und die beiden ... also wenn die sagen, dass sie Sie nach Hause bringen, dann machen die das auch."

Im ersten Moment blickte Shannon überrascht, fast schon ein wenig beleidigt, doch als die Kellnerin geendet hatte, musste sie lachen. „Also gut, dann bringen Sie mir ein Bier. Eins vom Fass, und in einem großen Glas."

„Kommt sofort", entgegnete Mollie und ging weg.

„Die Rechnung geht aber auf mich", erklärte Shannon entschlossen. „Nach heute Morgen bin ich euch noch was schuldig."

„Nach heute Morgen?" wiederholte Doug fragend.

„Der Reporter", erinnerte ihn Quinn. „Der Kerl kann einem wirklich den letzten Nerv rauben."

„Seine Zeitung wurde schon Dutzende Male verklagt“, erklärte Shannon und lehnte sich zurück. „Tolles Lokal“, sagte sie. „So rustikal und so ... so schön.“

„Tänzerinnen sind wohl eher weiße Leinentischdecken, Satinhandschuhe und edle Kleider gewöhnt, nicht wahr?“ fragte Quinn.

„Oh ja, ohne meine Satinhandschuhe gehe ich so gut wie nie aus dem Haus“, sagte sie mit gespielter Überzeugung. „Hören Sie, ich habe mich nicht über diesen Laden lustig gemacht. Ich mag's rustikal. Ich wohne am Strand, am liebsten mache ich auf einer Insel Urlaub. Ich meinte etwas anderes, nämlich dass wir uns hier unter freiem Himmel befinden, dass da vorn auf dem Pier alles nach Öl und Fisch riecht – und trotzdem ist das hier makellos sauber. Ich glaube nicht, dass ich das hinbekommen würde.“

„Nick ist ein großartiger Typ“, sagte Doug. „Und er hat seinen Laden fest im Griff.“

„Und alle Cops aus dem Viertel verbringen hier wohl ihre Freizeit, wie?“ meinte sie lächelnd.

Quinn war sich sicher, dass sie diese Bemerkung nicht nur beiläufig gemacht hatte. Sie wollte etwas ganz Bestimmtes in Erfahrung bringen.

„Seine Nichte ist Cop, die wiederum mit einem Cop verheiratet ist“, erklärte Bobby. Dann stand er abrupt auf und machte mit einem Mal den Eindruck, als würde er sich unbehaglich fühlen. „Vielen Dank fürs Essen, Shannon. Ich lasse dich bezahlen, weil wir ziemlich viel dafür investieren durften, um auf der Hochzeit eine gute Figur zu machen.“

Sie lächelte ihn an. „Dafür habt Ihr ja auch *wirklich* eine gute Figur gemacht.“

„Ja, das ist wahr. Also nochmals danke. Aber als Frischvermählter habe ich jetzt wohl genug Zeit vertrödelt. Gute Nacht zusammen."

Während er ging, kam Mollie an den Tisch und brachte Shannons Bestellung.

Die bedankte sich, und nach dem ersten Bissen sagte sie begeistert: „Wow, das ist ja wirklich ein phantastischer Hamburger!"

„Na klar", konterte Doug. „Wir würden dich doch nicht anlügen."

„Wirklich nicht?" gab sie amüsiert zurück, woraufhin Doug eine ernste Miene machte und den Kopf schüttelte.

„Macht es Sie nervös, allein zu Hause zu sein?" fragte Quinn völlig unvermittelt.

„Nervös? Nein, überhaupt nicht", sagte sie hastig.

„Warum sollte sie sich in ihren eigenen vier Wänden unwohl fühlen?" wollte Doug wissen.

„Ich bin überhaupt nicht *nervös*", versicherte sie.

„Jeder ist ab und zu mal angespannt", redete Quinn weiter. „Häuser knarren immer mal, vor allem alte Häuser mit Holzfußböden."

„Wie ist das eigentlich, auf einem Boot zu leben?" wechselte Shannon das Thema. „Wenn ich Sie richtig verstanden habe, dann liegt Ihr Boot doch hier im Hafen."

Er deutete in Richtung Pier. „Ja, gleich da vorne."

„Das solltest du dir ansehen", meinte Doug. „Das schönste Boot in der gesamten Bucht."

Quinn warf seinem Bruder einen warnenden Blick zu.

„Ihr Boot würde ich gern mal sehen", erklärte Shannon.

„Ach ja?" gab er zurück. Sie war eindeutig ängstlich. Sie suchte Gesellschaft und hatte tatsächlich ihn dazu auserkoren, ihr diese Gesellschaft zu bieten. Er stand auf. „Dann geben Sie mir ein paar Minuten Vorsprung, ich muss erst mal Ordnung schaffen."

„Ach, hören Sie auf. Sie sollen sich meinetwegen keine Umstände machen", sagte sie.

„Es sollte zumindest vorzeigbar sein", beharrte er. „Doug, pass bitte auf Miss Mackay auf, bis ich zurück bin."

„Kein Problem."

Quinn verließ den Tisch. Am liebsten hätte er Doug gewürgt. Wie konnte sein eigener Bruder ihn bloß in diese Sache hineinziehen, ohne alle Karten auf den Tisch zu legen?

Er lief den Pier entlang zu seinem Boot und sprang mit einem Satz an Bord. In der Kajüte lag das Band mit Lara Trudeaus letztem Auftritt auf dem Tresen zwischen Kombüse und Essecke. Gleich daneben befanden sich seine Akten mit den Kopien der Autopsieberichte von Nell Durken und Lara Trudeau, dazu diverse andere Unterlagen. Er verstaute alles rasch in einem der Schränke neben dem kleinen Schreibtisch. Dann sah er sich um, ob irgendwo noch etwas Verräterisches zu entdecken war. Wenn sie seine Unterlagen gesehen hätte, wäre sie vor Wut zweifellos ausgerastet.

Er kehrte an Deck zurück, sprang auf den Pier und lief zu Nick's. Dort angekommen sah er, dass Shannon ihren Hamburger restlos aufgegessen hatte. Offenbar musste sie nicht hungern, um ihre schlanke Figur zu behalten. Andererseits verbrannte sie in ihrem Job aber auch jeden Tag genügend Kalorien.

„Darf ich jetzt die heilige Stätte betreten?" fragte sie ein wenig spöttelnd, als er an den Tisch zurückgekehrt war.

„Perfekt sieht es zwar noch nicht aus, aber wer ist schon perfekt?" entgegnete er und fragte dann: „Sind Sie eigentlich sicher, dass Sie nicht gegen die Regeln verstoßen, wenn Sie auf mein Boot kommen?"

Das Bier hatte sie ebenfalls ausgetrunken. Sie wirkte auf ihn so entspannt, wie er sie noch nie erlebt hatte. „Ich will mich davon überzeugen, ob Sie wirklich dieses Boot chartern können, das ich im Rahmen der Gator Gala brauche."

Doug erhob sich. „Wenn ihr mich dann entschuldigen würdet. Ich kenne sein Boot, und ich muss morgen früh um acht Uhr meinen Dienst antreten, was wiederum bedeutet, dass ich etwa um sieben auf dem Revier eintreffen sollte. Gute Nacht, Shannon, und danke für das Essen."

„War mir ein Vergnügen, Doug", erwiderte sie und stand ebenfalls auf.

Quinn wurde klar, dass sie die Rechnung bezahlt haben musste, während er zum Boot gelaufen war.

„Sie hätten nun wirklich nicht alles bezahlen müssen", sagte er.

„Ich bin ja ziemlich preiswert davongekommen", erwiderte sie lächelnd. „Außerdem war ich froh über ein wenig Gesellschaft. Und abgesehen davon habe ich *Ihnen* gar kein Essen bezahlt, sondern nur ein Bier. Sie haben schließlich nichts gegessen."

„Ich kam hier nur vorbei und sah die beiden sitzen und reden. Gegessen hatte ich schon auf meinem Boot."

„Sie kochen?"

„Es reicht, um zu überleben. Ich bin ganz gut. Und Sie?"

„Ich bin ein echter Gourmet."

„Wirklich?" fragte Quinn.

„Von wegen. Ich bin eine Katastrophe. Aber die Grundlage beherrsche ich wenigstens. Mit anderen Worten: Ich kann Nudeln kochen und eine fertige Soße aufwärmen. Außerdem kann ich einen Salatkopf zerlegen!"

Quinn fiel auf, wie unbekümmert sie redete, während sie nebeneinander auf dem Pier entlanggingen. Sie wirkte wie ausgewechselt. Vermutlich zeigte das eine Glas Bier seine Wirkung, das sie zuerst gar nicht hatte bestellen wollen. Wenn das der Fall war, dann vertrug sie ganz offensichtlich nicht viel Alkohol.

„ Salat ist gut ...“, meinte er. „So, da wären wir.“

Shannon war mit einem Satz auf dem Boot, das gut einen halben Meter vom Pier entfernt war. Sie sah sich um, dann machte sie die Augen einen Moment lang zu, um die nächtliche Brise zu genießen. „Das ist ein wunderschönes Boot“, sagte sie.

„In die Kajüte geht es da lang.“ Er wies ihr den Weg. „Aber das ist wohl offensichtlich.“

Sie nickte und drehte sich zu den Stufen um, die nach unten zur Kajüte führten.

„Alles sehr kompakt und trotzdem geräumig“, stellte sie fest, während sie hinunterging.

„Es gibt zwei Schlafzimmer, eines am Bug, das andere am Heck. Die Kombüse ist da links, direkt vor dem Schlafzimmer. Das Boot ist zwar gar nicht so klein, wie es wirkt, aber eine Führung ist immer schnell erledigt.“ Dann wechselte er abrupt das Thema, in der Hoffnung, sie zu überrumpeln und zu einer ehrlichen Antwort zu bewegen. „Sie haben doch keine Angst, allein zu Hause zu sein, oder?“

„Nein!“ erwiderte sie hastig und wandte sich von ihm ab, als wolle sie die Kajüte begutachten. „Überhaupt nicht. Ich war früh genug zu Hause und habe persönlich unter dem Bett und in allen Schränken nachgesehen.“

„Also wollten Sie einfach nur ausgehen und sich ein bisschen vergnügen.“

„Ja, genau.“

„Nehmen Sie doch Platz.“

In der Kajüte gab es gegenüber dem Esstisch eine kleine

Couch, die man zur Schlafcouch ausklappen konnte. Vorsichtig setzte sie sich dorthin.

„Kann ich Ihnen irgendetwas anbieten?"

„Nein, danke."

„Dann hoffe ich, Sie haben nichts dagegen, wenn ich mir ein Bier nehme."

Er ging in die Kombüse, nahm ein kaltes Miller aus dem Kühlschrank, zögerte kurz und griff dann nach einer zweiten Flasche. Er öffnete den Verschluss und hielt sie Shannon hin.

„Wirklich, mir geht's gut", sagte sie.

„Sie müssen sich unbedingt entspannen. Vergessen Sie für eine Weile die letzte Woche."

Einige Sekunden lang überlegte sie, dann nahm sie schulterzuckend die Flasche. „Danke. Sie müssen mich ja sowieso fahren."

Er setzte sich zu ihr und betrachtete sie, während er einen Schluck Bier trank. „Ich wusste gar nicht, dass Sie auch eine Jeans besitzen."

„Ich besitze sogar mehr als nur diese eine."

„In Ihren Schränken habe ich davon aber nichts gesehen."

„Sie haben ja auch nicht in meinen Schubladen nach einem Einbrecher gesucht."

„Stimmt."

Für sein Empfinden trank sie ihr Bier etwas zu schnell, vor allem angesichts der Tatsache, dass sie ursprünglich gar nichts hatte nehmen wollen. Aber es war auch sehr angenehm, sie von einer Seite zu erleben, die sie sonst hinter einer Fassade verbarg. Nicht, dass diese Fassade sie zu einem unangenehmen Menschen gemacht hätte. Sie war im Umgang mit anderen stets freundlich und entgegenkommend, das hatte er mehr als einmal erlebt. Nein, es war eine unsichtbare Mauer, hinter der sie einen Teil ihrer Persönlichkeit verbarg. Er fragte sich, ob das auch der Fall gewesen wäre, wenn er sie vor Laras Tod kennen gelernt hätte.

Heute Abend war ihr Lächeln ehrlich und kam von Herzen. Obwohl sie so leger gekleidet war, war sie ihm noch nie anziehender erschienen. Ihr Haar wirkte, als sei es mit Gold durchwirkt, ihre Augen funkelten in reinstem Smaragdgrün. Die Haut war fast so hell wie Elfenbein, sanft und seidig. Und dieser Duft, der sie umgab ...

Er sollte aufstehen, doch er wollte es nicht. Mit einem Mal war er sich auch gar nicht sicher, warum er auf Distanz zu ihr gehen sollte. Er wollte sie berühren, eine goldene Haarlocke aus der Stirn streichen – und er tat es auch. Sie erschrak über diese unvermittelte Berührung und sah ihn lange an.

„Tut mir Leid, Shannon, Sie machen gerade einen ziemlich verlorenen Eindruck."

„Oh, das täuscht. Ich weiß genau, wohin ich will", erwiderte sie leise.

„Warum haben Sie nichts davon gesagt, dass Sie mal was mit Ben Trudeau hatten?"

Sofort versteifte sie sich und machte ein Gesicht, als wolle sie aufstehen und allein nach Hause laufen.

„Ganz ruhig ...", sagte er und legte sanft eine Hand auf ihre Schulter. „Es war nur eine harmlose Frage."

„Ach ja? Es geht Sie aber nichts an", gab sie zurück.

„Ich habe die Leute darüber reden hören, weiter nichts."

„Die Leute reden darüber? Ist ja toll. Dabei ist das schon eine Ewigkeit her."

„Sie hätten es erwähnen können."

Wieder sah sie ihn an, diesmal war ihr Blick kühl. „Warum hätte ich das machen sollen? Wir sind nicht plötzlich die engsten Freunde."

Quinn zuckte mit den Schultern. „Ich schätze, da haben Sie Recht."

„Ich kann mich auch nicht daran erinnern, dass Sie bei mir auf der Couch gesessen und mir Geheimnisse aus Ihrem Liebesleben verraten haben", fuhr sie fort.

Er sah sie amüsiert an. „Shannon, als ich bei Ihnen auf der Couch saß, sind Sie nach zehn Minuten eingeschlafen. Ach, übrigens, der Film hat mir gut gefallen."

Shannon wurde rot und sah zur Seite. „Entschuldigung. Es war nett von Ihnen, dass Sie geblieben sind. Sie sind ein verdammt anständiger Kerl. Ich möchte nicht, dass irgendjemand sonst etwas davon erfährt, wie lachhaft verrückt ich mich verhalten habe."

„Dann sind Sie *also doch* nervös. Wieso?"

„Einfach nur so." Sie schüttelte den Kopf, dann zögerte sie kurz. „Also gut. Ich dachte, im Garten hätte sich etwas oder jemand bewegt. Es ist lächerlich, sich deswegen zu ängstigen. Der Nachbar hat den Hund, und in der Gegend streunen zahlreiche Katzen herum. Und ab und zu lässt sich sogar ein Opossum oder ein Waschbär blicken. Ich weiß, es ist albern, aber ich kann nichts dagegen tun."

„Ist schon in Ordnung", sagte er leise.

„Tut mir Leid, ich halte Sie bestimmt von irgendetwas ab", gab sie zurück.

„Ich habe Ihnen angeboten, Sie nach Hause zu fahren. Das werde ich auch gerne tun."

„Ja, ich weiß. Trotzdem ..."

„Ich bin weder verheiratet, noch habe ich eine Freundin", erklärte er unaufgefordert.

„Das wollte ich überhaupt nicht wissen."

„Sie sagten, ich hätte Ihnen nichts über mich erzählt."

„Das habe ich gesagt, weil Sie sich so anhörten, als hätte ich Ihnen von Ben erzählen müssen. Wieso meinen Sie das?“

„Aus keinem speziellen Grund.“

Sie betrachtete die leere Bierflasche in ihrer Hand, dann sah sie ihn an. „Eins nehme ich noch. Wenn ich dann zu Hause bin, werde ich schlafen, als wäre ich tot.“ Unwillkürlich zuckte sie zusammen. „Ich werde tief und fest schlafen, meine ich.“

Quinn nahm ihr die leere Flasche ab und holte eine neue. „Sind Sie sicher, dass Sie noch ein Bier wollen?“

„Ich bin achtundzwanzig, ich bin sicher.“

„Ich möchte nachher nicht von Ihnen hören, ich hätte die Gelegenheit ausgenutzt, nur weil Sie angetrunken waren.“

Sie hob fragend die Augenbrauen, dann begann sie ihn anzulächeln. „Haben Sie denn geplant, die Gelegenheit auszunutzen?“

„Ich habe gar nichts geplant“, antwortete er, reichte ihr die volle Flasche und setzte sich zu ihr. „Tut mir Leid, wenn ich das jetzt so frage, aber ... die Sache mit Ben Trudeau ist wirklich vorbei?“

Shannon blickte gereizt. „Schon seit Jahren. Ich kann gar nicht glauben, dass irgendjemand überhaupt darauf zu sprechen kommen musste.“

„Nach allem, was ich gehört habe, ist er ein ziemlicher Fiesling. Warum arbeitet er noch für Sie?“

„Er ist gut, das ist alles“, sagte sie schulterzuckend. „Ich hasse Ben nicht.“

„Haben Sie Lara gehasst?“

Sie lachte amüsiert auf. „Das wäre in etwa so, als würde man eine Biene hassen, nur weil sie einen Stachel hat. Ich habe sie nie besonders gemocht. Wir haben nichts gemeinsam unternommen, wir waren nie zusammen zum Essen oder zum Einkaufen. Ihr

Talent habe ich dagegen bewundert. Ben tat mir sogar Leid, als sie mit ihm Schluss machte." Sekundenlang zögerte sie. „Ben ist ein wirklich guter Tänzer. Die ersten Probleme zwischen den beiden betrafen ihren Beruf. Ben ärgerte sich immer wieder über die Art, wie sie zusammenarbeiteten – entweder ging es nach ihren Vorstellungen oder es ging überhaupt nicht. Das übertrug sich nach einer Weile auch auf ihre Ehe, und dann verließ sie ihn. Jim Burke war für Lara der ideale Partner. Er ließ ihr das Sagen ... na ja, Sie wissen, dass der Mann beim Tanz zwar führt, aber er ließ sie immer bestimmen, wo es langging. Deshalb kamen sie auch so gut miteinander aus."

„Sie sind doch bestimmt wütend gewesen, als er Sie damals einfach so sitzen ließ – und das alles nur, weil Sie sich den Knöchel gebrochen hatten."

„Ich war zu jung, um wirklich wütend zu sein. Ich war zu naiv. Er war bereits weg, ehe ich überhaupt begriff, was los war. Aber das ist wirklich eine Ewigkeit her. Ben machte es mir damit möglich, mein Leben so zu führen, wie es mir am liebsten ist. Er brachte mich ins *Moonlight Sonata*, wo ich zu arbeiten anfing. Heute bin ich die Managerin des Studios. Und ich werde es übernehmen, wenn Gordon sich irgendwann einmal entschließen sollte, in den Ruhestand zu gehen." Sie grinste ihn an. „Und nun arbeitet Ben für mich. Witzig, nicht wahr? So, und jetzt sind Sie an der Reihe. Was ist mit Ihrem Liebesleben?"

„Sie verließ mich", sagte Quinn.

„Warum?"

„Ich war ein Workaholic."

„Das scheint jetzt aber nicht mehr der Fall zu sein. Man könnte sogar meinen, dass Sie Freizeit im Überfluss haben."

Er nahm einen tiefen Schluck aus seiner Flasche. „Das ist nicht immer so", erwiderte er, mied aber ihren Blick. „Im Moment ist es in den Keys noch ziemlich ruhig. So richtig geht es erst los, wenn der Winter unmittelbar vor der Tür steht. Dann flüchten sich alle Schneehasser in den Süden."

„Oh ja, klar." Sie sah ihn eindringlich an. „Waren Sie verbittert?"

„Verbittert?"

„Weil sie Sie verließ."

Er betrachtete nachdenklich seine Bierflasche. „Nein … sie hatte jedes Recht, mich zu verlassen."

„So? Wieso denn das?"

„Ich ließ mich von zu vielen Dingen ablenken. Ich kann in manchen Dingen eine richtige Besessenheit entwickeln."

„Ein besessener Workaholic", sagte sie leise und sah ihn nachdenklich an. „Und trotzdem sitzen Sie hier und vertrödeln Ihre Zeit mit einem dummen Weib, das wegen einer Katze im Hinterhof gleich in Panik ausbricht."

Er lächelte sie an und strich ihr ganz vorsichtig und sanft eine Haarsträhne aus dem Gesicht. „Ich wüsste nicht, wo ich im Moment lieber wäre – und neben wem ich lieber sitzen würde." Seine Worte verblüfften ihn selbst, weil sie so selbstverständlich über seine Lippen kamen. Es war nicht einfach nur ihre Schönheit oder ihr atemberaubendes Dekolleté, es war nicht bloß ihr seidenweiches Haar, auch nicht die Erregung, die sie in ihm weckte. Er begehrte sie, daran gab es keinen Zweifel. Doch zugleich wollte er sich auch schützend vor sie stellen und alles abwenden, was ihr hätte schaden können.

Besessen …, dachte er. Oh, es würde leicht sein, von Shannon besessen zu sein.

Ihr Blick hielt seinem weiterhin stand, und es schien, als würde sie kaum atmen. Sie fuhr mit der Zunge über ihre Lippen, und für einen Moment konnte er ihre perfekten weißen Zähne sehen.

„Wow“, sagte sie leise und versuchte, amüsiert zu klingen. „Das war ein nettes Kompliment. Oder eine verdammt gute Anmache.“

„Soll ich wieder auf Distanz gehen?“

„Ich weiß nicht.“ Ihre Worte klangen ehrlich, doch dann schien sie sich wieder im Griff zu haben. „Ich … ähm, also … ich glaube, Sie sollten mich jetzt besser nach Hause bringen.“

Quinn stand auf und erwiderte knapp: „Nein.“

„Wie bitte?“

„Ich finde nicht, dass Sie jetzt nach Hause gehen sollten.“

„Und wohin sollte ich stattdessen gehen?“ fragte sie.

„Sie sollten bleiben.“

Erst lächelte sie ungläubig, dann begann sie laut zu lachen. *„Das* würde nun wirklich zu weit gehen.“

Er schüttelte den Kopf. „Nicht, was Sie meinen. Ich gehe auf Distanz, gefühlsmäßig und auch räumlich. Aber Sie sollten hier bleiben. Wenn Sie wieder zu Hause sind, kehrt die Angst zurück. Daran ändert das Bier auch nichts. Ich habe hier an Bord eine zweite Schlafgelegenheit, sogar mit eigener Dusche. Darum sollten Sie bleiben.“

„Aber … ich … es … ich meine …“

„Kommt nachts jemand zu Ihnen, um zu überprüfen, ob Sie im Bett liegen und fest schlafen?“

„Natürlich nicht.“

„Dann bleiben Sie. Schlafen Sie aus, Sie können es mehr als gut gebrauchen.“

„Ich habe letzte Nacht gut geschlafen“, wandte sie ein.

„Aber haben Sie damit den fehlenden Schlaf der ganzen letzten Woche nachgeholt?“

Sie war noch immer unentschlossen.

„Ich habe bestimmt eine zweite Zahnbürste an Bord.“

„Ja, vielleicht haben Sie Recht“, lenkte sie schließlich ein.

„Sie bekommen von mir ein Hemd, das können Sie als Nachthemd benutzen. Ich verspreche, ich bleibe an meinem Ende des Bootes. Morgen früh wecke ich Sie. Ihr Wagen steht vorne auf dem Parkplatz, dann können Sie sogar selbst nach Hause fahren. Außerdem“, fügte er an, „würde niemand auf einen falschen Gedanken kommen, falls irgendwem Ihr Wagen auffällt. Wir haben Bobby und Doug gesagt, dass ich Sie nach Hause bringen werde und Sie Ihren Wagen stehen lassen.“

„Da haben Sie allerdings Recht.“

„Freut mich.“

Sie sah ihn an – wieder mit diesem leicht misstrauischen Ausdruck in den Augen – und fasste sich ein Herz. „Sie waren mal Cop, stimmt's?“

„Ja.“

„Man hat Sie aber nicht rausgeschmissen, weil Sie irgendetwas Kriminelles gemacht haben, oder?“

Quinn musste lachen. „Ganz bestimmt nicht“, sagte er und fügte an: „Kriminell aktiv war ich, bevor ich zur Polizei ging.“

„Tatsächlich?“

„Ich bin absolut vertrauenswürdig, ich schwör's Ihnen!“

„Daran musste ich gerade denken. Ich kenne Sie erst seit ein paar Tagen, aber trotzdem übernachte ich lieber bei Ihnen als in meinem eigenen Haus, wo ich mich fürchte – wahrscheinlich nur vor der Katze, die im Garten herumläuft.“

„Was soll's? Ich habe doch auch schon bei Ihnen übernachtet.“

„Da sagen Sie was Wahres“, gab sie lachend zurück.

„Also ...?“

„Könnte ich denn bitte das Hemd bekommen?“

„Kommt sofort.“

Mitternacht.

Wieder fuhr er an ihrem Haus vorbei.

Ihr Wagen war weg.

Mit finsterer Miene betrachtete er das Haus, als sein Mobiltelefon klingelte. Gedankenverloren zog er es aus der Tasche und meldete sich: „Ja?“

„Wir haben noch ein Problem. Besser gesagt: *Sie* haben ein Problem. Und Sie schulden mir was dafür, dass ich es herausbekommen habe.“

„Was soll das heißen, *ich* habe ein Problem?“

Dann hörte er aufmerksam zu.

„Verstehen Sie jetzt, warum *Sie* ein Problem haben?“

Stimmt, er hatte eindeutig ein Problem, doch die Hälfte aller Schwierigkeiten aus jüngster Zeit gingen auf sein Konto, und trotzdem war er damit klargekommen.

„Vergessen Sie bloß nie, dass Sie selbst auch bis über beide Ohren in der Sache stecken, mein Freund“, flüsterte er bedrohlich.

Dann unterbrach er die Leitung.

Sein Blick wanderte zurück zum Haus. Wut stieg in ihm auf.

Wo zum Teufel war sie nur?

## *10. KAPITEL*

Er hatte sich vor noch nicht einmal einer Minute hingelegt, als er ein Klopfen an der Tür hörte.

Quinn sprang auf und ging zur Tür. Auch wenn sein Quartier relativ geräumig war, musste er nur einen Schritt machen, um vom Bett zur Tür zu gelangen.

Shannon stand draußen. In seinem Hemd schien sie fast zu versinken, so groß wirkte es an ihrem Körper. Es reichte fast bis zu den Knien, während ihre Ellbogen in den viel zu weiten Ärmeln verschwanden. Dennoch gelang es diesem Zuviel an Stoff irgendwie, sich verführerisch an die Rundungen ihres Körpers zu schmiegen. Sie hatte das wenige Make-up abgewaschen, und die eine hartnäckige goldene Locke fiel ihr wieder sanft ins Gesicht.

„Habe ich Sie geweckt?"

Er fragte sich, wie es sein konnte, dass allein der Klang ihrer Stimme so erregend auf ihn wirkte und nahezu seinen Körper zu streifen schien. *Habe ich Sie geweckt?* Allein die Frage genügte, um alle seine Sinne wachzurütteln. Er war froh, dass er zum Schlafen seine alte kurze Cordhose genommen hatte, nicht aber seine weite Boxershorts.

Er wollte antworten, aber er traute seiner Stimme nicht. Dann endlich brachte er ein „Nein" über die Lippen, das mehr nach einem heiseren Knurren klang.

Shannon stand einfach nur da, während ihr köstlicher Duft ihn umgab und genauso zu streicheln schien wie ihre Stimme.

„Stimmt mit mir irgendetwas nicht?" fragte sie schließlich.

„Wie?" Brauchte sie einen Psychoanalytiker, jemanden, der ihr versicherte, dass es normal war, sich vor nächtlichen Geräuschen zu fürchten?

Sie lächelte und hob das Kinn ein wenig an, so dass ihr Haar in Wellen nach hinten fiel. Er wollte sie so sehnlichst berühren. „Ich habe überlegt, und ich glaube, dass mit mir etwas nicht stimmt."

Er lehnte sich gegen den Türrahmen und zwang sich nach Kräften, nicht seine Hände nach ihr auszustrecken.

„Ich verstehe nicht."

Ihr Lächeln wurde intensiver. „Warum versuchen Sie nicht, sich an mich heranzumachen?"

Ihre Worte verblüfften ihn so sehr, dass er sie einige Sekunden lang einfach nur ansehen konnte, während sich jeder Muskel in seinem Körper spannte und zu glühen begann.

„Warum sollte mit Ihnen etwas nicht stimmen? Sie sind eine wunderbare Frau."

„Also ...?"

„Sie haben getrunken."

„Ich bin aber nicht *be*trunken."

„Sie sind aber auch nicht so reserviert wie sonst."

„Mag sein, dass ich nicht gerade die wildeste Partygängerin der Welt bin, aber ... es waren nur drei Bier. Ich glaube nicht, dass ich mich in ein Auto setzen soll. Man soll ja unter Alkoholeinfluss auch keine Maschinen bedienen, aber ich habe noch auf keiner Bierflasche einen Warnhinweis gesehen: ‚Achtung! Vermeiden Sie Sex um jeden Preis.'"

Er war nicht sicher, ob er darüber lachen, sie in ihre Kabine zurückschicken oder in seine eigene entführen sollte. Er entschied sich gegen diese Möglichkeiten und verschränkte lediglich die Arme vor der Brust, während er Shannon anlächelte.

Himmel! Wer hätte je gedacht, dass er auf seinem eigenen Boot versuchen würde, einer Frau auszureden, mit ihm schlafen zu wollen.

„Sie kennen mich nicht besonders gut", erklärte er und gab

dann der Versuchung nach. Mit einem Finger strich er die Haarsträhne aus ihrem Gesicht, während sein Daumen über ihre samtweiche Wange glitt. Er sah ihr tief in die Augen.

*Sie kennen mich nicht besonders gut.*

Hatte er sich davon jemals aufhalten lassen? Wie oft war er im letzten Jahr mit einer Frau ausgegangen, die es kümmerte, wie gut sie ihn kannte?

Heute Nacht erschien ihm das auf einmal wichtig. Warum nur?

Sie war immerhin achtundzwanzig. Sie war keine naive Achtzehnjährige.

Doch aus diesem Grund hielt er sich nicht zurück. Naiv zu sein, bedeutete nicht zwangsläufig, den anderen nicht zu kennen. In ihren Augen, die so groß und ausdrucksvoll waren und die üblicherweise so reserviert dreinblickten, war ein tieferes Verlangen auszumachen. Er sah in ihnen unerfüllte Träume, den Glauben an die Menschlichkeit, an Wahrheit und Ehrlichkeit. Etwas war an ihr, das er berühren wollte, vor dem er sich aber zugleich fürchtete. Sie wirkte unendlich zerbrechlich auf ihn. Er wusste, dass sie noch nie in ihrem Leben das getan hatte, was sie jetzt gerade machte. Sie hatte getanzt und war im Himmel geschwebt, dann aber durch einen gebrochenen Knöchel aus ihrem Traum abgestürzt und nie wieder in diese Höhen aufgestiegen. Ben Trudeau hatte ihr vor vielen Jahren das Herz gebrochen, und seitdem war sie jedem nur noch mit Misstrauen begegnet. Warum er das alles mit solcher Gewissheit wusste, konnte er nicht sagen – er wusste es einfach.

Er konnte noch auf Distanz gehen. Er sollte, nein, er musste es, ganz gleich, wie schmerzhaft es auch sein würde. Es war das einzig Richtige, was er machen konnte. Aber dann redete sie weiter.

„Ich kenne Sie gut genug“, erklärte sie mit sanfter Stimme. In ihren Augen funkelte etwas, das ihm vorkam wie Tränen.

Sie war nur noch ein paar Zentimeter von ihm entfernt, vielleicht sogar noch weniger. Trotzdem war noch ein räumlicher Abstand zwischen ihren Körpern. Und doch hatte Quinn nie zuvor eine so sinnliche Berührung verspürt – durch ihre Blicke, die ihn zu streicheln schienen, und durch ihren weiblichen Duft und das dezente Parfüm. Beide durchdrangen die Luft, als seien sie greifbar, und zusammen mit der Hitze, die ihr Körper ausstrahlte, war es, als würden sich sinnliche Finger auf seine Haut legen und sich bis in seinen Schritt vorschieben.

Er musste sich vor Augen halten, dass sie ihn nicht wirklich berührte.

Ein letzter Versuch war das Mindeste, was er unternehmen musste, um sie daran zu erinnern, dass sie getrunken hatte.

„Quinn?“ fragte sie zaghaft.

Ach, verdammt. So anständig konnte er beim besten Willen nicht sein.

„Komm her“, sagte er leise.

Ihr Anblick, ihr ganzes Wesen hatte ihn über alle Maßen erregt. Er kam sich vor wie ein Teenager auf der Rückbank eines Chevy. Jetzt spürte er ihren Körper wirklich, als sich ihre Brüste gegen ihn drückten. Er spürte ihre Rippen auf seinen Brustmuskeln, fühlte ihren flachen Bauch, ihre Hüften, ihre langen Beine. Ihr Körper war verrucht, ihr Duft die reine Sünde – und sündigen war alles, wonach er sich verzehrte.

Dennoch drückte er sie noch einen Moment lang einfach nur an sich. Sein heißer Atem strich über ihren Kopf, ihr weiches Haar berührte sein Kinn. Er konnte ihren Herzschlag spüren, fühlte, wie sie heftig ein- und ausatmete. Dann beugte er sich ein Stück weit zurück, hob ihr Kinn leicht an und küsste ihren Mund.

Auch ihre Lippen hatten etwas Verruchtes, so voll und sinnlich. Sie verführte ihn mehr, als dass sie sich ihm hingab, verleitete ihn zu einem Spiel mit ihrer Zunge, das augenblicklich sein Verlangen noch verstärkte. Der bloße Kuss genügte, um ihn erkennen zu lassen, welche noch viel tiefere Lust sich dahinter verbarg. Wie konnten Lippen, die die meiste Zeit des Tages so verbissen zusammengekniffen wurden, sich von einem Augenblick zum anderen in etwas derart Exotisches, Verlockendes verwandeln.

Zwar berührten sich ihre Körper, doch der Stoff zwischen ihnen kam ihm auf einmal unerträglich vor.

Wieder löste er sich von ihr, um sich den Knöpfen an ihrem Hemd zu widmen, doch dann riss er es vor Ungeduld einfach auf.

Zum Teufel, es war schließlich sein eigenes Hemd!

Genauso schnell schälte er sich aus seinen Shorts und warf sie zu seinem zerrissenen Hemd auf dem Boden.

Dann nahm er Shannon wieder in seine Arme.

In ihren Augen loderte ein grünes Feuer, das nichts verbarg, das aber auch ihre Verwundbarkeit offenbarte. Er sah in ihrem Blick ein Verlangen nach Ehrlichkeit und Aufrichtigkeit, ein Begehren, inmitten dieses Mahlstroms aus Instinkt und purer Lust versichert zu bekommen, dass er ihr nicht wehtun würde.

Haut berührte Haut, heiß und sanft, voller Leben und brennender Begierde. Seine Hände erforschten jede Stelle ihres Körpers, ihre vollen, runden Brüste, die schmale Taille, die wundervoll geformten Hüften. Er dankte Gott dafür, dass diese Kabine so klein war. Ein einziger Schritt nach hinten genügte, um sich mit ihr auf das Bett sinken zu lassen.

Sie war so unglaublich, dass er das Gefühl bekam, in ihr zu ertrinken. Die Wellen schlugen gegen die Bordwand und wiegten sie beide in einem lustvollen Rhythmus. Er spürte, wie sie mit den Fingern über seine Schultern, seinen Rücken, seine Brust fuhr.

Als er ihren Körper auf seinem fühlte, gab er ein raues Stöhnen von sich. Sie drehte sich um, damit sie auf dem Rücken liegen konnte, während er sie weiter Stück für Stück erforschte. In seinem Inneren brannten alle Feuer des Himmels und der Hölle zugleich, und er genoss den wunderbaren Schmerz, in dem er zu vergehen schien. Mit seinen Küssen bedeckte er sie, schmeckte ihren Hals, ihre vollen Brüste und ihren Bauch und bewegte sich stetig weiter abwärts. Shannon presste sich ihm bei jeder Berührung entgegen und wirkte, als bewege sie sich in Trance. Ihre Sinnlichkeit riss ihn mit sich, so anmutig war jedes lustvolle Zittern und jeder Aufschrei. Ihre Fingernägel bohrten sich in sein Fleisch und erregten ihn umso mehr. Er stützte sich auf und begab sich weiter nach oben, bis er ihr wieder in die Augen sehen konnte, die wie zwei Leuchtfeuer in der Nacht strahlten. Ihr Mund war ein wenig geöffnet, da ihr immer wieder der Atem stockte und sie nach Luft rang. Auf ihrem Gesicht lag ein fast ungläubiger, lustvoller Ausdruck, der seine Seele berührte.

Sie legte ihre Arme fest um ihn und schloss die Augen.

„Bitte“, keuchte sie.

Wieder küsste er sie, leidenschaftlicher und hitziger als zuvor, und dennoch war es nur ein Vorgeschmack auf alles, was noch kommen würde.

Quinn zog sie an sich, dann drang er langsam in sie ein, bewegte sich weiter und weiter nach vorn, damit sie ihn so tief wie nur möglich in sich spüren konnte. Sie hatte ihre Beine um seine Hüften geschlungen, und gemeinsam bewegten sie sich einen Moment lang im Rhythmus der Wellen, die das Boot umspülten. Schon bald wurde der Rhythmus schneller und heftiger, als würden sie beide von einer Flutwelle nach der anderen erfasst, als würde sie ein schwerer Sturm auf hoher See durchpeitschen.

Durch die Lust hindurch nahm er wahr, dass sich Shannon auf eine Weise bewegte, wie er es noch bei keiner Frau zuvor erlebt hatte. Aber er hatte auch noch nie eine Tänzerin geliebt, noch zudem eine Tänzerin, die ein so urtümliches Gefühl von Verlangen und Begierde ausstrahlte.

Ihre Körper waren schweißgebadet, jeder Muskel war angespannt. Ihr Atem kam stoßartig und war von heftigen, fast animalischen Lauten begleitet, während sie sich gegenseitig unablässig weiter vorantrieben, einem Höhepunkt entgegen, der zum Greifen nah war, zugleich aber unendlich weit entfernt zu sein schien.

Dann kam der Höhepunkt wie ein Taifun über sie, wirbelte sie umher, jagte sie von einer meterhohen Welle zur nächsten, um dann irgendwann allmählich abzuebben und sie in ein ruhigeres Fahrwasser zu bringen.

Quinn drückte Shannon an sich, atemlos. Langsam wurde er wieder ruhiger, schließlich flüsterte er ihr zu: „Miss Mackay, ich kann Ihnen eines versichern: Ich wüsste nicht, was mit Ihnen nicht stimmen sollte – ganz im Gegenteil."

Sie drehte sich so, dass sie ihn ansehen konnte. In ihren Augen entdeckte er wieder dieses kurze Aufblitzen von Verwundbarkeit, nun aber begleitet von einem Vertrauen und einer Ehrfurcht, die zusammen eine neue Welle der Lust über ihm zusammenschlagen ließen. So seltsam es auch klingen mochte, doch dieser einfache Blick genügte, um in ihm den Wunsch zu wecken, an seine eigene Unverwundbarkeit und Kraft zu glauben.

Shannon sagte lange Zeit nichts, sondern streichelte nur sanft seine Wange. Es war, als suche sie nach den richtigen Worten. „Du bist aber auch sehr beeindruckend", flüsterte sie schließlich. „Und ich bin wirklich nicht betrunken."

„Ich weiß", gab er lächelnd zurück.

„Es ist so lange her … ich hatte es schon völlig vergessen", sagte sie leise, während sie sich an ihn schmiegte.

„Bei mir ist es nicht so lange her, aber ich kann mich nicht daran erinnern, dass es jemals so gut war", versicherte er ihr.

Sie rollte sich zur Seite weg und warf ihm einen skeptischen Blick zu. „Wirklich? Oder sagst du das zu jeder Frau? Ich bin ganz gut darin, Standardsprüche zu durchschauen. Im *Suede* bekomme ich eine ganze Menge mit."

Er schüttelte den Kopf. „Es ist kein Spruch. Allerdings … es gibt da ein kleines Problem."

Sofort zog Shannon das Laken hoch und legte es um sich, als hätten seine Worte einen Abwehrmechanismus in ihr ausgelöst.

„Was?" fragte sie leise und unsicher.

„Damit dürften wir doch ganz sicher gegen die Regeln der Tanzschule verstoßen haben, oder nicht?"

Sie begann zu lächeln. „Ich fürchte ja."

„Kannst du deswegen deinen Job verlieren?"

„Theoretisch ja."

„Das ist allerdings unerfreulich."

„Ja, das ist es", sagte sie mit ernster Miene. Mit ihren grazilen Fingern strich sie über seine Brust und wanderte dann auf seiner Haut langsam weiter nach unten.

„Es ist so unerfreulich, dass ich eines sagen muss: Sollte das hier ein Nachspiel für mich haben, dann … dann würde ich es jetzt gern wiederholen. Dann lohnt es sich wenigstens, wenn ich deshalb Ärger bekomme."

„Meine sehr verehrte Miss Mackay", meinte er todernst. „Wir können es die ganze Nacht wiederholen, damit sich der Ärger wirklich bezahlt macht. Vorausgesetzt, Sie wünschen das."

Wieder umspielte ein Lächeln ihre wundervollen Lippen. „Ja, das wünsche ich, Mr. O'Casey."

„Nun, wenn Sie das so formulieren, dann werde ich natürlich mein Bestes geben, um Ihr Verlangen zu stillen", sagte er, wobei er eine Miene aufsetzte, die mit der eines englischen Butlers mühelos hätte konkurrieren können.

Als er sie wieder küsste, fühlte er, wie ihre Leidenschaft einen erneuten Sturm auf hoher See aufkommen ließ.

Als Shannon hörte, dass jemand an die Tür der Kajüte klopfte, überkam sie ein Gefühl von Panik. Sie kam sich vor wie ein Kind, das man bei etwas Verbotenem ertappt hatte.

Quinn hatte ganz richtig erkannt, dass die letzte Nacht ein Verstoß gegen die Regeln gewesen war.

Er sprang auf, zog seine Shorts über und warf ihr einen kurzen Blick zu, wobei er ihren ängstlichen Gesichtsausdruck bemerkte.

„Hey, keine Angst. Ich kenne Leute, die haben mit dem Studio nichts zu tun. Und wenn sie mich besuchen kommen, dann stellen sie normalerweise nicht mein Boot auf den Kopf." Er lächelte ihr zu, dann ging er hinaus.

Angestrengt versuchte sie, etwas zu hören, doch die geschlossene Tür ließ kaum ein Geräusch durch. Sie hob das Hemd auf, das er ihr am Abend zuvor überlassen und ihr dann im Rausch vom Leib gerissen hatte, streifte es über und knöpfte es zu, soweit das noch möglich war.

„Nein, ich war heute Nacht die meiste Zeit auf", hörte sie einen Mann sagen, nachdem es ihr gelungen war, die Tür vorsichtig spaltbreit zu öffnen. „Aber da ich weiß, was du machst, dachte ich mir, du würdest es gern erfahren."

Der Mann war groß und sah nett aus. Er trug ein Baumwollhemd, das ein Stück weit aufgeknöpft war, und dazu eine legere Jacke.

Obwohl es ganz eindeutig keine Uniform war, stand ihm das Wort *Cop* auf der Stirn geschrieben.

„Ja, klar. Danke“, erwiderte Quinn. „Können wir uns in ein paar Minuten draußen auf dem Hof treffen?“

„Ja.“

Der Besucher ging wieder, Quinn kam zurück, und sie machte ihm die Tür auf.

„Ein Freund von mir. Ich muss mit ihm etwas besprechen. Mit dir ist alles in Ordnung?“ Er lächelte sie an und nahm sie in die Arme. „Du hast vorhin ziemlich schuldbewusst ausgesehen. Angst, erwischt zu werden?“

Sie nickte und erwiderte sein Lächeln, dennoch fühlte sie sich unwohl. Aus einem unerklärlichen Grund machte ihr der unbekannte Besucher mehr zu schaffen, als wenn Gordon vor der Tür gestanden hätte.

„Mir geht's gut, wirklich. Alles in Ordnung. Es ist schließlich wieder helllichter Tag.“

„Und du bereust nicht, dass du geblieben bist?“ wollte er wissen.

„Ich sagte doch schon, ich war nicht betrunken.“

Zärtlich legte er seine Finger um ihr Kinn und hauche ihr einen Kuss auf die Lippen. Ihm war seine Eile anzumerken. Eigenartig. Sie hatte von ihm irgendetwas in der Richtung erwartet, es sei doch Sonntag ..., also der Tag, an dem die Tanzschule geschlossen habe. Folglich könne sie am Sonntag auch nicht gegen die Regeln verstoßen ... und sie könnten da weitermachen, wo sie in den frühen Morgenstunden aufgehört hatten ...

Doch er sagte nichts in dieser Art. Stattdessen erklärte er: „Ich weiß nicht, wie lange das dauern wird. Kann ich dich nachher anrufen?“

„Klar.“

„Ich muss noch schnell duschen." Er wandte sich zu der kleinen Duschkabine um.

„Dein Freund ist Polizist, nicht wahr?" fragte sie.

Quinn drehte sich langsam um und sah sie verwundert an.

„Ja, das stimmt. Woher weißt du das?"

„Ich habe es ihm angesehen."

„Das wird ihm aber nicht gefallen, wenn er hört, dass man es ihm ansieht."

„Sag ihm, er soll die Schultern nicht so durchdrücken."

„Glaubst du, das hilft?"

Sie überlegte kurz. „Nein, wohl eher nicht. Er sieht einfach nach einem Cop aus."

Quinn grinste. „Das ist vielleicht auch gar nicht so schlecht."

Er trat unter die Dusche und zog die Tür hinter sich zu. Als sie das Wasser laufen hörte, ging sie unter die zweite Dusche. Während sie den Hahn aufdrehte, kamen ihr auf einmal Zweifel, ob es klug war, was sie da tat. Vielleicht würde ihr nach wenigen Augenblicken das heiße Wasser ausgehen, weil Quinn es eben aufbrauchte!

Erfreulicherweise hielt das heiße Wasser durch, bis sie fertig war. Als sie aus der Duschkabine kam, trug Quinn bereits Jeans und dazu ein dunkelblaues Polohemd. Eben steckte er seine Brieftasche in die Gesäßtasche.

„Wir unterhalten uns später, okay?" sagte er. Er klang begierig, aber sie war nicht sicher, ob er nur in Eile wahr oder ob er sie wirklich später wiedersehen wollte.

Bevor er ging, ließ er seinen Blick noch einmal über ihren Körper wandern, der zum Teil unter einem Handtuch verborgen war.

„Du bist wirklich wunderschön", sagte er mit rauer Stimme, die ihre in der letzten Nacht wiedererwachten Instinkte ansprach.

Er stand da, als wäre er wirklich lieber bei ihr geblieben, doch dann riss er sich zusammen. „Du kommst hier allein zurecht?“

„Ohne Probleme. Ich mache mich sowieso gleich auf den Heimweg.“

Quinn nickte. „Wir unterhalten uns nachher.“ Er ging die Stufen hinauf, drehte sich noch einmal um und rief: „Fühl dich in der Kombüse wie zu Hause, wenn du noch einen Kaffee trinken möchtest, bevor du losfährst. Und denk bitte daran, das untere Schloss der Kajütentür einschnappen zu lassen.“

„Wird gemacht“, gab sie zurück und winkte ihm nach, während er sich auf den Weg machte, um irgendetwas Wichtiges in Erfahrung zu bringen.

Allein auf seinem Boot fühlte sie sich ein wenig unbehaglich, solange sie nur ein Handtuch um sich gewickelt trug. Sie zog sich schnell um und wollte bereits von Bord gehen, als sie auf einmal zögerte.

Es war ein seltsam angenehmes Gefühl, dass er ihr vertraute und sie allein auf seinem Boot zurückließ. Sie hatte sich gefragt, ob sie das Gefühl verspüren sollte, sich auf etwas eingelassen zu haben, was sie besser unterlassen hätte. Aber sie konnte sich nicht erinnern, wann sie das letzte Mal eine solche Nacht erlebt hatte. Wenn sie sich nicht irrte, dann war das noch nie in ihrem Leben der Fall gewesen.

Und was Quinn anging, wollte sie umso mehr Zeit mit ihm verbringen, je länger sie mit ihm zusammen war. Sie mochte sein Grinsen, sein Lachen, sein gutes Aussehen. Die Berührung seiner Hände behagte ihr, und am liebsten waren ihr sein schlagfertiger Humor und das Grübchen in seiner Wange, wenn er lächelte.

Und es gefiel ihr, wie sehr er ihr vertraute, indem er sie allein auf seinem Boot ließ. Sie beschloss, doch noch einen Kaffee aufzubrühen, bevor sie sich auf den Weg machte. Immerhin war Sonntag, und sie hatte keinen Termin einzuhalten.

Wasserkessel und ein Päckchen Kaffee standen deutlich sichtbar auf dem Tresen in der Kombüse. Während das Wasser zu kochen begann, musste sie daran denken, dass trotz allem etwas an Quinn merkwürdig war. Er stellte dauernd Fragen, behauptete aber, kein Cop zu sein. Wenn man Polizist war, den Leuten aber das Gegenteil erzählte, dann verstieß man gegen das Gesetz. Wenn man jedoch undercover arbeitete, dann musste man ständig lügen und behaupten, man sei kein Cop.

Doch warum sollte Quinn ein Undercover-Agent sein? Das ergab doch keinen Sinn. Zugegeben, sie war nicht die Einzige, die die Umstände von Laras Tod für merkwürdig hielt. Die Polizei hatte jeden befragt und eine Autopsie angeordnet.

Der Fall war abgeschlossen worden, und warum auch nicht? Wie man hörte, hatte einer der besten Gerichtsmediziner im ganzen County die Autopsie vorgenommen und herausgefunden, dass Lara Tabletten und Alkohol zu sich genommen hatte. Daran gab es nichts zu rütteln.

Also konnte er kein Polizist sein, weil die an dem Fall nicht länger interessiert waren.

Der Kaffee war fertig, und sie schenkte sich einen Becher ein. Die Milch im Kühlschrank war nicht zu übersehen, doch Zucker oder Süßstoff war in keinem der Schränke zu finden.

„Stell dich nicht so an und trink ihn schwarz“, ermahnte sie sich. Gordon benutzte den Spruch oft, wenn er vergessen hatte, den Vorrat an Milch und Zucker aufzufüllen.

Sie verzog das Gesicht. Am liebsten wäre ihr Süßstoff gewesen, den Rhianna vorzugsweise als „schädlichen chemischen Zuckerersatz“ abtat. Vielleicht in einer der Schubladen?

Sie zog die erste Lade auf, konnte aber nur Bestecke sehen. In der zweiten lagen frische Küchenhandtücher, in der dritten verschiedene Messer. Auch in der vierten fanden sich weder Süßstoff noch Zucker, stattdessen waren dort Dokumente und Papiere verstaut worden.

Braune Umschläge lagen auf Belegen und Notizzetteln. Einen Moment lang zögerte sie, dann sah sie sich den Inhalt genauer an.

Sie hätte die Schublade wieder schließen und nicht näher hinsehen sollen, doch vielleicht würde sie so Antworten auf die vielen Fragen finden, die Quinn O'Casey aufwarf. Sie konnte einfach nicht anders.

Aus der Schublade holte sie zwei Aktenmappen heraus, auf der einen stand ‚Lara Trudeau', auf der anderen ‚Nell Durken'.

Ungläubig starrte sie sekundenlang auf die beiden Mappen, ehe sie endlich die aufschlug, die sich offenbar mit Lara befasste. Darin befanden sich ein Polizeibericht, verschiedene Befragungsprotokolle, der Autopsiebericht.

Sie sah in die andere Mappe, die identisch aufgebaut war, nur dass sich dort alles um Nell Durken drehte ... und dass die Kopie eines Berichts enthalten war, wonach Nells Ehemann unter Mordverdacht festgenommen worden war.

Draußen pfiff jemand unbekümmert vor sich hin, dann waren Schritte auf dem Pier zu vernehmen. Schnell wollte sie die beiden Mappen zurücklegen, doch irgendetwas war im Weg. Erst als sie die Schublade bis zum Anschlag herausgezogen hatte, sah sie, dass es sich bei dem Hindernis um eine Videokassette handelte. An der Seite auf dem Klebeetikett stand Laras Name, darunter ein kleiner Aufdruck: ‚Eigentum von Miami-Dade, Morddezernat'.

Sie platzierte die Kassette so, dass sie die Unterlagen problemlos zurücklegen konnte. Einen Moment lang stand sie reglos da, von Schuldgefühlen über ihre Neugier und von Wut über die dreisten Lügen dieses Mannes innerlich zerrissen.

Die Wut gewann die Oberhand.

Sie fühlte sich verraten, hintergangen, verletzt.

Am liebsten wäre sie vor Scham im Boden versunken. Sie war zu ihm gekommen, sie hatte sich direkt an ihn gewandt. Dennoch hätte ein Mann, der vorgab, an ihr interessiert zu sein, der in Wahrheit aber gegen sie ermittelte, nicht so weit gehen dürfen, mit der Frau zu schlafen, gegen die seine Untersuchungen gerichtet waren.

Sie hoffte so sehr, dass er ein Cop war.

Sie wünschte es sich von ganzem Herzen, weil sie dann alles daransetzen würde, dass er seinen Job verlor.

Die Schritte und das Pfeifen entfernten sich allmählich, also konnte es nicht Quinn O'Casey gewesen sein.

Vielleicht kam er jeden Moment zurück, vielleicht dauerte es aber auch noch Stunden.

Shannon kochte vor Wut, und am liebsten hätte sie sein ganzes Boot restlos verwüstet. Ein plötzliches Klingeln brachte sie aber von diesem Gedanken ab. Sie horchte, bis ihr klar wurde, dass es ihr Mobiltelefon war, das in ihrer Handtasche lag.

Sie holte es heraus und sah auf dem Display Justins Namen aufblinken.

Die letzte Nacht bereitete ihr ein absurdes Schuldgefühl – nicht nur, weil sie ganz eindeutig gegen die Regeln des Studios verstoßen hatte, sondern auch, weil sie benutzt worden war. Das hätte niemals geschehen dürfen.

Es war umso schlimmer, da sie neben dem Tanzen nichts in ihrem Leben hatte.

„Ja?" meldete sie sich ein wenig außer Atem.

„Shannon?" fragte Justin.

„Ja, natürlich."

„Du klingst so komisch."

„Wirklich? Tut mir Leid, aber ich habe das Telefon nicht sofort gefunden. Es hatte sich in dem Dschungel meiner Handtasche versteckt."

Sie hörte ihn am anderen Ende lachen. „Das ist allerdings ein Dschungel, das kannst du laut sagen."

„Ja, gut. Sehr witzig. Was ist los?"

„Wir gehen an den Strand, genau an die Stelle, wo die Straße verläuft, in der du wohnst. Wir wollten wissen, ob du auch hinkommst."

„Wer ist ‚wir'?"

„Na, ich, Sam, Jane und Rhianna. Ella und Ben haben wir noch nicht erreichen können. Gordon hat sich gemeldet, war aber noch ziemlich verschlafen. Er hat mich übel beschimpft, weil ich ihn am Sonntag geweckt habe. Aber du bist um die Zeit doch meistens schon wach. Also, wie sieht's aus? Gesellst du dich für einen Tag in Sand und Sonne zu deinen Angestellten?"

„Oh, Justin, ich weiß nicht ... es war eine so strapaziöse Woche."

„Dann willst du uns lieber nicht sehen? Kann ich verstehen."

„Nein, natürlich will ich euch sehen, aber ..."

„Komm doch, ja? Sonst belagern wir dein Haus, bis du rauskommst."

„Nein!" rief sie erschrocken.

„Doch, das machen wir. Dann musst du die Cops rufen, und das Studio gerät ins Gerede. Es wird anschließend immer schrecklichere Berichte geben, und alle deine Lehrer werden im Gefängnis landen."

„Kommt nicht zu mir nach Hause, verstanden? Lasst mir eine Stunde Zeit, dann bin ich bei euch."

„Ehrlich?“

„Ja.“

„Schwörst du’s? Du willst mich nicht bloß abwimmeln? Sonst kommen wir nämlich tatsächlich zu dir nach Hause. Wir sind so wie eine hilflose Gruppe kleiner Kinder, weißt du? Wir brauchen einen furchtlosen Anführer, damit wir in unserem Leben wieder Freude erleben können.“

„Freude? Ach, ihr Ärmsten“, gab sie ironisch zurück. „Ich komme an den Strand, versprochen. Aber lasst mein Haus in Ruhe. Wir können anschließend immer noch hin ... ähm ... zurückfahren, wenn ihr wollt. Gebt mir bloß jetzt noch etwas Zeit.“

„Geht klar. Wo wir sind, habe ich dir ja gesagt.“

„Ja, bis nachher.“

Shannon steckte das Telefon in ihre Handtasche zurück.

Sie sollte besser gehen. Sie war zu abgeklärt und zu stolz, auf dem Boot irgendetwas zu zertrümmern.

Wichtig war, dass sie herausgefunden hatte, was sie wissen musste. Ihre Vermutung war richtig gewesen – er war nicht der Mann, für den er sich ausgab.

Aber wer war er wirklich? Da er seine Brieftasche mitgenommen hatte, konnte sie sich nicht seinen Ausweis ansehen. Sie war jedoch in der Lage, seinen Schreibtisch durchzusehen und vielleicht sogar auf seinen Computer zuzugreifen.

Nein, die Zeit reichte nicht. Sie musste ihren Wagen vom Parkplatz bei Nick’s wegfahren, ehe ihn jemand entdeckte. Doch dann entschied sie sich anders und begann, die oberste Schreibtischschublade zu durchsuchen.

Stifte, Bleistifte, Radiergummi, Disketten, Papier ...

In der nächsten Schublade befand sich eine Reihe von Hängeordnern. Sie musste nur einen Briefbogen mit seiner Adresse finden ...

Da!

„Whitelaw und O'Casey, Privatdetektive", las sie laut vor.

Es folgte eine Adresse in Key Largo, eine Telefonnummer und eine E-Mail-Adresse, außerdem die Nummer seiner Lizenz für Florida.

„Du Mistkerl!"

Vor Zorn kochend knallte sie die Schublade zu.

Dieser Kerl wusste garantiert, wie er andere am besten gründlich ausspionierte.

Sie wollte das Boot verlassen, während sie ernsthaft überlegte, ob sie mit einer solchen Wut im Bauch überhaupt Auto fahren konnte.

Plötzlich wurde sie von Neugier gepackt und kehrte an den Schreibtisch zurück. Sie nahm den Hörer des Telefons ab, das neben dem Computer stand, und wählte die Nummer der Agentur. Es klingelte und klingelte.

Was denn? Ging es Quinn und diesem Mr. Whitelaw finanziell so schlecht, dass sie sich nicht einmal einen Anrufbeantworter leisten konnten?

Andererseits war Sonntag. Warum sollten sie den Anrufbeantworter einschalten?

Plötzlich erschrak sie, als sich eine Stimme meldete: „Whitelaw und O'Casey."

Sie wusste nicht, was sie sagen sollte.

„Hallo? Whitelaw und O'Casey."

„Oh, entschuldigen Sie, aber ... ist Mr. O'Casey zu sprechen?"

„Tut mir Leid, er ist zurzeit im Urlaub. Kann ich für Mr. Whitelaw etwas notieren?"

„Nein, danke. Ich rufe später noch einmal an. Ich muss Mr. O'Casey persönlich sprechen."

„Rufen Sie vom Büro in Quantico an? Wenn es dringend ist, kann ich mit ihm Kontakt aufnehmen."

„Nein, es geht um etwas Privates. Danke."

Dann legte sie auf.

Quantico?

Er war nicht nur Privatdetektiv, er gehörte auch zum FBI. Oder er hatte mal zum FBI gehört. Vielleicht aber auch nicht. Schließlich lebten in Quantico, Virginia, auch Normalsterbliche.

Ach, Blödsinn. Natürlich war er ein FBI-Mann, zumindest war er einer gewesen.

Quinn O'Casey, der lässige Angler, der einen Charterservice anbot.

So ein Unsinn!

Sicher war im Moment nur, dass er sie benutzt hatte.

Tränen des Zorns und des Schmerzes stiegen ihr in die Augen, die sie – wütend auf sich selbst – hastig wegwischte. An der Treppe angekommen, sah sie sich ein letztes Mal in der Kajüte um.

„Ich weiß nicht, wer oder was Sie wirklich sind, Mr. O'Casey", sagte sie halblaut. „Aber ich weiß, dass Sie ein Arschloch sind!"

Sie verließ das Boot, ohne die Tür zur Kajüte ins Schloss fallen zu lassen.

## 11. KAPITEL

„Vielleicht gibt es einfach keinen Zusammenhang", erklärte ein übermüdet aussehender Jake und trank einen Schluck Kaffee.

Er und Quinn saßen bei Nick's diesmal nicht auf der Terrasse, sondern in der Küche. Nick und seine Frau schliefen noch.

Jakes Boot lag ebenfalls am Pier, doch in den letzten Monaten hatte das beständige Schwanken seiner Frau Ashley Montague Dilessio – ebenfalls Polizistin – den Schlaf geraubt, so dass sie schließlich zurück in ihr altes Apartment im Wohngebäude gleich neben dem Lokal gezogen waren.

Quinn hatte das Gefühl, Jake war mit seinen Nerven so am Ende, weil Ashley immer noch in Jacksonville war und er zudem mehr Arbeit als genug hatte. Doch trotz der unübersehbaren Tatsache, dass er sich liebend gern ins Bett gelegt hätte, nahm er sich die Zeit, Quinn auf den neuesten Erkenntnisstand zu bringen, der sich auf drei Worte reduzieren ließ: eine weitere Tote.

„Duarte sagt, dass sie nicht lange im Wasser lag. Er kennt sich damit aus, und ich habe auch schon Leichen gesehen, die länger im Wasser waren. Und danach sieht sie wirklich nicht aus", erklärte Jake. „Wahrscheinlich wird er vor morgen nicht mit der Autopsie beginnen können, aber du kennst ihn. Er ist ein Arbeitstier. Er war auch sofort vor Ort, als der Anruf kam."

„Konnte er wenigstens schon irgendetwas sagen?" fragte Quinn.

„Sie dürfte reich gewesen sein. Du bekommst von mir eine Zusammenstellung aller Einzelheiten. Auf jeden Fall trug sie eine Rolex, eine Halskette aus massivem Gold und dazu ein Diamantherz, das viele Frauen vor Neid erblassen lassen würde."

„Latina, Afroamerikanerin, Asiatin?"

„Weiß ich noch nicht. Dunkelhäutig, vermutlich Latina", erwiderte Jake. „Dunkle Haare, dunkle Augen, sonnengebräunt."

„Irgendwelche Anzeichen für einen Kampf?"

„Sie war nackt. Ob sie vergewaltigt wurde, ist noch unklar, es gibt es keine Hinweise auf Gewalteinwirkung. Allerdings hat sie Einstiche in den Armen."

„Ein Junkie?"

„Ich weiß nicht, ob ich sie als Junkie bezeichnen würde. Aber sie hat sich einige Spritzen gesetzt."

„Passt auf sie eine Vermisstenmeldung?" wollte Quinn wissen.

„Bislang nicht. Im Moment kann ich nur sicher sagen, dass der Leichnam einer jungen Frau am Strand angespült worden ist. Laut Duarte ist sie in der vergangenen Nacht gestorben. Möglicherweise wurde sie über Bord geworfen. Die Einstiche weisen auf Drogenkonsum hin, also kann eine Überdosis in Frage kommen. Wenn ich mehr weiß, lasse ich es dich wissen. Ich kann mir zwar noch immer keinen Reim darauf machen, was der Tod von zwei Frauen, die an Medikamentenmissbrauch gestorben sind, mit der Drogenszene zu tun haben soll ..., aber ich bin ganz deiner Meinung, dass es merkwürdig ist."

„Merkwürdig genug, um den Fall Lara Trudeau wieder aufzunehmen?"

Jake schüttelte den Kopf. „Das war nicht mein Fall, und ich habe da nichts zu entscheiden. Ich müsste das meinen Vorgesetzten vorlegen, aber dafür benötige ich etwas mehr als nur eine weitere Drogentote in unmittelbarer Nähe. Als Angestellter des County muss ich eine Menge Regeln und Vorschriften beachten. Du hast da weitaus freiere Hand."

„Stimmt, aber dafür hast du in anderen Punkten freiere Hand als ich", stellte Quinn fest.

„Die ganze verdammte Sache ist völlig verrückt“, meinte Jake schulterzuckend. „Traurig, aber wahr – das ist die Art Lifestyle am Strand. Da wechseln Drogen den Besitzer, ganz egal, was die Cops unternehmen. Jedes Jahr sterben Menschen durch Drogenmissbrauch oder durch Gewalteinwirkung, weil irgendwer Aufputsch- und Beruhigungsmittel gleichzeitig genommen und die Beherrschung verloren hat. Solche Dinge passieren, und in den seltensten Fällen gibt es einen Zusammenhang. Meistens geschieht so etwas völlig willkürlich. Aber ich weiß, dass es dich interessiert. Wenn du willst, rufe ich für dich in der Gerichtsmedizin an. Duarte wird nichts dagegen haben, wenn du dabei bist.“

„Ja, das wäre gut. Danke.“

„Und dir geht's gut? Du siehst so mies aus, wie ich mich fühle. Wer ist denn auf deinem Boot? Jemand, den ich kenne? Ich hoffe für dich, dass es zumindest jemand ist, den *du* kennst“, sagte Jake amüsiert.

Quinn warf ihm einen kurzen, scharfen Blick zu. „Jemand, den ich kenne. Können wir es dabei belassen?“

„Geht klar.“ Jake stand auf. „Was mache ich hier eigentlich? Wieso trinke ich Kaffee, wenn ich eigentlich nur unter die Dusche und dann ab ins Bett will?“

Auch Quinn erhob sich. „Stimmt, Kaffee solltest du jetzt besser nicht trinken. Danke, ich weiß es zu schätzen, dass du mich informiert hast.“

„Es muss nichts zu bedeuten haben.“

„Wahrscheinlich tut es das auch nicht. Trotzdem danke.“

„Wir sehen uns morgen.“

„Ich hoffe, Ashley kommt bald zurück“, sagte Quinn.

„Morgen Nachmittag will sie wieder hier sein.“

„Gut. Bis dann.“

Quinn ging durch den Seiteneingang hinaus, der auf den Parkplatz führte. Er sah, dass Shannons Wagen nicht mehr dort stand. Dann war sie also von Bord gegangen, so wie er es auch erwartet hatte. Schließlich war auch nicht abzusehen gewesen, wie lange er mit Jake reden würde, und sie wollte nicht mit einem ihrer Schüler entdeckt werden.

Deswegen hatte er auch Jake vom Boot weggelotst, um Shannon nicht in eine unangenehme Lage zu bringen. Dennoch …

Ein gewisses Unbehagen machte ihm zu schaffen, als er zurück zum Boot ging.

„Das ist gar nicht gut", sagte Justin.

Sie lagen am Strand, dick mit Sonnencreme eingerieben, den Blick zum Wasser gewandt. Justin, der seinen eigenen Liegestuhl mitgebracht hatte, war mehr damit beschäftigt, andere Leute zu beobachten, anstatt in der Sonne zu schmoren.

„Was ist nicht gut?" wollte Jane wissen.

„Da ist entschieden zu viel Fleisch zu sehen", erwiderte er und zeigte auf eine Frau.

„Justin, das gehört sich nicht", warf Rhianna ein.

„Du hast Recht. Das gehört sich nicht", gab Justin zurück. „So was gehört sich wirklich nicht. Es gehört verboten."

„Hat eigentlich irgendjemand jemals gesagt, dass du mit Badehose aussiehst wie ein Adonis?" rief Jane ihm zu.

„Mag sein, dass ich keine besonders gute Figur mache, aber wenigstens sehe ich nicht aus wie ein gestrandeter Pottwal."

Shannon sah zu der Frau, die am Wasser entlangspazierte. Zugegeben, ihr Badeanzug wirkte einige Nummern zu klein. Aber die Vorstellung, am Strand müsse jeder aussehen wie ein Model für Bademoden, war eine Erfindung der Filmindustrie und hatte mit der Realität nichts zu tun.

„Justin, du bist einfach nur gehässig“, sagte sie zu ihm. „Jeder kann an den Strand gehen.“

„Ja, du machst dich über Frauen lustig“, pflichtete Rhianna bei.

„Mache ich gar nicht“, widersprach er. „Seht doch mal da drüben, den alten Sack. Der hält sich für sexy, weil er meint, in seinen knappen Shorts hätte er was in der Hose. Dabei hängt die Haut bei ihm schlimmer herum als bei jedem Basset.“

„Hör schon auf!“ ermahnte Shannon ihn.

„Ich kann nicht, die Frau ist wieder da. Oh nein! Jetzt bückt sie sich! Mein Gott, ich bin blind – ihr Hintern reflektiert die Sonne!“

„Justin ...“, stöhnten Rhianna und Shannon gleichzeitig genervt.

Justin war gehässig, wenn er solche Witze machte, aber Shannon merkte auch, dass er sie zum Lachen bringen wollte. Er versuchte, wieder Normalität in ihr Leben zu bringen.

Jane entschied, sich um ihn zu kümmern. Sie schob die Sonnenbrille ein Stück nach unten und sagte: „Weißt du, Justin, es ist richtig schön, dass du nicht so groß geraten bist. Auf diese Weise kann ich sehen, was du siehst, ohne aufstehen zu müssen.“

„Ja, ja, mach du nur deine Witze auf Kosten der vertikal Benachteiligten“, erwiderte Justin und tat so, als sei er zutiefst beleidigt worden.

„Ein Glück, dass die Cops wieder weg sind“, wechselte Rhianna das Thema. „Die armen Kerle mussten in ihrer Uniform durch den Sand rennen.“

„Die Cops?“ fragte Shannon verwundert.

„Rhianna“, seufzte Sam. „Schon vergessen? Wir wollten doch nichts davon sagen.“

Shannon setzte sich aufrecht hin, nahm die Sonnenbrille ab

und sah die anderen fragend an. „Warum war die Polizei am Strand?“

„Es wurde eine Leiche angespült“, erklärte Sam. „Heute Nacht um zwei oder drei Uhr hat irgendjemand die Tote entdeckt. Bis um zehn war ein ganzer Strandabschnitt gesperrt, als sie sie wegbrachten. So etwa zehn Minuten, bevor du eingetroffen bist, waren sie immer noch damit beschäftigt, Leute zu befragen, ob sie etwas gesehen haben.“

„Eine Leiche?“ wiederholte Shannon.

„Keine Tänzerin“, versuchte Justin, sie zu beruhigen.

„Woher willst du das denn wissen?“ fragte Jane.

Justin seufzte. „Ich hörte sie reden. Die Tote war eine so genannte ‚Dame der Gesellschaft‘. Die Leute, die sie gesehen haben, sprachen von dem Schmuck, den sie trug. Keinen Fetzen Stoff am Leib, aber mit Schmuck behängt. Allerdings hatte sie auch Einstiche an den Armen. Wahrscheinlich irgendeine scharfe Latina, die sich zu sehr für Drogen interessiert hat.“

„Wenn man sie mit all dem Schmuck gefunden hat“, sagte Rhianna nachdenklich, „dann hat man sie nicht umgebracht, um sie auszurauben.“

„Wer hat denn gesagt, dass sie umgebracht wurde?“ wollte Jane wissen.

Rhianna setzte sich auf und sah sie an. „Was denn? Hat sie sich etwa versehentlich ausgezogen, um sich dann an den Strand zu legen und zu sterben? Sie muss umgebracht worden sein, anders ergibt das doch keinen Sinn.“

Nein, das ergab keinen Sinn, ging es Shannon durch den Kopf. Es ergab genauso wenig Sinn wie die Annahme, Lara Trudeau würde *wissentlich* so viele Tabletten schlucken, wenn ihr Auftritt unmittelbar bevorstand.

„Großer Gott“, stöhnte Justin auf. „Lest doch die Zeitung.

Jeden Tag sterben Menschen. Wir können uns doch nicht über jeden Einzelnen so ereifern. Wir haben immer noch Laras Tod zu verarbeiten, da müssen wir uns nicht auch noch eine Fremde aufhalsen, okay?"

„Wissen wir denn sicher, dass sie eine Fremde war?" fragte Jane leise.

„Ich weiß überhaupt nichts", erwiderte Justin seufzend. „Aber jetzt überlegt doch mal: Wir können uns nun wirklich nicht alles Leid der Welt aufbürden. Durch Laras Tod sind wir alle immer noch völlig fertig. Lasst uns versuchen, hier einen schönen Tag zu verbringen, um uns abzulenken."

„Genau", meinte Shannon ironisch. „Es war unhöflich von dieser Frau, sich ausgerechnet da umbringen zu lassen, wo wir unseren schönen Tag verbringen wollten."

„Ganz sicher Mord?" Jane sah fragend in die Runde.

„Hey, keiner von uns ist ein Cop", sagte Justin. „Wenn wir Doug O'Casey das nächste Mal sehen, fragen wir ihn einfach. Er sollte das wissen."

„Er ist im Patrouillendienst, nicht im Morddezernat", wandte Jane ein.

„Na und? Er kann Kollegen und Freunde fragen. Er wird das schon für uns rauskriegen", versicherte Justin ihr.

Ja, und wenn er es nicht macht, dann vielleicht sein Bruder, dachte Shannon. Sein Bruder, der Privatdetektiv, der offenbar gekommen war, um sie zu beobachten – und zwar sie alle.

Aber warum? Wer hatte ihn angeheuert?

Was war es, das ein anderer offenbar wusste, aber sie nicht?

Rhianna stand auf und klopfte sich den Sand ab, der an ihrer Haut klebte. „Ich glaube, ich habe für heute genug Sonne. Ich mache mich auf den Heimweg. Wir sehen uns morgen, Leute."

Auch Jane stand auf. „Justin, danke, dass du uns zusammengetrommelt hast. Das war eine gute Idee, aber ich bin jetzt auch zu Genüge geröstet."

„Mir reicht's auch", erklärte Justin und erhob sich ebenfalls.

„Ich werde noch eine Weile bleiben", sagte Sam, der die Hände hinter dem Kopf verschränkt hatte und so aussah, als würde er seine Bauchmuskeln trainieren. „Du solltest noch nicht gehen, Justin."

„Doch, er muss", warf Jane ein. „Er hat uns abgeholt, er muss uns wieder nach Hause bringen. Bis morgen, Shannon."

Die winkte ihr müde zu. Jane und Sam waren die aufstrebenden Stars des Studios, die bereit waren, hart dafür zu arbeiten. Sie selbst dagegen fühlte sich einfach nur müde.

Müde, enttäuscht, verletzt, am Boden. Da hatte sie tatsächlich geglaubt, ein wahnsinnig interessanter Mann sei in ihr Leben getreten ... und der entpuppte sich als Schnüffler, der auf sie angesetzt worden war.

„Shannon?" rief Jane noch einmal.

„Ja, bis morgen. So um zehn."

Jane lächelte und winkte zurück. Als sie gegangen war, legte Sam sich wieder hin, während Shannon weiter mit angezogenen Beinen im Sand saß. Ihr Blick war auf das Wasser gerichtet. Sie mochte es, wenn die Wellen an den Strand schlugen. Sie liebte das Wasser, den Himmel, selbst den salzigen Geschmack, der in der Luft hing. Es war schon bizarr, dass etwas so Schönes wie das Meer so verheerende Verwüstungen anrichten konnte.

Plötzlich seufzte Sam laut auf. „Komm, lass uns mal nach da unten gehen."

Sie verspürte Schuldgefühle. Sie hatte es sich nicht gestattet, allein daran zu denken, aber sie wollte auch die Stelle sehen, an der man die Frau gefunden hatte.

„Ist das nicht ein wenig morbid?" fragte sie Sam.

„Das ist doch nur natürlich. Überleg mal. Es ist nicht weit vom Studio entfernt, und erst recht nicht weit von deinem Haus." Er war mit einem Satz auf den Beinen und hielt ihr die Hand hin, um ihr beim Aufstehen zu helfen. Dann legte er einen Arm um ihre Schultern und ging mit ihr in Richtung Wasser. „Wir waren uns alle einig gewesen, dir nichts zu sagen. Und natürlich hatten wir auch gehofft, dass die Polizei nicht zurückkommen würde."

„Sam, das war zwar lieb von euch, dass ihr mich vor schlechten Neuigkeiten bewahren wollt, aber ich habe einen Fernseher und lese Zeitung", erklärte sie.

„Stimmt, aber Justin hatte Recht. Dich hat Laras Tod so mitgenommen, dass wir dir einen schönen Tag am Strand bescheren wollten, und zwar ganz ohne Tote. Hat nicht so recht geklappt, wie?"

Sie drückte seinen Arm. „Wie gesagt, der Versuch war lieb. Aber ich bin ziemlich hart im Nehmen, musst du wissen."

„Wirklich?" Er sah sie grinsend an. „Die meiste Zeit über sicher. Du hast das Studio fest im Griff, du wirst von allen respektiert. Aber ob du richtig knallhart bist ... na, ich weiß nicht."

„Was soll denn das heißen?"

Sein Grinsen wurde noch breiter. „Eigentlich sollte ich dich ja nicht noch ermutigen, denn du wärst doch nur Konkurrenz für Jane und mich. Aber wenn du wirklich so hart im Nehmen wärst, dann würdest du wieder im Wettkampf mittanzen."

Shannon stöhnte auf. „Sam, mein Knöchel wird nie wieder so sein, wie er mal war."

„Blödsinn. So was erzählt dir vielleicht ein Orthopäde, aber das ist jetzt Jahre her. Dein Knöchel ist längst wieder belastbar."

Sie wollte ihm sagen, er solle endlich damit aufhören und auch nie wieder davon anfangen. Doch in dem Moment blieb er stehen und hinderte sie am Weitergehen, da sein Arm nach wie vor um ihre Schultern lag. „Da", sagte er und deutete auf den Fundort.

Genau genommen gab es kein „da", weil die Tote längst weggebracht worden war. Was man noch sehen konnte, war ein Bereich, der mit Flatterband abgesperrt war, außerdem einige Officer vom Revier Miami Beach sowie zwei Spurensucher, die den Sand Stück für Stück unter die Lupe nahmen. Einige Passanten blieben stehen, unterhielten sich kurz mit den Cops, die Schaulustige fern halten sollten, und gingen dann weiter.

„Was machen wir hier?" fragte Shannon, die sich unbehaglich fühlte. „Es ist so, als würde man auf die Gegenfahrbahn gaffen, weil da ein Unfall passiert ist."

„Das macht doch jeder von uns", erwiderte er leise. „Die Leute redeten schon darüber, als wir heute Morgen eintrafen. Die Kids, die in der Nacht die Leiche entdeckten, waren überhaupt nicht davon beeindruckt. Sie waren vielmehr völlig aufgeregt und sprachen mit jedem, der ihnen vor die Füße lief. Die waren so richtige kleine Stars. Verrückt, was?"

„Na, zum Glück hat man die arme Frau weggebracht", erwiderte Shannon.

„Ja, sicher. Stell dir bloß vor, sie würden bei der Hitze die Leiche den ganzen Tag am Strand liegen lassen. Die Kids erzählten, dass sie noch nicht so lange tot gewesen sein kann, und trotzdem haben die kleinen Krebse schon an ihren Zehen herumgeknabbert."

„Igitt. Lass uns gehen", sagte sie.

Sie machte kehrt, und Sam folgte ihr. Während sie sich entfernten, sah sie sich noch einmal um.

Zwei Männer bewegten sich auf den Fundort zu – zwei Männer, die sie sofort erkannte.

Der eine war Quinns morgendlicher Besucher, der andere war … Quinn selbst.

Der erste Mann zeigte einem der Cops seinen Ausweis und deutete auf Quinn, der dem Officer die Hand reichte. Dann begannen sie sich zu unterhalten.

„Was ist los?“ fragte Sam und blieb stehen.

„Nichts“, antwortete sie rasch und ging weiter. Sie wusste nicht, warum, aber sie wollte nicht, dass Sam Quinn hier entdeckte.

„Ganz sicher?“

„Ja, bloß eine Gänsehaut. Lass uns gehen.“

Sie beschleunigte ihre Schritte, warf aber immer wieder einen flüchtigen Blick über die Schulter.

Inzwischen hatte sich eine Schwangere zu Quinn und dem anderen Mann gesellt und hielt einen Notizblock in der Hand. Quinn hatte seinen Arm um sie gelegt und machte eine besorgte Miene, doch sie sah auf und lächelte ihn an. Dann hob sie das Flatterband hoch und näherte sich dem Fundort der Toten.

„Was ist denn?“ fragte Sam besorgt.

„Los, einen Spurt!“ rief Shannon ihm unvermittelt zu und rannte den Strand entlang. Sam ließ sich das nicht zweimal sagen und lief ebenfalls los, doch sie war einfach schneller.

Als er keuchend bei ihr angelangt war, hatte sie es sich schon wieder auf dem Laken bequem gemacht.

„Erster“, rief sie ihm zu.

Er sah sie lange an und begann zu lächeln.

„Was ist?“ wollte sie wissen.

„Ich sehe, wie schlecht es um deinen Knöchel bestellt ist. Wirklich hoffnungslos.“

Shannon stöhnte leise auf. „Wo hast du deinen Wagen geparkt?“

„Einen Block von deinem Haus entfernt."

„Gut, dann begleite mich nach Hause. Wir können uns abkühlen, und ich kann uns etwas zu essen machen."

Manchmal war Quinn heilfroh, dass er kein Cop mehr war und auch nicht mehr fürs FBI arbeitete.

Geregelte Arbeitszeiten waren undenkbar, ganz egal, was irgendein Dienstplan besagte. Sicher, für ihn war es nicht viel anders, aber er war sein eigener Herr, und er konnte sich dann eine Auszeit nehmen, wann er es wollte.

Dabei fiel ihm ein, dass er genau diese Auszeit hatte nehmen wollen. Er sollte jetzt am Strand sein, allerdings an einem Strand auf den Bahamas, wo ihm eine kühle Brise um die Nase wehen würde, wo er ein eiskaltes Bier in der Hand hielt, wo Kinder im Sand spielten und wo von irgendwoher Calypso-Klänge ertönten. Alles Dinge, die ihn von den desillusionierenden Albträumen befreien sollten, die sich so hartnäckig in seinem Kopf hielten.

Wäre er aber jetzt auf den Bahamas, hätte er nicht das erlebt, was sich in der letzten Nacht auf seinem Boot abgespielt hatte.

Und er würde nicht mit Jake und Ashley am Strand stehen und die Stelle betrachten, an der die Leiche aus Biscayne Bay angespült worden war, während er sich fragte, was Shannon wohl auf seinem Boot gemacht hatte, nachdem er gegangen war.

Zum Glück war es eine „frische Leiche" gewesen, wie die Assistenten in der Gerichtsmedizin es formuliert hatten. Duarte ging momentan so in Arbeit unter, dass er sich diesem Neuzugang erst am nächsten Tag würde widmen können. Jake leitete die Ermittlungen in diesem Mordfall, und er hatte sich überlegt, den Fundort noch einmal bei Tageslicht zu begutachten. Quinn war mitgekommen, allerdings erst, nachdem er zu seinem Boot zurückgekehrt war. Dort war er eine Weile damit beschäftigt gewesen, sich davon zu überzeugen, dass nichts fehlte. Immerhin hatte Shannon sich zwar die Zeit genommen, sich einen Kaffee zu kochen, war dann jedoch in solcher Eile aufgebrochen, dass sie vergessen hatte, die Tür zur Kajüte richtig zuzuziehen. Unterdessen war es Ashley gelungen, mit einer früheren Maschine nach Hause zu fliegen. Jake hatte sie vom Flughafen abgeholt, und nach diesem kurzen Abstecher an den Fundort würden sie sich auf den Weg ins Leichenschauhaus machen. Dort sollte Ashley eine Skizze vom Gesicht der Toten anfertigen, in der Hoffnung, dass sie jemand wiedererkannte.

Ein Foto wollte die Polizei nicht veröffentlichen, da ihnen ein Bild lieber war, auf dem die Frau so aussah, als würde sie noch leben.

Ashley war für Jake Dilessio ein einmaliger Glückstreffer – eine Frau, die im Leben zwei Dinge liebte: die Kunst und die Polizeiarbeit. Sie war unermüdlich. Obwohl sie innerhalb des nächsten Monats ihr erstes Kind zur Welt bringen würde, ließ sie sich nicht vom Arbeiten abhalten. Wenn das Kind erst einmal da war, würden sie beide einen Gang zurückschalten. Aber bis dahin reagierte Ashley auf den Vorschlag, kürzer zu treten, mit einem Achselzucken und der Erwiderung, sie könne ansonsten kaum mehr tun, als herumzusitzen. Auf dem Weg zum Leichenschauhaus fragte Quinn, ob es ihr nie auf den Magen schlug, wenn sie mit Leichen als Modellen ihre Skizzen anfertigte.

„Bei jedem, der nicht auf natürliche Weise gestorben ist, muss man daran denken, wie schrecklich dieser Tod war“, sagte sie zu Quinn und beugte sich zu ihm vor. „Aber ich hatte eine tolle Schwangerschaft. Ich fühle mich bestens, mir ist morgens nicht ein einziges Mal schlecht gewesen. Und meine Arbeit ist mir wichtig. Jake und ich, wir sorgen dafür, dass die Welt, in der unser Kind aufwachsen soll, etwas besser wird.“ Sie sah zu Jake, der am

Steuer saß, und lächelte ihn an. „Wir können nicht alles korrigieren, was im Universum falsch läuft, aber wir tragen mit vielen kleinen Dingen unseren Teil dazu bei, stimmt's?"

„Ashley, dich sollte man klonen", erwiderte Quinn, was sie mit einem fröhlichen Lächeln quittierte. So schön und zierlich Ashley auch war, konnte sie zugleich knallhart sein.

„Danke." Sie schwieg einen Moment, dann fügte sie an: „Auch wenn die Umstände nicht die besten sind ... wir sind auf jeden Fall froh, dass du wieder hier bist." Sie klang ein wenig verlegen, da sie nicht der Typ war, der seine Nase in die Angelegenheit anderer Leute steckte. „Wenn Nell Durken sich nicht an dich gewandt hätte, und du nicht so lückenlose Aufzeichnungen geführt hättest, als du ihrem Mann gefolgt bist, dann wäre er vermutlich ungestraft davongekommen."

„Er ist aber noch nicht verurteilt", erinnerte Quinn sie und wurde ernst. Jetzt, da er über den Fall Durken nachdachte, bekam er ein ungutes Gefühl im Magen.

Am Leichenschauhaus angekommen, zeigten Jake und Ashley ihre Dienstmarken und ein Mitarbeiter führte sie beide und Quinn in einen Raum. Augenblicke später wurde die Tote vom Strand auf einer Bahre hereingefahren.

Wenn sich Duartes erste Schätzung als zutreffend erweisen sollte, war sie noch keine vierundzwanzig Stunden tot. Erstaunlich, was die See und das Leben in so kurzer Zeit anrichten konnten – zum Glück aber reichte das nicht, um bestimmte Fakten unwiederbringlich zu zerstören.

Die Frau war jung, hübsch und dem Anschein nach reich gewesen. Die Fingernägel deuteten auf eine aufwändige Maniküre hin, und was von ihrem Make-up verblieben war, ließ erkennen, dass es fachmännisch aufgelegt worden war und lange auf der Haut hatte bleiben sollen. Sie hatte volles, dunkles und gepflegtes

Haar. Hohe Wangenknochen verliehen ihr auch noch im Tod eine elegante Ausstrahlung, und als ihr Mund geöffnet wurde, konnte man ein perfektes Gebiss sehen. Alles an ihr deutete darauf hin, dass ihr im Leben stets alle Türen offen gestanden hatten.

Ashley war bereits mit den ersten Skizzen beschäftigt.

Ein Assistent versorgte sie mit Einweghandschuhen, doch ihre oberflächliche Begutachtung ergab nichts nennenswert Neues.

„Sie hat Drogen genommen“, sagte Jake, als er die Arme betrachtete. „Aber lange abhängig war sie offensichtlich nicht – die Einstiche beschränken sich auf die Unterarme.“

Quinn schüttelte den Kopf. „Körperlich scheint sie ansonsten in guter Verfassung gewesen zu sein.“

„Ja, und sie hat nur kurze Zeit im Wasser gelegen“, meinte Jake.

Eine Weile verging, dann erklärte Ashley, sie sei fertig.

Quinn warf einen Blick auf die Zeichnung und sah, dass sie das Gesicht der Toten so gezeichnet hatte, dass es wirkte, als würde sie lediglich schlafen. Es war ein exzellentes Porträt geworden. Jemand, der ihr Bild in der Zeitung wiedererkannte, würde den Tod dieser Frau sicher leichter verarbeiten, als wenn er ein aktuelles Foto des vormals so hübschen Gesichts zu sehen bekommen hätte.

Nach dem Besuch im Leichenschauhaus machten sie sich auf den Weg zum Fundort der Leiche. Die Spurensucher waren noch immer in ihre Arbeit vertieft und suchten den Sand ab, also blieben die drei dem abgesperrten Bereich fern und sprachen zunächst mit den Polizisten, die die Schaulustigen fern halten sollten.

Das Ganze war eine delikate Angelegenheit. Wenn man es genau nahm, war die Tote auf einem Teil des Hotelgrundstücks gefunden worden, aber als sie im Hotel nachfragten, erkannte niemand die Frau auf dem Phantombild. Zumindest gab niemand zu, sie wiederzuerkennen.

Quinn fiel auf, wie nahe der Fundort zum Studio und zu Shannons Haus gelegen war. Er verabschiedete sich von Jake und Ashley und machte sich auf den Weg.

An Shannons Haus angekommen, klingelte er, doch es öffnete niemand. Hinter der Tür hörte er leise Geräusche, offenbar sah jemand durch den Spion. Noch immer wurde nicht aufgemacht.

Als er hörte, dass man sich im Flüsterton unterhielt, legte er das Ohr an die Tür.

„Was soll denn das? Warum machst du ihm nicht auf?“ Eine Männerstimme, die Sam Railey gehörte.

„Es ist Sonntag, heute ist mein freier Tag“, zischte Shannon.

Ihm wurde bewusst, dass er besser nicht hergekommen wäre. Wenn Sam anwesend war, würde er Shannon in eine schwierige Situation bringen.

„Dann mach auf und sag ihm das!“ forderte Sam.

„Nein, er soll einfach weggehen.“

„Ich sage dir, der Typ hat was für dich übrig“, hörte er Sam sticheln.

„Er ist ein Schüler.“

„Ach, Blödsinn! Er wird erst gar nicht lange genug durchhalten, um als Schüler durchgehen zu können. Der Spruch von den ‚zwei linken Füßen‘ bekommt bei ihm eine ganz neue Bedeutung.“

Das stimmt, auch wenn’s schmerzt, dachte Quinn in einem Anflug von Sarkasmus.

„Lass uns von der Tür weggehen“, erwiderte Shannon.

Hey, danke, dass du dich so für mich einsetzt, hätte Quinn am liebsten gesagt.

Er klingelte noch einmal.

„Meine Güte, nun mach schon auf“, murmelte Sam.

„Ja, ja, schon gut.“

Quinn wich hastig zurück und im nächsten Moment wurde die Tür aufgerissen.

Shannon sah ihn wütend an, aber in diesem Blick steckte keine Wut darüber, dass er bei ihr zu Hause aufkreuzte, obwohl ein anderer Tanzlehrer aus dem Studio anwesend war.

Nein, ihre Augen hatten etwas Feindseliges. Kalt und hart blickte sie ihn an. Ihr ganzer Körper strahlte Abwehr aus. Außerdem bat sie ihn nicht ins Haus, sondern ließ ihn wortlos auf der Veranda stehen.

Sam wirkte dagegen sehr amüsiert. „Hallo, Quinn“, sagte er fröhlich.

„Was wollen Sie, Mr. O'Casey?“ fragte Shannon mit eisigem Tonfall.

„Ich wollte nur mal sehen, wie's Ihnen geht“, erwiderte er und sah zu Sam. „Ich weiß, wo Miss Mackay wohnt, weil ich sie neulich abends abgesetzt habe.“ Er wandte sich wieder Shannon zu. „Nach allem, was passiert ist ... na ja, jedenfalls war ich gerade in der Nähe, da dachte ich, ich schaue mal nach Ihnen.“

„Ach, Sie waren gerade in der Nähe?“ Der Sarkasmus in ihren Worten war nicht zu überhören.

In diesem Moment traf ihn die Erkenntnis wie ein Hieb in die Magengrube. Sie hatte in seinen Sachen gestöbert! Oh, es war ja auch idiotisch von ihm gewesen, sie allein auf dem Boot zu lassen, wenn er doch wusste, was dort alles vor ihr versteckt war.

„Meinen Sie, was am Strand unten passiert ist? Meinen Sie die Leiche, die man entdeckt hat?“ warf Sam ein.

Offenbar hatte sie noch mit niemandem über ihn gesprochen.

Das war zumindest eine gewisse Erleichterung, auch wenn er um seinen wahren Beruf kein Staatsgeheimnis machte.

„Ja, ich habe davon gehört“, sagte er ruhig und sah weiter Shannon an.

„Sam und ich wollten gerade gehen“, erklärte sie.

„Ach ja?“ Sie trug ein Frotteekleid. Sam trug eine kurze Hose, und beiden klebte noch Sand an der Haut.

„Tatsächlich?“ fragte Sam. „Ich dachte, du wolltest kochen?“

Sie warf ihm einen scharfen Blick zu, der Sam nur noch mehr verwirrte. Dann aber drehte er sich zu Quinn um. „Wir sollten unseren neuen Schüler nicht hier draußen stehen lassen, während wir diesen Punkt klären.“ Er machte einen Schritt zur Seite. „Kommen Sie herein, Quinn. Oder Mr. O'Casey. Wissen Sie, wenn man streng nach den Vorschriften geht, dann müssen wir unsere Schüler immer mit Mr., Mrs. oder Miss anreden. Aber ich glaube, diese Regeln sind vor Urzeiten festgelegt worden. Wir reden immer alle mit dem Vornamen an. Was ist Ihnen lieber?“

„Quinn ist okay“, gab er zurück und ging an Sam vorbei ins Haus.

Er und Shannon mussten reden, und solange er weiter auf der Veranda stand, würde ihm das auf keinen Fall gelingen.

„Sam“, zischte sie ihm warnend zu.

„Komm schon, Shannon. Bist du denn überhaupt nicht neugierig? Quinn kann uns bestimmt alles über den Fall erzählen.“

„Ihr zwei könnt euch gern unterhalten“, sagte sie unüberhörbar desinteressiert. „Ich bin nur kurz unter der Dusche, und danach *gehen* wir, Sam. Mr. O'Casey, ich würde Sie ja gern einladen, mitzukommen, aber Sie haben ja von den Vorschriften des Studios gehört. Kein Schüler soll das Gefühl bekommen, ein anderer würde bevorzugt behandelt.“

Sie ließ ihm wenige Alternativen, und er brachte mit Mühe ein verlegenes Grinsen zustande.

„Wissen Sie, meine Mitfahrgelegenheit hat sich offensichtlich abgesetzt, deshalb fragte ich mich, ob Sie mich vielleicht ein Stück mitnehmen könnten, wenn Sie sowieso unterwegs sind."

Er war gespannt darauf, wie sie sich aus dieser Zwickmühle befreite.

„Shannon, jetzt stell dich doch nicht so an", mischte sich Sam ein. „Du musst doch ohnehin mit Quinn über das Charterboot für die Gator Gala reden."

„Ich glaube, Mr. O'Casey hat nicht das, was wir brauchen."

„Oh doch, ganz bestimmt sogar. Und ein besseres Angebot als meines bekommen Sie nirgendwo sonst hier in der Umgebung", sagte Quinn.

Wieder starrte sie ihn an. Ihr Blick war so kühl, dass sie das Wort *Lügner* gar nicht erst aussprechen musste, damit er es hören konnte.

„Ich habe darüber nachgedacht, und ich bin mir nicht sicher, ob wir mit einem Schüler eine anderweitige Geschäftsbeziehung eingehen sollten", erwiderte sie.

„Ich schwöre Ihnen, Sie bekommen ein Boot, das Ihre kühnsten Erwartungen übertrifft", beharrte er. Er stützte sich mit einer Hand am Türrahmen ab, womit ihr klar wurde, dass er nicht gehen würde, solange Sam anwesend war.

„Gordon würde sich den Vorschlag bestimmt gern anhören", sagte Sam freundlich.

Quinn wurde klar, dass Sam die Vorstellung regelrecht genoss.

„Ich gehe jetzt trotzdem duschen, Sam. Wenn du willst, kannst du das Gästebad benutzen. Und Sie, Mr. O'Casey, Sie können …" Sie unterbrach sich, um nicht das auszusprechen, was er sich ohnehin schon denken konnte. Nach kurzem Zögern fuhr sie fort: „Sie können sich irgendwo hinsetzen und warten, wenn Sie wollen."

Dann drehte sie sich abrupt um und verschwand in ihrem Zimmer.

„Nicht verzagen. Wir sind gleich wieder da", meinte Sam mitfühlend und ließ Quinn allein zurück.

Quinn ging langsam im Zimmer auf und ab. Es war einer von diesen Tagen, an denen man nicht länger ignorieren konnte, dass der Herbst Einzug gehalten hatte. Es war noch immer sehr warm, aber die Tage wurden beständig kürzer und kürzer.

Er lehnte sich gegen die Wand und sah hinaus in den Garten. Durch das üppige Grün war vor langer Zeit mit Steinplatten ein Weg gelegt worden, der aber längst überwuchert war.

Eine sanfte Brise wehte heruntergefallene Blätter durch den Garten und bewegte sanft die Zweige der Bäume und Sträucher.

Aber etwas gab ihm das Gefühl, im Garten würden sich mehr als nur Blätter und Zweige bewegen. Ihm war, als würde ihn jemand von draußen beobachten.

Im Haus brannte das Licht, die tiefen Schatten der einsetzenden Dunkelheit machten es schwer, etwas zu erkennen. Und doch wurde er das Gefühl nicht los, dass da jemand war.

Leise fluchend packte er den Knauf der Hintertür, doch nichts geschah, als er ihn drehte – ein zusätzlicher Riegel versperrte den Weg nach draußen.

Er schob die Riegel zur Seite und riss die Tür auf.

Zweige wurden abgerissen, als jemand die Flucht antrat.

Im nächsten Augenblick stürmte Quinn aus dem Haus und nahm die Verfolgung auf.

## *12. KAPITEL*

Gordon Henson liebte Sonntagnachmittage.

Es war nicht so, dass er die Woche über im Studio rund um die Uhr eingespannt war. Mit Shannon hatte er genau die richtige Frau gefunden, der er die Leitung der Tanzschule übertragen konnte. Eigentlich hätte er schon längst in den Ruhestand gehen können, doch ihm war bewusst geworden, dass er das nicht wollte. In den letzten Jahren hatte er zwar begonnen, gutes Geld zu verdienen, dennoch war für ihn ein Leben ohne das Studio undenkbar.

So undenkbar wie die Vorstellung, plötzlich nicht mehr vom Tanzen begeistert zu sein. Er selbst gab keinen Unterricht mehr, aber er besuchte die Partys und verbrachte nach wie vor viel Zeit im Studio. Es war ein angenehmes Leben. Einmal war er verheiratet gewesen, doch nach seiner Scheidung hatte er nie wieder den Wunsch nach einer festen Beziehung verspürt. Stattdessen genoss er das Leben am Strand und in den Clubs ringsum, wo alles möglich war. So viele Menschen waren dort, so viele verschiedene Typen, Nationalitäten, Hautfarben, ja, sogar die unterschiedlichsten sexuelle Vorlieben waren vertreten. Gordon war ein Mensch, der im Leben für alles offen war.

Er liebte das Studio, den Club und seine Arbeit.

Aber genauso liebte er auch Sonntage.

An manchen Sonntagen unternahm er etwas mit seinen Angestellten. Mal ließ er Ella Rodriguez ein Picknick im Park planen. Dann wieder sorgte er für eine Freizeitaktivität, bei der seine Lehrer sich auf Rollschuhen, Inlineskates oder Schlittschuhen bewegen mussten, weil es den Gleichgewichtssinn schulte. Andere Sonntage verbrachte er mit einer faszinierenden Frau, die er in der Woche zuvor kennen gelernt hatte.

Nach besonders ereignisreichen Wochen, wie der vergangenen, blieb er dagegen lieber allein und sah sich einen Film an, den er noch nicht kannte, oder aber einen Klassiker.

Vor vielen, vielen Jahren hatte er sich ins Tanzen verliebt, als er Fred und Ginger, Cyd Charisse, Donald O'Connor, Buddy Ebsen, Gene Kelly und all die anderen Männer und Frauen gesehen hatte, die den Anmut und den Geist des Tanzens verkörperten. Heute war ihm nach ‚Singin' in the Rain', einem Film, der auch beim hundertsten Anschauen nicht langweilig wurde.

Gene Kelly tanzte gerade über den Bildschirm, als das Telefon klingelte. Gordon ignorierte es und ließ den Anrufbeantworter seine Arbeit tun. In dem Moment wurde jedoch aufgelegt, und gleich darauf klingelte es wieder.

Er fluchte, drückte auf der Fernbedienung die Pausentaste und nahm den Hörer ab.

„Hallo?"

„Mit dem Studio haben Sie eine gute Sache am Laufen."

„Ja, und?"

„Das ist alles. Mit dem Studio haben Sie eine gute Sache am Laufen. Eine sehr gute Sache. Denken Sie daran. Denken Sie immer daran."

Der Anrufer legte auf, und Gordon starrte den Hörer an, während er spürte, wie ihm Angstschweiß auf die Stirn trat.

„Was ist denn hier los?" rief Shannon, die aus ihrem Zimmer gestürmt war, nachdem sie Lärm von der Hintertür gehört hatte.

Die Tür stand offen, von Quinn war nichts zu sehen.

Sam tauchte hinter ihr auf. „Jetzt sieh dir das an, Shannon! Du warst so unhöflich zu dem armen Kerl, dass er prompt die Flucht ergriffen hat!"

Sie warf ihm einen wütenden Blick zu. „Sam, irgendetwas ist da draußen vorgefallen! Vielleicht war jemand im Garten.“

„Dann komm, lass uns nachsehen!“ Er sah sie fragend an. „Was ist los? Hast du Angst?“

„Hm, vielleicht ist da draußen jemand, der eine Waffe hat, ein Messer oder eine Pistole ...“

Sam lachte. „Warum um alles in der Welt soll sich jemand bewaffnet in deinem Garten herumtreiben?“

„Heute Morgen wurde am Strand eine Leiche entdeckt. Ich finde, wir sollten alle etwas vorsichtiger sein“, erklärte sie nachdrücklich.

„Dann ist es doch gut, dass du einen starken Tanzschüler hast, der in der Dunkelheit Fremden nachstellt, findest du nicht?“

Shannon reagierte nicht auf seine Bemerkung. „Sieh nach, ob die Haustür verschlossen ist, ehe wir rausgehen.“

Quinn rannte durch den Garten, über die Straße, durch einen anderen Garten, wieder zurück auf die Straße. Die ganze Zeit über war er dicht hinter dem Flüchtenden, den er in der einsetzenden Dunkelheit nicht erkennen konnte. Er hatte keine Ahnung, wen er da überhaupt verfolgte.

Dann hatten sie den Strand erreicht.

Quinn kam immer näher, und endlich war der Punkt erreicht, um zuzuschlagen. Er machte einen Satz nach vorn und riss den Flüchtenden mit sich in den Sand.

Es war eine Frau – eine zierliche Frau!

Sie schrie nicht auf, sondern keuchte nur laut, als Quinn sie umdrehte und ihr ins Gesicht sah.

Während Sam die Haustür überprüfte, griff sich Shannon ihren Tennisschläger. Vorsichtig gingen sie durch die Hintertür in den

Garten. Bislang hatte sie ihren Garten so sehr geliebt, doch inzwischen kam es ihr so vor, als würde sich hinter jedem Baum und jedem Strauch jemand verstecken.

„Sollten wir nicht zwischen den Büschen suchen?“ fragte Sam.

Sie schüttelte den Kopf. „Wenn Quinn jemanden gesehen hat, wovon ich im Moment ausgehe, dann hat er ihn längst aus dem Garten gejagt.“

„Na, toll. Die Haustür ist abgeschlossen, wir könnten uns mit diesem todbringenden Tennisschläger zur Wehr setzen, und trotzdem bleiben wir einfach hier stehen?“

Shannon reagierte mit einem kurzen, dafür aber umso vernichtenderen Blick.

Hinter ihnen war auf einmal ein Rascheln zu hören. Beide wirbelten herum – und sahen Mr. Mulligan von nebenan mit seinem Retriever Harry.

„Guten Abend, Shannon“, rief er. „Hallo, Sam“, fügte er dann an. Sie beide kannten sich, seit sie die gesamte Gruppe einmal zum Essen eingeladen hatte.

„Hi, Mr. Mulligan“, erwiderte Sam.

Der Nachbar lächelte ihnen zu und sein Blick fiel auf den erhobenen Tennisschläger in Shannons Hand.

„Oh, spielen Sie wieder Tennis? Sehr gut!“

„Wir glauben, dass ein Fremder im Garten war, Mr. Mulligan“, erklärte Sam. „Ein Freund sucht gerade nach dem Eindringling.“

„Hier? In unserer Nachbarschaft?“ Mr. Mulligan schien das für undenkbar zu halten. „Das war bestimmt mein Harry.“ Der Retriever, der viel zu gutmütig war, um als Wachhund eingesetzt zu werden, kam zu Shannon getrottet.

„Na, Kleiner“, sagte sie und kraulte seine Ohren.

„Sie wissen ja, ich wohne gleich nebenan. Wenn Sie also mal Hilfe benötigen …“, bot der ältere Mann sich an.

„Ja, ich weiß, vielen Dank“, sagte sie und blickte Mr. Mulligan an. Mit seinen Falten und seiner Glatze konnte er glatt für einen Hundertjährigen durchgehen. Er wollte einen Eindringling vertreiben?

„Rufen Sie mich einfach, dann bin ich zur Stelle“, rief er noch einmal und ging ins Haus. „Ich gehe selten aus, das wissen Sie ja. Los jetzt Harry, komm jetzt rein, na los.“

Der Hund folgte seinem Herrchen aufs Wort.

„Das ist doch lächerlich“, sagte Sam zu Shannon, nachdem der Nachbar fort war. „Es ist doch egal, wem Quinn nachgerannt ist – er ist verschwunden, und wir haben keine Ahnung, wo er abgeblieben ist.“

„Vielleicht sollten wir die Polizei rufen“, überlegte Shannon.

„Vielleicht hast du ihn wirklich verjagt. Du *warst* aber auch ausgesprochen unfreundlich zu ihm.“

„Ich bin die Managerin des Studios, oder hast du das schon vergessen? In Gegenwart eines Schülers widersprichst du mir nicht, und du streitest dich auch nicht mit mir, klar?“

„Entschuldigung“, sagte Sam kleinlaut, dann rief er: „Hey, da kommt er ja. Und er ist nicht allein!“

Quinn wechselte eben vom Fußweg auf den Rasen vor dem Haus. Begleitet wurde er von einer sehr dünnen jungen Frau mit wallendem braunen Haar. Sie trug Jeans und ein Tanktop. Und sie war jung, sehr jung sogar.

Sam und Shannon standen einfach nur da und sahen die beiden an.

Es schien der jungen Frau nicht zu gefallen, Quinn begleiten zu müssen, aber es war nicht zu übersehen, dass die beiden sich kannten.

Shannon starrte sie an, ohne zu wissen, was sie von diesem Paar halten sollte.

„Shannon, Sam, ich darf euch Marnie vorstellen. Shannon, sie ist diejenige, die in Ihrem Garten lebt."

„Was?" gab sie vorwurfsvoll zurück.

„Ich hab' keinem was getan", erwiderte Marnie hastig. „Ich wollt' auch nichts klauen. Aber der Garten ist so toll zugewachsen, dass die Bäume einen richtig gut schützen. Ehrlich, ich wollt' nichts klauen!"

Shannon hatte das Gefühl, dass Marnie die Wahrheit sagte. „Hast du denn kein Zuhause? Gehst du nicht zur Schule?" fragte sie.

„Bist du von zu Hause weggelaufen?" wollte Sam wissen.

„Nein, bin ich nicht. Mein Dad ist gestorben, als ich noch ganz klein war", sagte sie, und sie klang inzwischen, als sei sie eine alte Frau. „Meine Mutter hat wieder geheiratet, und mein Stiefvater, der ..." Sie brach den Satz ab.

Shannon stieß einen leisen Fluch aus, dann sah sie Quinn an. „Sie muss sich an die Polizei wenden. Der Stiefvater sollte angezeigt werden."

„Er hat mir nichts angetan, noch nicht", rief Marnie dazwischen. „Sie kapieren das nicht. Meine Mom war ziemlich lang allein. Sie war verzweifelt. Er hat ihr vorgelogen, ich hätt' mich an ihn rangemacht. Er ist nicht so alt. Viel jünger als meine Mutter. Sie will ihn mehr als mich, und darum ... na ja, darum musste ich abhauen. Ich hab die High School im Juni abgeschlossen. Ich bin gerade achtzehn geworden. Ich kann von zu Hause weg. Es stimmt. Sie können alles nachprüfen."

„Aber ... du kannst doch nicht bei fremden Leuten im Garten leben", sagte Shannon, die ein wenig verwirrt war, aber auch mit Marnie mitfühlte. Sie hatte etwas Trotziges an sich, zugleich aber auch etwas sehr Ehrliches. Sie wirkte wie ein junger Hund, den man ausgesetzt hatte, und der nun versuchte, wie ein ausgewachsener Dobermann aufzutreten. „Gehen wir rein", entschied Shannon. „Dann kannst du uns alles in Ruhe erzählen."

„Nein", widersprach Quinn ihr energisch.

Erstaunt sah Shannon ihn an.

„Wir gehen zu einer Bekannten von mir. Sie ist eine Polizistin."

„Ich will nicht, dass Sie sie festnehmen", protestierte Shannon.

„Ich bin kein Cop", erklärte Quinn entnervt.

„Er nimmt mich nicht fest", versicherte Marnie, als fühle sie sich dazu verpflichtet, ihn in Schutz zu nehmen. „Er nimmt mich mit zu einer Unterkunft. ... Ähm ... meine Sachen liegen noch in Ihrem Garten."

„Oh." Shannon sah wieder zu Quinn.

„Wir werden Marnies Geschichte überprüfen", sagte er entschieden. „Sam, würden Sie bitte im Garten nach einer Tasche suchen. In ihr befinden sich Marnies Sachen."

„Okay." Es war offensichtlich, dass Sam sich fragte, warum er nach der Tasche suchen sollte, wenn Marnie doch gleich neben ihm stand.

„Ich werd' schon nicht abhauen", sagte sie gedehnt.

„Sam holt dir gerne deine Tasche", meinte Quinn, woraufhin sich Sam tatsächlich auf den Weg machte.

„Quinn ...", murmelte Shannon, wusste aber nicht, was sie weiter sagen sollte. Ihr wurde bewusst, dass sie eine Spur Eifersucht empfunden hatte, als er mit Marnie vor ihrem Haus aufgetaucht war. Jetzt dagegen fühlte sie, wie ihr Beschützerinstinkt geweckt wurde. Sie selbst hatte Glück gehabt. Ihre Eltern wären lieber gestorben, ehe sie ihrer eigenen Tochter etwas angetan hätten. Es wären ihnen auch niemals Zweifel an den Worten ihrer Tochter gekommen. Aber Marnie ...

„Wir gehen jetzt erst mal zur Polizei", wiederholte Quinn. „Ich habe eine gute Freundin, die Opferanwalt ist. Sie ist sehr gut, und sie wird Marnie helfen, eine sichere Unterkunft zu finden."

Plötzlich lächelte Marnie und sah Shannon an. „Ich hab' Sie tanzen sehen!" erklärte sie. „Deshalb bin ich auch in Ihrem Garten gewesen. Ich hab' Sie durch die Fenster im Studio beobachtet, und dann bin ich Ihnen nach. Ich würd' alles dafür geben, wenn ich mich so bewegen könnte."

„Du möchtest tanzen?"

„Mehr als alles andere."

„Die erste Stunde ist bei uns gratis", sagte Shannon.

Marnie sah Quinn erwartungsvoll an, der darauf vernehmlich seufzte. „Heute Abend kommst du mit zu meiner Bekannten Annie. Ich werde mich schon darum kümmern, dass du deine Tanzstunde bekommst. Ich werde dir einen Schnupperkurs bezahlen. Einverstanden?"

„Echt?"

Ihr schmales Gesicht hellte sich augenblicklich auf. Sie war nicht bloß hübsch, sondern sie strahlte wie ein Kind, das gerade das beste Geburtstagsgeschenk der Welt ausgepackt hatte.

„Ja, echt", bestätigte Quinn ein wenig schroff.

„Ich hab kein Auto", erklärte sie leise.

„Bei den Dingen wird dir Annie weiterhelfen", sagte er.

„Ich hab' ja nicht mal 'nen Führerschein", fügte sie an.

Quinn verdrehte die Augen. „Annie wird dafür sorgen, dass du überall hinkommst, wo du hin musst. Mach dir jetzt darüber keine Gedanken, wir schaffen dich auch schon irgendwie hierhin."

Sam kam mit der Tasche zurück und reichte sie Marnie mit einem Lächeln.

„Danke." Marnie wandte sich Shannon zu. „Ich weiß, dass Sie nichts davon wussten, dass ich in Ihrem Garten gelebt hab. Danke trotzdem."

„So, wir müssen los", ermahnte Quinn sie.

„Hey, Quinn, wie wollen Sie das hinkriegen? Sie haben doch gar keinen Wagen dabei", fragte Sam.

„Ich rufe ein Taxi." Er warf Shannon einen scharfen Blick zu. „Tja, dann können Sie beide ja doch noch wie geplant allein zu Abend essen. Gute Nacht. Marnie, komm jetzt. Nacht, Sam."

Er legte eine Hand auf Marnies Schulter und dirigierte sie in Richtung Straße.

„Warum laden wir die zwei nicht wenigstens zum Essen ein?" flüsterte Sam Shannon zu.

Sie verspürte selbst den Wunsch, das zu tun. Doch sie hielt sich vor Augen, dass Quinn O'Casey ein verdammter Lügner war, der sie benutzt hatte.

„Er muss sich um das Mädchen kümmern", antwortete sie.

„Das kann er nach dem Abendessen immer noch machen."

„Nein", gab sie schneidender als gewollt zurück.

Sam seufzte. „Lass mich mal überlegen. Du hast kein Privatleben. Ein gut aussehender Typ ist ganz offensichtlich an dir interessiert, aber du schiebst ihn weg, als wäre er ein Stück Abfall. Komm nicht zu mir und beklag dich, wenn du alt und einsam bist!"

Sie erwiderte nichts.

„Shannon, dieser Mann kommt vielleicht nie wieder zu dir zurück."

„Oh doch, das wird er", erwiderte sie und drehte sich um.

„Wie kannst du bloß so sicher sein?"

*Weil er uns ausspioniert. Einige von uns mehr als andere,* dachte sie.

„Vertrau mir einfach, er kommt wieder. Und jetzt lass uns bitte ins Haus gehen, damit wir eine Pizza bestellen können, okay?“

„Shannon ...“

Sie drehte sich abrupt herum. „Ich will nicht darüber reden. Und wenn du auch nur ein einziges Mal wieder davon anfängst, bist du gefeuert, klar?“

Er glaubte ihr zwar nicht, aber die Drohung zeigte Wirkung.

„Keine Pizza, wenn's geht. Ich habe etwas zugenommen. Wir können doch auch Sushi bestellen, ja?“

„Okay. Aber kein Wort mehr über Quinn O'Casey, verstanden?“

„Ja, Boss, verstanden.“

Sie gingen ins Haus, und Sam hielt Wort. Sie sahen sich einen Film an, anschließend diskutierten sie die Qualitäten des Hauptdarstellers. Sam war schwul und sie verbrachten oft Zeit damit, diverse männliche Schauspieler entweder zu vergöttern oder sie in der Luft zu zerreißen.

Gegen zehn Uhr machte er sich auf den Heimweg. Shannon schloss hinter ihm ab, froh darüber, dass sie sich wieder sicher fühlen konnte. Sie hatte *wirklich* Geräusche gehört, weil ein Mädchen in ihrem Garten gelebt hatte. Wer war bloß Annie, und wo würde sie sie finden können? Denn ganz gleich, ob Quinn es ehrlich meinte oder nicht – sie wollte sicherstellen, dass Marnie ihre Tanzstunden bekam.

Gegen Mitternacht war sie fest eingeschlafen, und als sie am nächsten Morgen aufwachte, hatte sie das Gefühl, dass wirklich alles hinter ihr lag.

Lara war beigesetzt worden.

Damit war dieses Kapitel abgeschlossen.

Quinns Telefon ging um Viertel nach sechs am Morgen.

Jake Dilessio hatte Neuigkeiten.

„Sonya Marquez Miller, neunundzwanzig. Geboren in El Salvador, heiratete vor acht Jahren einen älteren Amerikaner und erhielt damit die amerikanische Staatsbürgerschaft. Sie muss ihn wirklich geliebt haben. Sogar Millers Kinder konnten sie leiden. Seine Tochter sah die Zeichnung und konnte sie sofort identifizieren. Sie hatte sie seit fast einem Jahr nicht mehr gesehen, aber Sonya rief von Zeit zu Zeit an, um mit ihr zu reden. Nachdem ihr Mann Gerald Miller gestorben war, gingen die Nerven mit ihr durch, als ihr bewusst wurde, wie jung sie eigentlich noch war. Sie machte sich einen Namen in der Clubszene. Meistens war sie in einem Laden am nördlichen Ausläufer von South Beach anzutreffen, um Partys zu feiern. Sie lebte allein und hatte viele Bekannte, aber laut ihrer Stieftochter Eva Miller gab es niemanden, der ihr besonders nahe stand. Zumindest wusste sie nichts darüber."

„Hat sie jemals Tanzunterricht genommen?" wollte Quinn wissen.

„Bislang sind wir nicht fündig geworden. Die Polizei hat die Hotels und Restaurants in der Umgebung aufgesucht, und wir wissen inzwischen, wo sie häufiger hinging, um zu essen, einzukaufen und sich zu amüsieren. Sie lebte in einem Apartment in der Collins, der Pförtner sah sie am Samstagabend um acht Uhr aus dem Haus gehen. Das ist das letzte Mal, dass sie jemand lebend gesehen hat. Duarte fängt übrigens in einer Stunde mit der Autopsie an. Du kannst hinkommen, wenn du willst. Er sagte, du bist stets willkommen."

Quinn bedankte sich für die Informationen und legte auf. Ehe er jedoch aufstehen und sich einen Kaffee kochen konnte, klingelte das Telefon schon wieder. Diesmal war es sein Bruder.

„Hey, großer Bruder. Du hast bestimmt schon von der Toten am Strand gehört, oder?“ fragte Doug.

„Ja, Jake Dilessio bearbeitet den Fall. Ich war gestern mit ihm am Fundort, und heute Morgen gehe ich zur Autopsie.“

„Das ist doch wirklich Mist.“

„Was? Dass eine Frau umgebracht wurde? Ich glaube, das ist immer Mist.“

„Nein, ich meine die Autopsie. Ich bin Cop, du nicht, aber du darfst hingehen, ich nicht.“

„Ich kann dich mitnehmen, wenn du willst.“

„Genau diese Ironie meine ich ja. Danke für das Angebot, aber ich muss arbeiten.“

„Du *wirst* schon noch zum Detective befördert werden“, versicherte Quinn ihm.

„Danke für deine Zuversicht. Nur manchmal ist es schon seltsam. Ich wollte, dass du dich um den Fall kümmerst, und ich bin auch froh, dich hier zu haben, aber … Jedenfalls glaube ich nicht, dass die Tote etwas mit Lara zu tun hat. Was meinst du?“

„Na ja, ich bin zwar so wie du der Ansicht, dass an der Sache was faul sein könnte. Aber ich habe keine brauchbaren Spuren. Nicht eine Einzige.“

„Es hat mit dem Studio zu tun, da bin ich ganz sicher. Irgendetwas stimmt da nicht. Wir sehen es bloß nicht, weil es da so friedlich zugeht. Sag mal, gehst du heute zur Tanzstunde?“

„Nein.“

„Solltest du aber. Komm heute Abend auf jeden Fall hin, okay?“

„Wieso?“

„Gruppenunterricht für Anfänger. Viertel vor acht. Sorg dafür, dass du da bist.“

„Kommst du auch? Die anderen reden über dich, als wärst du der nächste John Travolta. Was willst du in der Anfängergruppe?"

„Die Fortgeschrittenen sind um halb neun dran. Ich werde etwas zu früh eintreffen, also sehen wir uns heute Abend."

„Ich werde da sein."

Richard Long war Shannons erster Schüler an diesem Tag. Er hatte seine Stunde zwischen ein Facelifting um zehn Uhr und eine Magenverkleinerung am Nachmittag gelegt. Dann folgten Brad und Cindy Gray, ein Ehepaar, mit dem sie arbeitete, seit sie im *Moonlight Sonata* angefangen hatte. Gunter traf für eine Coachingsession ein, da er seinen Bolero unbedingt perfektionieren wollte.

Sie war gerade mit Gunter fertig, als Gordon in ihr Büro kam.

„Hey."

„Hey", erwiderte sie.

„Wie war dein Sonntag?"

„Gut, wir waren mit ein paar Leuten am Strand." Sie wusste nicht, warum sie sich so verlogen vorkam, schließlich war es doch die Wahrheit. „Und bei dir?"

„Gut, ich war den ganzen Tag für mich allein."

„Ich habe gehört, du wolltest nicht an den Strand kommen. Hast du genug von deinen ‚Kindern'?"

„Ich liebe meine ‚Kinder', aber manchmal reicht es auch. Ich wollte dich etwas fragen. Du sagtest doch, du wolltest ein Boot für die Lehrer und Schüler chartern, die an der Gator Gala teilnehmen."

„Ja."

„Und du wolltest das von Quinn O'Casey erledigen lassen?"

Ein kurzes Zögern. „Ja, das wollte ich."

„Hast du schon mit ihm gesprochen?“

„Nicht so richtig. Ich bin mir nicht mehr so sicher, ob wir ihn in Anspruch nehmen sollen. Immerhin ist er unser Schüler.“

„Er soll dir sagen, was er für uns tun kann. Ich habe mir nämlich gerade die Zahlen angesehen. Wir müssen mit der Gala im ersten Jahr keinen Gewinn einfahren, aber wir können uns auch nicht zu sehr verausgaben.“

„Ich weiß nicht, Gordon.“

„Sprich mit ihm. Lass dir einen Kostenvoranschlag geben. Ich möchte diese Bootstour nicht zu knapp vor der Gala machen. Die Schüler sollen sich kennen lernen, ein Gespür füreinander entwickeln. Sprich mit Quinn. Hat er sich für heute angemeldet?“

„Nein.“

„Dann sollte ich ihn vielleicht anrufen.“

„Er wird herkommen.“

„Ich rufe ihn trotzdem an.“

„Gordon, *er wird herkommen*.“

Er zögerte kurz und sah Shannon an. „So sicher?“

„So sicher wie das Amen in der Kirche“, erwiderte sie. Sie wusste, dass er herkommen würde. Warum klärte sie Gordon nicht einfach auf, dass der Kerl ein Privatdetektiv war?

„Wir sollten ihn aber doch anrufen. Soll ich das für dich erledigen?“

Normalerweise hätte sie abgelehnt, weil sie die Dinge gern in eigener Regie erledigte. Aber diesmal zögerte sie und sagte schließlich: „Ja, das wäre wirklich gut, Gordon. Ich hatte nicht damit gerechnet, dass mich so viele Leute für eine Coachingsession buchen wollen.“

„Okay. Ich kümmere mich darum.“

Dann ging er wieder. Shannon sah ihm nach und kaute auf ihrem Kugelschreiber herum. Sie überlegte, ob sie Quinn selber noch anrufen sollte. Schließlich wollte sie doch wissen, was aus Marnie geworden war.

Nein, in Wahrheit wollte sie ihn allein sehen. Ohne Sam, ohne irgendjemanden sonst. Unter anderem wollte sie ihm sagen, was sie von seinen Ermittlungsmethoden hielt.

Quinn stand zusammen mit Jake gut einen Meter vom Tisch entfernt, damit Anthony Duarte in Ruhe arbeiten konnte. Über dem Leichnam hing ein Mikrofon, und nachdem die ersten Fotos von der Toten gemacht worden waren, begann er langsam und mit sorgfältiger Betonung zu schildern, was er sah.

Von den Fingernägeln wurden Proben genommen. Duarte konnte keine äußeren Verletzungen feststellen. Der Körper befand sich in einem guten Allgemeinzustand. Auch wenn sie nicht lange im Wasser gelegen hatte, wiesen Spuren darauf hin, dass sie von Meereslebewesen angefressen worden war. Ihre Pupillen waren geweitet, und ausschließlich ihre Arme wiesen Einstichstellen auf. Der restliche Körper war davon verschont geblieben.

Vaginalabstriche wurden vorgenommen, während Duarte erklärte, dass es keine Hinweise auf eine Vergewaltigung oder auf Geschlechtsverkehr vor ihrem Tod gab.

Nach einer Weile schien Duartes Stimme monotoner zu werden, da routinegemäß die inneren Organe entnommen, gewogen und begutachtet wurden, um dann noch Gewebeproben zu nehmen. Die letzte Mahlzeit war recht üppig ausgefallen: Hummer, Spargel, Reis, größtenteils unverdaut. Er äußerte seine Vermutung eines Herzversagens als Folge einer Überdosis an Drogen, erklärte zugleich aber auch, dass diese Todesursache nur eine vorläufige Feststellung darstellte und er erst die endgültigen Ergebnisse der Laboranalysen abwarten musste. Duarte war ein gründlicher Mann.

Das Geräusch der Knochensäge ging durch und durch und löste bei allen Anwesenden ein Schaudern aus. Auch das Gehirn wurde gewogen und eine Gewebeprobe entnommen.

Jake und Quinn hatten die ganze Zeit über schweigend zugesehen, während Duarte über Stunden hinweg seiner Arbeit nachgegangen war. Dann machte er einen Schritt nach hinten und zog seine Einweghandschuhe aus.

Er kam um den Tisch und stellte sich zu den beiden. „Was immer man mit ihr gemacht hat, gewehrt hat sie sich offensichtlich nicht."

„War sie vielleicht mit einer Gruppe von Leuten auf einem Partyboot, verfiel in einen Rauschzustand und stürzte dann unbemerkt von den anderen ins Wasser?"

„Sie war schon tot, bevor sie ins Wasser fiel. Sie ist eindeutig nicht ertrunken. Ich tippe auf Herzversagen, wie ihr sicher gehört habt. Ursache dafür war eine Überdosis, entweder selbst zugefügt oder durch Fremdverschulden. Vermutlich geriet jemand, der bei ihr war, in Panik und stieß die Tote ins Wasser."

„Und dann wurde sie am Strand angespült", folgerte Jake.

„Es kommen für die Überdosis aber nur illegale Drogen in Betracht, keine legal verschriebenen Medikamente, oder?" wollte Quinn wissen.

„Du hast die Einstiche gesehen", erinnerte ihn Duarte.

„Was genau es war, kannst du aber erst sagen, wenn die Ergebnisse aus dem Labor eintreffen, richtig?" fragte Quinn, auch wenn er die Antwort längst kannte.

„Ich rufe Dilessio an, sobald ich etwas weiß. Laboruntersuchungen bringen manchmal Überraschendes ans Licht", erklärte Duarte. „Mein Bericht wird bis heute Abend, spätestens aber wohl bis morgen früh fertig sein. Wir sind ein wenig im Rückstand, aber eigentlich sind wir das ja immer. Heute Morgen gab es auf der I-95 einen schweren Unfall. Fünf Tote, darunter ein Kind. Werden die Leute eigentlich nie lernen, dass es nichts gibt, für das man so rasen muss?"

„Danke, dass ich zusehen durfte", sagte Quinn.

Duarte grinste ihn breit an. „Weißt du, es ist komisch, wie viele Leute bei einer Autopsie zusehen wollen. Okay, es herrscht kein Gedränge wie bei irgendeiner Boyband, aber erstaunlich ist es trotzdem. Quinn, ich kann mich noch ganz genau daran erinnern, wie du auf der Akademie von Miami-Dade warst. Die anderen wurden reihenweise ohnmächtig, während du bloß ein bisschen grün um die Nase warst. Da wusste ich, dass du es mal zu etwas bringen würdest."

„Soweit ich weiß, habe ich es gerade mal zum kleinen Privatdetektiv gebracht", widersprach Quinn ihm.

Duarte zog eine Augenbraue hoch. Das hier war keineswegs der geeignete Ort, um über die Dinge zu reden, die Quinn seitdem gemacht hatte.

„Meine Herren, ich muss mich jetzt um ein Kind kümmern", erklärte Duarte. „Ich melde mich, sobald ich etwas weiß."

Als sie nach draußen gingen, klingelte Jakes Mobiltelefon. Er meldete sich und begann plötzlich zu strahlen. „Ich bekomme ein Baby", sagte er.

„Gut, dann nichts wie ab ins Krankenhaus."

„Du kommst mit, Quinn."

„Ashley will mich doch nicht bei der Geburt dabeihaben!"

„Natürlich nicht. Ich auch nicht. Aber sie ist wohl schon eine ganze Weile im Kreißsaal. Du kennst ja meine Frau. Solange es nicht unbedingt nötig ist, will sie mich nicht von meiner Arbeit abhalten. Das Baby kommt in den nächsten ein bis zwei Stunden zur Welt. Komm, lass uns etwas Zeit unter Lebenden verbringen."

Zwar hörte sich Jake ganz gelassen an, aber er wirkte nervös. Also beschloss Quinn, dass er die Zeit opfern konnte. Er hatte für heute ohnehin nur Internet-Recherche geplant, außerdem wollte er bei Annie anrufen, um sich nach Marnie zu erkundigen, aber das konnte er auch vom Krankenhaus aus machen.

Als sie dort ankamen, durfte er kurz zu Ashley. Ihre Wehen kamen im Abstand von wenigen Minuten und waren sehr schmerzhaft, dennoch gelangen ihr ein Grinsen und die Versicherung an ihren Mann, sie hätte auf keinen Fall riskiert, dass er die Geburt verpassen würde. Als ein Arzt hereinkam, um nach Ashley zu sehen, begab sich Quinn in den Warteraum. Einige Minuten später steckte Jake den Kopf durch die Tür und sagte ihm, die Geburt stehe unmittelbar bevor. Quinn wünschte ihm Glück. In einer ruhigen Ecke rief er Annie in South Miami an.

„Die Kleine ist ein Goldstück", schwärmte Annie. „Und sie ist nicht auf den Kopf gefallen."

„Was ist mit dem Stiefvater?" fragte Quinn. „Lässt sich da etwas machen?"

„Nach dem momentanen Stand der Dinge nicht", antwortete Annie.

„Das wird ihr zu schaffen machen, wenn sie weiß, dass der Ehemann sich eigentlich an sie ranmachen will, während ihre Mutter sie für die Schuldige hält."

„Oh, sie ist zäh. Das steckt sie weg. Ich habe heute Nachmittag etwas Zeit, da gebe ich ihr eine Fahrstunde."

„Großartig. Ist sie gut untergebracht?"

„Na, sicher. Allerdings sagt sie, ihr fehlt der Strand."

„Meinst du, sie haut ab?“

Annie überlegte einen Moment lang. „Nein. Sie will etwas aus ihrem Leben machen, und sie weiß, dass wir ihr wirklich helfen wollen.“

„Das ist gut. Ich melde mich später wieder.“

Kaum hatte er aufgelegt, stürzte Jake in den Warteraum: „Es ist ein Mädchen! Ich habe eine Tochter!“ Er wirkte wie benommen.

Quinn stand auf und umarmte ihn: „Ich gratuliere.“

„Sie brauchen noch ein paar Minuten, dann kannst du sie sehen. Sie ist so wunderbar, so unglaublich. Nick ist auf dem Weg, und in ein paar Stunden wird es hier zugehen wie in einem Taubenschlag.“

Jake verschwand, während Quinn geduldig wartete.

Eine Viertelstunde später durfte er die Tochter seines Freundes zum ersten Mal in den Armen halten. Sie war wirklich wunderbar. Mit gut neun Pfund galt sie als großes Baby, wie man ihm erklärte. Dennoch kam sie ihm unglaublich winzig vor. Sie hatte dunkle Locken und strahlend blaue Augen – und einen stählernen Griff um seinen Daumen. Quinn erschrak ein wenig über die heftigen Emotionen, die das Baby in ihm auslöste. Unwillkürlich musste er an Marnie denken. Jakes Tochter würde in Wohlstand und Liebe aufwachsen, und die Unschuld würde nie aus ihrem Blick verschwinden.

Als er dann das Baby vorsichtig in die Arme der glücklichen Eltern zurücklegte, dachte er darüber nach, wie erstaunlich und wunderbar es war, ein Kind in den ersten Momenten seines Lebens festhalten zu dürfen.

Es machte ihm umso deutlicher bewusst, dass das Leben zu vieler Menschen einfach vergeudet wurde.

Und vielleicht galt das auch für sein eigenes ...

Um kurz vor fünf kam Sam in Shannons Büro.

„Hast du heute Morgen die Zeitung gelesen?“ fragte er.

„Nein, ich habe heute Morgen nicht mal die Nachrichten eingeschaltet.“

„Sie haben ein Bild von der Toten am Strand abgedruckt. In den Nachrichten hieß es, sie sei auch schon identifiziert worden.“

„Oh? Kennen wir sie?“ wollte Shannon wissen.

„Ich glaube nicht. Sie stammte aus Lateinamerika und kam in die Staaten, weil sie einen reichen alten Kerl heiratete. Eines seiner Kinder hat sie auf dem Bild erkannt. Sonya Soundso. Der alte Kerl starb, und da ist sie durchgedreht. Traurige Geschichte, was?“

„Ja, sehr traurig.“

„Da rafft es den alten Sack endlich dahin, sie ist hier und hat sein Geld, und dann – zack, einfach verrückt geworden.“

„Sam, das ist nicht witzig. Sonya ... wie?“ hakte sie nach.

„Habe ich vergessen. Es wird nachher in den Nachrichten bestimmt noch mal erwähnt. Also ich habe sie auf dieser Zeichnung nicht erkannt.“

„Woher weiß man, dass sie umgebracht wurde? Vielleicht ist sie ‚nur‘ ertrunken.“

„Sie wurde ohne Kleidung an den Strand gespült und man fand Einstiche an ihren Armen.“

„Woher weißt du das?“

„Ich lese Zeitung. Die Todesursache ist noch unklar, aber man geht von einer Überdosis aus.“

„Vielleicht war es ein Unfall und sie nahm aus Versehen zu viel“, beharrte Shannon.

„Ach, sie hat sich selbst eine Überdosis verpasst, sich dann ausgezogen, hat ihre Kleider verschwinden lassen und sich an den Strand gelegt, um zu sterben?“

Shannon seufzte auf. „Sie war möglicherweise auf einem Boot und feierte mit einigen Leuten eine Party, hat versehentlich zu viele Drogen genommen, ist von Bord gestürzt und ertrunken."

„Was weiß ich?" gab Sam zurück. „Ich erzähle dir das nur, weil wir gestern am Strand waren und weil die Zeitung heute Morgen das Bild von ihr abgedruckt hat. Interessant, nicht wahr?"

„Traurig", gab sie zurück.

Er zuckte mit den Schultern. „Die Prostituierte hatte man neulich ganz in der Nähe gefunden."

Shannon lehnte sich nach hinten. „Diese Frau war aber keine Prostituierte, oder?"

„Nein, es sei denn, sie war eine Edelhure. Der Schmuck, den sie trug, ist einige Tausender wert."

„Schrecklich ist das, ganz schrecklich", wiederholte sie und fügte an: „Ich bin nur froh, dass sie nicht bei uns Tanzunterricht genommen hat."

„Da kannst du ganz beruhigt sein, die Frau habe ich hier nie gesehen. Hey, willst du nichts essen? Sollen wir zu diesem Italiener gehen?"

Shannon zögerte kurz, dann schüttelte sie den Kopf. „Ich werde etwas essen, aber ich muss noch ein paar Besorgungen machen. Kann sein, dass ich später aus der Pause zurückkomme. Für heute Abend habe ich weiter nichts auf dem Terminplan, aber ich muss mir die Bücher vornehmen und dafür sorgen, dass die Papiere für die Gator Gala in Ordnung sind. Tu mir einen Gefallen und sag Ella bitte, dass ich eventuell etwas länger fort bin."

Dann stand sie auf, nahm ihre Handtasche und ging aus dem Büro.

Ihre innere Stimme riet ihr, die Dinge auf sich beruhen zu lassen.

Aber da war noch eine zweite Stimme, die ihr sagte, sie sollte sich schleunigst um einige Dinge kümmern, wenn sie nicht vor Wut platzen wollte.

Sie entschied sich, auf die zweite Stimme zu hören.

In ihrem Leben gab es in der letzten Zeit einfach zu viele Tote.

## *13. KAPITEL*

Shannon Mackay ging zielstrebig und mit ausholenden Schritten. Jede Faser ihres Körpers strahlte Entschlossenheit aus.

Sie war sehr wütend.

Es überraschte Quinn nicht, dass ihr Zorn auf ihn nicht nachgelassen hatte.

Allerdings überraschte es ihn, sie *hier* zu sehen.

Er saß im Nick's, wo alle Stammgäste soeben aus Anlass des Neugeborenen zu einer Runde auf Kosten des Hauses eingeladen worden waren. Da er noch zum Gruppenunterricht wollte, begnügte er sich mit einem Sodawasser. Zudem war er mit den Akten beschäftigt, die vor ihm auf dem Tisch lagen. Irgendwo in den Polizeiberichten oder den Aufzeichnungen über die Lehrer und die Kunden des *Moonlight Sonata musste* es einen Hinweis geben.

Shannon sah sich in der Menge um, entdeckte ihn und kam zu seinem Tisch. Ohne auf seine Aufforderung zu warten, zog sie einen Stuhl zurück und nahm ihm gegenüber Platz.

Er merkte, wie sich sein ganzer Körper anspannte, wartete aber ab.

„Du Mistkerl", sagte sie mit ruhiger, gelassener Stimme. Es war erstaunlich, wie giftig diese Worte klangen, die sie so sanft ausgesprochen hatte.

„Du irrst dich", erwidert er.

„Oh nein, ich irre mich nicht. Du bist ein elender Bastard. Ich könnte noch stundenlang damit weitermachen. Aber ich bin nur hergekommen, um dir zu sagen, dass ich trotz deiner schäbigen Methoden nicht vorhabe, dir Steine in den Weg zu legen. Und niemand im Studio weiß, wer du in Wahrheit bist."

„Du meinst, ein Bastard?"

„Ein Privatdetektiv."

Eine fröhlich lächelnde Kellnerin, Ellen, kam an den Tisch. „Was kann ich Ihnen bringen?" fragte sie Shannon. „Das erste Getränk geht aufs Haus."

„Ich trinke nichts, danke", erwiderte Shannon abwesend, während ihr Blick weiter auf Quinn gerichtet war.

„Es muss nicht unbedingt etwas Alkoholisches sein", sagte Ellen.

„Schon gut, ich brauche wirklich nichts."

Quinn beugte sich vor. „Bestell einen Eistee, ein Sodawasser oder einen Kaffee. Hier wird heute gefeiert."

„Eistee." Shannon sah die Kellnerin an. „Danke."

Ellen ging, aber Shannon war viel zu aufgebracht, ihn zu fragen, was denn überhaupt gefeiert wurde.

„Bleib nur auf Abstand zu mir. Ich lasse ab sofort Jane oder Rhianna deinen Unterricht übernehmen. Ruf mich nicht an, komm nicht zu mir nach Hause, und halt dich im Studio von mir fern. Ich will mit dir nichts mehr zu tun haben."

Quinn lehnte sich zurück, obwohl es ihm Mühe bereitete, gelassen zu wirken. „Du irrst dich", wiederholte er.

„In welchem Punkt? Dass du gar kein Schnüffler bist? Dass du nicht angeheuert wurdest, um die Leute im *Moonlight Sonata* auszuspionieren?"

Er sah sie nur schweigend an.

„Toller Job. Du verdienst auch noch damit, dass ich mit dir ins Bett gehe."

Kopfschüttelnd beugte Quinn sich vor. „Ich verdiene überhaupt nichts. Ich lege sogar noch etwas drauf. Ich beschäftige mich mit der Sache, weil Doug mich darum bat."

„Auch gut. Dann beschäftige dich ruhig weiter damit, aber bleib mir vom Leib!"

„Du irrst dich in dem Punkt, dass das eine mit dem anderen etwas zu tun haben könnte."

„Du hast über mich Erkundigungen eingeholt", zischte sie.

„Das sollte auch so sein. Du könntest gleich nach Laras Ex die Hauptverdächtige sein. Denk mal an das Motiv. Sie nahm dir den Mann weg, mit dem du zusammen warst und der auch dein Tanzpartner war. Sie hat auf dich eingetreten, als du am Boden warst." Er lehnte sich weiter nach vorne, damit er nicht zu laut sprechen musste. „Du warst die Beste. Du bist ins Bodenlose gestürzt, als Ben dich verließ, um nur noch mit Lara zu tanzen. Und dann heiratete er sie auch noch. Du hast sogar das aufgegeben, was du am meisten geliebt hast: den Wettkampf."

„Den Wettkampf habe ich nie geliebt, nur das Tanzen", fauchte sie ihn an. „Besteht dein Gehirn eigentlich auch noch aus etwa anderem als ..."

„Eistee!" sagte Ellen und stellte ein Glas ab. „Sie geben ihr den Namen Kyra, Kyra Elizabeth", berichtete sie Quinn. „Ein schöner Name."

„Es ist ja auch ein schönes Baby", gab er zurück.

„Sie haben die Kleine schon gesehen?"

„Ja." Er lächelte Ellen an. Sein ganzer Körper war angespannt, da ihm nichts einfallen wollte, was er zu seiner Verteidigung sagen konnte und was Shannon ihm auch glauben würde. Stattdessen genoss er es, ihren Versuch zu beobachten, ihr Temperament zu zügeln und nicht vor Wut zu explodieren, während die Kellnerin noch an ihrem Tisch stand.

„Ich glaube, dass sie schön ist", erwiderte Ellen. „Ich find's toll, dass Sie das gesagt haben. Die meisten Männer sagen, Babys würden alle gleich aussehen, nämlich faltig und kahl." Sie lachte auf.

„Oh, Kyra Elizabeth ist auch nicht kahl, sondern hat schon einen richtigen Lockenkopf."

„Na ja, ihre Mutter ist aber auch eine Schönheit, und ihr Dad ... der ist auch nicht zu verachten." Dann verließ sie den Tisch und sagte noch: „Wenn Sie etwas brauchen, winken Sie nur kurz."

„So ein Quatsch!" erklärte Shannon, als Ellen gegangen war.

„Das Baby ist *wirklich* schön", beteuerte er.

„Ach, davon rede ich doch gar nicht! Ich rede von dem Blödsinn, den du von dir gibst! Die Sache zwischen Ben und mir liegt so viele Jahre zurück, dass es einfach nur lächerlich ist. Außerdem ist das ja echt schmeichelhaft, dass du nur so viel über mich herausbekommen willst, weil ich deine Hauptverdächtige bin!"

Wieder beugte er sich vor und unterbrach sie: „Augenblick mal, nicht so schnell. Ich habe dich nach Hause gefahren, ich habe bei dir nach Einbrechern gesucht. *Du* bist auf *mein* Boot gekommen. Ich habe dir ein eigenes Schlafzimmer gegeben, und *du* hast an *meine* Tür geklopft. Daraufhin habe ich zu bedenken gegeben, dass es vielleicht nicht der ideale Zeitpunkt sei."

„Ich war nicht betrunken", sagte sie frostig.

„Und ich habe dich nicht benutzt", gab er genauso frostig zurück. „Hat eine Sache, die so lange zurückliegt, dass es schon lächerlich ist, dich etwa so tief getroffen, dass du dein Leben überhaupt nicht mehr in den Griff bekommst? Sieh dich doch an. Ist es so unvorstellbar, dass jemand dich einfach begehren könnte? Dass jemand deine Gesellschaft genießen könnte? Dass jemand dich für schön halten könnte?"

Sie sah ihn an, als würde sie jeden Moment losschreien oder ihn mit irgendetwas bewerfen wollen.

„Und ist das, was ich mache, so unglaublich verwerflich?"

fragte er. „Ich verdiene auf ehrliche Weise Geld. Und die meiste Zeit bin ich verdammt gut in dem, was ich mache."

„Oh ja. Wie gut du bist, das kann ich bestätigen."

„Es klingt gehässig, und dennoch werde ich es als Kompliment betrachten."

„Das passt zu dir", sagte sie. „Hör zu, ich werde den anderen nicht sagen, wer du wirklich bist. Dazu stehe ich."

„… weil du glaubst, dass Lara ermordet wurde?"

Sie zögerte kurz. „Ja."

„Dann hör auf, mich zu hassen, und hilf mir lieber."

„Ich kann dir aber nicht helfen, weil ich keine Ahnung habe, wer der Mörder sein kann. Und jetzt muss ich gehen. Bleib einfach nur auf Abstand zu mir."

„Ist ja großartig. Erst kommen wir dahinter, dass die Gefahr, die in deinem Garten lauert, ein obdachloses Mädchen ist, und ich soll jetzt auf Abstand zu dir bleiben."

„Ich war immer ehrlich", gab sie zurück.

„Nein. Du belügst dich selbst so oft, dass du schon gar nicht mehr weißt, was überhaupt noch wahr ist und was nicht."

„Ich empfinde nichts für Ben", schnaubte sie wütend. „Nein, das stimmt so nicht. Ich habe Mitleid mit ihm. Sein Leben läuft nicht so, wie er es sich wünschte und wie er es verdient hätte. Ich komme mit meinem Leben zurecht, weil ich liebe, was ich tue. Aber Ben braucht den Wettkampf, den Applaus, den Sieg. Ich lasse Ben fürs Studio arbeiten, weil er wirklich gut ist. Und Lara holte ich so oft, wie es nur ging."

Er schüttelte den Kopf und sah ihr tief in die Augen. „Du sagst, du willst nicht an Wettkämpfen teilnehmen, aber du lügst, und du bist feige. Und du behauptest, ich hätte dich benutzt. Das ist nicht wahr. Mir ist aufgefallen, dass du nicht nur verdammt gut aussiehst. Du bist intelligent, aufmerksam, witzig und noch eine Million andere Dinge. Aber du selbst willst das nicht akzeptieren. Ben Trudeau hat dich vor langer Zeit verletzt. Und seitdem verhältst du dich feige und fürchtest dich vor jedem Mann, der Interesse an dir zeigt."

Sie warf ihm einen Fluch an den Kopf, stand auf und ging weg. Nach ein paar Schritten machte sie jedoch kehrt. „Wie geht es dem Mädchen?"

„Was?"

„Dem obdachlosen Mädchen."

„Oh, Marnie geht es gut."

„Du wirst sie wirklich ins Studio bringen?"

„Ja, das werde ich machen. Und damit du es weißt: Ich bin ihr nur einmal begegnet, als sie am Strand um Geld bettelte. Ich belästige keine jungen Mädchen."

Shannon errötete. „Das habe ich auch nie behauptet."

„Dann hättest du aber an dem Abend deinen Blick sehen müssen. Ach ja, die Sache mit dem Charterboot regele ich auch für dich. Mir gehören wirklich zwei Boote – jedenfalls jeweils zur Hälfte. Dane Whitelaw und ich betreiben zusammen die Detektei, aber wir vermieten auch Boote. Ich angele wirklich, ich tauche wirklich. Und ich mache dir das beste Angebot, das du bekommen kannst."

„Gordon wird das mit dir regeln."

Er verschränkte die Arme. „Mit Gordon werde ich nicht verhandeln."

„Es ist sein Studio."

„Und ich werde auch nicht mit Jane oder Rhianna tanzen. Du hast mich zu deinem Schüler erklärt, du kümmerst dich um mich."

„Dann nimm keinen Unterricht. Mir ist das gleich."

„Weil ich so schlecht bin?"

„Weil du ein Idiot bist."

Wieder wollte sie gehen, abermals kam sie an seinen Tisch zurück. „Wer hat das Baby bekommen?"

„Eine gute Freundin."

„Die schwangere Frau am Strand?"

Er kniff die Augen ein wenig zusammen. Sie hatte ihn gesehen, als er zu der Fundstelle der Toten gegangen war.

„Wer hat mich noch gesehen?" wollte er wissen.

„Ich war mit Sam am Strand", erwiderte sie kopfschüttelnd. „Aber er hat dich nicht gesehen."

„Setz dich", sagte Quinn.

„Nein."

„Bitte."

Widerwillig nahm sie auf der vordersten Kante der Sitzfläche Platz.

„Der Mann, der an dem Morgen auf mein Boot kam, war Jake Dilessio, ein Polizist aus dem Morddezernat. Seine Frau zeichnet Phantombilder und nicht identifizierte Tote, deren Fotos man nicht veröffentlichen kann. Die Polizei kommt an eine Menge Dinge heran, die einem Privatdetektiv verschlossen bleiben. Jake ist ein verdammt anständiger Kerl, er fühlt sich nicht gleich bedroht, wenn ein Außenstehender einen Blick auf eine Sache wirft. Auf jeden Fall freue ich mich sehr für Jake und Ashley, dass sie heute zum ersten Mal Eltern geworden sind. Aber es ist auch schade, weil sie sich beide eine Weile beurlauben lassen werden, um sich um das Kind zu kümmern. Jake ist immer eine große Hilfe gewesen."

„Was hatte die Tote am Strand mit Lara zu tun? Sie war keine Schülerin bei uns, das ist sie nie gewesen."

„Das weiß ich noch nicht", antwortete er.

„Was hast du am Strand zu suchen gehabt?"

„Ich habe versucht, dahinter zu kommen, warum so viele Frauen sterben müssen." Er zögerte kurz. „Ihr hattet mal eine Schülerin, eine Frau namens Nell Durken."

Sie runzelte die Stirn. Wenigstens schien ihre Anspannung nachzulassen. Im Augenblick sah es nicht so aus, als würde sie ihn jede Sekunde in Stücke reißen wollen. „Nell war sehr gut, aber irgendwann kam sie nicht mehr zum Unterricht. Sie wollte die Zeit darauf verwenden, ihre Ehe zu retten. Und dann hat der Bastard sie getötet." Sie schüttelte fassungslos den Kopf. „Wenigstens hat die Polizei ihn geschnappt, und er muss sich jetzt vor Gericht verantworten."

Quinn nickte. „Nell hatte mich beauftragt. Ich sollte ihn einfach nur beobachten, weil sie davon überzeugt war, dass er eine Affäre hatte. Das war auch der Fall. Und als sie tot aufgefunden wurde, da waren seine Fingerabdrücke auf dem Arzneifläschchen. Wegen seiner Affäre existierte ein Motiv für den Mord."

„Nell war eine reizende Frau. Sie hätte der Welt so viel geben können", sagte Shannon bedrückt.

„Das ist wahr."

„Aber wenn ihr Mann sie umbrachte, dann … dann kann es doch keinen Zusammenhang zwischen diesen Todesfällen geben", überlegte Shannon. „Andererseits ist es doch sehr seltsam, dass beide Frauen auf die gleiche Weise ums Leben gekommen sind. Das kann eigentlich kein Zufall sein."

„Eben. Das Ganze *ist* sehr seltsam."

Plötzlich stand Shannon auf, als sei ihr eben eingefallen, dass sie auf ihn wütend war. „Ich muss zurück zur Arbeit. Was dich angeht, werde ich dir gern helfen, hinter die Wahrheit zu kommen. Ansonsten aber …"

„Ich weiß. Ich soll auf Abstand bleiben, weil ich etwas zu viel über dich weiß, richtig?“ Quinn war erstaunt über den verbitterten Tonfall in seiner Stimme.

„Ja, ganz genau“, erwiderte sie.

Sie wollte sich von ihm wegdrehen, aber er packte ihr Handgelenk. „Da ist noch etwas, was du mir nicht sagst. Es muss einen Grund geben, warum du in deinem eigenen Haus so nervös warst.“ Er war *sicher*, dass es einen Grund gab. Es war ihr anzumerken. Entweder lag es daran, dass sie fürchtete, es könnte irgendetwas Albernes sein oder sie wollte etwas verheimlichen.

Shannon schüttelte den Kopf. „Ich weiß nichts. Ich wünschte, ich wüsste es.“

„Das ist vielleicht gar kein so kluger Wunsch.“

„Wieso?“

„Vielleicht starben diese Menschen, *weil* sie etwas wussten.“

Sie befreite sich aus seinem Griff. „Wir werden uns sicher sehen.“

„Schon bald. Es ist nur noch eine Frage von Stunden.“

Als sie die Augenbrauen fragend zusammenzog, sagte er lächelnd: „Gruppenunterricht.“

Shannon drehte sich auf der Stelle um und ging so wütend davon, dass er das Klappern ihrer Absätze noch immer hören konnte, als sie bereits den Parkplatz erreicht hatte.

Die Anfängerklasse wurde von Rhianna unterrichtet. Shannon, die in ihrem Büro saß, konnte hören, wie sie Anweisungen gab.

„Slow, quick, quick, slow. Slow, quick, quick, slow … ja, genau richtig, Mr. Suarez, Sie haben die Bewegung schon drauf … Mr. O’Casey, denken Sie an den Box Step, einfach nur ein Box Step … Slow … quick, quick, slow. Denken Sie an das, was wir geübt haben, Foxtrott, Rumba. Zwei grundverschiedene Tänze, einer ‚Smooth‘, einer ‚Rhythm‘, aber trotz allem weiter ein Box

Step. Es spielen immer zwei Aspekte zusammen – der Schritt an sich und die Schritttechnik. Belinda, gute Bewegung! Nur weil sie langsam ist, bedeutet das keinen Stillstand. Ein Schritt geht am Ende in den anderen über. Und das Zählen steht nicht für eine Bewegung speziell des Fußes, sondern allgemein für den Körper. Die Bewegung ist markant, geht aber fließend in die nächste über. Fühlen Sie die Musik, Mr. O'Casey. Slow, quick, quick, slow. Slow, quick, quick, slow."

Shannon kam aus dem Büro, um einen Blick in den Tanzsaal zu werfen. Die Männer – Ben, Justin und Sam – hatten im Moment Einzelunterricht, während Jane frei war und Rhianna darin assistierte, den Männern die korrekte Tanzhaltung zu zeigen, damit sie eines Tages in der Lage sein würden, richtig zu führen.

An diesem Abend war die Gruppe der Anfänger relativ klein. Nur die hübsche, zierliche Schneiderin, die vor zwei Tagen begonnen hatte, Quinn O'Casey und der Bauarbeiter Tito Suarez, der für die Hochzeit seiner Tochter übte.

Letzteren hörte sie auf einmal verwirrt fragen: „Tut mir Leid, aber wer ist jetzt der Mann?"

„Ich bin jetzt der Mann", erklärte Rhianna. „Nennen Sie mich einfach Reggie. So heiße ich immer, wenn ich den Mann spiele. Jane heißt als Mann Jason. Sie werden sich schon daran gewöhnen. Sie müssten mal sehen, wenn Justin Garcia die Judy gibt, sobald Ben führt. Die beiden sind traumhaft."

Einen Moment lang lehnte sich Shannon gegen die Wand und empfand eine sonderbare Erleichterung. Sie konnte sich nicht erinnern, nach Laras Tod jemanden im Studio von Herzen lachen gehört zu haben. Heute Abend dagegen schien sich endlich alles zu normalisieren.

Aber vielleicht würde nichts je wieder *wirklich* normal sein.

Sie sah, dass Quinn in ihre Richtung schaute.

*Du bist die Nächste.*

Warum hatte sie ihm nichts von dieser Bemerkung des Mannes gesagt? Weil … weil es nichts bewies? Vielleicht war die ständige Erinnerung an diese Worte genauso albern und verrückt wie ihre Angst, sobald im Garten ein Busch raschelte.

Vielleicht aber auch nicht.

„Kleine Gruppe, nicht?"

Fast hätte sie einen Satz bis an die Decke gemacht, als Gordon wie aus dem Nichts hinter ihr auftauchte und sie mit leiser, fast mürrischer Stimme ansprach.

„Das wird schon wieder", versicherte sie ihm.

„Ich will's hoffen."

„Für den Fortgeschrittenen-Kurs hat sich bereits eine große Gruppe versammelt", sagte sie.

„Ich schätze, du hast Recht. Gab es für die Gator Gala irgendwelche Absagen?"

„Nicht eine", antwortete sie voller Stolz.

„Ach, Quinn hat uns übrigens das Boot beschafft."

Abrupt drehte sie sich um und sah, wie Gordon zufrieden nickte. „Einfaches Büfett, die Fahrt geht bis zur Biscayne Bay. Er hat sogar eine Band für uns, und der Preis ist perfekt. Denk bitte dran, das heute Abend zu verkünden, wenn die Fortgeschrittenen fertig sind. Um acht legen wir von Coconut Grove ab, alle sollen gegen sieben Uhr am Pier sein. Kleiderordnung ist lässiger Miami-Chic."

„Was zum Teufel soll denn das sein?" fragte sie verwundert.

Gordon zuckte kurz mit den Schultern. „Das heißt, jeder darf anziehen, was ihm gefällt."

Damit ging er zurück in sein Büro. Rhianna erklärte den Unterricht für beendet und forderte ihre Schüler auf, ihren Partnern und sich selbst Beifall zu spenden. Belinda begann ein Gespräch mit Tito, während Quinn freundlich lächelnd zu Jane und Rhianna schlenderte.

Shannon bemerkte zu ihrem Erstaunen, dass sie sich auf die Zähne biss, als sie sich fragte, welche Methode er nun wohl bei ihrem Personal anwenden würde, um etwas in Erfahrung zu bringen.

„Ich habe gehört, es gibt heute Abend für die Leute von der Gator Gala ein Treffen", sagte Quinn, als er Gordons Büro betrat.

Gordon sah auf und lehnte sich in seinem Sessel nach hinten. „Es ist kein richtiges Treffen. Shannon unterrichtet heute Abend die Fortgeschrittenen als Gruppe, und da werden viele kommen, die auch an der Gala teilnehmen. Sie wird ihnen ein paar Ratschläge geben, sie auf den Wettbewerb heiß machen, Tipps geben zur Kleidung, zu den Schuhen, zur Frisur, zum Make-up – eben alles, was man wissen sollte. Ihr Bruder wird vermutlich bleiben, auch wenn er das meiste davon schon weiß."

„Kann man als Anfänger auch an der Gator Gala teilnehmen?"

„Natürlich." Gordons Miene hellte sich auf, als hätte er einen Schatz entdeckt. „Sind Sie interessiert?"

Gott behüte! dachte Quinn, sagte aber: „Vielleicht. Hätten Sie was dagegen, wenn ich bis nachher bleibe?"

„Selbstverständlich nicht. Ich weiß, Sie glauben, dass Sie fürs Tanzen nicht sonderlich begabt sind. Aber ich kann Ihnen versichern, die meisten kommen sich zu Beginn tollpatschig vor."

„Verstehe."

„Ihr Bruder wirkte am Anfang wie ein Eisklotz", erklärte Gordon, wobei er vielleicht eine Spur zu ehrlich war. „Und sehen Sie sich an, was er heute kann."

„Tja, ich bleibe bis nachher und denke noch mal darüber nach.“

„Sie werden noch viel arbeiten müssen.“ Viel Arbeit entsprach vielen Unterrichtsstunden. Und das bedeutete viele Einnahmen fürs Studio. So lief es hier, und so lief es im Grunde überall.

„Wie gesagt, ich werde darüber nachdenken“, versicherte Quinn ihm. „Erst mal will ich mir das ansehen.“

„Kein Problem, machen Sie das.“

Quinn verließ das Büro und stellte sich so, dass er die Fortgeschrittenen beobachten konnte, die von Shannon in Rumba-Techniken unterwiesen wurden. Erstaunt nahm er zur Kenntnis, wie viele Bewegungen gleichzeitig in einen einzigen Schritt einflossen und dabei so nahtlos ineinander übergingen, dass ein normaler Beobachter niemals erkennen konnte, wie komplex das Ganze war.

Sie war eine gute Lehrerin und hatte sich Doug ausgesucht, um an ihm zu zeigen, was sie den anderen zu vermitteln versuchte.

Sein Bruder hatte noch nie so gut ausgesehen wie heute Abend. Als er ihn mit Shannon sah, spürte er, wie sich in ihm Eifersucht zu regen begann. Er sagte sich, dass die beiden nur tanzten, weiter nichts. Aber wenn so ein Tanz aussah …

*Ein Motiv … Eifersucht spielte bei vielen Morden eine Rolle, so wie auch unerwiderte Liebe und Hass, der aus Neid geboren war.*

Shannon ging auf jedes Mitglied der Gruppe ein, einige von ihnen hatte Quinn bereits kennen gelernt. Er sah das Ärztepaar Richard und Mina Long, Gabriel Lopez, den Clubbesitzer und natürlich seinen eigenen Bruder. Außerdem war ein sehr alter Mann anwesend, der mit beneidenswertem Geschick die Schritte einstudierte. Schließlich waren da noch zwei weitere Paare, eine jüngere, hübsche Frau und eine Frau mittleren Alters.

Bobby und Giselle kamen nach einer Weile herein und stellten sich zu Quinn.

„Das ist die Crème de la Crème unserer Schüler", erklärte Bobby ihm. „Katarina und ihr Mann ... sie ist wirklich gut. Bei ihr glaube ich, sie liebt das Tanzen selbst nicht annähernd so sehr wie die Gelegenheit, ihre Outfits zur Schau stellen zu können. Aber was soll's? Richard Long ist um einiges besser als seine Frau, trotzdem kommen sie zusammen erstaunlich gut klar. Sie müssten mal erleben, wie sich manche Ehepaare hier streiten. Die Frau wirft ihrem Mann vor, er würde nicht richtig führen. Er gibt zurück, sie sei nicht in der Lage, ihm zu folgen."

„Aber das gilt natürlich nicht für uns", ergänzte Giselle lächelnd.

Bobby verzog das Gesicht. „Wir streiten doch nicht so schlimm, oder?"

„Ich will's nicht hoffen, wir sind immer noch ziemlich frisch verheiratet."

„Sieht so aus, als würden Sie beide sich bestens verstehen", sagte Quinn.

„Auf jeden Fall besser als so manche Profis", erwiderte Giselle. „Einmal waren wir hier, als Lara Trudeau und Jim Burke an ihren Schritten arbeiteten. Shannon übernahm das Coaching. Lara behauptete immer wieder, Jim sei nicht im Takt, während Shannon ihr sagte, Jim mache es genau richtig, aber sie – Lara – müsse ihn auch führen lassen."

„Lara ließ sich so etwas sagen?" fragte Quinn überrascht. Nach allem, was er über diese Frau erfahren hatte, ließ sie sich von niemandem irgendwelche Anweisungen geben.

„Wo denken Sie hin? Sie sagte irgendwas zu Shannon, woraufhin die erwiderte, sie werde nicht ihre Zeit mit Leuten vergeuden, die glaubten, sie seien vollkommen. Sie ging, und der Streit zwischen Lara und Jim fing erst richtig an. Als sie sahen, dass die ersten Schüler eingetroffen waren und sie beobachteten, holte Lara Shannon, und sie fingen von vorn an, als sei nichts geschehen."

„Jim musste wohl eine Engelsgeduld haben", meinte Quinn.

„Das lag wohl daran, dass er in den Wettkampf wollte und Lara die Beste war", entgegnete Bobby. „Seit ihrem Tod habe ich ihn nicht mehr allzu oft hier gesehen."

„War er denn vorher häufig hier?"

„Oh ja. Er wusste, dass Shannon gut unterrichten kann. Er kam ohne Lara für Coachingsessions her."

„Die Frau war ein Miststück", flüsterte Giselle.

Der Gruppenunterricht hatte geendet, und Gordon war aus seinem Büro gekommen, um mit den Anwesenden über die Gator Gala zu reden. Shannon nahm mit Verwunderung zur Kenntnis, dass Quinn noch da war.

„Ich sagte Gordon, ich würde mit dem Gedanken spielen, mich für die Gala anzumelden", antwortete er auf ihre unausgesprochene Frage.

„Oh", murmelte sie.

„Als Anfänger. Er sagte, es gibt eine Anfängerkategorie", fuhr Quinn fort. Er musste fast über sich selbst lachen. Seine Worte klangen nach einer Rechtfertigung. *Ja,* dachte er, *es gibt eine Kategorie für Leute, die nicht tanzen können. Und der Sieger erhält den Zwei-linke-Füße-Pokal!*

„Hey, das ist doch toll", rief Sam Railey. „Unser neuester Schüler will am Wettbewerb teilnehmen!"

Die anderen begannen zu applaudieren, woraufhin Quinn zu seinem Erstaunen bemerkte, dass er ein wenig errötete.

„Vielleicht", betonte er.

„Ein paar von euch haben schon an Wettkämpfen teilgenommen, andere noch nicht", erklärte Shannon zur Gruppe gewandt. „Manches wird sich albern anhören, manches witzig. Über die Jahre hinweg hatte ich zum Beispiel Schüler, die nur tanzten, weil ihnen die Kostüme so gut gefielen. Also, für die Anfänger: Etwas Elegantes ist alles, was ihr braucht. Schüler, die in anderen Kategorien starten, können sich für schlichte Kleidung entscheiden. Hauptsache, sie ist bequem und behindert euch nicht bei dem Tanz, den ihr ausgesucht habt. Wir haben Kataloge hier mit allen nur erdenklichen Schuhen und Kostümen. Außerdem sitzt Katarina gleich nebenan, und ich kann dafür garantieren, dass ihre Entwürfe wirklich wunderschön sind. Es wird auch jemand kommen, der uns bei den Frisuren und dem Make-up hilft. Lange Haare werden am besten hochgesteckt. Es gibt kaum etwas Schlimmeres, als wenn man dem Partner seine Haare ins Gesicht schleudert. Das Make-up sollte immer dunkel und intensiv ausfallen, das wirkt auf Fotos und Videoaufnahmen am besten. Der nächste Punkt ist besonders wichtig: Der Ablauf bei einem Wettbewerb ist äußerst straff geplant. Achtet immer genau darauf, wann ihr wo sein müsst. Wenn ihr – im übertragenen Sinne – aus der Reihe tanzt, seid ihr disqualifiziert. Eure Lehrer sind zwar auch für euch verantwortlich, aber quält sie bitte nicht zu sehr. Jeder von euch bekommt Gelegenheit, vor eurem Auftritt die Tanzfläche zu begutachten. Außerdem wird es beim anschließenden Essen eine professionelle Tanzvorführung geben."

Mina Long meldete sich zu Wort. „Was ist mit den Schuhen?" wollte sie wissen. „Beim letzten Mal hatte sich Lara Trudeau aufgeregt, weil ich schwarze Schuhe trug. Es war wie Joan Crawford in diesem Film, die ihren Kindern sagte, es gebe keine Drahtbügel in ihrem Haus."

Alle lachten, aber es klang nicht wirklich heiter.

„Fleischfarbene Schuhe sind am besten“, antwortete Shannon, ohne auf Minas Bemerkung einzugehen. „Es sei denn, Sie haben eine Cabaret-Nummer geplant und brauchen einen bestimmten Typ Schuh zu einem speziellen Kostüm.“

„Passen denn schwarze Schuhe nicht besser zu einem schwarzen Kleid?“ wunderte sich Giselle, die sich mit Bobby auf den Boden gesetzt hatte.

„Es mag zwar allen Modegewohnheiten zuwiderlaufen“, erwiderte Rhianna, „aber die richtigen Schuhe sind sehr wichtig, weil die Preisrichter auf Ihre Füße achten werden. Wenn Sie abends ausgehen, sind schwarze Schuhe zu einem schwarzen Kleid okay. Aber beim Tanzen sollten sie fleischfarben, beige oder hellbraun sein.“

„Aber warum?“ wollte Mina wissen.

„Auf diese Weise entsteht eine Linie“, sagte Shannon. „Das Bein wirkt länger, die Bewegung macht einen fließenderen Eindruck. Sehen Sie sich ein paar von unseren älteren Aufnahmen an, dann werden Sie's erkennen. Vergleichen Sie die Tänzerinnen, die abgestimmte Schuhe tragen, mit denen, die sich für ein schwarzes Paar entschieden.“

„Sie meinen, wir werden nach unseren Schuhen beurteilt?“ fragte Giselle.

Shannon schüttelte den Kopf. „Nein, das nicht. Und es gibt auch keine Vorschrift, die Ihnen verbietet, die Tanzschuhe zu tragen, die Ihnen gefallen. Aber sehen Sie sich die Aufnahmen an, dann werden Sie erkennen, was Rhianna gesagt hat. Wenn Sie trotzdem andere Schuhe tragen wollen, steht Ihnen das frei. Es gibt kein Gesetz dagegen.“

Quinn sah sich um und bemerkte, dass alle Lehrer anwesend waren, Ben eingeschlossen. Es war auch logisch, schließlich hatte jeder von ihnen Schüler, die am Wettbewerb teilnahmen. Ben, der Lara geheiratet hatte und sie womöglich gehasst hatte. Jane und Sam, die immer wieder gemeinsam antraten, aber nie den Sieg davontrugen. Rhianna, ebenfalls zum Wettbewerb angemeldet. Justin Lopez. Shannon, die einen guten Grund hatte, die Frau zu hassen. Und Gordon Henson, der Lara die ersten Schritte ermöglicht hatte. Jim, der von Lara ausgenutzt und schlecht behandelt worden war, der sie aber für das gebraucht hatte, was er im Leben am meisten begehrte.

Dann die Schüler. Gabriel Lopez vom Club und die Designerin Katarina. Beide hatten genügend Gründe, um Lara zu verachten, doch beide waren auch auf die eine oder andere Weise von ihr abhängig gewesen. Aber das alles führte zu nichts, weil er nicht sah, warum irgendeiner von ihnen auch Nell Durken gehasst haben sollte. Und welchen Zusammenhang sollte es zu der Frau am Strand geben, die Drogen genommen hatte und gestorben war?

Es ergab keinen Sinn. Was allerdings einen Sinn ergab, war die Überlegung, dass es *tatsächlich* keine Verbindung zwischen den Toten gab. Trotzdem …

„Dann bedanke ich mich, dass ihr alle gekommen seid. Bis zum Wettkampf treffen wir uns einmal wöchentlich, um Fragen zu besprechen. Und vergesst nicht, eure Privatstunden einzuplanen.“ Mit diesen Worten erhob sich Shannon.

Die Besprechung war vorüber, alle verabschiedeten sich untereinander und küssten sich gegenseitig auf die Wange. Quinn kam es so vor, als würden sie sich alle ständig küssen, so wie auf einer italienischen Hochzeit.

Es gab keinen Grund, noch länger hier zu bleiben, zumal die Lehrer nach Hause gehen wollten. Justin Garcia war sogar bereits zusammen mit den Schülern nach draußen gegangen. Fast elf Uhr, stellte Quinn fest.

Aber er musste noch bleiben und trödelte, so gut es eben ging, wobei er sich von seinem Bruder und Bobby fern hielt, als die beiden sich zum Ausgang begaben. Erst dann näherte er sich Shannon.

„Ich kann dich noch zum Wagen begleiten."

„Nein, danke", erwiderte sie kühl. Es kribbelte ihm in den Fingern, sie zu packen, zu rütteln und ihr zu sagen, dass sie das Beste war, was ihm seit Jahren, nein, seit Ewigkeiten widerfahren war. Er sah sie tanzen, sah sie sich bewegen und hatte aus keinem ersichtlichen Grund Angst. In ihm wurde das Verlangen immer stärker, in ihrer Nähe zu sein.

„Gordon und ich schließen zusammen ab", sagte sie, abermals mit diesem eisigen Tonfall in ihrer Stimme. *Und du mach, was du machen musst, aber lass mich in Ruhe.*

„Okay, dann gute Nacht." Ein letztes Mal drehte er sich um. „Und sorg dafür, dass Gordon dich wirklich zum Wagen begleitet."

„Keine Sorge."

Er ging. Er hatte keine andere Wahl.

Der letzte Schüler war gegangen, Sam und Jane verließen gemeinsam das Studio und unterhielten sich über die Gator Gala. Rhianna murmelte, sie müsse noch Milch holen, dann eilte sie davon, als würde sie von einem Geist gejagt.

Ella Rodriguez feierte heute Abend den Geburtstag ihrer Mutter, also ging Shannon zum Terminplaner, um zu überprüfen, ob die Buchungen wirklich auf dem letzten Stand waren. Sie sah auf und entdeckte Ben am Empfang, der mürrisch dreinblickte.

„Stimmt was nicht?" fragte sie.

Erst schüttelte er den Kopf, dann: „Außer …"

„Außer was?“

„Es kursiert das Gerücht, du würdest in Kürze mit Jim Burke arbeiten.“

Sie sah ihn verblüfft an. „Ich nehme nicht mehr an Wettkämpfen teil, das weißt du doch. Wer hat das erzählt?“

„Gabe. Gabriel Lopez. Er sagt, im Club würde man darüber reden.“

„Mag ja sein, dass man im Club darüber redet, aber es stimmt nicht.“ Sie seufzte. „Ben, ich will an keinem Wettbewerb teilnehmen, wirklich nicht. Mir gefällt das, was ich mache.“

Er wandte sich einen Moment ab, dann blickte er ihr direkt in die Augen. Sein ernster Gesichtsausdruck überraschte sie.

„Was ich sagen wollte … wenn das Gerücht stimmt, dann wäre ich glücklich für dich. Du meinst vielleicht, dass du keine Wettbewerbe mehr mitmachen willst, aber in Wahrheit willst du es sehr wohl. Ich sehe es an deinen Blicken, wenn andere tanzen. Ich sehe, wie dein Verstand arbeitet, wie du im Geist die nächsten Schritte durchgehst. Ich habe dich einmal im Stich gelassen, weil ich so unbedingt nach oben kommen wollte. Du solltest wieder mitmachen. Nicht mit mir – ich weiß, wie du über mich denkst –, aber mit einem anderen Partner. Einem guten Partner. Jim ist gut. Ich wollte dich nur wissen lassen, dass du das nicht vor mir verheimlichen musst, wenn es stimmen sollte. Ich wäre glücklich, dich wieder im Wettkampf zu sehen, vor allem zusammen mit Jim.“

Sie war so überrascht, dass sie sich fast hätte hinsetzen müssen. Aber sie blieb einfach nur stehen und sah ihn sekundenlang an. „Danke, Ben, vielen Dank. Aber du hast wirklich nur ein Gerücht gehört.“

Er nickte. „Denk mal darüber nach, daraus mehr als nur ein Gerücht zu machen“, sagte er, dann ging er zur Tür. „Gute

Nacht. Vergiss nicht, abzuschließen, wenn du gleich gehst. Gordon ist schon vor ein paar Minuten raus."

„Ja, mache ich. Gute Nacht."

Sie hörte die Tür ins Schloss fallen. Die Musik war ausgeschaltet, und mit einem Mal herrschte eine unheimliche Stille im Raum.

Sie wollte hier nicht noch länger bleiben.

Mit dem Plan war sie zwar noch nicht durch, doch das war ihr egal. Sie wünschte, Bens Worte wären nicht so völlig überraschend gekommen, sonst hätte sie ihn lange genug aufgehalten, um zusammen mit ihm das Studio zu verlassen.

Und sie wünschte, Quinn O'Casey wäre noch nicht gegangen. Warum hatte sie ihn nur gedrängt zu gehen?

Weil er sie verletzt hatte.

Vielleicht war es ja wie mit dem Tanzen. Sie war so tief verletzt worden, dass …

Hör auf, ermahnte sie sich. Nimm deine Tasche, schließ ab und geh nach Hause. Bewahr einen kühlen Kopf!

Sie kehrte in ihr Büro zurück und bückte sich, um ihre Handtasche aufzuheben, als sie das Geräusch hörte. Ein Knarren, ein Kratzen. So als würde etwas geöffnet und wieder geschlossen.

Wie erstarrt blieb sie stehen und lauschte, während sie sich sagte, dass das Geräusch vom Club kommen musste. Es war eine ganz simple Erklärung.

Aber das Geräusch war nicht von dort unten, sondern von dieser Etage gekommen.

„Hallo?" rief sie.

Sie schulterte ihre Handtasche und ging leise zurück in den Tanzsaal. Niemand war dort. Nichts hatte seine Position verändert. Eine Gänsehaut lief ihr über den Rücken.

Vielleicht machte Katarina Überstunden.

Nein, sie und ihr Mann waren nach der Besprechung direkt nach Hause gegangen, sie hatten sich verabschiedet.

*Raus mit dir, raus! Verschwinde!* rief eine Stimme in ihrem Kopf.

Sie versuchte, gegen die aufkommende Panik anzukämpfen, indem sie sich sagte, falls sich jemand hier irgendwo aufhielt, dann würde er sicher auch einen guten Grund dafür haben.

Aber jeder Appell an ihre Logik schien vergebens. Sie wollte hier raus, so schnell wie möglich. Ihr Instinkt verlangte es von ihr, als würde sie von einer greifbaren Bedrohung gejagt.

Shannon rannte zur Hintertür und riss sie auf, stürmte hinaus und wurde sich erst in diesem Moment der Möglichkeit bewusst, dass das Geräusch vielleicht gar nicht aus dem Studio, sondern von draußen gekommen war. Auf dem Abschnitt, der zum Hinterausgang führte, war niemand zu sehen. Die Treppe, die zu Gabriels Apartment führte, lag in tiefem Schatten. Die Tür zum Vorratsraum war geschlossen.

Aber selbst wenn sich jemand hier draußen aufhielt, konnte er einen guten Grund dafür haben.

„Katarina? Hey, Kat, David … seid ihr zwei hier?"

Niemand antwortete. Wieder sah sie zu der Treppe zum Apartment. „Gabriel?"

Kein Laut war aus dem Schatten zu hören.

Sie lief zur Hintertreppe, die zum Parkplatz führte. Als sie ihren Fuß auf die erste Stufe setzte, hörte sie das Geräusch erneut.

Es war … hinter ihr!

Ohne einen Blick nach hinten zu werfen, hastete sie die Treppe nach unten. Plötzlich waren Schritte hinter ihr zu vernehmen.

Sie begann zu rennen.

Zum Glück stand der Wagen nur ein paar Meter entfernt. Sie

betätigte die Fernbedienung, die Zentralverriegelung reagierte, die Innenbeleuchtung ging an.

Gehetzt zog sie die Fahrertür auf, sprang in den Wagen und verriegelte sofort wieder alle Türen.

Als einen Moment später jemand gegen das Wagenfenster klopfte, schrie sie auf.

## 14. KAPITEL

Quinn saß in der Kombüse am Tisch, hatte die Beine ausgestreckt und kaute auf seinem Kugelschreiber, während er starr auf seine Notizen blickte. Nell Durken, Lara Trudeau. Tänzerinnen, die beide ins gleiche Studio gegangen waren. Art Durken saß im Gefängnis, Hunderte von Zeugen hatten Lara sterben sehen. Zwei weitere Frauen waren in der Nähe des Studios durch Drogen umgekommen, keine von ihnen hatte Tanzstunden genommen. Welche Verbindung bestand zwischen den vier Todesfällen? Gab es überhaupt einen Zusammenhang?

Er ging die Liste der Schüler und Lehrer durch und fand nur wieder bestätigt, dass die meisten von ihnen ein Motiv gehabt hätten.

Das Einzige, was helfen konnte, war, Namen zu eliminieren. Diejenigen ausschließen, die unmöglich der Täter sein konnten, bis nur noch der Name auf der Liste stand, der die Morde begangen hatte – ganz gleich, wie unwahrscheinlich das auch sein mochte.

Verdammt! Wen zum Teufel sollte er nur ausschließen?

Er begann mit einer neuen Liste. Die Wahrscheinlichsten, die Unwahrscheinlichsten. Zu Letzteren gehörte Justin Garcia. Ein kleines Energiebündel, hatte nicht mit Lara gearbeitet, ein Salsa-Liebhaber, und wahrscheinlich nicht ihr Typ. Da sie selbst recht groß gewesen war, hatte sie offenbar Männer von ihrer Größe bevorzugt. Allerdings wusste er nicht, mit wem außer Ben und seinem eigenen Bruder sie noch Affären gehabt hatte. Er notierte Bens Namen und vermerkte ‚Ex, immer noch verbittert'.

Gordon? Auf welche Liste gehörte er?

Jemand klopfte an die Kajütentür. „Ja?"

„Ich bin's nur."

Er stand auf und beugte sich vor, um die Tür zu öffnen und seinen Bruder hereinzulassen. „Hast du was rausgefunden?“ war Doug begierig zu wissen.

Quinn verzog das Gesicht. „Nein.“

„Ich dachte, du bestellst mich her, weil du etwas hast.“

„Setz dich.“

„Ja, Sir“, erwiderte Doug ein wenig gereizt.

„Habe ich dich vielleicht bei irgendetwas gestört?“ gab Quinn genauso mürrisch zurück. „Du hast mich in diese Sache reingezogen.“

„Schon gut, tut mir Leid“, lenkte er rasch ein.

„Mit wem hatte Lara noch was? Wie heftig war eure Affäre? Du musst mir mehr sagen, ich kann nicht von heute auf morgen alles über diese Leute in Erfahrung bringen.“

Doug senkte einen Moment lang den Kopf, dann sah er seinen Bruder an. „Ich glaube, sie hatte einen anderen.“

„Vielleicht wieder Ben.“

„Kann sein, aber sicher bin ich mir nicht. Aber sie war im Begriff, mit mir Schluss zu machen.“

„Hat sie das gesagt?“

„Nein, sie meinte, in ihrem Leben müsse sich etwas ändern.“

„Und wieso bedeutet das, dass sie einen anderen hatte?“

„Weil sie Lara war.“

Quinn schüttelte den Kopf. „Erzähl das mal einem Richter.“

Doug setzte sich auf und erwiderte: „Du hättest sie kennen sollen. Sie konnte der wunderbarste Mensch der Welt sein, aber auch unglaublich grausam und verletzend.“

„Wie hat das mit euch beiden überhaupt angefangen? Und wann?“

„Vor etwa drei Monaten.“

„Wo?“

„Unten im Club. Wir waren dort und tanzten, sie hatte etwas zu viel getrunken. Ich schlug vor, sie nach Hause zu fahren und noch eine Weile bei ihr zu bleiben. Das war mehr so dahingesagt, weil ich niemals gedacht hätte, sie könnte einverstanden sein."

„Und?"

„Sie lehnte ab – das Risiko, dass jemand hätte sehen können, wie sie mich mit zu sich nach Hause nahm, war ihr zu hoch. Aber im gleichen Atemzug schlug sie vor, mit zu mir zu kommen. Das tat sie dann auch, und danach trafen wir uns mindestens einmal pro Woche. Immer bei mir, weil es niemand wissen sollte. Ich versuchte, das locker zu sehen, weil ich ihre Art kannte. Aber ich glaube, sie begann, sich mehr für mich zu interessieren. Ich sprach sie gezielt darauf an und erklärte, dass sie schließlich nicht wirklich im Studio angestellt war. Also könnten wir doch ganz offiziell ein Paar sein. Sie erwiderte, es liege nicht nur am Studio, sondern sie müsse noch eine Reihe anderer Probleme lösen. So wie sie es sagte, war mir klar, dass es einen anderen Mann gab. Mindestens einen anderen."

„Also Ben?"

„Möglicherweise ja. Sie sagte, es gehe um jemanden, der immer im Studio sei. Sam dürfte es wohl nicht gewesen sein, weil er schwul ist. Und Justin wohl auch nicht, weil sie sich nur für Männer ab 1,80 Meter aufwärts interessierte."

Damit hatte er also bei Justin schon richtig gelegen, dachte Quinn.

„Gordon?"

„Gordon … er ist um einiges älter, sieht aber immer noch gut aus. Es heißt, er interessiert sich für Männlein und Weiblein gleichermaßen. Wenn zwischen den beiden etwas gewesen sein soll, dann war davon nichts zu spüren."

„Und ihr Partner Jim Burke?"

„Ich glaube nicht."

„Wieso nicht?"

„Na ja, Lara spielte zwar gern die starke Frau, aber sie konnte nichts mit Männern anfangen, die kein Widerwort gaben und alles machten, was sie wollte. Genau das tat Jim aber. Ihn sehe ich nicht als ihren Geliebten."

Quinn beugte sich ein wenig vor. „An dem Abend, an dem sie starb, waren Hunderte von Menschen anwesend. Kannst du dich erinnern, ob sie sich mit irgendjemandem gestritten hat?"

Doug zögerte. „Kann ich ein Bier haben?"

„Bedien dich ruhig, aber beantworte meine Frage."

Er stand auf und nahm eine Flasche Bier aus dem Kühlschrank. Fragend blickte er zu seinem Bruder und warf ihm daraufhin auch eine Flasche zu, die Quinn lässig auffing.

„Es gab einen Streit."

„Ach?"

„Also nicht *mit mir*, sondern *über mich*. Sie sagte zu Jane, sie müsse folgen, dürfe nicht mehr so sehr eingreifen, weil ich meine Schritte kenne. Sie müsse mich führen lassen. Jane murmelte: ‚Leck mich, du Miststück.' Lara hörte das und erklärte, darüber würde sie später noch mit ihr reden. Wenn sie wollte, konnte sie richtig gehässig sein. Auf eine kalte, tödliche Weise."

„Tja, sie ist aber jetzt die Tote. Sie und Jane waren harte Konkurrentinnen, oder?"

„Eigentlich ist Rhianna im Moment mehr die Schönheit im Studio." Dougs Mobiltelefon klingelte, mit einem knappen „Entschuldige" zog er es aus der Tasche und meldete sich.

Quinn merkte, wie sein Bruder ihm verstohlene Blicke zuwarf.

„Ja, im Moment habe ich zu tun", sagte er leise, dann hörte er aufmerksam zu.

„Ich weiß nicht so genau“, entgegnete er und warf Quinn einen seltsam schuldbewussten Blick zu.

„Wer ist das?“ flüsterte Quinn.

Einen Moment lang hatte er das Gefühl, Doug würde lügen oder ihm sagen, dass es ihn nichts anging, doch er hielt das Mundstück zu und erwiderte: „Es ist Jane.“

„Jane Ulrich?“ fragte er.

Doug nickte. „Ich … ich kann ihr auch sagen, dass ich mich heute Abend nicht mit ihr treffen kann.“

„Ich glaube, du solltest dich überhaupt nicht mit ihr treffen.“

„Ja, ich weiß.“ Das erklärte den schuldbewussten Ausdruck. „Du darfst niemandem etwas sagen“, fügte er rasch an. „Sie könnte ihren Job verlieren. Hör zu, ich kann ihr sagen, dass ich nicht zu ihr kommen kann.“

„Doch, doch, geh ruhig. Aber vergiss nicht, dass du ein Cop bist und dass du mich in diese Angelegenheit hineingezogen hast.“

„Ich soll nicht vergessen, dass ich ein Cop bin? Du meinst, ich soll sie aushorchen.“

„Ja, verdammt noch mal.“

„Ist das nicht etwas … schäbig?“

„Nein. Ein Mord ist schäbig.“

Doug nickte. „Du hast Recht.“

Quinn schüttelte verständnislos den Kopf. „Du hattest eine Affäre mit Lara, und sie ist erst seit ein paar Tagen unter der Erde.“

„Ich weiß“, gab Doug kleinlaut zurück. „Aber wie gesagt, sie traf sich auch mit anderen. Sie bedeutete mir etwas. Und wenn das hier gelöst wird, dann bedeutet mir das noch viel mehr. Ich arbeite mit Jane zusammen und das schon seit langer Zeit. Wir sind gute Freunde, und im Moment ist sie sehr aufgewühlt. Wir zwei haben nicht wirklich was miteinander angefangen, sie will nur nicht allein sein. Findest du es denn so schlimm, dass ich meine Zeit mit ihr verbringe?"

Quinn trommelte mit den Fingern auf die Tischplatte. „Das nicht, Doug. Aber wenn du mit Lara so eng befreundet warst, dann solltest du doch wissen, mit wem sie bei dem Tanzwettbewerb kurz allein war. Ein paar Minuten hätten schon genügt."

Doug machte eine beiläufige Geste. „Die Leute sind da ständig in Bewegung. Vor dem Abendessen und dem eigentlichen Wettbewerb gab es eine Cocktailstunde. Da liefen nun wirklich alle durcheinander. Außerdem hatten die Lehrer und die Lehrerinnen getrennte Garderoben, die allerdings über einen kleinen Balkon miteinander verbunden waren. Wer wollte, konnte also über den Balkon schnell nach nebenan gelangen. Und selbst die Profis bekamen Champagner oder Cocktails."

„Man hätte die Gläser in den Garderoben sicherstellen und untersuchen müssen", sagte Quinn und wunderte sich, warum man eine solche Selbstverständlichkeit übersehen hatte.

„Vergiss nicht, es sah nach einem natürlichen Tod aus", entgegnete sein Bruder. „Du glaubst doch nicht, dass eine von den Frauen damit zu tun habe könnte?"

„Wieso nicht? Die Geschichte zeigt, dass auch Frauen zum Mord fähig sind. Und wenn sie morden, greifen sie oft zu Gift."

„Hier war kein Gift im Spiel."

„Drogen und Medikamente können die gleiche Wirkung erzielen. Ich meine damit, dass es sich um praktisch unsichtbare Mordwaffen handelt, ganz im Gegensatz zu Messern oder Schusswaffen."

„Aber ... Jane? Wenn schon eine Frau, dann wohl eher Shannon. Sie hatte Grund, auf Lara wütend zu sein."

„Stimmt. Und wenn es nur um Laras Tod ginge, würde ich

die Theorie einer Mörderin auch für recht zutreffend halten. Aber Nell hatte ebenfalls mit dem Studio zu tun, und die Umstände sind einfach zu ähnlich. Und ob die beiden Drogentoten vielleicht auch noch damit zusammenhängen, weiß ich nach wie vor nicht. Ich glaube zwar, dass es so ist, aber es gibt keine nachweisbare Verbindung. Also muss ich erst mal jeden verdächtigen."

„Jane auch?"

„Ja, sie auch. Versuch herauszufinden, ob sie Drogen nimmt. Und ob sie Medikamente verschrieben bekommt. Wenn ja, stell fest, von wem sie ihr verschrieben werden."

„Ich komme mir trotzdem schäbig vor. Aber ... na ja, du hast Recht. Ich habe dich hier reingezogen, und ich bin derjenige, der Detective werden will. Aber du *warst* Detective, und als du beim FBI warst, da hast du die Leute beobachtet und ihre Psyche analysiert. Du musst doch ein besseres Gefühl als ich dafür haben, was hier los ist."

„Nur Vermutungen", erklärte Quinn. „Aber die scheinen genauso nützlich zu sein wie jede andere Methode, die ich gelernt habe."

„Sollte ich jetzt gehen?" fragte Doug.

Quinn nickte, dann legte er die Stirn in Falten. „Ist sie immer noch dran?"

Doug hob seine Hand und zeigte, dass sein Finger noch immer auf das Mundstück gepresst war. Dann sprach er hinein: „Ich mache mich jetzt auf den Weg."

Jane erwiderte etwas, was Doug verschmitzt grinsen ließ.

Er legte auf und ließ Quinn allein zurück, der sich wieder seine Notizen widmete.

Alles nur Zufälle?

Art Durken saß im Gefängnis.

Lara Trudeau war an dem gleichen Mittel gestorben, das auch Nells Tod ausgelöst hatte. Rezepte von zwei verschiedenen, angesehenen Ärzten.

Wie passten die anderen toten Frauen dazu? Vielleicht gar nicht?

Augenblick! Die Rezepte waren von zwei Ärzten ausgestellt worden, aber das hieß nicht, dass sie sich nicht woanders weitere Rezepte geholt hatten.

Er sah auf die Uhr. Es war schon spät. Aber das war jetzt egal. Quinn griff nach dem Telefon, um ein paar Leute anzurufen, bei denen er noch etwas gut hatte.

„Ben!“ rief Shannon erleichtert und betätigte den Fensterheber, fragte sich aber im gleichen Augenblick, ob das wirklich eine gute Idee gewesen war.

„Shannon? Alles in Ordnung?“ Er klang so besorgt, wie er sie ansah.

„Mir geht's gut. Aber warum klopfst du wie verrückt gegen die Scheibe?“

„Weil du wie eine Besessene aus dem Studio gerannt bist. Was ist denn los?“

„Nur die Nerven“, erwiderte sie. Aber hatten ihre Nerven ihr wirklich einen Streich gespielt? Hatte sie sich die Schritte nur eingebildet, die ihr zu folgen schienen?

„Dann geht's dir gut?“

„Ja, bis auf den Beinahe-Herzanfall, den du mir beschert hast.“

„Tut mir Leid, wirklich. Ich dachte, etwas wäre nicht in Ordnung mit dir.“

Sie schüttelte nachdrücklich den Kopf. „Von wo bist du eigentlich gekommen?“

„Von vorn. Ich musste noch was im Supermarkt einkaufen, aber mein Wagen ist hier geparkt."

„Aha. Du bist nicht auf der Hintertreppe nach oben gegangen, oder?"

„Nein, ich kam direkt von der Straße. Wieso?"

„Ich weiß nicht, ich dachte, ich hätte etwas gehört."

„Gebäude machen immer irgendwelche Geräusche, besonders wenn sie so alt sind wie unseres."

„Ich schätze, du hast Recht", sagte sie.

„Soll ich dir bis nach Hause hinterherfahren?"

„Nein, das geht schon."

„Ich steige auch nicht aus. Ich will nur sicher sein, dass du heil zu Hause ankommst."

„Ja, okay", willigte Shannon ein.

Ben ging zu seinem Wagen, sie legte einen Gang ein. Ihr Haus lag so dicht am Studio, dass sie sich fragte, warum sie das kurze Stück mit dem Wagen zurücklegte.

*Weil du heute Nacht nicht zu Fuß durch stille Straßen gehen willst,* sagte eine innere Stimme.

Sie war schnell zu Hause angelangt. Als sie in der Auffahrt den Wagen abbremste, sah sie Ben, der sie von seinem Wagen aus beobachtete. Sie eilte auf die Veranda, schloss auf und ging hinein. Ehe sie die Tür hinter sich verriegelte, winkte sie ihm noch einmal zu.

Ben winkte zurück und fuhr los.

Shannon lehnte sich gegen die Tür und sah sich im Haus um. Sie hatte den Tag über einzelne Lampen brennen lassen, dennoch gab es einige Ecken, die im Schatten lagen.

Dazu die Stille, die fast etwas Unnatürliches hatte.

Du bist die Nächste!

Vier Worte, die ein Kellner auf einer Tanzveranstaltung zu ihr gesagt hatte, die alles Mögliche bedeuten konnten, die versehentlich an sie gerichtet worden sein mochten. Und doch verfolgten sie sie auf Schritt und Tritt.

„Dann krieg doch endlich deinen Nervenzusammenbruch und lass dich in eine Irrenanstalt einweisen", sagte sie leise zu sich selbst.

Sie verspürte den heftigen Wunsch, aus dem Haus zu rennen und zum Hafen zu fahren, wo ein Boot mit dem Namen *Twisted Time* lag.

*Nein!*

„Verdammt noch mal!" brüllte sie aufgebracht. Wieder ging sie von Zimmer zu Zimmer, sah in die Schränke und unters Bett, überprüfte alles zweimal, auch ob die Hintertür so fest verriegelt war, wie es sein sollte.

Dann trank sie eine Tasse Tee und nahm eine Excedrin.

Anschließend verfluchte sie sich, da sie lieber die ganze Nacht wach geblieben wäre, anstatt auch nur eine einzige Tablette zu nehmen.

Es war bereits spät, als sie sich endlich ins Bett legte. Nur im Schlafzimmer war es dunkel, in allen anderen Räumen brannte weiter das Licht. Sie befand sich im Schatten und sah hinaus ins Licht – ein angenehmer Gedanke, der ihr schließlich half, die Augen zuzumachen.

Vielleicht hatte Christie Recht. Vielleicht brauchte sie einen Hund.

Auf einmal saß sie aufrecht im Bett, umgeben von der Dunkelheit. Ben hatte gesagt, er sei noch im Supermarkt gewesen.

Was hatte er gekauft?

Erst jetzt war ihr bewusst geworden, dass er gar nichts bei sich gehabt hatte!

Sie war wieder zu Hause.

Und sie war allein. Und inzwischen lag sie bestimmt im Bett, die schönen Augen geschlossen, die langen Wimpern auf die Wangen gebettet.

Kein Wachhund, keine Alarmanlage. Es würde eine Leichtigkeit sein, ein Paar Handschuhe anzuziehen und den Hausschlüssel zu benutzen, den er besaß.

Sie hatte ja keine Ahnung, wie verwundbar sie war ... zu jeder Zeit.

Was genau wusste sie wohl?

Nichts, dessen war er sich sicher.

Außer ... außer dass sie Dinge hörte, die sie gar nicht hätte wahrnehmen dürfen. Vielleicht würde sie irgendwann anfangen, nach der Quelle des Geräuschs zu suchen.

Aber da war noch mehr.

Er hatte sie mehr als einmal belauscht. Er sah, wie sie sich verhielt. Und jetzt beobachtete er sie im Studio, wann immer das möglich war.

Heute Abend hatte sie etwas gehört, und ein vages Gefühl drohender Gefahr hatte sie angetrieben.

Er zögerte, als er darüber nachdachte, wie leicht es sein würde, ins Haus zu gelangen.

Aber warum?

Er konnte sie jederzeit töten, wenn er wollte. Wenn es nötig war.

Sie zu töten, würde ihm nicht gefallen.

Im Moment würde er sie nur beobachten, einfach nur beobachten.

Sie sollte nicht in ihren eigenen vier Wänden sterben. Es sei denn ...

Nein.

Es gab weit bessere Möglichkeiten, falls es erforderlich werden sollte.

Er hatte auf dem Fußweg im Schatten einer Ulme gestanden, doch sein Wagen war nicht allzu weit entfernt geparkt.

Er versuchte, nie zu weit entfernt zu sein, und sie merkte nie etwas davon.

Der Morgen dämmerte.

Er würde dafür sorgen, dass er den Tag über in ihrer Nähe blieb.

Heute Nacht hätte er sie berühren können.

Er hätte es mühelos tun können, so nah war er.

Doch sie ahnte es nicht.

Er würde sie immer beobachten.

Immer in ihrer Nähe.

Immer nah genug, um seine Hand auszustrecken …

… und sie zu berühren.

# 15. KAPITEL

Art Durken betrat den kleinen Besuchsraum des Gefängnisses, begleitet von einem bulligen Wachmann und einem alten Mann in einem zerknitterten Anzug. Der Mann stellte sich Quinn vor.

„Theodore Smith, Mr. O'Casey. Ich bin Mr. Durkens Anwalt. Mein Klient hat sich einverstanden erklärt, mit Ihnen zu reden, aber nur in meiner Gegenwart. Wenn mir eine Frage oder Ihr Tonfall nicht gefällt, möchte ich Sie frühzeitig daran erinnern, dass er sich ursprünglich überhaupt nicht mit Ihnen unterhalten wollte. Mr. Durken beteuert nach wie vor seine Unschuld, und er ist überzeugt, dass Sie nun Grund haben dürften, ihm zu glauben – immerhin baten Sie um dieses Treffen."

„Mir ist klar, dass Mr. Durken nicht verpflichtet ist, mit mir zu reden", erwiderte Quinn. „Ich weiß zu schätzen, dass Sie beide dieser Unterhaltung zugestimmt haben."

Smith nickte und wirkte trotz seines leicht heruntergekommenen Erscheinungsbilds so gönnerhaft wie ein König, der einem Untertan einen Wunsch erfüllte. Er setzte sich mit Durken an eine Seite des Tischs, Quinn nahm ihnen gegenüber Platz.

Der mürrische Wachmann blieb in einer Ecke stehen.

Durken war Anfang dreißig, hatte sandfarbenes Haar und blassgraue Augen. Er war schmal, aber drahtig, und er strahlte einen gewissen Charme aus. Offenbar war Nell deswegen bei ihm geblieben.

Und deswegen hatte er auch eine College-Studentin als Geliebte.

„Ich war's nicht", sagte Durken geradeheraus und starrte ihn unverhohlen an. „Ich weiß, dass Nell Sie auf mich angesetzt hatte. Darum wissen Sie auch ganz genau, was ich in den Wochen vor ihrem Tod gemacht habe. Aber ich habe meine Frau nicht umgebracht, ich schwör's."

Er wirkte krank und hatte mit dem Mann kaum noch etwas gemein, dem Quinn gefolgt war. Sein damals so ordentlich gekämmtes Haar wirkte zerzaust, als würde er jeden Tag unentwegt mit seinen Fingern hindurchfahren. Er hatte wie ein Mann ausgesehen, der die Welt fest im Griff hielt, aber jetzt war sein Gesicht schmal und hager, Schweißperlen standen auf seiner Oberlippe. Man hätte ihn für nervös halten können, weil er der Killer war, der alles zu leugnen versuchte.

Doch da war dieser Ausdruck von Ehrlichkeit in seinen Augen. Er gab Quinn nicht die Schuld, dass man ihn wegen Mordes angeklagt hatte.

„Ihre Fingerabdrücke waren auf dem Tablettenfläschchen Ihrer Frau", sagte Quinn ruhig.

„Ich habe ihr das verdammte Ding oft genug reichen dürfen, und jedes Mal erklärte ich ihr, sie sollte dieses Zeugs nicht nehmen. Ich sagte ihr sogar, ich sei es nicht wert, dass sie es meinetwegen einnahm. Aber sie versicherte mir, sie wüsste, wann und wie viel sie davon nehmen musste. Sie würde schon nicht zu viele Tabletten schlucken. Sie verhinderten Stimmungsschwankungen, Depressionen und Angstzustände."

„Angenommen, Sie haben es nicht getan, Art", überlegte Quinn laut. „Wer könnte ihr sonst eine Überdosis verabreicht haben?"

Ein Ausdruck der Verzweiflung huschte über das Gesicht des Mannes, während er ratlos den Kopf schüttelte. „Ich weiß nicht. Es ist so, ich ... ich glaube, Nell hatte vor vielen Monaten eine Affäre. Sie wusste ... nein, bevor sie Sie anheuerte, vermutete sie nur, ich könnte sie betrügen." Er hob seine Hände. „Ich ... ich hab's davor ja auch getan. Ich glaube, ihre Art, es mir heimzuzahlen, könnte darin bestanden haben, selbst eine Affäre anzufangen. Ich warf es ihr einmal vor, und sie sagte, sie *sollte* sich mit anderen Männern vergnügen, weil wir dann vielleicht eine Chance hätten, verheiratet zu bleiben. Sie sagte, dass sie mich liebt und dass sie mit mir verheiratet bleiben wollte. Ich bekam wahnsinnige Schuldgefühle, und ich war nicht wütend auf sie, weil sie mich im Gegenzug betrog. Ich wollte auch weiter mit ihr verheiratet sein."

„Und was geschah?"

Er schüttelte den Kopf. „Es liegt wohl nicht in meiner Natur, monogam zu leben. Ich lernte Cecily kennen, sagte ihr, ich sei ledig ... na, den Rest wissen Sie ja. Ach ja, und ich erklärte ihr, ich würde bei der CIA arbeiten. Darum sei ich so viel unterwegs und könne sie nicht so oft sehen. Und sie hat's mir geglaubt. Schätze, das wissen Sie alles längst. Hören Sie, ich habe meine Frau sicher verletzt, aber ich habe sie nicht umgebracht."

„Sie waren überhaupt nicht wütend, obwohl sie womöglich eine Affäre hatte? Davon haben Sie noch nie ein Wort gesagt, das steht in keinem Protokoll", sagte Quinn.

„Art, passen Sie auf, was Sie sagen", warnte Smith ihn.

„Ich hab's nicht gesagt, weil niemand danach gefragt hat. Und warum sollte ich so was freiwillig erzählen, wenn man mein Motiv bereits gefunden hatte und mir sowieso niemand irgendwelche anderen Fragen stellte? Und wo wir schon dabei sind: Ja, es war ihr Treuhandvermögen, mit dem wir unseren Lebensstil finanziert haben."

„Art, dieser Mann kann Ihre Aussage vor Gericht gegen Sie verwenden!" betonte Smith.

„Diese Affäre Ihrer Frau ... kam Ihnen dieser Gedanke, als sie Tanzstunden nahm?" fragte Quinn.

Durken wirkte überrascht. „Ja."

„Glauben Sie, sie hatte eine Affäre mit einem Lehrer oder einem anderen Schüler?“

„Ich war nie in dieser Tanzschule, ist nicht mein Ding. Als Nell damit anfing, bat sie mich, mitzukommen. Vielleicht wäre es besser gewesen, wer weiß? Aber ich schätze, sie könnte da eine Affäre gehabt haben. Es gab eine große Versöhnung, sie hörte mit dem Tanzen auf – und ich nahm an, dass die Affäre damit auch vorbei war. Ich habe sie nie darauf angesprochen, weil ich nicht wollte, dass sie mich auf meine Affären anspricht. Ich war schuldig, und wenn sie auch schuldig war ... na ja, Sie wissen schon.“ Mit einem Mal hellte sich seine Miene auf. „Ich habe das von der Tänzerin gehört, die gestorben ist. Sie starb auch an einer Überdosis, wie? Oder Drogen mit Alkohol.“ Er wurde wieder ernst. „Aber sie starb vor Publikum, nicht wahr?“

„Ja, vor Hunderten von Menschen.“

Durken sah abermals so kränklich aus wie zu Beginn.

Quinn stand auf, nickte Durkens Anwalt und dem Wachmann zu. „Das heißt aber nicht, dass sie vor ihrem Auftritt nicht mit irgendwem allein war“, fuhr er fort. Er reichte Durkens Anwalt seine Visitenkarte. „Wenn Ihnen noch etwas einfällt, würden Sie mich dann bitte anrufen?“

Er ging zur Tür, als Smith ihm nachrief: „Mr. O’Casey, Ihnen ist doch klar, dass Mr. Durken Ihretwegen hier ist.“

„Mr. Durken ist hier, weil sich seine Fingerabdrücke auf dem Tablettenfläschchen seiner Frau befanden. Von mir hat die Polizei lediglich Aufzeichnungen über seine Aktivitäten vor dem Tod seiner Frau erhalten.“

Durken schüttelte den Kopf und ignorierte seinen Anwalt: „Mir ist gleich, ob ich Ihretwegen hier sitze oder nicht, solange Sie mich wieder rausholen können. Ich werde überlegen, ob mir noch irgendetwas einfällt.“

„Danke“, sagte Quinn.

Ein Wachmann öffnete die Tür von außen, und Quinn ging rasch hinaus, um die Gefängnismauern so schnell wie möglich hinter sich zu lassen.

Draußen angekommen zögerte er kurz, dann rief er Annie an. Obwohl er erst morgen wieder eine Tanzstunde hatte, wollte er ins Studio zurück.

Marnie war aufgeregt.

In Jeans und Polohemd gekleidet, galt ihre Hauptsorge der Frage, woher sie etwas zum Anziehen bekommen sollte, damit sie sich beim Tanzen frei bewegen konnte.

„Und meine Schuhe“, sagte sie zu Quinn. „Die sind ’ne totale Katastrophe.“

Er warf einen kurzen Blick zur Beifahrerseite. „Ich glaube nicht, dass das so ein Problem ist. Jedenfalls nicht gleich zu Anfang.“

„Echt nicht?“

„Wir werden ja sehen.“

Sie nickte, und er wusste, dass sie ihn beim Fahren beobachtete. „Danke übrigens“, sagte sie leise.

„Die erste Stunde ist für jeden im Studio kostenlos“, erwiderte er, aber sie schüttelte den Kopf so heftig, dass ihr langes dunkles Haar nur so herumflog.

„Ich mein’ danke, dass du das mit Annie und allem anderen geregelt hast. Annie ist wirklich okay. Ich hab’ auch schon gearbeitet, in der Boutique gleich nebenan. In der Unterkunft kann ich bleiben, bis ich genug Geld hab’, um mir ’ne Wohnung zu leisten. Die Boutique ist super, alles nur coole Klamotten, und nach sechs Monaten krieg’ ich fünfzig Prozent Rabatt. Aber weißt du was? Da ist ’ne ältere Frau, die ist mit Annie befreundet.

Die hat hier in der Gegend keine Familie. Annie versucht, uns zwei zusammenzubringen. Ich krieg' ein Zimmer und muss keine Miete zahlen, dafür gehe ich mit ihr zum Arzt, wenn sie einen Termin hat, oder ich gehe für sie einkaufen oder ich bringe sie zur Kirche. Wenn alles gut läuft, kann ich ihren Wagen kaufen. Ist zwar ein fünfzehn Jahre alter Chevy, aber der ist so gut wie nie gefahren worden."

„Das klingt doch gut", meinte Quinn.

„Gut? Das ist der totale Hammer!" rief Marnie. Dann schüttelte sie wieder den Kopf, als wolle sie nicht zu gefühlvoll werden. „Danke jedenfalls. Läuft alles echt gut. Besser als in dem Garten zu wohnen. Ein bisschen unheimlich war's schon."

„Unheimlich? Du meinst, wegen der Käfer und der Spinnen?"

„Wenn du auf der Straße lebst, dann gewöhnst du dich an Käfer und so'n Zeugs. Nee, da war dieser Wagen, der ab und zu ganz langsam vorbeifuhr und dann Gas gab. Wahrscheinlich hat der nur 'ne Hausnummer gesucht."

Quinns Finger verkrampften sich und umfassten das Lenkrad fester. „Was für ein Wagen?"

„Na, halt ein Wagen. Sorry, aber ich konnt kein Nummernschild erkennen. Es war ja nachts. Eben ein Wagen. Kann sein, dass er beige war. Oder grau. Auf jeden Fall hell."

„Was für ein Wagen war es?"

„Wie ‚was für ein Wagen'? Ein Wagen, mit dem Leute fahren."

„Groß? Klein?"

„Mittel."

„Chevy, Ford, Oldsmobile, Toyota, Mercedes – welche Marke?"

„Weiß nicht, ich hab' selbst keinen Wagen. Ich hab' mir nicht mal einen in 'nem Laden angesehen. Dass die alte Mrs. Marlin einen Chevy hat, weiß ich auch nur, weil Annie mir das gesagt hat. Ich würd' sagen, es war 'ne mittelgroße Limousine."

„Würdest du ihn wiedererkennen?"

Sie schien seine Aufregung zu spüren und war plötzlich angespannt. Leicht eingeschüchtert sah sie zu ihm, als hätte sie Angst, er könne sich als verrückt entpuppen. Trotzdem schien es, dass sie ihm auch weiterhelfen wollte.

„Nee, tut mir Leid, echt."

„In wie vielen Nächten hast du den Wagen gesehen?"

„Eigentlich nur zweimal. Wenn's derselbe Wagen war ..."

„Und was war an ihm so unheimlich?"

„Weiß nicht. Das war einfach unheimlich. Heh, pass auf, sonst verpasst du die Abfahrt. Ich weiß, wo's zum Strand geht."

Am Studio angekommen stellte Quinn seinen Wagen an einer Parkuhr ab. Er erklärte Marnie, sie würden um das Gebäude herumgehen und einen Blick auf den Parkplatz werfen, wo die Lehrer, fortgeschrittenere Schüler und Angestellte parkten.

„Erkennst du ihn wieder?" fragte er, obwohl er die Antwort bereits erahnte.

Fast jeder zweite Wagen war beige oder grau, und bei fast allen handelte es sich um Limousinen.

„Tut mir Leid, Quinn, die sehen für mich alle gleich aus", sagte sie und sah ihn mit ihren großen braunen Augen an. „Das könnte jeder gewesen sein."

„Oder keiner", meinte er.

„Oder keiner."

Er nickte. „Wenigstens haben wir es versucht. Lass uns raufgehen."

Marnie strahlte ihn an. „Meine erste Tanzstunde", flüsterte sie glücklich.

Shannon kam von einem Termin ins *Moonlight Sonata* zurück und sah als Erstes, dass Sam Railey mit Marnie verschiedene Schritte übte. Sie wirkte wie ein Kind, das zum ersten Mal in seinem Leben ein Weihnachtsgeschenk bekommen hatte. Ihre Bewegungen, mit denen sie Sams Anweisungen für einen Rumba-Schritt folgte, besaßen eine natürliche Eleganz.

Marnie bemerkte Shannon, doch die schaute sich schnell um, da sie sicher war, dass Quinn ebenfalls hier sein würde.

Tatsächlich. Er stand bei Gordon und Ella an der Rezeption, gemeinsam beobachteten sie Marnie.

„Da bist du ja", rief Ella ihr zu. „Wie lief der Termin?"

„Alles bestens", erwiderte sie und stellte sich zu der Gruppe, wobei sie Quinn in genau dem höflichen Tonfall begrüßte, der vorgeschrieben war.

„Sehr gut, du hast in einer Viertelstunde einen Schüler", erklärte Ella.

„Ja?" Shannon fragte sich, wer der Schüler sein mochte. Quinn war erst für den nächsten Tag eingeplant ...

„Mich!" räusperte Quinn sich jedoch und schenkte ihr ein strahlendes Lächeln.

„So?" Sie gab sich alle Mühe, nicht zu reserviert zu klingen.

„Ich habe mich entschieden, bei dieser Gator Gala mitzumachen", sagte er. „Das bedeutet, dass ich in sehr kurzer Zeit noch sehr viel lernen muss."

„Du willst da wirklich mitmachen?" fragte sie.

„Warum denn nicht?" mischte sich Gordon ein. „Es gibt eine Kategorie für Anfänger."

„Gordon, er hatte bislang eine einzige Privatstunde!"

„Darum geht es ja. Ich brauche mehr Stunden", gab Quinn zurück.

„Okay, aber ich muss erst meine anderen Schuhe anziehen."

Shannon musste sich sehr anstrengen, die Ruhe zu bewahren. Sie ging in ihr Büro und wechselte die Schuhe. Gordon mochte ja begeistert sein, dass ein neuer Schüler gleich im Wettbewerb mitmischen wollte, aber diese Freude teilte sie nicht.

Für das Studio war es allerdings gut, denn es bedeutete sehr viele Unterrichtsstunden und damit sehr viel Geld. Jetzt wusste sie zwar, dass er kein armer Fischer oder Not leidender Charterer mehr war, aber sie fragte sich, ob ein Privatdetektiv so gut verdiente.

Doug O'Casey nahm so viele Stunden, wie es ihm gefiel, da sein Gehalt als Polizist offenbar dafür reichte.

Jemand klopfte an die Bürotür. „Hey, Shannon", sagte Ella vorsichtig. „Er hat sich für diese Stunde angemeldet."

„Er hätte es besser nicht gemacht, ich bin schließlich gerade erst zurückgekommen", murmelte sie.

„Gordon war völlig begeistert."

„Dann sollte Gordon ihn vielleicht auch unterrichten."

„Shannon, was ist denn bloß los mit dir?" wunderte sich Ella.

„Nichts. Ich bin gleich da."

Katarina war im Studio, diesmal ohne Ehemann David. Sie tanzte mit Ben, der ihr zeigte, wie sie beim Walzer mit ihrem Körper einen wunderschönen Bogen schaffen konnte. „Wenn man die Schritte lernt, vergisst man darüber leicht den restlichen Körper", erklärte Ben ernst. „Aber nachdem Sie jetzt die Routine beherrschen, können Sie am Körper arbeiten. Denken Sie an Eleganz. Wir tanzen gemeinsam, aber Sie müssen sich an Ihre eigene Position erinnern – an Ihr eigenes Universum."

„Und von Ihrem Universum soll ich mich zum Teufel noch mal fern halten, richtig?" gab Katarina lachend zurück. „Ja, ja, Ben, ich weiß, was Sie meinen. Ich vergesse es nur immer wieder."

„Darum gehen wir es ja immer wieder durch", erwiderte er und tanzte mit ihr in einen anderen Teil des Saals. Quinn O'Casey – ‚Der mit den zwei linken Füßen tanzt' – wartete schon auf sie.

Sie ging zu ihm und nahm seine Hand, dann gingen sie zur anderen Seite. Dort war Justin Garcia mit einer hübschen jungen Orientalin beschäftigt, die ihre erste Stunde nahm. Sam Railey kümmerte sich nach wie vor um Marnie, aber deren erste Stunde war um, und so standen die beiden an der Küche und unterhielten sich, während er ihr eine Tasse Kaffee einschenkte.

Nirgends im Studio konnte man wirklich unter vier Augen reden, aber meistens war die Musik so laut, dass sie ohnehin jedes Gespräch übertönte.

„Warum machst du dir die Mühe, überhaupt Unterricht zu nehmen?" wollte Shannon von Quinn wissen, während sie ihn zu einem Stapel CDs führte.

„Weil ich gerne die irische Salsa-Sensation der Stadt sein möchte", erwiderte er ironisch.

„Die Wahrheit."

„Geschwisterneid. Doug ist so verdammt gut, dass es mich verrückt macht."

„Die Wahrheit."

„Es ist das Beste, was ich machen kann, um hier zu sein."

„Es ist auch das Teuerste, was du machen kannst."

„Stimmt", pflichtete er ihr bei. „Aber wenn ich mich lange genug hier aufhalte, komme ich hinter all die düsteren Geheimnisse, die hier verborgen sind."

„Oh ja, als ob wir düstere Geheimnisse hätten", gab sie bissig zurück. „Wir haben kein Privatleben, und das ist die traurige Wahrheit."

„Lara hatte ein Privatleben. Ein ziemlich reges sogar."

Shannon wartete, bis Justins Salsa-CD stoppte, dann legte sie einen einfachen Walzer ein und drückte auf Wiedergabe. „Komm“, wies sie Quinn an. „Mitzählen. Es ist ganz einfach. Eins, zwei, drei … eins, zwei, drei …“

Erstaunt nahm sie zur Kenntnis, dass er den Takt tatsächlich hielt.

„Nicht schlecht“, kommentierte sie.

„Den habe ich von meiner Mom gelernt, als ich klein war“, gab er zu. „Aber du machst einen sehr unglücklichen Eindruck darüber, dass du mich unterrichten musst. Also lass uns reden.“

„Kannst du reden und mitzählen?“ fragte sie.

„Natürlich!“

„Ist ja gut, ich wollte dir nicht zu nahe treten! Viele Leute müssen zu Anfang mitzählen. Erst dann lernen sie, sich während der Schritte auch zu unterhalten.“

„Wo fangen wir an? Du weißt, wer ich bin und was ich mache. Also bist du jetzt an der Reihe. Warst du mit Lara irgendwann an dem Tag allein, an dem sie starb?“

Shannon starrte ihn an und begann zu verstehen, dass er weitaus besser tanzen konnte, als er sie hatte glauben machen. Vielleicht galt das aber auch nur für den Walzer. Auf jeden Fall war er durchaus in der Lage, sich über die Tanzfläche zu bewegen und sie gleichzeitig zu verhören.

„Nein“, antwortete sie schließlich. „Ich verstand mich gut mit ihr. Wenn sie ins Studio kam, schrieb ich ihr einen Honorarscheck aus, wir unterhielten uns, ich gratulierte ihr zu ihrem jüngsten Sieg. Aber wir waren nicht befreundet, und wir suchten auch nicht die Gesellschaft des anderen. Also – ich war nicht mit ihr allein.“

„Hast du sie vielleicht mit jemandem alleine reden sehen?“

Sie schüttelte den Kopf. „Ich habe sie nicht beobachtet.“

„Und was hat dich dann an dem Tag so sehr aufgewühlt?"

„Nichts", sagte sie und atmete tief durch.

„Dann hast du gelogen?"

„Nein, ich habe nicht gelogen", sagte sie und fuhr zögerlich fort: „Ich war verdammt wütend auf dich."

„Nicht zu fassen." Sein Blick war scharf und stechend, kühl und distanziert. Er war jetzt nicht ihr Schüler, sondern der Polizist, der sie verhören wollte. Und er war gut darin – so gut, dass sie das Gefühl hatte, alles zu sagen, was sie wusste. Schließlich hielt sie sich vor Augen, dass er ein Privatdetektiv war, kein Polizist.

Ein Cop war er aber mal gewesen. Vielleicht hatte er gehofft, als Privatdetektiv mehr Geld zu verdienen. Es kam ihr vor, als würde sie mit Eliot Ness tanzen.

„Sag es mir", hakte er nach. „Sag es mir, und sag mir auch, warum du es mir bislang nicht erzählt hast."

„Weil es eigentlich gar nichts war", beteuerte sie.

„Das entscheide ich."

„Also gut. Als Lara tanzte, kam ein Kellner zu mir und sagte: ‚Du bist die Nächste.'"

„‚Du bist die Nächste'?" wiederholte er.

„Ja, deshalb bin ich … na ja, ich nahm an, dass er mich mit jemandem verwechselt hatte. Ich war nicht im Wettbewerb, ich konnte nicht die Nächste sein. Aber genau das machte mich anschließend so nervös. ‚Du bist die Nächste.' Das klang so, als müsste ich als Nächste sterben. Ich nahm an, ich hätte das nur wegen Laras Tod so völlig falsch aufgefasst."

„Du solltest nie einfach irgendetwas annehmen. Bist du sicher, dass es sich um einen Kellner handelte?"

„Er war wie ein Kellner gekleidet."

„Okay, ich kümmere mich darum", sagte er.

„Darum kümmern? Wie willst du denn herausfinden, wer an dem Abend überhaupt als Kellner eingesetzt war? Ach, vergiss meine Frage, du machst das ja beruflich."

Die Musik war zu Ende, und Justin legte wieder seine Salsa-CD ein. Shannon entschied, ihr Temperament zu zügeln. Quinn war schließlich nicht ihr Feind, sondern er war auf der Suche nach der Wahrheit.

Und genau das wollte sie ja.

„Danke", brachte sie heraus. „Wenn ich erfahre, dass der Mann mich wirklich nur verwechselt hat, dann kann ich wieder ruhiger schlafen."

„Ich werde das schon herausfinden", versicherte er. „Und eine Bitte hätte ich noch. Wenn dir irgendetwas einfällt, sag es mir, ganz egal, wie albern es dir vorkommt."

„Ja", versprach sie.

„Und?"

„Was und?"

„Meine Tanzstunde ist noch nicht um. Ich glaube, ich habe den Beweis erbracht, dass ich einen Walzer mitzählen kann. Was ich lernen muss, sind weitere Schritte. Und erkläre mir bitte, warum du mich so von dir wegdrückst und meinem Blick ausweichst."

„Weil ich dich bei einem Walzer nicht ansehen soll. Es gibt eine Methode, wie man den Partner hält, aber soweit bist du noch nicht."

Er zog eine Braue hoch. „Stell mich auf die Probe", sagte er leise.

„Du bist ein Anfänger, du hast es selbst gesagt. Zwei linke Füße."

„Nicht in allem."

Sie war sich nicht sicher, wie seine Bemerkung gemeint war.

Sollte es eine Anspielung sein, oder bezog er sich ausschließlich auf das Tanzen?

„Entschuldige mich kurz. Ich hole deine Akte, und sobald Justin fertig ist, geht es mit dem Walzer weiter."

Sie ging weg, nahm seine Akte aus dem Regal und begab sich dann zur Stereoanlage. Das Salsa-Stück endete, und sie nahm die CD heraus, um einen Walzer aufzulegen.

In der kurzen Pause, die dadurch entstand, herrschte im Studio Stille – solche Stille, dass sie das Geräusch wieder hören konnte. Ein Kratzen, als würde jemand mit den Fingernägeln über eine Schiefertafel fahren ... als würde etwas geöffnet und wieder geschlossen ...

Dann setzte die Musik ein, und Quinn stellte sich hinter sie.

Sie drehte sich zu ihm um und sah ihn besorgt an. „Hast du das gehört?"

„Was? Etwas auf der CD?" fragte er.

„Nein ... nein ... mehr wie ..."

„Irgendwo auf der Straße hatte ein Wagen eine Fehlzündung", sagte er.

Sie schüttelte den Kopf.

„*Was* hast du denn gehört?" wollte er wissen.

„Ich weiß nicht. Eigentlich nichts. Das wird wohl der Wagen gewesen sein." Es war helllichter Tag, das Studio war voller Menschen, auf der Straße war viel los – das Geräusch konnte alles Mögliche gewesen sein.

*Aber sie hatte dieses Geräusch schon mal gehört.*

Als seine Tanzstunde endete, war Shannon überrascht, wie schmerzlos sie verstrichen war. Er schien mit seiner Leistung zufrieden zu sein. Vielleicht war der Unterricht wirklich nur eine Notwendigkeit, um seine Arbeit zu erledigen, doch er trug tatsächlich erste Früchte.

Unmittelbar nach der Stunde machte er sich mit Marnie auf den Weg.

Nachdem er gegangen war, schien sich der Rest des Tages unendlich hinzuziehen. Shannon ging von einem Raum zum nächsten und versuchte herauszufinden, woher das Geräusch kommen mochte.

Es war nichts zu entdecken. Unter dem Vorwand, nach dem Bestand an Toilettenpapier zu sehen, schaute sie sich auch auf der Herrentoilette um. Dabei wäre sie fast mit Sam zusammengestoßen, der gerade herauskam.

„Nicht viel zu tun?“ stichelte er grinsend.

In dem Moment tauchte Justin auf. „Hier ist doch sonst keine Schlange.“

„Ich wollte nach dem Papier sehen.“

Als sie sich umdrehte, stand Gordon hinter ihnen. „Was ist denn hier los? Sind wir hier auf einem Bahnhofsklo?“ fragte er in die Runde und sah Shannon argwöhnisch an.

„Ich habe nach dem Toilettenpapier gesehen“, erklärte sie abermals.

„Auf der Herrentoilette? Die Putzfrau kümmert sich einmal die Woche darum.“

„Irgendwer sagte, es sei alles aufgebraucht“, murmelte sie, dann bahnte sie sich mit einer Mischung aus Verärgerung und Verlegenheit ihren Weg nach draußen.

Obwohl sie in jedem Raum vergeblich gesucht hat, lauschte sie angestrengt weiter auf verdächtige Geräusche. Gleichzeitig hielt sie Ben im Auge. Als sie später am Empfang stand und Ben zu ihr kam, um einen Blick auf seinen Stundenplan zu werfen, war die Gelegenheit gekommen.

„Ben?“

„Hmm?“

„Wegen gestern Abend …"

„Ja?"

„Du sagtest, du warst im Supermarkt."

Er sah sie an. „Ja, genau."

„Wieso hast du dann nichts dabeigehabt? Keine Tüte oder Tasche und in der Hand hast du auch nichts gehalten. Was hast du gekauft?"

Ben verzog das Gesicht und erwiderte nach einer kurzen Pause: „Etwas Persönliches. Nichts, was dich irgendetwas angehen würde."

„Entschuldige."

„Willst du mir unterstellen, ich hätte dich verfolgt?"

„Nein, ich habe nur gefragt."

Er stützte sich auf dem Tisch ab und beugte sich zu ihr. „Kondome."

„Was?"

„Wenn du's unbedingt wissen willst, ich habe Kondome gekauft. Wenn du mir nicht glaubst, kannst du Julio fragen, den kleinen Kassierer aus Honduras. Er hatte gestern die Spätschicht."

Sie merkte, dass sie ein wenig errötete, aber das war jetzt egal, da Ben wieder auf Abstand zu ihr gegangen war.

„Danke, dass du's mir gesagt hast", sagte sie und stand auf. Er nickte ihr nur kurz zu und drehte sich um.

Danach verging der Tag noch zähflüssiger, da die Spannung zwischen ihr und Ben zunahm.

Am Abend gingen einige aus dem Studio nach unten in den Club. Shannon war froh, dass sie nicht als Letzte das Studio verlassen würde. Dann aber erkannte sie, dass Ella früher gegangen war, und sie doch abschließen musste.

Sie hastete in ihr Büro, packte ihre Handtasche und – erstarrte mitten in der Bewegung. Schritte. Jemand näherte sich ihrem Büro.

Bereit, mit ihrer Handtasche nach dem Unbekannten zu schlagen, holte sie aus und drehte sich um.

Gordon stand vor ihr und sah sie verwundert an. „Was ist los mit dir, Shannon?"

Sie ließ langsam ihre Handtasche sinken, hielt sie aber weiter fest umklammert.

„Shannon?"

Er sprach mit leiser, ruhiger Stimme, dennoch wirkte seine Miene angespannt. In seiner Hand hatte er einen Füllfederhalter, aber ihr kam es so vor, als würde er sich krampfhaft daran festhalten.

Gordon Henson war vom ersten Tag an ihr Mentor gewesen, er hatte ihr diesen Posten gegeben, sein Vertrauen in sie gesetzt. Er hatte sie nach ganz oben gebracht.

*Aber er hatte auch Lara Trudeau unterrichtet und sie ermutigt, nach mehr zu streben.*

„Nichts, es ist gar nichts." Sie sah auf seinen Füllfederhalter und bemerkte, dass er unablässig mit der Kappe spielte.

„Hey."

Sie sah an Gordon vorbei. Es befand sich noch jemand im Studio.

Quinn.

„Ich wollte nur fragen, ob Shannon nach unten in den Club kommt. Und was ist mit Ihnen, Gordon?" fragte er beiläufig. Beide starrten ihn an, woraufhin er flüchtig grinste. „Hey, Leute, ich bin kein Geist. Ich war die ganze Zeit da, um mir den Gruppenunterricht anzusehen."

„Ich gehe heute nach Hause", erklärte Gordon. „Und da Sie noch hier sind, können Sie bitte Shannon nach draußen begleiten.

Ben sagte mir, sie ist in letzter Zeit nachts sehr angespannt. Gute Nacht."

Gordon hob eine Hand, winkte ihm zu und ging.

„Und wie sieht es mit dir aus? Gehst du in den Club?" fragte Quinn an Shannon gewandt.

Sie schüttelte den Kopf. „Ich bin zu müde, ich will nur noch nach Hause."

„Bist du mit dem Wagen hier?"

„Ja."

„Dann fahre ich dir nach."

„Danke, aber das ist nicht nötig. Erst recht nicht, wenn du in den Club willst."

„Nicht heute Abend."

Beinahe hätte sie ihn gebeten, zu warten und mit ihr durch das Studio zu gehen, um die Ursache des Geräuschs herauszufinden. Doch es war nichts zu hören, und sie hatte keine Ahnung, wie sie es ihm beschreiben sollte. Außerdem machte ihr noch immer dieses seltsame Zusammentreffen mit Gordon zu schaffen.

Sie verließen das Studio, Shannon schloss ab, hielt dann inne und lauschte.

„Was ist?" fragt Quinn.

„Nichts." Es war tatsächlich nichts, nur die Musik aus dem Club war zu hören.

„Also?"

„Ja, lass uns gehen", sagte sie und ging die Treppe hinunter.

Er entgegnete nichts, sondern folgte ihr zu ihrem Wagen, dann stieg er in seinen Navigator ein und fuhr hinter ihr her.

Vor ihrem Haus angekommen, stieg er aus und kam zu ihr, als sie die Haustür aufschloss.

„Danke, wirklich vielen Dank", erklärte sie.

„Ich werde hinten auf der Couch schlafen", sagte er.

„Ich habe dich nicht darum gebeten."

„Ich weiß. Ich sage dir auch nur, was ich machen werde."

„Und wenn ich das nicht will?"

„Vertrau mir, du willst es", erwiderte er.

Er ging mit ihr ins Haus und schloss die Tür ab. Sie musste zugeben, dass er Recht hatte und sie es tatsächlich wollte.

## *16. KAPITEL*

Er fuhr ganz gemächlich vorbei, so wie es die Leute am Strand ständig machten. Einfach nur gemütlich durch die Stadt fahren, um zu sehen, wo was los war.

Bloß fuhr er abseits der üblichen Wege.

Hatte er schon immer etwas für sie übrig gehabt? Sie bewegte sich so geschmeidig. Die Art, wie sie den Kopf schräg legte, wie sie ihren Rücken durchdrückte, ihre Hand bewegte, wie ihr ganzer Körper der Musik folgte. Oh ja, sie war so geschmeidig, so elegant.

Bildete er sich das nur ein oder hatte sie ihn schon immer ein wenig nervös gemacht?

Was immer es war, das seine Besessenheit für sie geweckt hatte, sie ahnte nichts davon.

Mit einem Mal verfluchte er seinen Partner, der jetzt solche Probleme bereitete. Seltsam, aber wenn man erst einmal damit angefangen hatte, war Töten plötzlich ganz leicht. Er musste aber auch zugeben, dass sein Partner eine unheimliche Finesse darin besaß ...

Doch sein Partner konnte auch der Grund sein, dass man sie alle zu fassen bekam.

Er hatte ihn sich nicht sehr gut ausgesucht.

Denn hier am Strand konnte zum lauten, heißen Rhythmus der Nacht alles passieren. Die Reichen und die Armen kamen her, Ecstasy wechselte den Besitzer. Und jede Nacht kamen neue Designerdrogen dazu.

Menschen starben, weil sie nicht mit den Drogen umgehen konnten. Jeder wusste doch, dass Drogen töten können.

Aber jetzt ...

Sie machte ihn nervös und wütend, weil er besessen von ihr war.

Wenn sie ihn zu weit treiben sollte, dann konnte er sich in einer einzigen Nacht von seiner Besessenheit und seinem Problem befreien. Die Möglichkeit hatte er …

Er war klug. Und gefährlich.

Aber sie sah sich immer um, sie lauschte immer.

Sich vor den Augen des Opfers zu verstecken, war ein guter Rat. Sie konnte aufpassen, so lange sie wollte, doch was würde sie sehen können?

Lara hatte es gewusst, aber sie hatte Geld gewollt. Für sie war das Ganze ein Spiel gewesen. Für Lara Trudeau war eine Sünde nur dann eine Sünde, wenn man sie gegen sie richtete. Vermutlich war sie gestorben, ohne zu begreifen, was mit ihr geschah – und warum es geschah. Sie hätte aber den Grund wissen sollen. Sie hätte wissen sollen, dass man nicht die falschen Leute zu weit treibt.

Er verlangsamte das Tempo, als er sich ihrem Haus näherte.

Der Navigator stand in der Auffahrt.

Er fluchte und spürte, wie die Wut in ihm drängender wurde.

Eifersucht jagte durch seinen ganzen Leib, scharf und schmerzhaft wie die Klinge eines Messers. Mit starrem Blick betrachtete er das Haus und malte sich aus, was wohl hinter diesen Mauern vorging.

Die Wut steigerte sich immer weiter.

Schließlich war er an demHaus vorbeigefahren, doch innerlich kochte er.

Der Zorn legte sich wie eine Faust aus weißglühendem Stahl um seinen Magen. Seine Finger waren so verkrampft, dass er seinen Wagen an den Straßenrand lenkte.

Im letzten Moment bekam er sich wieder in den Griff.

Seine Zeit würde kommen.

*Ihre* Zeit würde kommen.

Da war er also wieder in ihrem Haus und machte sich auf den Weg in die Küche: Quinn O'Casey.

Sie folgte ihm. „Du kannst hier nicht bleiben", ließ sie ihn wissen.

„Was ist denn hier drin?" fragte er und machte einen Schrank auf. „Kaffee? Das bringt nichts, ich will schließlich schlafen." Er sah in den Kühlschrank.

„Du kannst nicht bleiben", wiederholte sie.

„Wieso nicht? Hast du heute Nacht keine Angst?" fragte er. „Tee", sagte er dann. „Heißer Tee. Da ist zwar auch Koffein drin, wenn ich mich nicht irre, aber es heißt, dass man danach trotzdem schlafen kann."

Sie streckte ihre Hand nach dem Karton mit den Teebeuteln aus. „Du kannst nicht bleiben", erklärte sie ihm abermals.

In seinen Augen war ein amüsiertes Funkeln zu sehen. „Was denn? Hast du Angst davor, dass ich auf der Couch schlafe? Befürchtest du, du kannst nicht auf Abstand bleiben?"

„Oh, ich garantiere dir, ich kann auf Abstand bleiben. Du scheinst nicht zu verstehen, dass dein Wagen nicht die ganze Nacht bei mir vor dem Haus stehen kann."

„Wieso? Kommen deine Freunde oder Angestellten nachts vorbeigefahren? Oder macht Gordon jede Nacht seine Runde, um dich zu überwachen?"

„Natürlich fährt hier niemand vorbei, um mich zu kontrollieren. Aber es kann schon mal durch Zufall einer von ihnen vorbeikommen. Und morgens hält der ein oder andere an, um mich mitzunehmen."

„Du bist für sie so ein richtiger Muttterersatz, nicht wahr?"

„Es geht darum, dass sie vorbeikommen könnten."

„Dann parke ich den Wagen woanders."

„Und wo?"

„Auf der Alton. Die Leute sind bis in die frühen Morgenstunden am Strand, da fällt mein Wagen nicht auf."

Dagegen konnte sie nichts einwenden, dennoch schüttelte sie den Kopf. „Du musst wirklich nicht bleiben. Ich habe mich unbehaglich gefühlt, aber jetzt weiß ich, dass sich Marnie im Garten aufhielt. Sie ist inzwischen gut untergebracht, und ich muss jetzt keine Angst mehr haben."

Es war eine Lüge. Sie hatte noch immer Angst, auch wenn sie keinen Grund dafür erkennen konnte – und es machte sie rasend. Normalerweise war sie kein so ängstlicher Mensch.

Allerdings kannte sie aber auch keinerlei Verteidigungstechniken. Nicht, dass sie ein Schwächling war, doch sie hatte noch nie eine Waffe in der Hand gehalten, und bei einem Selbstverteidigungskurs war sie auch noch nie gewesen. Sicherlich wäre es gut, daran etwas zu ändern. Was sie Quinn gesagt hatte, entsprach der Wahrheit: Sie hatte kein Privatleben, sondern verbrachte jeden Tag viel zu viel Zeit im Studio.

Sogar Lara Trudeau hatte sich ein Privatleben gestattet.

Doch das war heute Nacht unbedeutend. Er sollte nicht bei ihr übernachten.

Morgen würde sie sich jeden Raum in der Tanzschule vornehmen, auch die Herrentoilette. Sie würde diesem Geräusch auf den Grund gehen. Und sie würde herausfinden, warum sie Schritte gehörte hatte, als sie aus dem Gebäude gerannt war.

Quinn beobachtete sie. Ihr kam es fast so vor, als würde er den Amoklauf ihrer Gedanken mitlesen können. „Ich finde, ich sollte bleiben", bekräftigte er.

„Aber ich habe dich nicht eingeladen!" erwiderte sie, als ihr auf einmal die Frage durch den Kopf schoss, warum er so sehr darauf beharrte, die Nacht hier zu verbringen. „Glaubst du, ich schwebe in Gefahr?" wollte sie wissen.

„Na, lass mich mal kurz überlegen. Wir wissen beide, dass ich Privatdetektiv bin, der an einem Fall arbeitet. Vielleicht glaube ich ja …"

„Eben, du *bist* Privatdetektiv", fiel sie ihm ins Wort.

„Ja, aber das hatten wir schon."

„Kannst du hier nicht eine Überwachungsanlage einbauen?"

„Sicher. Aber das kostet. Und es dauert seine Zeit."

„Morgen vielleicht?"

„Ich kann mich am Donnerstag darum kümmern", schlug er vor. „Heute Nacht stelle ich nur den Wagen weg." Er zeigte auf die Packung Teebeutel in ihrer Hand. „Ich trinke meinen gern mit Milch und Zucker." Dann ging er zur Tür. „Und schließ ab, solange ich fort bin."

Er verließ das Haus, und sofort stürmte sie zur Tür, um sie abzuschließen. Die Teepackung warf sie verärgert auf den Tresen und wartete ungeduldig darauf, dass Quinn zurückkam.

Als er wieder da war, überzeugte sie sich erst mit einem Blick durch den Spion, dass er es auch wirklich war. Sie zog die Tür auf.

„Liebling, ich bin zu Hause", rief er amüsiert. „Wo ist mein Tee?"

„Ich bin so müde, dass ich sofort ins Bett gehe. Ich bin sicher, du weißt, wie man Wasser kocht."

„Ja, damit kenne ich mich aus", gab er zurück. „Ich bin ziemlich gut darin, Tee zu kochen. Möchtest du auch einen?"

„Nein, danke."

„Du musst auch nicht mit mir schlafen, nur weil ich dir einen Tee mache."

„Wie rücksichtsvoll von dir. Aber ich möchte keinen Tee."

„Hast du etwa immer noch Angst, du könntest in Versuchung geraten, wenn ich auf der Couch schlafe?"

„Keine Chance."

„Schade drum."

„Ich sagte doch, ich mag keine Lügner."

„Ich habe nie gelogen. Aber was soll ich darauf beharren, wenn du doch so verbittert bist?"

„Ich kann es nur immer wieder sagen: Du musst nicht hier sein."

„Dass ich dich beschütze, ist in deinem Interesse, und es liegt auch in meinem Interesse. Und wenn schon keine Chance darauf besteht, dass du mir vergibst, dann gibt es doch keinen Grund für dich, so gereizt zu sein, nur weil ich nicht gehe."

Sie konnte nur den Kopf schütteln. Wenigstens unternahm er keine Annäherungsversuche. Zwar hatte er sie ein paar Mal mit seinen Anspielungen aufgezogen, aber es schien ihm keine Mühe zu machen, auf Abstand zu ihr zu bleiben.

„Wenn du auf der Couch schlafen willst, dann schlaf eben auf der Couch", sagte sie schließlich.

„Dann gute Nacht."

„Gute Nacht."

Sie zog sich in ihr Schlafzimmer zurück, schloss die Tür hinter sich ab und lehnte sich dagegen, um zu lauschen.

Deutlich hörte sie, wie er Wasser in den Kessel füllte. Shannon musste den Kopf schütteln. Letzte Nacht hatte sie kein Auge zugetan und sich Gedanken über Bens Verhalten gemacht.

Heute Nacht würde sie sich sicher fühlen.

Trotzdem würde sie nicht schlafen können, da sie wusste, dass dieser Mann im Haus war.

Sie ging ins Badezimmer, putzte sich die Zähne und duschte, dann zog sie ein Flanellnachthemd an, ging zur Tür und lauschte erneut.

Der Fernseher war zu hören, außerdem Quinns Stimme. Vermutlich telefonierte er.

Als sie endlich zugedeckt im Bett lag, hielt sie sich vor Augen, wie wütend sie immer noch darüber war, dass er sie einfach benutzt hatte.

Allerdings wusste er wirklich, wie man das machte.

Sie könnte aufstehen, ihn zu sich bitten und in seinen Armen einschlafen.

Doch da war mehr als nur das Bedürfnis nach Sicherheit, *viel* mehr sogar. Eine ungestüme, verführerische Begierde. Lustvoll, sinnlich, hitzig, pulsierend …

Sie drehte sich abruptzur Seite und schlug mit der Faust auf ihr Kissen.

Auf keinen Fall würde sie das machen.

Es war viel besser, allein und mit Würde im Bett zu liegen.

Oh ja.

Oh nein.

Wieder ging sie zur Tür und lauschte. Noch immer telefonierte er und bedankte sich bei jemandem für irgendetwas, das sich morgen abspielen würde. Sie machte die Tür einen Spalt auf, um ihn besser verstehen zu können.

In diesem Augenblick beendete er sein Telefonat.

„Da ist noch Tee übrig", rief er ihr zu.

Stocksteif und ertappt stand sie da. „Ich wollte dich nur bitten, den Fernseher etwas leiser zu stellen."

Er drehte sich um und sah durch den langen Flur zu ihr. „Wirklich? Ich dachte, du wolltest herkommen und mich wieder verführen." Sein Blick wanderte über ihr langes Flanellnachthemd. „Wohl eher nicht, oder?"

„Auf gar keinen Fall", erwiderte sie ernst.

Sie machte die Tür zu und legte sich leise fluchend ins Bett.

Eine ganze Weile später begann sie einzudösen, nachdem sie immer wieder mit sich gerungen hatte, da sie etwas wollte, was sie sich selbst verweigerte. Schließlich sank sie in einen tiefen, erholsamen Schlaf.

Routine.

Gut die Hälfte der Arbeit, die zu erledigen war, war pure Routine.

Dutzende von Kellnern hatten am Abend des Tanzwettbewerbs Dienst gehabt, aber dank Jake verfügte er nun über eine Liste mit allen Namen und Telefonnummern.

Als er einen nach dem anderen anrief, erklärte er zwar zuerst genau, wer er war, dennoch schienen die meisten ihn für einen Polizisten zu halten, was sie spürbar auskunftsfreudig werden ließ.

Bei einigen Männern stieß er auf anfänglichen Widerstand, vermutlich waren sie illegal beschäftigt worden. Erst als er ihnen hatte glaubhaft machen können, dass er nicht für die Einwanderungsbehörde arbeitete, antworteten sie auf seine Fragen.

Unter mancher Nummer meldete sich ein Anrufbeantworter, bei wieder anderen konnte er endlos lange klingeln lassen, ohne dass sich jemand meldete. Was auffiel, war, dass die meisten Angerufenen sich sehr verschlafen anhörten, da sie wohl regelmäßig nachts arbeiteten.

Auf seiner Liste hakte er ab, wen er erreicht hatte, dann nahm er sich die nächste Nummer vor. Der Mann, der sich diesmal meldete, wich anfangs allen Fragen aus. Quinn versicherte ihm, er interessiere sich nicht dafür, ob jemand legal beschäftigt worden war oder nicht.

„Die Kellner haben die Tänzer nicht aufgerufen, wenn die an der Reihe waren“, antwortete Miguel Avenaro schließlich. „Das machten die Richter. Die hatten ihre Listen mit den Namen und den Zeiten, das erledigten die alles selbst.“

„Okay, danke, dass Sie sich die Zeit genommen haben“, sagte Quinn und legte auf.

Er überflog die Liste und stellte fest, dass er bereits weit über zwanzig Kellner angerufen hatte und noch zu keiner brauchbaren Auskunft gelangt war.

Der nächste Name war Manuel Taylor – so hieß man nur in Miami.

Der Mann meldete sich in akzentfreiem Englisch und hörte sich Quinns Frage an.

„Wer sind Sie?“ fragte er.

„Ich bin Privatdetektiv, mein Name ist Quinn O’Casey.“

„Sie sind kein Polizist?“

„Nein.“

„Dann muss ich mich auch nicht mit Ihnen unterhalten, oder?“

„Das müssen Sie nicht. Ich kann Sie auch gern von einem Polizeibeamten anrufen lassen“, erwiderte Quinn lakonisch.

„Denkt die Polizei, einer von den Kellnern hat was mit dem Tod der Frau zu tun?“

„Nein.“

„Also?“

„Ich bin auf der Suche nach dem Kellner, der Miss Mackay angesprochen hat, und ich möchte wissen, auf wessen Anweisung er gehandelt hat.“

Einen Moment lang schwieg der Mann am anderen Ende der Leitung, dann erklärte er: „Das war ich.“

Am Morgen war Quinn bereits gegangen. Die Tür war abgeschlossen, den Riegel hatte er zwangsläufig nicht vorschieben können, da dies nur von innen möglich war.

In der Küche wartete ein Kaffee auf sie, daneben lag eine Notiz.

*Da du keinen Tee magst, habe ich dir Kaffee gekocht. Bis später. Ich habe nachher wieder eine Tanzstunde. Kann's kaum erwarten. Ich weiß, dir geht es nicht anders.*

„Sehr witzig", murmelte sie.

Sie schenkte sich eine Tasse ein, lehnte sich gegen den Tresen und verspürte ein leichtes Schaudern. Von der wilden ungestümen Begierde, die ihre Erinnerung und ihre Sinne angeregt hatte, war nichts Wirklichkeit geworden. Stattdessen hatte sie tief und erholsam durchschlafen können.

Unwillkürlich fragte sie sich, was von beidem sie dringender gebraucht hätte.

Wieder meldete sich dieser Schmerz, weil er sie benutzt hatte, um seine Ermittlungen voranzutreiben ...

Aber zugleich kam er ihr wie ein anständiger Kerl der Sorte vor, der man im Leben nicht so oft begegnete.

Wäre es wirklich so schlimm, sich später an eine zweite, genauso wundervolle Begegnung mit ihm erinnern zu können?

Halt! ermahnte sie sich.

Sie musste ihn heute unterrichten, und dabei wollte sie nicht spüren, dass irgendwelche Funken übersprangen, sobald sie sich berührten. Außerdem lag noch ein anstrengender Tag vor ihr. Gunter und Helga wollten für Asheville trainieren, Richard Long hatte gleich zwei Stunden gebucht, für Jane und Sam musste sie das Coaching übernehmen, und am Abend wartete die Studioparty auf sie, bei der die Schüler mit ihren Lehrern tanzten, um die erlernten Schritte in die Praxis umzusetzen.

Ein Klopfen an der Haustür riss sie aus ihren Gedanken. In ihrem langen Flanellnachthemd ging sie zur Tür und sah durch den Spion.

Draußen stand Gordon.

Unbehagen kam in ihr auf, als sie daran denken musste, wie angespannt er am Abend zuvor im Studio auf sie gewirkt hatte.

Shannon zögerte. Er stand auf der Veranda, die Hände in die Taschen geschoben, und sah sich um. Nach einem kurzen Blick auf die Uhr klopfte er wieder, diesmal lauter.

„Shannon, was zum Teufel treibst du denn?“ rief er.

Es war helllichter Tag, und Gordon stand vor ihrem Haus. Das war nichts wirklich Ungewöhnliches, auch nicht, dass er so ungeduldig war. Er hatte schon oft morgens bei ihr angehalten, wenn er sie ins Studio mitnehmen wollte.

Als sie endlich aufmachte, sah er sie erstaunt an. „Wie, du bist nicht unterwegs, um Männer zu verführen?“

Sie verzog den Mund. „Ich bin eben erst aufgestanden.“

„Schön, dann geh schnell duschen und komm mit.“

„Wohin?“

„Essen.“

„Ich habe heute einen wirklich vollen Terminplan“, erwiderte sie.

„Essen musst du trotzdem. Jetzt lass deinen alten Boss nicht im Stich. Ich möchte im Moment nicht allein sein.“

„Dann schenk dir einen Kaffee ein – ich brauche noch ein paar Minuten.“

Auf dem Weg ins Schlafzimmer klingelte ihr Telefon.

„Soll ich abnehmen?“ rief Gordon.

„Nein, ich gehe schon ran.“ Sie nahm den Hörer und sah gleichzeitig auf die Uhr. Zehn Uhr! Heute hatte sie aber wirklich lange geschlafen.

„Ja?“

„Ich bin’s, Quinn. Können wir uns in einer halben Stunde bei Nick’s treffen?“

„Im Moment habe ich Besuch, und heute steht mörderisch

viel auf dem Terminplan." Sie zuckte zusammen, als ihr bewusst wurde, wie gedankenlos sie das Wort *mörderisch* benutzte.

„Es ist wichtig."

„Ich gehe gleich zum Essen."

„Ich habe den Kellner gefunden."

„Wen?"

„Den Kellner, der dir gesagt hat, dass du die Nächste bist."

„Mein Boss ist hier", sagte sie rasch. „Wir gehen essen."

„Gordon Henson ist bei dir? Jetzt gerade?"

„Ja, wir gehen gleich zum Frühstück oder Brunch." Sie sah zu Gordon, der so wirkte, als interessiere ihn nicht, was sie zu besprechen hatte. Dennoch konnte er jedes Wort hören, wenn er nur wollte.

„Sag ihm, dass ich vorbeikomme und euch beide abhole", erklärte Quinn.

„Nicht so schnell!"

„Tu es einfach. Sag ihm, ich komme vorbei. Erzähl ihm, wir müssten uns über die Fahrt zur Bucht unterhalten. Er muss wissen, dass ich auf dem Weg bin."

„Schon gut, aber warum ...?"

„Geh in dein Zimmer und schließ ab. Sag ihm, dass ich jeden Augenblick da sein werde."

Eine Gänsehaut lief ihr über den Rücken, und im Flüsterton fragte sie: „Es war Gordon, stimmt's?" Sie hielt den Hörer fest umklammert.

„Ja, es war Gordon. Und er hat den Kellner nicht nur gebeten, das zu dir zu sagen, er gab ihm auch noch einen Fünfziger. Leg auf, schließ dich ein und warte, bis ich da bin."

„Verstanden."

Sie war so nervös, dass sie fast den Telefonhörer fallen ließ, als sie versuchte, ihn in die Basisstation zurückzustellen. „Das war

Quinn“, rief sie. „Er ist schon auf dem Weg hierher. Er will mit uns essen gehen und über die Bootsfahrt am Samstag reden. Ich bin gleich wieder da.“

Im Schlafzimmer schloss sie sofort die Tür hinter sich ab und blieb einen Moment lang stehen, die Finger noch immer fest um den Türgriff gelegt.

Plötzlich hörte sie, dass Gordon durch den Flur in Richtung Schlafzimmer kam.

„Shannon?“

Er hatte den Türknauf ergriffen. Sie fühlte, wie er sich in ihrer Hand drehte.

## 17. KAPITEL

Augenblicke später saß Quinn bereits in seinem Wagen und fuhr los.

Gordon Henson hatte den Kellner bezahlt, damit er Shannon sagte: „Du bist die Nächste."

Das machte ihn zwar noch nicht zum Mörder, doch wenn er sich wirklich als der Täter entpuppen sollte, zählte er eindeutig zur gerissenen Sorte. Und dann würde er nicht am helllichten Tage zu Shannon fahren, um dort ein Verbrechen zu begehen.

Nein, er würde ihr nichts antun – erst recht nicht, wenn er wusste, dass Quinn unterwegs war.

Quinn raste auf der US1 so schnell, dass er sich wunderte, nicht längst von einer Polizeistreife angehalten worden zu sein.

Über die I-95 gelangte er weiter zur Dammstraße. Ein Blick auf die Uhr am Armaturenbrett zeigte ihm, dass er für die zurückgelegte Strecke nur wenige Minuten benötigt hatte. Er würde in rekordverdächtiger Zeit bei Shannon sein.

Das Ganze ergab einfach keinen Sinn. Welchen Nutzen sollte Gordon Henson aus Lara Trudeaus Tod ziehen?

Er fluchte leise und sagte sich, dass seine Panik unnötig war. Er drückte auf die Wahlwiederholung seines Telefons, und nur einen Moment darauf nahm Gordon den Hörer ab.

„Hallo, Gordon. Quinn hier."

„Hey, Quinn. Ich dachte, Sie wären schon längst hier. So wie Shannon sich ausgedrückt hat, war ich überzeugt, Sie müssten gleich um die Ecke kommen."

„Genau das mache ich gerade, Gordon."

„Keine Eile, Shannon ist noch nicht fertig. Ich glaube, sie steht noch unter der Dusche."

„Ich habe überlegt, dass wir uns über die Bootsfahrt unterhalten könnten."

„Das erwähnte sie", gab Gordon zurück. „Ich freue mich schon darauf. Ihr Angebot ist einfach unschlagbar."

„Ich tue mein Bestes."

Er bog in die Straße ein, in der sich Shannons Haus befand.

„Ich bin da", sagte er und legte auf.

In der nächsten Sekunde lief er zu ihrer Haustür.

Shannon hörte das Klopfen an der Tür, dann ging Gordon durchs Wohnzimmer, um aufzumachen.

Gordon! Sie konnte es nicht fassen. Seit so vielen Jahren kannte sie ihn, er hatte alles für sie getan. Und doch …

Sie stand noch immer wie erstarrt an der Tür und hatte das Gefühl, die Zeit sei stehen geblieben.

Quinn war da. Endlich. Jetzt musste sie keine Angst mehr haben.

Schnell zog sie sich an und verließ das Badezimmer.

Die beiden Männer hatten im Wohnzimmer Platz genommen und schienen sich beiläufig zu unterhalten. Quinn machte den Eindruck, als gebe es nichts auf der Welt, was ihm Sorge bereiten könnte.

Gordon wirkte einfach nur hungrig.

„ … ich habe schon mitbekommen, wie sie sich in der gleichen Zeit bei einer Show mindestens fünfmal umgezogen hat", meinte er halb im Scherz und halb verärgert.

„Da ist sie ja", sagte Quinn.

„Jawohl", bestätigte Shannon. „Ich bin fertig."

„Nun, wie wäre es, wenn wir zu Nick's gehen würden? Es gibt da jemanden, der sich dort aufhalten sollte und dem ich gern über den Weg laufen würde", schlug Quinn vor.

„Das Lokal, in das die Polizisten gehen? Ich war zwar noch nie da, aber warum nicht? Ich möchte den Laden gern mal sehen.“ Gordon stand auf und ging zur Tür. „Vielleicht sollten wir mit zwei Wagen fahren. Dann kann ich mit Shannon zum Studio weiterfahren, falls Sie noch etwas anderes zu erledigen haben“, fuhr er fort.

„Oh, ich habe sonst nichts zu erledigen. Ich komme mit ins Studio“, gab Quinn zurück.

Shannon starrte ihn an und bemühte sich um eine neutrale Miene. Hatte er etwa einen Beweis gefunden, dass Gordon der Mörder war? Wollte er ihn festnehmen lassen? Und wenn nicht, was …

„Wie Sie wollen“, sagte Gordon gut gelaunt.

Quinn ließ Shannon auf dem Beifahrersitz seines Navigator Platz nehmen. Trotz des fragenden Blicks, den sie ihm zuwarf, sagte er nichts, als Gordon hinten einstieg und sich lobend über den Wagen äußerte. Während der Fahrt wirkte er völlig entspannt und machte Bemerkungen darüber, wie angenehm es sei, einmal nicht selbst fahren zu müssen. „Wenn man am Lenkrad sitzt, bemerkt man gar nicht, wie schön es hier ist“, sagte er, als er sich vorbeugte.

„Ja, überall Wasser“, murmelte Quinn.

„Wie ich höre, soll das Nick's ein gutes Lokal sein. Kennen Sie Nick persönlich?“

„Ich bin jahrelang dort hingegangen. Nick ist ein guter Bekannter. Ein Freund von mir, übrigens ein Polizist, hat Nicks Nichte geheiratet. Die ist nebenbei bemerkt ebenfalls Polizeibeamtin.“

„Interessant“, sagte Gordon. „Dann geht Ihr Bruder auch hin?“

„Ja, Doug ist dort seit langem Stammgast.“

„Vielleicht treffen wir ihn ja." Es schien Gordon nichts auszumachen, außerhalb des Studios mit seinen Schülern Kontakt zu haben. „Da ist doch noch sein Kumpel, der für seine Hochzeit Tanzunterricht nimmt – Bobby, und seine Verlobte Giselle."

„Denen werden wir nicht begegnen. Die haben im Moment beide Dienst und bleiben in ihrem Bezirk", sagte Quinn. Er sah im Rückspiegel Gordon an. „Doug möchte auch ins Morddezernat wechseln."

„Schade, er hat das Zeug zum Profi-Tänzer", entgegnete Gordon.

„Vielleicht kann er ja beides miteinander verbinden", überlegte Quinn.

Gordon lachte. „Ihnen ist wirklich noch nicht bewusst, was es bedeutet, ein echter Profi zu sein. Diese Leute tanzen. Und nebenbei tanzen sie. Und wenn sie dann noch etwas Freizeit haben – dann tanzen sie."

„Ist Doug wirklich so gut?" fragte Quinn und sah zu Shannon.

„Ich glaube, er könnte es schaffen. Die Begabung hat er auf jeden Fall", antwortete sie.

Sie waren vom Damm auf die I-95 und von dort auf die US1 abgebogen. Jeden Augenblick würden sie bei Nick's eintreffen. Gordon wirkte nicht im Geringsten beunruhigt.

*Warum sollte er einen Kellner dafür bezahlen, dass der so etwas zu mir sagt?* wunderte sich Shannon.

Nachdem Quinn den Wagen abgestellt hatte, folgte Shannon ihm zum Patio, Gordon war ein Stück hinter ihnen.

Die Kellnerin vom letzten Mal sah sie hereinkommen. So freundlich, wie sie Quinn begrüßte, musste der sich ziemlich oft hier aufhalten.

„Du warst auch schon mal hier, wie?" fragte Gordon, als er

sah, dass die Kellnerin auch Shannon wie eine alte Bekannte empfing.

Sie lächelte nur flüchtig.

„Ihr Freund sitzt an der Bar", sagte die Kellnerin zu Quinn. „Möchten Sie einen Kaffee?"

„Nehmen wir alle Kaffee?" fragte Quinn und sah die beiden an.

„Auf jeden Fall. Und einen Orangensaft für Shannon und mich. Sie auch, Quinn?" wollte Gordon wissen.

„Ja, das klingt gut", antwortete er.

Sie nahmen Platz, und noch bevor Gordon fragen konnte, wer dieser geheimnisvolle Freund sei, kam der bereits zu ihnen an den Tisch. Gordon kniff ein wenig die Augen zusammen, als überlege er, woher er den großen Hispano-Amerikaner kannte, bis es ihm plötzlich einfiel. „Hey, er war doch einer von den Kellnern beim Tanzwettbewerb. Ich erinnere mich."

Shannon hielt gebannt die Luft an, während Quinn Gordon aufmerksam beobachtete. „Stimmt, und Sie *sollten* sich auch an ihn erinnern." Dann sah er auf: „Setzen Sie sich doch zu uns, Manuel."

Der Mann nickte und zog einen Stuhl zurück. Er fühlte sich offensichtlich nicht ganz wohl in seiner Haut.

„Hallo, Manuel, wie geht's Ihnen? Haben Sie die Hotelbranche verlassen, um hier zu arbeiten?" fragte Gordon freundlich und blickte zu Quinn. „Oder sind Sie beide befreundet?"

„Mr. O'Casey bat mich, herzukommen", antwortete Manuel.

Die Kellnerin kam an den Tisch. „Sir", sagte sie zu Manuel, „ich habe Ihnen auch einen Kaffee mitgebracht."

„Danke", sagte er.

Gordon wartete, bis die Kellnerin gegangen war. Dann lehnte er sich zurück, verschränkte die Arme und sah einen nach dem anderen an. Der vorwurfsvollste Blick war an Shannon gerichtet. „Also gut, was läuft hier ab?"

„Gordon", begann Shannon, „unmittelbar vor Laras Tod kam dieser Mann zu mir und sagte: ‚Du bist die Nächste.' Du hast ihn bezahlt, damit er das macht. Warum?"

„Woher bitte sollte ich wissen, dass Lara im nächsten Moment tot umfällt?" gab Gordon gereizt zurück. „Wenn du mich und diesen armen Kerl hergeschleppt hast, damit er als Augenzeuge aussagt, dann kann er sofort nach Hause gehen. Ja, ich gab ihm Geld, damit er dich anspricht."

„Kann ich dann gehen? Ich muss heute Nachmittag noch arbeiten", sagte Manuel an Quinn gewandt.

„Klar. Und danke, dass Sie da waren."

Manuel grinste breit. „Kein Problem. Ihre Gruppe bringt mir gutes Geld ein. Aber ich hätte nichts dagegen, gelegentlich mal auf einer Bootsfahrt auszuhelfen. Rufen Sie mich an, wenn Sie jemanden brauchen."

„Geht klar", erwiderte Quinn.

Kaum war er gegangen, drehte sich Shannon zu Gordon um. „Warum bezahlst du jemanden, damit er so etwas zu mir sagt?"

„Ich dachte, es würde sich vielleicht in dein Unterbewusstsein vordringen", antwortete er. „Und es würde dich daran erinnern, dass du eigentlich die Nächste auf der Tanzfläche sein solltest. Ich wollte deinen Ehrgeiz wieder erwecken. Meine Güte, Shannon, jeder von uns ist der Meinung, du solltest wieder antreten." Er zögerte kurz und sah zu Quinn. „Augenblick mal. Mein Gott, habe ich langsam geschaltet. Jetzt kapiere ich das erst. Shannon, du glaubst, jemand habe Lara umgebracht. Und weil ich Manuel das Geld gegeben habe, muss *ich* derjenige sein. Na, großartig. Du hältst mich für einen Mörder!"

Shannon hätte sich am liebsten unter dem Tisch verkrochen. Gordon hatte noch nie so verletzt ausgesehen.

„Gordon, du kannst dir nicht vorstellen, wie mich diese Worte verfolgt haben", erwiderte sie schließlich.

„Lara war mein ganzer Stolz, meine Schöpfung", sagte er.

„Wie ich gehört habe, hat sie aber auch ein paar Mal die Hand gebissen, die sie fütterte", warf Quinn ein.

Gordon schüttelte verärgert den Kopf. „Sie verstehen das nicht. Wäre ich ein Architekt, dann wäre Lara mein großartigstes Gebäude gewesen. Wir können untereinander streiten, an dem anderen herumnörgeln, und ich versichere Ihnen, dass sie von sich selbst so beeindruckt war, wie man es nur sein konnte, trotzdem ... sie gehörte zur Familie, wie man wohl sagt. Es gab eine Beziehung, die mal gut, mal weniger gut war. Aber niemals hätte ich ihr Schaden zugefügt. Du etwa?" Er sah zu Shannon. „Okay, wenn du jahrelange Arbeit und ein unglaubliches Talent einfach zum Fenster hinauswerfen willst, bitte. Dass du nicht mehr an Wettkämpfen teilnimmst, erspart mir eine Menge Arbeit, die ich vor meinem Ruhestand noch hätte erledigen müssen." Er schüttelte den Kopf. „Was denn? Glauben Sie mir etwa nicht?" fragte er Quinn. „Sind wir deswegen hergekommen? Steht die Polizei schon bereit, um mich abzuführen?"

„Nein", erwiderte Quinn. „Aber als Shannon mir von dieser Bemerkung erzählte, mussten wir herausfinden, warum der Kellner das zu ihr sagte."

Gordon seufzte und sah wieder zu Shannon. „Dann hast du diesem Kerl also dein Herz ausgeschüttet?"

„Ja, ich habe die eine oder andere Befürchtung erwähnt."

„Das passt", meinte er.

„Wieso?"

„Na, ist doch klar. Er ist ein Privatdetektiv."

„Das weißt du?“

„Dafür musst du dich nur ein wenig umhören und außerdem ins Internet gehen. Da steht er nämlich drin.“ Er warf Quinn einen finsteren Blick zu. „Diese Nummer heute Morgen hätte mich gar nicht überraschen dürfen. Den Kellner zu finden war für ihn doch eine Kleinigkeit.“ Seine Augen waren weiter auf ihn gerichtet, doch seine Worte waren für Shannon bestimmt. „Er ließ seine Unterlagen ein wenig schönen und verheimlichte, dass er wegen einer Drogengeschichte und wegen ungebührlichen Verhaltens im ersten Jahr vom College geflogen war. Aber danach bekam er sein Leben in den Griff. Der Abschluss in Psychologie, dann eine Stelle als Cop, in Rekordzeit wurde er ins Morddezernat versetzt, dann ging er zum FBI, wo er in die Profiler-Abteilung kam – und vor einiger Zeit hat er alles hingeschmissen und ist hierher zurückgekehrt, um in das Geschäft eines alten Freundes einzusteigen.“

Shannon sah von Gordon zu Quinn. „Übers Internet bekommt man so ziemlich alles raus, was?“ meinte Quinn.

„Was erwarten Sie? Sie waren im öffentlichen Dienst.“ Gordon wechselte kurz das Thema. „Gibt es hier auch etwas zu essen? Ich weiß, Sie trauen mir nicht, und ich weiß nicht, was ich von Ihnen halten soll. Und Shannon würde bestimmt gern gehen, aber ich bin halb verhungert.“

„Ja, es gibt hier etwas zu essen“, sagte Quinn und winkte die Kellnerin an den Tisch.

Gordon war wirklich hungrig. Er bestellte das große Frühstück, zu dem Eier, Pfannkuchen, ein Steak, Kartoffeln und Toast gehörten. Shannon nahm lediglich Toast, und Quinn begnügte sich mit seinem Kaffee. Gordon versuchte immer wieder, sie beide zu überreden, sich von dem riesigen Tablett zu bedienen, das die Kellnerin ihm hingestellt hatte.

Quinn und Shannon schwiegen während des Frühstücks. Sie verspürte eine langsam wachsende Wut in sich, je länger sie darüber nachdachte, wie wenig sie über Quinn gewusst hatte. Nichts davon hatte er mit ihr teilen wollen, obwohl er nicht länger gegen sie ermittelte, sondern sie beschützte.

„Sollen wir uns das Boot ansehen?" fragte Gordon plötzlich.

„Was?" gab Quinn überrascht zurück.

„Das Boot. Es ist fast Samstag. Sie haben doch wirklich ein Boot, oder?"

Quinn nickte. „Es ist noch unten in den Keys, aber am Freitagabend kommt es mitsamt Crew rauf."

„Ich muss mit dem Cateringservice sprechen, um sicher zu sein, dass jeder das hat, was er benötigt. Außerdem habe ich ein Trio für die Musik angeheuert. Die Leute brauchen Platz."

„Das Boot ist genau das, was Sie brauchen", versicherte Quinn. „Sie können es sich am Freitagabend ansehen."

„Großartig." Gordon legte seine Serviette zur Seite. „So, wir müssen das Studio öffnen. Sind alle fertig?"

„Ich gehe bezahlen", sagte Quinn.

„Kommt gar nicht in Frage, ich bezahle. Sie können Ihr Geld in die Gator Gala investieren", widersprach Gordon.

„Er nimmt nicht an der Gala teil", warf Shannon ein.

Quinn sah sie trotzig an. „Oh doch, er nimmt teil. Und ich habe euch hierher gebracht, also kann ich auch die Rechnung übernehmen."

„Nein, ich zahle", beharrte Gordon.

Abrupt stand Shannon auf. „Ich zahle, und dann gehen wir."

So wie fast an jedem Mittwoch war sehr viel los. Die wöchentliche ‚Party' begann erst viel später, aber zahlreiche Schüler kamen früh ins Studio, um sich vorbereiten zu können.

Katarina, die Designerin von nebenan, war ebenfalls sehr beschäftigt, da noch etliche Tänzer mit Änderungswünschen für ihre Kostüme zu ihr kamen. Gabriel Lopez nahm erst eine Stunde bei Shannon, dann bei Jane, und wie er Quinn verriet, würde er später auch noch von Rhianna unterrichtet werden.

„Ich halte das für wichtig", erklärte er. „Ich habe einen Club, und ich bitte viele Frauen um einen Tanz, damit auf der Tanzfläche immer etwas los ist und Mauerblümchen glücklich sind. Darum lerne ich von ihnen allen, und außerdem", fügte er grinsend an, „kann ich den Unterricht von der Steuer absetzen. Das ist doch ein guter Deal."

Das Ärztepaar Long war gekommen und ließ sich von Justin Garcia zunächst als Paar beim Salsa helfen, dann nahm jeder von ihnen getrennt Unterricht.

Quinn hielt sich eine ganze Weile im Studio auf, trank Kaffee und unterhielt sich mit den anderen, die darauf warteten, dass ihr Unterricht begann. Dann endlich war er an der Reihe.

Shannon war reservierter als sonst.

„Gordon ist wirklich wütend auf mich", sagte sie. Ihre Augen funkelten, als sie ihn wie mechanisch durch einen Foxtrott führte. „Gesagt hat er zwar nichts, aber ich merke ihm an, dass ich ihn sehr verletzt habe."

„Sollte ich nicht führen?" fragte Quinn.

„Du kannst nicht führen."

„Stimmt, aber du sollst mir doch beibringen, wie man das macht."

„Warum denn das?" raunte sie ihn an. „Für dich ist das alles sowieso nur ein Witz. Du hältst uns doch nur für einen Haufen alberner Primadonnen."

„Das stimmt nicht", entgegnete er und übernahm die Führung. „Ich gebe zu, dass ich gedacht habe, ich würde es hassen.

Aber das ist nicht der Fall. Und wenn Gordon wütend ist, dann soll er es eben sein. Was dir passiert ist, musste untersucht werden. Außerdem … wer weiß schon, ob Gordon nicht der beste Schauspieler auf Erden ist?"

„Du meinst, er hat gelogen? Das ist doch lächerlich", protestierte Shannon.

„Nein, das meine ich nicht. Aber ich will damit sagen, dass es trotzdem möglich sein könnte. Ich wünschte, es wäre nicht so. Ich möchte endlich *irgendeinen* Verdächtigen ausschließen können."

„Dann darf ich wohl annehmen, dass du mich auch noch nicht ausgeschlossen hast", sagte sie kühl.

Er zuckte mit den Schultern. „Ich glaube nicht, dass du irgendeiner Sache schuldig bist. Ansonsten hättest du wirklich einen Oscar verdient."

„Stimmt. Und du müsstest davon sogar ein ganzes Regal voll haben", entgegnete sie. „Linker Fuß … *links!*"

„Wieso?"

„Weil das der Fuß ist, auf dem du stehen sollst."

„Nein, verdammt." Er blieb stehen. „Warum habe ich ein ganzes Regal voller Oscars verdient?"

„Hast du etwa ein Wort davon gesagt, dass du beim FBI warst?"

„Ist das denn wichtig? Ich bin nicht mehr beim FBI, ich arbeite jetzt hier."

„Du hättest es mir sagen sollen."

„Weißt du, wir hatten eigentlich nie eine Gelegenheit, um über unser Leben zu reden. Keiner von uns."

„Was gibt es, was du über mich *nicht* weißt?" wollte sie wissen.

„Warum willst du nicht mehr an Wettkämpfen teilnehmen?" fragte er.

„Oh Gott“, stöhnte sie auf. „Nicht schon wieder. Ich sagte dir doch, ich unterrichte lieber. Ich habe mich mal verletzt.“

„Was schon lange her ist.“

Er hörte auf zu reden und sah zu Gunter und Helga, die einen phantastischen Heber vollzogen. „Ich will keinen Foxtrott tanzen. Ich will das da machen.“

„Du kannst ja nicht mal tanzen.“

„Das da kann ich.“

Sie wollte ihn wieder auf den linken Fuß aufmerksam machen, bekam jedoch keine Chance. Ehe sie sich versah, hob er sie hoch und kopierte die Bewegung, die er eben gesehen hatte, wirbelte sie über seinen Rücken und setzte sie schließlich wieder ab.

Als er ihr ins Gesicht sah, blickte sie erschrocken und wütend – und ein wenig beeindruckt.

„Okay, was habe ich falsch gemacht?“ fragte er.

„Du hast deiner Partnerin keine Chance gegeben, sich auf das einzustellen, was kam“, herrschte sie ihn an.

„Aber ich führe doch. Dann musst du mir folgen. Der Mann führt, die Frau folgt, so ist das beim Tanzen. Hier werden keine BHs verbrannt.“

„Das ist eine Cabaret-Bewegung, die geübt werden muss“, murmelte sie.

„Na, das ist es doch. Ich habe ihn doch üben wollen, diesen ... wie heißt der Schritt eigentlich?“

Sie seufzte. „Wir im Studio nennen ihn die Dreckschleuder.“

„Dreckschleuder?“ fragte er erstaunt. „Wie ... elegant.“

„Irgendjemand kam auf den Namen, als wir den Schritt zum ersten Mal machten. Ich kann mich nicht mal erinnern, wer die Idee hatte, auf jeden Fall meinte jemand, der Schritt würde aussehen, als ob man in einen Hundehaufen getreten sei und versuche, den Dreck abzuschütteln“, erklärte sie ungeduldig.

„Als *wir* ihn zum ersten Mal machten?“

Shannon bemühte sich, freundlich zu bleiben. „Mit ‚wir‘ meinte ich uns hier im Studio. Es war Teil eines Tanzes, den ich mit Sam vorführte.“

„Ich möchte den auf der Gator Gala zeigen“, erklärte Quinn.

„Du bist ein Anfänger. Du musst Anfängerschritte in einer langen Reihe von Standardtänzen zeigen. Später ...“

„Das werde ich ja alles machen. Aber es gibt auch individuelle Segmente, nicht wahr? Ich will einen Walzer mit eingebauter Dreckschleuder tanzen. Du weißt, dass ich das hinkriege.“

„Dass du die Kraft dazu hast, weiß ich. Dir fehlen aber Geschick, Balance und Koordination.“

„Dann bring es mir bei, weil ich es machen werde.“

„Das wird dich einiges kosten“, warnte sie ihn.

„Stimmt“, sagte er und sah auf seine Uhr. „Und du vergeudest meine wertvolle Unterrichtsstunde.“

Sie sah ihn wütend an. „Du ... Arsch.“

„Na, na, na, was für ein Vokabular. Arsch. Dreckschleuder. Können wir uns bitte wieder der Arbeit widmen?“

Einen Augenblick lang sah es so aus, als würde sie in die Luft gehen. Dann aber begann sie den Walzer, von dem er glaubte, dass er ihn beherrschte.

Während der Unterrichtsstunde musste er zwar einsehen, dass er vieles noch gar nicht konnte, doch als die Zeit um war, machte er tatsächlich eine gute Figur. Vor allem aber, weil seine Partnerin eine so gute Figur machte. Nachdem sie die Dreckschleuder in den Tanz integriert hatten, gab es Applaus von den anderen im Studio.

Quinn sah auf und bemerkte, dass die anderen ihre Tänze unterbrochen hatten, um sie beide zu bewundern. Sein Bruder war inzwischen eingetroffen und hatte wie verabredet Marnie mitgebracht. Bobby und Giselle waren da, ebenso eine ganze Reihe anderer Schüler, die Quinn als Stammgäste kennen gelernt hatte.

Gordon kam lachend zu ihnen. „Mein Gott, Shannon, du bekommst ja wirklich jeden zum Tanzen!“ sagte er ein wenig sarkastisch und schüttelte dann Quinns Hand. „Gar nicht so übel.“

„Sag ihm bitte, dass er noch eine ganze Menge Grundschritte lernen muss“, bat ihn Shannon.

„Ich kann diesem Mann alles sagen, was du willst. Aber das heißt nicht, dass es auch zu etwas führt.“ Gordon schien die morgendliche Konfrontation völlig vergessen zu haben. „Wie ich sehe, hat Doug das Mädchen wieder mitgebracht. Wenn ich das richtig verstehe, lebt sie auf der Straße und ist so gut wie pleite, ist aber über achtzehn.“

„Ja, genau. Ich habe ihr einen Schnupperkurs bezahlt, damit sie ein paar Stunden nehmen kann“, erwiderte Quinn.

Gordon nickte. „Ich werde ihr auch noch ein paar Stunden spendieren. Die Kleine ist gut – besser als Sie es sind.“

„Wer ist das nicht?“ gab Quinn süffisant zurück.

„Daran hatte ich auch schon gedacht“, sagte Shannon und sah zu Gordon. „Aber bei den Kosten hatte ich Angst, die anderen Schüler könnten sich darüber beschweren.“

„Ich werde es als einen Dienst an der Gemeinschaft erklären“, entgegnete er. „Nicht übel, O'Casey, wirklich nicht übel. Shannon, Richard Long hat sich für noch eine Stunde eingeschrieben und kommt mir schon ein wenig ungehalten vor. Netter Kerl, aber er ist gern der Star.“

Gordon ging fort, Shannon wandte sich Richard zu, und gerade als Quinn die Tanzfläche verließ, schlug ihm jemand mir der flachen Hand auf die Schulter. Doug stand neben ihm und grinste ihn an. „Das war toll. Du verdammter Lügner, du bist richtig gut.“

„Dank Mom kann ich wenigstens einen Walzer tanzen. Komm, lass uns rausgehen, ich muss mit dir reden."

„Hey, Leute", rief Ella ihnen nach, als sie das Studio verlassen wollten. „Seid ihr zur Party wieder da?"

„Die würden wir doch nicht verpassen wollen", gab Doug zurück.

Quinn ging mit seinem Bruder in das Café auf der anderen Straßenseite und setzte sich an den Tisch, von dem aus man den Club gut beobachten konnte. Nachdem sie bestellt hatten, erzählte Quinn Doug, was er von Shannon wusste, wie er den Kellner Manuel Taylor gefunden und Gordon mit ihm konfrontiert hatte.

„Und Gordon will das nur gemacht haben, damit Shannon wieder an Wettkämpfen teilnimmt?" fragte Doug ein wenig ungläubig.

Quinn nickte. „Und es klang wirklich überzeugend. Er hatte übrigens längst Erkundigungen über mich eingeholt. Das macht er mit all seinen Schülern."

„Ich frage mich, warum er das macht."

„Vermutlich aus Neugier. Aber er erzählt dem einen Schüler nichts über den anderen."

„Und woher weißt du dann, dass er auch seine anderen Schüler durchleuchtet, nicht nur dich?"

„Er macht keinen Hehl daraus. Ich war einmal in seinem Büro und sah, wie er sich über Richard Longs Praxis informierte. Er bemerkte, dass ich es gesehen hatte, und erklärte lapidar, im Internet könne man so gut wie alles nachsehen."

Quinn lehnte sich zurück. Zwar hatte er das Rauchen vor langer Zeit aufgegeben, aber im Moment hätte er sich zu gern eine Zigarette angezündet. Er bemerkte die Kellnerin und bestellte sich noch einen Espresso.

„Marnie glaubt, dass nachts regelmäßig ein grauer oder beigefarbener Wagen auffallend langsam an Shannons Haus vorbeifährt“, fuhr er fort.

„Wer fährt denn einen Wagen in einer dieser Farben? Hast du dich schon umgesehen?“

Quinn verzog den Mund. „So ziemlich jeder hier.“

„Ich werde heute Nacht die Kennzeichen notieren und die Halter feststellen lassen“, erklärte Doug.

„Gute Idee. Wie geht es Jane?“

„Noch immer erschüttert. Sie ist so wie Shannon fest davon überzeugt, dass jemand Lara umbrachte. Hast du noch irgendwas über die Tote vom Strand erfahren?“

„Nein, aber ich rufe Jake nachher an.“

„Ich dachte, er nimmt eine Weile frei“, sagte Doug verwundert.

„Das stimmt. Aber ich wette mit dir, dass er trotzdem mehrmals am Tag am Telefon hängt. Und wenn er nichts weiß, wird er mir sicher jemanden nennen, der mir helfen kann.“

„Etwa jemanden wie Dixon?“ erwiderte Doug fast herablassend.

Quinn hob die Hände. „Wenn du auf einen Kerl wie Dixon stößt, dann musst du einen Weg finden, um ihn zu umgehen.“ Er beugte sich vor. „Hast du Gordon an dem Tag in Laras Nähe gesehen? Spendierte er ihr einen Drink? Oder irgendetwas anderes?“

„Nein. Wenn ich eine Person nicht in Laras Nähe gesehen habe, dann ihn. Wieso?“

„Ich weiß nicht. Irgendetwas stört mich immer noch. Es hat mit dem zu tun, was Manuel Taylor sagte, aber ich komme noch nicht darauf. Ich hoffe, es fällt mir noch ein.“

„Bist du fertig?“ fragte Doug. „Ich habe in einer Viertelstunde meinen Unterricht, und ich muss noch meine Latino-Schuhe anziehen."

„Du hast dir spezielle Schuhe gekauft?"

„Natürlich. Du solltest dir besser auch ein Paar kaufen, Bruder."

„Aber sicher."

„Dann wird deine Dreckschleuder noch besser." Doug lachte, während Quinn den Kopf schüttelte. „Hör auf, wir sind hier, um einen Mord aufzuklären."

Als die Party lief, war Shannon erschöpft, obwohl sie dank Quinn in der letzten Nacht wirklich gut geschlafen hatte.

Aber es war auch ein verdammt langer Tag gewesen.

Sie spielten Musik, die die gesamte Bandbreite der Tänze abdeckte. Die Lehrer tanzten zunächst mit den Schülern, und sogar Gordon kam dazu. Dann tanzten die Schüler untereinander, was Shannon immer sehr genoss. Die Fortgeschrittenen halfen den Anfängern. Mal forderten die Männer die Frauen auf und dann wieder baten die Frauen die Männer um einen Tanz. Die erfahreneren Tanzschüler nahmen sich der Neulinge an und gaben ihnen mit Fragen zu ihrer Person das Gefühl, wirklich dazuzugehören und willkommen zu sein.

Früher hatten viele Leute Tanzschulen mit Singleclubs verglichen, aber Shannon hatte in ihrer Zeit als Managerin immer wieder klargestellt, dass dies nicht der Fall war. Vielmehr war eine Tanzschule ein freundlicher Ort, an dem Menschen zusammenkamen, die ihren Spaß haben und neue Freunde finden wollten, auch wenn sie schon ein ausgefülltes Leben hatten. Sie fand, sie hatte gute Arbeit geleistet, um dieses verstaubte Vorurteil auszuräumen. Außerdem war sie stolz auf das Studio – bislang zumindest, denn seit kurzem machte ihr der Platz Angst, da er sich in einen Ort der Angst und des Schreckens verwandelt zu haben schien.

Nach den ersten Tänzen setzten sich alle Schüler hin, damit üblicherweise sie, Gordon oder Ben ein paar Worte über das Tanzen sagten. Heute war Shannon an der Reihe. Sie sprach darüber, wie verlegen manche Schüler waren, wenn sie zum ersten Mal herkamen, um tanzen zu lernen. Sam und Jane spielten parallel dazu ein Paar, das zur ersten Unterrichtsstunde kam. Jane musste Sam am Ohr packen und ihn hinter sich her in die Tanzschule schleifen. Dort angekommen traten sie sich erst gegenseitig auf die Füße und stritten sich. Mit jeder Stufe wurden sie ein wenig besser, bis sie über das Parkett wirbelten und von den anderen mit tosendem Applaus bedacht wurden.

Gordon kam zu ihr und übernahm das Mikrofon. „Und jetzt darf einer der neuen Schüler sagen, welchen Tanz er sehen möchte."

„Bolero!" rief Mina Long.

„Ich sagte ‚ein neuer Schüler'", gab er lachend zurück.

Shannon erschrak, als sich Quinn O'Casey zu Wort meldete. „Einen Walzer. Ich möchte gern Shannon einen Walzer tanzen sehen."

„Ja, Shannon, mach das!" rief sein Bruder sofort, und die anderen im Raum stimmten im nächsten Moment mit ein.

Ehe sie sich versah, stand Ben vor ihr und hielt ihr lächelnd seine Hand hin.

Sie nahm sie, da ihr nichts anderes übrig blieb.

Nach all den Jahren kannte sie ihn so gut. Sie wusste, wie er führte, sie kannte seine Eigenheiten. Sie vergaß das Publikum um sich herum und war sich nur der Musik und deren Wirkung bewusst.

Als die letzten Klänge verklungen waren, erschrak sie ein wenig, da sie merkte, dass sie die Pose angenommen hatte, wie sie nach einem Wettkampf üblich war – nämlich rücklings über sein Knie gebeugt, den Kopf fast auf dem Boden, ein Bein parallel zu seinem Körper ausgerichtet.

Das Publikum brach in Jubel aus. Sie nickte Ben zu, richtete sich auf und nahm Gordon das Mikrofon aus der Hand.

„Wie wäre es mit einem Tempowechsel?"

„Samba!" rief Marnie.

„Hey, darf ich den Lehrer spielen?" fügte Gunter an.

„Natürlich", antwortete Shannon.

Er ging zu Jane und führte sie auf die Tanzfläche. Unterdessen suchte Gordon die entsprechende CD aus. Als die Musik einsetzte, machte Gunter einen Schritt nach vorn. Jane lag in seinen Armen.

Shannon begann in die Hände zu klatschen, um die anderen zum Mitmachen zu animieren. Es war eine flotte Samba, das Paar war gut aufeinander abgestimmt und bewegte sich mit genau dem richtigen Tempo über die Tanzfläche. Als das Stück vorüber war, ließ Gunter Jane sich so an seinem ausgestreckten Arm drehen, dass sie sich vor ihrem Publikum verbeugen konnten.

Plötzlich richtete Jane sich auf, und einen Moment lang war ihre Miene schmerzverzerrt, dann brach sie zusammen.

„Was ...!" rief jemand aus.

Jane schrie auf, presste sich die Hände auf den Bauch und fiel vornüber zu Boden.

„Oh Gott, diese Schmerzen!" stieß sie hervor.

Das war keine Schauspielerei – Jane hatte Todesangst.

Niemand sagte einen Ton.

„Ella, ruf einen Krankenwagen", rief Shannon, die sich als Erste von dem Schock erholt hatte und sich neben Jane kniete. „Was ist? Was tut dir weh?"

Gunter und Gordon ließen sich zu Shannon und Jane auf den Boden nieder, während Ben dafür sorgte, dass die anderen sich nicht auch noch um sie scharten.

Jane schrie abermals vor Schmerz auf und presste Hände und Arme fester auf ihren Bauch. Sie drehte sich zu Shannon um und flehte sie an: „Oh Gott, hilf mir doch. Ich will nicht sterben. Mein Gott, ich will nicht so enden wie Lara!“

Als Quinn sah, dass etwas nicht stimmte, sprang er auf. Dass Ben Trudeau die anderen zurückhielt, war ein guter Zug, aber er musste Doug und Bobby durchlassen, die beide regelmäßig Herz-Lungen-Wiederbelebung übten.

„Lass uns zu ihr", sagte Quinn zu Shannon, die ihn wie benommen ansah und deren Gesicht keine Regung zeigte.

Jemand legte eine Hand auf seine Schulter. Als er sich umdrehte, stand Mina Long hinter ihm. „Wir sind ausgebildete Ärzte", versicherte sie ihm und deutete auf ihren Mann Richard, der bereits bei Jane war.

Auch wenn er Schönheitschirurg war, hatte er sein medizinisches Grundwissen offenbar nicht verlernt. Mit fester, beruhigender Stimme sprach er mit ihr und seine Hände tasteten fachmännisch ihren Bauch ab. „Die Schmerzen spüren Sie in der Magengegend, richtig? Und sie haben eben erst begonnen?"

Jane rang nach Luft, doch dann gelang es ihr, eine Antwort herauszubringen. „Es war ein Ziehen ... am Anfang", keuchte sie. „Jetzt ... ist es wie ein Messerstich. Als hätte man mich ... vergiftet."

„Vergiftet?" Das Flüstern hallte durch die Menge wider und glich dem Klagen eines Chores aus einer griechischen Tragödie.

„Aber nein", widersprach Richard und versuchte, ihr mit einem kurzen Lächeln Mut zu machen. Er sah zu seiner Frau, die sich ebenfalls neben Jane hingekniet hatte. „Denkst du, wir können uns auf eine akute Blinddarmentzündung einigen?"

Mina lächelte Jane mitfühlend an und berührte sie sanft.

„Blinddarmentzündung?" stöhnte Jane auf.

„Ich würde sagen, dass Sie noch heute Abend operiert werden müssen. Aber wir sind ja nur ein paar Minuten vom nächsten

Krankenhaus entfernt. Das ist halb so schlimm", versicherte Mina ihr. Sie blickte auf und sah in die Runde. „Ella, haben Sie den Krankenwagen gerufen?"

„Schon geschehen", antwortete sie.

Jane streckte die Hand nach Shannon aus, die sie sofort ergriff und sanft drückte.

„Du kommst doch mit? Ins Krankenhaus, meine ich", fragte Jane erschöpft.

„Auf jeden Fall."

Aus der Ferne war bereits die Sirene zu hören, und keine zwei Minuten später kamen die Rettungssanitäter die Treppe hinauf und begannen umgehend mit der Versorgung Janes. Gabe Lopez war vor ihnen nach oben geeilt, um ihnen die Tür zu öffnen, damit sie zügig mit der Trage in die Tanzschule gelangen konnten.

Jane stöhnte immer noch laut vor Schmerz auf, als sie auf die Trage gelegt wurde.

Shannon ging mit nach unten und stieg in den Krankenwagen ein.

„Ich komme mit meinem Auto hinterher", sagte Quinn zu ihr, dann wurden die Türen geschlossen, und die Ambulanz fuhr mit heulender Sirene ab.

Quinn fiel auf, dass nicht nur die Besucher der Tanzschule bis zum Krankenwagen mitgekommen waren und das Geschehen verfolgten, sondern auch viele Gäste des *Suede* und die Leute, die vor dem Club auf Einlass warteten. Die Menschen unterhielten sich aufgeregt.

„Ist sie tot?" rief jemand aus der Menge.

„Vor kurzem fand man eine tote Frau am Strand", meinte ein anderer.

Richard Long wandte sich der Menge zu. „Kein Grund zur Panik, es handelt sich lediglich um eine Blinddarmentzündung."

„Wirklich kein Grund zur Panik", fügte Doug an und holte seine Dienstmarke hervor. „Die Situation ist völlig unter Kontrolle. Gehen Sie bitte weiter."

Daraufhin zogen sich die Gäste in den Club zurück und die Passanten gingen weiter. Schließlich standen nur noch die Schüler und Lehrer des Studios auf der Straße.

„Ich schätze, das war dann wohl das Ende der Party", meinte Gordon ironisch.

„Ella, rufen Sie uns bitte morgen früh an, wenn Sie wissen, wie es ihr geht", sagte Mr. Clinton. „Ach, was soll's! Ich gehe selbst in der Klinik vorbei und besuche sie. Ich werde ihr Blumen mitbringen. Richard, Sie sind sicher, dass es nur eine Blinddarmentzündung ist?"

„Es sieht ganz danach aus, Mr. Clinton."

„Schließlich sind Sie Schönheitschirurg", betonte der alte Mann.

„Auch ein Schönheitschirurg muss Medizin studieren", gab Richard zurück, verdrehte die Augen und zwinkerte seiner Frau zu. „Mina hat hin und wieder junge Patienten mit Blinddarmentzündung, sie erkennt die Symptome sofort." Er legte einen Arm um ihre Schultern. „Sollen wir nach oben gehen, unsere Schuhe holen und uns auf den Heimweg machen? Gordon hat ganz Recht, die Party dürfte damit wohl vorüber sein."

„Kann mich irgendjemand zu Hause absetzen?" fragte Marnie dazwischen.

„Klar, ich nehme dich mit", sagte Doug und sah zu Quinn. „Ich nehme an, du fährst noch ins Krankenhaus?"

„Ja."

Quinn fiel der ängstliche Gesichtsausdruck seines Bruders auf. *Er hatte viel Zeit mit Jane verbracht, weil sie so angespannt gewesen war.*

„Ach, Doug, wäre es nicht besser, wenn du ins Krankenhaus fährst? Ich kann Marnie nach Hause bringen, dann komme ich nach."

Doug nickte ihm dankbar zu.

„Komm, Marnie, wir fahren."

Sie folgte ihm, aber auf dem Parkplatz hinter dem Club blieb Quinn für einen Moment stehen und sah sich um. Während beim letzten Mal fast nur graue und beige Wagen dort gestanden hatten, war die Farbpalette diesmal viel bunter. Er vermutete, dass auch einige der Clubgäste ihren Wagen hier abgestellt hatten.

„Glaubst du, das ist echt 'ne Blinddarmentzündung?" fragte Marnie, nachdem sie losgefahren waren.

„Das haben die Ärzte jedenfalls gesagt", erwiderte Quinn.

„Warum hat sie dann geschrien, dass sie jemand vergiftet hat?"

„Wahrscheinlich wegen der Schmerzen."

„Kann so was wirklich so plötzlich losgehen?"

„Ich glaube schon."

Marnie schwieg eine Minute lang und sah aus dem Fenster. „Daran stirbt man doch nicht, oder?" Sie seufzte leise und blickte Quinn an. „Ich mag das wirklich. Das Studio ist super, das ganze Tanzen ... aber es ist schon ein bisschen gruselig. Gruseliger, als auf der Straße zu schlafen. Komisch."

„Gruselig? Wie meinst du das?"

Sie schüttelte den Kopf. „Na ja, die Leute, die irgendwie damit zu tun haben ... allen möglichen von ihnen passiert ständig irgendwas."

Quinn hielt vor der Unterkunft an, in der Marnie bleiben musste, bis Annie sie bei der alten Dame einquartieren konnte, der sie zur Hand ging. Marnie sprang aus dem Wagen. „Oh, denk jetzt aber bloß nicht, ich wär' feige. Und hör auch nicht auf, mich ins Studio zu bringen. Ich möchte tanzen – lieber als alles andere auf der Welt. Und ich bin echt gut, das haben sie schon gesagt."

„Ich werde schon nicht aufhören, dich hinzufahren", versicherte er ihr. Es war seine Absicht, Wort zu halten, allerdings war er nicht sicher, warum es ihm so widerstrebte, wenn sie sich ohne ihn im Tanzstudio aufhielt.

Sie lächelte zufrieden. „Rufst du mich an, wenn du weißt, wie es Jane geht?"

„Gern, aber es ist schon spät."

„Egal. Hier in der Unterkunft sind die ziemlich locker drauf."

„Ich werde dich anrufen", versprach er.

Er wartete, bis sie im Haus verschwunden war, dann fuhr er los.

Sogar Marnie wusste, dass im Studio etwas nicht stimmte. Irgendetwas ging dort überhaupt nicht mit rechten Dingen zu.

Als er im Krankenhaus ankam, erfuhr er, dass man Jane bereits in den OP gebracht hatte. Die Diagnose der Longs war richtig gewesen, Jane hatte kurz vor einem Blinddarmdurchbruch gestanden.

Shannon war nicht die Einzige, die sich im Warteraum aufhielt. Gordon saß in einem Sessel, die Hände gefaltet. Sam lief in dem langen Raum hin und her, während Ben so seine Probleme mit dem Kaffeeautomaten hatte. Justin lag ausgestreckt auf einem Sofa, und Rhianna war im Halbschlaf auf ihn gesunken und benutzte ihn als Kopfkissen. Gabriel Lopez war ebenfalls mitgekommen, außerdem Katarina, allerdings ohne ihren Mann. Die beiden saßen auf einem Sofa und dösten offensichtlich, schienen aber entschlossen, so wie die anderen darauf zu warten, wie Jane die Operation überstand.

Quinn setzte sich zu Gordon.

„Das ging aber schnell“, sagte er.

„Sie war in wirklich schlechter Verfassung“, erwiderte Gordon. „Zum Glück war nur jemand mit einem gebrochenen Zeh vor uns, als wir ankamen. Die Leute hier wissen wirklich, worauf es ankommt. Und die Jungs aus dem Krankenwagen waren ebenfalls großartig. Shannon sagt, das Krankenhaus war ganz genau informiert, als der Wagen vorfuhr. Der Chirurg stand schon bereit. Er meinte, wir hätten alles richtig gemacht. Nur wird Jane für eine Weile aus dem Rennen sein. Für ein paar Wochen, aber das ist nicht so wild.“

„Wo ist mein Bruder?“ wollte Quinn wissen.

„Den Gang entlang, direkt vor dem OP“, antwortete Gordon und sah Quinn so an, als könne er in dessen Gesicht genau das lesen, was er wissen wollte. Dann aber zuckte er mit den Schultern. Vielleicht wollte er es auch gar nicht erfahren. „Er kam mir sehr besorgt vor.“

„Ja, genau, besorgt“, murmelte Ben und schlug mit der Faust gegen den Automaten. „Wann funktionieren diese verdammten Dinger eigentlich mal?“ Dann sah er die anderen an. „Es ist nur der Blinddarm. Eine ernste Sache. Aber in diesem Laden kann man froh sein, wenn es weiter nichts ist.“

Im Warteraum breitete sich Schweigen aus, das nicht nur von Übermüdung und Sorge herrührte.

„Ich glaube, wir sollten die Gator Gala absagen“, erklärte Shannon nach einer Weile.

„Was?“ rief Rhianna aus und setzte sich abrupt aufrecht hin.

„Es ist zu viel passiert“, fuhr Shannon fort. „Lara ist tot ... da war diese ermordete Frau am Strand, so dicht beim Studio ...“

„Traurig“, entgegnete Justin. „Man hat in Miami immer wieder Leichen gefunden, nicht erst seit kurzem. Hast du eine Vorstellung davon, wie viele Tote aus dem Wasser gefischt worden sind, von denen wir überhaupt nichts erfahren haben? Außerdem hat doch keiner von uns diese Frau gekannt. Shannon, wir können nicht auch noch um jede unbekannte Tote trauern."

„Wir kannten aber Lara. Und davor wurde Nell getötet", wandte Shannon ein.

„Nell wurde von ihrem Mann umgebracht", gab Sam zurück.

„Die Gator Gala können wir jetzt nicht mehr absagen", sagte Gordon. „Wir haben schon zu viel Geld investiert."

Shannon sah sie der Reihe nach an. „Ich habe Angst, dass noch etwas passiert. Seien wir mal ehrlich: Haben wir davor nicht alle Angst?"

Quinn schwieg und beobachtete die Reaktionen der anderen. Bevor aber einer von ihnen antworten konnte, ging die Tür zum Warteraum auf, Richard und Mina Long kamen herein.

„Ich dachte, Sie beide wären längst nach Hause gegangen", bemerkte Ben.

„Das wollten wir auch", sagte Mina. „Aber dann wurde uns klar, dass wir keinen Schlaf finden werden, solange wir nicht wissen, wie es Jane geht."

„Sie wird in diesem Augenblick operiert", entgegnete Gordon.

„Ja, das haben wir gehört."

„Ihre Diagnose war zutreffend."

„Das ist der Beweis", meinte Richard in lockerem Tonfall. „Ich habe wirklich Medizin studiert." Er machte eine Pause, als erwarte er Gelächter, doch niemand verzog eine Miene. „Nun ja, auf jeden Fall wird es ihr gut gehen", fuhr er fort. „Das Ganze hat sich unter den denkbar besten Umständen abgespielt: Sie war nicht allein, und sie wurde sofort medizinisch versorgt. Wäre sie allein gewesen, und hätte man nicht sofort einen Krankenwagen rufen können, dann … tja, das hätte böse enden können."

„Und wie vertreiben Sie sich die Wartezeit?“ wechselte Mina das Thema.

„Shannon will die Gator Gala absagen“, erwiderte Justin.

„Nein!“ rief Richard ungläubig aus und setzte sich, während er Shannon einen ernsten Blick zuwarf. „Bis dahin sind es noch fast drei Monate. Jane wird da längst wieder in Bestform sein.“

Gabriel Lopez ging zu Shannon und legte einen Arm um ihre Schultern. „*Chiquita*, es wird alles gut werden. Krankenhäuser arbeiten heutzutage so gut, dass Jane morgen Nachmittag schon wieder entlassen werden kann.“

„Das will ich aber im Interesse der Patientin nicht hoffen“, wandte Mina ein.

„Okay, okay, ich habe übertrieben“, sagte er und zwinkerte ihr zu.

„Jane betreut eine ganze Reihe von Schülern, und sie wird eine Weile ausfallen“, betonte Shannon. „Hatte sie nicht auch etwas mit dir geplant, Ben? Ihr Terminplan ist randvoll, wie soll sie das alles machen?“

Ben ging zu ihr. „*Du* könntest ja mit mir tanzen. Du weißt, ich bin gut.“

„Natürlich weiß ich, dass du gut bist, Ben. Aber darum geht es nicht.“

„Mit Jane kommt wieder alles in Ordnung, und ihre Blinddarmentzündung hat keine mysteriösen Ursachen, die uns misstrauisch machen könnten. Wir können für sie einspringen.“

„Ben, selbst wenn ich mit dir tanzen würde, fehlt uns immer noch ein Lehrer.“

„Ich wüsste da was“, mischte sich Sam ein. „Marnie. Sie ist das größte Naturtalent, das ich jemals erlebt habe. Shannon, ich meine das wirklich so: Ich kann in ein paar Wochen eine Lehrerin aus ihr machen.“

„Sam, überleg doch mal, wie schwierig es ist, alle eigenen Schritte zu lernen. Um als Lehrerin anerkannt zu werden, muss sie aber nicht nur die, sondern auch noch alle Schritte ihres Partners kennen. Das kann sie nicht in so kurzer Zeit schaffen", widersprach Shannon ihm.

Justin schüttelte den Kopf. „Als sie noch jünger war, hat sie jahrelang Ballettunterricht genommen, Modern und Hip-Hop. Sie weiß schon jetzt verdammt viel."

„Sie ist ein Naturtalent", pflichtete Rhianna bei.

„Wir werden mit ihr arbeiten, nicht wahr, Justin?" fragte Sam. Und zu Shannon gewandt sagte er: „Sag die Gator Gala bitte nicht ab."

Shannon seufzte und sah zu Quinn. „Was meinst du dazu?"

„Zur Gator Gala?" fragte er überrascht. „Ich bin ganz sicher der unfähigste Tänzer hier im Raum. Woher soll ich wissen, was innerhalb weniger Monate zu schaffen ist und was nicht?"

Seine Antwort brachte sie tatsächlich zum Lächeln. „Ich meinte, ob Marnie das machen würde."

„Soll das ein Witz sein?" warf Rhianna ein. „Die Kleine würde einen Mord begehen, wenn sie Tanzlehrerin werden könnte."

Beim Wort *Mord* machte sich schlagartig betretenes Schweigen im Raum breit.

„Ich versprach, sie wegen Janes Zustand anzurufen", sagte Quinn. „Ich könnte sie fragen."

„Tun Sie das", bat Gordon, der wieder Shannon anstarrte. „Wir können die Gator Gala nicht absagen, das kostet uns zu viel."

Doug kam in den Warteraum. Er sah geschafft aus, wirkte aber zugleich erleichtert. „Sie lassen mich zwar nicht zu ihr, aber sie sagen, dass alles in Ordnung ist."

Alle Anwesenden atmeten erleichtert auf, als sie das hörten.

„Sweetheart, wir müssen nach Hause", sagte Mina Long zu ihrem Mann.

„Ja, stimmt. Dann gute Nacht", erklärte Richard.

Auch Gabriel stand auf. „Wenn es so gut aussieht, dann müssen wir sicher nicht alle noch länger hier warten."

„Fahren Sie in den Club zurück, Gabe?" wollte Gordon wissen.

„Ja, ich bin noch nicht müde. Der Club macht erst um fünf Uhr zu."

„Ich bin nicht sicher, ob ich das Studio wirklich abgeschlossen habe. Könnten Sie bitte für mich nachsehen?"

„Kein Problem."

„Würden Sie mich mitnehmen?" fragte Katarina. „Mein Wagen steht noch auf dem Parkplatz."

„Gern."

„Ich mache mich auf den Heimweg", meinte Gordon und erhob sich.

„Eigentlich könnten wir doch alle gehen", überlegte Rhianna, nachdem sie von Herzen gegähnt hatte.

„Ich bleibe noch ein wenig hier. Ich will sehen, wie sie sie aus dem Aufwachraum bringen", erklärte Shannon.

„Und dann?" fragte Ben. „Dein Wagen steht doch auch beim Studio."

„Ich werde mit ihr warten", sagte Quinn.

„Ja, und ich wollte sowieso bleiben", warf Doug ein.

„Tatsächlich?" Gordon sah fragend von ihm zu Shannon.

„Gute Nacht", erwiderte sie lediglich.

Gordon nickte, dann gingen sie einer nach dem anderen hinaus, bis nur noch Doug, Shannon und Quinn im Warteraum saßen.

„Und es war wirklich nur ein entzündeter Blinddarm?“ fragte Shannon und ließ sich in ihren Sessel sinken.

Doug, der neben ihr saß, nahm ihre Hand. „Ja, wirklich. Dem Himmel sei Dank.“

Sie seufzte, dann aber sah sie abrupt zu Quinn. „Was ist mit der Frau, die am Strand angespült wurde?“

„Es gibt keine Neuigkeiten“, antwortete er. „Ich gehe davon aus, bald etwas zu erfahren.“

Er nahm sein Mobiltelefon aus der Tasche und wählte Marnies Nummer. Als er ihr erklärte, die anderen Lehrer wollten sie im Schnellkurs ausbilden, stieß sie einen so lauten Freudenschrei aus, dass er den Hörer vom Ohr weghalten musste.

„Ich meine ... oh Mann, also das mit Jane tut mir Leid ... es macht ihr doch hoffentlich nichts aus, oder? Oh Gott, das ist ja wie im Traum. Gestern hing ich noch auf der Straße rum, heute bin ich Tänzerin!“ Sie kicherte ausgelassen. „Und sogar 'ne richtige Tänzerin, nicht so eine, die halbnackt an einer Stange rumturnt. Und ich werde auch noch Tanzlehrerin. Ich könnte dich küssen, euch alle, sogar den alten Mr. Clinton.“ Wieder ein Kichern. „Hey, das werde ich ja wohl wirklich machen, du weißt schon ... diese Küsse auf beide Wangen, wenn jemand ins Studio kommt. Danke! Oh, sag ihnen bitte, dass ich gar nicht weiß, wie ich mich dafür bedanken kann! Und ich werde so hart arbeiten, das können sie sich nicht vorstellen. Bedank dich für mich bitte bei Gordon und Shannon!“

„Ich glaube, Shannon hat dich auch so gehört“, erwiderte Quinn lakonisch.

„Oh, es gibt aber ein Problem“, meinte Marnie plötzlich und klang betrübt.

„Und das wäre?“

„Wie soll ich von hier zum Studio und zurückkommen?“ Sie

war noch immer laut genug, dass Shannon und Doug mithören konnten.

„Sag ihr, sie kann bei mir übernachten", schlug Shannon vor. „Diesmal aber *im* Haus."

Einen Moment lang sah Quinn sie nur an, dann wiederholte er ihre Idee. Wieder brach Marnie in lauten Jubel aus. Sie überschlug sich fast vor Begeisterung über die Chance, die ihr geboten wurde.

„Sie wird es nicht bereuen", versprach sie. „Ich mache sauber, ich koche … ich tue alles, was sie will."

Shannon nahm den Hörer an sich. „Konzentriere dich lieber darauf, Lehrerin zu werden. Damit hast du schon genug zu tun. Und arbeite auch für dich selbst, nicht für die anderen. Die Konkurrenz ist verdammt groß."

Quinn hörte Marnie erwidern, so gut könne sie niemals werden, doch Shannon schüttelte den Kopf. „Leg dich jetzt lieber hin, Marnie. Du brauchst deinen Schlaf."

„Danke! Nochmals vielen, vielen Dank!"

„Gern geschehen, außerdem erweist du uns damit ja auch einen Gefallen." Shannon lächelte, als sie Quinn den Hörer zurückgab, dem es mit einiger Mühe gelang, die restlos begeisterte Marnie zu beruhigen und endlich aufzulegen.

„Nur schade, dass wir ihr nicht gleich einen Job angeboten haben", murmelte sie und sah zu Quinn. „Viele Lehrer haben zu Beginn nicht die geringste Ahnung vom Tanzen und sind dabei nicht annähernd so talentiert wie sie."

„Schicksal", warf Doug ein.

„Was?" Shannon und Quinn sahen gleichzeitig zu ihm.

„Manchmal meint das Schicksal es gut mit einem", erklärte er. „Marnie hatte nichts in ihrem Leben, jetzt ist diese Zeit überstanden. Jane ist bald wieder auf den Beinen, und Marnie bekommt einen Job, der ihr wirklich gefällt."

Eine Schwester kam in den Raum, um ihnen zu sagen, dass sie Jane kurz sehen könnten.

Quinn beschloss, im Warteraum zu bleiben, während Shannon und Doug zu ihr gingen. Einige Zeit später kam sein Bruder zurück.

„Shannon bleibt bei Jane", sagte er. „Sie kann auf einem Schlafsessel übernachten."

Quinn sah ihn an. „Und mit dir ist alles in Ordnung?"

Doug nickte. „Zuerst hatte ich panische Angst. Ich dachte ... Es war wie ein Déjà vu."

„Es war nur eine Blinddarmentzündung", sagte Quinn.

„Ja, aber irgendetwas ist da faul", erwiderte Doug. „Das weißt du jetzt selbst. Quinn, ich weiß, ich habe dich in diese Sache hineingezogen, aber ich hatte Recht, oder nicht?"

„Ja, du hattest Recht."

„Aber ich kapiere nicht, *was* da los ist. Und diese Tote am Strand ... kann sie etwas mit der Sache zu tun haben?"

„Das weiß ich nicht", antwortete Quinn. „Aber etwas stimmt nicht, und ich will wissen, was es ist."

Am nächsten Morgen erwachte Jane stöhnend, Shannon sprang auf und trat sofort zu ihr ans Bett.

Jane sah sie erstaunt an. „Warst du die ganze Nacht hier?"

„Natürlich."

„Du musst doch todmüde sein."

„Ach, der Sessel war sogar recht bequem."

Jane lächelte sie vorsichtig an, was aber über ihren ängstlichen Ausdruck nicht hinwegtäuschen konnte. „Mir geht's wirklich wieder gut?" fragte sie zaghaft.

„Ja, es war tatsächlich eine Blinddarmentzündung."

Jane wirkte ein wenig zuversichtlicher.

„Jane, nachdem du hingefallen warst, hast du gesagt, du seiest vergiftet worden. Wie kamst du ausgerechnet auf so etwas?“ fragte Shannon.

„Na ja, wir hatten mit ein paar Leuten an der Kaffeemaschine gestanden und geredet. Mina Long sagte, sie könne nicht verstehen, wie Lara so dumm sein konnte, so viele Tabletten zu nehmen. Dass sie Alkohol getrunken hatte, fand Mina nicht sehr ungewöhnlich. Sie hatte Lara schon öfters irgendetwas Hochprozentiges trinken sehen, und danach ist sie auf die Bühne gegangen, ohne dass man ihr etwas angemerkt hätte. Mina sprach davon, jemand könnte ihr vielleicht Tabletten ins Glas gemischt haben. Dann trank ich meinen Kaffee, und plötzlich kamen diese Schmerzen.“

„Verstehe“, sagte Shannon, der mit einem Mal die Lust auf eine Tasse Kaffee vergangen war.

„Ziemlich albern, nicht wahr?“

„Die Hauptsache ist, dass es dir wieder gut geht.“

Ein entsetzter Ausdruck huschte über Janes Gesicht. „Sie haben gesagt, ich hätte es gerade noch geschafft. Bei einem Blinddarmdurchbruch wäre ich womöglich gestorben.“

„Aber du hast es geschafft. Das zählt.“

Jane schüttelte ratlos den Kopf. „Und was wird jetzt aus meinen Schülern?“

„Das bekommen wir schon hin.“

„Unmöglich. Wir haben nicht genug Lehrer, die einspringen könnten.“

„Wir holen Marnie, machen mit ihr einen Schnellkurs, und dann kann sie sich um einen Teil der Anfänger kümmern. Du kannst dir vorstellen, sie ist begeistert darüber.“

„Marnie?“ Jane war zuerst überrascht, aber je länger sie darüber nachdachte, umso mehr Sinn machte dieser Schritt. „Na ja, wenn jemand intensiv mit ihr arbeitet ... Als ich damals anfing, hatte ich von nichts Ahnung. Es gibt da bloß ein Problem."

„Ein Problem?"

„Ja, was ist, wenn die Schüler lieber mit ihr als mit mir arbeiten?"

Shannon lachte auf und drückte Janes Hand. „Wir werden immer genug Schüler für jeden haben. Außerdem mögen deine Schüler dich. Also kein Grund zur Sorge."

„Vielleicht", murmelte Jane.

„Hör zu, ich komme später noch mal vorbei, okay? Die Schwester wird jeden Augenblick hier sein, und ich muss nach Hause, duschen und ab ins Studio."

„Klar. Aber danke, dass du geblieben bist."

Shannon zögerte. Normalerweise hielt sie es für die beste Lösung, bestimmte Dinge lieber nicht zu wissen, doch im Augenblick konnte sie einfach nicht widerstehen. „Wäre ich nicht geblieben, dann hätte es jemand anders getan."

„Ja? Wer?" fragte Jane und errötete ein wenig.

„Doug O'Casey."

„Wirklich?" Sie hatte Mühe, ein Lächeln zu unterdrücken.

„Wirklich."

„Weißt du ... ach, vergiss es."

„Was soll ich vergessen?" fragte Shannon ein wenig spitz.

Jane schüttelte den Kopf. „Wenn ich ehrlich sein soll, fehlt mir Lara nicht sonderlich."

„Was soll das heißen?"

„Nichts."

„Jane!"

„Hey, ich habe gerade eine Notoperation hinter mir, du musst behutsam mit mir umgehen."

„Jane", sagte Shannon mahnend.

„Ja, okay. Ich glaube, ich empfinde schon länger etwas für Doug, was wir unseren Schülern gegenüber nicht empfinden sollten. Aber wenn er Lara ansah, dann ... dann hatte er so einen ganz komischen Blick drauf. Jetzt ist Lara tot, und er findet nicht bloß, dass ich die beste Lehrerin der Welt bin, er ... ach, wie gesagt, vergiss es."

Sie zögerte und erwiderte: „Ich glaube, im Moment solltest du vorsichtig sein, egal um wen es geht."

„Doug ist Polizist."

„Ich weiß."

„Also?"

„Nichts also. Ich finde nur, dass wir im Moment in alle Richtungen aufpassen sollten."

„Lara wurde ermordet", erklärte Jane überzeugt. „Es gibt eine lange Liste von Spitzenprofis, die ihren Tod gewollt hätten."

Shannon verzog den Mund. „Mag sein. Aber in letzter Zeit ... irgendetwas geht im Studio vor. Ab und zu höre ich sehr seltsame Geräusche. Ich werde mich mal auf die Lauer legen, vielleicht komme ich dahinter, was es ist."

„Halt dich nicht allein dort auf, Shannon. Und leg dich erst recht nicht allein auf die Lauer."

„Hey, unter uns ist der Club, Katarina ist gleich nebenan. Aber das soll jetzt nicht deine Sorge sein. Du erholst dich erst mal, klar?"

„Jawohl, Ma'am", erwiderte Jane. „Ich hab ja auch keine andere Wahl, oder?"

„Nein."

Shannon gab ihr einen Kuss auf die Stirn und verließ das Krankenzimmer. Sie würde ein Taxi nehmen und nach Hause fahren, um dann zu Fuß zum Studio zu gehen.

Wenn sie früh genug dort war, konnte sie sich einschließen

und vielleicht dahinter kommen, woher das Geräusch kam, das sie allmählich verrückt machte.

Während sie das Krankenhaus verließ, fühlte sie sich mit einem Mal sehr entschlossen. Sie hatte genug davon, sich immer nur zu fürchten.

Auf die Lauer legen …

Eben hatte er das Krankenzimmer mit einem großen Blumenstrauß betreten wollen, als er Shannons Stimme hörte.

Er machte einen Schritt nach hinten und lauschte.

Nein, Shannon, du Dummkopf. Leg dich nicht auf die Lauer, sei nicht so dumm.

Während er dastand und sie belauschte, wurde ihm klar, dass es keine andere Lösung gab.

Shannon Mackay würde genauso schön aussehen wie Lara Trudeau … in ihrem offenen Sarg.

Sie kam aus dem Zimmer!

Er wich zurück, ließ den Blumenstrauß fallen und lief los, vorbei an zwei Krankenschwestern und einer alten Frau im Rollstuhl. Er hastete durch den Korridor und sah kurz über die Schulter.

Shannon kam soeben durch die Tür, gleich würde sie ihn bemerken.

Auf den Aufzug konnte er nicht warten, also stürmte er ins Treppenhaus.

Im Erdgeschoss angekommen, verfluchte er sich. Was war er doch für ein Idiot gewesen. Er hätte ins Zimmer gehen und Jane den Blumenstrauß überreichen sollen.

Jetzt stand er da und wartete, bis Shannon Mackay auf der Straße angekommen war und ein Taxi rief. Dann lief er zurück nach oben und sah, dass sein Strauß noch im Flur lag.

Er hob ihn auf und ging zu Jane, die aber inzwischen eingeschlafen war. Er machte kehrt, betrat ein anderes Krankenzimmer und legte seinen Strauß auf einen Beistelltisch. Die ältere Frau im Bett daneben sah ihn fragend an. „Die soll ich Ihnen bringen“, sagte er lächelnd und ging wieder.

Als er vor dem Krankenhaus stand, war er immer noch wütend auf sich. Die Cops sagten immer, früher oder später mache ein Mörder einen Fehler – jeder Mörder. Wie ein Verrückter vor Shannon wegzulaufen, war sein Fehler gewesen. Was war bloß in ihn gefahren? Er konnte nur hoffen, dass niemand von dem Zwischenfall näher Notiz genommen hatte.

Er konnte jederzeit überall hingehen, egal wohin. Und egal, wem er begegnete – solange er sich ganz normal verhielt.

Das durfte ihm nicht noch einmal passieren. Dafür war er viel zu gut.

Nein, er würde noch vorsichtiger und geschickter vorgehen.

Und wenn Shannons Augenblick kam, würde sie nicht wissen, wie ihr geschah.

Richard Longs Praxis war recht eindrucksvoll.

Er praktizierte zusammen mit Dr. Bertrand Diaz, und sie beide hatten ausgesprochen gut zu tun. Im Wartezimmer saßen etliche Frauen, von denen einige zumindest ein wenig danach aussahen, als habe Dr. Long mit seinem Skalpell nachgeholfen.

Aber zumindest schien es so, als ob er recht dezente Arbeit leistete.

Quinn sprach mit der Empfangsdame, die ihn zu seiner großen Überraschung sofort ins Sprechzimmer durchließ.

Richard Long sah seinen Besucher erstaunt an. „Nanu, Sie wollen sich doch sicher nicht unters Messer legen, oder etwa doch, Quinn?“ wunderte er sich und warf ihm einen amüsierten

Blick zu. „Was also verschafft mir das Vergnügen Ihres Besuchs?“

„Sie können mir vielleicht behilflich sein.“

„Ach ja?“

„Tja, mir fiel ein, dass Sie und Ihre Frau Ärzte sind.“

„Und?“

„Sagen Sie, was glauben Sie, wie all diese Medikamente in Lara Trudeaus Körper gelangt sind?“

Long sah ihn sekundenlang an, dann begann sich sein Gesicht langsam rot zu verfärben. „Wollen Sie mir etwa unterstellen, *ich* würde jemandem *ohne* Rezept solche Medikamente geben? Niemals! Lara war außerdem nicht meine Patientin, und ich hätte sie auch nie genommen. Dafür stellte sie viel zu hohe Ansprüche und zu viele Forderungen.“

„Das beantwortet aber nicht meine Frage, wie Lara Trudeau eine so hohe Dosis Xanax schlucken konnte.“

Long kniff die Augen zusammen. „Woher nehmen Sie sich eigentlich das Recht, solche Fragen zu stellen? Ich dachte, Ihr Bruder ist der Polizist, und Sie sind … ein Fischer oder so was.“

„Ich bin Privatdetektiv, Dr. Long“, klärte Quinn ihn auf. Was soll's? dachte er. Seine verdeckte Arbeit hatte zu nichts geführt, aber vielleicht würde die Wahrheit ihn weiterbringen.

„Und in wessen Auftrag arbeiten Sie?“

„Den Namen meines Klienten kann ich nicht nennen.“

„Nun, das tut mir Leid für Sie, aber ich kann nicht meine wertvolle Zeit für Ihre Fragen opfern. Ich habe Lara Trudeau nie ein Rezept für Xanax ausgestellt. Sie hatte einen anderen Arzt, reden Sie mit ihm.“

„Schon passiert. Ich war auch nur neugierig und dachte, Sie könnten sich das Ganze vielleicht erklären. Aber Ihre Frau ist ja auch …“

„Kommen Sie gar nicht erst auf diese Idee. Der Ruf meiner Frau ist absolut makellos. Ich garantiere Ihnen, dass Lara auch von ihr kein Rezept und keine Gratispackungen bekommen hat!“

„Tut mir leid, aber ich möchte Sie noch eine Sache fragen: Am Tag, als Lara starb, haben Sie sie vor ihrem Auftritt allein mit irgendjemandem gesehen?“

Long setzte ein sarkastisches Lächeln auf. „Also wenn ich dabei gewesen wäre, hätte sie wohl kaum mit jemandem allein sein können.“

Quinn verzog keine Miene. „Sie wissen, wie meine Frage gemeint ist.“

„Ich hatte an dem Tag genug mit dem Wettbewerb zu tun“, sagte Long. „Dies hier ist mein Beruf. Das Tanzen ist meine Leidenschaft, und ich war damit beschäftigt, meinen Platz als Amateur zu halten.“

„Tut mir Leid, dass ich Sie von Ihrer Arbeit abgehalten habe.“ Quinn stand auf.

„Sie hätten darüber auch im Studio mit mir reden können“, erwiderte Long.

„Ach, wissen Sie, im Studio hat man keine Ruhe dafür.“

„Lara hat ihren Tod selbst zu verantworten“, erklärte Long unvermittelt. „Das ist meine Meinung als Arzt. So, und nun muss ich mich meinen Patienten widmen, Quinn.“

„Ich will Sie nicht daran hindern.“

Quinn ging zur Tür.

„Mr. O'Casey, wenn Sie wissen wollen, wer an dem Abend womöglich Zeit mit Lara verbrachte, sollten Sie mal Ihren Bruder fragen.“

Er drehte sich zu Long um.

„Die meisten Schüler glauben, dass er eine Affäre mit ihr hatte“, sagte er. „Wenn ich es recht überlege, dann hatte er sich sogar mit Lara auf dem Balkon zwischen den beiden Garderoben getroffen. Ich glaube, die beiden haben sich gestritten. Ja, wenn Ihnen jemand weiterhelfen kann, dann ist es Doug."

„Danke, Dr. Long", sagte Quinn und schaffte es, seinen Tonfall unbekümmert klingen zu lassen.

*Doug!* dachte er, als er am Empfang vorbei nach draußen ging, wo eine Blondine mit bemerkenswert großen Brüsten und eine alte Frau mit einem über alle Maßen gestrafften Gesicht standen.

Verdammt, warum lief es immer wieder auf seinen Bruder hinaus?

Und warum sagte Doug nicht endlich die Wahrheit – die ganze Wahrheit?

# *19. KAPITEL*

Shannon war verärgert, dass sie nicht allein im Studio war. Nachdem sie zu Hause noch geduscht hatte, war sie sofort zur Arbeit geeilt und hatte feststellen müssen, dass Gordon, Ella und Ben bereits dort waren.

Ella war mit der Buchhaltung beschäftigt, Ben übte Schritte ein, und Gordon telefonierte. Als er Shannon sah, winkte er sie sofort zu sich.

„Ja, Richard", hörte sie ihn sagen. Er verzog das Gesicht, während sie sich zu ihm an den Schreibtisch setzte. „Richard, mir ist bekannt, welchen Beruf Mr. O'Casey ausübt." Gordon schwieg, während Richard am anderen Ende der Leitung offenbar zu einer ausschweifenden Schilderung ausholte. „Ich bin sicher, dass er nur bei Ihnen war, um Ihre Hilfe in Anspruch zu nehmen, aber nicht, um Ihnen etwas zu unterstellen. ... Ja, natürlich weiß ich, dass Mina über jeden Verdacht erhaben ist." Wieder Schweigen. „Ach, kommen Sie, Richard. Sie und Mina müssen uns auf das Boot begleiten ... Ja, wenn Sie das so wollen." Gordon seufzte. „Sie werden sie vermissen."

Gordon legte auf.

„Was wollte Richard denn?" fragte sie.

„Er ist zutiefst beleidigt. O'Casey war bei ihm in der Praxis und hat ihm Fragen gestellt."

„Tatsächlich?"

„Tja, der Mann ist Arzt, und Ärzte dürfen Rezepte ausstellen."

„Aber Lara hatte doch von ihrem eigenen Arzt ein Rezept", sagte Shannon.

Er zuckte mit den Schultern. „Jedenfalls ist Dr. Long stinksauer. Den Bootsausflug macht er nicht mit, und er spielt sogar mit dem Gedanken, ganz mit dem Unterricht aufzuhören."

„Du hast nicht ernsthaft genug versucht, ihn umzustimmen", meinte sie. „Soll ich ihn anrufen?"

Grinsend schüttelte Gordon den Kopf. „Er wird sich bald melden. Spätestens heute Nachmittag. Richard hält sich für den wiedergeborenen Fred Astaire, er wird seinen Unterricht nicht aufgeben."

„Ich hoffe nur, du behältst Recht", sagte Shannon und stand auf. „Jane scheint es übrigens gut zu gehen. Ich bin zwar früh gegangen, aber sie war schon wach."

Gordon nickte. „Ja, ich weiß. Ich war im Krankenhaus, kurz nachdem du gegangen bist. Jane sagte, ich hätte dich nur um ein paar Minuten verpasst. Sie behalten sie noch zwei bis drei Tage dort, danach muss sie sich noch eine Weile zu Hause erholen."

„Vielleicht war ich gestern Abend zu sehr in Panik. Wahrscheinlich wird sie viel früher wieder unterrichten können."

„Mag sein, dass du etwas überstürzt reagiert hast", sagte Gordon nach kurzem Überlegen. „Trotzdem ist aus der Sache etwas Gutes hervorgegangen, weil ich glaube, dass diese junge Dame für uns ein echter Gewinn sein wird." Er lehnte sich in seinem Bürosessel nach hinten. „Ich hoffe, dass sie so bleibt, wie sie ist. Ihr Enthusiasmus hat etwas Mitreißendes, und ihre Energie scheint unerschöpflich zu sein. Sie liebt das Tanzen, und sie liebt es, hier im Studio zu sein. Lara war auch so, als ich ihr das erste Mal begegnete. Aber ihr stieg das alles zu Kopf. Sie war zwar der geborene Siegertyp, aber sie hatte nichts Gewinnendes."

„Ich hoffe, es klappt mit ihr, und ich hoffe wirklich, dass sie so bleibt – vor allem, weil ich ihr vorgeschlagen habe, dass sie vorläufig bei mir wohnen kann", sagte Shannon.

„Wenn man vom Teufel spricht", rief Gordon.

Sie drehte sich um und sah Marnie, die vor der Tür stand. „Tut mir Leid, ich wollte nicht stören. Quinn hat mich abgesetzt. Mit meinen Sachen, übrigens. Ist aber nicht viel. Ich fand, ich sollte so bald wie möglich anfangen."

„Gute Einstellung", erwiderte Shannon. Sie ging zu Marnie und legte ihr einen Arm um die Schultern. „Komm mit, du arbeitest zuerst mit mir, ich bin früh dran." Sie zwinkerte ihr zu. „Außerdem bin ich die beste und erfahrenste Lehrerin."

„Ehrlich?" fragte Marnie.

„Jedenfalls, wenn es nach mir geht", sagte Shannon. „Komm, lass uns anfangen."

Als sie aus Gordons Büro kam, sah sie, dass Quinn Marnie nicht lediglich abgesetzt hatte, sondern gleich im Studio geblieben war. Er stand an der Kaffeemaschine, Ben hatte sich zu ihm gesellt. Sie schienen in eine Unterhaltung vertieft zu sein, verstummten aber, als sie Shannon sahen.

„Auch einen Kaffee?" fragte Ben.

Einen Moment lang zögerte sie, da sie an Janes Bemerkung denken musste. Aber die beiden tranken den Kaffee aus der gleichen Kanne.

„Ja, gerne."

„Ich habe Jane besucht", sagte Ben.

„Was, du auch? Gordon war doch heute Morgen bereits da."

Ben lachte. „Im Krankenhaus wird man froh sein, wenn Jane entlassen wird. Gordon ging gerade, als ich ankam. Mr. Clinton brachte ihr Süßigkeiten und einen Blumenstrauß vorbei. Doug war auch da und Gabe und Katarina trafen ein, als ich gerade ging. Ich möchte wetten, dass wenigstens alle anderen Lehrer ihr auch noch einen Besuch abstatten werden."

Shannon lächelte. Das war genau das, was sie an diesem Studio so geschätzt hatte. Von Zeit zu Zeit stritt man sich, aber immer war der eine für den anderen da, wenn es darauf ankam.

Doch jetzt ...

Es kam ihr so vor, als würde ein Schatten über allem liegen, als sei das Studio von einer Krankheit befallen worden, gegen die niemand ein Heilmittel besaß.

Ben gab ihr eine Tasse Kaffee und sah zu Marnie. „Auch einen Kaffee?"

„Na klar. Ich bin schließlich achtzehn."

„Hoffentlich bleibt's bei Kaffee", murmelte Quinn. Marnie verzog den Mund, jedoch änderte das nichts an den bewundernden Blicken, mit denen sie ihn ansah.

„Einen Kaffee auf die Schnelle, dann geht es an die Arbeit", sagte Shannon.

„Oh, ich hatte gehofft, dich früh genug zu erwischen, um dich zu einer Unterrichtsstunde zu überreden", warf Quinn ein.

„Offiziell ist das Studio noch nicht mal geöffnet, Quinn", erwiderte sie. „Tut mir Leid, aber ..."

„Ich kann mich doch um Marnie kümmern", schlug Ben vor. „Ich bin so früh, weil ich entsetzlich ruhelos bin im Moment."

„Ja, aber ..."

„Keine Sorge, ich überlasse dir die Detailarbeit. Marnie hat so viel zu lernen, da kann ich mit ihr schon einmal die Grundzüge durchgehen."

„Und ich muss auch noch viel lernen", sagte Quinn.

„Na schön", lenkte Shannon ein, da ihr kein weiterer Vorwand mehr einfallen wollte. „Dann fangen wir gleich an."

Normalerweise hakte sie sich bei einem Schüler unter und ging mit ihm zur Stereoanlage, um eine CD auszusuchen, doch bei Quinn O'Casey begnügte sie sich damit, dass er ihr folgte.

Sie legte einen Foxtrott ein.

„Nein, lass uns den Walzer üben."

„Den Walzer beherrscht du schon, beim Foxtrott bist du eine Niete."

„Ich möchte lieber den Walzer perfekt können, anstatt jetzt mit etwas Neuem anzufangen."

„Selbst wenn du den Walzer perfekt kannst, musst du auch den Foxtrott lernen, falls du nach wie vor am Wettkampf teilnehmen willst."

„Du willst mit mir nur den Foxtrott tanzen", gab er grinsend zurück, „weil du weißt, wie sehr ich ihn hasse."

Sie seufzte. „Du musst ihn lernen."

„Warum? Zwingst du alle deine Schüler, den Foxtrott zu lernen?"

„Hier wird niemand zu irgendetwas *gezwungen*!"

Wieder grinste er. „Ich verspreche dir, dass ich den Foxtrott auch noch lernen werde. Aber lass uns heute einen Walzer tanzen. Ich will mit der Dreckschleuder glänzen."

„Na, meinetwegen."

Sie legte eine Walzermusik auf und begann, mit Quinn zu tanzen. Er beherrschte diesen Tanz tatsächlich sehr gut.

„Du hast für ein wenig Unruhe gesorgt", sagte sie.

„Nur ein wenig?"

„Richard Long weigert sich, an der Bootsfahrt teilzunehmen."

„Oh, der wird schon mitfahren."

„Genau das hat Gordon auch gesagt. Aber du hast ihn in seiner Praxis aufgesucht und ihm unterstellt, er würde seinen Patienten unter der Hand Medikamente geben."

„Stimmt nicht."

„Du warst also nicht in seiner Praxis?"

„Doch, aber ich habe nur ein paar Fragen gestellt."

„Na, großartig."

„Das machen Detektive nun mal. Sie stellen Fragen. So wie ich es bei dir gemacht habe. Eine richtig hässliche Sache."

Sie schüttelte den Kopf. „Im Augenblick schlägst du aber die Zeit tot, oder?"

„Ich ermittle nach wie vor."

„Oh, bin ich wieder an der Reihe?" fragte sie. „Ich dachte, über mich wüsstest du inzwischen alles."

„Nicht wirklich", gab er zurück.

„Tatsächlich? Was weißt du denn nicht?"

„Wie du dir den Knöchel gebrochen hast."

Sie holte kurz Luft. „Worauf willst du hinaus?"

„Auf die Wahrheit."

„Ich brach mir den Knöchel, weil ich nicht gut genug war. Wie klingt das?"

„Es klingt nicht nach der Wahrheit."

Shannon seufzte. „Wir nahmen an einem Wettkampf teil. Ich tanzte damals mit Ben, Lara tanzte mit einem gewissen Ronald Yeats. Während des Wiener Walzers waren wir alle auf der Tanzfläche ... Lara rempelte mich an, wir gingen beide zu Boden und ich brach mir den Knöchel."

„Also ist Lara schuld an deinem Leid."

„Ach und deshalb habe ich sie ermordet?" gab sie wütend zurück.

„Das hast du nicht gemacht, nicht wahr?" Sein Tonfall klang ernst und ironisch zugleich.

„Nein, ich habe es nicht gemacht", zischte sie ihn an.

„Hätte ich auch nicht erwartet. Aber ..."

„Aber was?"

„Du bist trotzdem feige."

„Was soll denn das heißen?"

Er antwortete ihr nicht, sondern bewegte sich mit ihr über die Tanzfläche, warf sie in einer perfekten Zurschaustellung der ‚Dreckschleuder' in die Luft, fing sie wieder auf und drehte sich mit ihr herum, um endlich nahtlos in die Verbeugung überzugehen.

Sie wandte sich ihm zu. „Deine Mutter ist wohl eine verdammt gute Tänzerin."

„Ja, das ist sie."

„Willst du wirklich an der Gator Gala teilnehmen?" fragte Shannon plötzlich. „Wenn das alles bis dahin nämlich noch nicht vorüber ist ...", begann sie, brach dann aber ab.

„Was ist dann?"

„Ach, nichts."

„Nun sag schon."

„Dann werde ich längst den Verstand verloren haben", gestand sie ein. „Das ist alles."

„Ja, ich will wirklich an der Gala teilnehmen. Das Erstaunliche ist, dass ich zwar in den anderen Tänzen ein Versager bin. Aber trotzdem will ich sie lernen. Es fühlt sich einfach gut an, so etwas zu können. Das ist die Wahrheit."

„So, so."

„Das soll *was* bedeuten?"

„Das soll bedeuten, dass es nur die halbe Wahrheit ist. Warum hast du nie etwas vom FBI erwähnt? Warum hast du da gekündigt? Außerdem scheinst du eine Menge Geld zu haben, so wie dein Bruder. Ihr schmuggelt aber nicht in eurer Freizeit Drogen, oder?"

Quinn schüttelte den Kopf. „Cops werden von ihrem Gehalt nicht reich, FBI-Agenten ebenfalls nicht. Und als Privatdetektiv schlägt man sich so durch. Mein Vater starb vor einigen Jahren und hinterließ jedem von uns Treuhandfonds."

„War *er* etwa Drogenschmuggler?“ fragte sie, nur halb im Scherz.

„Immobilien. Er kam her, als das Land nur ein paar Cent kostete, und kaufte es hektarweise, um es einige Zeit später mit sehr großem Gewinn zu verkaufen. Ich versuche, mein Geld nicht anzurühren. Warum, weiß ich nicht. Ich weiß nur, dass ich mir meinen Lebensunterhalt selbst verdienen möchte. Willst du meine Kontoauszüge überprüfen?“

„Vielleicht. Lust dazu hätte ich tatsächlich. Aber das wäre wohl illegal, nicht wahr?“

Er zuckte mit den Schultern, und vermittelte ihr so das Gefühl, dass er in der Lage war, alles herauszufinden, was er wissen wollte.

„Ich starte die Musik noch mal“, murmelte sie und ließ das Thema Finanzen auf sich beruhen.

Sie gingen die Walzerschritte noch einige Runden mehr durch, dann wechselte sie zum Foxtrott, bei dem er unverändert schlecht war. Dennoch musste sie feststellen, dass sie es liebte, ihn zu unterrichten. Sie mochte einerseits dieses reumütige Lächeln, wenn er wieder einmal nicht verstand, was sie von ihm wollte, und andererseits das Aufblitzen in seinen Augen, wenn etwas für ihn Sinn ergab. Er war umgeben von einem verführerischen Duft, und das Gefühl seiner Hände auf ihrer Haut hatte etwas Magisches. Sie zuckte zusammen, als er auf einmal wieder etwas sagte. „Ich glaube, wir haben meine Stunde überzogen. Ich muss gehen.“

Sie hatten *tatsächlich* überzogen.

Shannon sah ihn an. „Du hast es vorhin tatsächlich geschafft, dich vor einer Antwort zu drücken. Also: Warum hast du das FBI verlassen?“

Einen Moment lang zögerte er, ein Schatten legte sich über

seine Augen. „Ich hatte einen Fehler gemacht. Einen schweren Fehler.“

„Du bist ja wirklich dreist“, meinte sie kopfschüttelnd und sah ihn vorwurfsvoll an.

„Wieso?“

„Mir hältst du vor, ich sei feige, dabei bist du selbst ja viel schlimmer. Du machst einen Fehler, und sofort reichst du deine Kündigung ein. Das ist ganz entschieden schlimmer.“

Er sah sie nur an, ohne etwas zu erwidern. Dann wandte er sich ab, sprach kurz mit Marnie und Ben und verschwand durch die Hintertür.

Sie folgte ihm, die Tür war jedoch bereits ins Schloss gefallen. Noch während sie überlegte, ob sie auch nach draußen gehen sollte oder nicht, hörte sie es.

Das Kratzen.

Kam es von draußen? Oder hatte das Geräusch irgendwo hier im Studio seinen Ursprung?

Ben drehte eben die Musik lauter, aber sie lief zur Stereoanlage und machte sie aus.

„Was soll denn das?“ fragte er ärgerlich.

„Hast du das nicht gehört?“

„Was soll ich gehört haben?“

„Dieses ... Geräusch.“

„Hier sind alle möglichen Geräusche zu hören, Shannon. Welches meinst du?“

„Ach, schon gut“, erwiderte sie frustriert. „Wenn ihr zwei fertig seid, lass Marnie eine Pause einlegen. Danach will ich mir ansehen, was sie gelernt hat.“

Sie ging auf die Damentoilette und lauschte angestrengt.

Nichts.

Das Geräusch war irgendwo aus dem hinteren Teil des Studios gekommen, ließ sich aber nicht genauer eingrenzen. Wodurch es verursacht wurde, war das andere große Rätsel.

Quinn traf seinen Bruder bei Nick's an.

Zum Glück war er allein.

Quinn setzte sich ihm gegenüber an den Tisch. „Du siehst aus wie der wandelnde Tod."

„So fühle ich mich tatsächlich auch", gab Doug zu. „Ich bin hundemüde."

„Hast du denn überhaupt Zeit für eine Mittagspause?"

„Wieso nicht?"

„Weil du dir heute früh schon die Freiheit genommen hast, während der Dienstzeit Jane im Krankenhaus zu besuchen."

Doug wurde rot. „Das musste sein."

„Streifenpolizisten sollten so was nicht machen. Dein Bezirk ist Kendall."

„Es waren ja nur ein paar Minuten. Was ist überhaupt los mit dir? Du benimmst dich, als wärst du mein Sergeant."

„Worüber hast du dich mit Lara am Abend des Wettkampfs gestritten?"

Doug wich Quinns Blick aus und schaute in die Ferne. „Gestritten?"

„Ja, gestritten. Kannst du dich daran erinnern? Auf dem Balkon zwischen den Garderoben?"

„Ich ... ich war wütend."

„Weshalb?"

„Wegen ihres Verhaltens."

„Geht das etwas genauer?"

„Sie ... sie trank mehr als üblich, und sie flirtete mit jedem. Ich dachte, Katarina würde sich mit ihr prügeln wollen, so wie sie sich an David heranmachte."

„Du wusstest, dass sie mit anderen Männern schlief."

„Was nicht bedeuten muss, dass es mir gefiel. Sie war an dem Tag in einer sonderbaren Laune. Sie redete davon, wohin sie überall reisen wollte." Er zögerte kurz. „Ich hatte ihr gesagt, ich sei zwar nur ein Cop, aber ich könne wegen meines Treuhandvermögens so viele Stunden nehmen, wie ich wolle. Vermutlich war das der Grund, warum sie sich überhaupt für mich interessierte. Aber an dem Abend sagte sie mir, wenn mir irgendetwas nicht passe, dann könne ich mich auf der Stelle verpissen. Sie würde mit jedem rummachen, der ihr gefalle. Sie brauche mein Geld nicht, weil sie eine Quelle aufgetan habe, die ihr alles gebe, was sie brauche. Ich dachte, sie würde nur so reden, weil sie getrunken hatte. Ich sagte ihr auch auf den Kopf zu, sie trinke zu viel. Aber sie meinte nur, sie sei so gut, sie könne auch betrunken tanzen."

„Und weiter?" bohrte Quinn nach.

Doug zuckte mit den Schultern. „Dann bin ich gegangen."

„Und du hast sie mit niemandem sonst gesehen?"

„Nein. Ich bin gegangen, um wieder ruhig zu werden. Ich habe mir gesagt, dass ich das alles nur mache, weil es mir gefällt. Und ich sagte mir, dass ich von Anfang an gewusst habe, dass es mit ihr nichts Ernstes werden würde. Als ich sie kurz darauf tanzen sah, wurde mir klar, dass sie niemals einen Mann wirklich lieben könne. Sie war zu verliebt darin, Lara Trudeau zu sein. Sie liebte nicht nur das Tanzen, sondern vor allem die Tatsache, auf der Tanzfläche bewundert und beneidet zu werden." Er nahm einen Schluck von seinem Eistee. „Hast du schon irgendetwas herausfinden können?"

Quinn nickte. „Ja, ich habe herausgefunden, dass zwei Leute ganz besonders verdächtig sind, und zwar Shannon Mackay … und du." Er stand auf. „Sieh zu, dass du zeitig zurück in deinem Revier bist."

Er begab sich zu seinem Boot, setzte sich an Deck und ging die Akten sowie seine Notizen durch.

*Nach dem Kellner suchen.*

Tja, den Kellner hatte er gefunden, aber das war eine Sackgasse gewesen. Doch etwas in Manuel Taylors Äußerungen ließ ihm keine Ruhe.

Er ging die Liste der Namen durch, die Jake ihm gegeben hatte, und fragte sich, was genau ihn störte. Er kam nicht darauf.

Nach kurzem Zögern rief er den Mann an, erreichte aber nur den Anrufbeantworter. „Hey, hier ist Quinn O'Casey. Sie haben gesagt, Sie würden gern mal auf einer Bootsfahrt aushelfen. Wie wär's mit Samstagabend?"

Er legte auf und rief in den Keys an, um sich zu vergewissern, dass das Partyboot für Samstag auch wirklich bereit war.

Plötzlich fluchte er lautstark. An die Alarmanlage für Shannons Haus hatte er gar nicht mehr gedacht! Nun wohnte auch noch Marnie bei ihr, und er wollte nicht, dass die beiden Frauen ohne Schutz dastanden.

Aus seinem Telefonregister suchte er einen Namen heraus und rief an, während er hoffte, dass seine früheren Freunde aus der Gegend sich noch an ihn erinnern würden.

Carlos hatte ihn jedenfalls nicht vergessen. Er war sofort einverstanden, sich um Shannons Haus zu kümmern, und sagte, er könne gegen halb sechs dort sein. „Ein Job nach Feierabend", sagte Carlos gut gelaunt.

„Ich bin dir wirklich dankbar."

„Hey, ich lebe von so was", gab Carlos zurück. „Wirklich kein Problem."

Quinn legte auf und holte die Zeichnung heraus, die Ashley von der Toten am Strand angefertigt hatte. Er steckte sie ein und machte sich auf den Weg zum Strand.

Es war später Nachmittag, als Shannon den Unterricht unterbrach und Marnie anlächelte. „Jetzt machen wir aber wirklich Pause. Wir haben genug gearbeitet. Du hast wirklich Talent, Marnie. Pack deine Sachen zusammen, wir fahren zu mir nach Hause. Dann kannst du dich erst mal etwas einleben, und anschließend essen wir."

Marnie erwiderte das Lächeln und sagte: „Hey, bist du wirklich sicher, dass du das willst? Ich meine, ich komme mir vor wie so 'ne Prinzessin aus 'nem Märchen."

„Ich bin zwar daran gewöhnt, allein zu leben", gestand Shannon ihr. „Aber das kriegen wir schon hin."

Shannon bat Ella, Gordon unbedingt zu sagen, dass sie über die Pause mit Marnie nach Hause ging. Ihn selbst wollte sie nicht stören, da die Tür zu seinem Büro geschlossen war.

Marnies Habseligkeiten waren äußerst spärlich. Vom Studio hatte sie ein gebrauchtes Paar Tanzschuhe bekommen, von Rhianna stammten Jeans sowie ein paar T-Shirts, damit Marnie etwas zum Wechseln hatte. Shannon überlegte, dass sie für sie eine Willkommensparty geben sollte, dann konnte ihr jeder etwas Nützliches schenken.

„Ich habe kein zweites Schlafzimmer, weil ich das in ein Studio habe umbauen lassen", erklärte Shannon. „Im Schrank werde ich Platz schaffen, damit du deine Sachen dort unterbringen kannst. Du hast zwar kein eigenes Schlafzimmer, dafür ist die Couch zum Schlafen sehr bequem. Es gibt einen Fernseher und Berge von DVDs und Cassetten, aus denen du dir aussuchen kannst, was du willst."

„Und ich dachte schon, ich kann froh sein, in deinem Garten zu schlafen", gab Marnie strahlend zurück. „Ich hab doch gesagt, ich bin eine Märchenprinzessin. Und das hier ist mein Märchenschloss."

„War es zu Hause wirklich so schlimm?" fragte Shannon vorsichtig.

Marnie blickte zu Boden und nickte. Schließlich straffte sie die Schultern. „Es ist so, ich bin ja eigentlich erwachsen. Ich sollte also in der Lage sein, selbst was auf die Beine zu stellen. Aber nachdem ich erst mal gegangen war … Oh Mann, das war echt viel schwieriger, als ich mir das vorgestellt hätte. Ich hatte ja nichts."

„Tja, jetzt hast du schon mal dein eigenes Zimmer, auch wenn es nicht viel ist."

„Nicht viel? Das ist 'ne ganze Menge." Marnie verschränkte die Arme vor sich. „Ohne dich … und ohne Quinn … Gott, der ist schon ein toller Kerl, nicht wahr?"

„Ja, das ist er", pflichtete Shannon ihr bei. Was sollte sie bei einer solchen Heldenverehrung schon sagen? Vor allem, wenn es sich dabei auch noch um den tollsten Kerl handelte, dem sie selbst je begegnet war?

„Ich glaube, er liebt dich", sagte Marnie auf einmal.

„Er ist ein Schüler", erwiderte Shannon eine Spur zu energisch.

Marnie grinste sie an. „Tut mir Leid. Aber … hast du noch nicht gemerkt, wie er dich anguckt? Also wenn mich jemand so ansehen würde, den würd' ich nicht entwischen lassen. Ganz egal, was diese Regeln vorschreiben, von wegen Lehrer und Schüler und so."

„Ich mache mir einen Tee", erklärte Shannon abrupt. „Möchtest du auch einen?"

„Du meinst … einen *heißen* Tee?"

„Ja. Wir haben fünfundvierzig Minuten Pause. Alle Lehrer legen ihre Pausen so, dass sie sie zwischen zwei Unterrichtsstunden nehmen können."

„Ich weiß, ich weiß, das habe ich schon gehört."

Shannon setzte das Wasser auf, während Marnie durch den Flur in Richtung Studio ging.

„Wow", hörte Shannon sie ausrufen.

„Ja, mir gefällt es auch", sagte Shannon, als sie zu ihr in die Küche zurückkam.

„Das Einzige, was jetzt noch fehlt, ist eine Alarmanlage", erklärte Marnie.

„Der Nachbar hat einen Hund."

„Quinn hat gesagt, er will dir eine Alarmanlage einbauen lassen. Ich glaube, er wollte das für heute organisieren. Aber gestern Abend nach der Sache mit Jane hat er's wohl vergessen." Sie lächelte Shannon an. „Dann wird er wohl heute Abend herkommen und sich darum kümmern."

„Warum sollte er?" Sie setzte sich auf einen der Hocker an der Theke zwischen Küche und zweitem Wohnzimmer.

„Na, weil nachts dieser Wagen hier vorbeifährt. Schätze, er hat dir nichts davon gesagt. Er will wohl nicht, dass du dich aufregst. Und wahrscheinlich steckt ja auch gar nichts dahinter."

Das Wasser kochte, der heiße Dampf stieg Shannon ins Gesicht. Trotzdem hatte sie das Gefühl, eine eiskalte Hand habe sich auf ihre Schulter gelegt.

Das *Suede* war noch nicht geöffnet, als Quinn eintraf, doch der Türsteher erkannte ihn wieder und ließ ihn herein. Er erklärte ihm sogar, wo er Gabe finden würde.

Quinn setzte sich an die Bar, trank ein Wasser und wartete geduldig.

„Sieh an, der neue Schüler! Wie ich höre, könnten Sie eines Tages Ihrem Bruder Konkurrenz machen", rief Lopez, als er ihn entdeckte, und ließ sich auf einen Barhocker neben Quinn fallen.

„Kann ich Ihnen etwas zu dem Wasser bringen? Wir haben keine richtige Speisekarte, aber ein Snack ist immer drin."

„Nein, danke. Ich hatte vielmehr gehofft, Sie könnten mir vielleicht helfen."

„Gern. Was kann ich denn für Sie tun?"

Er zog das Bild von Sonya Marquez Miller aus der Tasche. „Mich würde interessieren, ob diese Frau jemals bei Ihnen im Club war."

Gabriel Lopez schüttelte bedauernd den Kopf. „Die Polizei war hier, kurz nachdem man sie am Strand gefunden hatte. Ich habe alle meine Aushilfen einen Blick auf das Bild werfen lassen, aber niemand erkannte sie. Ich habe sie auch noch nie gesehen. Weiß man schon, was mit ihr passiert ist?"

„Eine gewaltige Überdosis."

„Ich wünschte, ich könnte Ihnen helfen." Lopez zögerte. „Aber an den Wochenenden geht es hier verdammt wild zu. In Miami hat jede Mafia, die Sie sich vorstellen können, einen Außenposten – die russische, die italienische und die kubanische. Und nicht zu vergessen die Kolumbianer. Irgendwer hat vor kurzem sogar behauptet, Drogenbarone von Haiti trieben sich hier rum. Nennen Sie mir ein Land aus Mittel- oder Südamerika, und ich zeige Ihnen die dazugehörigen kriminellen Elemente, die sich hier aufhalten. An Freitagen und Samstagen tummeln sich hier im Club alle Nationalitäten, und die meisten sind anständige Leute, die nur ein wenig Spaß haben wollen. Sie können mir glauben, dass es eine ganze Menge leitender Angestellter gibt, die die Woche über völlig brav und solide sind, am Wochenende jedoch mit Drogen den Kick suchen, der ihnen fehlt. Wissen Sie, ich bin wirklich stolz darauf, dass wir den Club von Drogen völlig freihalten konnten. Die Barkeeper und die Kellner achten darauf, dass niemand zu viel trinkt. Wir kennen da kein Pardon. Wer sein

Limit erreicht hat, bekommt keinen Tropfen Alkohol mehr. Außerdem sind wir als der unnachgiebigste Club des Viertels bekannt, weil wir uns den Ausweis zeigen lassen, sobald wir einen Verdacht haben."

„Ja, ich hörte davon. Ich hatte bloß gehofft, Sie hätten sie vielleicht irgendwann mal hier gesehen."

„Das hätte ich den Cops auch schon gesagt. Wie sieht's aus? Kommen Sie heute Abend zum Gruppenunterricht?"

„Heute Abend kann ich leider nicht."

„Okay, aber verlernen Sie das Tanzen nicht. Und kommen Sie bei Gelegenheit gern wieder her."

„Danke." Quinn stand auf.

„Ach, sagen Sie, machen Sie das für Ihren Bruder?" fragte Lopez. „Ich wusste gar nicht, dass Sie auch ein Cop sind."

„Bin ich auch nicht", gab Quinn zurück. „Privatdetektiv."

„Aha. Hat die Familie der Frau Sie beauftragt?"

„Darf ich nicht sagen."

„Oh, ein großes Geheimnis?"

„Nein", erwiderte Quinn. „Ein Privatdetektiv hat Stillschweigen über seine Auftraggeber zu bewahren. Bis später. Sehen wir uns am Samstag auf dem Boot?"

„Darauf können Sie wetten."

„Okay, dann bis Samstag."

Er verließ das *Suede* und ging nach oben, wo er erfuhr, dass Shannon ihre Pause zu Hause verbrachte. Als er anrief, meldete sich Marnie. Geduldig erklärte er ihr, dass in den nächsten Minuten jemand wegen der Alarmanlage vorbeikäme und sie Shannon Bescheid sagen solle.

„Shannon sagt, wir müssen in ein paar Minuten zurück ins Studio", gab Marnie wieder, als sie Quinns Nachricht weitergegeben hatte.

„Gut, dann komme ich rüber", sagte Quinn. „Ich mache mich sofort auf den Weg."

Er legte auf, bevor Shannon Gelegenheit bekam, dagegen zu protestieren.

Als er vor ihrem Haus anhielt, war Carlos Rodriguez bereits da und installierte die Anlage. Shannon stand in der Tür und wirkte ungeduldig, weil sie ins *Moonlight Sonata* musste.

„Weißt du", sagte sie zu Quinn, „du solltest besser mit den Leuten reden, *bevor* du jemanden zu ihnen nach Hause schickst."

„Wir sprachen darüber, dass du eine Alarmanlage brauchst", erklärte er und fügte ungehalten an: „Ich bezahle dir den Einbau auch, wenn das für dich ein Problem darstellt."

„Von deinem Treuhandvermögen, wie?" gab sie kühl zurück. „Jetzt übertreib es mal nicht. So schlecht werde ich nun auch nicht bezahlt."

Sie verhielt sich so schroff und abweisend, dass er sie am liebsten gepackt hätte, um sie zu …

Er wollte ihr Gesicht berühren, mit seinen Fingern über ihre Wange streicheln, seine Hand in ihrem Haar vergraben, sie an sich drücken. Jede Faser seines Körpers erinnerte sich mit einem Mal daran, wie es sich angefühlt hatte, mit ihr zusammen zu sein.

„Ich muss zurück ins Studio. Du wolltest das hier unbedingt, dann darfst du auch hier bleiben und aufpassen, bis alles erledigt ist."

„Es war auch meine Absicht, das zu tun", gab er zurück und bemerkte zu seiner Verwunderung den rauen Tonfall in seiner Stimme.

Marnie sah Quinn an, zuckte mit den Schultern, als Shannon zu ihrem Wagen eilte, und rannte ihr nach, um sie nicht entkommen zu lassen.

„Ich hab's dir doch gesagt", meinte das Mädchen laut genug,

dass Quinn es hören konnte. „Er hat echt was für dich übrig. Ich glaube, er liebt dich."

„Das ist doch jetzt das, was du wolltest, richtig?" hörte er eine Stimme neben sich.

Quinn fuhr abrupt herum und sah Carlos dicht vor sich stehen. „Was?"

„Die Anlage – das, was du haben wolltest. Die Standardanlage. Fenster, Türen und eine Tastatur, dazu ein automatischer Alarm, wenn jemand das System außer Betrieb setzen will."

Er nickte nur und sah Shannons Wagen nach, der die Straße hinunterfuhr.

## *20. KAPITEL*

Als Shannon am Abend nach Hause fuhr, war sie so erschöpft, dass sie sich nur noch ins Bett fallen lassen wollte.

Sie hatte vorgehabt, im Krankenhaus nach Jane zu sehen, aber dafür war im Studio ein zu großer Andrang gewesen. Das fand sie erstaunlich, hatte sie doch gedacht, dass Laras Tod die Menschen eher eine Weile vom Tanzen abhalten würde.

Das war nicht der Fall. Es schien sogar, als wollten die Schüler Lara ehren, indem sie mehr trainierten als jemals zuvor.

Man durfte natürlich nicht vergessen, dass die Ankündigung der Gator Gala bei den Schülern den Ansporn ausgelöst hatte, besser als die anderen zu sein und folglich mehr Stunden zu buchen.

Janes Blinddarmentzündung schien ein Übriges zu tun, dem *Moonlight Sonata* ein volles Haus zu bescheren. Gunter und Helga kamen vorbei und erzählten, sie seien auf dem Weg zum Studio bei Jane vorbeigefahren. Auch Christie war gekommen, die sich sonst nur zum Coaching blicken ließ. Doug hielt sich eine Weile im Studio auf und sagte, er werde anschließend zum Krankenhaus fahren. Bobby Yarborough und Giselle hatten Jane besucht, ebenso Katarina und David. Gabriel kam mit einigen Bekannten aus dem Club nach oben, um sie für die magische Welt des Tanzens zu begeistern.

Richard Long, der am Telefon noch so verärgert gewesen war, kam mit seiner Frau Mina ins Studio. Auf Quinns Besuch ging er nicht weiter ein, stellte aber mit Genugtuung fest, dass der Mann nicht anwesend war.

Auch die Jungs und Mädchen, die sich auf den Abschlussball der High School vorbereiten wollten, waren gekommen, dazu noch eine Reihe neuer Schüler. Selbst als die letzte Stunde vorüber war, blieben die Leute noch und unterhielten sich angeregt.

Shannon dachte nicht über die merkwürdigen Geräusche nach, und sie hatte auch nicht das Bedürfnis, so bald das Studio zu verlassen. Allerdings hätte sie sich in diesem Moment gewünscht, keine Mitbewohnerin in ihrem Haus zu haben, weil Marnie wie aufgedreht war. Den ganzen Tag über war sie nicht müde geworden, obwohl ein Lehrer nach dem anderen hart mit ihr gearbeitet hatte. Christie hatte sie beobachtet und ihr ein paar Tipps gegeben und war dann zu Shannon gekommen, um ihr zu sagen, dass Marnie ein immenses Potenzial besaß.

„Sie erinnert mich ein wenig an Lara", hatte Christie gesagt.

„An Laras Talent", war Shannons Erwiderung gewesen.

„Ja", hatte Christie zugestimmt. „An ihren Charakter ganz bestimmt nicht. Lara war immer so ... ach, was soll's, man soll über Tote nicht schlecht reden. ... Oh, zum Teufel damit. Lara hatte vom ersten Tag an so etwas Zerstörerisches an sich. Bei Marnie ist das ein unerschöpflicher Enthusiasmus. Ich glaube, sie erinnert mich sogar mehr an dich, wie du früher warst."

In diesem Moment war Ben dazugekommen. „Shannon wird mit mir tanzen."

„Tatsächlich?" hatte Christie begeistert ausgerufen. „Wenn du wieder an Wettkämpfen teilnimmst, dann würde ich gern wieder mit euch beiden arbeiten."

„Vielleicht", hatte Shannon gemurmelt. Es stimmte, dass sie Ben versprochen hatte, mit ihm zu tanzen. An diesem Abend überkam sie zum ersten Mal ein Hauch von Begeisterung bei dem Gedanken, wieder zu tanzen. *Ja. Vielleicht ... ja.*

Mit einer gewissen Verärgerung hatte sie allerdings einräumen müssen, dass es Quinn O'Casey zuzuschreiben wäre, sollte sie tatsächlich wieder an Wettkämpfen teilnehmen.

Dieser Gedanke ermüdete sie nur noch mehr.

Marnie sprühte unterdessen so vor Energie, dass Shannon sich zwingen musste, sie nicht anzufahren, sie solle doch wenigstens für ein paar Minuten den Mund halten.

Als sie vor ihrem Haus vorfuhren und sahen, dass Quinns Wagen noch immer dort geparkt war, spürte Shannon, wie ihr ein merkwürdiges Gefühl durch den Leib ging, mit dem sie sich lieber nicht befassen wollte. War es möglich, dass er wirklich etwas für sie empfand? Und sie für ihn?

„Quinn ist ja noch da", stellte Marnie fest.

„Das ist auch gut so", gab sie zurück. „Als wir heute Nachmittag abgefahren sind, habe ich nämlich meinen Hausschlüssel in der Küche liegen lassen."

„Oh. Und das, wo jetzt die Alarmanlage eingebaut ist." Marnie grinste. „Ein Märchenschloss mit Alarmanlage."

Als Shannon an ihrer eigenen Haustür anklopfte, waren mehrere Anläufe nötig, ehe Quinn endlich aufmachte. Sein Haar war zerzaust, und er sah sie mit kleinen Augen an. Offenbar war er auf der Couch eingeschlafen. Die Art, wie seine Haare in alle Richtungen standen, ließ ihr angenehme Schauer über den Rücken laufen.

„Ihr seid spät dran", murmelte er noch ein wenig schlaftrunken. Aber schon im nächsten Moment wirkte er hellwach. „Komm, ich erkläre dir direkt die Alarmanlage." Er zeigte ihr die Tastatur, sagte ihr, was sie eingeben musste, wenn sie zu Hause war, wenn sie das Haus verließ und wenn sie sie zwischendurch abschalten wollte.

Er stand dicht neben ihr, sein Arm berührte fast ihre Schulter, und am liebsten hätte sie sich einfach dagegen gelehnt. Aber sie tat es nicht. Egal, was Marnie darüber gesagt hatte, wie Quinn sie ansah – so leicht würde sie ihm nicht wieder vertrauen.

„Alles verstanden?“ fragte er.

„Ich glaube schon.“

„Gut. Falls Schwierigkeiten auftreten, die Anleitung liegt in der Küche auf dem Tresen.“

„Quinn!“ rief Marnie und warf sich ihm an den Hals, als wollte sie ihn nicht wieder loslassen. „Es war großartig, einfach phantastisch. Sogar mein Coach ... wie heißt sie noch mal, Shannon?“

„Christie“, antwortete Shannon geduldig.

„Sogar Christie findet, ich habe Potenzial.“

„Das ist doch toll“, erwiderte Quinn und blickte zu Shannon.

„Kann ich noch einen Tee haben?“ fragte Marnie.

Shannon hätte sich am liebsten sofort in ihr Bett verkrochen, doch Quinn und Marnie sahen sie erwartungsvoll an.

„Klar“, sagte sie resignierend.

„Quinn, du bleibst doch auch noch, oder?“ fragte Marnie.

„Ich muss jetzt wirklich gehen.“

„Wenigstens für eine Tasse Tee“, bekniete sie ihn.

„Aber nur eine kleine.“ Wieder sah er Shannon an.

„Hast du eigentlich irgendwas gegessen?“ fragte sie. „Du hast die Alarmanlage einbauen lassen, da bin ich dir schließlich etwas schuldig.“

„Nein, du bist mir nichts schuldig“, gab er mit Nachdruck zurück.

„Tut mir Leid, so habe ich das nicht gemeint“, murmelte sie und wünschte sich, sie würde jetzt nicht rot werden. „Setz dich doch bitte hin, ich mache in der Zwischenzeit den Tee.“ Sie lächelte ihn an. „Marnie kann dir ja derweil erzählen, wie ihr Tag war.“

Ein flüchtiges Lächeln umspielte seine Mundwinkel. Ihm war nicht entgangen, dass Marnie unentwegt geredet hatte.

„Na gut, dann kümmere du dich in aller Ruhe um den Tee“, sagte er und ging in Richtung Wohnzimmer. Marnie blieb stehen. „Hey, sorry, ich sollte dir wohl besser dabei helfen, wie?“

„Nein, schon gut. Geh ruhig und unterhalte dich mit Quinn.“

Shannon setzte das Wasser auf, stellte einen Teller mit Gebäck und Käsehäppchen zusammen und ging nach einer Weile mit dem Tablett und der Teekanne in Richtung Wohnzimmer. Auf dem Weg dorthin fiel ihr auf, dass es ungewöhnlich ruhig war.

Als sie das Zimmer betrat, sah sie, dass Marnie im Sessel und Quinn auf der Couch eingeschlafen waren.

Sie stand da, als Marnie sie auf einmal anblinzelte.

„Oh“, murmelte sie und streckte sich. „Ich hab ihm alles erzählen wollen, aber dann hat er gar nicht mehr geantwortet. Da hab ich erst gemerkt, dass er schon längst eingeschlafen war“, flüsterte sie. „Wir müssen ihn wohl aufwecken.“

Shannon stellte das Tablett ab und erwiderte leise: „Nein, wir lassen ihn schlafen. Komm mit in die Küche, dann kannst du deinen Tee dort trinken. Heute Nacht schläfst du bei mir im Zimmer.“

„Und das macht ihm nichts aus?“ fragte Marnie.

„Nein, das wird ihm nichts ausmachen.“ Shannon ging kurz ins Schlafzimmer und kam mit einer Decke zurück, die sie über Quinns Beine legte. „Komm“, flüsterte sie und legte einen Finger an den Mund, um Marnie zu bedeuten, dass sie leise sein sollte.

Das Mädchen nickte und folgte ihr in die Küche, wo sie ihren Tee tranken und Marnie fast in einem Zug die gesamten Käsehäppchen und das Gebäck aufaß. Shannon fiel auf, dass sie ausgehungert aussah.

Es war aber auch kein Wunder, schließlich hatte sie den ganzen Tag unermüdlich getanzt und geübt. Und so dünn, wie sie war, hatte sie kaum etwas zuzusetzen.

Als der Teller leer war, merkte sie erst, dass sie alles aufgegessen hatte. Zwar entschuldigte sie sich nicht, sah aber Shannon betrübt an. „Ich spüle noch."

„Das hat bis morgen Zeit. Jetzt erst mal ab ins Badezimmer mit dir, damit wir uns endlich hinlegen können."

Sie fürchtete bereits, Marnie könnte den Rest der Nacht damit verbringen wollen, sich im Flüsterton mit ihr zu unterhalten, aber zum Glück war das nicht der Fall.

Es war weit nach Mitternacht, als sie endlich ins Bett fielen. Marnie achtete darauf, dass sie auf ihrer Seite des Betts blieb, als befürchte sie, sie könne ihre Gönnerin in irgendeiner Weise verärgern.

Nach einer Minute Stille sagte Marnie: „Noch mal danke für alles."

Die Art, wie sie das sagte, brachte Shannon zum Lächeln und berührte sie tief in ihrem Herzen.

„Das ist schon okay, wirklich."

„Gute Nacht. Ich verspreche, dass ich kein weiteres Wort mehr sage."

Shannon lachte leise und drehte sich auf die andere Seite.

Wie sonderbar. So hätte sie sich diese Nacht nicht vorgestellt, aber wenigstens fühlte sie sich in ihren eigenen vier Wänden wieder sicher.

Wenige Minuten später war sie fest eingeschlafen.

Jake hatte noch immer frei. Er bot Quinn an, aufs Revier zu kommen, doch der lehnte das schlichtweg ab. Jake war inzwischen eine neue Partnerin zugeteilt worden – eine Frau namens Anna Marino –, die sich als Geschenk des Himmels entpuppte.

Sie freute sich, Quinn kennen zu lernen, und hatte nichts dagegen, ihn mit Informationen zu versorgen. Anna war mit fast

1,80 Meter auffallend groß, dazu war sie schlank, und mit ihrem naturblonden Haar und ihren leuchtend blauen Augen strahlte sie eine natürliche Schönheit und Eleganz aus. Rein nach ihrem Aussehen beurteilt, hätte sie sich auf einem Laufsteg wohler fühlen müssen als bei der Polizei. Aber sie zählte zu den Besten, die das Revier Miami-Dade vorzuweisen hatte.

„Ich sage Ihnen alles, was ich weiß", versicherte sie Quinn und ging Jakes Akten durch. „Ich wünschte nur, wir hätten mehr. Das ist das Traurige an dieser Arbeit. Haben wir erst einmal einen Verdächtigen, dann leistet die Forensik wahre Wunder. Aber solange wir nicht mal den Hauch einer Ahnung haben, wer in Frage kommen könnte ... Hier. Hier ist der alte Vorgang. Sally Grant." Sie überflog die Unterlagen, ehe sie sie an Quinn weitergab. „Zweiundzwanzig, ging auf dem Straßenstrich anschaffen. Ihre letzte Adresse war eine Pension mit ziemlich schlechtem Ruf. Drogen wurden da zwar nicht gedealt, aber man wird nicht nach seiner Vorgeschichte befragt, und solange man die Tür geschlossen lässt, kümmert sich niemand darum, was man in seinem Zimmer treibt. Sie kam aus Oklahoma. Eltern tot, ein Bruder, der sich aber nicht um die Tote gekümmert hat. Wollte nur wissen, ob eine Lebensversicherung ausgezahlt wird. Ich muss sagen, ihr Fall war besonders traurig. Jake fand das auch. Wir haben überall gefragt, das Drogendezernat schaltete sich auch ein. Die Clubs wurden durchforstet, aber egal, wo wir gesucht haben, es war absolut nichts zu finden." Sie hielt einen Moment inne. „Wir haben hier auf der Wache gesammelt, damit sie wenigstens anständig beerdigt werden konnte. Das Bestattungsunternehmen kam uns auch noch ein Stück weit entgegen."

Quinn nickte nachdenklich, nahm die Akte entgegen und setzte sich hin. Anna faltete die Hände und sah ihn an. „Ich hole auch die Akte Sonya Miller. Jake ist davon überzeugt, dass ein

Zusammenhang besteht, aber bislang haben wir nichts entdecken können. Sonya Miller hatte Geld und eine Familie, die sich auch nach ihrem Tod noch um sie kümmerte. Die beiden Frauen kommen aus grundverschiedenen Welten."

„Das sehe ich."

Sally Grants Fall war wirklich sehr traurig. Die Fotos vom Tatort zeigten eine sehr junge Frau, die mit weit aufgerissenen Augen ins Nichts starrte. Ihr langes braunes Haar lag auf dem Fußweg ausgebreitet. Sie erinnerte ihn ein wenig an Marnie.

Er sah zu Anna auf. „Kein Hinweis auf ein Sexualverbrechen?"

Sie schüttelte den Kopf. „Sally war eine Nutte, das wurde uns von genügend Leuten bestätigt. Aber an dem Abend hatte sie noch keinen Freier gehabt."

„Es könnte ein Unfall gewesen sein", gab Quinn mit finsterer Miene zu bedenken.

„Ganz sicher nicht. Sie wurde auf dem Fußweg gefunden, die Nadel steckte noch im Arm. Aber das Ganze war inszeniert, und zwar sehr schlecht. Wo war ihr Fixerbesteck? Das hätte in der Nähe der Toten liegen müssen. Aber Fehlanzeige. Sie ist mit absoluter Sicherheit ermordet worden."

„Zwischen den beiden Todesfällen liegen mehrere Monate", überlegte Quinn.

„Stimmt. Aber trotzdem glauben wir an einen Zusammenhang. Wenn ich das richtig verstehe, ermitteln Sie im Fall des ‚zufälligen' Todes dieser Tänzerin?"

„Ja, genau."

„Ich wünschte, der Fall wäre Jake und mir zugeteilt worden. Ist leider nicht geschehen, Dixon hat ihn für abgeschlossen erklärt. Allerdings muss ich auch eingestehen, dass ich nicht wüsste, welche Verbindung wir hätten finden können. Die Tänzerin starb wegen einer Kombination aus Medikamenten- und Alkoholmissbrauch. Da waren keine illegalen Drogen im Spiel."

„Richtig. Es ist nur so, dass kurz zuvor eine andere Frau starb, weil sie die verschriebenen Medikamente in zu hoher Dosis nahm."

Anna nickte. „Nell Durken. Joel Kylie bearbeitet den Fall. Er sagt, die Verhaftung sei wegen Ihrer Unterlagen ein Kinderspiel gewesen."

„Tja, allerdings bin ich längst nicht mehr so überzeugt davon, dass der Ehemann der Täter ist."

Sie sah ihn überrascht an. „Aber seine Fingerabdrücke waren auf dem Fläschchen. Wieso zweifeln Sie jetzt?"

„Zum einen, weil er seine Unschuld beteuert", antwortete Quinn.

„Das sagen die meisten Mörder, das wissen Sie selbst. Sie können ihm zusehen, wie er den Abzug betätigt, und trotzdem leugnet er es."

„Ich bin Ihrer Meinung, dass die beiden Todesfälle zusammenhängen. Und ich glaube, es gibt auch eine Verbindung zu den Drogentoten."

„Quinn, es gibt noch mehr Drogentote. Aufs Jahr gesehen kommen wir hier im Großraum auf Hunderte von Drogenopfern. Sie haben mal bei der Polizei gearbeitet, Sie wissen, wie viele Fälle ungeklärt bleiben."

„Leider weiß ich das."

„Und wie kommen Sie dann darauf, dass es zwischen *diesen* Morden einen Zusammenhang geben muss?"

„Nell hat im *Moonlight Sonata* Tanzstunden genommen, Lara Trudeau hat da gearbeitet. Die Stelle, wo Sonya Miller gefunden wurde, ist gleich um die Ecke, und Sally Grant fand man nur ein paar Meter vom Studio entfernt."

„Ich glaube aber nicht, dass Sally Grant Tanzstunden nahm. Und in einen Club wie das *Suede* wäre sie in ihrer Aufmachung niemals reingelassen worden. Sonya könnte dort gewesen sein, aber wir haben jeden so eindringlich befragt, wie es das Gesetz zulässt", versicherte Anna ihm. „Und ein Kleid von dieser Designerin im Haus konnte sich Sally auch nicht leisten. Die Polizei hat die ganze Gegend abgesucht, nachdem die Leichen entdeckt wurden, und dabei wurden auch die Leute aus der Tanzschule befragt."

Quinn sah sie einen Moment lang an, dann blätterte er Sonya Millers Akte noch einmal durch. Ein Officer George Banner hatte am Montag mit Gordon Henson gesprochen, der ihm versicherte, die Frau sei nie in der Tanzschule gewesen.

Sonderbar, dass Gordon zu keiner Zeit etwas von diesem Besuch der Polizei erwähnt hatte.

Allerdings war es Gordons Art, Dinge für sich zu behalten. Das war deutlich geworden, als er an dem Morgen bei Nick's durchblicken ließ, was er alles über Quinn wusste.

„Sonst noch Fragen?" wollte Anna wissen.

„Das Drogendezernat durchsuchte nach den Todesfällen die Clubs in der Umgebung", sagte er. „Was hat das ergeben?"

„Nachdem die erste Frau gefunden wurde, beschafften wir uns Durchsuchungsbefehle für das *Suede* und einige andere Clubs. Ted Healey aus der Drogenabteilung sagte mir, im *Suede* hätten sie den Durchsuchungsbefehl den Leuten förmlich aufdrängen müssen. Das Management ließ sie ohne irgendwelche Probleme alles durchsehen, was sie wollten. Das *Suede* rühmt sich …"

„Ja, ich weiß", unterbrach Quinn sie. „Ich sprach mit dem Eigentümer." Er sah zurück in die Akte. „Oh, Sie haben ein paar Zeichnungen vom ersten Opfer. Darf ich davon eine mitnehmen?"

„Auf jeden Fall."

„Danke. Und danke für Ihre Hilfe."

„Wenn Sie etwas entdecken, was uns nicht aufgefallen ist, dann wäre das phantastisch." Einen Moment lang trübte sich ihr Blick. „Ein unnatürlicher Tod ist immer eine traurige Angelegenheit, aber mit der Zeit gewöhnt man sich daran. Als wir Sally Grant fanden ... ich weiß nicht ... das hat mir sehr zu schaffen gemacht. Sie war fast noch ein Kind, sie wurde von niemandem geliebt. Ich würde viel darum geben, ihren Mord aufzuklären, auch wenn das an ihrem Tod nichts mehr ändert."

„Ich kann Sie gut verstehen."

„Haben Sie wenigstens irgendjemandem in Verdacht?" fragte sie.

Er verzog bedauernd den Mund. „Ich habe sogar zu viele in Verdacht", antwortete er. *Oder zu wenige. Die beiden Personen, die am ehesten ein Motiv haben, sind mein Bruder und die Frau, in die ich mich jeden Tag mehr verliebe.*

Von der Wache kehrte er zu seinem Boot zurück, ging den Anrufbeantworter durch und stellte fest, dass Manuel Taylor noch nicht zurückgerufen hatte. Er rief noch einmal bei ihm an und hinterließ eine weitere Nachricht in der Hoffnung, dass Taylor sich bald zurückmelden würde.

Dann setzte er sich an seinen Schreibtisch und fertigte eine Skizze vom Studio und den umliegenden Häuserblocks an.

Er ging seine Listen durch, verglich verschiedene Punkte, um nach Übereinstimmungen zu suchen. Die einzige Gemeinsamkeit war aber die, dass alle vier Tode in unmittelbarer Umgebung des Hauses eingetreten waren, in dem sich das *Moonlight Sonata* befand.

Das konnte kein Zufall sein. Irgendjemand musste etwas wissen.

Wahrscheinlich derselbe Jemand, der nachts in seiner Limousine an Shannons Haus vorbeifuhr.

Er sah nach seinen E-Mails und fand eine von seinem Bruder, der ihm eine Liste mit den Wagen aller Personen zugeschickt hatte, die im Studio arbeiteten oder regelmäßig dort tanzten.

Nun hieß es, nach Verdächtigen zu suchen.

Shannon fiel sofort heraus, weil nicht anzunehmen war, dass sie nachts an ihrem eigenen Haus vorbeifuhr. Jane besaß einen roten Chevy Minivan, Rhianna Markham einen blauen Mazda.

Gordon fuhr einen beigefarbenen Lexus. Ben hatte sich vor kurzem einen gebrauchten grauen Mercedes gekauft. Der alte Mr. Clinton fuhr einen braungrauen Audi. Das passte zu ihm, aber Clinton zählte für ihn sowieso nicht zu den Verdächtigen. Er ging die Liste weiter durch. Jim Burke, Mina Long, Justin Garcia, Christie Castle, Sam Railey, Gabriel Lopez und vier weitere Angestellte des *Suede* fuhren allesamt Limousinen, auf die Marnies Beschreibung ebenfalls zutraf.

Wenigstens fiel auch sein eigener Bruder heraus, der sich nachweislich mit Lara gestritten hatte, da er einen alten dunkelgrünen Jaguar fuhr.

Während er dasaß und die Liste der Fahrzeuge betrachtete, wurde ihm endlich bewusst, warum ihm Manuel Taylors Äußerungen keine Ruhe ließen.

Er rief nochmals bei ihm an, musste sich aber auch diesmal damit begnügen, Taylor eine Nachricht auf Band zu sprechen. Dann ging er los.

Als Shannon aufwachte, war Quinn bereits gegangen, hatte aber wenigstens die Kaffeemaschine nicht abgeschaltet. *Halte mir für den späten Nachmittag eine Stunde frei,* stand auf einem Notizzettel.

Fest entschlossen, endlich dem Geräusch auf die Spur zu kommen, machte sie sich leise auf den Weg zum Studio, ohne Marnie zu wecken. Sie würde das Mädchen später abholen.

Im Studio schloss sie die Tür hinter sich ab und sah sich eine Zeit lang einfach nur um. Wonach sie suchte, wusste sie zwar selbst nicht so genau, aber sie ging so weit, die Wände nach Hohlräumen abzuklopfen – jedoch ohne Ergebnis. Der Vorratsraum war das letzte Zimmer im Studio, das sie sich noch vornehmen musste.

Die Schneiderpuppe aus Katarinas Atelier wirkte auch am Tag ein wenig unheimlich. Ihr fiel auf, dass in den Regalen im hinteren Teil noch viel Platz war, und sie nahm sich vor, bei nächster Gelegenheit noch mehr alte Unterlagen hier unterzubringen, die in ihrem Büro nur Platz wegnahmen.

Sie entdeckte auch eine ganze Reihe von Kostümen, die ihr gehörten und die schon seit Jahren im Lagerraum hingen. Einige von ihnen waren noch in tadellosem Zustand. Wenn sie wirklich wieder im Wettbewerb tanzen wollte, sollte sie sich in Ruhe ansehen, was sie von diesen Kleidern noch gebrauchen konnte. Während sie die Regale betrachtete, glaubte sie einen Moment lang, aus dem Flur ein Geräusch zu hören. Ein Blick auf die Armbanduhr zeigte ihr, dass die anderen bald eintreffen würden.

Plötzlich ging das Licht aus.

„Hey!" Sie drehte sich um, ohne wirklich Angst zu empfinden. Schließlich war es helllichter Tag, was sollte ihr da schon passieren?

Dann aber wurde die Tür zugeworfen, der Raum war in völlige Finsternis getaucht.

„Hey!" rief sie erneut und lief in Richtung Ausgang, als sie auf einmal Schritte hörte, die sich rasch entfernten.

In der Schwärze verlor sie die Orientierung und stieß mit der

Schneiderpuppe zusammen. Sie hatte Mühe, das Gleichgewicht zu halten und geriet ins Taumeln. In dieser Sekunde gefror ihr das Blut in den Adern – sie hörte ein Geräusch … jemand atmete … direkt neben ihr.

Ehe sie reagieren konnte, verlor sie die Balance, stieß mit dem Kopf hart gegen ein Regal und fiel benommen zu Boden.

Langsam schwanden ihr die Sinne und sie merkte, wie sie ohnmächtig wurde. Bevor sie das Bewusstsein verlor, hörte sie ein deutliches Aufstöhnen, war sich aber nicht sicher, ob es nicht vielleicht über ihre eigenen Lippen gekommen war.

Die Dinge gerieten allmählich außer Kontrolle, und alles war nur ihre Schuld. Für wen hielt sie sich eigentlich, dass sie den Vorratsraum auf den Kopf stellen wollte? Hätte er besser gewartet? Vielleicht wäre sie nach draußen gegangen, ohne ihn zu bemerken.

Schließlich ging jeder wieder nach draußen, der hereingekommen war.

Die Cops hatten alles durchsucht, aber nicht wegen der Tanzschule, sondern wegen des Clubs. Sie hatten in jeder Ecke nachgeschaut und nichts finden können. Weil der Club sauber war. Es gab keinen Grund zur Sorge.

Aber warum hatte er dann so überhastet gehandelt?

Jeder Mörder macht früher oder später einen Fehler, hieß es. Doch das stimmte nicht. Es gab genug Mörder, die nie überführt wurden. Also …

Ganz langsam und ganz ruhig.

Was wusste sie?

Nichts Konkretes, dennoch zu viel.

Und sie vermutete zu viel. Diese schönen Augen waren längst nicht so unschuldig, wie sie in die Welt blickten. Aber er hatte es gewusst, und er hatte sie beobachtet.

Der Zeitpunkt war gekommen, um zu handeln. Es ließ sich nicht länger vermeiden.

Er musste sich bloß wieder völlig im Griff haben und immer daran denken, sich ganz natürlich zu geben.

Als Quinn das Krankenzimmer betrat und das Blumenmeer sah, fand er, dass der Strauß, den er mitgebracht hatte, mehr als schäbig war. Doch Jane, die sich in ihrem Bett aufgesetzt hatte, lächelte ihn an, als er hereinkam.

In der Tanzschule hatte sie wie ein Häufchen Elend am Boden gelegen, aber mittlerweile strahlte sie wieder. Die Haare waren gekämmt, und sie hatte Make-up aufgelegt.

„Hi, Quinn, das ist ja nett von Ihnen. Danke, dass Sie nach mir sehen. Und danke für die Blumen, die sind wunderschön", sagte sie und beugte sich ein Stück weit vor. Quinn fiel ein, dass sie an den beidseitigen Wangenkuss als Begrüßung gewöhnt war, also erfüllte er ihre Erwartungen.

„Sie sehen gut aus", sagte er, nachdem er sich zu ihr ans Bett gesetzt hatte.

„Ich fühle mich schrecklich", erwiderte sie. „Aber wenigstens bleibt bei diesen neuen Operationsmethoden keine riesige Narbe zurück."

„Zumindest etwas Erfreuliches", murmelte er, war aber nicht sehr amüsiert, nachdem er mehr und mehr über ihre Welt erfahren hatte. Ihr Körper war ihr Kapital. Sie war jung und hübsch, und die Kostüme, die sie trug, waren oft sehr spärlich und ließen einen großen Teil des Rückens und den Bauch frei.

„Das klingt wohl ziemlich eitel, wie?" fragte sie seufzend.

„Oh, ich verstehe schon, was Sie meinen."

„Ihr Bruder ist gerade eben gegangen", sagte sie.

„So? Er sollte eigentlich arbeiten. Er kann froh sein, dass er die Tagschicht bekommen hat.“

„Es war nur für eine Minute. Er wollte mir guten Morgen sagen.“

Quinn nickte. „Dann treffen Sie sich also außerhalb des Studios?“

„Sie dürfen das keinem erzählen“, sagte sie und zog nervös an ihrer Bettdecke.

„Früher oder später dürfte das sowieso allen auffallen“, gab er lächelnd zurück.

„Wenn das passiert, muss ich vielleicht kündigen.“ Sie sah Quinn an. „Gordon und Shannon sehen darüber hinweg, solange sie können, aber andererseits … vielleicht hat Shannon jetzt mehr Verständnis.“

„Wieso?“

Jane lachte amüsiert. „Sie hatte schon lange keinen Schüler mehr.“

„Ich dachte, man behält den Schüler, der einem bei der ersten Stunde zugeteilt wird.“

„Nicht, wenn man Shannon Mackay ist. Sie ist die Managerin, und sie entschied, Sie anzunehmen.“

„Nur, weil sie herausfinden wollte, was es mit mir auf sich hat.“

„Nein, weil Sie ein Detektiv sind und herausfinden wollen, was es mit uns auf sich hat“, entgegnete sie lächelnd.

„Das weiß inzwischen wohl jeder, wie?“

„Ehrlich gesagt, ich weiß es von Doug. Aber Katarina kam gestern her und erzählte mir von dem Wirbel, den Sie bei Dr. Long verursacht haben.“

„So, so.“

„Ich kann Ihnen ein Geheimnis verraten, wenn Sie wollen.“

„Nur zu.“

„Ich glaube nicht, dass Shannon Sie weiter unterrichtet hat, nur weil sie wissen wollte, was Sie vorhatten“, erklärte sie mit einem verschwörerischen Unterton.

„Mag sein, aber im Moment ist sie auf mich nicht gut zu sprechen.“

„Da irren Sie sich aber gewaltig.“

„Meinen Sie?“

„Ja, meine ich! Ich bin sogar vom Gegenteil überzeugt: Sie ist mehr als nur gut auf Sie zu sprechen. Ich war damals noch nicht im Studio, aber von Christie weiß ich, dass Shannon sich nie hatte anmerken lassen, wie weh es ihr tat, als sich Ben entschied, mit Lara zu tanzen, und als er sie dann auch noch heiratete. Laut Christie benahm sie sich, als wäre das das Normalste auf der Welt. Immer wenn sie sie sah, tat sie so, als sei überhaupt nichts passiert. Als hätte er ihr überhaupt nichts bedeutet. Und als sei sie froh darüber, nur noch zu unterrichten und nichts mehr mit den Wettkämpfen zu tun zu haben. Natürlich unterrichtet sie gern, aber ... Wäre das nicht toll, wenn Doug und ich heiraten würden, und Sie würden Shannon heiraten?“

Quinn musste laut lachen. „Wow, Sie beide haben es aber eilig.“

Sie machte die Nase kraus. „Sie meinen, wegen seiner Affäre mit Lara?“

„Wenn Sie so direkt fragen – ja.“

„Lara wusste, wie sehr ich ihn mag. Und wie stolz ich auf ihn als mein Schüler war. Deshalb machte sie sich auch an ihn ran. Ich gebe Doug nicht die Schuld. Ihm sagte ich auch nur, ich sei seine Lehrerin, und deshalb könnten wir nicht zusammen ausgehen. Nach Laras Tod, da ... ich glaube, da ist mir bewusst geworden, wie kurz das Leben eigentlich ist. Wer weiß? Wir sind ein unabhängiges Studio, bei uns kann keine Chefetage ankommen und Druck auf uns ausüben.“

„Scheint so, dass Ihre Beziehung zu Doug länger existiert, als ich gedacht hatte“, sagte er. „Shannon und mich verbindet keine langjährige Vergangenheit. Außerdem sagte ich bereits, dass sie mich im Moment ohnehin nicht besonders gut leiden kann.“

„Aber nur, weil sie sich Hals über Kopf in Sie verliebt hat. Sie hat Angst vor ihren eigenen Gefühlen“, gab Jane mit breitem Grinsen zurück. „Ich kenne Shannon ziemlich gut, und ich weiß, dass sie sich anders verhält, seit Sie ins Studio kommen. Ich habe so ein Gefühl, dass Ihnen beiden gewisse Dinge über den jeweils anderen sehr gut bekannt sind – wenn Sie verstehen, was ich meine.“

„Wir werden ja sehen. Aber im Moment würde ich Ihnen gern zwei Fragen stellen. Bei Ihrem Zusammenbruch sagten Sie, jemand könnte Sie vergiftet haben.“

Sie wurde rot. „Das war sehr albern, nicht wahr? Ich war auf einmal davon überzeugt, dass mir jemand etwas in den Kaffee getan hatte. Das kam durch Lara – weil wir darüber gesprochen hatten, jemand könnte ihr ein paar Tabletten in ihren Drink gemischt haben.“

„Wer ist ‚wir‘?“

„So ziemlich jeder. Die Longs, Mr. Clinton, auch eine von den Neuen – ich habe ihren Namen vergessen. Gabe, Katarina ... David war auch da, glaube ich. Ben ... Doug. Und Gordon stand dicht daneben und sah auf die Tanzfläche. Sam war bei ihm. Also wirklich ziemlich jeder, der mit der Tanzschule zu tun hat.“

„Hat einer von ihnen irgendetwas Verdächtiges gesagt?“

„Hm ... David Mercutio, der Ehemann von Katarina, erwähnte das mit den Tabletten.“

„Okay, zweite Frage: Haben Sie eine Ahnung, wer mit Lara während des Wettkampfs allein war und sich mit ihr stritt? Oder vielleicht sogar besonders freundlich war?“

Ihre Miene verfinsterte sich.

„Mein Bruder hat mir von seinem Streit mit ihr erzählt“, beruhigte er sie.

Sie seufzte erleichtert auf. „Außer Doug ... sie stritt sich mit Jim Burke, ihrem Partner. Aber das war normal, die beiden stritten sich immer. Wenn sie sich *nicht* gestritten hätten, *das* wäre ungewöhnlich gewesen.“

„Sonst noch jemand?“

„In dem kleinen Barbereich vor der Tanzfläche habe ich gesehen, dass sie mit Gordon sprach, mit Ben, Justin ... mit Gabe, den beiden Longs, glaube ich. Und mit Shannon.“

„Mit Shannon?“

„Ich sagte ja, man konnte ihr nicht anmerken, ob sie etwas gegen Lara hatte. Kann sein, dass sie ihr einen Drink spendierte. Aber vielleicht wollte sie ihr auch nur viel Glück wünschen. Bei so einem Wettkampf geht es unglaublich hektisch zu, ständig sind alle in Bewegung. Und bedenken Sie, dass Sam und ich uns ja auf unseren Auftritt vorbereiten mussten.“

„Ja, stimmt, ich weiß. Sie beide sind zusammen wirklich richtig gut, nicht wahr?“

„So schlimm es klingt, aber es könnte sein, dass wir jetzt wieder eine Chance haben. Bislang konnten wir immer nur gewinnen, wenn Lara nicht antrat.“

Er nickte. „Okay, eine letzte Sache noch. Würden Sie sich bitte diese Zeichnung ansehen?“

Jane betrachtete die Skizze von Sally Grant, die er aus der Akte mitgenommen hatte, dann schüttelte sie den Kopf. „Ich weiß, das ist die andere Frau, die man tot aufgefunden hat. Ich kenne das Bild aus den Zeitungen. Aber im Studio ist sie nie gewesen."

Quinn bedankte sich und stand auf.

„Fahren Sie jetzt zum Studio?"

„Ja. Brauchen Sie irgendetwas?"

Sie schüttelte den Kopf. „Sie sind ein guter Schüler."

„Bis zur Gator Gala muss ich noch eine Menge lernen."

„Oh ja."

„Ich muss ein Auge auf die Leute haben."

„Auch auf Shannon?"

„Sie ist höchst verdächtig", sagte er.

Jane grinste nur, dann ließ sie sich in ihr Kissen sinken.

„Was machst du denn da auf dem Boden?"

Shannon blinzelte und sah, dass Gordon sich über sie beugte. Langsam setzte sie sich auf und hielt sich den vor Schmerz pochenden Kopf. „Jemand hat mich umgerannt, glaube ich."

Gordon schaute sich im Vorratsraum um, konnte aber niemanden entdecken.

„Was hast du angestellt? Bist du in ein Regal gelaufen? Oh, jetzt wird's mir klar. Du hast dir einen erbitterten Kampf mit einer Schneiderpuppe geliefert."

„Ich kam hier rein, und auf einmal waren Schritte im Korridor zu hören."

„Das war ich", sagte er.

„Und du hast das Licht ausgemacht und die Tür zugezogen?"

„Ja, weil ich dachte, dass irgendein Idiot es vergessen hatte."

„Wann war das?"

„Vor ein paar Minuten. Als ich dann ins Studio ging und deine Handtasche sah, aber von dir keine Spur zu entdecken war, bin ich sofort wieder hergelaufen." Er machte eine besorgte Miene.

„Ist mit dir alles in Ordnung? Vielleicht sollte ich dich besser ins Krankenhaus fahren, wenn du dich hier selbst k.o. geschlagen hast."

Sie betrachtete den Lagerraum, aber außer ihnen beiden war tatsächlich niemand da. Neben ihr lag die Schneiderpuppe auf dem Boden.

„Und es ist keiner herausgekommen?"

„Ich habe die Tür von außen verriegelt", erwiderte er. „Damit habe ich dich ungewollt eingeschlossen."

Sie musste sich das alles eingebildet haben. Es war dunkel geworden, sie war in Panik geraten. Wäre jemand mit ihr im Zimmer gewesen, dann hätte Gordon das beim Hereinkommen gesehen.

Er seufzte. „Kannst du aufstehen?"

„Natürlich." Sie stand auf, auch wenn sie ein wenig wackelig auf den Beinen war.

„Komm, lass dir helfen", sagte er. „Wir streichen auf jeden Fall alle Unterrichtsstunden, die heute für dich eingetragen sind."

„Nein", widersprach sie ihm, woraufhin er sie ernst ansah.

„Wahrscheinlich hast du dir eine dicke Beule eingehandelt."

Vorsichtig tastete sie ihren Kopf ab, fand jedoch nur eine relativ kleine Beule.

„Mir geht's gut, Gordon."

„Du solltest ..."

„Gordon, ich schwöre dir, es geht mir gut. Wenn ich heute das Gefühl bekommen sollte, dass etwas nicht stimmt, lasse ich es dich sofort wissen. Ich fahre jetzt weder ins Krankenhaus noch nach Hause. Und ich werde meine Stunden ganz bestimmt nicht absagen."

„Aber ..."

„Ich meine das ernst, Gordon. Und bitte zu niemandem ein Wort, okay?"

„Ja, aber …“

„Ich bitte dich darum. Wenn ich aus irgendeinem Grund ausfalle, gibt es nur noch mehr Gerede. Am Ende müssen wir die Gator Gala absagen.“

Das gab ihm zu denken, und er seufzte.

„Gordon, bitte. Kein Wort. Zu niemandem. Und sobald ich auch nur den Hauch von Kopfschmerzen spüre, sage ich dir Bescheid.“

„Einverstanden“, sagte er schließlich.

Sie gingen gemeinsam nach draußen, wo Ben gerade vor der Hintertür des Studios stand. „Was ist denn hier los?“

„Was denn?“ fragte Shannon schuldbewusst.

„Alle Türen stehen offen, die Musik läuft auf vollen Touren … und kein Mensch da.“

„Ich …“ Sie sah kurz zu Gordon. „Ich habe mir nur ein paar meiner alten Kostüme im Lagerraum angesehen.“

Ben hob lächelnd die Augenbrauen. „Dann spielst du ernsthaft mit dem Gedanken, wieder mitzumischen?“

„Ja.“

„Mit mir?“

„Ja, Ben.“

„Danke“, sagte er. Sie hatte ihn noch nie so demütig erlebt wie in diesem Moment.

Er ging zurück ins Studio, sie und Gordon folgten ihm. Shannon hatte das Gefühl, dass es wieder ein langer Tag werden würde.

## 21. KAPITEL

Der ganze Tag war wie verhext.

Vielleicht war es aber auch nur eine Folge des Schlags auf ihren Kopf, ganz gleich, wie sie ihn nun wirklich abbekommen hatte. An Freitagen war üblicherweise wenig los, doch heute schien das Studio aus allen Nähten zu platzen.

Sie widmete sich eine Zeit lang Marnie, die Ben bei ihr zu Hause abgeholt hatte, und befasste sich mit einigen Schülern. Richard war schlecht gelaunt, weil er unbedingt mehr Heber lernen wollte, sie aber daran zweifelte, ob er das wirklich konnte.

Am Nachmittag kam dann Billy zu ihr, ein Schüler, der fest von ihr unterrichtet wurde und an Gehirnlähmung litt. Er gab sich große Mühe, war aber regelmäßig frustriert, wenn ihm etwas nicht gelingen wollte. Dennoch hatte sie großen Respekt vor ihm, da er es immer wieder versuchte, während andere längst aufgegeben hätten. Mit ihm beschäftigte sie sich immer sehr intensiv, da sie wusste, wie gut es für ihn war, wenn er sich viel bewegte.

Und dann war da noch Quinn.

Beim Walzer war er voller Entschlusskraft, und er war gut, da er jeden Schritt so machte, wie es sein sollte. Sie fragte sich, wie es möglich war, dass er den Walzer beherrschte, beim Foxtrott aber so kläglich versagte. Normalerweise lagen einem Schüler entweder die langsamen Tänze, während er die schnelleren nicht in den Griff bekam – oder umgekehrt. Aber sie war noch nie jemandem begegnet, der sich im Walzer mit den Besten messen konnte, beim Foxtrott jedoch über seine eigenen Füße stolperte. Selbst Tangoschritte schienen ihm mehr im Blut zu liegen als der Foxtrott.

Eine Weile übten sie, während auf der einen Seite Rhianna und ein Schüler, auf der anderen Seite Justin und Mina Long tanzten. Erst nachdem sie sich in eine stille Ecke zurückgezogen hatten, um Rhythmen zu trainieren, fragte er: „Keine Probleme mit der Alarmanlage?“

„Alles bestens“, erwiderte sie und fügte nach kurzem Zögern steif an: „Vielen Dank.“

„Gern geschehen. Danke, dass ich übernachten durfte.“

„Kein Problem.“

Sie verspürte den Wunsch, ihm von dem Zwischenfall im Vorratsraum zu erzählen. Doch je mehr Zeit verstrich, umso überzeugter war sie, dass ihre Phantasie mit ihr durchgegangen war.

„Was ist?“ wollte er plötzlich wissen.

Sie sah auf, er stand gegen die Wand gelehnt da und versuchte, einen Blick in ihre Augen zu erhaschen, doch sie schaute sofort zu Boden. „Nichts“, antwortete sie kopfschüttelnd.

„Irgendwas ist doch.“

Er würde nicht nachgeben, also drehte sie den Spieß um. „Welchen Fehler hast du beim FBI gemacht?“

Quinn schien auf einmal so verärgert, als wolle er ihr sagen, sie solle sich um ihre eigenen Angelegenheiten kümmern.

„Ich war bei den Profilern.“

„Bei den Profilern?“ Sie konnte sich nicht erklären, warum es sie so überraschte, dass sein Problem dort lag. Vielleicht war sie eher davon ausgegangen, dass er bei einem Einsatz die falsche Person erschossen hatte oder dergleichen.

„Genau. Es gab da einen Fall in Indiana, bei dem ich zu einer völlig falschen Einschätzung gelangte. Ich war sicher, dass der Mörder Ende zwanzig, Anfang dreißig war, dass er einen ganz gewöhnlichen Job ausübte, vielleicht sogar verheiratet war. Man nahm einen Mann fest, auf den diese Beschreibung passte.“

„Und?“

„Die Leute glaubten, es sei vorüber, aber am nächsten Tag wurden wieder zwei Frauen ermordet aufgefunden. Diesmal hatte der Täter ein Beweisstück verloren – seine Brieftasche. Es stellte sich heraus, dass er fünfzig Jahre alt war und als leitender Angestellter bei einer Bank arbeitete."

„Aber Profiling ist doch keine exakte Wissenschaft. Du kannst doch nur mit den Dingen arbeiten, von denen du etwas weißt."

„Vielleicht war es ja genau das. Ich hatte das Gefühl, meine Arbeit sei nutzlos. Also hörte ich beim FBI auf und begann, mit Dane zu arbeiten, einem alten Freund von mir. Ich dachte, wenn ich Leute beobachte und verfolge, kann ich nicht viel verkehrt machen. Das war ein Irrtum. Ich konzentrierte mich auf einen Mann namens Art Durken, der plötzlich seine Frau umbrachte."

„Nell", sagte sie leise.

„Ja, Nell. Nett und freundlich, die Sorte Mensch, von der es auf der Welt mehr geben sollte. Aber sie wurde ermordet, und Durken wurde verhaftet. Inzwischen bin ich mir aber nicht mehr sicher, ob Art wirklich der Täter ist. Wenn ich bloß herausfinden können, wer der wahre Mörder ist. Allerdings ..."

„Allerdings ... was?"

Er sah sie ausdruckslos an. „Na ja, es ist doch eigentlich offensichtlich, oder nicht? Es ist jemand, der auf irgendeine Weise mit dem Studio zu tun hat."

Sie musste schlucken. „Das muss nicht zwangsläufig der Fall sein."

„Du möchtest nicht, dass es der Fall ist", korrigierte er sie.

Wieder sah sie ihn an. „Manche Morde werden nie aufgeklärt."

„Das sollte hier besser nicht passieren. Als Doug mich dazu überredete, herzukommen, da sagte er, er habe Angst, es könne noch jemand sterben. Ich glaube, er hatte damit Recht."

„Lernt man so Heber – indem man sich intensiv unterhält?"

warf Rhianna ein, als sie zu ihnen kam. „Shannon, willst du etwas einlegen, oder kann ich einen Cha-Cha-Cha laufen lassen?“

„Mach ruhig, kein Problem.“

Rhianna legte eine andere CD ein und kehrte auf die Tanzfläche zurück.

„Ich fahre dir und Marnie heute Abend nach, wenn ihr nach Hause zurückkehrt“, erklärte Quinn.

„Das wird so gegen zehn sein“, erwiderte sie. So schön es auch war, einem anderen Menschen ein besseres Leben zu ermöglichen, wünschte sie sich im Moment nichts sehnlicher, als keine Mitbewohnerin zu haben.

„Okay, dann achte ich darauf, dass ihr sicher zu Hause ankommt.“

„Ich habe jetzt eine Alarmanlage, wie du sicher weißt“, entgegnete sie.

„Das ist bestimmt großartig, aber erst, sobald du *im* Haus bist.“

Seine Stunde war um. Er gab ihr die obligatorischen Wangenküsse, dann ging er.

Danach schien sich der Tag endlos hinzuziehen, obwohl sie sich immer wieder neuen Schülern widmete.

Am Abend dachte sie noch gerade rechtzeitig daran, denjenigen, die an der Gator Gala teilnahmen und bei der Bootsfahrt mitkommen wollten, mitzuteilen, dass sie sich um sieben Uhr im Hafen einfinden sollten.

Sie dachte bereits, Quinn hätte sie vergessen, doch als sie abschloss, war er zurück. Da Gordon genau wusste, womit Quinn seinen Lebensunterhalt verdiente, schien es ihm nichts auszumachen, dass er da war, um Shannon sicher nach Hause zu bringen.

Quinn stieg nicht aus, als sie vor ihrem Haus ankamen, sondern wartete, bis sie nach drinnen gegangen waren, winkte kurz und fuhr weiter.

Und dieser Mann sollte in sie verliebt sein?

Manuel Taylor hatte sich noch immer nicht gemeldet, als Quinn wieder auf der *Twisted Time* war. Er war davon ausgegangen, dass der Mann sich umgehend auf seinem Mobiltelefon melden würde.

*„Kein Problem. Ihre Gruppe bringt mir gutes Geld ein“*, hatte er gesagt.

Das stimmte. Er hatte an Gordon verdient, um Shannon einen Satz zuzuflüstern, und von Quinn war er bezahlt worden, um Gordon gegenüberzutreten.

Er war aber sicher, dass mehr hinter diesem Satz steckte. Jemand anders aus der Gruppe hatte den Kellner ebenfalls bezahlt.

Aber wofür?

Oder sollten sie etwa alle für ein paar Drinks großzügige Trinkgelder geben?

Das bezweifelte er sehr. Vielmehr wurde er das Gefühl nicht los, dass er bezahlt worden war, um Lara Trudeau unwissentlich ein präpariertes Getränk zu reichen.

Es war zwar schon spät, dennoch rief er im Hotel an und ließ sich mit dem Oberkellner verbinden.

Der Mann konnte ihm nicht weiterhelfen, und er war wütend. Manuel Taylor hätte am Abend zuvor zum Dienst erscheinen sollen, war aber nicht aufgetaucht.

„Ich dachte, er wäre so zuverlässig.“

„Normalerweise ist er das auch“, erwiderte der Oberkellner. „Aber er hat sich schon einmal nicht blicken lassen. Da ist er mit ein paar Freunden einfach nach Orlando gefahren. Ich sagte ihm, ich würde ihn feuern, falls das noch einmal vorkommen sollte. Er ist zwar eine gute Kraft, und es tut mir Leid, aber ich werde mein Wort halten müssen.“

Quinn legte verärgert auf.

Er konnte heute Abend weiter nichts unternehmen. Er war ruhelos und hatte das Gefühl, bei Shannon sein zu müssen, obwohl sie nun die Alarmanlage hatte und nicht allein zu Hause war.

Es gab wirklich nichts zu tun. Während er ein wenig zu schlafen versuchte, schweiften seine Gedanken ab. Erinnerungen und Überlegungen wirbelten wie Teile eines Puzzles durch seinen Kopf.

Seine Gedanken gelangten zu Shannon, die erst vor kurzem hier auf der *Twisted Time* gewesen war. Es kam ihm vor, als sei es schon eine Ewigkeit her. Er sah sie vor sich, wie sie in der Tür stand und so verführerisch sein altes Hemd trug. Eine einzige Nacht, die seine Welt auf den Kopf gestellt hatte. Im Boot hing immer noch der flüchtige Duft, durchdrang die Bettlaken, die Kajüte, seine Erinnerungen. Der Klang ihrer Stimme hallte in seinem Kopf nach.

Er verlor sich in ihr, ermahnte er sich.

Doch er konnte nichts dagegen unternehmen, dass seine Gedanken unablässig zu ihr zurückkehrten. Außerdem ärgerte es ihn, dass ein Mädchen von gerade mal achtzehn Jahren völlig klar die wahre Tiefe dessen erkannt hatte, was seiner Ansicht nach bloße Anziehung und sexuelle Erregung gewesen waren. Sie hatte ihn einmal berührt, und seitdem drehte sich sein Dasein nur noch um sie, ob er wach war oder ob er träumte. Er war nicht nur auf der Suche nach der Wahrheit, um sich selbst zu rechtfertigen, sondern weil er beheben wollte, was in ihrem Leben nicht stimmte, und weil er eine Welt schaffen wollte, in der er sie erneut berühren durfte. Er wusste, was es hieß, sich um einen anderen

Menschen zu sorgen, aber noch nie zuvor war das so in Fleisch und Blut eingedrungen und ließ ihn nicht wieder los. Sie verfolgte ihn in seinen Träumen, er sah sie in seiner Erinnerung, atmete ihren Duft, hörte ihr Flüstern trotz der Wellen, die an den Rumpf des Bootes schlugen.

Nick's war freitags länger geöffnet als an anderen Werktagen. Er konnte Gelächter und Wortfetzen hören, die vom Patio zu seinem Boot getragen wurden. Männer und Frauen, manche waren bereits vergeben, andere suchten nach einem Partner, nach einer echten, dauerhaften Beziehung, wieder andere hofften auf ein schnelles Abenteuer. Nick's war nicht gerade das ideale Lokal, um Frauen kennen zu lernen. Dafür gab es zu viele Stammkunden, die Pärchen oder Ehepaare oder einfach nur Freunde waren. Manchmal lief die alte Jukebox, aber vor allem an Wochenenden sorgte Nick dafür, dass eine Band spielte.

Heute Abend würde er es ruhig angehen lassen. Er dachte an seine Freunde. Ashley war mit dem Neugeborenen zu Hause. Sie und Jake hatten immer davon gesprochen, wegzuziehen und anderswo ein Haus zu kaufen, doch Jakes Boot lag hier am Kai, und Ashley hatte ein Apartment, in dem sie für sich sein konnten. Die beiden hatten zudem zu viel mit sich selbst und ihrer Arbeit zu tun, um auf Haussuche zu gehen. Nick's war ein Lokal, das diese Lebenseinstellung widerspiegelte. Es war nicht wie die Bars und Restaurants unten am Strand oder wie das *Suede* …

Das *Suede*, das von oben bis unten nach Drogen durchsucht worden war, ohne dass man auch nur ein Gramm hatte finden können. Es war ein angesagter Club, in dem man Leute treffen konnte, ein Club, in dem man sicher sein konnte, dass die Gesetze beachtet wurden.

Und doch waren in der Nähe des Clubs zwei Frauen tot aufgefunden worden. Eine Dame der Gesellschaft und eine Prostituierte. Gestorben an Drogen, nicht an verschriebenen Medikamenten.

Er gab es auf, zog sich um und ging zu Nick's, um an der Bar etwas zu bestellen. Viele Cops waren heute Abend hier, die alte Jukebox spielte. Dixon war da und aß mal wieder einen Cheeseburger.

In der Bar lief der Fernseher, aber die Musik aus der Jukebox übertönte ihn. Quinn bekam sein Bier und sah auf den Bildschirm. Auf einmal hielt er mitten in der Bewegung inne, erstarrt. Im Fernsehen wurde ein Foto von Manuel Taylor gezeigt, darunter der Lauftext: „Bei Schusswechsel getötet?"

Er ging zum Gerät und stellte es lauter, wobei er einen Mann ignorierte, der sich davon gestört fühlte und laut protestierte. Gebannt blickte er auf den Bildschirm.

Gerade war der Sprecher zu sehen. „Bei seiner Ankunft im Jackson Memorial konnte nur noch Manuel Taylors Tod festgestellt werden. Er starb durch einen Kopfschuss. Vermutet wird, dass er unwissentlich in einen Bandenkrieg geraten war ..."

An Samstagen war das Studio früher geöffnet als in der Woche. Daran änderte auch die für den Abend vorgesehene Bootsfahrt nichts.

Shannon setzte Marnie ab, dann fuhr sie weiter und besuchte Jane im Krankenhaus, die erfreut und verärgert zugleich war. Sie sollte zwar am nächsten Tag entlassen werden, doch man hatte ihr bereits eine lange Liste gegeben, welche Aktivitäten in den nächsten Wochen erlaubt und welche verboten waren, wenn sie die Heilung nicht unnötig verzögern wollte. Der Bootsausflug war damit für sie gestrichen. „Das ist nicht fair", beklagte sie sich bei Shannon.

„Ich weiß, es ist nicht fair. Es tut mir auch Leid, und wenn ich etwas ändern könnte, würde ich das machen", gab Shannon zurück.

Jane war rastlos. Sie hatte zu lange im Bett liegen müssen. Sie wusste von Marnies Fortschritten, was sie einerseits freute, ihr andererseits jedoch Sorge bereitete, da sie fürchtete, das Mädchen könnte ihr einige Schüler abspenstig machen.

„Wir haben schon so zu viele Schüler. Keiner von uns kann sich derart vielen Leuten gleichzeitig widmen", sagte Shannon beschwichtigend. „Außerdem wirst du in Kürze zu viel damit zu tun haben, Wettkämpfe zu gewinnen, da bleibt dir gar keine Zeit mehr zum Unterrichten."

„Für die nächsten Wochen ist Tanzen für mich gar kein Thema", stöhnte Jane.

Shannon wusste nicht, wie sie ihre Freundin aufmuntern sollte, versprach ihr aber, sie am nächsten Tag abzuholen und nach Hause zu bringen. Als Jane dankend ablehnte und erklärte, das sei schon geregelt, sagte Shannon weiter nichts, obwohl sie davon ausging, dass sich Doug O'Casey um sie kümmern würde.

„Pass für mich ein wenig auf meine Schüler auf, okay", bat Jane sie.

„Das werde ich machen. Vor allem werde ich Mr. Clinton vom Flirten abhalten."

Jane warf ihr einen ungläubigen Blick zu, der Shannon zum Lachen brachte. „Jane, werde einfach gesund. Es wird schon alles gut werden."

Shannon hatte den Tag über so viel Büroarbeit zu erledigen, dass ihr für Unterrichtsstunden nur wenig Zeit blieb. Vor allem die Planung der Gruppenkurse für den nächsten Monat erwies sich als Zeit raubend. Außerdem wollte sie sich allen Vorschlägen widmen, die sich im Kästchen am Empfang gesammelt hatten, um zu sehen, welche Tänze die Schüler auf dem Plan sehen wollten.

Gordon war nicht da, er wollte am Nachmittag direkt zum gecharterten Boot fahren und sich davon überzeugen, dass für Speisen und Getränke gesorgt war, dass das Trio genug Platz zum Spielen hatte, und dass die Tanzfläche seinen Vorstellungen entsprach.

Gegen drei Uhr waren alle Schüler gegangen – sie konnten es kaum erwarten, gehen und sich umziehen zu dürfen, damit sie nicht zu spät zum Boot kamen.

Ben verhielt sich merkwürdig hilfsbereit und half Shannon beim Aufräumen. Marnie war ebenfalls noch da und reinigte die Tanzfläche von den Krümeln der Croissants und Doughnuts, die samstags zum Programm gehörten.

Als Shannon die Tür abschloss, wurde ihr bewusst, dass sie auf das mysteriöse Geräusch lauschte, es aber nicht hören konnte.

Zu Hause gab es nicht viel zu tun, denn sie selbst hielt sich auch an die Vorgabe, in lässiger Kleidung auf dem Boot zu erscheinen. Sie entschied sich für eine Jeans und ein Top mit Trägern. Obwohl Marnie so extrem schlank war, fand Shannon für sie ein Cocktailkleid, das ihr wie angegossen passte. Außerdem brachte sie Marnie dazu, endlich aufzuhören, sich für jedes kleine Teil zu bedanken, indem sie ihr deutlich machte, dass das Studio auf sie angewiesen war.

„Du kannst dir bloß nicht vorstellen, wie toll das ist", sagte Marnie. „Mich hat bis jetzt noch nie jemand gebraucht."

Um sechs Uhr trafen sie am Hafen ein. Gordon war bereits an Bord und wirkte überglücklich. Er erklärte Shannon die Sitzordnung im Salon und stellte sie dem Caterer und der Crew vor. Büfett-Tische säumten ringsum die Tanzfläche im großen Salon. Das Trio würde im hinteren Teil spielen, so dass man es auch an Deck hören konnte.

Shannon war überrascht, Quinn nirgends entdecken zu können. Gordon erklärte, der habe noch ein paar Dinge zu erledigen, werde aber bis um sieben Uhr eintreffen.

Die Fahrt schien bis ins kleinste Detail geplant zu sein und entsprach dem, was Quinn versprochen hatte. Das Boot war perfekt und hatte genau die richtige Größe für die gut fünfzig Gäste. Schon weit vor sieben Uhr kamen die ersten Teilnehmer an Bord.

Die Mitarbeiter des *Moonlight Sonata* säumten den Bootssteg und begrüßten die Freunde und Schüler, die in kleineren Gruppen ankamen.

„Das war ja klar, dass der alte Mr. Clinton als Erster eintreffen würde", sagte Sam.

„Weißt du", zog Shannon ihn ein wenig auf. „Sein Vorname ist John, nicht *der alte Mister*."

„Ich rede ihn ja nicht mit ‚alter Mr. Clinton' an", hielt er dagegen.

„Oh, mein Gott! Er hat die alte Mrs. Clinton mitgebracht", flüsterte Rhianna, als sie sah, dass sich eine vor Energie strotzende kleine, weißhaarige Lady bei ihm untergehakt hatte.

„Seine Frau ist doch vor Jahren gestorben", warf Gordon ein.

„Dann hat er sich wohl eine Freundin angelacht", meinte Ben daraufhin.

„Ich weiß, was da los ist", sagte Ella leise. „Er wohnt in einem Seniorenheim, in dem paradiesische Zustände herrschen – doppelt so viele Frauen wie Männer. Und wenn da ein Mann tanzen kann, dann hat er die freie Wahl und muss nicht mal freundlich fragen."

Mr. Clinton stellte seine Begleiterin vor, eine Seniorin namens Lena Mangetti. Sie machte einen reizenden Eindruck und war sehr erfreut darüber, die Fahrt mitmachen zu dürfen. Sie betraten das Boot, die nächsten Gäste folgten, darunter auch eine Gruppe vom Schwesterstudio in Broward. Die Longs trafen zusammen mit den Beckhams ein, einem Paar, das ebenfalls gemeinsam Unterricht nahm. Katarina und David brachten Gabe mit. Sie hatten sich ein Taxi geteilt, um sich ein paar Drinks genehmigen zu können. Christie, die Schülerin und Preisrichter zugleich war, kam wie üblich mit ihrem Hund, ohne den sie nicht aus dem Haus ging. Egal, ob die anderen Schüler Hunde liebten oder nicht, von diesem Tier zeigten sich regelmäßig alle begeistert.

Erst als sie schon fast ablegen wollte, traf Quinn mit seinem Bruder im Schlepptau ein.

„Du hättest beinahe deine eigene Party verpasst", sagte Shannon freundlich.

„Aber nur beinahe", gab er zurück, ohne sie anzulächeln.

Doug warf Quinn einen verärgerten Blick zu und wandte sich kopfschüttelnd an Shannon: „Ich habe es auch noch geschafft, aber er hat wohl gar nicht gemerkt, dass ich direkt hinter ihm war." Er versuchte immer besonders freundlich zu sein, wenn sein Bruder sich wieder einmal wie ein Rüpel verhielt.

Quinn ignorierte Doug und ging weiter. *O ja, dieser Mann ist so in mich verliebt,* dachte Shannon zynisch, *er kann ohne mich gar nicht mehr leben.*

Sie sah zu Doug.

„Sag noch niemandem etwas davon", flüsterte er. „Aber … der Kellner wurde umgebracht. Angeblich ist er in einen Bandenkrieg geraten, aber Quinn glaubt das nicht."

„Welcher Kellner?" fragte sie.

„Dieser Manuel Taylor."

„Was?" zischte sie.

„Bleib bitte ruhig", gab er zurück. „Er wurde erschossen, keine Überdosis. Es hat nichts mit uns zu tun. Es ist alles in Ordnung."

Sie hoffte inständig, dass es nichts mit dem Studio zu tun hatte.

Shannon war entsetzt, aber sie konnte es sich nicht leisten, sich mit Quinns Mutmaßungen zu befassen. Es gab zu viel zu tun. Als es endlich losging, wurde sie von allen Seiten mit Fragen bestürmt. Obwohl die Cocktails bereits serviert wurden, wollten die Caterer wissen, in welcher Reihenfolge das Essen an die Tische gebracht werden sollte. Zuerst den Käse oder die Shrimps? Das Trio fragte, wann es spielen und wann es Pause machen konnte. Ihr fiel auf, dass sich die Gruppen aus Broward und Miami-Dade je für eine Seite des Schiffs entschieden hatten, anstatt sich zwanglos zu mischen. Sie wollte dem Trio sagen, es solle ein Stück aus Oklahoma spielen, aber jemand drückte ihr ein Glas Champagner in die Hand, mit dem sie sich zu Mary und Judd Bentley setzte, denen das Studio in Broward gehörte.

„Hi, Shannon", grüßte sie Trudy Summers, eine langjährige Schülerin. „Schön, dass du hier bist. Mary erwähnte, wie schwer es ihr gefallen war, mit ihrem Ehemann zu tanzen."

„Na, so schwer sollte es eigentlich nicht sein", sagte Judd, der einen Arm um die Schultern seiner Frau legte. „Das Problem ist nur, dass sie Lehrerin ist und immer nur führen will, auch wenn sie mit mir tanzt."

„Vor allem, wenn ich mit ihm tanze", erwiderte Mary lachend. „Aber um ehrlich zu sein, ich versuche gar nicht zu führen."

„Heute Abend *werdet* ihr zusammen tanzen – wir sind hier, um Spaß zu haben", sagte Trudy.

„Oh ja", meinte Judd ironisch. „Das wird ein großer Spaß werden. Wir werden an Deck tanzen, und dann gibt es einen dieser Heber, die sie so liebt."

„Genau“, pflichtete seine Frau ihm bei. „In Wahrheit will er mich dabei nur über Bord befördern.“

„Ja und? Du kannst doch schwimmen!“ gab er zurück.

„Das dürfte keine gute Idee sein, da unten befindet sich nämlich eine Schiffsschraube“, warnte Shannon amüsiert. „Trudy, denk bitte daran, dich ein bisschen unter die Leute zu begeben. Wir sind alle aus Süd-Florida, wir repräsentieren keine getrennten Lager.“

„Kein Problem. Stell mich doch einfach ein paar von deinen Männern vor. Unser Studio ist etwas frauenlastig. Hey, der Typ ist ja süß ... oh, der da auch.“ Sie zeigte auf Doug und Quinn. „Janes Schüler. Den Jüngeren kenne ich, den anderen nicht. Sie sehen sich verdammt ähnlich.“

„Brüder“, sagte Shannon, dann konnte sie sich eines nicht verkneifen: „Ich stelle dich Mr. Clinton vor, falls du ihn noch nicht kennst. Er sagt, die Frauen überwiegen die Männer immer im Verhältnis zwei zu eins.“

Dann stand sie auf und ging weiter. Sie selbst hatte keinen festen Platz, sondern ging von Tisch zu Tisch, um mit jedem ein paar Worte zu wechseln, während die anderen sich am Büfett bedienten. Es wurde zwar hin und wieder auch getanzt, aber richtig voll wurde die Tanzfläche erst, als das Essen vorüber war und die Tische abgeräumt worden waren. Gegen Mitternacht sollten sie wieder am Landesteg zurück sein.

Gordon und Judd stellten einander einige ihrer Leute vor, die dann in jeweils knapp neunzig Sekunden Ausschnitte aus den Nummern zeigten, die sie auf der Gala präsentieren würden.

Shannon reagierte erschrocken und überrumpelt, als Gordon aus heiterem Himmel ankündigte, sie und Quinn würden ihren Walzer vorführen. Sie war sicher, dass Quinn genauso erschrocken war, doch ließ er sich nichts anmerken.

Seltsamerweise war sie froh, sich in seine Arme sinken zu lassen, da sie augenblicklich die elektrisierende Wirkung seiner Berührung spürte, die in seiner Nähe so schnell entstand. Doch sein Blick bereitete ihr Sorgen.

„Ist das okay für dich?" fragte sie ihn.

„Das hier? Oh ja", antwortete er nur, dann setzte die Musik ein und er bewies, wie ernst er es meinte. Der Walzer war wie für diesen Mann geschaffen. Tänzer – und vor allem Anfänger – spornten sich gegenseitig durchaus an, aber es erstaunte sie zutiefst, als Applaus aufbrandete und Jubelrufe die Luft erfüllten, während er sie über die Tanzfläche führte und sie dann zur ‚Dreckschleuder' in die Luft hob und drehte.

Quinn lächelte und war charmant. Als die anderen zu ihnen kamen und sagten, sie könnten nicht fassen, dass er wirklich ein Anfänger sei, entgegnete er, sie sollten ihn mal beim Foxtrott sehen. Doug umarmte ihn und gratulierte ihm, doch Quinn war nicht wirklich bei der Sache. Shannon konnte sich des Gefühls nicht erwehren, er würde ständig Gordon beobachten.

Sie bekam keine Gelegenheit, länger bei ihm zu bleiben, da Judd bekannt gab, sie und Ben würden als Nächstes einen Bolero präsentieren. Noch so eine Überraschung.

„Willst du das wirklich?" fragte Ben.

„Ja, lass uns anfangen", erwiderte sie.

Sie tanzten, und sie musste nach nur wenigen Schritten zugeben, dass sie beide zusammen gut waren. Nein, mehr als gut, sie waren perfekt.

„Wirst du wirklich mit mir als Profi bei der Gator Gala antreten?" fragte er und umarmte sie auf eine Weise, wie sich Geschwister in den Arm nahmen, als die Nummer endete und die anderen zu klatschen begannen.

Sie drückte seine Hand. Irgendwie hatte sich Ben seit Laras

Tod verändert, auch wenn sie nicht wusste, was es war. Sie schnappte sich das Mikrophon und sagte: „Danke, vielen Dank. Ich möchte gern noch eine Neuigkeit verkünden: Ben und ich werden bei der allerersten Gator Gala als Profis antreten."

Ben warf ihr einen dankbaren Blick zu, aber sie lief sofort los, um sich auf die Suche nach Quinn zu machen. Unterdessen sagte Gordon als nächstes Paar auf der Tanzfläche Judd und Mary an. Die beiden traten strahlend vor und begannen sofort zu tanzen.

Shannon begab sich zum Achterdeck. Einige Schüler hatten hier herumgestanden, kehrten aber unter Deck zurück, als sie die Ankündigung hörten. Shannon ging noch ein Stück weiter, konnte Quinn aber nirgends entdecken.

Sie blieb stehen und genoss einen Moment lang die angenehme Brise auf ihrer Haut. Es war eine wunderbare Nacht.

Der letzte Tanz wurde angesagt, während sie an Deck stand, die Arme um sich geschlungen, den Blick auf das Kielwasser gerichtet, das von der Schiffsschraube aufgewühlt wurde. Das Rauschen des Wassers und das Summen der Maschinen war alles, was sie einige Sekunden lang hörte.

Dann auf einmal nahm sie die Stimmen wahr.

Flüsternde Stimmen.

Sie drehte sich langsam um, konnte die Quelle der Wortfetzen aber nicht ausmachen, die an ihr Ohr drangen.

„ … muss aufhören."

„Es gibt keine direkte Verbindung!"

„Sie war so dicht davor. Früher oder später wird jemand die Verbindung erkennen!"

„Shannon!" rief plötzlich jemand.

Sie sah sich um und erkannte Judd, der am Eingang zum Salon stand und ihr zuwinkte. Verdammt, warum ausgerechnet jetzt?

Die Lippen zusammengepresst, versuchte sie noch einmal, die beiden Personen auszumachen, die sich unterhalten hatten, aber sie konnte in der Dunkelheit nichts erkennen.

Gerade wollte sie kehrtmachen und unter Deck gehen, doch im gleichen Moment wendete das Boot, um zum Hafen zurückzufahren. Sie schwankte leicht.

Jemand war da … irgendwo hinter ihr … jemand … oder etwas.

Aber sie hatte keine Ahnung, um wen oder was es sich handeln mochte.

Im nächsten Augenblick stürzte sie über die Reling, fiel ins Wasser, das von der Schiffsschraube bedrohlich aufgewühlt wurde.

## 22. KAPITEL

„Sie ist ins Wasser gefallen! Gerade eben stand sie noch da, und jetzt …!“ rief Mr. Clinton entsetzt.

Quinn hatte nach Shannon gesucht, um ihr noch vor Verlassen des Bootes zu sagen, dass niemand sonst etwas von dem Treffen mit Manuel Taylor mitbekommen hatte, nur er selbst, sie und … Gordon. Vielleicht war der Mann tatsächlich in eine Auseinandersetzung rivalisierender Gangs geraten, doch es war ihm lieber, wenn Shannon mit Gordon nicht allein war.

Nachdem er sich durch eine Gruppe von Broward-Schülern gekämpft hatte, war seine Suche nach ihr noch immer nicht von Erfolg gekrönt gewesen – bis er Clinton gehört hatte.

Das *Sie* in „Sie ist ins Wasser gefallen!“ konnte sich fast nur auf Shannon beziehen.

Panik legte sich wie eine eiskalte Hand um sein Herz.

Er schob die Gäste zur Seite, ohne darauf Rücksicht zu nehmen, um wen es sich handelte, und um ein Haar hätte er auch den alten Mr. Clinton aus dem Weg gestoßen. Im ersten Moment schien es so, als befinde sich niemand an der Stelle des Bootes, an der Shannon verschwunden war, doch als er schließlich dort ankam, hatte sich bereits eine größere Menge Passagiere eingefunden.

Wieder musste er sich seinen Weg ohne Rücksicht auf die Umstehenden bahnen und sprang ins Wasser.

Jemand schaltete grelle Scheinwerfer ein, die Maschinen wurden gestoppt. Als er ins kalte Wasser eingetaucht war, zögerte er einen Moment lang, die Augen zu öffnen. Zu groß war die Angst, er könnte im Licht der Scheinwerfer Blut im Wasser entdecken, falls Shannon tatsächlich in die Schiffsschraube geraten war.

Er tauchte auf und rief laut: „Shannon!“

„Hier!“ kam fast sofort die Antwort.

Obwohl die Maschinen abgestellt waren, hatte das Boot noch so viel Fahrt, dass es bereits ein beträchtliches Stück von ihm entfernt war. Er hörte, wie Rettungsboote zu Wasser gelassen wurden, um nach ihm und Shannon zu suchen.

„Wo bist du?“

„Hier!“ Das Wort ging in einem Gurgeln unter, während er in die Richtung schwamm, aus der die Stimme kam.

„Was machst du denn bloß?“ rief er und kraulte mit kraftvollen Bewegungen durch die Wellen. Als er nahe genug war, konnte er erkennen, dass sie sich aus eigener Kraft über Wasser hielt.

Sein Herz raste, als er sah, dass sie unversehrt war. Ihre langen Haaren klebten ihr am Kopf, sie wirkte zerbrechlich – und ein wenig trotzig.

Nur mit Mühe konnte er sich davon abhalten, sie an sich zu ziehen, nur um sie in seinen Armen zu halten, obwohl sie seine Hilfe offensichtlich nicht nötig hatte.

„Was ich mache?“ wiederholte sie ungläubig seine Frage. „Ich nehme ein nächtliches Bad! Oder wonach sieht das hier aus?“

Er griff nach ihr. „Bist du über die Reling gefallen?“

„Ich glaube, ich wurde ins Wasser gestoßen.“

„Von wem?“

„Keine Ahnung.“

„Hast du niemanden gesehen?“

„Nein.“

„Bist du sicher, dass du gestoßen wurdest? Das Schiff hat nämlich eben hart beigedreht. Bist du in dem Moment über Bord gefallen?“

„Nein, in dem Moment wurde ich von Bord gestoßen.“

Die Wellen waren in dieser Nacht zwischen einem halben und höchstens einem Meter hoch, und da Shannon keine Probleme zu haben schien, unternahm Quinn keinen weiteren Versuch, sie zu sich zu ziehen.

„Mr. Clinton sah dich über Bord gehen, aber außer ihm habe ich niemanden gesehen, der in deiner Nähe hätte stehen können."

Sie warf ihm einen scharfen Blick zu, erwiderte aber nichts, sondern schwamm zu dem Rettungsboot, das sich ihnen näherte.

Gordon war an Bord, zusammen mit den Crewmitgliedern Javier Gonzalez und Randy Flores. Quinn kannte beide gut, da Randy festangestellt war und Javier oft auf derartigen Fahrten mit von der Partie war. Sie halfen den beiden ins Boot. Shannon zitterte, obwohl es nur kühl, aber nicht richtig kalt war. Sofort wurde ihr eine Decke umgelegt.

„Alles in Ordnung?" fragte Gordon sie. Er schien ehrlich besorgt um sie zu sein.

„Jemand verletzt?" rief Javier.

„Nein", antwortete Shannon.

Quinn erwiderte: „Alles bestens."

„Was hast du denn bloß gemacht?" wollte Gordon wissen.

Mit einigem Erstaunen hörte Quinn, wie Shannon antwortete: „Ich weiß nicht, ich habe mich wohl zu weit über die Reling gelehnt, als das Boot auf einmal wendete. Da habe ich offenbar den Halt verloren."

„Ein Glück, dass du nicht in die Schiffsschraube geraten bist", erklärte Gordon mit Nachdruck.

„Da hat er Recht", stimmte Javier ihm zu.

Quinn schwieg. Wenige Minuten später hatten sie das Boot wieder eingeholt, der Captain stand an der Reling und wirkte nervös. Doug half erst Shannon, dann seinem Bruder an Bord und sah die beiden wortlos an.

Shannon versicherte rasch allen Beteiligten, es gehe ihr gut, bevor die anderen sie mit Fragen bestürmen konnten.

„Tut mir Leid", sagte sie. „Aber um meinen Gleichgewichtssinn ist es wohl nicht so gut bestellt, wie ich gedacht hatte. Daran darf mich jeder erinnern, wenn ich genau das bei der nächsten Unterrichtsstunde zu bemängeln habe."

Verhaltenes Lachen war zu hören, doch Quinn wusste, dass sie die Gruppe nur beruhigen wollte, in Wahrheit aber nach wie vor überzeugt war, ins Wasser gestoßen worden zu sein.

Richard Long bahnte sich einen Weg durch die Menge, in jeder Hand hielt er einen Pappbecher. „Kaffee mit Brandy, einen für unsere reizende, wenn auch triefend nasse Lehrerin, und einen für den Mann, der sein Leben riskiert hat, um sie aus dem Wasser zu retten. Oha, Augenblick mal. Ihm gehört das Boot doch, nicht wahr? Vielleicht wollte er ja nur dafür sorgen, dass ihn niemand verklagt", meinte Long ein wenig spöttisch und erntete dafür Gelächter.

„Verklagen? Soll das ein Witz sein?" gab Quinn im gleichen Tonfall zurück. „Ich konnte nur nicht das Risiko eingehen, ausgerechnet jetzt meine Lehrerin zu verlieren, wo ich Spaß am Tanzen gefunden habe!"

„Na ja, Ende gut, alles gut", sagte Sam, trat vor und nahm Shannon in die Arme.

„Trink lieber deinen Kaffee", riet ihr Ella. „Du zitterst ja am ganzen Leib."

„Ja, gute Idee. Danke, Richard." Sie nahm einen Becher in die Hand und nahm einen vorsichtigen Schluck.

Nachdem sie angelegt hatten, unterhielt sich Quinn kurz mit dem Captain, der ihm versicherte, er habe nicht zu hart gewendet. Damit bestätigte er nur, was Quinn ohnehin erwartet hatte.

Als er selbst von Bord gehen wollte, sah er, dass sich Shannon zur Gruppe vom *Moonlight Sonata* gesellt hatte und den Gästen eine gute Nacht wünschte. Ihre Haare waren noch immer feucht, ihre Kleidung klebte auf ihrer Haut, aber eines war sicher: An diesen Zwischenfall würde man sich noch in vielen Jahren erinnern.

Quinn hatte einen Entschluss gefasst, ganz gleich, was die Verhaltensmaßregeln des Studios darüber sagten.

Als sich die Lehrer untereinander verabschiedeten, ging er zu ihr. „Wir müssen uns unterhalten."

Sie hob fragend eine Augenbraue und gab ihm mit ihrem Blick zu verstehen, dass sie von ihren Kollegen umgeben war.

„Ich muss Marnie nach Hause bringen", erwiderte sie.

„Nein, das musst du nicht", widersprach er. „Das kann Doug auch erledigen."

Ein sonderbarer Ausdruck huschte über ihre Augen. Er erwartete, dass sie sich hartnäckig weigern würde, doch zu seiner Überraschung drehte sie sich um und rief Sam zu: „Kannst du Marnie für mich nach Hause bringen?" Nach einem kurzen Zögern und einem Blick in Quinns Augen fügte sie dann an: „Und kannst du heute Nacht bei ihr bleiben?"

„Klar." Sam blickte verstohlen von Shannon zu Quinn und konnte sich ein Grinsen nicht mehr verkneifen.

„Und hör auf zu grinsen", brummelte Shannon.

„Wieso? Grinst da einer?"

Wegen der umständlichen Verabschiedungszeremonie vergingen noch einige Minuten, doch dann waren alle von Bord und begaben sich in Richtung Parkplatz.

Gordon war noch da und fragte Shannon: „Bist du sicher, dass dir nichts passiert ist?"

„Ja, Gordon, wirklich. Tut mir Leid, wenn ich für so viel Aufregung gesorgt habe."

„Dafür musst du dich nicht entschuldigen. Nachdem klar

wurde, dass du unverletzt warst, hat den anderen deine Einlage gefallen. Wer hat von unseren Schülern denn schon mal die Gelegenheit gehabt, dich bei einer unkoordinierten Bewegung zu beobachten?"

Sie lächelte. „So sieht das also aus. Ich diene hier bloß der Belustigung."

Sam war mit Marnie nach wie vor in der Nähe, und auch Doug war noch nicht gegangen.

„Doug, es ist alles in Ordnung. Du kannst ruhig nach Hause fahren ... oder wo du sonst die Nacht verbringst." Ein wissendes Lächeln umspielte ihren Mund, als er ihr zuwinkte und dann zu seinem Wagen ging. „Sam, jetzt hör auf, so belämmert dreinzuschauen, bring lieber Marnie nach Hause."

„Ja, gut", murmelte er.

Marnie verabschiedete sich von ihnen mit den obligatorischen Wangenküssen, dann warf sie ihnen beiden einen Blick zu, für den sie im ersten Moment noch gar nicht alt genug zu sein schien. „Gute Nacht", sagte sie und ging vor Sam auf dem Dock entlang. Der zuckte mit den Schultern und folgte ihr schließlich.

Nach einem langen, neugierigen Blick machte sich dann auch Gordon auf den Weg.

Quinn drehte sich zu Shannon um und sah sie an.

In der Ferne läutete eine Glocke, Wellen schlugen gegen die Boote und die Docks. Von weither war leises Gemurmel zu hören, untermalt von den sanften Klängen einer Reggae-Band, die im Nick's spielte.

Quinn betrachtete Shannon und war im Begriff, darüber zu diskutieren, ob sie nun gestoßen worden war oder nicht. Doch ehe er etwas sagen konnte, schüttelte sie den Kopf. „Nein", flüsterte sie. „Sag nichts. ... Nicht jetzt."

Er machte eine fragende Miene, während sie einen Schritt auf ihn zukam. Es war ihr in diesem Moment egal, ob irgendjemand sie vielleicht dabei beobachtete.

Sie legte ihre Arme um seinen Hals, drückte sich an ihn, stellte sich auf die Zehenspitzen, um ihren ganzen Körper gegen seinen zu pressen. Dann küsste sie ihn.

Ihre Lippen schmeckten nach Salz, so wie eine Meeresbrise, wie das Versprechen einer süßen, dekadenten Sünde. Er erwiderte den Kuss, drang begierig zwischen ihren Lippen vor, erkundete ihren Mund mit seiner Zunge, reagierte auf ihre Initiative mit einer leidenschaftlichen Anspielung auf das, was erst noch kommen würde.

Sie zitterte in seinen Armen, aber ob das nur an der kühlen Brise oder ihrer Erregung lag, wusste er nicht so recht. Aber es war auch nicht weiter von Bedeutung. Die *Twisted Time* lag nur ein paar Meter entfernt. Als sie ihre Lippen von seinen löste, flüsterte sie in sein Ohr: „Möchtest du nicht auch einfach alles vergessen ... wenigstens für ein paar Stunden?“

Er nahm den Kopf ein Stück weit nach hinten, sah sie an und legte eine Hand auf ihre Wange. Ein Lächeln zeichnete sich auf seinen Lippen ab, als sich sein ganzer Körper lustvoll anspannte.

„Oh ja, sehr sogar“, erwiderte er im Flüsterton. „Du meinst dieses Gefühl der Begierde, das alles andere unwichtig erscheinen lässt? Das Gefühl, sich in den Armen eines anderen Menschen einfach zu vergessen? Alles zu vergessen – die Welt um einen herum, die Zeit, einfach alles?“

Sie nickte und ließ einen Finger über seine Brust wandern, über seinen Bauch und weiter und weiter.

„Du vergeudest wertvolle Zeit“, ließ sie ihn wissen.

Er hob sie hoch, um sie zu seinem Boot zu tragen, und dort angekommen, stellte er seinen eigenen Gleichgewichtssinn auf die Probe, indem er mit Shannon in seinen Armen vom Pier auf das Deck seines Bootes sprang. Das geriet zwar heftig ins Schaukeln, aber Quinn hielt die Balance.

Mit Mühe zog er den Schlüssel aus seiner Hosentasche, und als er Shannon dann in die Kajüte trug, schlug er erst mit seinem Ellbogen, dann mit ihrem Kopf am Türrahmen an. Als sie unter Deck gelangt waren, brachen sie in Lachen aus.

Einen Augenblick später jedoch wich ihr Gelächter einem lustvollen Keuchen, da nichts mehr zählte, als sich so schnell wie möglich von der nassen Kleidung zu befreien und sich gegenseitig zu spüren.

Shannon genoss die Körperwärme, die von Quinn ausging, der unter ihr lag. Sie lächelte ihn an, dann aber zuckte sie zusammen und verzog das Gesicht. Im Sog der Gefühle hatten sie es nicht weiter geschafft als bis zu dem schmalen Streifen zwischen Tisch und Sofa. Den Schmerzen nach zu urteilen, hatte sie sich an Dutzenden von Stellen blaue Flecken geholt, und nun stand sie vor dem Problem, aufzustehen. Sie versuchte, irgendwo Halt zu finden, rammte ihm aber unabsichtlich ihr Knie genau in die Magengegend.

„Autsch", stöhnte er auf.

„Entschuldige."

Lachend rutschte er ein Stück zur Seite. „Ein Stück tiefer wäre unangenehmer gewesen. Wie wär's, wenn du mich zuerst aufstehen lässt? Warum hast du es überhaupt so eilig?"

„Ich will unter die Dusche. Ich habe das Gefühl, mit einer Salzkruste überzogen zu sein."

„Ich komme mit."

„Das ist zu eng für uns beide", sagte sie.

„Das glaubst du", grinste er sie an.

Die Duschkabine war tatsächlich extrem winzig, doch sie

schafften es wirklich, dort gemeinsam Platz zu finden. Das heiße Wasser auf der Haut war wunderbar und ließ eine wohlige Wärme in ihnen beiden aufsteigen, verführerisch und sinnlich. Quinn hatte seine Hand an der Plexiglaswand hinter Shannon abgestützt, während er sie küsste. Seine Lippen, die über ihre Haut wanderten, schienen so heiß zu sein wie das Wasser, das über sie strömte. Sein nasses Haar kitzelte sie am Kinn, und seine Bewegungen waren so erotisch, dass sie ihr einmal mehr den Atem raubten.

Seine Hände strichen über ihren Bauch, dann gelang es ihm, sie hochzuheben, damit sie auf dem schmalen Sitz Halt fand, während er seine Zunge langsam über ihre Haut wandern ließ. Als ihre Knie nachzugeben drohten, drückte er sie sanft gegen das Plexiglas. Sie nahm das Prasseln des Wassers auf ihrer Haut, das Rauschen in ihren Ohren bewusster wahr als je zuvor, während Quinn sanft in sie eindrang und sie ein weiteres Mal in dieser Nacht zum Höhepunkt führte. Ein Schauer lief durch ihren ganzen Körper und am liebsten hätte sie sich einfach zu Boden sinken lassen, doch Quinn hielt sie fest. Einen Moment lang blieben sie einfach nur so stehen, immer noch vereint in einem intimen Kontakt, der mehr zu sein schien als ein bloßer Liebesakt.

Quinn strich mit den Fingern durch ihr nasses Haar, als sie aus der Dusche kam, und zog Shannon an sich heran.

„Sie hat Recht“, sagte er leise.

„Wer hat Recht?“

„Marnie. Sie meinte, ich sei in dich verliebt. Und es stimmt.“

Shannon schreckte davor zurück, etwas zu erwidern.

„Okay“, murmelte er. „Du musst nichts sagen. Auch wenn es eine Äußerung ist, die eigentlich eine Antwort erfordert.“

Sie wich seinem Blick aus. „Ich finde, du warst wirklich unglaublich“, sagte sie schließlich.

Quinn lachte. „Du musst wohl immer ein Urteil abgeben, wie? Du weißt genau, dass ich das nicht gemeint habe.“

„Und vorlaut bist du auch noch“, fügte sie leise an.

Er nahm ihr Gesicht in seine Hände und hob es so an, dass sie ihm in seine dunkelblauen, eindringlich blickenden Augen sehen konnte. „Ich will keine Spiele mehr spielen. Ich höre auf und nehme keinen Unterricht mehr. Vergiss die Gator Gala. Ich will mit dir zusammen sein.“

„Ich bin … ich bin …“

„Feige“, führte er ihren Satz zu Ende.

„Das bin ich nicht!“

„Dann sag wenigstens, dass du es versuchen willst. Ich will hören, dass du es versuchen willst.“

Sie zögerte, weil sie wusste, wie Recht er hatte. „Ich will bis zum Morgen bei dir bleiben. Ich will mit dir schlafen. Wieder und wieder.“

„Warum?“ Er lächelte sie an. „Abgesehen von der Tatsache, dass wir beide darin wirklich gut sind. Und dass es so besser ist als bei jedem noch so erotischen Tanz.“

Shannon erwiderte sein Lächeln, als sie seine Worte hörte. „Weil du der beste Walzertänzer bist, dem ich je begegnet bin. Sinnlicher als jede Rumba, wilder und schöner als jede Musik.“

Sein Blick war unverändert auf ihre Augen gerichtet. „Wenn ich dich so höre, denke ich, dass du *wirklich* in mich verliebt bist. Zumindest ein wenig.“

„Ja, ich *bin* in dich verliebt“, brachte sie heraus. „Und mehr als nur ein wenig.“

Wieder küsste er sie.

Sie überlegte, dass sie noch über so vieles sprechen mussten.

So vieles geschah, Dinge, von denen sie ihn überzeugen musste, damit er verstand …

Nichts würde zwischen ihnen richtig und dauerhaft sein, solange die Spur aus Toten nicht endete, die sich durch ihr Leben zog.

Doch das würde bis zum Morgen warten müssen. Denn jetzt brauchten sie diese Nacht für sich – dringender als alles andere.

## *23. KAPITEL*

„Ich schwöre dir, jemand hat mich gestoßen“, sagte Shannon.

Sie saß am Tisch, trug eine von Ashley Dilessio ausgeliehene Jeans und ein Baumwollhemd, und sie sah verführerischer aus als je zuvor.

Quinn wollte mit Jake zur Wache gehen, Shannon musste nach Hause, um nach Marnie zu sehen und Sam abzulösen, damit der wenigstens den restlichen Sonntag zur freien Verfügung hatte. Obwohl Marnie lange genug auf der Straße gelebt hatte und sich zu behaupten wusste, wollte Shannon nicht, dass sie tagsüber allein im Haus war.

Den Morgen hatten sie und Quinn ganz für sich gehabt, dann waren sie zum Frühstück ins Nick's gegangen und hatten sich gut eine Stunde mit Jakes und Ashleys Kind beschäftigt. Ashley und Shannon freundeten sich schnell an, als sie merkten, dass jede für sich in ihrem Beruf völlig aufging. Der Fall war ebenfalls zur Sprache gekommen, und Shannon brachte ihre Bestürzung und Trauer über Manuel Taylors Tod zum Ausdruck. Allerdings konnte sie den Verdacht gegen Gordon entkräften, da er im Studio über Manuel gesprochen hatte und somit alle von der Rolle des Kellners wussten.

Quinn wollte sich dennoch nicht damit abfinden, dass der Mann rein zufällig ums Leben gekommen war. Jake hatte ihm daraufhin angeboten, mit ihm zur Polizeiwache zu fahren und ihn einen Blick in den Bericht werfen zu lassen. Anschließend wollte er mit ihm zum Tatort fahren, doch zuerst einmal mussten er und Shannon zum Boot zurück, damit er sich umziehen konnte.

„Wirklich seltsam war das, was ich mitbekam, bevor ich über Bord ging. Ich hörte Leute flüstern.“

„Über was?“ wollte er wissen.

Sie legte die Stirn in Falten. „Irgendetwas müsse aufhören, es gebe keine erkennbare Verbindung."

„Eine Verbindung wozu?"

„Keine Ahnung. Ich habe versucht zu lauschen. Nein, das stimmt so gar nicht. Ich stand einfach da und hörte diese Stimmen."

„Ich sage dir eines: Alle diese Morde hängen zusammen. Ich möchte, dass du dich besonders vor Gordon hütest. Sieh zu, dass du nicht mit ihm allein bist."

„Gordon ist wie ein Vater zu mir gewesen", erwiderte sie.

„Das ist mir egal. Behalt ihn im Auge."

An Deck rief jemand nach ihm: „Quinn, bist du fertig?"

„Ja, ich komme!" rief er zurück, dann küsste er Shannon auf die Stirn. Der Gedanke, sie allein zurückzulassen, war mit einem Mal unerträglich.

„Sehen wir uns später?" fragte er.

Sie nickte. „Wenn Sam nichts anderes vorhat, dann werden wir drei wahrscheinlich an den Strand gehen und uns sonnen."

„Gut." Er winkte ihr zu, dann begab er sich an Deck.

„Weißt du", sagte Jake zu ihm, „ich neige selbst dazu, die Dinge in einem größeren Zusammenhang zu sehen. Aber das hier ist selbst für mich zu weit hergeholt. Zwei Tote nach Medikamentenmissbrauch. Zwei andere Tote durch eine Überdosis Heroin, beide werden in der Nähe des Studios aufgefunden. Aber Manuel Taylor? Zugegeben, er hat am Tag des Wettkampfs gekellnert, aber er wurde in Coconut Grove umgebracht, nicht am Strand. Außerdem wurde er erschossen."

„Ich weiß", gab Quinn zurück.

„Und?"

„Ich glaube trotzdem fest an eine Verbindung zwischen den Fällen."

Jake zuckte mit den Schultern. „Wie du meinst. Wer fährt?"

„Nehmen wir beide Wagen", sagte Quinn. „Von Coconut Grove muss ich zum Strand fahren."

Auf dem Revier angekommen, sah Quinn die Akte durch, die von Jakes Partnerin Anna sehr sorgfältig zusammengestellt worden war. Alles wies darauf hin, dass ein Unschuldiger mitten in einen Bandenkrieg geraten war.

„Ich kopiere dir die Akte, dann können wir losfahren."

Jake ging weg. Quinn sah sich um. Einige der anderen Schreibtische waren besetzt, aber es herrschte weitgehend Ruhe. Als auf einmal Quinns Mobiltelefon klingelte, hörte es sich an, als würde ein Alarm losgehen.

Es war Marnie.

„Sag mal, ist Shannon bei dir?" fragte sie.

„Nein, sie wollte nach Hause fahren."

„Sie ist aber noch nicht hier." Sie klang etwas traurig, dann fügte sie im Flüsterton an: „Sam benimmt sich wie ein Baby. Er will unbedingt runter an den Strand."

„Ruf sie auf ihrem Mobiltelefon an. Ich bin vor ihr vom Boot gegangen. Vielleicht ist sie noch gar nicht weg."

„Hab ich schon versucht, aber sie meldet sich nicht."

„Dann versuch es noch mal und sprich auf ihre Mailbox. Ich komme bald rüber."

„Okay, danke."

Er legte auf. Als Jake zurückkam, sagte er ihm, er müsse die Fahrt nach Coconut Grove verschieben, weil er direkt zum Strand fahren wollte. „Shannon meldet sich nicht auf ihrem Mobiltelefon", erklärte er.

„Vielleicht war sie gerade in einem Funkloch", überlegte Jake.

„Trotzdem habe ich ein ungutes Gefühl", meinte Quinn. „Es

passiert zu viel in zu kurzer Zeit. Kann sein, dass es mit den anderen Dingen nichts zu tun hat, aber vielleicht hat es mehr damit zu tun, als mir lieb sein dürfte."

„Soll ich dir nachfahren?"

„Nein", gab Quinn zurück. „Wahrscheinlich übertreibe ich. Ich bin nur besorgt."

Jake fragte nicht nach, warum Quinn überreagieren sollte. „Ruf mich an, wenn du mich brauchst."

„Danke."

Er ging zum Wagen und wählte selbst Shannons Handynummer. „Wenn Sie eine Nachricht hinterlassen möchten", hörte er ihre Stimme, „melde ich mich umgehend bei Ihnen."

Quinn fluchte. „Verdammt, ja, ruf mich umgehend zurück!"

Er steckte das Telefon weg. Das unbehagliche Gefühl verstärkte sich von Augenblick zu Augenblick.

Eigentlich hatte Shannon auf direktem Weg nach Hause fahren wollen. Sie wusste, wie besorgt Quinn um sie war, und sie war sicher, dass er ihr am liebsten gesagt hätte, sie solle auf seinem Boot warten, bis er zurückkäme. Außerdem schien er sich auf Gordon versteift zu haben. Sie wollte nicht glauben, dass Gordon für diese grässlichen Dinge verantwortlich war, die sich in den letzten Tagen zugetragen hatten. Allerdings hatte sie sich in jüngster Zeit mehr als einmal über ihn erschrocken. Aber … nein, es war ausgeschlossen. Gordon hatte damit nichts zu tun.

Quinn wusste noch nichts von dem Vorfall im Lagerraum, doch rückblickend kam ihr das alles so albern vor, dass sie lieber darüber schwieg.

Sie brauchte nur ein paar Minuten bis zum Strand, an dem sich nur wenige Menschen aufhielten. Für die Einheimischen wurde es allmählich etwas kühl, und die Touristensaison war noch nicht angebrochen. Plötzlich merkte sie, dass sie unbewusst in Richtung Tanzschule abgebogen war.

Der Sonntag war ideal, dachte sie plötzlich. Niemand hielt sich dort auf, Katarina war nicht in ihrem Atelier, und im Studio würde völlige Ruhe herrschen. Keine Musik, keine Tanzschritte. Sie würde sich nur ganz kurz umsehen.

Vielleicht kam sie so endlich dahinter, was das Geräusch verursachte.

Sie stellte den Wagen auf dem Hof hinter dem Gebäude ab und eilte die Treppe hinauf. Kaum hörbar drehte sie den Schlüssel, trat ein, und als sie die Tür hinter sich zudrückte, versuchte sie ebenfalls keinen Laut zu machen.

Langsam und auf leisen Sohlen ging sie durch das Studio und lauschte.

Alles war noch so, wie sie es gestern Abend zurückgelassen hatten.

Als sie mitten auf der Tanzfläche stand, kam sie sich ein wenig albern vor.

Doch dann hörte sie das Geräusch wieder.

Dieses Schaben oder Kratzen.

Nicht laut, aber deutlich.

Es kam aus Richtung der Herrentoiletten.

Sie drehte sich um und ging dorthin, konnte aber nichts entdecken. Das Geräusch war jedoch deutlich zu hören.

Sie hielt inne, schlich zu ihrer Handtasche, die sie am Eingang abgestellt hatte, und nahm das Pfefferspray heraus, das sie immer bei sich trug. Sie sollte besser warten, sollte jemanden anrufen, damit der herkam und ihr half.

Aber jedes Mal, wenn sie wollte, dass ein anderer das Kratzen auch hörte, war Stille.

Es konnte nichts weiter zu bedeuten haben ...

Vielleicht hatte sich eine Ratte eingenistet – oder eine Armee von Küchenschaben.

Sie schloss die Tür zum Vorratsraum auf, dann legte sie einen Keil unter, damit sie im Notfall schnell die Flucht ergreifen konnte.

Nachdem sie das Licht eingeschaltet hatte, sah sie sich um. Kisten und Kartons stapelten sich in den Regalen, die Schneiderpuppe war wieder aufgestellt worden und hütete den Raum wie ein stummer Wächter. Auf Zehenspitzen bewegte sie sich weiter, bis sie das Geräusch laut und ganz klar hören konnte. Es kam von der rückwärtigen Wand.

Sie stellte sich vor das Regal und sah über die Schulter zur Tür, um nicht wieder von irgendjemandem überrascht zu werden. In diesem Moment bemerkte sie, dass der Raum gar nicht so tief war, wie er es hätte sein müssen.

Irgendetwas stimmte hier nicht.

Sie machte sich daran, die Kartons aus dem Regal zu räumen.

Als Quinn vor dem Haus vorfuhr, war von Shannons Wagen nichts zu sehen.

Marnie kam auf die Straße gelaufen, da sie ihn kommen gehört hatte, Sam war dicht hinter ihr.

„Ich muss wohl annehmen, dass sie nicht aufgetaucht ist?" fragte Quinn.

Marnie schüttelte den Kopf, stutzte aber, als sie auf seinem Beifahrersitz die Skizze von Sonya Millers Gesicht entdeckte, die auf einem Aktenstapel lag.

„Was ist?" wollte Quinn wissen, als er ihre Miene bemerkte. „Kennst du sie?"

„Kennen tu' ich sie nicht. Aber gesehen hab ich sie. Sie ging die Treppe hinter dem Studio rauf."

Quinn warf Sam einen durchdringenden Blick zu, doch der warf die Hände hoch. „Ich habe sie noch nie gesehen. Sie war keine Schülerin, Quinn, das schwöre ich. Vielleicht ging sie ja ins *Suede*."

„Bist du sicher, dass es diese Frau war, die du gesehen hast?" wollte er wissen.

„Ja", versicherte Marnie. „Aber sie ging nicht in den Club, sondern die Hintertreppe rauf."

Quinn legte den Rückwärtsgang ein. „Ich fahre zum Studio. Ruf die Polizei an", sagte er und gab Gas, während Marnie gerade noch rechtzeitig einen Satz nach hinten machen konnte.

Er wusste noch nicht, was das zu bedeuten hatte, dass Marnie Sonya Miller gesehen hatte, aber es konnte nichts Gutes sein.

Sicher war für ihn nur, dass er sich beeilen musste.

Es hatte eine Weile gedauert, dann endlich befand sich kein Karton mehr im Regal.

Shannon trat näher und bemerkte einen Riss in der Wand, der auffallend gerade verlief. Nein, es war kein Riss, es war ein Spalt. Sie drückte gegen die Wand, aber nichts geschah.

Es hörte sich hohl an, als sie gegen das Mauerwerk klopfte.

Abermals drückte sie, diesmal aber deutlich kräftiger. Die Wand begann nachzugeben, und Shannon erkannte, dass sie das Regal gar nicht hätte ausräumen müssen, da es mit der Wand nach hinten wegglitt.

Die Wand war eine Geheimtür!

Als sich die Tür öffnete, war das schabende Geräusch zu hören, dem sie so lange vergeblich nachgejagt war. Aber wohin führte diese Tür?

Vielleicht war es gar nicht so wichtig, das herauszufinden, jedenfalls nicht sofort. Es wurde Zeit für sie, von hier zu verschwinden. Sie würde alles wieder so herrichten, dass niemand etwas bemerkte.

„Oh, Shannon, ich wusste, es würde nur eine Frage der Zeit sein, bis du es herausfindest. Weißt du, ich habe schon auf dich gewartet."

Sie machte den Mund auf, um zu schreien, doch ehe sie das tun konnte, packte jemand ihr Handgelenk und riss sie nach vorn.

Quinn rannte die Hintertreppe hinauf und sah, dass die Tür zum Vorratsraum offen stand. Er lief hin und sah gerade noch, wie Shannon durch eine Geheimtür in der Wand verschwand.

Einen Moment lang blieb er einfach nur verdutzt stehen.

Versteckte Shannon etwa irgendetwas hier im Studio? Der Gedanke machte ihn krank, aber er sagte sich, dass es nicht sein konnte.

Dennoch war sie hier, obwohl sie gesagt hatte, sie wolle sofort nach Hause fahren. Kein anderer Wagen stand auf dem Parkplatz, niemand sonst war im Studio.

Nur Shannon, die vor seinen Augen in einem geheimen Raum oder Gang verschwand.

Er straffte die Schultern und lief ihr nach. Hinter der Geheimtür befand sich ein langer Korridor, den er hinunterging.

Sie wurde so plötzlich nach vorn gerissen, dass sie kaum atmen, geschweige denn schreien konnte. Das Pfefferspray steckte in der Hosentasche, aber sie konnte nicht an die Flasche herankommen, da ihre Hände wie in einem Schraubstock festgehalten wurden. Sie befand sich in einem schmalen Korridor, der nur von dem Licht erhellt wurde, das durch die Geheimtür im Vorratsraum fiel.

Das Ende des Korridors war erreicht, und sie erwartete, mit voller Wucht gegen die Wand geschleudert zu werden, doch auch diese gab bereits unter leichtem Druck nach.

Sie fand sich in einem Raum wieder, der höchstens einen Meter mal zweieinhalb Meter maß. Das Licht war schwach, aber als sich ihre Augen an das Dämmerlicht gewöhnt hatten, konnte sie Details erkennen. An einem Ende stand ein Regal, in dem mehrere Plastikbeutel mit einem weißen Pulver lagen, am anderen Ende führte eine schmale Wendeltreppe nach oben – hinauf in Gabriel Lopez' Apartment.

Gabriel stand neben ihr, stieß sie weg und zog eine Waffe.

Im ersten Augenblick fehlten ihr die Worte, doch dann setzte ihr Verstand wieder ein. Der Blick auf die Waffe genügte, um ihren Selbsterhaltungstrieb zu wecken. Sie musste mit ihm reden, um ihn davon abzuhalten, sie sofort zu erschießen.

„Du Mistkerl!" fuhr sie ihn an. „Warum?"

Er schüttelte den Kopf, als sei die Antwort selbstverständlich. „Das Geld, *Chica,* das Geld. Und natürlich das gute Leben." Er sah sie verächtlich an. „Ihr Tänzer! Ihr seid die beste Tarnung, die man sich wünschen kann. All diese albernen kleinen Leute, ach so begeistert vom Club, immer auf der Suche nach irgendeinem Prominenten. Und das Gebäude … einfach perfekt. Jeder war so von der Renovierung angetan. Wenn die Polizei herkam, dann fanden sie eine Schneiderei und eine Horde Tänzer. Bei mir konnten sie suchen, bis sie schwarz wurden. Und wenn sie sich hier umschauten, fanden sie nur Kartons voller Kostüme und Unterlagen."

Shannon griff verstohlen nach dem Ring des Schlüsselbundes, an dem das Pfefferspray hing.

Gabriel hob sofort seine Waffe und drückte leicht gegen den Abzug, um ihr zu zeigen, dass sie keine Chance hatte. „Lass es fallen."

Sie wagte es nicht, sich ihrer einzigen Chance zu berauben. Unvermittelt riss sie die Sprayflasche hoch und drückte auf die Düse. Gabriel wich zurück, fluchte, hustete und schnappte nach Luft, jedoch hatte sie seine Augen verfehlt.

Das Pfefferspray breitete sich in dem engen Raum aus und hüllte auch Shannon ein. Während sie noch krampfhaft überlegte, was sie unternehmen sollte, machte Gabriel einen Satz auf sie zu. Sie kämpften, aber am Ende war er stärker.

„Lass sie los! Auf der Stelle!"

Die laute Stimme überraschte sie beide. Shannon merkte, wie Gabriel sie herumriss und an sich drückte, während er den Lauf seiner Waffe an ihre Schläfe hielt. Sie musste immer noch husten, und Tränen standen ihr in den Augen. Sie zwinkerte und sah, dass Quinn ihnen durch den schmalen Gang gefolgt war.

„Lass sie los, Lopez. Sofort. Ich habe keine Lust, dich zu erschießen. Die Polizei ist schon auf dem Weg, und ich möchte dich lieber vor einen Richter zerren. Ich weiß zwar nicht, warum du Nell Durken umgebracht hast, aber ihr Mann hat es nicht verdient, deinetwegen hingerichtet zu werden."

„Du weißt gar nichts, Freundchen. Überhaupt nichts. Aber die Cops sind noch nicht hier, und du bist keiner von ihnen, sondern nur ein mieser kleiner Schnüffler. Geh mir aus dem Weg. Ich verschwinde von hier und sie wird mit mir kommen. So läuft die Nummer, klar?"

Quinn bewegte sich keinen Millimeter, seine Waffe war unverändert auf Gabriel gerichtet. „Nettes kleines Versteck. Aber du kommst mit ihr niemals die Treppe rauf, folglich sitzt du in der Falle."

„Nicht, wenn du Platz machst."

„Jeden Augenblick werden die Sirenen der Polizeiwagen zu hören sein."

„Genau, und darum solltest du dich besser bald bewegen. Ich bringe sie sonst um. Dabei ist sie so ein hübsches kleines Ding. Schade, ich hätte es ihr gern besorgt, aber sie hat mir immer wieder einen Korb gegeben. Um die Tarnung aufrechtzuerhalten, musste ich's auf die leichte Schulter nehmen und lächeln. Dann kommt so ein Sack wie du, und schon geht sie mit ihm ins Bett. Komisch. Und jetzt beweg dich endlich!"

Quinn verlagerte ein wenig sein Gewicht.

„Das Witzige an dem Ganzen ist, Lopez, dass ich fast geglaubt hätte, sie steckt in der Sache mit drin. Weißt du, ich kam rein, sah die offene Tür … du hättest sie besser zugemacht. Wahrscheinlich hätten wir eine Ewigkeit gebraucht, um sie zu finden. Wirklich schade, dass du nicht so weit gedacht hast."

„Wirf die Waffe weg und mach endlich Platz."

Shannon fürchtete, jeden Moment ohnmächtig zu werden. Ihre Knie waren wie Pudding, das Pfefferspray brannte in ihren Augen und nahm ihr den Atem.

Aber Quinn versperrte noch immer den Fluchtweg.

„Ich knall sie ab!"

„Schon gut, schon gut! Ich lege sie weg."

Er begann, den Lauf seiner Waffe zu senken. Shannon merkte, dass sich Lopez' Griff minimal lockerte, doch der Lauf seiner Waffe drückte noch immer gegen ihre Schläfe.

„Du Arschloch!" meinte Lopez verächtlich. „Jetzt werdet ihr *beide* sterben."

Er würde den Abzug betätigen, und dann würde es um sie geschehen sein. Sie würde nicht mal ihr Leben vor ihren Augen ablaufen sehen.

Ein Schuss fiel, der Knall war in dem engen Raum ohrenbetäubend.

Sie fühlte nichts, keinen Schmerz, gar nichts.

Lopez sackte zu Boden und riss sie mit sich. Erst als sie das Einschussloch in seiner Stirn sah, begann sie zu schreien.

Wie in Watte hörte sie die Sirenen, fühlte Quinns Arme um ihren Körper, hörte seine Stimme, die aus weiter Ferne zu kommen schien.

„Komm, es ist vorbei. Die Polizei ist da, die übernimmt jetzt."

Aus eigener Kraft konnte sie nicht aufstehen, da ihre Beine ihr noch immer den Dienst verweigerten.

Doch er hatte seine Arme um sie gelegt, zusammen mit ihm würde sie es schaffen.

## 24. KAPITEL

„Aber warum brachte er Lara um?“ wunderte sich Ben.

Sie waren bei Quinn in Key Largo zu Gast, einem schönen Haus mit Pool, direkt am Wasser gelegen, so dass er mit der *Twisted Time* dort anlegen konnte.

Das Ganze war schlicht gehalten, und Shannon liebte es. Es gab drei Schlafzimmer, von denen eines in erster Linie als Büro diente, in dem dennoch ein Futonbett stand, das zwei Personen ausreichend Platz bot. Da die Polizei darum gebeten hatte, für ein paar Tage das gesamte Gebäude zu schließen, in dem die Tanzschule und der Club untergebracht waren, hatte Gordon entschieden, Ella solle alle Schüler davon in Kenntnis setzen, während das Personal nach einer so traumatischen Phase wieder zusammenfinden sollte. Daher auch die Reise zu den Keys.

Der Sonntag war Shannon nur noch vage in Erinnerung. Sie wusste, dass die Polizei gekommen war, um alles auf den Kopf zu stellen. Sie selbst hatte den ganzen Tag über immer wieder die gleichen Fragen beantworten müssen. Marnie und Sam waren zu ihr gekommen, zunächst voller Sorge, dann sichtlich erleichtert. Doug kam mit einer leichenblassen Jane zum Studio, die eben erst das Krankenhaus verlassen hatte.

Shannon waren Augentropfen verabreicht worden, die die Wirkung des Pfeffersprays linderten, aber sie hatte sich standhaft geweigert, sich von den Sanitätern ins Krankenhaus fahren zu lassen.

Quinn hatte sich in schlechter Gemütsverfassung befunden. Er machte sich Vorwürfe, weil er Lopez hatte erschießen müssen und dadurch so viele Fragen ungeklärt blieben. Sie erinnerte sich daran, dass er ihr gefolgt war und er sie sogar für einen Moment *verdächtigt* hatte. Ihr war klar, dass sie ihm ihr Leben verdankte, doch als sie gehört hatte, wie er den Tod des Mannes bedauerte, der sie kaltblütig ermorden wollte, da war etwas über sie gekommen, und ehe Quinn sich versah, hatte er sich von ihr einen Fausthieb eingefangen. Sie hatte augenblicklich ihr Handeln bereut, aber wie es schien, war ihr Haken gar nicht so übel gewesen, da er sich am nächsten Tag noch immer das Kinn rieb.

Ihr Schlag hatte aber keine Auswirkung auf den Sonntagabend gehabt, da sie wieder auf der *Twisted Time* übernachtet hatte, während Sam nochmals bei Marnie in Shannons Haus geblieben war. In dieser Nacht hatte sie mehr als je zuvor spüren müssen, dass sie noch lebte, nachdem sie so knapp dem Tode entkommen war.

Sie hatten aber auch noch genug Zeit gehabt, um zu reden und Dinge zwischen ihnen zu klären, die geklärt werden mussten. Früh am nächsten Morgen war dann der Anruf von Gordon gekommen, der einen gemeinsamen Kurzurlaub vorgeschlagen hatte. Von Quinn war der Gegenvorschlag gekommen, sie alle in die Keys zu bringen, um sich dort zu entspannen.

Sie waren nach Süden gereist und mit dem Boot hinausgefahren. Doug, Ben und Quinn waren tauchen gegangen, Gordon, Sam, Marnie und Rhianna widmeten sich dem Fischen, während sich Shannon einfach nur hatte entspannen wollen – so wie Justin, Ella und Jane.

Am Montag hatten sie alle zusammen in Quinns Wohnzimmer gesessen und zu Abend gegessen. Die Tür zum Pool, zum Dock und zur Bucht war offen gewesen, eine leichte Brise war ins Zimmer geweht und hatte das appetitliche Aroma des Barbecue hereingetragen. Es war Shannon vorgekommen, als würde sie wirklich Urlaub machen, bis auf einmal Ben seine Frage hatte stellen müssen.

Quinn sah zu Shannon. „Vielleicht war sie ihm zu nahe gekommen, oder sie wusste zu viel."

„Aber ... irgendwie war es ihm doch gelungen, sie beim Wettkampf das Medikament schlucken zu lassen. Was ich sagen will – er hat zwei seiner Opfer mit Medikamenten umgebracht, zwei weitere Frauen hat er mit Heroin getötet, und", fügte er an, „wenn ich das richtig verstanden habe, dann hat er auch Manuel Taylor erschossen? Warum ihn?"

„Taylors Tod geht eindeutig auf sein Konto", erklärte Doug und sah zu Quinn.

„Die Ballistiker haben die Kugeln eindeutig zuordnen können", fuhr er fort. „Bei der Durchsuchung von Lopez' Apartment fand man die Waffe, mit der Manuel Taylor erschossen wurde. Sie war übersät mit Lopez' Fingerabdrücken. Ich vermute, er hatte Angst, Manuel könne sich daran erinnern, dass er es war, der ihm das Extra-Trinkgeld gegeben hatte, damit er Lara den vorbereiteten Drink brachte." Er schüttelte den Kopf. „Es tut mir wirklich Leid, dass ich mit Manuel nicht gründlicher die Ereignisse des Abends durchgegangen bin, als ich die Gelegenheit hatte, mit ihm zu reden. Ich war so sehr auf das konzentriert, was er zu Shannon gesagt hatte, da kam mir nichts anderes in den Sinn. Jedenfalls vermute ich, dass Gabe in Panik geriet, als Manuel ins Spiel kam."

„Und Nell Durken hat er auch auf dem Gewissen?" fragte Ben.

„Scheint so. Zumindest baut Art Durkens Anwalt auf dieses Argument, um ihn aus dem Gefängnis zu holen", warf Doug ein.

„Aber wenn Art Durken sie doch getötet hat? Was, wenn die Morde gar nicht zusammenhängen? Es ist alles so ... so ... ich weiß nicht ... so verrückt", beharrte Ben.

„Ben", sagte Sam. „Es ist vorbei, hör bitte auf."

„Ich möchte wetten, Lara hatte eine Affäre mit Gabe Lopez", sagte Gordon und sah in die Runde.

„Sie war doch seit Monaten nicht mehr vorbeigekommen", hielt Ella dagegen.

„Okay, dann vielleicht … ja, er wollte mit ihr was anfangen, er sprach mit ihr darüber, aber sie gab ihm einen Korb. Das gefiel ihm nicht. Er spielte immer den Charmeur, aber Shannon hat er auch gehasst, weil sie ihn abgewiesen hatte, nicht wahr?" überlegte Jane.

„Das hat er jedenfalls gesagt", erklärte Quinn.

„Wir sind hier, um diese Sache hinter uns zu bringen", stöhnte Gordon. „Nicht, um alles wieder aufzuwärmen."

„Ich wärme doch gar nichts auf", erwiderte Ben. „Ich will nur sicher sein, dass ich das Ganze richtig verstanden habe. Dann hat die arme Nutte Sally Grant vielleicht Lopez' Versteck zu sehen bekommen, und darum musste sie sterben. Sonya hatte er vermutlich in einem anderen Club kennen gelernt, oder vielleicht am Strand. Ihr gefielen die Drogen, sie fand zu viel über ihn heraus und hatte damit ihr Todesurteil unterschrieben. Lara konnte er nicht mit einer Überdosis Heroin aus dem Weg räumen, aber da kannte er schon eine Lösung, weil er zuvor Nell Durken getötet hatte. Vermutlich hatte er eine Affäre mit ihr, wollte sie loswerden oder so und beschloss, sie umzubringen. Er war unentdeckt geblieben, da der Schwarze Peter bei ihrem Ehemann landete. Deshalb kam er auf die Idee, bei Lara genauso vorzugehen. Da sie Handschuhe trug, waren die fehlenden Fingerabdrücke kein Problem. Sie sollte vor Hunderten von Leuten sterben, und niemand sollte ein Verbrechen vermuten."

„Das ist in etwa das, was wir rekonstruieren und interpretieren konnten", sagte Quinn.

„Und Manuel“, fügte Gordon an, „wurde hingerichtet, damit er nicht reden konnte.“

„So sieht es aus“, stimmte Doug ihm zu.

„Meine Tanzschule ist dem Untergang geweiht“, seufzte er.

„Gordon, ihm gehörte der Club, nicht unser Studio“, widersprach Shannon.

„Ja, aber der Club wird zumachen, und dann zieht er uns mit in den Abgrund“, sagte Gordon.

„Nicht unbedingt. Irgendjemand wird ihn übernehmen wollen, zumal er jetzt berühmt-berüchtigt ist“, gab Sam zu bedenken. „Du weißt doch, wie viele Menschen diesen Kitzel lieben.“

„Wir werden abwarten müssen“, sagte Shannon.

Ben sah sie finster an. „Fast hätte er dich umgebracht, Shannon. Wenn ich so überlege … er hat dich immer beobachtet. Ich glaube, er hatte Angst, du könntest hinter seine Machenschaften kommen.“

Sie schüttelte den Kopf. „Ich habe mir gar keine Gedanken gemacht – bis Lara starb. Und bis ich dieses Geräusch bemerkte. Das war immer dann zu hören, wenn er die Geheimtür benutzte. Wäre er öfters von seinem Apartment aus hineingegangen, hätte ich niemals etwas gemerkt.“

„Es ging aber darum“, sagte Doug, „dass sein Apartment und der Club frei von Drogen waren, was die meisten seiner Angestellten auch bedingungslos glaubten.“

„Die meisten? Willst du damit sagen, dass ein paar von ihnen eingeweiht waren?“ fragte Rhianna.

„Könnte sein“, erwiderte er. „Das Mord- und das Drogendezernat sind aber schon auf der Suche. Die werden alle seine Kontakte aufspüren.“

„So, jetzt reicht es aber“, sagte Gordon bestimmt. „Wir wollen ausspannen. Quinn, haben Sie vielleicht einen guten Film, den wir uns zusammen ansehen können?"

Sie einigten sich auf den ersten Teil von *Der Herr der Ringe*, den sie auf dem Breitbildfernseher im Wohnzimmer bei einer großen Portion Popcorn ansahen.

Shannon war froh, als Quinn ihr irgendwann auf die Schulter tippte und sie beide sich in sein Zimmer zurückzogen. Sie hatte geglaubt, es sei schwierig, wieder eine Beziehung zu akzeptieren und sie zu leben. Doch das Gegenteil war der Fall. Es war leicht.

Es war so leicht, einfach mit ihm zusammen zu sein, und es war so aufregend, zu wissen, dass sie sich davonstehlen und sich lieben konnten.

Später in der Nacht wachte Shannon auf und bemerkte, dass Quinn zur Decke starrte. Als sie seine Wange berührte, zuckte er leicht zusammen.

„Was ist los?"

„Ich weiß nicht. Wage es nicht, mich noch mal zu schlagen, aber es wäre wirklich besser gewesen, wenn ich Lopez nicht hätte erschießen müssen. Zu viel hängt jetzt von den Geschworenen ab. Ist Lopez Nells Mörder – oder ist es doch Art?"

„Einen Restzweifel wird es immer geben", sagte Shannon. Es wäre unsinnig gewesen, ihm etwas vorzumachen, zumal sie wusste, dass sein Handeln hinsichtlich Nell Durken ihm immer noch zu schaffen machte.

„Erinnerst du dich, wie er sagte: ‚Du weißt gar nichts'?"

Sie nickte. „Ich kann mich gut daran erinnern."

„Genau diese Worte lassen mir keine Ruhe. Wieso meinte er, ich wisse gar nichts? Ich hasse es, wenn ich nur raten kann."

Shannon schwieg einen Moment. „Ich schätze, dass sich manche Dinge nie ganz klären lassen. Aber *eine* Sache ist klar."

„Und zwar?"

„Du hast mir das Leben gerettet, und dafür werde ich dir immer dankbar sein."

„Da bin ich mir nicht so sicher. Vielleicht hast du *mir* das Leben gerettet."

„Du meinst, weil du eines Tages auch den Cha-Cha-Cha beherrschen wirst?"

„Nein, weil ich gelernt habe, dass ich nicht jeden Fall aufklären kann, aber dass ich für jemanden, den ich liebe, der ideale Mensch sein kann."

Sie lächelte und schmiegte sich in seine Arme. Sie war sicher, dass sie ihn all seine Fragen wenigstens für eine Weile vergessen machen konnte.

„Ach, du liebe Güte!"

Eine Woche später war Christie im Studio und hatte eine Stunde ihrer Zeit geopfert, um Marnie zu helfen. „Du versuchst, in einem Zug einen Schritt und eine Drehung zu machen. Das sind individuelle Bewegungen. Du musst lernen, dich zu konzentrieren, wenn du dich so schnell drehen willst. Zerleg die Bewegung in den Schritt und die Drehung. Schritt, dann Drehung."

Marnie erhaschte Shannons Blick und schnitt eine Grimasse.

„Arbeite weiter daran", wies Shannon sie an und fragte sich mit einem Mal, wie man es tolerieren konnte, dass jemand wie Marnie auf der Straße schlafen musste. Aber es gab auch solche Eltern, sagte sie sich. Marnie war dafür der lebende Beweis.

Sie war Marnie so dankbar. Dass Quinn ins Studio gekommen war, nachdem er sie an dem Sonntag nirgends hatte erreichen können, war fast nicht anders zu erwarten gewesen. Doch da Marnie auf der Skizze Sonya Miller erkannt hatte, war er mit schussbereiter Waffe ins Studio gekommen.

Shannon sah den beiden noch einen Augenblick lang zu, dann begab sie sich grinsend in ihr Büro, da Quinn am Telefon war und sie sprechen wollte.

Amüsiert hörte sie zu, wie er erzählte, er werde mit seiner Mutter zum Essen gehen. Er fühlte sich mies, weil er sich wegen der hektischen Ereignisse so lange nicht bei ihr hatte blicken lassen und sie auch nicht angerufen hatte. Heute Abend wollte er das wiedergutmachen.

Von Doug wusste sie, dass ihr Vater tot war, dass ihre Mutter eine wunderbare Frau war, die niemals nörgelte, aber sich stets große Sorgen machte. Quinn neigte dazu, sich abzukapseln, wenn er beunruhigt oder beschäftigt war, was ihr nur noch mehr Sorgen bereitete.

„Du bist mir vielleicht ein Sohn!" hatte sie zu Doug gesagt. „Ich habe deine Mutter noch immer nicht kennen gelernt, und du hast schon an Wettkämpfen teilgenommen!"

„Ich musste erst mal selbstbewusster werden", sagte er. „Aber jetzt ... jetzt wird sie es lieben. Du wirst überrascht sein, wie gut sie tanzen kann", hatte er voller Stolz geantwortet.

Sie nahm den Hörer ab. „Hi. Also, wohin gehst du mit ihr?"

„In ein neues Lokal in North Miami. Ich werde wohl erst spät zurück sein. Hör mal, das ist ein Restaurant mit schottischer Gourmetküche. Kannst du dir vorstellen, dass Schotten so etwas haben?"

„Nein, aber es hört sich interessant an. Bring mir eine Speisekarte mit, wenn es geht."

„Ich bin ein Ex-Cop, ich kann keine Speisekarte mitgehen lassen."

Sie lachte. „Verrat mir doch, ob ich deine Mom bald kennen lernen werde."

„Ja, wirst du. Sie hat schon viel über dich gehört."

„Lasst es euch heute Abend schmecken“, sagte sie zu ihm.

„Danke. Bis später.“

Sie legte den Hörer auf und ging zurück ins Studio, das sich allmählich leerte. Es wurde langsam Zeit für ihre Fortgeschrittenengruppe, aber montagabends waren nur wenige Schüler an Einzelunterricht interessiert. Ihr kam es so vor, als sei der Montag in jeder Branche ein ruhiger Tag.

Seltsam, dass es sie nicht störte und ihr der Gedanke an mögliche weitere ruhige Tage sogar gefiel. Sie wusste, dass Quinn noch immer seine Probleme mit Lopez' Tod hatte. Das Ganze war nicht schlüssig aufgelöst worden, die Puzzlestücke fügten sich nicht nahtlos zusammen. Etwas Ruhe würde beiden gut tun.

*Du weißt gar nichts.*

Sie ging in die Küche zurück und durchforstete den Kühlschrank. Ben kam zu ihr. „Suchst du was Bestimmtes?“

Da Sam keinen Unterricht mehr hatte, war er mit Marnie nach Hause gefahren. Auch Jane war früh gegangen. Obwohl sie noch nicht wieder mit ihren Schülern arbeiten konnte, hielt sie es nicht aus, dem Studio fernzubleiben. Doug war dagegen geblieben. Zwar demonstrierte er seine Loyalität, indem er erklärte, ausschließlich mit Jane zur Gator Gala zu gehen, dennoch nahm er bei Shannon und Rhianna Stunden und verpasste nie den Gruppenunterricht. Katarina und David waren da, ebenso Richard Long, dessen Frau zu Hause geblieben war. Sie war von ihrer Arbeit zu erschöpft. Heute schien sich – so wie nach jedem Wochenende – die Anzahl der verletzten oder erkrankten Kinder zu häufen. Gordon hatte ihr bereits früh am Tag gesagt, er werde um acht Uhr gehen. Als Eigentümer sei das sein gutes Recht, außerdem habe er eine hervorragende Managerin, die das Studio bestens im Griff hatte.

„Ob du was Bestimmtes suchst?“ wiederholte Ben.

„Champagner. Ich dachte, ich bringe unsere Fortgeschrittenengruppe ein wenig auf Trab."

„Richard hat aus dem gleichen Grund gerade eben Kaffee gekocht."

Richard tauchte hinter Ben auf. „Oh, Champagner klingt aber auch sehr verlockend."

Mona O'Casey hatte nach dem Tod ihres Mannes nie wieder geheiratet, doch deshalb war sie keineswegs in lebenslange Depressionen versunken. Dank einer großzügigen Witwenrente hatte sie ihren Job als Krankenschwester aufgeben können, um sich stattdessen für eine Reihe von wohltätigen Organisationen einzusetzen. Sie war 1,65 Meter groß und schlank, hatte kurzes silbergraues Haar und leuchtende blaue Augen, und sie war ein Energiebündel.

„Ich war nicht besonders rücksichtsvoll, nicht wahr?" sagte Quinn.

Mona lächelte ihn an. „Ich glaube, ich merke, wenn du schlechte Laune hast. Natürlich fühle ich mich wohler, wenn ich mit dir reden kann. Aber ich weiß auch, dass du immer dann anrufst, wenn du dazu bereit bist." Sie stieß einen leisen Seufzer aus. „Und da ihr beide nicht von euren gefährlichen Berufen abzubringen seid, habe ich längst gelernt, nachts nicht vor Sorge um euch wachzuliegen. Außerdem hat mir Doug ja gesagt, dass es dir gut geht und du nur etwas verstimmt bist. Und wie ich höre, werde ich euch beide bald tanzen sehen können."

„Nur den Walzer, und dass ich wenigstens den beherrsche, verdanke ich dir."

Sie lachte auf. „Dann bin ich doch froh, dass ich dir wenigstens eine nützliche Sache beibringen konnte."

Er nahm die Hand seiner Mutter. „Du hast uns beiden sehr

viel Nützliches beigebracht. Bei mir hat's nur länger gedauert, bis ich das begriffen habe. Doug war dagegen von Anfang an ein guter Junge."

Mit einem Mal wurde Mona ernst. „Ist es nicht seltsam, welche Dinge einen Menschen belasten können und welche nicht? Dein Bruder hat alles mit Bravour gemeistert: die Akademie, Tatort-Besichtigungen, Besuche im Leichenschauhaus, Obduktionen. Es hat ihm nie etwas ausgemacht. Aber sobald es ums Tanzen geht ... Ich hätte gern gesehen, wie er im Wettkampf getanzt hat, aber er wollte es nicht. Tanzen macht ihn nervös."

„Was soll ich denn erst sagen?" gab Quinn zurück.

„Nervosität ist für mich auf jeden Fall kein Grund, um Tabletten zu nehmen", fuhr sie fort. „Das habe ich Doug klar und deutlich zu verstehen gegeben."

„Doug?"

„Ja! Kannst du dir das vorstellen? Dein Bruder lässt sich ein Rezept für ein Beruhigungsmittel ausstellen, damit er beim Tanzen nicht so aufgeregt ist!"

Quinn verspürte ein ungutes Gefühl in der Magengegend. Nicht, dass er mit einem Mal seinen Bruder verdächtigte. Lopez war der Mörder, dessen war er sicher.

Aber Lopez hatte auch zu ihm gesagt: „Du weißt gar nichts."

*Doug hatte mit Lara Trudeau geschlafen.*

Er hatte die ganze Zeit über gewusst, dass etwas mit der Perspektive nicht stimmte, aus der sie das Verbrechen betrachteten.

Aber nicht Doug. Nicht sein Bruder.

„Was ist mit dir, mein Junge?"

„Würdest du mich bitte kurz entschuldigen, Mom?"

Er rief direkt im Studio an, erreichte aber nur den Anrufbeantworter.

Er wählte die Nummer von Shannons Mobiltelefon, wurde jedoch auch hier aufgefordert, eine Nachricht zu hinterlassen.

Eigentlich gab es keine Veranlassung für seine Sorge, irgendetwas sei nicht in Ordnung. Die ganze Woche über waren Leute im Studio gewesen. Shannon war dort nicht allein, jeden Moment musste der Gruppenunterricht für die Fortgeschrittenen anfangen.

„Quinn, du machst mir Angst", sagte Mona.

„Tut mir Leid, aber ich muss Doug anrufen."

Als er auch bei ihm nur die Mailbox erreichte, spannten sich sämtliche Muskeln seines Körpers.

„Mom", sagte er im Aufstehen. „Ich mache das wieder gut, aber ich muss jetzt sofort los."

Sie sah ihm in die Augen. „Wenn ich bis Mitternacht nichts von dir gehört habe, rufe ich die Cops."

„Bitte tu das", erwiderte er. „Und bitte bestell dir ein Taxi, um nach Hause zu kommen."

Dann legte er ein paar Geldscheine auf den Tisch und verließ das Restaurant.

Shannon stellte ihr Glas Champagner ab, als sie hörte, dass ihr Telefon klingelte. „Hört mal bitte alle her. Der Unterricht für die Fortgeschrittenen beginnt in zwei Minuten, und es wird nie wieder Champagner geben, wenn auch nur einer sein mangelndes Gleichgewicht darauf zu schieben versucht."

Sie holte ihr Mobiltelefon aus der Tasche und hörte ihre Mailbox ab. Quinn hatte gerade eben angerufen. Sie wählte seine Nummer, musste aber frustriert feststellen, dass sie umgekehrt auch nur seine Mailbox erreichte.

Seltsam. Er hätte doch im Restaurant erreichbar sein müssen.

Nachdenklich legte sie auf und überlegte einen Moment, als

das Telefon erneut klingelte. Sie nahm den Hörer. „Quinn, bist du's?“

„Nein, ich bin's, Marnie. Ich wollte nur hören, ob mit dir alles in Ordnung ist.“

„Ja, es geht mir gut. Wieso fragst du?“

„Weil Quinn mich angerufen hat. Er konnte dich nicht erreichen.“

„Ich habe ihm inzwischen schon eine Nachricht hinterlassen. Es ist alles bestens.“

„Ich seh mal, ob ich ihn für dich erreichen kann.“

„Danke, Marnie.“ Irritiert beendete sie das Gespräch. Im Studio war es ungewöhnlich still, lediglich ein Walzer war leise zu hören

Sie stand auf und ging aus dem Büro, blieb aber abrupt stehen, als sie sah, welcher Anblick sich ihr bot.

Alle lagen auf dem Boden! Katarina und David lagen schräg übereinander, Richard Long war ein paar Schritte von der Bürotür entfernt zu Boden gesunken und lag mit dem Gesicht auf der Tanzfläche. Ben, Rhianna und Doug O'Casey waren nur ein kleines Stück weiter anscheinend ohnmächtig geworden. Justin lag so, als sei er gerade aus der Toilette gekommen.

Ella war vornüber auf ihren Schreibtisch gesunken.

Verwirrt und entsetzt schnappte sie nach Luft. Sie spürte, wie Panik sich eiskalt in ihr ausbreitete. Sie kniete sich neben Rhianna und legte eine Hand an ihren Hals. Erleichtert fühlte sie einen Puls.

Sie wollte sich umdrehen, um zum Telefon zu laufen und einen Krankenwagen zu rufen, doch sie kam nicht sehr weit.

Einer der zu Boden Gegangenen hatte sich wieder erhoben.

Und zum zweiten Mal in etwas mehr als einer Woche starrte sie in den Lauf einer Waffe.

Quinn hörte Shannons Nachricht ab, als ein weiterer Anruf einging. Es war Marnie, die ihm sagte, es sei alles in Ordnung.

Er dankte ihr und legte auf.

Doch trotz dieser Versicherungen wurde er das Gefühl nicht los, so schnell wie möglich zum Studio fahren zu müssen.

Er war sich sicher, dass Gabriel Lopez nicht allein arbeitete. Das erklärte auch seine Bemerkung zu Quinn, der wisse gar nichts.

Doug hatte sich ein Medikament verschreiben lassen, um seine Nervosität zu bekämpfen. Das gleiche Mittel, das Nell und Lara umgebracht hatte.

„Nicht mein Bruder!" rief er verzweifelt aus.

Er trat das Gaspedal weiter durch und verfluchte sich, weil er so unachtsam gewesen war.

Dabei hatte er doch geahnt, dass es noch nicht vorüber war.

„Sie haben Ihren Champagner nicht getrunken", sagte Richard Long zu Shannon. „Das hätten Sie aber besser getan."

Sie starrte ihn fassungslos an. „Richard?"

„Sie müssen unbedingt Ihren Champagner trinken."

„Warum tun Sie das?"

Er seufzte. „Sehen Sie, zu viele Leute wissen, dass da etwas faul ist im Staate Dänemark. Beim ersten Mal habe ich Blut und Wasser geschwitzt. Ich war sicher, Lopez würde mich verraten, aber er tat es nicht. Dann war da dieser verdammte Cop, der ausgerechnet mit Lara schlafen musste! Und zu guter Letzt schleppte er auch noch seinen großen Bruder an, den Privatdetektiv. Prompt gingen die Fragen wieder los. Fragen von diesem Bullen und seinen Freunden vom Drogendezernat. Früher oder später werden sie doch noch alles herausfinden, darum muss ich jetzt die Dinge richten."

„Wie wollen Sie auf diese Weise irgendetwas richten? Sie wissen, dass Quinn herkommen wird. Und dann seine Freunde vom Morddezernat und vom Drogendezernat."

„Shannon, ich will Ihnen wirklich nicht wehtun. Trinken Sie einfach Ihren Champagner. Glauben Sie mir, es ist ganz leicht. So, als würden Sie einschlafen."

„Ach, und wie soll sich das hier zugetragen haben?" fragte sie ironisch und machte eine Geste, die die anderen einschloss.

Er grinste sie siegesgewiss an. „Der Letzte, der hier eintrifft, wird Mr. Quinn O'Casey sein. Ich glaube nicht, dass er davon weiß, aber ich habe Doug einige Rezepte ausgestellt. Es steckt sogar eines davon in seiner Jackentasche. Jeder weiß, dass er mit Lara schlief, auch wenn es vielleicht niemand zugeben wollte. Sein Bruder taucht also auf, er weiß, was Doug getan hat, und er stellt ihn zur Rede. Natürlich hat Doug die Tabletten bereits geschluckt, da ein Selbstmord für ihn der einzige Ausweg ist. Er hat aber noch ein wenig Kraft und liefert sich eine Schießerei mit seinem Bruder. Weil er der bessere Schütze ist, tötet er Quinn und stirbt selbst an der Überdosis, die er genommen hat. Alle im Raum sterben mit ihm, nur ich hatte Glück, weil ich heute Abend so müde war, dass ich früher nach Hause ging. Sonst hätte es mich auch erwischt. Ach, was für eine Tragödie."

„Sie sind völlig verrückt", entgegnete sie und wünschte im nächsten Moment, sie hätte es nicht gesagt, denn sie sah, wie seine Mundwinkel zu zucken begannen. „Richard, ich begreife das nicht. Wie haben Sie und Lopez ...?"

„Ich machte Gabe mit vielen meiner Patienten bekannt. Man kann sich gar nicht vorstellen, wie viele reiche Leute diese Art von Therapie lieben. Sie wussten nie, dass er der Lieferant war. Sie kamen in den Club, bezahlten und bekamen ihre Drogen geliefert. Wir beide verdienten sehr gut. Den Anfang machte Nell.

Sie war einsam, und Mina – na, nennen wir das Kind beim Namen: Mina langweilt mich zu Tode. Aber Nell machte einen Rückzieher, weil sie sich mit ihrem Mann versöhnen wollte. Ich ging zu ihr und versuchte, ihr ins Gewissen zu reden, es kam zum Streit ... sie beleidigte mich. Sie zog diesen Mistkerl von Ehemann mir vor. Also nahm ich die Sache selbst in die Hand. Was Lara angeht ... nun, Sie kannten sie ja. Ein Miststück, wie es im Buche steht. Erst beschloss sie, mich zum Spaß zu verführen. Dann lauerte sie mir auf und kam dahinter, wie Lopez und ich unsere Einkünfte aufbesserten. Sie erpresste mich, und sie verhöhnte mich, indem sie mir erzählte, dass sie auch mit dem Cop ins Bett ging. Er sei jünger als ich, sagte sie zu mir. Ich konnte nichts anderes machen, als es ihr heimzuzahlen. Diese Nutte und die andere Frau waren Gabes Problem, weil er unachtsam geworden war, also musste er sich um die beiden kümmern. Nell war mein Werk, genauso Lara. Aber mal ehrlich, sie hatte es doch auch nicht anders verdient."

„Ja, Lara konnte ein verdammtes Miststück sein", stimmte sie ihm beschwichtigend zu. Ihr Kopf arbeitete auf Hochtouren: Welche Dosis hatten die anderen bekommen? Wie lange konnten sie überleben, ehe Hilfe kam?

„Sie müssen doch meine Situation verstehen. Jetzt wird endlich das Tuscheln aufhören, Gabe könne doch nicht für alle diese Morde verantwortlich sein."

Shannon drehte den Kopf zur Seite, da sie sicher war, dass jemand die Treppe hinaufgestürmt kam.

Richard hörte es auch, packte Shannon und drückte sie zu Boden, wobei er den Lauf seiner Waffe direkt auf ihr Herz richtete.

Quinn kam ins Studio und glaubte einen Moment lang, Zeuge eines seltsamen Massakers zu sein. Sie lagen alle auf dem Boden,

Justin Garcia befand sich so nahe an der Eingangstür, dass er fast über ihn gestolpert wäre. Sofort kniete er sich hin und fühlte seinen Puls.

Er war schwach, aber noch zu spüren.

Langsam stand er auf und sah sich um.

Dort lag Doug, auch sein Puls war noch zu fühlen.

In einer Hand hielt Quinn seine Waffe, mit der anderen griff er nach seinem Telefon. Doch ehe er den Notruf wählen konnte, zerriss ein Schuss die Stille. Ein Geschoss verfehlte nur knapp seine Hand.

Als er sich umdrehte, sah er Richard Long, wie der Shannon eine Pistole an die Schläfe drückte.

„Natürlich, der Doktor", sagte er ruhig. „Sie Mistkerl. Ihretwegen hätte ich beinahe meinen eigenen Bruder verdächtigt."

„Es *war* ja auch Ihr Bruder", gab Long zurück.

„Glauben Sie wirklich, das würde Ihnen irgendein Mensch abkaufen?"

„Natürlich. Jeder wird es glauben. Schade, dass er Sie erschießen wird und Sie niemandem mehr die Wahrheit sagen können."

„Haben Sie den Verstand verloren? Die Spuren würden einen solchen Unsinn niemals belegen können. Man wird Sie im Handumdrehen durchschaut haben, wegen Mordes vor Gericht stellen und zum Tode verurteilen."

„Da täuschen Sie sich. Es ist alles ganz logisch nachvollziehbar."

„Und warum liegt dann Shannon nicht bewusstlos am Boden?"

„Sie wollte bislang ihren Champagner nicht trinken. Aber Sie können ihr das Glas noch einmal geben, damit sie ihn trinkt. Dann stirbt sie schmerzloser."

„Ich werde gar nichts trinken!“ rief Shannon. Quinn sah ihr in die Augen und erkannte, dass sie nicht entsetzt, sondern außer sich vor Wut war.

„Hören Sie, Richard, ich werde ihr sagen, sie soll den Champagner trinken“, erwiderte er ruhig, den Blick nach wie vor auf Shannon gerichtet. „Aber ich werde Ihnen nur helfen, wenn Sie alles richtig in Szene setzen. Vorher gestehen Sie mir aber noch eine Kleinigkeit zu.“

Richard lockerte seinen Griff um Shannon nicht im Mindesten, die beunruhigt fragte: „Was zum Teufel redest du da?“

Quinn sah zu Richard. „Sie ließen Lara auf eine poetische Weise sterben, obwohl sie das schlimmste Miststück der Welt war. Shannon dagegen behandelte Sie immer gut ... wie einen König. Ihr Unterricht war hervorragend, das müssen Sie doch wohl auch zugeben. Ich kam ohne jede Ahnung von der Straße herein und lernte von ihr etwas Wundervolles.“

„Und?“

„Einen Walzer“, sagte Quinn. „Wir bekommen von Ihnen einen letzten Walzer.“

„Einen Walzer? Spinnst du?“ zischte Shannon.

„Ich kann Sie auch auf der Stelle erschießen“, drohte Richard ihr.

„Ja, aber dann würde der Tatort nicht so aussehen, wie Sie ihn haben wollen. Einen Walzer. Was haben Sie denn zu verlieren?“

Richard zögerte einen Moment lang, schließlich versetzte er Shannon einen Stoß, der sie Quinn entgegenschleuderte. Sie warf ihm einen zornigen Blick zu, während er sie nur anlächelte und hoffte, dass sie in seinen Augen seine wahre Absicht erkannte. Er brauchte ihre Hilfe, da sie nur diese eine Chance hatten.

„Unser Walzer, so wie wir ihn immer tanzen“, sagte er laut.

„Du musst verrückt sein“, entgegnete sie, während sie gegen

die Tränen ankämpfte. „Wir sind so gut wie tot, und du willst Walzer tanzen?“

„Ja, und zwar so, wie wir ihn *immer* tanzen“, wiederholte er.

Er nahm seine Position ein, sie folgte ihm mit einem Stirnrunzeln und begann zu tanzen.

„Beeilen Sie sich gefälligst“, forderte Richard sie nach den ersten Takten auf.

„Das ist *unser* Tanz“, gab Quinn knapp zurück und zählte laut mit: „Eins, zwei, drei. Eins, zwei, drei. Drehung … und gleich kommt die Dreckschleuder.“

Endlich sah er in ihren Augen, dass sie verstanden hatte, was er wollte.

Sie wusste, was er erwartete. Doch zugleich fürchtete sie, es nicht zu schaffen.

„Hey, wie wäre es mit einem Heber“, fragte er sie. „Diesmal mit Ankündigung, damit du nicht überrumpelt wirst.“

„Wen interessiert denn das?“ rief Long dazwischen.

„Eins, zwei, drei … jetzt!“

Shannon bewegte sich um Quinn herum, er ging in die Knie, um sie hochzuheben – und dann wirbelte er sie herum.

Sie drehte sich elegant und schwungvoll um die eigene Achse – und kollidierte im nächsten Moment mit Richard Long. Der versuchte, nach hinten auszuweichen, war aber nicht schnell genug, so dass er von ihr zu Boden gerissen wurde. Er schlug auf dem Fußboden auf, und Shannon landete genau auf ihm.

Auch Quinn war auf dem Boden, schob Shannon zur Seite und stürzte sich auf Long. Der versuchte sich wegzurollen, um sich vor Quinn in Sicherheit zu bringen und nach seiner Waffe zu greifen, die ihm beim Zusammenprall mit Shannon aus der Hand geflogen war.

Quinn zerrte ihn zurück, Long wollte nach ihm schlagen,

doch ein Haken traf ihn hart am Kinn. Im selben Moment machte Shannon einen Satz nach vorn, dann hatte sie die Waffe und Quinns Telefon an sich genommen und gab es ihm.

Über Long geworfen, wählte er den Notruf.

# EPILOG

Am Strand herrschte immer reges Treiben, doch dieser Abend übertraf alles.

Es war der Abend der Gator Gala, des ersten Tanzwettbewerbs, der vom Studio *Moonlight Sonata* veranstaltet wurde. Alle Zeitungen und Zeitschriften hatten über das kommende Ereignis berichtet, und rings um das Hotel herrschte ein unvergleichliches Verkehrschaos.

Das Hotel platzte aus allen Nähten, und im weiten Umkreis um den Veranstaltungsort war kein Zimmer mehr zu bekommen. Die Meldungen über die Ereignisse rund um das Studio, das allen Widrigkeiten getrotzt hatte, waren so faszinierend gewesen, dass zahlreiche große Namen aus der Welt des Gesellschaftstanzes ihr Kommen angekündigt hatten. Sie mussten einfach an der Gala teilnehmen, weil sie dann von der immensen Publicity profitieren und sich wieder ins Gespräch bringen konnten.

Je länger die Liste wichtiger Namen wurde, umso mehr stieg die Nachfrage nach Eintrittskarten. Namhafte Preisrichter rissen sich um einen Platz in der Jury, was wiederum noch mehr Schüler dazu veranlasste, dort anzutreten.

Der Trubel war so gewaltig, dass die Sache allmählich drohte, außer Kontrolle zu geraten.

Und das war längst nicht alles.

Shannon Mackay, die fast acht Jahre zuvor nach einem Knöchelbruch aufgehört hatte, feierte ihr Comeback.

Sie war atemberaubend, wie Poesie, die von Musik untermalt wurde. Das Haar trug sie zu einem schlichten Knoten im Nacken, es war mit funkelnden Edelsteinen durchsetzt. Ihr Kleid glitzerte bei jeder Bewegung im Licht der Scheinwerfer, und es betonte ihre eleganten Kurven.

Allein die Bewegung eines Fingers sprach Bände, genauso jedes zarte Neigen des Kopfs, der Blick ihrer Augen. Sie verkörperte das Tanzen in seiner ganzen Vollendung, alles war im völligen Einklang mit der Musik. Sie hatte sich im Rhythmus der Musik verloren, und wer ihr zusah, der verlor sich in ihr.

Zauberhafte Klänge schwebten durch den Saal und erschufen ein Märchen.

Shannon war groß, schlank, wohlgeformt, und ihr natürliches Lächeln hatte etwas Ansteckendes. Ihr Partner war groß, dunkelhaarig, attraktiv und gleichermaßen talentiert. Gemeinsam brachten sie etwas schier Unglaubliches hervor, da sie sich mit absoluter Perfektion bewegten, als seien sie miteinander verschmolzen.

„Mein Gott, sie ist wunderbar", hauchte Gordon.

„Sie lässt Ben verdammt gut aussehen", fügte Sam an.

„Ben kann aber auch tanzen", bemerkte Quinn.

„Sie ergänzen einander", sagte Rhianna, dann fügte sie rasch an: „Natürlich nur als Tänzer." Quinn musste unwillkürlich lachen.

„Wir waren fast so gut wie sie", stellte Jane fest und drückte Sams Hand.

„Aber nur fast", ergänzte er lächelnd.

„Ich würde sagen, Marnie und ich haben gute Chancen, in der Kategorie Salsa den ersten Platz zu belegen", überlegte Justin.

Quinn sah zu Marnie und überlegte, was sie alles geschafft hatte. Sie hatte es bloß nicht geschafft, in der kurzen Zeit genug zu verdienen, um ihre eigene Kleidung zu bezahlen, doch mit Katarinas Hilfe war es gelungen, eines von Shannons alten Kleidern zu ändern, so dass es ihr wie angegossen passte. Marnie hatte erst vor kurzem ihren neunzehnten Geburtstag gefeiert, doch ihm kam es so vor, als wäre sie plötzlich erwachsen geworden. So wie die anderen trug auch sie ihr Haar zusammengesteckt, damit ihr Profil besser zur Geltung kam und ihre großen Augen ihre volle Wirkung entfalten konnten. Sie lächelte Quinn an. „Sogar sehr gute Chancen", sagte er zu ihr.

Vielleicht lag es an ihrer Vorgeschichte, dass sie immer noch nervös war, aber Sam wachte unverändert über sie. Er war in ein größeres Apartment umgezogen und hatte sie bei sich aufgenommen. Keiner der beiden durfte mit einem Mann ausgehen, solange der jeweils andere ihn nicht für gut befunden hatte. Sie hatten längst den Spitznamen „Will und Grace der Tanzwelt" weg.

„Rhianna, du warst heute Abend aber auch großartig", sagte Gordon. „Du und Doug."

Doug hatte seinen Polizeijob gekündigt. Obwohl er diese Arbeit liebte, war er zu der Erkenntnis gelangt, dass das Tanzen ihn viel stärker faszinierte. Angesichts der Publicity rund um das *Moonlight Sonata* war das Interesse an Tanzkursen ohnehin so sehr angestiegen, dass man dort einen weiteren Tanzlehrer hatte einstellen müssen. Obwohl ihm und Marnie noch immer die Qualifikation fehlte, auch Fortgeschrittene zu unterrichten, waren die beiden bei den Anfängern auch so äußerst beliebt.

„Wenn wir uns schon gegenseitig ein Kompliment nach dem anderen machen", meinte Doug, „ möchte ich gerne meinem großen Bruder zu seinem Walzer gratulieren."

Quinn lachte. „Wir sind nur auf dem zweiten Platz gelandet. Mit einem anderen Partner hätte Shannon den Sieg in der Tasche gehabt."

„Du bist noch Anfänger, und du warst hervorragend", beharrte Doug.

„Meine Jungs waren alle beide sehr gut", erklärte Mona und stellte sich zu den beiden.

„Ruhig, das Finale!" zischte Gordon.

Es wirkte fast so, als würde Shannon hoch über Bens Kopf in der Luft verharren. Schließlich sank sie wie in Zeitlupe zurück in seine Arme und kehrte auf den Boden zurück, wo sie ohne eine Regung innehielt.

Tosender Applaus war die Reaktion des Publikums auf diese Vorführung.

Nachdem sie sich wiederholt verbeugt hatte, sah Quinn, wie ihr Blick suchend durch den Saal wanderte, bis sie ihn entdeckte.

Sie eilte zu ihm, machte einen Satz und landete in seinen Armen.

Langsam setzte er sie ab, während er sie innig küsste, um ihr zu ihrem Auftritt zu gratulieren. Tanzen bedeutete ihr immer noch weitaus mehr als nur der Pokal, den sie dabei gewinnen konnte. Und das Lob des Mannes, der sie liebte, zählte für sie stets mehr als jedes Urteil eines Preisrichters.

Aber es gab auch noch andere, von denen sie sich beglückwünschen ließ: ihre frisch gebackene Schwiegermutter, ihre Kollegen, ihre alten Freunde, Quinns alte Freunde, ja, sogar völlig fremde Leute. Dann endlich wurden die Preise verliehen. Wie erwartet, ging der erste Platz an sie und Ben, was für Gordon ein willkommener Anlass war, sein Studio in den Mittelpunkt zu rücken.

Kurz darauf waren sie beide allein in der Suite, die sie im Hotel gemietet hatten. Shannon hatte sich um so viele organisatorische Dinge kümmern müssen, dass sie es vorgezogen hatte, vor Ort und damit immer erreichbar zu sein. Mondlicht fiel durch die großen Glastüren, die zum Balkon hinausführten. Shannon ging zu Quinn und legte ihre Arme um ihn. „Ohne dich hätte ich das nie geschafft.“

Er reagierte mit einem breiten Lächeln. „Ohne deine Ermutigung wäre ich niemals zum FBI zurückgekehrt. Und ich bin gut in den Dingen, die ich mache.“

„Du bist in allem gut“, versicherte sie ihm und sah ihm tief in die Augen. „Du hättest den ersten Platz belegt, wenn ich … na ja, ich habe dich geführt, obwohl ich es nicht hätte machen sollen."

„Ich hatte den nächsten Schritt vergessen. Außerdem habe ich dort gewonnen, wo es wirklich wichtig ist."

„Mit Ben habe ich den Pokal gewonnen, aber ich hätte ihn mit dir gewinnen sollen."

„Wir haben einmal zusammen gewonnen", sagte er und legte seine Hände um ihr Gesicht. „Nämlich mit dieser albernen Dreckschleuder – und mit dem unglaublichsten Walzer, den je ein Mensch tanzte. Ben hat seinen Pokal, aber ich … ich habe dich, und das ist das Einzige, was zählt."

„Das war eine verdammt gute Dreckschleuder, nicht wahr?" flüsterte sie. „Die wird es so nie wieder geben." Sie lächelte ihn an und fuhr fort: „Es ist schon sehr erstaunlich, wenn man weiß, dass das Leben der schönste Gewinn ist, den man jemals bekommen kann. Ich kann dir gar nicht sagen, wie sehr ich das liebe. Es ist fast so, als sei mein Leben ein Tanz, den ich mit keinem anderen Partner außer dir je wieder so gut tanzen kann. Ein Tanz, der die unglaublichsten Schritte erforderlich macht."

„Nun, *du* bist die Lehrerin. Zeig mir die Schritte", sagte er.

„Selbst Lehrer können noch etwas lernen."

„Da sagst du etwas Wahres."

Er hob sie in seine Arme.

So wie alles an diesem Abend war auch dieser Augenblick traumhaft.

Sie lebten, sie waren zusammen. Sie würden den Tanz ihrer Liebe tanzen, den man nie lernen, sondern immer nur üben konnte.

*– ENDE –*

*Sharon Sala*

Das Tattoo

Francescas Leben ist zu einem Albtraum geworden: Zwei Jahre war sie in der Gewalt eines Entführers. Sie weiß nicht, wer er ist, und auch nicht, wie sie ihm entkommen konnte. Doch sie ahnt, dass er sie ein zweites Mal entführen will ...

Band-Nr. 25122
7,95 € (D)
ISBN 3-89941-161-7

*Anne Stuart*

Das Haus der toten Mädchen

Die Sehnsucht treibt Sophie eines Abends zu John. Doch er ist nicht da. Dafür findet sie Aufzeichnungen, die ihr Grauenhaftes über ihren Geliebten verraten ...

Band-Nr. 25123
7,95 € (D)
ISBN 3-89941-162-5

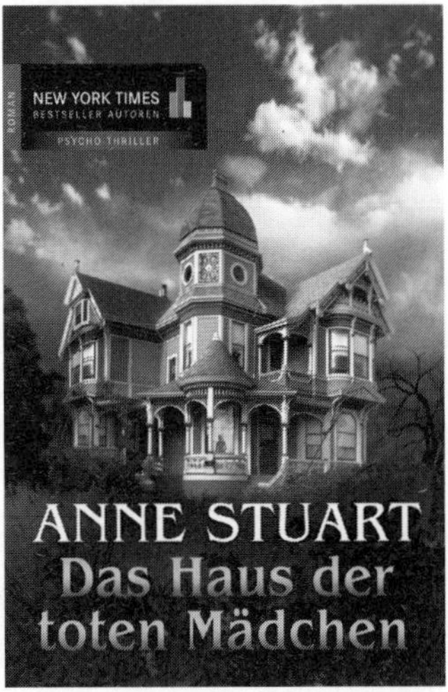

*Jennifer Blake*

Die Zisterne

Der blanke Hass steht hinter den Anschlägen, die auf Laurel verübt werden. Sie kann niemandem mehr trauen. Nicht einmal ihrem Geliebten Alec ...

Band-Nr. 25131
7,95 € (D)
ISBN 3-89941-170-6

MIRA®

*Erica Spindler*
Im Schatten des Mörders

Band-Nr. 25129
7,95 € (D)
ISBN 3-89941-168-4

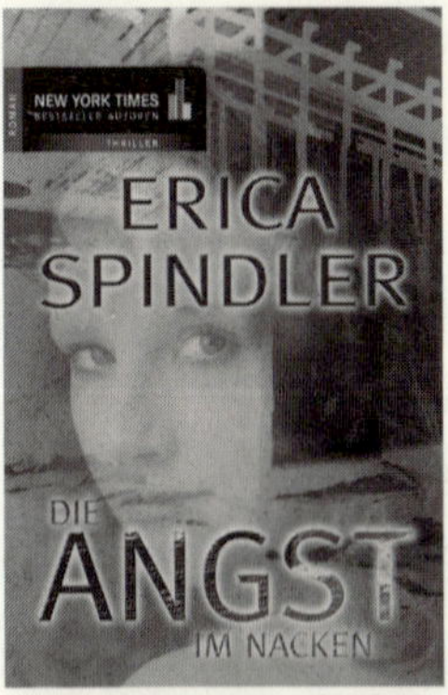


*Erica Spindler*
Die Angst im Nacken

Band-Nr. 25114
7,95 € (D)
ISBN 3-89941-150-1

*Erica Spindler*
Stadt des Schweigens

Band-Nr. 25091
7,95 € (D)
ISBN 3-89941-124-2